文明小史

晚清官场谴责小说

李伯元 ◎ 著

百花洲文艺出版社

图书在版编目（CIP）数据

文明小史／（清）李伯元著．－2版．－南昌：百花洲文艺出版社，2010.10
（晚清官场谴责小说）
ISBN 978-7-5500-0017-9

Ⅰ.①文… Ⅱ.①李… Ⅲ.①章回小说－中国－清代 Ⅳ.①I242.4

中国版本图书馆CIP数据核字（2010）第192759号

文明小史

（清）李伯元　著

丛书策划	姚雪雪
责任编辑	周榕芳　毛军英
美术编辑	赵　霞
制　作	马　赟
出版发行	百花洲文艺出版社
社　址	南昌市阳明路310号
邮　编	330008
经　销	全国新华书店
印　刷	深圳市福威智印刷有限公司
开　本	720mm×1000mm 1/16　印张 23.25
版　次	1989年12月第1版
	2010年11月第2版第2次印刷
字　数	380千字
书　号	ISBN 978-7-5500-0017-9
定　价	35.00元

赣版权登字 －05-2010-93
邮购联系　0791-6894736
网　址　http://www.bhzwy.com
图书若有印装错误，影响阅读，可向承印厂联系调换。

目　录

---

① "落难"，原作"避难"，从正文回目改。

---

① "苦心"，原作"苦衷"，从正文回目改。

---

① "半途"，原作"中途"，从正文回目改。

楔　子

　　做书的人记得：有一年坐了火轮船在大海里行走，那时候天甫黎明，偶至船顶，四下观望，但见水连天，天连水，白茫茫一望无边，正不知我走到那里去了。停了一会子，忽然东方海面上出现一片红光，随潮上下，虽是波涛汹涌，却照耀得远近通明。大众齐说："要出太阳了！"一船的人，都哄到船顶上等着看，不消一刻，潮水一分，太阳果然出来了。

　　记得又一年，正是夏天，午饭才罢，随手拿过一张新闻纸，开了北窗，躺在一张竹椅上看那新闻纸消遣。虽然赤日当空，流金铄石，全不觉半点歊热，也忘记是什么时候了。停了一会子，忽然西北角上起了一片乌云，隐隐有雷声响动，霎时电光闪烁，狂风怒号，再看时，天上乌云已经布满。大众齐说："要下大雨了！"一家的人，关窗的关窗，掇椅的掇椅，都忙个不了。不消一刻，风声一定，大雨果然下来了。

　　诸公试想：太阳未出，何以晓得他就要出？大雨未下，何以晓得他就要下？其中却有一个缘故。这个缘故，就在眼前。只索看那潮水，听那风声，便知太阳一定要出，大雨一定要下，这有什么难猜的？做书的人，因此两番阅历，生出一个比方，请教诸公：我们今日的世界，到了什么时候了？有个人说："老大帝国，未必转老还童。"又一个说："幼稚时代，不难由少而壮。"据在下看起来，现在的光景，却非老大，亦非幼稚，大约离着那太阳要出、大雨要下的时候，也就不远了。何以见得？你看这几年，新政新学，早已闹得沸反盈天，也有办得好的，也有办不好的，也有学得成的，也有学不成的。现在无论他好不好，到底先有人肯办；无论他成不成，到底先有人肯学。加以人心鼓舞，上下奋兴，这个风潮，不同那太阳要出，大雨要下的风潮一样么？所以这一干人，且不管他是成是败，是废是兴，是公是私，是真是假，将来总要算是文明世界上一个功臣。所以在下特特做这一部书，将他们表扬一番，庶不负他这一片苦心孤诣也。正是：

　　　　谤书自昔轻司马，直笔于今笑董狐。

　　　　腐朽神奇随变化，聊将此语祝前途。

　　欲知书中所言何事，且听初回分解。

第一回

校士馆家奴谭历史　高升店太守谒洋人

　　却说湖南永顺府地方，毗连四川，苗汉杂处，民俗浑噩，犹存上古朴陋之风。虽说军兴以来，勋臣阀阅，焜耀一时，却都散布在长沙、岳州几府之间，永顺僻处边陲，却未沾染得到。所以，他那里的民风，一直还是朴陋相安，执固不化。只因这个地方山多于水，四面冈峦回伏，佳气葱茏。所有百姓，都分布在各处山凹之中，倚树为村，临流结舍，耕田凿井，不识不知，正合了《大学》上"乐其乐而利其利"的一句话。所以，到这里做官的人，倒也镇日清闲，逍遥自在，不在话下。

　　且说这时候做知府的，姓柳，名继贤，本籍江西人氏，原是两榜进士出身，钦点主事，吏部观政。熬了二十多年，由主事而升员外，由员外而升郎中。这年京察届期，本部堂官见他精明练达，勇敢有为，心地慈祥，趋公勤慎，就把他保了进去。引见之后，奉旨记名。不上半年，偏偏出了这个缺，题本上去，又蒙圣上洪恩，着他补授。谢恩之后，随向各处辞行。有一个老友，姓姚，名士广，别号遁盦，本贯徽州，年纪七十多岁，本在保定书院掌教。这番因事进京，恰好遇着柳知府放了外任，从此南北暌违，不能常见，姚老先生便留他多住几日，一同出京。

　　到了临动身的头一天，姚老先生在寓处备了一席酒替他饯行。约摸吃到一半，姚老先生便满满的斟了一杯，送到柳知府面前，说道："老弟此番一麾出守，上承简命，下治万民。不要把这知府看得轻，在汉朝已是二千石的职分。地方虽一千余里，化民成俗，大可有为。愚兄所指望于老弟者，只此数言。吾辈既非势利之交，故一切升官发财的话头，概行蠲免。老弟如以为是，即请满饮此杯。"原来这位姚老先生，学问极有根柢，古文工夫尤深，目下年纪虽已古稀，却是最能顺时达变，所有书院里的学生，无有一个不佩服他的。柳知府自己亦是八股出身，于这姚老先生却一向十分倾倒。且说当日听了他这一番言语，便接杯在手道："小弟此行，正要叨教吾兄，今蒙慨赠良言，尤非寻常感激。但是目下放了外任，不比在京，到任之后，何事当兴，何事当革，还求吾兄指教一番，以当指南之助。"说罢，便干了那杯酒，将酒杯送还姚老先生，自己归坐，仍旧对酌。姚老先生道："要兴一利，必须先革一弊，改革之事，甚不易谈。就以贵省湖南而论，民风顽固，已到极点，不能革旧，焉望生新？但我平生最佩服孔夫子，有一句话，道是'民可使由之，不可使知之'。我说这话，并不是先存了秦始皇愚黔首的念头，原因我们中国，都是守着那几千年的风俗，除了几处通商口岸，稍能因时制宜，其余十八行省，那一处不是执迷不化，扞格不通呢！总之，我们有所兴造，有所革除，第一须用上些水磨工夫，叫他们潜移默化，断不可操切从事，以致打草惊蛇，反为不美。老弟！你记好我一句话，以愚兄所见，我们中国大局，将来有得反覆哩！"柳知府听了此言，甚为惊讶，除了赞叹感激之外，更无别话可说。当夜席散之后，自行回寓。次日分手，各奔前途。姚老先生自回保定，按下不表。

　　且说柳知府带了家眷，星夜趱行，其时轮船已通，便由天津、上海、汉口一路行来。他自从通籍到今，在北京足足住了二十多年，却不料外边风景，却改变了不少，因此一路上反见识了许多什面。到了湖南，上司因为他久历京曹，立刻挂牌，饬赴新任。到任之后，他果然听了姚老先生之言，诸事率由旧章，不敢骤行更动。过了半载，倒也上下相安，除困觉吃饭之外，其余一无事事。只因他这人生性好动，自想：我这官，一府之内，以我为表率，总要有些作为，方得趁此表见。想来想去，却想不出从那里下手。齐巧这年春天，正逢岁试，行文下去，各学教官传齐廪生，携带门斗，知会了文武童生，齐向府中进发。这永顺府一共管辖四县，首县便是永顺县，此外还有龙山、保靖、桑植三县。通扯起来，习武的多，习文的少，四县合算，习文的不上一千人，武童却在三千以外。当下各属教官禀见了知府，挂牌出去，定于三月初一考阖属文童经古，初三考试正场。

　　原来这柳知府虽是时文出身，因他做廪生时考过优拔，于经史诗赋一切学问，也曾讲究过来。他在京时候，常常听见有人上折子请改试策论，也知这八股不久当废。又兼他老友姚老先生以古文名家，受他薰陶涵育，自然把气质渐渐的改化过来。所以，此时便想于此中搜罗几个人才。当下先出一张告示，叫应试童生，于诗赋之外，准报各项名目，如算学、史论之类。无奈那些童生，见了不懂，到了临期点名，只有龙山县一个童生报了史论，永顺县一个童生报了笔算，其余全是孝经论、性理论，连做诗赋的也寥寥无几。

柳知府点名进来，甚为失望，无奈将题目写了，挂牌出去。报笔算的居然敷衍完卷。考史论的那个童生，因见题目是《韩信论》，他虽带了几部《纲鉴易知录》、《廿一史约编》之类，却不知韩信是那一朝的人物，查来查去，总查不到。就求老师替他转禀大人，说这个题目不知出处，请换一个容易些的。老师被他缠不过，先同监场的二爷商量。只见一个二爷，接过题目一瞧，说韩信这个名字狠熟，好像那里会过似的，歪着头想了半天，说："是了，你这位相公书没有读过，难道戏亦没有瞧过吗？《二进宫》杨大人唱的末了一句，什么汉韩信命丧未央，可不是他吗？他是汉朝人，如果不是，为什么说是汉韩信呢？"那二爷说到这里，旁边有他一个伙计插嘴道："老大，你别夸口。既然韩信是汉朝人，为什么前头还说他是登台拜将的三齐韩王呢？据我说，这韩信一定是齐国人。"回头同那童生说："相公，你别上他的当！你照我的话去做，一定不会错的。"那晓得这个童生自小生长外县，没有瞧过京戏，连他们说的什么《二进宫》也不知道，仍旧摸不着头脑。到底托了老师，回了知府，重新出了一个《管仲论》，是四书上有的，不消再查《纲鉴》了。齐巧刻本文章上又有一篇成文，是管仲两个字的题目，被那童生查着，把他喜欢的了不得。连忙改头换面，将八股改做八段，高高兴兴誊了出来，把卷子交了进去。师爷打开一看，只是皱眉头。柳知府问他做的怎么样，师爷说："如果改做八股，倒还有些警句，现今改做史论，却有许多话装不上。"说着便把这本卷子送了过来说："请太尊过目，再定去取罢。"柳知府看了一遍，觉着实在太难，心下踌躇道：这样卷子怎么好取？然而通场只有他一本，他虽做得不好，倒底肚皮里还有这史论两个字，比着那些空疏无据的，自觉好些。无论如何，此人不肯随俗，尚有要好的心肠，总要算得一个有志之士。不如胡乱将他取了出来，叫别的童生看看，也可激励他们的志气，向史鉴上讨论讨论，也是好的。主意一定，便把那个考笔算的取了算学正取，这个做《管仲论》的取了史论次取；另外又取了几本诗赋。发出案来，接着便是正场、初覆、二覆、三覆，不到半月，都已考完。

发出正案，跟手考试武童。第一场马箭，是在演武厅考的。第二场步箭，就在本府大堂校阅。因为人多，便立了三个靶子，一排三人同射，免得耽误日期。

是日，柳知府会同本城参府，刚刚升堂坐下，尚未开点，忽见把大门的带进一个人来，喘吁吁跑的满头是汗，当堂跪下。那人自称："小的纪长春，是西门外头的地保。今天早上，西门外高升店里的店小二哥，跑到小的家里来说，他店里昨儿晚上来了三个外国人，还跟着几个有辫子的。"知府道："那一定是中国人了。"地保道："不是中原人。如果是我们中原人，为什么戴着外国帽子呢？"知府又问："你瞧见了没有？"地保道："店小二来报，小的就去瞧了一瞧。外国人是有几个，小的也不敢走进去，怕是惊了他们的驾，就赶到大人这里来报信的。"知府问："知道他们来做什么的呢？"地保道："小的也问过店小二，店小二说，昨天晚上有一个有辫子的外国人，为了店小二父亲不当心，打破他一个茶碗，那个有辫子的外国人就动了气，立时把店小二的父亲打了一顿，还揪住不放，说要拿他往衙门里送。店小二是吓的早躲了出来，不敢回去。"知府道："混帐东西！我就知道你们不等到闹出乱子来，也就躲着不来报了。打碎一个什么碗？你知道，弄坏了外国人的东西，是要赔款的吗？"地保就从怀里掏出两块打碎的破磁片子送了上去，说："那碗是个白磁的，只怕磁器铺里去找还找的出。"知府取过来仔细端详过一回，骂了一声："胡说！"说："这是洋磁的，莫说磁器铺里没有，就是专人到江西，也烧不到这样。这事闹大了！先把这混账东西锁了起来，回来再办他！"地保听了这话，连忙自己摘掉帽子，爬在地下磕响头，嘴里说："大人恩典！大人超生！"知府也不理他，又问："店小二呢？"地保回："躲在小的家里。"知府说："原来你们是通同一气的！"顺手抓了一根火签，派了一名差，叫立刻把店小二提到。差人奉命自去不题。

知府便说："今日有交涉大事，只好暂时停考，等外国人这一关过去，再行挂牌晓谕。"说着就要退堂。那些童生虽然不愿意，无奈都有父兄师保管束，也只好退了出去。这里知府便让参府到签押房里共商大事。参府说："既然外国人到此，我们营里应得派几个兵前去弹压闲人，以尽保护之责。"知府道："老兄所见极是。"参府也不及吃茶，立刻辞了出来，坐轿而去。知府忙叫传首县。原来首县正从府里伺候武考，参堂以后，没有他的事情，便即打道回衙。刚刚走到半路上，齐巧地保、伙计赶来送信，他便不回县衙，立刻折回本府衙门，坐在官厅上等候。知府又叫请刑名韩师爷。跟师爷的小厮说："不敲十二点钟，是向例叫不醒的。"知府无奈，只得罢手。不消一刻，首县进见，手本上来，知府赶忙叫请。首县进来，请了安，归了坐，知府便说："西门外来了几个外国人，老兄知道么？"首县说："卑职也是刚刚得信，所以来回大人，请大人的示，该怎么办？还是理他的好，还是不理他的好？横竖他们到这里也没有到大人这里来拜过。"知府道："现在乱子都闹了出来了，你不理他，他也要找你了。"首县忙问什么乱子。知府说："难道你还不知道？"便把地保所禀，店小二的父亲打碎了他们一个碗，被他揪住不放，还要往衙门里送的话说了一遍。首县听了，呆了半天不能言语。知府道："你们是在外面做官做久了的，不知道里头的情形。兄弟在京里的时候，那些大老先生们，一个个见了外国人还了得！他来是便衣短打，我们这边一个个都是补挂朝珠。无论他们那边是个做手艺的，我们这些大人们，总是同他并起并坐。论理呢，照那《中庸》上说的，柔远人原该如此。况且他们来的是客，你我有地主之谊，书上还说送往迎来，这是一点不错的。现在里头狠讲究这个工夫，以后外国人来的多了，才显得我们中国柔远的效验咧。依兄弟愚见，我们此刻先去拜他，跟手送两桌燕菜酒席过去，再派几个人替他们招呼招呼，一来尽了我们的东道之情，二来店家弄坏了他的东西，他见我们地方官以礼相待，就是有点需索，便也不好十分需索，能够大事化小，小事化无。等到出了界，卸了我们干系，那怕他半路上被强盗宰了呢！"首县道："大人明见，卑职就跟了大人一块儿去。"知府说："狠好。但是一件，我们没有一个会说洋话的怎么好？"首县说："卑职衙门里的西席老夫子，有个姓张的，从前在省城里什么学堂里，读过三个月英文的，现在请他教卑职的两个儿子读洋书。"知府说："原来世兄学习洋文，这是现在第一件经世有用之学，将来未可限量，可喜可敬。"立刻叫跟班拿名片去请县里张师爷。

停了一会子，张师爷穿了袍褂，坐轿来了。知府接着，十分器重，说了些仰慕的话。张师爷也高兴的了不得。三人会齐，立刻鸣锣开道，齐奔西门外高升店而来。有分教：

太尊媚外，永顺县察看矿苗；童子成军，明伦堂大抒公愤。

要知后事如何，且听下回分解。

书曰文明，却从极顽固地方下手，以见变野蛮为文明，甚非易事。
姚老先生临别赠言确有见地，又能顺时达变，宜为物望所归。
其答柳知府一番话，自是名论不刊，须用水磨工夫，不可操切从事，牧民者当奉为圭臬。
柳知府颇思造就人才，且极讲究外交，自非庸碌无能之辈。

　　童生肚皮里有史论两个字便算得一个有志之士,言虽近谑吾国有教育责者,苟能如此诱掖奖劝,人才焉往而不兴起耶!

　　家奴引戏作证,若辈见解不过如此,僻处边陲之童生并京戏亦未瞧过,自是实在情形,可见演戏唱歌,实为开化下流之妙具。

　　地保云:"如果是中原人,为什么戴着外国帽子?"吾愿甘作奴隶者一思此言。

　　打碎外国人一只碗,便讲到赔款,极写太守惶遽情形。店小二父亲先遭殴打,民不堪命之苦况,业已包括其中,吾民何不幸而丁此厄哉!

　　参府坐轿而去,是中国武营第一腐败现状。

　　柳知府对首县云:"以后外国人来的多,才显得我们中国柔远的效验。"又云:"等到出了境,卸了我们干系,那怕被强盗宰了呢!"文之妙处,当于言外求之。

　　张师爷读过三个月英文,便忝为人师,今之西文教习,比比皆是。

第二回

识大体利史讲外交　惑流言童生喜肇事

　　却说柳知府同了首县、翻译，一直出城，奔到高升店，当下就有号房抢先一步，进店投帖。少停，轿子到门，只见参府里派来的老将，带了四个营兵，已经站在那里了。且说这店里住的外国人，原来是意大利国一个矿师。只因朝廷近年以来，府库空虚，度支日绌，京里京外，狠有几个识时务的大员，晓得国家所以贫弱的缘故，由于有利而不能兴。什么轮船、电报、织布、纺纱、机器厂、枪炮厂，大大小小，虽已做过不少，无奈立法未善，侵蚀尤多，也有办得好的，也有办不好的。更有两件天地自然之利，不可以不考求的，一件是农功，一件是矿利。倘把这二事办成，百姓即不患贫穷，国家亦自然强盛。所以，那些实心为国的督抚，懂得这个道理，一个个都派了委员到东洋考察农务，又从外洋聘到几位有名的矿师，分赴各府州县察看矿苗，以便招人开采。这番来的这个意大利人，便是湖北总督派下来的。同来的还有一个委员，因在上县有事耽搁，所以那矿师先带了两个外国人，一个通事，两个西崽，一共六个人，早来一步。到永顺城外找到高升店住下，原想等委员来到，一同进城拜客，不料店小二因他父亲被打，奔到地保家中哭诉，地保恐怕担错，立刻进城禀报，偏偏碰着柳知府又是个极其讲求外交的，便同了首县先自来拜。

　　名帖投进，亏得那矿师自到中国，大小官员也见过不少，狠懂得些中国官场规矩。况且自己也还会说几句中国话，看过名帖，忙说了声："请！"柳知府当先下轿，走在头里，翻译张师爷夹在中间，首县打尾。进得店门，便有店里伙计领着上楼，那矿师已经接到扶梯边了。见面之后，矿师一只手探掉帽子；柳知府是懂外国礼信的，连忙伸出一只右手，同他拉手。下来便是读过三个月洋书的张师爷，更不消说，这个礼信也是会的，还说了一句外国话，矿师也答还他一句。末了方是首县，上来伸错了一只手，伸的是只左手，那矿师便不肯同他去拉。幸亏张师爷看了出来，赶紧把他的右手拉了出来，方算把礼行过。那矿师同来的伙计，连着通事，都过来相见。那通事鼻子上架着一付金丝小眼镜，戴着一顶外国困帽，脚上穿着一双皮鞋，走起路来格吱格吱的响，浑身小衫裤子，一律雪雪白，若不是屁股后头挂着一根墨测黑的辫子，大家也疑心他是外国人了；见了人并不除去眼镜，朝着府、县只作一个揖，亏他中国礼信还不曾忘记。一时分宾坐下，西崽送上茶来，便是张师爷一心想卖弄自己的才学，打着外国话，什么温、吐、脱利、克姆、也斯，闹了个不清爽。起先那矿师还拉长了耳朵听，有时也回答他两句，到得后来，只见矿师一回皱皱眉头，一回抿着嘴笑，一句也不答腔。府、县心里还当他俩话到投机，得意忘言。停了一歇，忽见矿师笑迷迷的打着中国话向张师爷说道："张先生，你还是说你们的贵国话给我听罢。你说的外国话不要说我的通事他不能懂，就是连我也不懂得一句。"大家到这里方才明白，是张师爷工夫不到家，说的不好，所以外国人也不要他说了。张师爷听了这话，把他羞的了不得，连耳朵都绯绯红了，登时哑口无言，连中国话也不敢再说一句，坐在那里默默无声。首县瞅着，狠难为情。亏得柳知府能言惯道，不用翻译，老老实实的用中国话攀谈了几句。矿师却还都明白，就说："兄弟在武昌见过制台。这位制台大人，是贵国里的一个大忠臣，知道这开矿的利益比各种的利益都大，所以才委了我同着金老爷来在贵府，一路察看情形。到了长沙，我还去拜望你们贵省的抚台。这抚台请我吃晚饭，他这人也是一个狠明白的。今天到了贵府，因为金老爷还没有到，所以我没到贵府衙门里拜见。现在劳驾得狠，我心上狠欢喜。"当下又说了些客气话，柳知府也着实拿他恭维，方才起身告别。柳知府还要约他到衙门里住，他说等金老爷到了再说。彼此让到扶梯边，又一个个拉了拉手，矿师便自回去。府、县同了张师爷下楼上轿，一直回到府衙门。

知府下轿，依旧邀了首县同张师爷进去谈天。张师爷便不及上次高兴，知府还留他吃饭，他不肯吃，先回去了。这里首县说："今儿卑职保举匪人，几乎弄得坍台，实在抱愧得狠。"知府道："你不用怪他，他学洋文学问虽浅，这永顺一府，只怕除了他还找不出第二个，留他在这里开开风气也好。老兄你回去，总要拿他照常看待，将来兄弟还有用着他的地方呢。"当下又讲到店小二父亲打了他们的碗，刚才居然没有题起此事，大约是不追究的了。说到这里，门上来回："店小二已经锁了来，现在就叫原差押着他去找他父亲去了，把他爷儿俩一齐拿到，连着地保三个，还是发县呢，还是老爷亲自审？"知府道："一时也还用不着审，但是放亦放不得的，倘若放跑了，将来外国人要起人来，到那里去找呢？他们外国人最是反面无情的，究竟打掉一个碗，不是什么要紧东西，也直得拖累多少人，叫人家败家荡产吗？不过现在他们外国人正在兴旺头上，不能不让他三分。可怜这些人，那一个不是皇上家的百姓，我们做官的不能庇护他们，已经说不过去，如今反帮着别人折磨他们，真正枉吃了朝廷俸禄，说起来真叫人惭愧得很！然而也叫做没法罢了，现在且等金委员到了再讲，看来不至于有什么大事情的。"那上便自退出。首县又说了两句，亦即辞了出来。

知府送客回去，连忙更衣吃饭。等到中饭吃过，便有五学老师托了门上拿着手本，上来请示几时补考武童。他们人多，而且多是没有钱的，带的盘缠有限，都是扣准日子的，在这里多住一天，吃用也着实不少。有了日子，几时补考，就好安顿他们了。知府道："我拿得定吗？我巴不得今天就考完，早考完一天，他们早回去一天，我也乐得早舒服一天。无奈外国人在这里，不定什么时候有事情，叫我怎么能够定心坐在那里，一天到晚的看他们射箭，弄这个不急之务呢？而且还有一句话问问他们，射箭射好了，可是能够打得外国人的？"原来柳知府因为刚才捉拿店小二父亲一事，同首县谈了半天，着实有点牢骚，心想：我为一府之尊，反不能庇护一个百姓，还算得人吗？因之睡中觉也睡不着，躺在床上翻来覆去，越想越气。齐巧门上来回这事，算他倒运，碰了个钉子。门上出去之后，便一五一十对着老师说了。

老师无奈，各自回寓。接着一班廪保来见，老师又同他说了，还说："太尊正在不高兴头上，只好〔委〕屈诸君暂留两天，少不得总要考的。"众廪保道："考是自然要考，本城的童生还好，但是那些外县的，还有乡下上来的，大家都是扣准了日子来考，那里能够耽误这许多天？一个个吃尽用光，那里来呢？"老师道："太尊吩咐下来，我亦没有法想。"众廪保无奈，也只好退了出来，传知各童生，大众俱有愤愤之意，齐说："知府巴结外国人，全不思体恤士子！"这个风声一出，于是一传十，十传百，霎时间满城都已传遍了。后文补叙。

且说那湖北制台派来的金委员，是个候补知州，一向在武昌洋务局里当差。从前出过洋，会说英、法两国的话，到省之后，上司均另眼相看。此番委他同矿师沿途察勘，正是上宪极力讲求为国兴利的意思。那日柳知府去拜矿师，矿师原说他不日可到，果然未及上灯时分，已见他拿着手本，前来禀见。柳知府立刻请见，行礼归座。寒暄了几句，金委员当将来意禀明，还说洋矿师因见大人先去拜他，心上高兴的了不得。柳知府便说："我已叫县里备了两席酒替他送去，我要邀他们到衙门里来住，他说等着老兄到了再定。"金委员道："大人已经先去拜他，又送他酒席，这也尽够的了。同外国人打交道，亦只好适可而止。他们这些人，是得步进步，越扶越醉，不必过于迁就他。卑职是到过外洋，狠晓得他们的脾气。依卑职的意思，大人可以不必再去理他，亦不必约他们到衙门里来住。"原来柳知府一心只想笼络外国人，好叫上司知道，说他讲求洋务，今听金委员如此一说，心想："我今日的一番举动，岂不成了蛇足么？好在礼多人不怪，现在里头尚且十分迁就他们，何况我呢？"心上如此想，面子上不好驳他，满口的说："老兄所见极是，兄弟领教。但是老兄同了他们来到此地，还是大略看看情形，还是就要动手开采？说明了，兄弟这里也好预备。"金委员道："这一回不过奉了督宪的公事，先到各府察勘一遍，凡有山的地方都要试过，等到察勘明白，然后回省禀明督宪，或者招集股份，置办外洋机器开采，或者本地绅富有愿包办的，用土法开采亦好。到那时候，自然另有章程，现在还说不到这里。目下只求大人多发几张告示，预先晓谕地方上的百姓，告诉他们此番洋人前来试验矿苗，原是为将来地方上兴利起见，并无歹意，叫他们不必惊疑。等到洋人下乡的时候，再由县里同营里多派几个衙役兵勇，帮着弹压，免得滋事。府属四县看过之后，就要回省销差。这一路的山，虽比别府多些，顶多也不过半月二十天的工夫，就可了事。"柳知府连忙答应明天写好告示，尽后天一早贴出。金委员又谢过，方才告辞出来，跟手去拜县里、营里，不必细题。

第二天，又到县里开了本地绅富的名单，挨家去拜，却无一个出来会他。到了第三天，府里的告示已经贴了出来，县里派的衙役，营里派的兵丁，亦都齐集店中，听候差遣。

话分两头。且说那班应考的武童，大都游手好闲，少年喜事之人居多。加以苗、汉杂处，民风强悍，倘遇地方官拊循得法，倒也相安无事；如若有桩事情，不论大小，不如他们的心愿，从此以后，吹毛求疵，便就瞧官不起。即如此番柳知府提倡新学，讲究外交，也算得一员好官。只因他过于巴结洋人，擅停武考，以致他们欲归不得，要考不能，不免心生怨望。加以这些武童，常常都聚在一处，不是茶坊，便是酒店，三五成群，造言生事。就是无事，也要生点事情出来，以为闹得有趣。却说这日正有十来个人在茶馆里吃茶，忽然有他们一个同伴的童生进来嚷道："了不得！了不得！"大家见他来得奇怪，一齐站起身来，齐问什么事情。那人道："我刚才到府前闲耍，忽见照墙上贴出一张告示，有多少人哄着去看。有一个认得字的老先生在那里讲给人听，原来这柳本府要把我们这一府里的山通统卖给外国人，叫他们来到这里开矿。你们想想看，咱们这些人，那一个不住在山上？现在卖给外国人，叫咱们没有了顿身之处，这还了得！"这人不曾说完，接着又有一个童生跑了来，也是如此述了一遍。不消一刻，来了三四起人，都是如此说法。顿时就哄了二百多人，有的说："我的家在山上，这一定要拆我的房子了！"一个说："我的田在山上，这一定要没我的田地的了！"又一个说："我几百年的祖坟都在山上，这一来岂不要刨坟见棺，翻尸掘骨吗？"还有个说："我虽不住山上，却是住在山脚底下，大门紧对着山。就是他们在那里动土，倘有一长半短，岂不于我的风水也有关碍？大家须想个抵挡他的法子才好！"当下便有人说："什么抵挡不抵挡，先到西门外打死了外国人，除了后患，看他还开得成矿开不成矿？"又有人说："先去拆掉本府衙门，打死瘟官，看他还能把我们的地方卖给外国人不能？横竖考也没得考，大家拼着去干，岂不结了吗？"于是你一句，我一句，人多口杂，早闹得沸反盈天。看热闹的人，街上愈聚愈多，起初还都是考先生，后来连不是考先生也和在里头了。众人正在吵闹的时候，忽有本地最坏不堪的一个举人，分开众人跑进茶店，忙问何事。于是众人都抢着向他诉说，如此如此，这般这般，说了一遍。这个举人，一生专喜包揽词讼，挟制官长，无所不为，声名甚臭。当时听得此事，便想借题做文，连说："这还了得！这瘟官眼睛里也太便没有人了。好端端要把我们永顺地方卖给外国人，要灭我们永顺一府的百姓。这样大事情，茶店里不是议事的地方，还不替我快去开了明伦堂，大家一齐到那里商量个法子，在这里做什么呢？"一句话提醒了众人，大家一哄而出，其时已有上千的人了。这茶店里不但茶钱收不到，而且茶碗还打碎不少，真正有冤没处伸，只好白瞪着眼睛，看他们走去；未曾把茶店房子挤破，已是万幸，还敢哼一声吗？

且说一干人跑到学里，开了明伦堂，爽性把大成殿上的鼓搬了下来，就在明伦堂院子里擂将起来。学里老师，正在家里教儿子念书，忽见门斗来报，不觉吓了一跳，不敢到前头来，隔着墙听了一听，来往的人声实在不少。他便悄悄的回到自己衙门，关上大门，叫门斗拿了衣包帽盒，从后门一溜烟而去，到府里请示去了。有分教：

　　童子聚众，矿师改扮以逃生；太守请兵，佳士无辜而被累。

毕竟这些童生闹到那一步田地，且听下回分解。

张师爷见矿师，想卖弄自己才学，凡初学洋话人皆是如此。柳知府叮嘱首县，还照常看待，并说留他在此，开开风气，与拔取考史论之童生同一用意。

矿师称颂督抚两宪，可见其于官场习气揣摹甚深，盖不如此，不足以售其技也。

金委员道："同外国人打交道，亦只可适可而止。"是为媚外者对症发药。

柳知府因锁拿店小二哥父亲，慨然生出许多议论，其自视慊然处，正其天良发现处。呜呼！强邻逼处，惟命是从，封疆大臣，且不能庇，彼小民奚足论哉。

知府将山卖与洋人，各童生房屋、田地、坟墓都在山上，虑之诚是也。至风水则荒谬无稽矣，而必于此斤斤者，正见中国牢不可破之积习。

第三回

矿师逾墙逃性命　举人系狱议罪名

却说儒学老师，因见考生聚众，大开明伦堂议事，他便叫门斗把此事根由探听明白，急急从后门溜了出来，直奔府衙门，禀见柳知府。柳知府一闻此信，不禁心上吓了一跳，立刻请他相见。老师便把他们滋闹情形陈说一遍。柳知府听了，默默无语。老师道："他们既会聚众闹事，难保不与洋人为难。这事是因停考而起，停考是为了洋人，这个祸根都种在洋人身上。再闹下去，怕事情越弄越大。所以，卑职急急来此禀知大人。"柳知府道："据你说起来，难道他们敢打死外国人不成？他们有几个脑袋，敢替朝廷开此外衅呢？"老师道："这里头不但全是考童，狠有些青皮、光棍附和在内。"柳知府诧异道："与他们什么相干？怎么也和在里头？"老师道："起初不过几个童生，为的没得考，又不得回去，难保不生怨望。在安分守己的人，自然没有话说。有些欢喜多事的，不免在茶坊酒店里散布谣言，说大人把永顺一府的山，通通卖给了外国人，众人听见了，自然心上有点不愿意。因此一传十，十传百，人多口杂，愈聚愈众，才会闹出事来。"柳知府道："真正冤枉！我虽为一府之尊，也是本朝的臣子，怎么好拿朝廷的地方私自卖给外国人？这不成了卖国的奸臣吗？他们这些人好不明白。你老哥既知道，就该替我分辩分辩，免得他们闹出事来，大家不好看。"老师道："大人明鉴！他们已动了众，卑职一个人怎么说得过他？况且卑职人微言轻，把嘴说干了，他们也没有听见。"柳知府道："我的告示上说的明明白白，说外国人今番来到此间，不过踏勘多处山上有无矿苗，将来果然有矿可采，亦无非为地方上兴利。况且此时看过之后，并不立时动工，叫他们不必惊慌。这有什么难明白的？"老师道："识字人少，说空话的人多，卑职来到大人这里，已经有半点多钟，只怕人又聚的不少了。大人该早打主意，洋人那里怎么保护？学宫面前怎么弹压？免得弄到后来不好收拾。"柳知府道："你话狠是。"便叫人去通知营里参府，请他派人到西门外高升店保护洋人，一面去传首县同来商量。

正说着，首县亦正为此事，拿着手本，上来禀见。柳知府立刻把他请进，如同商议军国大事的一般，着实慎密。首县又回："卑职来的时候，才出衙门，满街的强盗，把卑职的红伞、执事都抢了去，大街上两边铺户，一概关门罢市。卑职一看苗头不对，就叫轿夫由小路上走，才能够到大人这里来的。"柳知府道："狠好。西门外头，我已经招呼营里派了人去保护，你就同着老师到学前去晓谕他们，说我本府并没有把这永顺一府的山卖给外国人，叫他们各保身家，不要闹事。"首县无奈，只好诺诺连声，同了老师下来。

这里柳知府满肚皮心事，自己又要做告示晓谕他们，因为他们都是来考的人，嫌自己笔墨荒疏，又特特为为叫书启老夫子做了一篇四六文的告示。正要叫书办写了发出去贴，偏偏被刑名师爷看见，说他们都是考武的，有几个懂得文墨？一句话把柳知府提醒，就请刑名老夫子代拟一个六言告示，然后写了，用过印，标过朱，派了人一处处去贴。柳知府又怕营里保护不力，倘或洋人被他们杀害，朝廷办起罪魁来，我就是头一个，丢了前程事小，还怕脑袋保不住。思到此间，急得搔耳抓腮，走头无路，如热锅上蚂蚁一般。

话分两头。且说一班考童听了那举人的话，大家齐哄奔到学宫，开了明伦堂，擂鼓聚众，霎时间就聚了四五千人。这举人姓黄名宗祥，天生就一肚皮的恶心思。坏主意，府城里的人没有一个不怕他的。现在见他出头，大众无不听命。当下到得明伦堂上，人头挤挤，议论纷纷。他便分开众人，在地当中摆下一张桌子，自己站在桌子上，说与大众听道："我想这永顺一府，地方是皇上家的地方，产业是我们自己的产业。现在柳知府胆敢私自卖与外国人，绝灭我们的产业，便是盗卖皇上家的地方。我今与他一个一不做、二不休。头一件，城里、城外大小店面，一律关门罢市。第二件，先到西门外找到外国人统通打死，给他一个斩草除根。第三件，齐集府衙门，捉住柳知府，不要伤他性命，只要叫他写张伏辩与我们，打死洋人之事不准上详，那时候万事罢休。他要性命，自然依我。"众人听了，齐说有理。当下便有几百人分头四出，吩咐大小铺户关门。各铺户见他们来势凶猛，谁敢不遵？黄宗祥自己带领着一帮人，步出西门，找到高升店，其时已有上灯时分。

　　且说是日午后，住在高升店里的那个矿师，已经得了外面消息，怕有考童闹事，所有他的伙伴与同来的翻译、细崽人等，统通不敢出门。金委员为了此事，也着实担忧，自己悄悄穿了便服，步行到府衙门，请柳知府设法保护。一路上看见人头拥挤，心下甚是惊慌。到得府衙门，齐巧柳知府送过首县、老师出去，独自一个，在那里愁眉不展。一听他来，立刻请见。见面之后，金委员未曾开口，柳知府先问他外头信息如何？金委员便将外头听来的话，与街上看见的情形，说了一遍。柳知府道："兄弟已经照会营里到店保护。顶好是早点搬到兄弟衙门里来住，省得担心。"金委员道："地方上动了众，无论那里都靠不住。"金委员又要柳知府亲自出城弹压保护。柳知府正在为难的时候，只见门上几个人慌慌张张的来报，说有好几百个人都哄进府衙门来，现在已把二门关起，请金大老爷就在这里避避风头。金委员连连跺脚，也不顾柳知府在座，便说："倘若他们杀死外国人，叫我回省怎么交代？"柳知府也是长吁短叹，一筹莫展。众家丁更是面面相觑，默不作声。里面太太小姐，家人仆妇，更闹得哭声震地，沸反盈天。外头一众师爷们，有的想跳墙逃命，有的想从狗洞里溜出去。柳知府劝又不好劝，拦又不好拦，只得由他们去。听了听二门外头那人声越发嘈杂，甚至拿砖头撞的二门咚咚的响，其势岌岌可危。暂且按下。

　　再说高升店里的洋人，看见金委员自己去找柳本府前来保护，以为就可无事的了。谁知金委员去不多时，那学里的一帮人恰恰赶来。幸亏店里一个掌柜的，人极机警，自从下午风声不好，他便常在店前防备。还有那营里县里预先派来的兵役，也叫他们格外当心，不可大意。当下约有上灯时分，远远的听见人声一片，蜂涌而来。掌柜的便叫众人进店，把大门关上，又从后园取过几块石头顶住。又喜此店房屋极多，前面临街，后面齐靠城脚，开开后门，适临城河，无路可走，惟右边墙外有个荒园，是隔壁人家养马的所在，有个小门可以出去。那洋人自从得了风声，早已踏勘明白，预备逃生。说时迟，那时快，只听得外面人声愈加嘈杂，店门两扇几乎被他们撞了下来。掌柜的从门缝里张了一张，只见火把灯笼，照如白昼，知道此事不妙，连忙通知洋人，叫他逃走。洋人是已经预备好了的，便即掼去辎重，各人带一个小小的包裹，爬上梯子，跳在空园。四顾无人，便把这家的马，牵过几匹，开开后门，跨上马背，不顾东西，舍命如飞而去。

　　这里掌柜的见洋人已走，仍旧赶到前面。心下思量，若不与他们说明，他们怎肯干休？将来我的屋还要被他们踏平。倘若说是我放走的，愈加不妙。不如说是还在城里，把他们哄进了城，以为缓兵之计。主意打定，便隔着门，把洋人早到城里的话，说给众人。众人不信，齐说要进来看过。掌柜的便同他们好说歹说，说我们大家是乡邻，你们也犯不着来害我。黄举人隔着大门说："有我在这里，决不动你一草一木！"立逼着要开门进去。掌柜的那里敢开？后来始终被这些人撞破大门，一拥而进，搜了一回没有，顺手抢了多少东西。店里的人，逃走不及，狠有几个受伤的。众人见洋人果然不在店内，然后一齐蜂拥入城，直奔府衙门。刚刚走进城门，碰着营里参府，带领了标下弁兵，打着大旗，掌着号，呼幺喝六而来。这绿营的兵固然没用，然而出来弹压这般童生，与一班乌合之众，尚觉绰绰有余。众人见此情形，不免就有点七零八落，参差不齐。及至参府到了高升店，一问洋人说是在府里，晓得这般人一定是要闹到府里去的，倘若闹出杀官劫狱的事情，那时干系更重，立刻拨转马头，打着旗，掌着号，亦往本府衙门而去。

到得府前，才过照墙，参府便命营兵站定。照里一望，但见人头十分拥挤，听说府大堂的暖阁已经拆掉，亏得二门坚牢，未曾撞破。一干人还在里边吵闹。参府估量自己手下这几个老弱残兵，如何抵挡他们得过？心生一计，暂且摆齐队伍，把守在外，只是呜呜的掌号，恐吓他们。里头有人走了出来，也不去追赶他，由他自去。等到这班人散走了些，再作道理。当下众弁兵听令，果然在照墙外面呜呜的掌号，掌个不住。

且说里头这班人，一无纪律，二无军器，趁得人多手众，拆掉一个暖阁，无奈一个二门，敲死敲不开。看看天色已晚，大家肚里有点饿了，有些溜了回去吃饭。等到回来，只见府门前鸣锣掌号，站着无数营兵，便也不敢前进。里头的人，听见外头掌号，不知道发了多少兵前来捉拿他们，人人听了心惊。不知不觉，便三五成群，四五作队的走了出来。及至走出大门，见营兵并不上来捕拿，乐得安心回家。这时候只有去的，没有来的，不到三更天，里头只剩得二三百人了。这二三百人因为一心只顾攻打二门，没有晓得外面的情形，所以还在那里厮闹。外面参府一见里面人少，即忙传令拔队，进了府衙门，在大堂底下扎住。此时首县典史，打听得府衙门人已散去，他们也就带领着三班衙役，簇拥而来。里头这二三百人，才晓得不好，丢下二门也不打了，齐想一哄而散。恰好参府堵着大门，喊了一声拿人，众兵丁衙役一齐动手，立时就拿到二三十个，其余的都逃走了。然后首县亲自去敲二门，说明原故。里头还不相信，问了又问。外面参府、典史一齐答话，里面方才放心，开了二门，让众官进去，才晓得柳知府已经吓得死去活来。

金委员见面，先问洋人的消息。参府说不在店里，问过店里的人，说是在府里。金委员道："他何曾同来？不好了！一定是被他们杀死了！"立刻要自己去寻。柳知府便叫首县陪他一块儿去。参府又派了二十名兵、一个千总，一同前去。及至到了店里，只见店门大开，人都跑散，东西亦被抢完，有几个受伤的人在那里哼哼。后来在茅厕里找着掌柜的儿子，才知道洋人是已逃走的。金委员的心才略略的放下。又盘问："你可知道他们是往那里去的？"掌柜的儿子说："我的爷！我又没有跟他们去，我怎么会知道？"金委员急的要自己去找。首县说："这半夜三更，你往那里去找？他们既已逃出，谅无性命之忧。我这里派人替你去找，少不得明天定有下落。"金委员无奈，只得又回到府衙门。见了柳知府，嚷着要拿滋事的人重办，否则不能回省销差。柳知府诺诺连声，便留他先在府衙门里安身。首县立刻叫人从自己衙门里取到一副被褥床帐，如缺少什么，立刻开条子去要。柳知府又吩咐首县，把捉住的人，就在花厅上连夜审问，务将为首的姓名查问明白，不要连累好人。金委员嫌柳知府忠厚，背后说："这些乱民拿住了，就该一齐正法，还分什么首从？"柳知府晓得了也不计较。

是日，自从下午起，闹到三更，大家通统没有吃饭。柳知府便叫另外开了一桌饭，让金委员首坐，参府二坐，首县三坐，典史四坐，自己在下作陪。吃完了饭，参府带着兵，亲自去查点城门，怕有歹人混了进来。又留下十六名营兵，预备拿人。首县会同金委员，就要审问拿住的一干人。当下开了点单，同到花厅，就在炕上，一边一个坐下。外面八九十个兵壮，两三个看牢一个，如审强盗的一般，一个个带上去审问。也有问过口供不对，捱着几下耳刮子的，也有问过几句就吩咐带下去的。总共拿住了三十四个人，内中有三个秀才，十八个武童，其余十三个，有做生意的，也有来看热闹的。金委员吩咐，一概都钉镣收禁，首县也不好违他。当时在堂上问出是黄举人的首谋，问明住处，金委员便回柳知府，要连夜前去拿人，迟了怕他逃走。柳知府立时应允，又委首县一同前去；带了通班衙役，还有营兵十六名，又带了一个拿住的人做眼线，灯笼火把，汹涌而去。

且说黄举人自从明伦堂出来，先到高升店。及至打开店门，不见洋人的面，跟手奔到府衙门。正想率领众人帮着打过二门，捉住柳知府，大闹一顿。谁料正在高兴头上，忽听大门外呜呜的掌号，心下惊慌，以为有兵前来捕拿。后来看见众人渐渐散去，自己势孤，也只好溜了出来。幸喜走出大门，没人查问，一直转回家中。心想此事没有弄倒他们，将来访问，是我主谋，一定要前来拿我。愈想此事，愈觉不妙。忙与家人计议，关了前门，取了些盘缠，自己想从后门逃走，往别处躲避一回。正在收拾行李的时候，忽闻墙外四面人声，前后大门都有人把守。他的门既比不得高升店的门，又比不得本府的宅门，被差人三拳两脚，便已打开。捉住一个小厮，问他黄举人在那里？小厮告诉了他。众人便一直奔到他屋里，从床底下拖了出来。一根链子往脖子里一套，牵了就走。回到衙门，已有五更时分了。金委员又逼着首县，一同问他口供。提了上来，黄举人先不肯认，金委员就要打他。首县说："他是有功名的人，革去功名，方好用刑。"金委员翻转脸皮，说道："难道捉到了谋反叛逆的人，亦要等到革掉他的功名方好办他吗？"首县无奈，只好先打他几百嘴巴，又打了几百板子。还是没有口供，只好暂时钉镣寄监，明日再问，问明白了，再定罪名。

柳知府因为没有革去黄举人的功名就打他的板子，心上老大不愿意，说："如果打死了外国人，我拚着脑袋去陪他，金委员不该拿读书人如此糟蹋，倒底不是斯文一脉！"第二天，便说要自己审问这桩案件。有分教：

太守爱民，郡县渐知感化；矿师回省，闾阎重被株连。

欲知后事如何，且听下回分解。

柳太守对老师一番说话，可想见其人之忠厚。

首县云："卑职才出衙门，满街的强盗，把卑职红伞、执事都抢了去。"为民父母，而目赤子曰强盗，亦甚负此蚩蚩矣。即从他自己口中说出，真是绝妙诙谐。

柳知府叫书启老夫子撰四六文告示，刑名师爷说没有人懂，代拟了一个六言告示，缮好发贴。今舍深文奥义，而以小说开化人，即是此意。

黄举人在明伦堂所发议论，虽寥寥数语，却字字斩钉截铁，足以包括一切。末云："捉住柳知府，只要他写伏辩，不要伤他性命。"尤见设计之尖刻。

第二(三)回金委员初见柳知府，把外人看得甚轻，第三回忽另换一副面目。盖金委员向在洋务局当差，是靠外国人吃饭，失去外国人，便绝了啖饭地矣。观其先后惶急情形，实有不得已之苦衷，不得以前后矛盾责作者也。

　　洋人预谋逃走，掌柜的预为防备，均非毫无经纬临时张皇之人，曲折写来，不嫌琐碎也。

　　此回自明伦堂聚众，黄举人创议；次闹高升店，洋人逃走；次毁府大堂，拆毁暖阁，攻打二门。闹到如此田地，正不知如何收场，忽借参府在府门外虚张声势，驱散大众，而即趁势捕获数人，以了此一宗巨案。结束之速，不可思议。

　　金委员捉到黄举人立刻用刑，柳知府嫌其非斯文一脉，而又不欲连累好人。人谓柳知府素性媚外，黄举人兆此巨祸，亟宜先行扑责，以泄其忿，今不出此，盖以洋人既已逃生，可庆无恙，若帮着外人，折磨自家百姓，殊觉有愧于心，是其心地慈祥始终不易，即有时巴结洋人，非真有爱于洋人也，亦叫做没得法耳。

第四回

仓猝逃生灾星未退　中西交谪贤守为难

却说那洋矿师一帮人，自从在高升店爬墙出来，夺得隔壁人家马匹，加鞭逃走，正是高低不辨，南北不分，一口气走了十五六里，方才喘定。幸喜落荒而走，无人追赶。及此定睛看时，树林隐约之中，恰远远有两三点灯光射出。其时已是五月初旬，一钩新月，高挂林梢，所以树里人家，尚觉隐隐可辨。逃走之时，不过初更时分，在路上走了只有一刻多钟。当下几个人见有了人家，心上一定，一齐下马，手拉缰绳，缓步行来。矿师道："此地百姓，恨的是我们外国人，我们此番前去借宿，恐怕不肯，便待如何？"细崽道："此处离城较远，城里的事他们未必得知，有我们中国人同着，或者不至拒绝。"通事道："纵不至于拒绝，然而荒郊野地，这些乡下人，一向没有见过外国人，见了岂不害怕，还敢留我们住吗？"矿师踌躇了半晌，说道："这便怎样呢？"亏得那矿师同来的伙计，虽也是外国人，这人却狠有心思，便同那矿师打了半天外国话，矿师点头醒悟，忙问通事："带出来的包袱里，还有中国衣裳没有？"通事道："有，有，有。"矿师道："有了就好说了。"便把他〔同〕伙计商量，通统改作中国人打扮的意思说了出来，大家齐说狠好。细崽道："如果不够，我的包里，还有长褂子、坎肩哩。"一面说，一面与通事两个，赶忙各将衣包打开。那通事本来是爱洋装的，到了此时，先自己换了中国装，又取出接衫一件，单马褂一件。细崽取出竹布长衫一件，坎肩一件。两个洋人喜的了不得，就在道旁把身上的洋衣脱了下来，用包袱包好，把长衫、马褂、坎肩穿了。但是上下鞋帽不对，没有法想。细崽又在包袱里取出一双旧鞋，给矿师穿了。然而还少一双，细崽只得又把自己脚上穿的一双脱了下来，给那个洋人穿着，自己却是赤着脚走。脚下已齐全了，独独剩了头上没有商量。如果不戴帽子，却是缺少一根辫子，叫人一看，就要破相；如若戴了外国草帽，乡下人没有见过这样草帽，也是要诧异的。大家议论了一番，一无妙法。两个洋人，也是急得搔耳抓腮，走头无路。

歇了一会，那个细崽忽然笑嘻嘻的说道："我倒有个法子。"众人忙问什么法子？细崽道："荒郊野外，又没个剃头店，要装条假辫子一时也来不及。现在依我意思，只好请二位各拿手巾包了头，装着病人模样，由我们两个扶了，再前去借宿。只说赶路迷失路途，夏天天时不正，两人都中了暑，怕的风吹，所以拿布包了头。今天权宿一宵，明天再赶进城去。"矿师听了，连称妙计，急忙忙，两个人依言改扮。如若乡下人问时，只说辫子盘在里头，便可搪塞过去。

改扮停当，仍旧牵了马，走到一家门口，把马拴在树上，听了听声息俱无，想是已经睡了，不去惊动。又到第二家门口，听见内中有两个人说话，细崽便伸手敲了几下门。内中问是谁？细崽并不答应，仍旧敲个不住。究竟乡下人心直，也不问到底是谁，见打门声急，便有一个男子，前来拔了闩，开了门。四个人，一个扶一个，一齐走进；那两个洋人，更把头低下，装出有病模样。进门之后，见了床，随即和衣倒睡。这家人家，本是母子两人，那男的是儿子，此外只有一个老太婆。一见这个样子，心下老大惊慌，忙问怎的。细崽告诉他道："我跟了他三个出来做买卖，原想今日赶进城的，不料多走了路，迷失路途，不知离城还有多远？现在天时不正，他两个又在路上中了暑，发了痧，不能赶路。所以要借你这里权住一夜，明天一早，打总的谢你。"乡下人母子听了，将信将疑，忙问："还有行李铺盖呢？"细崽道："早上出城，原说当晚便回，没有带得铺盖，各人只有小包袱一个。"母子二人听了，信以为真。又问吃饭没有？细崽回说没吃。老太婆道："只有你两个吃饭，他两个病了，让他静养一夜，饿饿也好。"那懂得中国话的矿师，听了欢喜，心里说：我这可把他瞒住了。但是在店里动身之前，并没有吃得饭。此刻他不让我吃，叫我困在这里，却是饿的难过。救了性命，救不得肚皮，这亦说不得了。

且说那乡下男子，便叫他母亲重新打火造饭，自己出外淘米。不提防走至树下，一排拴着好几匹马，心下一惊。想这四人来路古怪，不要是什么歹人闯到我家，那却如何是好？急急淘完了米，奔到母亲面前，趁空低声告诉了一遍。他母亲趁空走到门外，看了一看，见是真的，便对他儿子说道："你听这几个人说话，都是外路口音，现在又有这几匹马，不要是碰着了骑马贼？我在家料理他们吃饭，你快到地保家送个信去。如果不对，先把他们捆起来，省得受他的害。"他儿子一听不错，仍旧到屋里招呼了半天，托说解手，出门去了。这里只有两个人吃饭，老太婆着实殷勤，要茶要水，极其周到，一霎时吃完了饭。倒底人家的马，漠不关心，并不当心喂草喂料，还是老太婆问了声："四位爷们的马，也该喂喂了。我们这里却少麸料，如何是好？"细崽道："喂上把草，也就中了。"老婆子听说，自出喂马。这里四个人，两人一床，暂时歇息。因日间受了惊慌，晚上逃难又赶了十几里程，两个外国人先已装病睡倒；细崽究竟是个粗人，还可支持得住；独是苦了这个通事，生平没有骑过马，一路上被他颠的屁股生痛，吃过饭，丢过饭碗，连忙躺下。细崽乐得一同歇息。四个人睡在床上，趁屋里无人，各诉苦况，还感念老太婆母子的好处，说："如果不是碰着了他，今夜尚不知在那里过夜。"两个外国人只是闹肚里饿。细崽包袱里还带着几块面包，两个外国人看见，如同得了至宝一般，只得权时取来充饥。

　　说时迟，那时快，这里几个人方才合眼，那个老太婆的儿子已经去找到地保。说是庄上来了骑马贼，现在他家里住宿。地保一听，事关重大，立刻齐集了二三十人，各执锄头钉耙，从屋后兜到前面。老太婆儿子当先，地保在后，一帮人跟在后面，静悄悄捱至门前，一拥而进。这几个人究竟是劳苦之余，容易睡着，屋里进来的人，并未觉得。老太婆一见他儿子领了许多人来到屋里，晓得是来拿人的，就把嘴照着床上努了一努。地保会意，便吩咐众人，快拿绳子将他四人捆起。老太婆的儿子也帮着动手。可怜四个人竟如死人一般，一任众人摆布。等到捆好，地保道："先把他四个的行李打开看看，可有抢来的东西没有？"谁知倒有一大半外国人衣服在内，还有两个草帽、两双皮鞋，其余中国人衣服不多两件，另外一个手巾包，里头包着些面包食物之类。地保看了，也不认得。又叫搜他身上，看有家伙没有？众人又一齐动手，才把那个矿师惊醒。睁眼一看，见了许多人，心想一定是城里那班人赶下来捉他们的，急欲起身。谁知手脚被捆，挣扎不得。欲待分辩，又不敢分辩。心里横着总是一死，看他怎的！地保搜了一会，只有外国人出门时用的两根棍子，其余一无所有。又拿火在门外照了一会，四匹马只有两匹有鞍辔，两匹是光马。内中有一个人说道："这一定是骑马的强盗无疑。除掉强盗，谁有这们大的本事，能够骑这光马？不要管他，把他扛到城里，请老爷发落便了。"地保一想不错，便叫乡下人取过两扇板门，两个筐箩，把他四个，两个放在门上，两个放在箩里，叫几个乡下人抬了就走。地保自己押着，又拉了老太婆的儿子同去做见证。

　　谁知他们在门外商议这些话时，都被矿师听见，心上一喜，知道他们不是城里的一班人。既而又听见众人说，要把他四个往城里送，心上又是一惊，又是一喜。惊的是到得城里，不要又落在考童之手，那是性命全体；喜的是此番逃难，不识路途，况且行李全失，盘川亦无，见了地方官，不怕他不保护资送，而且都是见过的。既而一想，不要说破，且等他们抬到城中，再作道理。主意打定，索性装睡，任凭众人搬弄。当下众人，便把两个放在板上，两个放在箩里。四人之中，一个矿师是装睡，一个矿师带来的伙计是不会中国话的，见此情形，早已吓得做声不得。一个通事，被马颠破了屁股，正在那里发热昏晕，一个细崽，毕竟粗人，由人拨弄，只是不知。又选了十多个有力气的乡下人，沿路换肩倒替，其余的牵了马，拿了包裹，径奔西门而来。

　　且说城里的官，金委员自从拿到了黄举人，打了一顿，收在监里，他便进来歇息。首县亦回衙理事。柳知府亦因一夜未曾安顿，送完了客，便独自一个，要想到签押房里烟铺上打一盹。谁知睡不到一点钟，太阳已经下地，再想睡亦睡不着了。爬了起来，坐着吃水烟，心想：这件事如何办法？现在滋事为首的人虽已拿到，究竟洋人逃落在何处，至今一无下落。金委员住在这里老等洋人，一天没有下落，他一定是一天不走，将来被上头知道，这便如何是好？而且案关交涉，倘若外国人要起人来，叫我拿什么还他？就是杀了黄举人，我这个罪名也耽不起。想来想去，正是哑子梦见妈，说不出的苦。

　　正思想间，忽见门上拿了一大把名帖，说是合城绅士来拜。柳知府忙问何事？大清早上，他们会齐了来做什么？门上道："也不知为的那一项？恍惚听说是为了黄举人没有详革功名，金大老爷就打他板子，所以大家不服，先来请示老爷，问问这个道理。倘若不还他们道理，他们就要上控。"柳知府急的顿脚道："怎么样？这话我早说过的了。这位金老爷，办洋务原是精明的，若讲起例案来，总得还学习上几年。这个官是容易做的吗？你想，我如今不见了外国人，金老爷不肯走，一定吃住了我替他找，打了黄举人，众绅士又不服气，也来找我，我如今真正做了众人的灰孙子，若有地洞，我早已钻进去了。实在，这个官我一天也不愿意做。"门上拿着帖子，站在一旁，不敢答应。别的跟班，早伺候他把衣帽穿戴齐全，出来见客。这永顺府城里，十二分大的绅士也没有，文的为首的是个进士主事，武的为首的是个游击，连着佐杂千把之类，合拢了不过二三十人，当下也只来了十几个人。柳知府接着行过礼，分宾坐下。柳知府先开口说："今日倒一早惊动了诸位！"大伙儿说："昨天晚上，大公祖受惊了。"柳知府道："兄弟德薄望浅，不能镇抚黎民，虽在这里为官，实在抱愧得狠。"众绅士道："考童并不敢闹事，不过大公祖停考之后，他们绝了希冀，不免心中怨望,也是有的。至于闹事的人,还是地方上的痞棍,那些求名应考之人,断断没有此事。"柳知府道:"这个兄弟也晓得。"众绅士道:"大公祖晓得这个,就是我们地方上的运气了。但是一件,何以昨夜又去捉拿黄举人,打了不算,还收在监里? 黄举人平日人品如何,且不必讲。但他也是一个一榜出身,照着律例上,虽说是王子犯法,与庶民同罪,然而也得详革功名,方好用刑。他究竟身犯何事,未经审问,如何可以打得板子?"柳知府道:"这是他们同伙供出来的。"众绅士道:"设如被反叛咬了一口,说他亦是反叛,难道大公祖不问皂白,就拿他凌迟碎剐,全门抄斩吗? 大公祖是两榜出身,急应爱惜士类,方不愧斯文一脉。要说举人可以打得,我们这里头还有个把进士,同大公祖一样出身,也就栗栗可惧了。"柳知府听了这话,急得脸上一阵红,一阵白,一句话也回答不出来。歇了半天,才说得一句:"这事兄弟还要亲自审问,总有一个是非曲直,断乎不能委屈姓黄的。"众绅士道:"既然大公祖肯替我们作主,我们暂时告辞,明天再来听信。至于昨日被痞棍打毁的大堂暖阁,事定之后,我们情愿赔修。"说罢一齐站起。柳知府还要说别的话,见众人已经走出,不好再说了。当下把众人送了出去。

才进二门,只见门上又拿着手本来回,说首县禀见,外国人也有了。柳知府听了,不禁大喜过望,如同拾着了宝贝一般,忙问:"在那里找着的? 现在人在那里,来了几时了,为什么不早说?"门上道:"不是派人找着的,是乡下人捆了上来的。"柳知府听说,又吃了一惊,说:"好端端的,怎么会被乡下人捆了上来? 倒没有被乡下人打伤?"门上道:"这是首县大老爷才同家人说的,其中底细,家人不知道。"柳知府便把首县请进,又叫人去告诉金委员,说洋人找着了。

少停,首县进来,刚说得两句,金委员也赶来了。柳知府道:"恭喜! 恭喜! 外国人找着了。"金委员道:"怎么找着的?"柳知府道:"你听他讲。"首县便说道:"卑职今天一早,刚从大人这里回去,就有这乡下的地保来报,说拿住四个骑马强盗。卑职听了,狠吃了一惊,因为地方上一向平安,没有出过盗案,那有来的强盗呢? 先叫人出去查问。回说一共有四匹马,两匹鞍辔俱全,那两匹是光马,包袱里狠有些外国衣服。卑职听了,就疑心到这上头。跟手坐堂,把四个人抬上来。谁知道外国人一见卑职,他还认得,就叫了卑职一声。卑职一见是他们,立刻亲自起身,替他们把绳子解去。只有那个通事,说是昨日骑马,受了伤,身上发烧,头里昏晕,不能行动,现在卑职衙门里,另外收拾了一间书房,让他在那里养病。那两位洋人,饿了半天一夜,留在卑职那里吃饭，吃过饭就来。卑职恐怕大人惦记，所以先来报信的。"柳知府道："他们那里来的马？怎么到了乡下，会被他们认做强盗呢？"首县道："卑职也问过洋人，说昨天傍晚的时候，有好几千人闹到店里，店里掌柜的把大门关上，让他四个由后墙逃走。齐巧墙外是人家的马棚，他们跨上马背就走，一气跑了十几里，就跑到这乡里。恐怕乡下人见了疑心，所以改了中国装。两个洋人又装做有病样子，拿布包了头，才遮住乡下人的耳目。谁知逃过一关，还有一关。乡下人因见他们会骑光马，所以认做强盗，通知了地保，地保亦不细细查问，竟把他们一齐捆起，送进城来。真正笑话！幸亏还没有打坏他们。现在地保同乡下人，一齐被卑职暂收在班房里看管，听候大人发落。"柳知府道："捆他们的时候，为什么不喊呢？"首县道："捆的时候，四个人本是统通睡着的，矿师头一个惊醒，听说是往城里，晓得总会明白的，免得说破又生别的枝节。那三个，一个洋人不会说中国话；一个通事病昏了，说不出话；一个细崽，睡的像死人一般，由乡下抬到城里，他就一觉睡到城里，直到卑职叫人解开他的绳子，才把他唤醒。"柳知府道："啊呀呀！谢天谢地！这一头有了下落，我放了一半心，还有那一头，将来还不知如何收场呢？"

首县来的时候，已知道众绅士的来意，现在柳知府所言，正是此事。刚要追问下去，门上来回："洋大人已到，在二堂上下轿了。"柳知府、金委员、首县三个人，一齐迎了出去，只见一排三乘轿子，两乘四人轿是洋人坐的，一乘二人轿是细崽坐的。细崽到了此时，并不预先下轿，直等府、县出来，他三个人方才一同下轿，让了进去。柳知府拉手不迭，先说诸位受惊，又说自己抱歉，说完归坐。细崽是有金委员的管家拉着谈天去了。这里柳知府先问矿师昨日逃难的情形。洋人便自始至终，详细说了一遍。金委员又告诉他，现在拿到几个人，已经打了，收在监里，等到审问明白，就好定罪。矿师道："柳大人！你们贵府的民风实在不好，昨儿考先生闹事，我们几乎没有性命。逃到乡下，他们乡下人又拿我们当作强盗。我们是贵总督聘请来的，贵府就该应竭力保护，方是正理。现在如此，不但对不住我们，并且对不住你们总督大人。我们的行李盘川，现在统通失落。这些乡下人，还有昨天拿住的那些考先生，都要重重的办他们一办，出出我们的气才好。"柳知府听了矿师的言语，心上一气，又是一句话也对答不来。有分教：

　　委员和事，调停惟赖孔方；绅士责言，控诉不遗余力。

欲知柳知府如何发付洋人，及众绅士能否免于上控，且听下回分解。

　　洋人逃至乡间，恐乡人见之疑讶，不得不改华服。然而衣履可换，辫子不能现装，惟有扮作病人，以布包头之一法。诸君试掩卷思之，舍此而外，尚有他策否？

　　乡人因见其骑马而来，疑是强盗一流，地保见其骑光背马，而决其为大本事，文有次序。迨至首县口中禀述，则词取简括，不得以遗漏责之。

　　四人被捆之后，矿师恐说破另生枝节，故任人播弄，默无一语。其伙计不会说中国话，即有话，乡下人亦不懂也。

　　其他二人，一病昏，一睡熟，故得安稳抬至城中。

　　众绅士因责打黄举人，前来责问，题中应有之义，其对柳知府之言，咄咄可畏，令人难堪。众绅士临行时云："打毁大堂暖阁，我们情愿赔修。"回顾前文，庶使前文不致寂寞。

第五回

通贿赂猾吏赠川资　听撺掇矿师索赔款

　　却说柳知府先受了众绅士的排揎，接着洋人见面又勒逼他定要办人，真正弄的他左右为难，进退维谷，心上又气又急，一时楞在那里，回答不出。其时金委员也正在座，一见有了洋人，卸了他的干系；至于闹事的人，已经收在监里，他这一面有了交代；也就乐得做个好人，一来见好于柳知府，二来也好弄他两个。当下见柳知府回答不出，他便挺身而出，对洋人竭力排解道："这桩事情，柳大人为我们也算得尽心了。自从我们到得这里，柳大人是何等看待？只是百姓顽固得很，须怪不得柳大人。自从昨日闹了事情出来，柳大人为我们足足有四十多点钟不曾合眼，不曾吃饭。现在闹事的人，既然已经拿到，有些已经打过收在监里，将来一定要重办，决计不会轻轻放过他们的，你但请放心罢了。至于我们几个人失落的行李、铺盖，以及盘川等等，将来能够查得到固然极好，设如真个查不到，柳大人亦断乎不会叫你空手回去的。还有捆你上来的那些乡下人，论理呢，他们还要算得有功之人，不是他们拿你捆送上来，只怕你几位直到如今，尚不知流落何所。但是他们不应该将你们捆起来，这就是他们不是了。这个都是小事，少不得柳大人替你发落，你亦不必多虑。现在，你二位昨夜受了辛苦，今天一早又捆了上来，苦头也算吃足了，可到我屋子里先去歇息一回，一切事情回来再讲。"矿师道："各事我不管，但凭你金老爷去办罢了。"又回头对柳知府道："柳大人为我们吃苦，少不得后来总要谢你的。"柳知府听了，也不知要拿什么话回答他才好。洋人说完，站起身来就走。金委员赶忙走在前头引路，把他两个一直引到自己屋里。柳知府知道他们要去休息，怕的一张床不够，立刻叫人又送过去几副床帐被褥，不在话下。

这里首县见洋人已去，便要请教府大人，这事怎样办法。柳知府道："你听见他们的口音吗？一个红脸，一个白脸，都是串通好了的。赔他们两个钱倒不要紧，但是要赔多少，总得有个数目。我现在别的都不气，所气的是我们中国稍些不如从前强盛，无论是猫是狗，一个个都爬上来要欺负我们，真正是岂有此理！"柳知府一面说，一面嘴上几根胡子，一根根都气的跷了起来，停了半天不语。首县道："就是赔钱呢，亦陪煞有限。但是昨天捉来的那一干人，同这乡下人，如何发落？"柳知府道："乡下人并没有错，他们看见异言异服的人，怕不是好来路，所以才捆了上来。送来之后，原是听我们发落的。他们又没有私自打他一下子。倘若真是骑马的强盗，他们捉住了，我们还得重重的赏他们，怎么好算他们的不是呢？"首县道："但是不略加责罚，恐怕洋人未必称心。"柳知府道："要他们称心可就难了，拿我们百姓的皮肉，博他们的快活，我宁可这官不做，我决计不能如此办法。至于赔几个钱，到了这步田地，朝廷尚且无可如何，你我也只好看破些。如要带累好人，则是万万不能。"首县道："外国人只要钱，有了钱就好商量。乡下来的一班人，且把他搁起来。还有黄举人那一帮人，打的打了，一齐收在监里，有的功名还没有详革，这事要请大人的示，怎样办法？"柳知府道："没有别的，拚着我这个官陪他们就是了。"首县见太尊正在气恼之下，不好多说，随便应酬了几句闲话，告辞出来，回衙理事。

这里洋人同金委员在府衙门里，一住住了两三天，那翻译在县里将息了两天，病也好了，也就搬到府衙门来一块儿住。黄举人一帮人，仍在监里，乡下来的一帮人，仍在县里，柳知府也不问不闻，就是绅士们来见，也不出见，只说有病，等到病好亲来回拜。如是者四五天，倒是金委员等的不耐烦了，晓得柳知府有点别致性情，有时胆小起来，树叶子掉下来都怕打了头，等到性子发作，却是任啥都不怕。这两天与洋人见面，虽然仍旧竭力敷衍，无奈同金委员讲起来，总有点话不投机，所以金委员不愿意去惊动他。亏得同首县还说得来，这天便独自一个，便衣走到县衙，会见首县，同他商量说："我们来到此间，闹出这们一个乱子，真是意想不到的事。现在矿也不必看了，就此回省销差。但是失落掉的东西，兄弟的呢，彼此要好，多些少些，断无计较之理，但是洋人一边，太尊总得早些给他一个回头。在此多住一天，彼此都不安稳。就是拿到的那些人，或者怎么办法，也不妨叫我们知道，将来回省销差，便有了话说。太尊只是闷住不响，究竟不晓得葫芦里卖的什么药？"首县道："东西呢，是一定要赔的，人也一定要办的。太尊这两天心上很不高兴，我们做下属的，也不便怎么十分逼他。好在我们至好，你吃了饭，没有事，可以常常到我这里闲谈，多盘桓几天也好。"金委员道："我的老哥，你说的真定心！我们出来两个多月，事情做的一场无结果，还不回省销差，尽着住在这里做甚？老哥！千万拜托你，今明两天去问他一个准信，好打发我们走路。只因这位太尊，初见面的时候，看他着实圆转，到得如今，我实在怕与他见面。老哥好歹成全了兄弟罢。"说罢，又站起来，作了一个揖。首县只得应允。又问他单赔行李，要个什么数目？金委员道："若依了外国人，是个狮子大开口，五万、六万都会要，现在有兄弟在里头，大约多则二万，少则一万、五千，亦就够了。"首县无语，彼此别过。

列位看官，须晓得柳知府于这交涉上头，本是何等通融、何等迁就，何以如今判若两人？只因当初是恋着为官，所以不得不仰顺朝廷，巴结外国，听见外国人来到，立刻就命停考，听见店小二打碎茶碗，就叫将他父子押候审办。如今闹事的人，百倍于店小二，遗失的东西，百倍于茶碗，他反不问不闻，行所无事，是个什么缘故呢？实因他此刻内迫于绅士，外迫于洋人，明知两面难圆，遂亦无心见好。又横着一个丢官的念头，所以他的心上反觉舒服了许多。倒是金委员瞧着他行所无事，恐怕这事没有下场，所以甚是着急，不得已托了首县替他说项。

闲话休题，言归正传。且说首县上府，禀见之下，当将金委员托说的话，婉婉转转陈述了一遍。又说洋人住在这里，终久不是个事体，不如早早打发他们走路，乐得眼前清静。柳知府起先是满腹牢骚，诸事都不在他心上，如今停了几天，也就渐渐的平和下来。听了首县的话，便问他们要怎么样？首县当把金委员说的数目告诉了柳知府。柳知府道："太多！他那点行李，能值到这许多吗？依我意思，给他两千银子，叫他走路。他的行李，也不过值得几百，现在已经便宜他了。"首县见所要的数目，同所还的数目，相去悬殊，不好再讲。又问拿到的人如何发落？好叫金令回省，也有个交代。柳知府道："这事我已经打好主意，须得通禀上宪，由着上头，要如何发落，便如何发落，你我犯不着做歹人，也不来做好人。我现在倘若要对得住洋人，便对不住绅士，要对得住绅士，就对不住洋人。况且这些人，一大半是当场拿住，有的是堂上问了口供；由金委员自己去拿了来的，打也是他自己擅作主张打的，百姓固然不好，金老爷也未免性急了些。现在谁是谁非，我均不问，据实通详上去，看上头意思如何，再作道理。"首县无话可说，下来之后，照实告诉了金委员。

金委员也自懊悔，当时不该责打黄举人，又把他们一帮人统通收在监里，事情办的操切，便不容易收场。既而一想，到了上头，一切事可以推在外国人身上，与我不相干涉；我今乐得趁此机会，弄他们两个。便与首县再四商量，说两千银子，叫我洋人面前如何交代？凡事总求大力。并且自己跌到一万，不能再少。首县无奈，只得重新替他说项。柳知府从二千五百加起，加到三千，一口咬定，不能再加。首县出来，又与金委员说过，金委员只是一味向他婉商。首县因为太尊面前不好再说，只得自己暗地里送了金委员一千两银子。好在一钱不落虚空地，将来自有作用。便告诉他说："这是兄弟自己的一点意思，送与吾兄路上做盘川，不在赔款之内。"金委员接受之下，心上倒着实感激他，而恨柳知府刺骨，口说："吾兄的一千，兄弟一定领情，至于太尊所说的三千，兄弟也犯不着同他争论，只要外国人没得话说，乐得大家无事。"首县见此事他自己已安排停当，外国人回省有金委员一力帮衬，以后万事可以无虑，便也不再多讲，一笑辞去。

这里金委员见柳知府许赔的数目，不能满其欲壑，回至房中，便向矿师撺掇，并说了柳知府许多坏话。矿师道："我看这里的府、县二位，都不肯替我们出力，倒是营里还替我们拿到几个人。"金委员道："闹事的那一天，柳大人是一直关着二门，躲在衙门里，亏得首县大老爷先同了捕听到街上弹压，后来半夜里又同了我去捉那个姓黄的，整整一夜没有睡觉。首县大老爷，那天倒狠替我们出力。如果不是他，那姓黄的首犯怎么会拿得着呢？"矿师道："看他不出，倒是一个好官。那位柳大人，我们同他初次见面，看他的人很是明白，怎么他倒不替我们出力？"金委员道："不替我们出力也罢了，如今我们的行李通同失掉，住在这里不得回省，我去同他商量借几千银子做盘川，他不但一毛不拔，而且捉来的人，他也不审，也不问，不知道要把我们搁到那一天！"矿师道："我是他们总督大人请我来的，他得罪我，就是得罪他们总督大人。我的行李，是一丝一毫不能少我的，少了一件，叫他拿银子赔我。我们上下六七个人，总共失落多少东西，定要他赔多少银子。快算一算，开篇帐给我，我去问他讨，少我一个也不成功。"当下金委员便亲自动手，开了一篇虚帐，算了算，足足二万六千多两银子，交给了矿师，便一齐跑到花厅上请见柳知府。

柳知府闻报，赶忙出来相会。只见矿师气愤愤的照着他说道："柳大人！你可晓得我是谁请了来的？我是你们贵总督大人请来的。到了你这地方，你就该竭力的保护才是。等到闹出事来，我们好容易逃出性命，你又叫乡下人把我们捆了上来。承你的美意，总算留我们在衙门里住。现在，拿到的人既不审办，我们失落的东西也不查考。我们现在也不要你贵府办人，也不要你赔我们的行李，只要问你借两个盘川，好让我们回省销差。至于闹事的人，你既不办，将来我只好托你们总督大人替我们办。我们失落的东西，现在有篇帐在这里，一共是二万六千多两银子，我们带回武昌，不怕你们总督大人不认，少我一个也不成功。"一席话弄的柳知府摸不着头脑，连说："这是那里来的话？闹事的人是你们金老爷拿到的，打也打了，收监的也收在监里了，还要怎样？"柳知府话未说完，矿师接嘴道："可又来，全亏了我们金老爷，还拿到几个人，要你们地方官做什么用的？"柳知府道："那天我还叫首县先出去弹压，后来又叫他帮着拿人。"矿师道："是了！一城里头，只有首县大老爷，还替我们出把力。"柳知府听了，真是又气又恼，接着说道："你们失落的东西，我已经应允了三千，难道不是银子？况且这银子，都是我自己捐廉，难道还去剥削百姓不成？"矿师道："你三千银子我没看见，你交给那一个的？我的帐总共是二万六千多银子，这三千是赔那一项的？"柳知府道："说三千就是三千，还有什么说话不当话的？"其时金委员也坐在一旁，见柳知府讲到三千的话，这句话原是有的，是他吃了起来，没有同洋人说，倘若当面对出，未免难以为情，赶紧站起来解劝，好打断这话头，因向矿师道："我们出来已经不少日子了，现在须得赶紧回省销差。柳大人这边能够再添上两千，自然是再好没有。倘若不能，就是三千，我们回去的盘川，也将就够用了。这里的事情，好在柳大人也要通禀上头，且看上头意思如何，再作道理。"那矿师本来还想同柳知府争长论短，听见金委员如此一说，也就罢手。只有柳知府到底是个忠厚人，心上还着实感激金委员替他排难解纷，便同矿师说："我这里三千是现成的，倘要再多，实实凑不出来。几时动身，检定日子，好叫县里预备。"当下金委员便同矿师商量，后天一准起身。金委员又同柳知府说："要先支几百两银子制备行装。"柳知府也答应了，立即传话帐房，先送五百两银子过去。

　　次日，柳知府将银子一并找足，矿师出立收据。是晚，柳知府又特地备了一席的满汉酒席，邀了营、县作陪，宾主六人，说说笑笑，自六点钟入席，直至二鼓以后，方才散席。席面上所谈的，全是闲话，并没有题到公事。次日，营、县一同到府署会齐，送他几个起身。府、县各官，一齐送至城外，方才回来。金委员同了洋人、翻译，自回武昌不题。

　　且说柳知府回到衙中，先与刑名师爷商量这事如何申详上宪。拟了稿子，改了再改。毕竟柳知府有点学问，自己颇能动笔，便将这事始末，详详细细，通禀上宪。并说现在闹事的人，都已拿到，收在监里，听候发落。但未题到停考一节，又把武童闹事，及拆毁府大堂情形，改轻了些。禀帖发出，又传了各学教官到府谕话，告诉他们洋人已去，前头武考未曾考完，定期后天接考下去，叫各教官前去传知各考童知道。谁知到了这天，来赴考的，甚是寥寥。却为何来？一半是为了川资带的有限，不能久待，早已回家去的；一半是此番闹事，武童大半在场，恐怕府大人借考为名，顺便捉拿他们，因此畏罪不敢来的，十分中倒有五六分是如此思想。所以赴考的人，比起报名的时候，十分中只来得一二分。柳知府无可如何，只好草草完事。至于那些绅士们，也曾来催问过好几次，柳知府推诚布公的对他们说：“这事情已经禀过上头，只得听候上头发落。至于拿到的人，但有一线可以开脱他们的地方，我没有不竭力的替他们开脱。还有武童聚众，以及打坏本府大堂这些事情，统通没有叙上。”众绅士道：“大公祖体恤我们百姓，诚属地方之福，但这事实实在在是因停考而起。”柳知府无可说得，只有深自引咎。众绅士别过。有几个忠厚的，也不再来缠扰，专听上头回批。有几个狡猾的，早已拟就状词，到省城上控去了。有分教：

　　宵小工谗，太守因而解任；贪横成性，多士复被株连。

欲知后事如何，且听下回分解。

　　金委员第一次当着洋人替柳知府排解的一番话，句句是绵里针，有闹事的人，不怕他不办，失落的东西，不怕他不赔的口气。

　　柳知府对首县说：“他们一个红脸，一个白脸，都是串通好了的。”金委员之狡狯，早已为人窥破，谁谓柳太守愚哉。

　　柳知府存了一个丢官的念头，忽然大胆起来，倘人人能如此大激大悟，则世界上好官，将不可胜数矣。惟但闻其将人羁押，而卒不敢开释一人，是殆心有余而力不足者，君子略迹原心可也。

　　洋人索赔款，首县暗地里先送金委员一千，求免自己之干系，真不愧为能员。

　　金委员向洋人挑拨，令其与柳知府为难，与前代柳知府排解时，语语反对，而说来却有情理。其处处代首县开脱者，是一千银子说话也。

　　洋人同柳知府为难，语语针锋相对，直教柳知府无从置喙，始终还亏金委员解围。既得银子，又使太守承情，此人真有作用。

　　柳知府对首县云：我们中国，不能如前强盛，无论是猫是狗，一个个都爬上来要欺负我们。又云：到了这步田地，朝廷尚且无可如何。此数语闻之，令人酸鼻。

第六回

新太守下马立威　弱书生会文被捕

话说那个洋矿师，路上听了金委员的话，回到长沙，见了抚院，先说了柳知府许多坏话。说他性情疲软，不能弹压百姓，等到闹出事来，他又置之不理。幸亏得那里的知县还能办事，当时就拿到几名滋事首犯，收在监里。现在我们几个人虽然逃出命来，带去的行李全被百姓抢光，至今一无下落。抚院听了，少不得安慰了洋人几句，叫支应局每人先送一千银子，回来再行文下去，着落知府身上，赔还你们东西就是了。洋人无话退出，自回武昌，不在话下。

原来这位抚台大人，也是极讲究洋务的，听了这般情形，便说："这些百姓如此顽固，将来怎么办事呢？"当下正有许多官员进内禀见，有一个发审局的老总，姓傅名祝登，是个老州县班子出身，便说道："卑府从前在那府里，也做过一任知县，地方上的百姓，极其顽固不化。卑府到任之后，一面开导他们，碰着有不遵教化的，就拿他来重重的办了两个，做了一个榜样，后来百姓都不敢怎么样了。"抚院道："是阿！我想要办一桩事情，总得先立一个威，好叫百姓有个怕惧，自然而然跟着我们到这条路上去。不然，现在里头交办的事情又多，而且还要开捐①，他们动不动的聚众挟制官长，开了这个风气还了得！我看柳某这个缺，是有点做不来的，不如暂时请他回省，这个缺就请老哥去辛苦一趟。第一先把那里的百姓整顿一番，是最要紧的。"傅祝登听了，满心欢喜，连忙站起来请安谢委，退了下去。抚院便传藩司进见。说起永顺百姓闹事殴打洋人，现在须得将该府撤委，就委傅某前去署理。藩台听了，自然照办。下得司来，辕门前粉牌早已高高挂出，并一面行文下去。当下便有永顺府听差的

① "捐"字下，原衍"捐"字。

人，得了这个风声，立刻打禀帖寄信到永顺通知。

这日柳知府正在衙中无事，忽见门上拿进一封信来，拆开看时，便是听差写来的，就说的是撤任的一桩事，新委的是傅祝登傅大人，不日就来履新各等语。当时合衙上下众人听了，不免都有点惊慌。毕竟柳知府是个读书人，稍有养气工夫，得了这信，心上虽不免懊恼，面子上却丝毫不露，常说："像我这样做官，百姓面上总算对得住的了，然而还不落他们一个好，弄到后来，仍旧替我闹出乱子，使我不安其位，可见这些百姓也有些不知好歹。将来换一个利害点的官，等他们吃点苦，到那时候，才分别出个上下呢。"说罢，便自嗟叹不已。

不多两日，藩司行文下来，柳知府便料理交卸事宜。又过两天，傅祝登行抵府城，发出红谕，定了吉日接印。一切点卯、盘库、阅城、阅狱，照例的官样文章，不必细述。向来新任见了旧任，照例有番请教。此番傅知府见了前任柳知府，却一直是淡淡的。柳知府等到把印支出，当天即将眷口迁出衙门，寄顿在书院之内，自己一人独自先行回省。动身的那一天，绅士们来送的寥寥无几，就是万民伞亦没有人送。柳知府并不在意，悄悄自回长沙。不在话下。

且说傅知府一到永顺，心上便想前任做官，忠厚不过，处处想见好于百姓，始终百姓没有说他一个好字，而且白白把官送掉。我今番须先立他一个威，做他一个榜样，帮着上头做一两桩事情，也显得我不是庸碌无能之辈。主意打定，接印下来，便吩咐升坐大堂。一班前来贺喜的官员，得了这个信息，只得在官厅等候，不敢退去。齐说府大人今天初上任，不知为了何事要坐大堂。等了一刻，里头又传出话来，要提聚众闹事、殴打洋人的黄举人等一干人听审。众人听了，方晓得是为的此事。

少顷，传点升堂，众官照例堂参毕，傅知府便叫先带黄举人。黄举人早已是黑索郎当，发长一寸，走上堂来，居中跪下，口中自称："举人替大公祖叩头！"傅知府坐在上头，一副油光铄显的面孔，听了他自称"举人"，便把惊堂木一拍，骂道："你自己犯的罪还不知道么？你可晓得我本府，须比不得你们前任柳大人好说话。本府奉了抚台的札子，此番就是办你们来的。这件事情，你的为首，是赖不掉的了。此外还有几个同党，快快的照实供出，免得受苦。"黄举人道："青天大公祖！举人实在冤枉！举人坐在家里，凭空就把举人捉了来，当做滋事的首犯。举人既未滋事，那里来的同党？"傅知府道："不打不招！他的举人，好在离着革掉已经不远了。我比不得你们前任柳大人，碰着这种反叛，还想保全他的功名。不招就打！"两旁衙役吆喝一声，黄举人只是在地下喊冤。傅知府又一叠连声的喊打，当下便走过几个衙役，拿黄举人撤倒在地，一五一十的又打了几百板子。傅知府道："你招我拿人，你不招我也要拿人。"遂出了一张票，差了四名干役，所有黄举人家族并他的朋友，凡有形迹可疑的，一齐拿来治罪。一面又把先前闹府衙门提到的二十多个人，不论有无功名，每人五百小板，打了一个满堂红，一齐钉镣收禁。傅知府说："这般人聚众滋事，挟制官长，将来都要照反叛办的。"一面又叫刑名师爷打禀帖，申详上司，说这些人如此这般，须得重重的惩办，有功名的，一齐斥革，其余同党滋事的人，一律补拿治罪。禀帖上又说柳知府许多坏话。说他如何疲软，等到闹出事来，还替他们遮掩，无非避重就轻，为自己开脱处分地步。

禀帖出去，首县回禀公事，便中题起先前打碎外国人饭碗的店小二父子，连着地保，还有捆押外国人上来的一帮人，现在统通押在县里，求大人示下，怎样发落？傅知府道："你为什么不早说？这些人得罪了外国人，都是要重办的！"立刻又亲自坐堂，从县里提到一干人。店小二父子，各打八百板，押缴赔碗银三百两，限半月缴案，违干血比。地保保护不力，责一千板斥革。一般乡下人，每人或六百板，或八百板，押候上宪批示。发落已完，又叫刑名师爷将情具禀各宪，又添了许多枝叶，无非说他慎重外交之意。另外又多写两套禀帖，一套禀湖广督宪，一套禀武昌洋务局宪，以便卖弄他办事勤能，好叫上头晓得他的名字。不在话下。

且说傅知府当堂签派的四名干役，奉了本府大人之命，领了牌票，出外拿人。这四人一名钱文，一名赵武，一名周经，一名吴纬。四人当下出得府衙门，先到下处，私相计议。各人的伙计，听说头役奉了重大差使，晓得这里头定有生发，一齐前来会齐商量。钱文先开口说道："我们这个差使，还是拿人的是？还是不拿人的是？"周经道："你瞧本府大人，今天头一天接印，就发这们一个虎威。现在差了我们，倘若拿人不到，一定要讨没趣，不要把十几年的老脸统通丢掉！"赵武听了，鼻子里扑嗤的一笑，说道："据我看来，真正闹事的人，拿到的也就不少了，省的再去拖累好人。依我说，还是趁这个档里，弄他两个，乐得做好人，还有钱财到手，岂不一举两得？"吴纬道："依我说，不是如此，人也要拿，钱财也要。倘若一个人不拿，本府大人前如何交代？一个钱不要，我们出力当差，为的是那项？现在依我的愚见，碰着有钱的，就放松些，碰着没有钱的，就拿他两个来搪塞搪塞，也卸我们的干系。"大众听了，齐说："吴伙计说的有理，我们就依他的话去办罢。"

　　主意打定，各自分头办事。可怜这个风声一出，直吓得那些人家，走的走，逃的逃，虽非十室九空，却已去其大半。至于已经被拿的几家家族，男人已被拿去，收在监里，家中剩得妻儿老小，哭哭啼啼，尚不知这事将来如何了局，怎禁得一般如虎如狼的公差，又来讹诈？这些人家，大半化上几个钱，买放的居多。其实在拿不出钱的，逃的逃了，逃不脱的，被公差拿住两个，解到府里销差。傅知府不问青红皂白，提到就打，打了就收监。不日批禀回来，着把滋事首犯，一概革去功名，永远监禁，下余的分别保释。傅知府遵了上头的话，遂把一干人重新提审，定了八个人的长监，其余一概取保。不日又奉到批禀，说他所办的店小二及乡下人，狠顾外国人的面子，现在外国人已无话说，足见他能够弭患无形，办事切实。批词内将他着实奖励。傅知府自是欢喜，连忙坐堂，又把店小二提审，追他的赔款银子。可怜他一个做小工的人那里赔得起？后来傅知府又叫地保分赔，少不得卖田典屋，凑了缴上，方才得释，早已是倾家荡产了。

　　傅知府又要讨好，说这里的绅士最不安分，黄举人拿到之后，他们屡次三番前来理论，看来都是通同一气的。因开了一张名单，禀明上头，意欲按名拿办。后来幸亏上头明白，说事情已过，不必再去打草惊蛇，叫他留心察访，果然有不安分的，不妨随时惩办一二，此时切切不要多事。傅知府接到批词，心中老大不悦，说上头办事，全是虎头蛇尾，我却不能够便宜他们，便出了一张告示，把他所恨的绅士名字，统通开在上头，说这些人不安本分，现经本署府查明，不忍不教而诛，勒令他们三个月内闭门改过，倘若不遵，一经本署府访拿到案，定行重办不贷。告示贴出，众绅士见了，一个个都气的说不出话，然又奈何他不得。

　　话分两头。且说傅知府出票拿人之时，当中有两个秀才，一个姓孔名道昌，表字君明，一个姓黄名民震，表字强甫。姓孔的是黄举人的同门，姓黄的就是他族中兄弟。两人家下薄有田产，却一向最安本分，除读书会文之外，其余事情一概不问。那天闹事的时候，他两人原在茶店里吃茶，后来因见人多，孔道昌却（都）拉拉黄民震的袖子说：“强哥，这里恐怕闹事，我们去罢。”两个人便自回家，躲在家中，听候消息，不敢出头。次日，晓得府大堂被拆，黄举人被拿，其余同学的人，为着闹事，当时被捉的不少。两人虽与黄举人均有瓜葛，到了此时，也是爱莫能助，只得任其所之。且亦晓得黄举人平时为人，屡劝不听，如今果然闹出事来，这是他自作自受，旁人莫可如何，相与劝息而罢。过了几日，换了新太守，打听黄举人一案，已经申详上去，专候上头定罪。又因学院来文，中秋节后，就要按临，他俩都是永顺县里的饱学秀才，蒙老师一齐保了优行,自然是窗下用功,一天不肯间断。是时已经七月,黄强甫便约了孔君明到家商量,再齐几个朋友,大家会文一次。原是场前习练之意,孔君明还有什么不愿意的?于是写了知单,共请了一十二位,叫人分头去请。所请的都是熟人,自然一邀就到。当下借的是城隍庙的后园,由孔、黄二位备下东道,届期齐集那里,尽一日之长,各做两文一诗,做好之后,再请名宿评定甲乙。是日到者,连孔、黄二人,共是一十四位。

且说知单发出之后,便为府差所知,因他二位与黄举人有点瓜葛,就此想去起他的讹头。孔、黄二人自问无愧,遂亦置之脑后。不料府差借此为名,便说他们结党会盟,定了某日在城隍庙后花园起事。又把他们的知单,抄了一张作个凭证。又指单子上"盍簪会"三个字,硬说他私立会名,回来禀明了知府,意欲齐集大队人马,前往捕捉。傅知府听了,信以为真,立刻就叫知会营里,预备那日前去拿人。其时幕府里也有个把懂事的人,就劝傅知府说:"秀才造反,三年不成。无论他们没有这会事,可以不必理他,就是实有其事,且派个人去查一查,看他们到底为何作此举动,再作道理。"傅知府道:"私立会名,结党聚众,便是大干法纪之事。上头正有文书严拿此等匪类,倘若走漏消息,被他们逃走了,将来这个干系,谁担得起?"说罢,便命差人暗地查访,不要被他们逃走了。这里傅知府私心指望要趁这个当口,立一番莫大功劳。正是有分教:

　　　　网罟空张,明哲保身而远遁;脂膏竭尽,商贾裹足而不前。

欲知后事如何,且听下回分解。

　　　　柳太守处处以宽厚待人,临走未曾落得一个好字,可见为政之道,务在宽猛得宜,非一味姑息所能济事也。

　　　　傅太守急于表见,又欲见好于上司,又欲见好于洋人,力矫前任所为,而民不堪命矣。姑息足以败事,猛厉亦适以殃民也。

　　　　傅太守欲办绅士,幸上宪不允所请,否则此邦士夫,尚有噍类哉。

　　　　生员以文会友,差役指为立会聚盟,盖太守意旨在是,上之所欲,下必有甚焉者。为民父母,曷其奈何勿慎!

　　　　傅太守到任之日,即出票签差捉拿黄举人等一班余党,彼自以为猛厉,其实徒为差役开生财之径而已。吴伙计见解独高,洵能办事。

第七回

捕会党雷厉风行　设捐局痴心妄想

却说署理永顺府知府姓傅的，听了差役一面之词，自己立功心切，也不管青红皂白，便一口咬定这几个秀才，是聚众会盟，谋为不轨。一面知照营、县，一面写成禀帖，加紧六百里排递，连夜禀告省宪。禀帖尚未批回，已到他们会文的这一日了。头天夜里，傅知府未敢合眼，甫及黎明，他便传齐通班差役，会同营里、县里前去拿人，自己坐了大轿在后指点。正要起身的时候，忽见刑名师爷的二爷，匆忙赶到，口称："我们师爷说过，他们就是要去，也决无如此之早，请大人打过九点钟再去不迟。"傅知府那里肯听，立刻督率人马启身。走到城隍庙前，尚是静悄悄的大门未启。兵役们意欲上前敲门，傅知府传谕：休得大惊小怪，使他们闻风逃走。便叫随来的兵役，在四面街口牢牢把守，不准容一个人出进。

其时天色虽已大亮，街上尚无行人。等了一刻，太阳已出，呀的一声响处，城隍庙大门已开。走出一个老者，你道这人是谁？乃是庙中一个庙祝。早晨起来开门，并无别的事故。开门之后，看见门外刀枪林立，人马纷纷，不觉吓了一跳。兵役们预受知府大人的吩咐，逢人便拿，当时见了此人，不由分说，立刻走上前来，一把辫子拖了就走。一拖拖到知府轿子跟前，揪倒地下。傅知府胆大心细，唯恐他是歹人，身藏凶器，先叫从人将他身上细搜，并无他物，方才放他跪下。傅知府道："你这人姓甚名谁？今日有人在这庙里谋反，你可知道？"那庙祝本是一个乡愚，见此情形，早已吓昏，索索的抖作一团，那里还能说出话来？傅知府三问不响，认定他事实情虚，今见败露，所以吓到如此地步，大声喝道："本府料你这人，决非善类，不用刑法，谅你不招，少停带回衙门，细细拷问！"言罢，喝令差役将他看守。一面分一半人进庙搜查，其余一半仍在庙外，将四面团团围住。进去的人，约摸有一刻多钟，搜查完毕，出来覆命，只拿得几个道士，战兢兢的跪在地下，却并无一个秀才在内。傅知府见了，诧异道："难道他们预先得了风声，已经逃走不成？再不是应了师爷的话，我来的太早了？"心下好生疑惑。又问兵役道："庙里后花园，可曾仔仔细细查过没有？"兵役们回说："统通查到。"有一个说："连毛厕里，小的也去看过，并没有一个人影子。"傅知府想了半天，说道："道士容留匪类，定与这些歹人通气，这些人一定要在道士身上追寻。"吩咐从人，把道士一并锁起，带回衙门审问。原来这庙里香火不旺，容不得多少道士，只有一个道士，两个徒弟。当时颈脖子里，一齐加上链条，老道士在地下哭着哀求道："小道在这庙里住持，已经有三十多载，小道今年也是八十多岁的人了，一向恪守清规，不敢乱走一步，请大人明鉴。"傅知府也不答应，但命带下去看管。当时鹰抓燕雀一般，把他师徒三人带了就走。

傅知府想：倘若我今番拿不到人，不要说上司跟前不好交代，就是衙门里朋友面上也难夸嘴。眉头一皱，计上心来，便把那个出首的衙役开来的名单取了出来一看。却喜这些人都有住处，把他喜的了不得。立刻请了营、县二位，同到轿前，一同商议，又添了城守营一位。傅知府便说："我等四人，各分带数十兵役，分头到这十二个人家，连为首的孔、黄两个，一共十四个人家，趁此天色尚早，他们或者未必起身，给他们个疾雷不及掩耳，拿了就走，必不使一名漏网。"众官听了，甚以为然，便议定参府东门，首县南门，城守营北门，傅知府自认西门。因为孔、黄两个都住西门内左近，交代他人不能放心之故。自己多带了几个人，一半保护自身，一半捉拿匪类。并留四名兵役看守庙门，遇有形迹可疑的，便拿来交案。

众官分头去后，傅知府先掩到黄家，一则知他是黄举人族中，一则因他是案中首犯。到黄家时，大阳已经落地，黄秀才正因是日文会，是自己起的头，理应先往庙中照料，所以特地起了一个大早。梳洗完毕，正待出门，却不料多少兵役一涌而进，有个差役认得他的，不管三七廿一，锁了就走。拉拉扯扯，拉到傅知府轿子跟前，叫他跪，他不跪，他还要强辨。那里容他说话？早被傅知府吆喝两声，衙役们如狼似虎一般，早拿他撳在地下了。当时喝问名字，口称黄强甫，正与单子上相同。傅知府便叫锁起，与刚才的道士、庙祝，一齐带在轿子前头，径到孔家。原来这孔君明住的地方，只离黄家一箭之远，出得巷口，只有一个转湾便到。这位孔秀才，因为吸得几口鸦片烟，不及黄秀才起得早，此时刚刚才醒，尚未穿得衣服，这些人已进来了。走进上房，见狗便打，见人便拿。这些兵役，却无一个认得他的，问了老妈，方才知道。

立刻上来三人，一个拉辫子，两个架胳膊，从床上把他架了出来。只见他赤体露身，只穿得一条裤子，下面还赤着一双脚。这些兵役们怕他逃走，所以一齐动手，其实他是个文士，手无缚鸡之力，又兼上了烟瘾，那里还有气力与人争斗？当时拖出大门，轿前跪下。傅知府问过名字，亦同单上相符，便点点头说："皇天有眼，叫你们一朝败露！"孔君明急得忙诉道："不知生员所犯何事？"傅知府冷笑两声，也不理他，喝令差役们好生看守。连忙又到别处，一连走了三家，居然拿到两个。

　　只有一个姓刘的，因欲早起会文，已经出门，及到庙门，看见兵役把守，此时街上已有了行人，三三两两，都在那里交头接耳的私议，议的是合城官员，不知为了何事，今日来此拿人，道士已被拿去，此时又到别处捉人去了，究不知所为何事？刘秀才听了，甚是疑心，想前番闹事的人，早已办过的了，此番捉的，又是那起？与道士又什么相干？但是庙里既不容人进去，我且径到黄家看看强甫如何，再作道理。一头走，一头想，正想之间，只见一群营兵，打着大旗，拿着刀，擎着枪，掌着号，一路蜂涌而来。兵后头就是本府的大轿，轿子旁边乃是一群衙役，牵了三个道士，另有四个人，两个长衫，一个赤膊，一个短打。定睛一看，不是别人，正是今日会文的三个朋友，那个打赤膊的，便是孔君明，但那个短打的不知是谁？刘秀才不看则已，看了之时，大惊失色，晓得事情不妙，只得掩在一家店铺里面，看着他们过去，方才出门。幸喜没有人认得他，未被拿去。他此时也不及打听，立刻奔回自己家中，幸喜他上无父母，下无兄弟，又因他年纪尚轻，未曾娶得妻室，独自一人，住的是自己房子，又因为人少，自己只住得一进厅房，其余的赁与两家亲戚同住。这天早上，他已出门，傅知府前来拿人，这两家同住的亲戚，却被他连累，受惊不小。傅知府见人委实不在家中，想必已往庙内，细细的查看了一回，无甚实在凭据，料想如到庙中，尚有把门兵役，不至被他逃走。且因首犯已经拿到，急于回衙审问，便先带领着一干人匆匆回去。

　　那知刘秀才因见庙门有人把守，先已不敢进去，后来路上又听人言，急急缩回自己家中。那同住的两家亲戚，便一长二短，把刚才的事，通统告诉了他。他本已略知一二，听此情形，却也吃惊不小。当时两家亲戚，便劝他须速逃往别处，躲避几时，省得官府又来拿你。如果要走，尤宜从速，保不定那般人少停又要回来。刘秀才听了此言，一想不错，也不及多带行李，但随身带了些银钱，齐了两件衣服，一个小包，房子交代两家亲戚代为看管，他自己一个，便匆匆出门而去。按下慢表。

　　且说傅知府回到衙门，那三处的人也就来了。三处总共拿到七个，逃走两个，合算起来，总共拿到十一个，逃走三个。幸得首犯未曾漏网，又拿到同谋道士三名，庙祝一名，一共拿到一十五个。傅知府不胜之喜，回得衙来，原要立时审问，不料省城派了一员委员下来，也是知府班子，前来拜会，说奉省宪公事，须得当面一谈。傅知府一看名帖，写着"愚弟孙名高顿首拜"几个字，晓得他是现在湖南全省牙厘局提调，也是抚台的红人，与藩台还沾点亲戚，便也不敢怠慢，立刻叫请。

孙知府下轿进去，见礼之后，分宾坐下，寒暄过后，题到他："此番前来，系奉抚藩二宪的公事。因为现在部款支绌，不但本省有些大事，如开学堂、设机器局等等需款甚亟，还有大部奏明按年认派的赔款。湖南一省，本是最苦的省分，藩库里一时那能筹措得及？所以上头意思，一定要办一个城门捐，一个桥梁捐。这个本是兄弟上的条陈，是无论府城县城，有一个城门，便设立一个捐局，凡出出进进，在这城门走过的人，只要他身边所带之货，值价一百，抽他十文。能照兄弟的办法，湖南一省，也有好几十座城池，这个城门倘若是热闹地方，出出进进，一天怕不有上万的人，这个捐款，也就大有可观了。至于桥梁捐，是一道桥设一个捐局，捐款照城门捐一样。不知贵府府城，以及城乡远近，共有多少桥梁，须得责成地保详细查考，不得被他们隐蔽。至于城门，只要一问便知，是用不着查考的。"傅知府忙问这捐局几时开办。孙知府道："兄弟此来，不能有多少时候耽搁，多则两天，少则一天，把事情弄停当就得动身。此番出来巡查各府，已有二十多天，省城本局里事情狠多，偶然偷空出来，实属不轻容易。"傅知府道："这又何必劳动大驾亲自出来，受此一趟辛苦，请上头派了委员下来，照老哥所定章程，定期开办，岂不省事？"孙知府道："这事既是兄弟上的条陈，兄弟是首创之人，将来还想上头的保举，焉得自己不各处察看一番？回省办事，便有把握。"傅知府道："照此看来，马上就要开办的了。"孙知府道："自然。早则中秋，晚则九月初一，一定要开办的。"傅知府道："要用多少人？"孙知府道："兄弟条陈上原说明白的，每府每县，上头各派委员一人为总办，府城更加委本府为会办，县城更加委本县为会办，总办、会办统通不支薪水，收下来的捐钱，准其二八扣用。设如贵府一年能捐二十万，本局便可扣用四万，以二万作局用开支，那二万就做老哥及委员的薪水。老哥，你想兄弟上了这个条陈，那些候补班子里的人，个个称颂兄弟不置。却是不错，一府一个，一县一个，马上就添出几十个差使，他们为何不乐呢？所以他们巴望此事成功，比兄弟还急十倍。"傅知府道："不要说候补诸君感颂阁下，就是兄弟辈实缺署事人员，于本缺之外，又兼得怎们一个好差使，饮水思源，何非出于老兄所赐？"孙知府道："不但此也。兄弟条陈上还说明的，请上头每年汇奏一次，无论何处捐到三万，总办、会办俱得一个寻常劳绩保举，有六万便得一个异常。设如老哥能捐二十万，不妨先报销十八万，可得三个异常，那二万则留在下一年，再报销出去。为何如此办法？因为兄弟条陈上说明白的，不到三万不算，譬如做买卖抹掉零头的一样，所以犯不着报销上去。兄弟同老哥是知己，所以知无不言，倘若别人，这里头的窍妙，非化赀见，拜在兄弟门下，兄弟决不肯同他讲的。"傅知府道："倘有三个异常，这个怎么保法呢？"孙知府道："即以老兄而论，一保自然过班，再加一个二品顶戴，或者添一条花翎，再保一个送部引见，合上去也差不多了。"傅知府道："光送部引见，算不得异常。"孙知府正色道："引见之后，立刻记名，记名之后，立刻放缺。老哥你想想看，设如一个试用知府，马上放一个实缺道台，这里头等级相去多少？"

傅知府听了，心想这事又有财发，又有官升，正是天下第一得意之事。想起刚才虽然拿到几个会党，审问明白，办过之后，虽说一定有个保举，然而未必有如此之优，而且没有财发，何如这个名利兼收，一举两得？如此一想，他一心一意只在办捐上头，便把惩治会党的念头，立刻淡了一半。便对孙知府说道："老哥此来，只有一两天耽搁，兄弟须陪着老哥，把此事商议停妥，并到各门踏勘一遍。把设局的地方踏勘明白，将来回省也有个交代。此处只候委员一到，便可开办。老兄放心，兄弟没有不尽心的，况且还是自己的考程所在。"孙知府道："如此甚好。"傅知府便叫门上传谕出去，把拿到的十五个人，除道士、庙祝发县收押外，其余十一名秀才，全发捕厅看管，等我事完，再行审讯。门上答应着出去。孙知府便说："老哥真是能者多劳，所以如此公忙得狠。"傅知府叹一口气道："也不过做一天和尚撞一天钟，尽我的职分罢了。况且兄弟素性好做事情，等到出了事情，要学他人袖手旁观，那是万万没有这种好耐心。"孙知府道："现在的人，都把知府看得是个闲曹，像老兄如此肯替国家办事，真算难得的了。兄弟脾气就同老兄一样，每天总要想点事情出来做做才好。"傅知府道："正是如此。"当下二人话到投机，傅知府便一直的陪着，他两人还要拜把子换帖。当时开饭出来吃过，两人又一同出去，到各城门踏勘一周，回来天色已晚。傅知府又备了全席，请他吃饭，又请了营、县前来作陪。

过了两天，孙知府辞行回省，傅知府送过之后，先把他所拟的告示，贴了出去。只因这一番，有分教：

　　设卡横征，商贾惨逢暴吏；投书干预，教士硬作保人。

欲知后事如何，且听下回分解。

傅知府捕会党，活（话）画出一副迫不及待情形，皆急于立功之一念误之也。

傅知府捉拿黄、孔二秀才，各换一种写法，于参府、首县、城守营拿人，则只轻轻带过，乃文法详略之不同。

孙知府所拟条陈，洵不愧为聚敛之才，设如办成，每岁定可增益捐款不少，然而民不堪命矣。

傅知府云："做一日和尚撞一日钟。"肯撞钟尚是好和尚。

第八回

改洋装书生落难　竭民膏暴吏横征

却说傅知府送过孙知府动身之后，他便一心一意在这抽捐上头。凡孙知府想不到的地方，他又添出许多条款。因为此事，既可升官，又可发财，实在比别的都好。故而倒把惩办会党，见好上司的心思，十成中减了九成。黄、孔一班秀才，一直押在捕厅看管，城隍庙三个道士，一个庙祝，押在首县班房，他亦不题不问，随他搁起。因此几个秀才，不致受他的责辱。也幸亏得孙知府来了这一回，还要算得他们的大恩人呢。但是此案一日不结，几个秀才就一日不得出来，那几个逃走的，亦一日不敢转来。

话分两头。且说当日同在文会里头捉拿不到被他溜掉的那位刘秀才，他是本城人氏，双名振镳，表字伯骥。自那日会文不成，吃了这们一个惊吓，当将房屋交托同住的两家亲戚代为看管，自己携了一个包裹，匆忙出城，也不问东西南北，也不管路远高低，一气行来。约摸有二三十里，看看离城已远，追捕的人一时未必能来，方才把心放下，独自一个缓步而行。又走了一二里的路程，忽然到了一个所在。面前一座高冈，冈上一座古庙，冈下三面是水，临流一带，几户人家，这些人都以渔为业，虽然竹篱茅舍，掩映着多少树木，却也别有情趣。高冈上面，古庙后头，又有狠大的一座洋房。你道这洋房是那里来的？原来是两个传教的教士所居。他们因见这地方峰峦耸秀，水木清华，所以买了这地方，盖了一座教堂，携带家小，在此居家传教。不在话下。

当时刘伯骥到得此处，观看了一回景致，倒也心宽意爽。又独自一人在柳荫之下，溪水之旁，临流叹赏了一回，不知不觉日已向西。他早上起来的时候，虽已吃过点心，无奈奔波了半日，觉得狠有些饥饿。心想这些人家，房屋浅窄，未必能容得我下。且喜那座古庙，余屋尚多，不如且去借他一间半间，暂时安身，再作道理。主意打定，一步步踱上山来。踱到庙门前，连敲了几下，只见有个小沙弥前来开门，询明来历，进去报知老和尚。老和尚出来，问了姓名住处，刘伯骥以实相告，但说因城中烦杂，不如乡间幽静，可以温习经史，朝晚用功，意欲租赁庙中余屋一间，小住两月。

原来这刘伯骥父母在日，于这庙里也曾有过布施，所以题起来，和尚也还相信。又知道他父母都已亡过，并未娶得妻室，本是一无牵挂的人，此时嫌城中烦杂，偶然到乡间略住几时，也是意中之事，且又乐得赚他几文租金，亦是好的。当下老和尚便笑嘻嘻的回答道："空房子是有，既是施主远临，尽管住下，还说什么租金？但是庙里吃的东西，只有豆腐、青菜，没有鱼肉荤腥，恐怕施主吃不来这苦。"刘伯骥道："师傅说那里话来！我们有得青菜、豆腐吃，这福气已经不小。你想此时山东闹水，山西闹旱，遍地灾民，起初还有草根树皮可以充饥延命，后来草根树皮都已吃尽，连着草根树皮且不可得，还说什么豆腐、青菜呢？我们现在只要有屋住，有饭吃，比起他们来，已经是天堂地狱，还可不知足么？况且古人说得好：'菜根滋味长'，我正苦在城里的时候，被肥鱼大肉吃腻了肚肠，却来借此清淡几时也好。至于租金一层，你却断断不可客气。只有出家人吃八方，如今我要吃起和尚来，还成什么话呢？"老和尚道："施主既然不嫌怠慢，这就狠好的了。"忙问小沙弥："大相公行李拿进来没有？"刘伯骥道："天气还热，用不着什么行李，只此一个随身包袱便是。"和尚看了，却也疑心。想他是有钱之人，何以出门不带铺盖，幸亏他父母在世，屡屡会面，不是那毫无根底之人，或者因料理无人，以致如此，也论不定。所以虽见他不带行李，也并不十分追问。但料他城中住惯的人，耐不得乡间清苦，大约住不长久，也就要回去的。当下便开了一间空房，让他住下，一日三餐，都是和尚供给。

到了第二天，刘伯骥便把包裹内洋钱，取出十二块送给老和尚，以为一月房饭之资。老和尚见了，眉花眼笑，说了多少客气话，方才收去。刘伯骥来时，原说借这幽静地方，温习文史，岂知来的时候匆促，一个包袱内，只带得几件随身衣服，一本书也没有带，笔墨纸砚也是一样没有。身上虽尚有余资，无奈这穷乡僻壤，既无读书之人，那里来的书店？他本是手不释卷的人，到了此时，甚觉无聊得狠，每日早晚必到庙前庙后，游玩一番，以消气闷。游罢回庙，不是一人静坐，便与老和尚闲谈。幸亏和尚得了他的银钱，并不来查问他的功课，有时反向他说道："大相公，你是一位饱学秀才,可惜这村野地方,没有一个读书的人,可以同你考究考究。只有我们这庙后教堂里头,有位教士先生,虽是外国人,却是中华打扮,一样剃头,一样梳辫子,事事都学中国人,不过眼睛抠些,鼻子高些,就是差此一点,人家所以还不能不叫他做外国人。虽是外国人,倒有一件本事,亏他我们中华的话,他已学得狠像,而且中国的学问也狠渊博。不说别的,一部《康熙字典》,他肚子里滚瓜烂熟。大相公!我想,你也算得我们府城里一位文章魁首,想这读熟全部《康熙字典》的,倒也少见少闻呢。不过这位教士先生,同别人都讲得来,而且极其和气,只同敝庙里一班僧众不大合式,往往避道而行。所以他来了多年,彼此却不通闻问。"刘伯骥听了和尚之言,心上半信半疑,也不同他顶真,低头暗想:别的且不管他,明天得空且去访访他看。现在的教士,朝廷见了都怕,到底是怎么一个人?现在我也被这班瘟官逼的苦了,几个同会的朋友,还被他们捉去,不知是死是活。我不如借此结识结识他们,或者能借他们的势力,救这班朋友出来。则我此番未曾被拿,得以漏网,或者暗中神差鬼使,好叫我设法搭救他们,也未可定。主意想定,便同老和尚敷衍一番。

老和尚别去,他便借出游为由,绕至庙后,竟到教堂前面,敲门进去。原来这教士自从来在中国,已经二十六年,不但中国话会说,中国书会读,而且住得久了,又狠欢喜同中国人来往。只因乡下都是一般粗人,虽有几个吃了他的教,却没有一个可以谈得来的,至于学问二字,更不用题。今听得有人敲门,急急走出一看。只见这来人丰神秀逸,气宇轩昂,知是儒雅一流,必非村氓之辈。便即让到里面请坐,动问尊姓大名,仙乡何处。刘伯骥一一告诉了他,也只说是为嫌城中烦杂,不及乡居幽静,所以来此小住几时。现在就住在前面庙内。教士道:"刘先生,我要说句不中听的话,你不要生气。这个佛教,是万万信不得的。你但看《康熙字典》上这个佛字的小注,是从人从弗,就是骂那些念佛的人,都弗是人。还有僧字的小注,是从人从曾,说他们曾经也做过人,而今剃光了头,进了空门,便不成其为人了。刘先生!这《康熙字典》一部书,是你们贵国康熙皇上做的,圣人的话,是一点不错的。我们一心只有天父,无论到什么危难的时候,只要闭着眼睛,一心对着天父,祷告天父,那天父没有不来救你的。所以,你们中国大皇帝,晓得我们做教士的都是好人,并没有歹人在内。所以,才由我们到中国来传教。刘先生!你想想!我这话可错不错?"刘伯骥起初听了他背字典,未免觉得好笑,但是不好意思笑出来;等到讲到后面一半,见他说得正经,狠有道理,也只得肃然起敬。听他讲完,着实谦恭了几句,又说住在庙里无可消遣,贵教士有什么书可借我几部。教士一听向他借书，知道是斯文一派，立刻从书厨内大大小小搬出来十几种，什么《四书》、《五经》、《东周列国》、《三国演义》、《古文观止》、《唐诗三百首》、地理图之类，足足摆了一桌子，还有他亲手注过的《大学》，亲手点过的《康熙字典》，虽然不至于通部滚瓜烂熟，大约一部之中，至少亦有一半看熟在肚里，不然怎么能够脱口而出呢？当下刘伯骥检来检去，都是已经读厌看厌的书，实在都不中意，然而已经开出了口，又不好都不拿他的，只得勉强检了唐诗、古文及地理图三种，其余一概不要，请他收起。然后又坐了一回，方才起身告别。教士道："我们外国规矩，是向来不作兴送客的。拉拉手，说一句'姑特背'！算是我们再见的意思，这就完了。今天刘先生是第一转来，又是住在庙里有菩萨的地方，我们是不到的，我不能来回拜你，所以我今天一定要送你到门外。"刘伯骥推之再三，他执定不肯，只得由他送出。等到出得大门，恰巧对着庙的后门，老和尚正在园地上监督着几个粗工，在那里浇菜。教士见了，头也不回，指着这庙说道："几时把这庙平掉就好了。"刘伯骥道："没有这庙，教堂面前可以格外宽展。"教士道："刘先生！你解错了，我说的不是这个意思。《古文观止》上有个韩愈，做了一篇古文，说什么火其人，庐其居，就是这个意思。"刘伯骥听了才晓得他还是骂的和尚，乃与一笑，拱手而别。教士亦叮嘱再三，无事常来谈谈。刘伯骥答应着，教士方才进去。

自此以后，刘伯骥同他逐日往来，十分投契。已是无话不谈，但是还未敢把心事说出。只因刘伯骥逃出来的时候，天气还热，止带得几件单夹衣服，未曾带得棉衣，在庙里一住两月，和尚只要有了租金，余事便不在意。山居天气不比城中，八月底一场大雨，几阵凉风，已如交了十一月的节令一般。这日，刘伯骥因怕外面风冷，自己衣裳单薄，不敢出外，竟在房中拥被睡了一日。那知竟为寒气所感，次日头痛发热，生起病来。至此，老和尚方才懊悔不迭，生恐他有一长半短，不应该留他住下。虽不常时也走过来问他要汤要水，无奈词色之间，总摆出一副厌他的意思。刘伯骥虽然看出，他素性一向是豁达惯的，不愿与这班人计较，所以也不在意。但因冻的实在难过，意欲向老和尚商借一条棉被，两件棉衣，以御寒气。老和尚道："我们出家人，是没有多余衣服的。各人一两件棉衣，都着在身上，就是棉被，亦每人只有一条，如何可以出借？刘相公！你要借，你为什么不去问那外国教士先生去借呢？我听说他常穿的都是什么外国绒法兰布，又轻又暖，不比我们和尚的高强十倍吗？"原来这个老和尚，近来见刘伯骥同教士十分要好，曾托刘伯骥在教士面前替他拿话疏通，以便以后来往，好想他的布施。刘伯骥是晓得教士脾气的，又因自己素性爽直，不去同教士说，先把实情回绝了和尚，免他再生妄想。谁知老和尚听了，不以为然，只说："刘相公不肯方便。"今日此言，正是奚落他的，谁知一句话倒激动了刘伯骥的真气，从床上一骨碌爬起，也不顾天寒风冷，拿条毡毯往身上一裹，包着头，拖着鞋，夺门就走。老和尚看楞了，还白瞪着两只眼睛，在那里望他，谁知已被他拨开后门，投赴教堂去了。

这里教士正因他一日不来，心上甚是记挂，想要去找他，又因这庙门是罚咒不肯进来的，正在疑虑之际，忽见这个样子走了进来，忙问："刘先生！你怎么样了？"刘伯骥也不答言，见面之后，双膝跪下，教士扶他起也不肯起。问其所以，他至此，方才把当日城中之事，朋友怎样被拿，自己怎样逃走的详细情形，自始至终，说了一遍，末后，又把感冒生病，以及和尚奚落的话，也说了出来。谁知这教士是个急性子的，而且又最有热心，听了此言，连说："有此大事，何不早说？倘若你一来时就把这话说给了我，这时候早把他们救出来了。现在一耽误两个月，这般瘟官，只怕已经害了他们，那能等到如今？"说着，又叹了几口气。刘伯骥却还是跪在地下，索索的发抖。教士只是踱来踱去，背着手走圈子，想计策，也忘记扶他起来。还亏他来得熟了，教士的女人、孩子都见惯的了，女人说过，才把教士提醒，连忙拉他起来，叫他困在榻上养病，又拿一条绒毯给他盖了。教士夫妇，本来全懂得医道的，问他什么病，无非是风寒感冒，自己有外国带来的药，取出些给他服过，叫他安睡片时，自然病退。教士又道："我本说过，出家和尚，没有好人，你为什么要去相信他？"刘伯骥闻言，也无可分辨。教士又说："我想这事，总得明天，我亲自去到城里去走一趟才好。他们都是好人，我总要救他们才是。只要地方官没有杀害他们，就是押在监牢里，我也得叫他们把这几个人交给与我。"刘伯骥道："我好去不好去？"教士道："你跟了我去，他们谁敢拿你？"刘伯骥听了，心中顿时宽了许多，朦胧睡去。教士自去吃饭。等到刘伯骥一觉睡醒，居然病体全愈，已能挣扎着起来。但是身上没有衣服，总挡不住寒冷。教士道："我虽有中国衣服，但是尺寸同刘先生身材不对，而且你（他）穿了中国衣服要被人讹诈的，倒不如改个打扮的好。齐巧楼上昨日来了一个到中国游历的朋友，要在这里住两天，他有多余的衣服，我去替你借一身。至于鞋帽棍子，我这里都有，拿去用就是了。"说着，果然到楼上借到一身衣服下来，又说："这身衣服，我已经替你买了下来了，快快穿罢，免得冻着。你们中国人底子弱，是禁不起的。"

刘伯骥见了，非常之喜，便一齐穿戴起来。但是多了一条辫子，无处安放。教士劝他盘在里面，戴好帽子，果然成了一个假外国人。自己照照镜子，也自觉得好笑。教士便催他赶紧把庙里的行李收拾收拾，拿到堂里来，预备明天大早，可以一同进城。刘伯骥此时改了洋装，身上不冷了，走回庙中，一众和尚见了，俱各诧异，齐说："刘相公想是吃了教，所以变成外国人打扮了。"他本来没有什么行李，拿包袱一包，就好提了就走。才出房门，齐巧老和尚赶来看他，连说："刘相公，你真会玩。你的病好了？"刘伯骥道："我是落难罢了！那有心思去玩呢？像你和尚才乐呢？"说罢，提了包裹，掉头不顾的去了。老和尚本知道他是住不久的，算了算，还长收了他几天房饭钱，也就无话而罢。

且说刘伯骥仍回教堂，过了一夜，次日跟着教士一同出门。一个外国人，扮了一个假中国人，一个中国人，扮了一个假外国人，彼此见了好笑。此地进城，另有小路，只有十五六里，教士是熟悉地理图的，而且脚力又健，所以都是步行。但是刘伯骥新病之后，两腿无力，亏得沿途可以休歇，走一段，歇一段，一头走，一面说，商量到城之后如何办事，因此倒也不觉其苦。他二人天明动身，走到辰牌时分，离城止有二三里地了，只见前面一群一群的人退了下来，犹如看会散了的一般。但是这些人也有说的，也有骂的，也有咒的，情形甚为奇怪。他二人初见之下，因为嘴里正在那里谈天，没有把这些人在意。等到看见了种种情形，也甚觉得诧异，方才驻足探听。正见路旁一个妇人，坐在地下哭泣。问他何事，一旁有人替他说道："只因今天是九月初一，本府大人又想出了一个新鲜法子弄钱。四乡八镇，开了无数的捐局，一个城门捐一层，一道桥捐一层。这女人因为他娘生病，自己特特为为，几天织了一匹布，赶进城去卖，指望卖几百钱，好请医生吃药。谁知布倒没有卖掉，已被捐局里扣下了。"正说着，又一人攘臂说道："真正这些瘟官，想钱想昏了！我买了二斤肉出城，要我捐钱，我捐了。谁知城门捐了不算，到了吊桥，又要捐。二斤肉能值几文？所以我也不要了。照他这样的捐，还怕连子孙的饭碗都要捐完了呢！"教士听了，诧异道："朝廷有过上谕，原说不久就要裁撤厘局的，怎么又添了这许多的捐局呢？真正是黑暗世界了！等我见了官，倒要问问他这捐局是什么人叫设的！"说罢，拉了刘伯骥，一直奔往城中去了。

欲知端的，且听下回分解。

傅知府因为办捐，既可升官，尤可发财，遂把惩办会党见好上司的心思减了许多。升官发财，二者虽相辅而行，实则发财比升官更为要紧。

有得青菜豆腐吃，这福气已经不小，是落难人知足之言。

刘伯骥为官所逼，逃住乡间，忽然想借外国人势力搭救几个同志，是迫于无可如何，才想到这个急主意，为渊驱鱼，为丛驱爵，是谁之过欤？

教士熟读字典，能背古文，可愧一班自命读书种子而实空疏无据者。"中国人底子弱，是禁不起的。"说的是病，妙有言外之意。

一个外国人，扮了一个假中国人；一个中国人，扮了一个假外国人。两个人掩映生姿。

连子孙的饭碗都要捐完，创开捐局的听者。

第九回

毁捐局商民罢市　救会党教士索人

却说刘伯骥自从改换洋装,同了洋教士,正拟进城面谒傅知府,搭救几个同志。不料是日正值本府设局开捐,弄得民不聊生,怨声载道。教士听了诧异,急急同着刘伯骥奔进城门,意思想见知府,问个究竟。岂料走到将近城门的时候,只见从城里退出来的人,越发如潮水一般。他二人立脚不稳,只好站在路旁,等候这班人退过,再图进步。岂料这些人后面,跟了许多穿号褂子的兵勇,一人手里拿着一根竹板子,一路吆喝,在那里乱打人。吓得这些人,一个个抱头鼠窜而逃,还有些妇女夹杂在内。湖南人是讲究缠小脚的,无论大家小户,一个个都缠的如菱角一般瘦削,其长不及三寸,若说无事的时候,自然是婷婷袅袅,顾影生怜,倘若有起事来,要他们多走几步路,却是半天挨不上一丈。此番进城的这些妇女,也有探望亲戚的,也有提着篮儿买菜的。有的因为手中提的礼包分量过重,有的因为篮中所买的菜过多了些,按照厘捐局颁下来的新章,都要捐过,方许过去。这些百姓都是穷人,那里还禁得起这般剥削?人人不愿,不免口出怨言。有几个胆子大些的,就同捐局里人冲突起来。傅知府这日坐了大轿,环游四城,亲自督捐。依他的意思,恨不得把抗捐的人,立刻捉拿下来,枷打示众,做个榜样。幸亏局里有个老司事,颇能识窍,力劝不可。所以只吩咐局勇,将不报捐的,一律驱逐出城,不准逗留。在捐局门口,一时人多拥挤,所以这些妇女,都被挤了下来。当时男人犹可,一众女人,早已披头散发,哭哭啼啼,倒的倒,跌的跌,有的跌破了头颅,有的踏坏了手足,更是血肉淋漓,啊唷皇天的乱叫。教士及刘伯骥见了,好不伤惨。

正在观看的时候,不提防一个兵勇,手里拿的竹板子,碰在一个人身上,这人不服,上去一把领头,把兵勇号褂子拉住。兵勇急了手足,就拿竹板子向这人头上乱打下来,不觉用力过猛,竟打破了一块皮,血流满面。这人狠命的喊了一声道:"这不反了吗?"一喊之后,惊动了众兵勇,一齐上来,帮同殴打。这人虽有力气,究竟寡不敌众,当时就被四五个兵勇,把他按倒在地,手足交加,直把这人打得力竭声嘶,动弹不得。那知这人正在被殴的时候,众人看了不服,一声鼓噪,四处攒来,只听得一齐喊道:"真正是反了!反了!"霎时沸反盈天,喧成一片。兵勇见势头不敌,大半逃去,其不及脱身的,俱被众百姓将他号褂子撕破,人亦打伤。内有两个受伤重些的,都躺在地下,存亡未卜。当下教士同着刘伯骥,看了这情形,又见城门底下拥挤不开,只好站定了老等。其时百姓为贪官所逼,怨气冲天,早已大众齐心,一呼百应。本来是被兵勇们驱逐出城的,此时竟其一拥而进,毫无阻拦。捐局里的委员、司事,同那弹压的兵丁,一见闹事,不禁魂胆俱消,都不知逃往何处。

此时傅知府坐着轿子,正在别局梭巡,一听探事人来报,便提着嗓子嚷道:"抽厘助饷,乃是奉旨开办的事情,他们如此,不都成了反叛了吗?我不信,我倒要看看这些百姓,是他利害,是我利害!"一头说,一头便催着轿夫快走。本府虽然糊涂,手下人是明白的,知道事已动众,不要说你是个小小知府,就是督抚大人,他亦不怕。无奈傅知府不懂这个道理,一定要去。又亏局里的两个巡丁,都是本府的老家人,再三劝着,不让主人前去。一个巡丁又说道:"别处既已闹事,打了局子,保不定立刻就要闹到我们局里来。老爷还是早回衙门,躲避躲避为是。"傅知府做腔拿势说道:"我怕他怎的?他们能够吃了我吗?如果是好百姓,就得依我的章程。如其不肯依,就是乱民,我就可以办他们的!"不料正在说得高兴,忽听一片喧嚷,众百姓一路毁打捐局,已到了此处。傅知府一听声息不好,也自心慌,连忙脱去衣服,穿了一件家人们的长褂子,一双双梁的鞋,不坐轿子,由两个巡丁,一个引路,一个搀扶,开了后门,急急逃走了。

说时迟,那时快,这边刚跨出门槛,前门的人已经挤满了。当下不由分说,见物便毁,逢人便打。其时幸亏人都逃尽,只可怜几个委员司事,好容易谋着这个机会,头一天刚到局,簇新的被褥床帐,撕的撕,裂的裂,俱被捣毁一空。有的并把箱子里的衣服,什么纱的、罗的、绫的、绸的,还有大毛、中毛、小毛,一齐扯个粉碎,丢在街上。其余门、窗、户、扇,一物无存。总算还好,未曾拆得房子。其时众百姓虽然毁了物件,究未打着一个人,后见无物可毁,仍复一拥而出,沿路呼喊:"我们今天遇见了赃官，你们众人，还想做买卖，过太平日子吗？还不上起排门来！谁家不上排门，便同赃官一气，咱们就打进去，叫他做不成生意！"此话传出去，果然满城铺户，处处罢市，家家关门，事情越闹越大了。

众百姓到了此时，一不做，二不休，见街面上无可寻衅，又一齐哄到府衙门来。不料本城营官，早经得信，晓得这里百姓不是好惹的，生恐又闹出前番的事来，立刻点齐人马，奔赴府署保护。一面学老师也得到风声，同了典史，找到几个大绅士，托他们出来调停。有几个绅士说道："这件事情，本来府大人做的也忒卤莽些，要捐地方上的钱，也没有通知我们一声，自从他老人家到任以来，我们又没有扰过他一杯酒，我们管他怎的？"幸亏这典史在这里久了，平日与绅士们还称接洽，禁不住一再软商，众绅士只得答应，跟了典史、学老师到府前安慰百姓，开导他们。其时营里的人马也都来了，众百姓见绅士出来打圆场，果然一齐住手。不过店面还不开门，要等把大局议好，能够撤去这捐局，方能照常贸易。众绅士无奈，也只好答应他们。好容易把些滋事的百姓遣去，方才一齐进府拜见，商议这桩事情。

傅知府见了众人，依旧摆出他的臭架子，说道："兄弟做了这许多年的官，也署了好几任，没有见过像你们永顺的百姓刁恶！"他这话本是一时气头上的话，见了绅士，不知不觉说了出来。其中有个绅士，嘴最尖刻，不肯饶人，一听本府这话，他便冷笑了两声，说道："我们永顺的百姓固然不好，然而这许多年，换了好几任，本府想办一桩事，总得同绅士们商量好了再做，所以不会闹事。像大公祖这样的，却也没有。"傅知府听了，不禁脸上一红，不由恼羞变怒道："绅士有好有坏，像你这种——"这个绅士不等他说完，亦挺身而前道："像我怎样？"当下别的绅士及典史、老师，见他与本府翻脸，恐怕又闹出事来，一齐起身相劝。那绅士便愤愤的立起，不别而行。傅知府也不送他，任其扬长而去。于是典史、老师方才细细禀陈刚才一切情形，又说："若不是众位绅士出来，恐怕闹的比上次柳大人手里还凶。"傅知府至此，无法可施，只得敷衍了众人几句。众人说："捐局不撤，百姓不肯开市，现在之事，总求大公祖作主，撤去捐局方好。"傅知府道；"这个兄弟却做不得主。捐局是奉旨设立的，他们不开市倒有限，他们不起捐，就是违背朝廷的旨意，这个兄弟可是耽不起。"当下众绅士见本府如此执拗，就想置之不理，听其自然。还亏典史明白，恐怕一朝决裂，以后更难转圜。于是又将一切情形，反复开导，足足同本府辨了两点钟的时候，方才议明，捐局暂时缓设，俟将情形禀明上宪再作道理。一面由绅士劝导百姓，叫他们开门，照常贸易。傅知府又趁势向绅士卖情说道："今日之事，若不是看众位的面子，兄弟一定不答应，定要办人，办他们个违旨抗捐，看他们担得起、担不起？"众绅士知道这是他自己光脸的话，也不同他计较，随即辞了出来，各去办事。果然众百姓听了绅士的话，一齐开门，照常贸易。不在话下。

单说傅知府一见百姓照常交易，没有了事，便又胆壮起来。次日一早，传见典史、老师，提起昨日之事，便说："为政之道，须在宽猛相济。这里百姓的脾气，生生的被前任惯坏了。你们不懂得做官的道理，只晓得一味随和，由着百姓们抗官违旨，自己得好名声，弄得如今连本府都不放在眼里。所以兄弟昨天不睡觉，寻思了一夜，越想越气。现在捐局暂时搁起，总算趁了他们的心愿。我们做官人的面子，却是一点儿都没了。所以兄弟今天仍旧同你二位商量，昨天打局子闹事的人，也要叫他们绅士交还我两个，等我办两个，好出出这口气，替我们做官的光光脸。此时就请二位前去要人，兄弟吃过早饭就要坐堂的。"说罢，端茶送客。典史、老师只好退了下来，心上晓得本府糊涂，昨日的事，费了九牛二虎之力，好容易调停下来，他非但不见情，而且还出这个难题目叫我们去做，真正懊恼。两人在官厅上商议了半天，想出一条主意，一同到得县里，同首县商量一条计策，再定行止。按下不表。

且说教士同了刘伯骥，见百姓毁局罢市，细细访出根由，不胜愤懑。晓得今天本府有事，断无暇理会到前头那件事情，便同刘伯骥找到一爿客栈，先行住下。刘伯骥因为自己改了洋装，恐怕众人见了疑讶，所以不敢归家。当下洋教士又出去打听消息，晓得前头捉去的一帮秀才，傅知府因为办捐，一直没有工夫审问，至今尚寄在监里。教士听了，心上欢喜。到得傍晚，又见各铺户一律开门，又打听得是众绅士出来调停的缘故。是夜教士回栈，同刘伯骥说知一切，预备明日向本府要人。商议停当，一同安睡。

次日，两人一早起来，刘伯骥恨不得马上就去。教士道："你们中国官的脾气，不睡到上午是不会睡醒的，这时候还早着哩。"刘伯骥道："昨天闹了捐，罢了市，今天有事情，大约总得起得早些。"教士道："昨天的事，昨天已经闹过了，今天是没有事的了。而且昨天辛苦了一天，今天乐得多睡些。做一天和尚撞一天钟，得开心处且开心，你们中国人的脾气，还要来瞒我吗？"刘伯骥听他讲得有理，只好随他。一等等到敲过十点钟，两个人方才一同起身出栈，奔向府前而来。谁知一到衙前，人头挤挤，本府正在坐堂。底下的衙役，却在那里揿倒一个人，横在地下，一五一十的在那里打屁股哩。刘伯骥说:"可惜我们来晚了,他已经坐了堂了。"教士也觉得奇怪,怎么中国官会起得这般早? 这会已经出来坐堂。心上如此想,口里便对刘伯骥道:"要他坐在堂上更好,你跟我去问他要人!"说罢,便拉了刘伯骥的袖子,一路飞奔,直至本府案桌跟前。众人不提防,一见来了两个外国人,一个虽然改了华装,也还辨认得出,不觉吓了一跳。虽是满堂的人,却没有一个敢上来拦阻他二人的,还有人疑心是来告状的。傅知府正在打人,一见也自心惊,却把两只眼睛直瞪瞪的望着他。

只听得教士首先发言,对本府说道:"你可是这里的知府?"傅知府也不知回答他什么话好,只答应得一声"是"。教士道:"好,好,好! 我如今问你要几个人,你可给我?"傅知府摸不着头脑,不敢答应。教士道:"我们传教的人,于你们地方上的公事本无干涉,但是这几个人,都是我们教会里的朋友,同我们狠有些交涉事情没有清爽,倘或在你这里,被他逃走,将来叫我问谁要人? 所以我今天特地来找你知府大人,我立时立刻就要把这几个人交我带去。"傅知府愣了半天,依然摸不着头脑,不知道他要的是谁。幸亏一个值堂的二爷明白,便问:"你这两位洋先生,到底是要的那一个,说明白了,我们大人才好交给你带去。"教士闻言,也自好笑,说了半天,还没有说出名姓,叫他拿谁给我们呢? 马上就向刘伯骥身边取了一个单子出来,由教士交给傅知府道:"所有人的名字,都在这单子上。"傅知府接了过来一看,才知所要的,就是上回捉拿的那班会党。这事已经禀过上宪,上头也有公事下来,叫我严办,但恨我一心只忙办捐,就把这事搁在脑后。如今我这里尚未问有确实口供,倘若被他带了去不来还我,将来上头问我要人,叫我如何回覆? 想了一回,便对教士道:"洋先生! 你须怪我不得,别人犹可,但是这十几个人,是上头指名拿的会党,上头是要重办的。现在还没有审明口供,倘若交代与你,上头要起人来,叫我拿什么交代上头呢? 你有什么事情,我来替你问他们就是了。"教士道:"这几个人,同我们狠有交涉,你问不了,须得交代于我,上头问你要人,你来问我就是了。好在我住家总在你们永顺府里头,不会逃走到别处去的。"傅知府道:"不是这们说。我不奉上头的公事是不放人的。"教士道:"这几个人替我们经手的事情狠不少,放在这里,我不放心,倘有不测,如何是好? 所以我要带去。"傅知府道:"人都好好的在我这里,一点没有难为他,你不放心,我把他们提出来给你看看,你有什么话不妨当面问他。"教士道:"好,好,好。你就去提了来我看。"

傅知府立刻吩咐二爷,带领衙役到监里,把一班秀才,一齐铁索琅珰提了上来,当堂跪下。教士看了一看，遂指着一个瘦子说道："不对！不对！这位先生，从前是个大胖子，到了你们这里两个月，头发也长了，脸也黑了，身上的肉也没有了，再过两天，只怕性命也难保了。在这里我不放心，须得交我带去。"傅知府不答应。教士便发话道："这些人是同我们会里有交涉的，你不给我，也由你便，将来有你们总理衙门压住你，叫你交给我们就是了。"说罢便拉了刘伯骥要走。傅知府道："慢着！我们总得从长计议。"教士道："交我带去，不交我带去，只有两句话，并没有第三句可以说得。"傅知府道："人是交你带去，想你们教士也是与人为善，断不肯叫我为难的。将来上头要起人来，你须得交回来。"教士道："上头要人，你来问我要就是了。"说罢，立逼着傅知府将众人刑具一齐松去，说了声惊动，率领众人扬长而去。傅知府坐在堂上，气的开口不得。堂底下虽有一百多人，都亦奈何他不得。

　　欲知后事如何，且听下回分解。

第十回

纵虎归山旁观灼见　为鱼设饵当道苦心

却说刘伯骥同了洋教士，跑到永顺府，亲自把几个同志要了出来，傅知府无可如何，也顾不得上司责问，只得将一干人松去刑具，眼巴巴看着领去。当下一干人走出了府衙，两旁看审的人，不知就里，见了奇怪，三三两两，交头接耳的私议，又有些人跟在后头，哄的满街都是。教士恐人多不便，便把刘伯骥手里的棍子取了过来，朝着这些人假做要打，才把众人吓跑。教士见他们如此胆小，也自好笑。一路言来语去，不知不觉，已到了昨日所住的那爿小客栈内。栈里掌柜的见他们一个个都是蓬首垢面，心上甚是诧异，只因惧怕洋人，不敢说甚。这一干人恐怕离开洋人，又生风浪，只得相随同住，再作道理。按下慢表。

且说是日傅知府坐堂，所打的人，不是别个，却是四城门的地保。因为这四城门的地保，不能弹压闲人，以致匪徒肇事，打毁捐局。知府之意，本想典史、老师，向绅士们要出几个为首的人，以便重办。无奈绅士们置之不理，所以他迫不及待，就把地保按名锁拿到衙，升坐大堂，每人重打几百屁股，以光自己的脸面。其中有个狡猾的地保，爬在地下捱打，一头哭，一头诉道："大人恩典！小的实在冤枉！昨天闹事的时候，从大人起，以及师爷、二爷、亲兵、巡勇，多多少少的人，都在那里，他们要闹，还只是闹，叫小的一个人怎么能够弹压住这许多人呢？"傅知府听了这话，愈加生气，说："这混帐王八蛋，有心奚落本府，这还了得！"别人都打八百，独他加一倍，打了一千六百板，直打得屁股上两个大窟窿，鲜血直流，动弹不得，由两个人架着，一拐一瘸的搀上堂来，重新跪下。傅知府又耀武扬威的，一面孔得意之色，把一众地保吆喝了一大顿，才算糊过面子。

正在发落停当，尚未退堂，不提防教士同了刘伯骥到来，立逼如火，要把十几个人一齐带去，说是有经手未完事件。傅知府想待给他，恐怕上司责问，欲待不给，又怕教士翻脸。不要说是写封信托公使到总理衙门里去评理，叫他吃不住，就是找出领事在督抚面前栽培上两句，也就够受的了。因此左难右难，不得主意。后来把一干人提上堂来，替教士追问经手事件，无非两面转圜的意思，却不料教士一见了人，不容审问，立逼着松了刑具，带了就走。堂上虽有百十多人，竟也奈何他不得。傅知府两只眼睛，直巴巴的看着他们出了头门，连影子都不见了，他犹坐在公案之上，气得一句话也说不出。歇了两刻钟头，方才回醒过来，起身退堂。踱进签押房，宽衣坐下，忙叫管家把刑名老夫子请了过来，商量此事。

这老夫子姓周名祖申，表字师韩，乃绍兴人氏，是傅知府从省里同了来的。当下一请便到，见了东翁，拱手坐下。傅知府先开口说道："老夫子！我这官是不能做的了！"周师韩忙问何事？傅知府当把教士前来要人的情形，自始至终说了一遍。周师韩道："请教太尊，为什么就答应他呢？"傅知府道："我不答应他，他要到总理衙门去的，到了总理衙门，也总得答应他。我想与其将来拿好人给别人去做，何如我自己来做，乐得叫外国人见个好，将来或者还有仰仗他们的地方，也论不定。"周师韩道："送掉几个人是不要紧，但是这件事情，太尊已经禀过上头，上头回批，叫太尊严办。这个把多月，太尊因为忙着办捐，就把这事搁起。前日，上头又有文书来催我们赶紧审结。现在一审未审，怎么好叫教士带了去呢？"傅知府一听师爷之言有理，心上好不踌躇，连说："怎么样呢？"又想了一回，说道："如此，让我就坐了轿子去要他回来。"周师韩听了，鼻子里扑嗤一笑道："说的谈何容易！他肯由你要回，方才不带他们去了。"傅知府道；"他原说这些人同他有经手未完之事，所以带了他们去的。如今他们的事情想已弄停当了，我这里案子未结，他自然要还我的。"周师韩道："什么经手事情，也不过叫名头说说罢了，那里有什么紧要事情，少他们不得。如今人还了他，一个个在那里逍遥自在，一点点事情也没有。"傅知府道："据此说来，是我受了他们的骗了。"周师韩道："岂敢！"傅知府道："你没见刚才在堂上的样子，真是刻不容缓，无论什么人都拗他不过。"周师韩道："他若要人，只要翻出条约来同他去讲，通天底下总讲不过一个'理'字，试问他还能干预，不能干预？"傅知府道："谁记得这许多呢？做官的人，都要记好了条约再做，也难极了。"周师韩道："现在做官，不比从前，这上头总得留点心才好。"傅知府道："这个只怕连制台、抚台肚子里都没有，不要说我们做知府的了。"周师韩道："肚子里不记得就要吃亏。"傅知府道："目前且不管吃亏不吃亏，总得想个法子把人弄回来才好。"周师韩道："据我看起来，这件事有点难办。这些穷酸，岂是什么好惹的？而今入了他们外国人的一教，犹如老虎生了翅膀一般，将来还不知要闹出些什么事情来呢？"傅知府道："无论有事没有，办得成办不成，苦了我这老脸，总得去走一趟再说。"周师韩一见话不投机，只好退出。

傅知府传门上上去，问他这里有几处教堂，刚才来的洋人，是那里教堂的教士。门上道："这个小的不知道，回来叫人到县里去查查看。"傅知府道："几个教堂都不记得，还当什么稿案？门上快去查来！"稿案、门上不敢回嘴，出来回到门房里，嘴里叽哩咕噜的说道："做了大人也记不清，还有嘴说我们哩。"吩咐三小子："去找县里门口鲁大爷，托他替我们查一查。"三小子去不多时，回称鲁大爷也不晓得，回了他们大老爷，又叫了书办来，才查清楚的。一共两个教堂，一个在城里，一个在乡下，这里有个条子，写的明明白白。至于刚才来的那个教士，不在城里住，一定在乡下住，只要在那里一问就知道了。稿案道："连着县太爷也是糊里糊涂的。要到得那里再问，我又何必问他呢？"说完了这两句，立刻上去回过傅知府，又说："至于方才来的那个教士，横竖不在城里，就在乡下。先到城里的教堂去问一声儿，如果不在那里，再往乡下未迟。倘若是在那里，就免得往乡下去走一遭。"

傅知府听了有理，便传伺候，先到城里的教堂去拜望教士。一霎时三声大炮，出了衙门，投帖的赶在前头，先去下帖。及至走到那里一问，回称教士不在这里，三日头里就往别处传教去了。傅知府听说，心中闷闷。正想回轿一直下乡。不料事有凑巧，那个硬来讨人的教士，正同了几个秀才前来探望这堂里的教士。轿里轿外，不期同傅知府打了个照面。傅知府一见，认得是他，便拿手敲着扶手板，叫轿夫停轿，嘴里不住的叫："洋先生！我是特地来拜你的！你不要走，我们进去谈谈。"教士道："这里不是我的家，我的家在乡下，这里是我的朋友住的地方，你不要弄错了。"傅知府道："借他这里谈谈也好。"一面说，一面已经下了轿，一只手拉住了教士的袖子。又看教士后面跟的几个人，就是前头捉去的几个秀才，傅知府统通认得，就拿那只手招呼他们，一块儿到这教堂里去。教士被他闹不过，只好上去敲门。有个女洋婆，也是中国打扮的，出来开门，同这教士叽哩咕噜的说了几句洋话，自己关门进去。教士便同傅知府说道："我这朋友不在家里，我们不便进去。"傅知府："街上不能谈天，我们同到衙门里谈一会罢。"众人心上明白，谁肯上他的当，一齐拿眼瞅着教士。只听教士对傅知府说道："傅大人，你的意思我已懂得。我有这些人同着不便，改日再到贵府衙门里领教罢。"说罢，领了众人，扬长而去。

傅知府一个人站在街上，几乎不得下台，把他气的了不得。站了半天，轿夫把轿子打过，他便坐上，也不说到那里去。走了两步，号房上来请示。他老人家方才正言厉色的说了声回去。众人不敢违拗，立刻打道回衙。他一直下轿，走进签押房，怒气未消。正在脱换衣裳的时候，忽见跟去的一个二爷上来回道："刚才碰见的那个教士，并不住在乡下，就住在府西一爿小客栈里，出了衙门朝西直走，并无多路。"傅知府听说，连忙又传伺候，说即刻要到他栈房里拜他。官场规矩，是离了轿子一步不可行的，当下由这个跟班在前引路，知府大轿在后，走到栈房门口，不等通报，先自下轿，一路问了进去。问洋先生住的是那号房间，柜上回称小店里这两天并没有姓杨的客人。傅知府只得同他细说，并不是姓杨的客人，是个传教的洋人，柜上方才明白。回说十一号、十二号、十三号房间，通统是的，但不知这位洋先生住在那一间里。傅知府只得自己寻去，一问问到十二号房间，果然在内。

其实这教士同这一帮秀才，听了鸣锣唱道之声，早已晓得知府来到，等他自己进来，不去睬他，等到他身走进房间，众秀才只得起身回避，让教士一个同他扳谈。当下傅知府进来之后，连连作揖，口称："一向少来亲近。兄弟奉了上宪的扎子，到这里署事，接印之后，公事一直忙到如今，所以诸位跟前少来请安。"教士道："傅大人客气得很，要你大人自己亲来，实在不敢当。"傅知府道："众位先生既在这里，可以一齐请来见见。"教士道："他们是怕见官府的，不要他们见你的好。"傅知府道："他们的学问品行，兄弟是久已仰慕，既然来了，自然见见。"教士道："他们同我一样，都是不懂道理的人，还是不见的好。"傅知府听了无话，又想了一想，说道："兄弟此来，并没有什么大事，不过有一点小事情，要同你商量商量，千万你看我的薄脸，赏我一个面子，叫我上头有个交代。"教士道："我是外国人，到了贵府，处处全靠你贵府保护，贵府还有什么事情要同我商量？"傅知府道："不为别的，就是早上贵教士要来的那几个秀才。"教士道："不错，几个秀才，是你把他们交给我的，现在又有什么事情？"傅知府道："这几个人，是上头叫我捉的，现在捉了来还没有审口供，就被贵教士要了来，将来上头问兄弟要人，无以交代。"教士道："贵府这句话说差了，不要说这些人本来冤枉的，就是不冤枉，上头叫你拿了来，你就该立刻审问，该办的办，该放的放，也没有不问皂白，通同收在监里的道理。现在是我因为他们有替我们教堂经手未完事件，并且有欠我们的钱未曾清楚，若长久放在你那里，设或被他们逃走，将来我这钱问那个去要？所以我把他们要了来，叫他们在我这里，我好放心。"傅知府道："这件事情，我总得同你商量，叫他们同我回去，我情愿收拾房子给他们住，供给他们，决不难为于他，你可放心的了。"教士道："你那里有房子给他们住？不过收在监里，等到上头电报一到，就好拿他们出来正法。此番倘若跟你回去，只怕死的更快。"傅知府道："他们犯的事未必一定是死罪，不过叫他们回去等兄弟光光面子，那里就会要了他们的命呢？"教士道："我不信贵府的话，贵府请回去罢。我这栈房里龌龊得狠，而且是个小地方，不是你大人可以常来的。"傅知府听了，不觉脸上红了一阵，又坐了一会，两人相对无言，只好搭赸着告辞回去。进得衙门，千愁万绪，闷闷不乐。

他有个妻舅，名唤赖大全，从前在过汉口一爿什么洋行里当过煞拉夫的，自从姊夫得了缺，写信把他叫了来，在衙门里帮闲。遇见没事的时候，陪着姊夫、姊姊打打牌、说说闲话；等到有了事，却是一句嘴也插不上去的。这两天见姊夫头一天为了开捐，被人打了局子，第二天又来个洋人把监里的重犯硬讨了去，姊夫气的气上加气，众人一无主意。他便有心讨好，硬着胆子先在姊夫跟前递茶递烟，献了半天殷勤，他见姊夫不说话，他也一声不响。后来想出一条计策，熬不住要献上来，先叹了一口气。姊夫问他："因为什么叹气？"赖大全道："我见姊夫这两天遭的事情，实在把我气的肚子疼！"傅知府道："办捐一事，我是理直气壮的，小小百姓，胆敢违旨抗官，目前虽然我受他们的挟制，暂时停办，将来禀过上头，办掉几个人，一定不能便宜他们。但是受了这教士的气，我心上却是有点不情愿，总得想个法子方好。"赖大全道："教士是外国人，现在外国人势头凶，我们只可让着他点。硬功不来，只好用软功。我从前在洋行里吃过几年饭，狠晓得他们的脾气。为今之计，我倒有个计策在此。"傅知府忙问何计，怎么用软功？赖大全道："明天一早，姊夫吩咐大厨房里买下十二只又肥又大的鸡。他们外国人以十二个为一打，所以一定要十二只。再买他一百个鸡子，一块羊肉，或者再配上一样水果，合成功四样礼。教士是认得中国字的，姊夫再写上一封信，信上就把这事情委婉曲折说给他听，哀求他，请他把这十几个人放了回来。信随礼物一同送去。只要那教士受了我们这一分礼，这事情十成中就有九成可靠了。"傅知府道："外国人吃心重，这一点点东西怕不在他眼里，他不收怎么好呢？"赖大全道："外国人的脾气我通统知道，多也要，少也要，一定不会退回来的。只要他肯收，这事就好办了。"傅知府听了他言，心上得了主意，立刻吩咐大厨房里，明天一早照样办好，以备送礼。自己又回到签押房，亲自写了一封信，次日一并遣人送去。

但不知此计是否有用，且听下回分解。

借地保屁股，光太守脸面，今之所谓占面子之事，不过如此。

到了总理衙门，终归答应，傅知府确有见地，故为斯言。

"一班穷酸入了外国人的教，将来不知要闹出些什么事情来？"已隐隐为今日一般国民写照。

境内有教堂若干，知府不知，知县不知，府县之门稿亦不知，独书办知之，无怪乎吏胥之权力，日见其膨涨也。

外国人脾气，多也要，少也要，煞拉夫诚能窥见其微。

第十一回

却礼物教士见机　毁生祠太尊受窘

却说傅知府听了舅老爷的话，一想此计甚妙，便把礼物办好，将信写好，次日一早叫人送到教士住的客栈里。且说那教士自从送傅知府去后，回来便向众秀才说道："诸位先生，我看此处断非存身之地，今日他虽回去，谅来未必甘心。我们一日不行，他的缠绕便一日不了。我乡下教堂里也容不得诸位这许多人，而且诸位年轻力壮，将来正好轰轰烈烈做一番事业，如此废弃光阴，终非了局！"众人听了他话，都说不错，但是面面相觑，想不出一个主意来。怕的是离开洋人，官府就要来捉，踌躇了半天，终究委决不下。教士知道他们害怕，便说道："诸位但肯出门，我都有法保护。只要把你们送到上海租界地面，你们就可自由。"当下众人俱各点头应允。有的说与其在家提心吊胆，自然是出门快乐的。有的说老死窗下，终究做不出大事业，何如出去阅历阅历，增长点学问也好。教士道："诸君既以鄙见为然，就请收拾收拾，明日我就送你们动身何如？"众人俱各应允。

方谈论间，忽听窗外有人高嚷，问茶房道："洋大人、洋先生在那号房间里住？"茶房一见那人头戴红缨大帽，脚踏抓地虎，手里拿着帖子，晓得便是大来头，立刻诺诺连声，走在前头引路，一直把这人领到第十二号房间里，见了教士。这人先跄前一步，请了一个安，口称："家人奉了敝上之命，叫家人替洋大人请安，敝上特地备了几样水礼，求洋大人赏收。这里还有一封信，求洋大人过目。"一面说，一面把信双手捧上。教士在中国久了，《康熙字典》尚且读熟，自然这信札等件也看得通了。刚才接信在手，正待拆阅，那来人又登登登的跑出去，叫跟来的人，快把送的礼抬进来。教士将信看了一遍，晓得来意，送的东西，信上一一注明，便连连挥手，吩咐来人:"不必拿进,我是万万不收的!"来人一听不收,呆在那里,一言不发。教士道:"你回去拜上你们主人,他的情我已经心领了,我是不受人家礼物的。至于这几个人,我明天就要送他们到上海去,我把他们送到,我是仍旧要回来的。等我回来,再来拜望你们主人罢。"来人道:"家人来的时候,敝上有过话,说是送的礼物,倘若洋大人不赏收,不准小的回去。洋大人!你老人家总算可怜小的,赏收了罢。"教士笑道:"这又奇了,送不送由他,收不收由我,那有勉强人家收的道理?你快快回去,我的话已经说完,你再在这里,就无人理你了。"说罢,踱了进去。来人无法,只好叫人将礼物仍旧抬回,自己又进来向教士讨回信。教士道:"你回去同你主人说,我的话昨天同他当面都说过了,用不着回信。"来人道:"既无回信,赏张回片也好销差。"教士道:"我来的匆促,没有带得片子。"这人无奈,只好搭赸着出去。同来抬盒子的人,暗地里拉这人一把,说道:"大爷,回信没有,回片没有,东西虽然不收,我们府衙门里出来送礼,脚钱是一向有的。"这人道:"滚你娘的蛋罢!你也睁开眼睛看看,这是什么地方,你好问他要脚钱?真正不知死活!"说完,率领着众人,抬了东西而去。

且说傅知府自从交代了门上,叫他到栈房里送礼,以为我今番送礼给他,他不能不顾我的面子,或者因此将人交回,也好叫我上头有个交代。想罢,甚是开心。不料等了一回,家人戴着帽子,拿着帖子回来了。傅知府一见,便赶着问道:"看见外国人没有?东西可收下?怎么说?那几个人带回来没有?"家人道:"外国人见是看见的,东西没有收,人也没有带回。"傅知府一听,不觉顶上打了一个闷雷,心上想道:怎么外国人送他礼也会不收的,不要是嫌少?忙又问道:"我给他的信,他看了说什么?回信在那里?"家人道:"他看过,但是笑了一笑,说:'我知道了。'回信没有。"傅知府听了,生气道:"他是什么东西,好大的架子!他竟同皇上一样'知道了'!真正可恶!回信既然没有,回片呢?怎么写法?不收我的东西,总要有个说法。"家人道:"回片也没有。"傅知府发根道:"我好好的事情,都坏在你们这些王八蛋手里了!特特为派你去送礼,回信也没有,回片也没有,我晓得你真去假去,你是个死人?我要你做什么!替我滚出去!"家人不敢做声。傅知府正骂着,送礼抬盒子的人,已把礼物抬到厅上。傅知府道:"外国人没有收,还抬来做什么?水果还给铺子里,说我没有用。鸡同鸡子亦送还人家。羊肉给厨子做饭菜,该多少钱,叫帐房里照扣。"一分重礼,外国人虽然没收,他老人家却是分文未曾化费。分派已定,方才进来,同师爷商量，打禀帖给上头，好把这事情敷衍过去。等到这个禀帖上去，前头闹捐的事，绅士已经上控到省，抚台亦早有风闻，便叫藩台挂牌，把他撤任，另换一个姓鲁的接他的手。接印交印，自有一番忙碌，照例公事，毋庸琐述。

等到傅知府交卸的头两天，自己访闻外头的口碑狠不好，意思想要地方上送他几把万民伞。再于动身的那一天，找两个绅士替他脱靴。还要请一个会做古文的举人公、进士公，替他做一篇德政碑的碑文，还想地方上替他立座生祠。如此交卸回省，也可以掩饰上头的耳目。因为这事自己不便出口，只好托师爷把首县请来，同他商量。首县道："不瞒老夫子说，我们这位太尊，做官是风厉的，但是百姓们不大懂得好歹，而且来的日子也太少，虽有许多德政，还不能深入人心。这件事情，兄弟也有点不便，不如去找王捕厅、周老师，他二人地方上人头还熟些，或能说得动他们，也未可定。"师爷道："敝东有过话，只要他们肯预名，就是做万民伞的钱，还有那盖造生祠的款子，通统是敝东自己拿出来，决不要他们破费分文，这总办得到了。"首县道："既然太尊自己拿钱，随便开几个名字写了上去，何必又去惊动他们？肯与不肯，反添出许多议论。"师爷道："盖生祠的事，敝东早说过了，也不必大兴土木。记得书院后面有个空院，里头有三间空屋，外面幸喜另外一个门，将来只要做一个长生禄位，门口悬一块扁，岂不是现现成成的一座生祠么？但是到送伞的那一天，总得有几个人穿着衣帽送了来，这却找谁呢？"首县道："这个容易，别人不来，本衙门里的书办，就可以当得此差。"师爷听了不解。首县道："老夫子！枉负你十年读律，书办可以戴得顶戴的，叫他们一齐穿了天青褂子，戴了顶子，还怕他不来吗？至于脱靴一事，就叫他们衙役们来做。这要遮人耳目的事，也还容易，倒是要找一位孝廉公，或者进士公，做这一篇德政碑的碑文，却不易得。兄弟在这里几年，此地的文风也着实领教过，今文尚且有限，如何能做古文？兄弟虽不才，也是个两榜出身，然而如今功夫也荒疏了，提起笔来，意思虽有，无奈做来做去，总不合意。否则，这个差使，兄弟一定毛遂自荐，省得太尊另外寻人。至于本地的两位举人进士，我看也算了罢，大约做起时文来，还能套篇把汪柳门的调头，八韵诗不至于失粘。再靠着祖宗功德，被他中个举人进士，已算难得，还好责备求全吗？倒是秀才当中，很有几个好的，可惜太尊把他们当作坏人，如今入了洋教，吃了外国饭，跟了外国人，一齐不晓得到那里去了。早知如此，当初很该应照应照他们，到了今日找他们做篇把碑文，他们还有不出力的吗？"师爷道："这些话都不必题了。我看你衙门里的书启老夫子，他的笔墨倒还讲究,太尊题起,常常夸奖他的。说他做的四六信,没有人做得过,干支对干支,卦名对卦名,难为他写得出。我想请教他去做一篇,再由阁下替他斟酌斟酌,这桩事情不就交了卷么?"首县道:"太尊说的是古文,古文一定是散体,人人都说散体容易整体难,我说则不然。太尊如要整体,倒好叫他费上两天工夫做一篇看,再不然,旧尺牍上现成句子,抄上几十联,也可以敷衍搪塞。倘要散体,他却无此本领。"师爷道;"何以散体倒难?"首县道:"你看一科闱墨刻了出来,譬如一百篇文章,倒有九十九篇是整的,只有一两篇是散的,散体文章中举人如此之难,所以兄弟晓得这散体东西是不大好做的,这是读书数十年悟出来的。所以兄弟一听你老夫子题到'古文'两字,兄弟就不敢接嘴。"师爷道:"这个太尊也不过说说罢了。据我看来,还是做四六的出色。太尊只要做成功一篇德政碑的碑文就是了,还管他整体、散体吗?"首县道:"既然如此,我就回去叫我们那位书启老夫子,做一篇来试试看。"师爷道:"如此费心了!"说罢,彼此别去。

师爷果然听了首县的话,交出钱来,找了裁缝,把伞做好,同门上商量,找到两个从前受过大人恩惠的书办,叫他二人出头,约会齐了众书办,到这一天,一齐顶帽袍套,进来送伞。是日,傅知府同他们敷衍了一番,也未识破,就是识破,要顾自己的面子,也就不肯说了。首县回去,果然找书启老夫子拟了一篇德政碑文,全体四六,十成中倒有九成是尺牍上的话头。幸喜声调铿锵,平仄不错,念起来也还顺口,对仗亦尚工稳。傅知府见了,异常称赞,连说:"费心得很!"还说将来贵书启老夫子文集当中,有了这篇文字,流传不朽,彼此都有光辉的。看罢,便叫书禀门上照誊五分,一分交给首县,叫他选雇石工,立碑刻字,余四分,预备带回省城,好呈给抚、藩、臬、道诸位大人过目。分派已定,便择定动身日期。

等到临走的那一天,预叫自己旧门稿把那受过恩惠的差役派了两名,嘱咐他们在城门底下,预备替大人脱靴。向来清官去任,百姓留靴,应得百姓拿出钱来先买一副新靴,预备替换。这两个差役虽然受过大人的恩惠,肯替他留靴,然而要他们拿出钱来,再买一副新靴,却是做不到。所以这买靴的钱,还是大人自己的钱,由师爷发下来的。这日傅知府有意卖弄,从衙门里摆了全副执事,轿子前头,什么万民伞、德政牌,摆了半条街,全是自己心痛的钱买得来的,事到其间,要顾面子,也就说不得了。其时两旁观看的人,却也不少。有的指指点点,有的说说笑笑,还有几个挺胸凸肚、咬牙切齿骂的。傅知府宽洪大量,装做不知,概不计较。一霎时走到书院跟前，只见山长率领着几个老考头等的生童，在那里候送。傅知府下轿进去，寒暄了几句，山长定要把盏，傅知府不肯，众生童磕头下去。傅知府还过礼后，叫管家每人奉送白折扇一把，上头写着一首七言八句的留别诗。众人接过，一齐用两只手捧着，这都是他老人家预先叫西席老夫子替他做好、写好，如今竟装作自己门面了。

正在谦让的时候，忽听门外一片声喧，刚要叫人出去查问，已经有人来报，说是大人生祠上的一块匾，同着长生禄位，被一班流氓打了个粉碎，还说要把大人的牌位丢在茅厕坑里。傅知府听了，面孔失色，做声不得。山长道："那有此事？问流氓在那里，书院重地，胆敢结党横行，真正没有王法了！"一面说，一面走出来，一看只见一大班人正在那里捋臂挥拳，指手画脚的大骂"昏官"、"赃官"不了。内中有两个认得的，是屡屡月课考在三等，见了山长眼睛里出火，想要上来打他。幸亏山长见机，一声不响，缩了进去，对傅知府道："大公祖！你请在这里头略坐一坐，外头去不得，怕碰在乱头上，吃他们眼前亏是犯不着的。"傅知府道："谅他几个生童，有多大的本领，敢毁本府的祠宇！"说着硬要亲自出去，呵叱他们。幸亏被山长一把拉住，没有放他出去。你道这班打生祠的是什么人？就是傅知府上次捉拿的一班秀才的好友。然其中也有真来报仇的，也有来打抱不平的，因此愈聚愈众，一霎时竟聚了好几百人。后来幸亏首县到来，好容易把个太尊保护了出去，从小路抄到城门。

正待举行留靴大典，不提防旁边走出多少人，不问皂白，一拥而上，不但靴子留不成，而且傅知府的帽子，亦被众人挤掉。靴子刚脱掉一只，尚未穿上，被人冲散，只得穿了袜子，一高一低的，在人从中挤来挤去。幸而顶帽不戴，人家瞧不出他是知府，所以未曾被人殴打。然而顷刻之间，轿子也打毁了，执事也冲散了，万民伞亦折掉了，德政牌亦摔劈了。傅太守好容易找到一个二爷，由这二爷搀着他寻到一个小户人家躲了半天，要等外面风声渐定，方敢出头。你道这班人又是谁？就是那班闹捐局的人，上次未曾打得爽快，所以今番打听得傅知府动身，要在城门经过，还要在此留靴，所以凑在这个档口，打他一个不亦乐乎。毕竟来的卤莽，傅知府仍未打到，被他漏网脱逃而去。后来又幸亏营里、县里一齐赶到，一面将众人弹压，一面又替太尊预备轿子。但是，找了半天，不知太尊被众人弄到那里去了！首县心上甚是着急，设或被众人戕害了性命，那却不了。立刻传地保率领衙役，挨户去寻，后来好容易从一个小户人家找到。地保跪在地下磕头说道："我的大人！真把小的找苦了！快请大人出去，首县大老爷候着呢。"傅知府还当是一班闹事的人，要哄他出去打他，抵死不敢出去，只是索索的抖。幸亏地保一找到的时候，早已打发人送信给县大老爷，县大老爷相离不远，得信之后，赶了前来。傅知府一见，方才把心放下，大着胆子出来。首县说了一声："大人受惊！"傅知府不及回言，先骂办差的欺负我已经交卸没有势力的人，随我被百姓打死了，他们也不上来拉一把，真正混帐王八蛋！首县听他骂人，也不便说什么。叫人打过轿子，让他坐好。营里又派了十六名营兵，一个哨官，围着轿子，保护他出境而去。

　　要知后事如何，且听下回分解。

　　　　抬盒子的人，想问教士讨送札的脚钱，真正不知死活。

　　　　首县说太尊德政一段，言婉而讽，句句恭维，却是句句不满意。

　　　　万民伞自制，德政碑文自撰，生祠自造，新靴自买，太守真能体贴百姓者。

第十二回

助资斧努力前途　质嫁衣伤心廉吏

　　却说上回书讲到傅知府撤任，省宪又委了新官，前来管理这安顺一府之事。这位新官，或是慈祥恺恻，叫人感恩，或是暴厉恣睢，叫人畏惧，做书的人，都不暇细表。单说教士自从听了刘伯骥之言，把他同学孔君明等十一人，从府监里要了出来，就在府衙前面小客栈里住了些时。傅知府两次三番前来索讨，甚至馈送礼物，哀词恳求，无奈教士执意不允。然而这些人久住城厢，若是离了洋人，保不定何时就要祸生不测。所以教士力劝他们出门游学，暂且躲避几时，等他年此案瓦解冰消，再行回里。刘伯骥、孙君明等一干人，都是有志之士，也想趁此出门阅历一番，以为增长学识地步。而且故乡不可久居，舍此更无自由快乐之一日。因此，俱以教士之言为是。教士见了，也甚欢喜，立刻催促他们整顿行装，预备就道。其时各家的亲戚，有几个胆子大的，晓得有洋人保护，决无妨碍，也都前来探视。有的帮衬些银两，有的伙助些衣服，有的馈送些书籍。十二个人当中，倒有八九个有人帮忙，其余三四个，虽是少亲无靠，却由教士伙助些银两，以作旅费，也可衣食无忧。因此，他们多人，俱各安心出门，并无他意。又过了几日，教士遂同了他们起身。

　　一路晓行夜宿，遇水登舟，遇陆起旱，在路非止一日，已到长沙地面。教士将他们安顿在客栈中，自己去到城里打听。又会见省里的教士，说起现在省宪已有文书下去，将傅某人撤任，另换新官。教士闻言大喜，立刻回栈通知了众人，众人自然也是高兴。有两个初次出门，思家念切，便想住在长沙候信，口称倘能就此无事，再过两日，便可回家，省得路远山遥，受此一番辛苦。教士听了，尚未开言，幸亏孔君明生有强性，乃是个磊磊落落想做事业的人，听了此言，不以为然，便发话道："诸君此言差矣！教士某君，救我等于虎口之中，又不惮跋涉长途，送我们至万国通商文明之地，好叫我等增长智识，以为他日建立功业之基础。他这一片苦心，实堪钦敬，今诸君不勉图进步，忽然半途而废起来，不但对不住某君，而且亦自暴自弃太甚！还有一说，诸君以为旧官撤任，更换新官，新官决以旧任为不然，必处处与旧任为反对，凡旧任所做的事，一概推倒，因此诸君敢大着胆子回去。然而中国事情，我早一眼看破，新官即使不来追究我们的事，然而案未注销，名字犹在里面，所有地方上的青皮无赖，以及衙门前的蠹役刁书，皆可以前来讹诈。我们若要平安，除非化钱买放。我们的银钱有限，他们的欲壑难填，必至天荆地棘，一步难行。诸君到了此时，再想到小弟的话，只怕已经嫌迟了！"众人听了他言，一齐默默无语。教士连连拍手道："孔先生的话一点儿不错，我就是这个意思。"刘伯骥也帮着，着实附和，劝大众不可三心两意。众人无可说得，只得点首允从。又过了两天，仍旧一同起身。

　　不多几日，到得武昌。武昌乃是湖广总督驻节之地，总督统辖两省，上马治军，下马治民，正合着古节度使的体制。隔江便是汉口。近数十年来万国通商，汉口地方亦就开作各国租界，凡在长江一带行走的火轮船，下水以上海为尽头，上水即以汉口为尽头。从此汉口地方，遂成为南北各省大道。其时虽未开筑铁路，论起水码头来，除掉上海，也就数一数二了。因之，中外商人到这里做买卖的，却很不少。各国又派有领事，来此驻扎，以便专办交涉事件，并管理本国商民。至于武昌地面，因这位总督大人很讲求新法，颇思为民兴利，从他到任七八年，纺纱局也有了，枪炮厂也有了，讲洋务的讲洋务，讲农功的讲农功，文有文学堂，武有武学堂，水师有水师学堂，陆军有陆军学堂，以至编书的，做报的，大大小小事情，他老人家真是干得不少。少说，他这人要有一百个心窍，方能当得此任；下余的人，就是天天拿人参汤来当茶喝，一天也难办得。但是这位总督大人，人是极开通，而且又极喜欢办事，实心为国，做了几十年的官，只知拿大捧银子给人家去用，自从总督衙门起，以至各学堂，各局所，凡稍有名望、稍有学问的人，他都搜罗到他手下，出了钱养活。他自己做了几十年的官，依然是两袖清风，一尘不染。

　　有年十二月初，他的养廉银子，连着俸银，早经用尽，等到过年，他还有许多正用，未曾开销。生来手笔又大，从不会锱铢较量的，又念自己的位分大了，无处可以借贷，盘算几日，一筹莫展。亏得太太富有妆奁，便亲自跑到上房，同太太商量，要问他借八只衣箱，前去质当。太太道："人家做官是拿进两个，像你做官，竟是越做越穷，衣箱进了当，那里还有出来的日子？再过两年，势必至寸草俱无。我劝你不如早早告病还家，或者还有碗饭吃,我也不想享你做官的荣华富贵了。"太太说罢,止不住扑簌簌泪下。总督大人见了,只得闷坐一旁,做声不得。后见太太住了哭,他又上来软语哀求。太太叹一口气道:"你偌大一个官,职居一品,地辖两湖,怎么除了我这一点点破嫁装,此外竟其一无法想? 我晓得这两只衣箱,今天不送进当铺,你今天的饭一定吃不下去。来,来,来! 快拿钥匙去开门,要多少尽你去搬,早晚把我这点折登尽了,你也绝了念头了。"当时众丫环得了吩咐,只得取了钥匙,前去开门,检取衣箱,交付老爷当当。

这位总督大人,一听太太应允,立刻堆下笑来,喊了一声:"人来!"便有七八个戈什,如飞而进。总督大人又吩咐得一句:"抬衣箱!"立刻七手八脚,脱衣撩袖,从上房里抬的抬,扛的扛,顷刻间,把八只大皮箱拿了出去。当下委派出门当当的一个差官,忙抢一步上来请示,问大人要当多少。总督道:"此刻有十万我也不够,但是八只衣箱,多恐不能,你去同人家软商量,当他一万银子,至少也得八千,再少便无济于事了。"差官回道:"大人明鉴! 当铺里规例,一向是当半当半,譬如十个钱的东西,只当五个,当了六个,已经是用情。倘或这柜上的朝奉,一时看花了眼睛,七个八个,也还当得。如今这八箱子衣服,要当人家八千。果然衣服值钱,莫说八千,就是一万,人家也要; 怕的是人家估着不值,求大人先把箱子开开,看是些什么衣服再拿去当。"总督道:"我这个也不过半当半借,拿衣箱放在人家做个押头,横竖开了年总得赎的,所以我叫你去同人家熟商量。倘若要看了东西,预先估一估值几个钱,我随便叫什么人也就去当了来了,还来劳动你吗?"差官听了这话,竟不是当当头,明是叫他去做押款。心想就是做押款,也得看货估价,十个钱押六个钱,也与当典不相上下,不过利钱少些罢了。这个档口,总督已经叫人取过封条十六张,自己蘸饱了墨,一一写过,又标了朱,叫手下人帮着,一概用十字贴好,然后立逼着这个差官替他去当。

差官无奈,只好叫人抬了出去,自己跟在后头,一路走,一路想。出得辕门,便是当铺。差官叫人把箱子抬进,一只只贴着封条,又不准人开动。差官同朝奉商量,说明是奉了制台之命,前来当银八千。朝奉道:"莫说八千,就是一万我也当给你,但是总得看过东西价钱值不值,才能定局。"差官道:"箱子是大人亲自看着封的,谁敢揭他的封? 横竖里头是值钱的衣裳,今年当了,明年一定来赎就是了。"朝奉道:"呀呀呼! 当典里的规矩,就是一根针也得估估看,那有不看东西,不估价钱,可以当得来的? 真正呀呀呼! 我劝你快走罢。"差官赌气出来,又走一家,也是如此说。不得已又接连跑了三四家,都是如此说。差官跑得腿酸,便坐着不动,一定要当,朝奉一定不肯当，两个人就拌起嘴来。差官仗着带来的人多，抬箱子的都是亲兵，虽然没有穿号褂子，力气是大的，一声呼喝，蜂涌而前，就把这朝奉拖出柜台，拳足交下，霎时人声鼎沸，合典的人，都喊着说是强盗来了！差官一听这话，更加生气，说道："你们这些瞎眼的乌龟，还不替我睁开眼睛看看箱子上的封条，可是我们制台大人的不是？你们骂他是强盗，这还了得！不要多讲，我们拉他到制台衙门里去，有什么说的，当面去回大人！"这差官正在那里指手划脚的说得高兴，旁边惊动了一位老朝奉，听说有什么制台大人的封条，便带上老花眼镜，走出柜台，踱到箱子跟前仔细一看，果然不错，连忙摆手叫大家不要吵闹，有话好讲。无奈这差官同朝奉已经扭作一团，朝奉头上被差官打了一个大窟窿，血流如注，差官脸上，亦被朝奉抓了几条血痕，因此二人愈加不肯放手。于是典里的伙计，飞奔告诉了大挡手的。大挡手的道："制台是皇上家的官，焉有不知王法，可以任性压制小民的道理？为今之计，无论他是真是假，事情已经闹得如此，只好拉了去见官。我们开当典的，这两年也捐苦了，横一捐，竖一捐，不晓得拿我们当作如何发财，现在还来硬啃我们。我们同了他去见官，讲得明白便罢手，讲不明白索性关照东家，大家关起门来不做生意。"众人俱道："言之有理。"他这番话，来当当的差官，亦已听在耳朵里，他自己以为是总督大人派出来的，腰把子是硬的，武昌城里，任你是谁，总得让他三分。现在听见当铺里管事的要同他去见官，他便一站就起，一手掸掸衣服，一手拉着那个朝奉的辫子，连说："很好！很好！我们就一同去回大人！"当下他一个拉了朝奉，众人围随在后，几个亲兵，仍旧抬着衣箱，跟在后面。一出了当铺，转湾抹角，走了好几条街，惹得满街的人，都停了脚，在两旁瞧热闹；还有些人跟在后头一路走的。

　　这座当铺，离制台衙门较远，离武昌府知府衙门却很近，霎时走到武昌府照壁前面，不提防这当铺里的人抢前一步，赶进头门，一路喊冤枉喊了进去。后面的这些人，也就一拥而进。此时差官身不由己，竟被大众推了进来。差官心上明白，晓得这位府大人是制台大人的门生，断无帮着外人的道理，因此胆子益壮，挺身而进，毫无顾忌。霎时间惊动了合衙书役，就有人慌忙进去报知二爷，二爷又上去回过知府。知府听说是督辕差官，因为当当与人斗殴，还当是差官自己的事，并不晓得是总督大人之事，随即传谕二爷道："这种小事情你们就去了了开，那用着这样的大惊小怪吗？"二爷道："这差官是制台派去当当的，还有制台的八只衣箱，现在一齐抬在大堂上。"知府一听大惊，连连说道："胡说！制台大人一年有上万银子的养廉俸银，还怕不够用？就是不够用，无论那个局子里提几万来，随便报销一笔，还要他还吗？如今说他老人家当当，只怕是他手底下的人，借他名字，在外招摇，压制人家，这倒不可不去查问查问。至于说他老人家要当当，他做制台的没有钱用，我们的官比他差着好几级，只好天天喝西北风哩。总是你们没有弄清，快去查明了来。"一顿话把二爷说的无可回答，只得出来转了一转，又略为问了一问，的的确确是制台当的，而且还有新贴的封条为凭，无奈仍旧上去禀覆知府。

知府道："制台竟穷的当当，这也奇了！"一面说，一面踱了出来。一踱踱到二堂上，叫衙役们把差官同当铺里的人替我一块儿叫上来，等我亲自问他们，看看倒底是谁当当？衙役们奉命，去不多时，把一干人带了进来。差官走在前头，见了知府，是认得的，连忙上去请了一个安，起来站在一旁。当铺里几个朝奉，毕竟胆子小，早已跪在地下了。知府正要问话，当铺里的人只是跪在地下哭诉冤枉。知府大喝一声道："慢着！我要问话，不准在这里瞎闹，等我问到你再讲！"一声呼喝，当典里的人不敢作声。差官便抢上一步，把这事情原原本本详陈一遍，又说："这当铺里的人，眼睛里没有我们制台大人，还骂我们制台大人是强盗，标下因此呼喝他们两句是有的。他不服差官呼喝，上来就是一把辫子，因此就扭了起来。"知府道："别的闲话慢讲，怎么大人要当当？"差官道："这八个箱子，大人也不知在太太跟前陪了多少小心，说了多少话，太太才答应的。标下来的时候，大人坐在厅上，候标下的回信。现在标下已经出来了三四个钟头，又被他们这伙人打了一顿，脸亦抓破，求大人替标下作主。"知府听了点点头，丢开差官，就向当铺的人说道："当不当由你，怎么平空的乱打人？这就是你们的不是了。"当铺里朝奉说道："我的青天大人！他是制台大人派来的老爷，手底下又带了这许多的人，小的当铺里人虽多，谁是他的对手？小的们这个当铺，有好几个东家，当典里的钱，都是东家的血本。如今他来当这八只衣箱，果然东西是值钱的，莫说几千，就是几万，也得当给他，小典是将本求利，上门的那个不是主顾？毋奈他一味呈蛮，箱子里的东西又不准看，开口一定要当八千，大人明鉴，小的怎么好当给他呢？倘或当了去他不来赎，或者箱子里的东西不值这个数目，将来这个钱，东家要着落在小的们身上赔的。小的一个当伙计的人，如何赔得起呢？不当给他，就拿拳头打人，现在头上的疙瘩都打出来了，大人请验。"知府听了这话，也似有理，心上盘算了一回，想道："这事情的的确确是真的，闹出来不体面，总得想个法顾全制台的面子方好。"眉头一皱，计上心来。

欲知这武昌府知府想的是什么两全之法，且听下回分解。

　　离开洋人便要祸生不测，为渊驱鱼，为丛驱爵，可胜浩叹。

　　武昌总督替国家办了许多大事业，而能两袖清风，一尘不染，不得不谓之好官。

　　差官晓得武昌府知府是制台大人的门生，因此胆子愈壮，此等人见解，却是如此。

第十三回

不亢不卑难求中礼　近朱近墨洞识先几

　　却说武昌府知府当时听了两造的话，心下思量，万想不到果真总督大人还要当当，真算得洁己奉公第一等好官了。现在想要仰承总督的意旨，却苦了百姓，想帮着百姓，上司面前又难交代，事处两难，如何是好？想了一回，说道："也罢！你们几个暂且在我衙门里等一会儿，我此刻去见两司，大家商议一个妙法。制台大人跟前，一定有个交代就是。你们做生意的人，也不好叫你们吃苦。"差官及当典里人听了这话，一齐谢过。武昌府便去先见藩台，禀明情形。他虽是个首府，乃是制台第一红人，藩台亦很佩服他，所以拿他另眼看待，而且为的又是制台之事，更没有不尽心的，便道："这位制军实在清廉得很！有的是公款，无论那里拨万把银子送进去，不就结了吗？何必一定要当当呢！"武昌府道："制军为的不肯挪用公款，所以才去当当。如今再拿公款给他用，恐怕未必肯改，而且还要找没味儿。"藩台一听他话不错，便道："现在没有别法，只好由我们公摊八千银子送给他老人家去用，要他老人家当当，总难以为情的。"武昌府道："大人说送他，他一定还不要，不得已只好说是大家借给他的，卑府晓得他老人家的脾气，一定还要写张借票，这借票一定要收他的，如此他才高兴。"藩台道："银子先在我这里垫出来，你拿了去，你就去通知臬台一声，等明天院上会着，由我领个头，约齐了大众，然后凑了归还。"武昌府答应称是。藩台立刻叫人划了一张八千银子的银票，交给了武昌府。然后武昌府又去见臬台，见过臬台，然后回衙，传谕一干人，叫当铺里的朝奉自己回去养伤，各安生理。再吩咐打轿，带领着差官亲兵，抬着衣箱上院交代。

　　武昌府到得院上，先落官厅，差官督率亲兵，抬着箱子，交还上房。这时候制台大人正在厅上等信，等了半天，不见回来，以为当不成功，今年这个年如何过得过去？不时搓手的盘算。猛一抬头，忽见差官亲兵，抬了箱子回来，不觉气的眼睛里出火，连骂："没中用的东西，我叫你办的什么事，怎么不替我办就回来了？"差官道："回大人的话，通城的当铺，标下都走遍了，人家都不肯当。后来首府叫标下不要当了。首府现从藩台那里借了八千银子送来孝敬大人用，所以标下才敢把箱子抬回来的。"制台道："胡说！岂有此理！我要他们的孝敬？我那一注钱不好挪用，我为着不用这些钱，所以才去当当。总怪你不会办事，怎么又弄得首府知道？"差官听了，不敢说出殴打朝奉的事，只得一声不响。制台又道："吩咐外头，今儿如果首府来禀见，告诉他说我不见。如果是送银子来的，叫他带回去，说我不等着他这钱买米下锅。"正说着，巡捕拿了首府手本上来回话。制台一见手本，也不问青红皂白，连连挥手说："不见！不见！"巡捕一见如此，只得退了下来，一一告诉了首府。幸亏首府是制台的门生，平时内签押房是闯惯的，见是如此，只得自己走了进来。从下午等到半夜，制台到签押房里看公事，碰见了他。他们是见惯了的，也用不着客气。制台问他来做什么。武昌府把来意婉婉转转说了一遍。制台道："要你们贴钱，是断断乎使不得的。"武昌府道："老师不要属员贴钱，等老师有钱的时候再还给属员们就是了。这也不过是救一时之急罢了。"制台想了一会，说道："既然如此，我得写张凭据给你，将来你们也好拿着向我讨。"武昌府是晓得老师脾气的，他既如此说，只得依着他做。一时交割清楚，武昌府自行退去。不在话下。

　　且说那湖南安顺府的教士，同了孔君明等十几个人到了武昌，打听得这位制军礼贤好士，且能优待远人，教士等把一干人安顿妥当，自己便先去拜望洋务局里几位老总，托他们先向制台处代为先容，说有某国教士某人，订于某日前来拜谒。这洋务局里的几位老总，早就受过制台的嘱咐。原来这位制台大人，最长的是因时制宜，随机应变，看了这几年中国的情形，一年一年衰败下来，渐渐的不及外国强盛，还有些仰仗外国人的地方，因此他就把年轻时的气焰全行收起，另外换了一副通融办理的手段，常常同司道们讲："凡百事情礼让为主，恭维人家断乎不会恭维出乱子来的。我们今日的时势，既然打不过人家，折回来同人家讲和，也是勉强的。到了这个地位，还可以自己拿大吗？你要拿大，请问谁还肯来理你呢？我如今要定一个章程，只要是外国人来求见，无论他是那国人，亦不要问他是做什么事情的，他要见就请他来见，统同由洋务局先行接待。只要问明白是官是商，倘若是官，统通预备绿呢大轿，一把红伞，四个亲兵。倘若是商人呢，只要蓝呢四人轿，再有四个亲兵把扶轿杠，也就够了。如果是个大官，或者亲王总督之类，应该如何接待，如何应酬，到那时候再行斟酌。孔圣人说的：能以礼让为国，便是指明我们现在时势，对证发药，诸公以后须得照此行事。"洋务局里的几个道台，一见总督尚且如此，谁亦犯不着来做难人，便把外国人一个个都抬上天，亦与他们无涉。

单说这番来的是教士，既不是官，又不是商，洋务局里几位大人，一概会齐了商量，应该拿什么轿子给他坐。一位道："孟子上'士一位'，士即是官，既是官，就应得用绿呢大轿。"一个道："教士不过同我们中国教书先生一样，那里见教书先生统是官的？况且教士在我们中国，也有开医院的，也有编了书刻了卖的，只好拿他当作生意人看待，还是给他蓝呢轿子坐的为是。"又有个说道："我们也不管他是官是商，如果是官，我们既不可简慢他，倘若是商人，亦不必过于迁就他；不如写封信给领事，请请领事的示，到底应该拿什么轿子给他坐。"众人齐说有理。洋务局里的翻译是现成的，立刻拿铅笔画了一封外国字的信，差人送去，并说立候回信。齐巧领事出门赴宴去了，须得晚上方回；这边教士明天一早就要上院，若等第二天回信，万来不及。几位总办会办得无法，一齐说道："领事信候不到，不如连夜先上院请个示，最为妥当。就是接待错了，是制台自己吩咐过的话，也埋怨不到别人。"几个人商议已定，便留一位在局守候领事回信，一位上院请示。手本上去，说有要事面禀。齐巧制台晚饭过后，丢掉饭碗，正在那里打磕铳。巡捕官拿了手本，站立一旁，既不敢回，亦不敢退。原来这位制台，是天生一种异相，精神好的时候，竟其可以十天十夜不合眼，等到没事的时候，要是一睡，亦可以三日三夜不醒。一头看着公事，或者一面吃着饭，以及会着客，他都会睡着了的；只要有事，一惊就醒，倘若没有事把他惊醒，一定要大动气的。此刻巡捕拿了手本进来，论不定他老人家几时才醒，喊又不敢喊，只得站立门内，等他睡醒再回。谁知他老人家这一睡，虽没有三天三夜，然而已足足有八个钟头。他老睡了八点钟的时候，巡捕就站了八点钟的时候，外面那个洋务局的总办，也就坐了八点钟的时候。晚饭没有吃就上院，一直等到夜半一点钟，肚子饿了，只得叫当差的买了两个馒头来充饥。至于那个站睡班的巡捕，吃又没得吃，坐又没得坐，实在可怜。好容易熬到制台睡醒，又不敢公然上去就回。又等制台吃了一袋烟，呷了一口茶，等到回过脸的时候，他把手本捏在手中，不用说话，制台早已瞧见了，便问是谁来见，为的什么事情？巡捕忙回，是洋务局总办某道来请示的。

制台到此，方命传见。及至坐下，照例叙了几句话。洋务局老总签着身子，把日间的事情，面陈了一遍。制台一面听他讲话，一面摇头，等他说完，制台道："老兄们也过于小心了。为着这一点点事情，都要来问我，我这个两湖总督，就是生了三头六臂，也忙不来。教士并无官职，怎么算得是官？又不集股份开公司，也算不得个商人。既然介乎不官不商之间，你们就酌量一个适中的体制接待他。只要比官差点，比商又贵重点，不就结（给）了吗？"洋务局老总听了这话，赛如翠屏山里的潘老丈："你不说我还有点明白，你说了我更糊涂！"他此时却有此等光景。但是怕制台生气，又不敢再问，只得辞了出来。

回到局中，拿这话告诉了几个同事，大家也没了主意。后来还亏了一位文案老爷，广有才学，通达时宜，居然能领略制台的意思，分开众人，挺身而出道："制军这句话，卑职倒猜着了八九分。"众人忙问是何意思？文案老爷道："我们现在只要替他预备蓝呢四轿就是了。"众人道："蓝呢四轿，不是拿他当了商人看待吗？"文案老爷道："你别性急，我的话还没有说完，等我说完了再批驳。"众人于是只得瞪着眼睛，听他往下讲。文案老爷道："轿是蓝呢轿，轿子跟前加上一把伞，可是商人没有的。"众人一齐拍手称妙，老总更拿他着实夸奖。一时议定，总办会办各自回私宅而去。

话分两头。再说要见制台的教士，晓得制台优待远人，一切俱饬洋务局预备，较之在湖南时官民隔阂，华洋龃龉，竟另是一番景象，心中甚是高兴。到了次日，尚未起身，办差的大轿人马，俱已到齐。教士虽穿的中国衣装，然而只穿便衣，不着靴帽，坐在四人大轿中甚不壮观。洋务局的轿夫亲兵，是伺候洋人惯了的，倒也并不在意。就是湖北的百姓，也看熟了，路上碰着，亦不以为奇。一霎到了制台衙门，大吹大擂，开了中门相接。教士进去，同制台拉了拉手，又探了探帽子，分宾叙坐，彼此寒暄了一回，又彼此称颂了一回。教士便将来意向制台一一陈明，又道："目下在此盘桓数日，就要起身，等把同来的几个人一齐送到上海，等他们有了生路，我还要回到湖南，将来路过武昌的时候，一定还要来拜见贵总督大人的。"制台听了教士的话，想起上月接到湖南巡抚的信，早已晓得永顺有此一宗案件，当下心上着实盘算。想这几个生员明明不是安分之徒，倘是安分之徒，一定不会信从洋教；现在把这几个人送往上海，上海洋人更多，倘若被他们再沾染些习气，将来愈加为害。我外面虽然优礼洋人，乃为时事所迫，不得不然，并非有意敬重他们。这班小子后生，正是血气未定，近朱者赤，近墨者黑，他们此时受了地方官的苦，早将中国官恨如切骨，心中那里还有中国？与其将来走入邪路，一发而不可收，何如我此时顺水推船，借了洋人势力，笼络他们，预弭将来之患，岂不是好？主意打定，便装做不知，定要教士把永顺闹事情形详说一遍。教士自然把众秀才的话，一半有一半无的和盘托出，统通告诉了制台。制台登时跺脚捶胸，大骂傅知府不置。又说他如此可恶，我此刻就做折子参他。教士听了制台的话，看他甚为高兴，制台故意又连连跌足道："国家平时患无人才，等到有了人才，又被这些不肖官吏任意凌虐，以致为渊驱鱼，为丛驱爵，想起来真正可恨！我这里用人的地方却很不少，我想把这几个人留在湖北，量材器使，每一个人替他们安置一席，倒也不难。然而我不敢，怕的是谣言太多，内而政府，外而同寅，不晓得要排揎我到那步田地？知道的说我是弃瑕录用，鼓舞人材，不知道的，还说我是通逃薮呢。贵教士请想，你说我敢不敢？"

教士起先听了制台的话，说要把这几个人留在湖北予以执事，还疑心制台是骗人的，从来他们做官的人，一直是官官相护，难保不是借此为一网打尽之计，后来见他又有畏谗避讥的意思，不免信以为真，便道："我要送他们到上海，也并非得已，实在可怜他们受了地方官的压力，不但不能自由，而且性命难保。上帝以好生为心，我受了上帝的嘱咐，怎么可以见死不救呢？既然贵总督大人能够免去他们的罪，不来压制他们，他们都是很有学问的人，很可以立得事业，等他们出来帮着贵总督办事，那是再好没有的了。而且贵总督的名声格外好，将来传到我们敝国，也都是钦敬的。"制台道："贵教士的中国话说得很好，到我们中国有多少年了？"教士道："来是来的年数不少了，我初到你们湖南的时候，一句中国话不会讲，那时候通湖南，敝国人只有我夫妻两个，还有一个小孩子。我不会说中国话，我偏要学。我就离开我的家小，另外住到一个中国人家，天天跟着他说，不到半年，就会了一半了。"制台道："通湖南止有你一个外国人，倒不怕中国人打你？谁肯还来教你说中国话呢？"教士道："那时候，我身上的银子带的很多，贵国的人，只要银子。有了银子，他不但肯教我说话，各式事情，都肯告诉我晓得。只要有银子，连他祖传的坟地，都肯卖给我盖房子了。到如今，我样样明白，我的银子也就化的少了。"制台听了他的话，半天没有做声，又歇了一会，说道："你且在我武昌盘桓几天，等我斟酌一个安置他们之法，再来关照。"教士听说，又称谢了几句，方始告辞而去。

但不知制军如何安置这一帮人，且听下回分解。

仰承总督意旨，却苦了百姓。想帮着百姓，上司面前又难交代。武昌府能顾到两面，总要算是好官。若今之为官者，只知有总督，不复知有百姓矣。

"孔圣人说的：能以礼让为国，便是指明我们现在时势，对证发药。"礼让二字，用在此时，可谓调侃入妙。

教士介乎不官不商之间，接待他的体制，只要比官差点，比商又贵重点，除却坐蓝呢轿撑红伞之外，更无他法。

小子后生，血气未定，近朱者赤，近墨者黑，贤制军因势利导，外示笼络，以弭将来之患。老成人远虑，不可多得。

"贵国人只要有银子，连祖坟都肯出卖。"中国人之性质，如是如是。

第十四回

解牙牌数难祛迷信　读新闻纸渐悟文明

却说湖广总督送出教士之后，回转内衙，独自思量，这些人倘若叫他们到了上海，将来认得的鬼子多了，无论什么无法无天的事都做得出，那时贻患正复无穷，如何是好？不如趁早想个法子，预把他们收伏，一来可以弭患无形，二来也可以量才器使。主意打定，次日传见译书局、官报局两处总办，交下名条若干张，吩咐暂将这些人权为安插，薪水从丰，随后另有调动。两局总办遵办去后，制台又传谕洋务局，立刻写信通知教士。到了第二天，教士率领了众人前来叩见，制台异常优待，即命分赴两局当差。教士又在武昌住了些时，辞别回湘，不在话下。从此这班人有了安身之所。

做书的人，不能不把别处事情，略为叙述一番，以醒阅者之目。

却说江南吴江县地方，离城二十里，有个人家。这家人家姓贾，虽是世居乡下，却是累代书香，祖上也有几个发达过的。到如今，老一辈子的人，都渐渐凋零，只剩得小兄弟三个，长名贾子猷，次名贾平泉，幼名贾葛民，年纪都在二十上下，只因父亲早故，堂上尚有老母，而且家计狠可过得，一应琐屑事务，自有人为之掌管，所以兄弟三人，得以专心攻书，为博取功名之计。这时候，兄弟三个，都还是童生，没有进学，特地访请了本城廪生著名小题圣手孟传义孟老夫子，设帐家中，跟他学习些吊渡钩挽之法，以为小试张本。

一日，孟传义教读之暇，在茶馆里消遣，碰着一位同学朋友谈起，说现在朝廷锐意维新，破除陈套，以后生童考试，均须改变章程。今日本学老师，接到学院行文，道是朝中有人奏了一本，是叫各省学臣晓谕士子，以后岁科两试，兼考时务策论，以及掌故天算舆地之类，不许专重时文。孟传义是个八股名家，除却时文之外，其他各项学问，不特从未学过，且有些名字亦不晓得。一听这话，呆了半天，方说道："这不是要绝我的饭碗吗？"那个朋友听见这话，赶紧宽他的心，说道："现在又不是拿八股全然废去，不过经古一场，诗赋之外，准人家带着报考时务掌故之类。你不去投卷，他并不来勉强你。"孟传义道："那还好！那还好！然而朝廷既然看重这个，自然懂得杂学的人沾光些，我们究竟要退后一步。"那个朋友道："这也未见得！即以宗师大人而论，他亦未必全能懂得。"孟传义道："他懂也罢，不懂也罢。不过你这话千万不可传到我那几个小徒耳朵里去。怕的是他们小孩子们见异思迁，我这个馆地就坐不成了。"那个朋友只得唯唯答应，孟传义辞别回馆。好在三个徒弟，年纪尚轻，老太太家教极严，平时从不许出大门一步，这个消息，先生不说，他们决不会晓得的。

好容易又敷衍了几个月，学院行文下来，按临苏州。兄弟三个，跟着先生上省赴考。搬好下处，这日上街玩耍，在考棚外头，看见学台告示，心中诧异，回家后请教先生，什么叫做"时务掌故天算舆地"？孟传义至此，只得支吾其词，说道："这些都是杂学，不去学他亦好，正经修身立命，求取功名，还在这八股上头。"徒弟听了，信以为真，不去理会。过了一日，学院又挂出牌来，上面写明某日考试吴江县文童。孟传义一身充两役，又是业师，又是廪保，头一天忙和着替三个徒弟装考篮，藏夹带，又教导徒弟进场、点名、接卷、归号一应规矩。不到天黑，先打发徒弟睡觉，自己却在外头听炮。好容易熬到半夜，放过头炮，忙催徒弟起身、吃饭、换衣裳，赶到考棚，学院大人已要升堂开点了。他忙着上去打躬、唱保，眼巴巴瞧着三个徒弟一齐进去，方才放心。等到回寓，天已大亮。

他也不想打盹，趁着衣帽未脱，先取过一本牙牌神数，点了一炷香，恭恭敬敬作了一个揖，口中喃喃祷祝了半天，拿桌上的骨牌洗了又洗，然后摆成一长条，又一张张的翻出，看有几多开。如此者三次，原来是中下、中平、上上，赶忙翻出书来一看，只见上头句子写的是：

> 行远必自迩，登高必自卑；盈科无不进，累卵复何危。

孟传义当下看了这首诗，心上甚是欢喜，以为这遭三个徒弟，一定要恭喜的了。倘若一齐进了学，将来回乡之后，廪保赞敬，先生谢仪，至少也要得几百块钱。坐在那里，怡然自得，倒也不觉疲倦。这位学院放牌最早，刚交午刻，已听得辕门前拍通通三声大炮，晓得是放头牌了，忙叫小厮去接考，乃是老大老二兄弟两个一同先出来。孟传义赶着问是什么题目？只见贾子猷气吁吁的说道："题目是'滕文公为世子四章'，我自有生以来，从没有做过这样长的题目。恍惚记得有一篇夹带被我带着，不料又被搜检的搜了去了。因此我气不过，胡乱写了一篇就出来了。"又问老二贾平泉，贾平泉道："出题之后，学院有扇牌出来，是叫人从时务上立论，不必拘定制艺成格。什么叫做时务，我不懂得。碰着这种倒霉学台，有意难人，我料想也不会进学的，因此也随便写写完的卷。"孟传义听了无话，一等等到天黑，已经上灯，才见老三贾葛民垂头丧气而回。孟传义问他做的可得意？贾葛民道："今天笔性非凡之好，可惜没有工夫去写，卷子抢了。"孟传义一听，大惊失色，忙问是怎么做的？贾葛民道："我想长题目总得有篇长议论，我一句句做去，刚才做到吊者大悦一句，数了数已经有了二千多字，正要再往下写，倒说天已黑了，我只得把蜡烛点好，倒说卷子被人抢了去，不许我做，赶我出来了。"孟传义听罢说道："制艺以七百字为限，原不许过长的。你今虽然违例，然而我今天占了一课，或者尚有几希之望。"三个徒弟忙问什么课？孟传义便把签诗句子念了一遍，又解说道："这第三句，盈科无不进，明明指的你们三个没有一个不进学的。老三的文章虽然做的太长了些，好在学台先有牌示，叫人不拘成格，或者见你才气狠旺，因此进你也未可知。"三兄弟将信将疑，各自歇息，静候出案。

　　且说这位宗师阅卷最速，到了次日，已经发出案来，兄弟三个统通没有名字，一齐跑回寓中，大骂瞎眼学台不置。孟传义道："别的且不管他，但是我这本牙牌神数，一向是灵验无比，何以此番大相反背？真正不解。"贾子猷道："怎么不解？这课上原说明是不进，你自己瞧不出罢了。"孟传义道："课上说的明明是无不进。无不进，要当没一个不进学的解，你何以定要认做不进？"贾子猷道："盈科是说这科的额子已满。无者，没有余额也。没有余额，怎么会得进学呢？"孟传义道："我过矣！我过矣！是我误解！今年又不是科考，等到明年科考，一定无不进的了。"兄弟三个因为不进学，正在没精打彩的时候，也不同他计较，消停一日，仍旧坐着原船回去。孟传义等到送过宗师，依然回到贾家上馆。无奈兄弟三个，因为所用非所学，就有点瞧先生不起。后来人家进学的一齐回来了，会着谈起，才晓得时文一门，已非朝廷所重，以后须得于时务掌故天算舆地上用些工夫。他兄弟三人，到此方想起学台所出的告示，所勉励人的话，都是不错。今为姓孟的所误，今年不进学尚不打紧，倘或照此下去，姓孟的依旧执而不化，岂不大受厥害。兄弟三个商议一番，颇有鄙薄这孟传义的意思，乘空禀告老太太，想要另换一个先生。老太太毕竟是个女流，不知就里，只说好端端一个先生，我看他坐功尚好，并没有什么错处，为什么要换？就是要换，亦得等到年底再换。三人无奈，只得私自托人介绍，慕名从了一位拔贡老夫子问业。

这位拔贡老夫子，姓姚名文通，乃是长洲县人氏。长洲乃是省会首县，较之吴江已占风气之先，而且贾家住的乃是乡间，更觉望尘不及。这姚文通未曾考取拔贡的前头，已经狠有文名，后来瞧见上海出的报纸，晓得上海有个求志书院，宁波有个辨志文会，膏火奖赏，着实丰富，倘能一年考上了几个超等，拿来津贴津贴，倒也不无小补。因此托人一处替他买了一本卷子，顶名应课。这两处考的全是杂学，什么时务掌故天算舆地之类，无所不有。他的记性又高，眼光又快，看过的书，无论多少时候，再亦不会忘记。他既有此才情，所以每逢一个题目到手，东边抄袭些，西边剽窃些，往往长篇大论，一本卷子不够誊清，总得写上几页双行，看卷子的人，拜佩他的才情，都不敢把他放在后头，每逢出案，十回之中，定有九回考列超等。如此者一二年下来，他的文名愈传愈远，跟他受业的人，也就愈聚愈多了。事有凑巧，凡从他门下批的文章，或改过策论的人，每逢科岁两考，总得有几位进学，上科乡试，还中得两名举人。所以那些大户人家，互相推荐，都要叫子弟拜在他的门下。这贾家兄弟三个，也是因此慕名来的。但是这位姚拔贡，一向只在省城自己家里开门受徒，不肯到人家设帐，所以这贾家三兄弟，同他只有书札往来，比起当面亲炙的，毕竟要隔得一层。

贾家三兄弟自从拜在姚拔贡名下，便把这孟老夫子置之脑后，出了题目，从不交卷，有了疑义，亦不请教于他。这位孟老夫子自觉赧颜，不到年底，先自辞馆，对三个徒弟说道："三位老弟才气狠大，我有点羁束不下，不如府上另请高明罢。"又说："三位老弟才情虽大，但是还要敛才就范些才好，将来不要弄得一发难收，到那时候再想到我的话，就嫌晚了。"兄弟三个听了，并不在意，照例把他送过，不在话下。

单说这年冬天，兄弟三个时常有信给这姚拔贡，问他几时得暇，意思想要请他到乡下略住几时，以便面聆教诲。姚拔贡回信，说是："年里无暇，来年正月拟送大小儿到上海学堂里攻习西文，彼时三位贤弟倘或有兴，不妨买舟来省，同作春申之游，何如？"贾家三兄弟接到回信，披阅之后，不免怦怦心动。姚拔贡从前来信，常说开发民智，全在看报，又把上海出的什么日报、旬报、月报，附了几种下来。兄弟三个见所未见，既可晓得外面的事故，又可借此消遣，一天到夜，足足有两三个时辰用在报上，真比闲书看得还有滋味。至于正经书史，更不消说了。这贾家世代，一直是关着大门过日子的，自从他三人父亲去世，老太太管教尤严，除却亲友庆吊往来，什么街上、镇上，从未到过。他家虽有银钱，无奈一直住在乡间，穿的吃的，再要比他朴素没有。兄弟三个平时都是蓝布袍，黑呢马褂。有了事情，逢年过节，穿件把羽毛的，就算得出客衣服了。绫罗缎匹从未上身，大厅上点的还是油灯。却不料自从看报之后，晓得了外面事故，又浏览些上海新出的些书籍，见识从此开通，思想格外发达。私自拿出钱来，托人上省，在洋货店里买回来洋灯一盏。洋灯是点火油的，那光头比油灯要亮得数倍。兄弟三个点了看书，觉得与白昼无异，直把他三个喜的了不得。贾子猷更拍手拍脚的说道："我一向看见书上总说外国人如何文明，总想不出所以然的道理，如今看来，就这洋灯而论，晶光烁亮，已是外国人文明的证据。然而我还看见报上说，上海地方，还有什么自来火、电气灯，他的光头，要抵得几十支洋烛，又不知比这洋灯还要如何光亮？可叹我们生在这偏僻地方，好比坐井观天，百事不晓，几时才能够到上海去逛一趟，见见什面，才不负此一生呢。"

兄弟三个自此以后，更比从前留心看报，凡见报上有外洋新到的器具，无论合用不合用，一概拿出钱来，托人替他买回，堆在屋里。他兄弟自称自赞，以为自己是极开通、极文明的了，然而有些东西，不知用处，亦是枉然。一天接到姚老夫子回信，约他们去逛上海，这一喜更非同小可，连忙奔入上房，禀知老太太，说是姚先生有信前来，特地邀他兄弟三人明年正月去逛上海，无非为增长学问起见，因此来请老太太的示，求老太太答应下来，一面写信回复先生，约定先生明年正月，务必在省相候同行，一面料理行装，一过新年，便当就道。老太太听了，半天无话。禁不住兄弟三个，你一句，我一句，要逛上海的心，甚是牢固。老太太叹了一口气，说："上海不是什么好地方，我虽没有到过，老一辈的人常常题起，少年子弟一到上海，没有不学坏的。而且那里的浑帐女人极多，化了钱不算，还要上当。你们要用功，在家里一样可以读书，为什么一定要到上海呢？"贾子猷道："有姚先生同去，是不妨的。"老太太道："姚先生一个人，那里能够管得许多？而且他自己还有儿子，你们毕竟同他客气，他也不便怎么来管你们。由着你们的性子去干，倘或闹点乱子出来，那可不是玩的！我劝你们收了这条心罢。如果一定要到上海，好歹等我闭了眼，断了气，你们再去不迟。有我一日，断乎不能由着你们去胡闹的！"兄弟三个，见老太太说的斩钉截铁，不准去逛上海，一时违拗不过，无可如何，只得闷闷走回书房，彼此再作计较。

要知端的，且听下回分解。

　　湖广总督安置学生，一则为弭患无形，一则为储才待用，大臣见解，毕竟不同。

　　贾予猷，假自由也，贾平泉，假平权也，贾葛民，假革命也，命名皆有深意，正为将来生出无数妙文。

　　尊孟老夫子曰小题圣手，曰八股名家，学生所习者，不外吊渡钩挽之法，老学究之本领，如是如是。

　　孟传义解馆时一番说话，看似迂腐，实有至理存乎其内，不可以人废言也。

　　贾老太太不准儿子到上海玩耍，恐为浑帐女人引坏也，妇人见识，不过如是。抑知上海所以引坏人者，乃在彼而不在此。

第十五回

违慈训背井离乡　夸壮游乘风破浪

却说贾子猷兄弟三人，因为接到姚老夫子的信，约他三人新年正月同逛上海，直把他三个人喜的了不得。谁知等到向老太太跟前请示，老太太执定不许，当时兄弟三个，也就无可如何，只得闷闷走回书房，静候过了年再作计较。正是光阴似水，日月如梭，转眼间早过了新年初五。兄弟三人，又接到姚老夫子的信，问他们几时动身。兄弟三人遂在书房中私相计议。当下贾子猷先开言道："我们天天住在乡间，犹如坐井观天一样，外边的事情，一些儿不能知道。幸亏从了这位姚老夫子，教导我们看看新书，看看新闻纸，已经增长不少的见识。但是一件，耳闻不如目见，耳闻是假，目见始真。如今好容易有了这个机会，有姚老夫子带着同到上海，可以大大的见个什面，偏偏又碰着这位老太太，不准我们前去，真正要闷死我了。"贾平泉道："老太太不准我们去，我们偷着去，造封假信，说是明年正月学台按临苏州，我们借考为名，瞒了他老人家，到上海去玩上一二十天。而且考有考费，可以开支公中的钱。如此办法，连着盘川都有了，岂不一举两得？"贾葛民道："法子好虽好，去年院考，有姓孟的一块儿同去，所以老太太放心，如今姓孟的辞了馆了，只有我们三个人，老太太一定不放心，一定还要派别人押送我们到苏州。同去同来，一天到晚有人监守，仍旧不能随我的便。而且学院按临，别人家也要动身去赶考，如今只有我们三个动身，别的亲戚里头，并没有一个去的，这个谎终究要穿的。我看此计万万不妥。"贾子猷想来想去，一无他法，忽然发狠道："两只脚生在我的腿上，我要走就走，我要住就住，我又不是三岁的小孩子，谁能来管我？老太太既然不准，我想再去请示，也属无益，我们偷偷的，明天叫了船，就此起身。横竖我们这趟出门，乃是为着增长见识,于学问有益的事,又不是荒唐。等到回来见了老太太,拚着被他老人家骂一场,还有什么大不了的事情。不过出这一趟门,三个人买买东西,连着盘川,至少也得几百块钱,少了不够使的,这笔钱倒要筹算筹算。我们自己那里来的这注钱呢?"贾平泉道:"这个银钱之事,依我之见,倒可不必愁他。我想老人家死了下来,留下这许多家私,原是培植我们兄弟三个的。到如今我们有这样的正用,料想管帐的也不好意思将钱扣住,不给我们使用。只要权时把老太太瞒住,省得说话,等到我们动身之后,再给他老人家晓得。将来回来报得出帐,不是赌掉嫖掉的,尽可以摊出来给大家看的。"贾葛民道:"你们的话,说来说去,据我看来,直截没有一句话中肯的。现在的时势,非大大的改变改变不可。就以考试而论,譬如朝廷,本来是考诗赋的,何以如今忽然改了时务策论?可见现在的事,大而一国,小而一家,只要有好法子,都可以改的。不是我说句不中听的话,倘若我做了大哥,立刻就领个头,同着两个兄弟,也不必再请老太太的示,自己硬行作主,跳上船,且到上海走一趟,谁能来管得我们?"一句话说完,贾子猷跳起来道:"我何尝不是如此想?只要我们三个人一齐打定了主意,还有什么事做不到?现在只要凑好了盘川,骂那个不起身的。"贾平泉道:"钱财原是供我用的,我用我们姓贾的钱,只要不是抢人家的,我都好用,谁能来禁住我用?"贾葛民道:"二哥的话虽然不错,但是据我之见,譬如要做一事,自己的钱不够使用,人家有钱,亦不妨借来用用,只要于我们的事有济,将来有得还人家就是了。"贾大、贾二齐说有理。

当下一鼓作气,立时就叫伺候书房的一个小厮,前去替他们唤船,又去同管帐的商量,要在公帐里移挪几百块钱使用。管帐的不敢擅作主张,又不敢得罪小东家,忙问是何正用?乡下用度小,就是有钱,也没有家里横着几百块,可以拿着就走的。意思要去替他们禀告老太太。兄弟三个,又一定不准,管帐的格外疑心。兄弟三个,见没有钱,也无法想,只得另作计较。那个叫船的小厮,毕竟年轻,听说小主人要逛上海,并且带着他去,便把他兴头的了不得。乡下财主,船只是家家有的。只要把撑船的招呼齐了,立时立刻就好动身。后来兄弟三人,见帐房里没钱,终究有点怕老太太,不敢声张,于是私下把各人的积蓄,拿了出来,凑了凑,权且动身,到了苏州,会见了姚老夫子,再托他想法。霎时间诸事齐备,等到晚上老太太安寝之后,神不知,鬼不觉,三个人带了小厮,轻轻的开了后门,跳上了船。齐巧这夜正是顺风,撑船的抽去跳板,撑了几篙子,便扯起篷来。兄弟三个在舱里谈了一回,各自安睡,耳旁边只听得呼呼的风响, 汩汩的水响, 不知不觉, 尽入黑酣。

等到天明, 已归入大河, 走了好几十里。听船上人说, 约摸午饭边, 就可以到苏州了。兄弟三人一听这话, 非常之喜, 顿时披衣起身, 一个个赶到船头上玩耍。带来的那个小厮, 见主人俱已站在船头, 也只得一骨碌爬起, 铺床叠被, 打洗脸水, 然后三人回舱盥洗。等到诸事停当, 齐巧到了一个镇市。船家拢船, 上岸买菜, 兄弟三人也就跟着上岸玩耍。走到一条街上栅栏门口, 只见一个外国人, 头上戴着外国帽子, 身上穿着外国衣服, 背后跟着一个人, 手里拿着一大捆书, 这个外国人却一本一本的取了过来, 送给走路的看, 嘴里还打着中国话说道: "先生! 我这个书是好的。你们把这书带了回去念念, 大家都要发财的。" 正说话间, 贾家兄弟三人走过, 那个外国人, 因见他三人文文雅雅, 像是读书一流, 便改了话说道: "三位先生! 把我这书带回去念了, 将来一定中状元的。" 三人初出茅庐, 于世路上一切事情, 都是见所未见, 听了这个, 甚是希奇。但是听了他的口彩, 心上也就高兴, 一齐伸手接过来。等到街上玩耍回船, 取出书来一看, 原来是几本劝人为善的书。看过之后, 也有懂的, 也有不懂的, 遂亦搁在一旁。一霎船户买完了菜, 依旧拉起布篷, 一帆风顺, 果然甫交午刻, 便已到了苏州。

三人匆匆吃完了饭, 弃舟登陆。连年小考, 苏州是来过的, 于一切路径, 尚不十二分生疏。晓得这位姚老夫子住在宋仙洲巷, 三人贪看街上的景致, 从城外走到城里, 却也不觉其苦。一问问到姚老夫子的门前, 便是小厮拿了三副受业帖子, 交代看门的老头儿投了进去, 兄弟三个也就跟了进来。其时姚老夫子正是新年解馆, 同了儿子在那里吃年下祭祖先剩下来的菜。一见名帖, 知是去年新收吴江县的三个高徒, 连忙三口饭并两口吃完, 尚未放下筷子, 三个人已走进客堂里。初次见面, 照例行礼, 姚老夫子一旁还礼不迭。师生见礼之后, 姚老夫子又叫儿子过来, 拜见三位世兄, 当下一一见过。姚老夫子便让三位坐下谈天, 看门的老头儿把吃剩的菜饭收了进去。停了一刻, 又取出三个茶钟, 倒了三碗茶送了上来。姚老夫子一面让三位吃着茶, 一面寒暄了几句, 慢慢的讲到学问。三位高徒颇能领悟, 姚老夫子非常之喜, 当下要留他三个搬到城里盘桓几天, 然一同起身再往上海。三个人恐怕守着先生, 诸多不便, 极力相辞, 情愿在船上守候。

他三人到苏州的这一天, 是正月初九, 姚老夫子因他们住在船上等候, 不便过于耽搁, 遂与家里人商量, 初十叫儿子出城, 约了三位世兄进城玩耍一天, 在元妙观吃了一碗茶，又在附近小馆子里，要了几样菜，吃了一块三角洋钱，在他三个已经觉得吃的狠舒服了。是日玩了一天，傍晚出城。姚老夫子是择定十一日，坐小火轮上上海，头一天便同三位高徒说知，约他们在城外会齐。到了这日饭后，父子两个出城，看门老头子，挑着铺盖网篮跟在后面，一走走到大东公司码头，在茶馆里会见了贾家三个。吃了一开茶，当由姚老夫子到局里写了五张客舱票，一张烟篷票，又到岸上买了一角钱的酱鸭，一角钱的酱肉，并些茶食、洋烛之类，一拿拿到茶馆里，等把行李上了公司船，然后打发看门老头儿回去。贾家三兄弟，亦吩咐自己的来船在苏州等候。诸事安排停当，计时已有四点多钟了。小火轮上鸣都都放了三回气，掌船的把公司船撑到轮船边，把绳索一切扎缚停当，然后又放一声气，小火轮鼓动机器，便见一溜烟乘风破浪的去了。

兄弟三人身到此时，不禁手舞足蹈，乐得不可收拾。不多时，船到洋关码头，便见一个洋人，一只手拿着一本外国簿子，一只手夹着一枝铅笔，带领着几个扦子手走上船来，点验客人的行李。看见有形迹可疑的，以及箱笼斤两重大的，都要叫本人打开给他查验；倘或本人慢了些，洋人就替他动手，有绳子捆好的，都拿刀子替他割断。看了半天，并无什么违禁之物，洋人遂带了扦子手，爬过船头，又到后面船上查验去了。这边船上的人齐说："洋关上查验的实在顶真！"那个被洋人拿刀子割断箱子上绳子的主儿，却不住的在那里说外国人不好。姚老夫子看了叹道："国家不裁厘捐，这些弊病总不能除的！"旁边一个人说道："从前说中国厘捐局留难客商，客商见了都要头疼，然而碰着人家家眷船，拿张片子上去讨情，亦就立刻放行，没有什么啰嗦。如今改用了外国人，不管你官家眷属，女人孩子，他一定一个个要查，一处处要看，真正是铁面无私。更有一般跟随他的，仍旧是中国人，狐假虎威，造言生事，等到把话说明，行李物件已被他翻的不成样儿了。即如刚才那个朋友，听说到了上海，要搭大轮船到天津，到了天津，还要起早坐车到山西去，所以把个箱子用绳子结结实实的捆好。岂知才离码头，已被洋人打开，你说叫那人恨不恨呢？"贾氏三兄弟听了此言，方晓得出门人之苦，原来如此。贾子猷近来看新闻纸，格外留心，晓得国家因库款空虚，赔款难以筹付，有人建议，想问外国人再借上几千万两银子的洋债，即以中国厘金作抵。倘若因此一齐改归洋人之手，彼时查验起中国人来，料想也不会放松一步。从此棘地荆天，无路可走！想那古人李太白做的诗，有什么《行路难》一首，现在却适逢其会了。

正想着，船上已开出饭来，每人跟前只有一碗素菜，姚老夫子便取出在苏州临走时买的酱鸭、酱肉，请三位高徒吃饭。此时贾家带来的小厮，听见开饭，也从烟篷上爬下来，伺候三个小主人。一霎时开过了饭，众人打铺，各自归寝。客舱之中，黑压压虽有上百的人，除却几个吃鸦片烟的，尚是对灯呼吸，或与旁铺的人高谈阔论，其余的却早已一梦蓬蓬，酣声雷动。姚氏父子，贾家兄弟，到了此时，亦只有各自安寝。不上一刻，姚家父子二人，都已睡着。贾家兄弟三个，虽然生长乡间，却一直是娇生惯养，生平何尝吃过这种苦？如今的罪孽，乃是自己所找，也怪不得别人，但是睡在架子床上，翻来覆去，总睡不稳。侧耳一听，但听风声、水声、船上客人说话声、船头水手吆喝声，闹个不了。过了一会，又远远的听见呜呜放气的声，便有人说上海的小轮船下来了。贾平泉、贾葛民毕竟年轻，都抢着起来，开出门去探望。岂知外面北风甚大，冷不可言，依旧缩了进来。

正说话间，那船已擦肩而过。此处河面虽宽，早激得波涛汹涌，幸亏本船走得甚快，尚不觉得颠播。新春夜长，好容易熬到天亮，合船的人，已有大半起身，洗脸的洗脸，打铺盖的打铺盖。贾子猷看了看，只有昨夜几个吃鸦片烟的，兀自蒙被而卧。此时姚家父子亦都睡醒，起来漱洗，又从网篮里取出昨天买的茶食，请大众用过，然后收拾行李，预备到码头上岸。贾葛民年纪最小，抢着问人到上海还有多少里路。一个人同他说道："前面大王庙，已到了新闸，再过一道桥，便是垃圾桥，离着码头就不远了。"毕竟小轮行走甚速，转眼间过了两三顶桥，就有许多小划子傍拢了大船，走上二三十个人，手里拿着红纸刻的招纸，有的喊长春栈，有的喊全安栈，前来兜搅生意。姚老夫子是出过门的人，嘱咐大家不要理他。末后有一个老接客的，手里拿着一张春申福的招纸，姚老夫子认得他，就把行李点给了他，一准搬到他客栈里去住。此时公司船已顶码头，那个接客的便去喊了几部小车子，叫小车子上的人上船来搬行李。贾家兄弟还要叫人跟好了他，那个老接客的道："几位老板尽管坐了车上岸，把东西交代与我，那是一丝一毫不会少的。"姚老夫子也嘱咐他们不要过问。主仆六人，随即一同上岸，叫了六部东洋车，一路往三马路春申福栈房而来。

要知端的，且听下回分解。

　　贾氏兄弟一番私议，已隐合自由、平权、革命诸说，但是程度尚浅，脑筋中尚无一切新名词印入耳。

贾葛民说譬如要做一事，自己的钱不够使用，人家有钱，亦不妨借来用用，只要于我们之事有济，将来有得还人家就是了数语，颇有英雄做事不拘小节气概，然却说得磊磊落落，正大光明。

外国教士送书与人，对寻常人则曰读了我的书可以发财，对读书人则曰中状元，各投以所好，如何不教人入其彀中。

不料传教的人，乃能揣摹中国人情，如此纯熟。

叙洋关查验情形，其弊反在中国人从中播弄，狐假虎威所致，贾氏兄弟三人，至此方知出门人之苦。呜呼！出门人之苦，其未为贾氏三兄弟所知者，何可胜道耶？

人家睡觉，独有吃鸦片烟人不睡觉；等到人家起来，他反蒙被而卧。描写吃烟人，只此寥寥数语，不啻禹鼎铸奸。

写贾氏三兄弟在小轮船上睡不着情形，入情入理。

第十六回

妖姬纤竖婚姻自由　草帽皮靴装束异殊

却说贾氏兄弟三人，跟了姚老夫子，从小火轮码头上岸，叫了六部东洋车，一直坐到二马路西鼎新弄口下车，付了车钱，进得春申福栈房。当由柜上管帐先生，招呼先在客堂里坐了一回，随见那个接客的押着行李赶到。就有茶房开了三、四两号房间，等他主仆六人安顿行李。诸事停当，姚老夫子因见天色还早，便带了儿子、徒弟一共四人，走出三马路，一直向西，随着石路转湾，朝南走到大观楼底下，认得是爿茶馆，遂即迈步登楼。其时吃早茶的人毕竟有限，他师徒五众，就检了靠窗口一张茶桌坐下。堂倌泡上三碗茶，姚老夫子只肯两碗，堂倌说他有五个人，一定要三碗。后来姚老夫子说堂倌不过，只得叫他放下。其时离开中饭还远，姚老夫子叫儿子向楼底下买了五块麻爿饼，拿上来叫大家充饥。贾家兄弟身上都带有零钱，进来的时候，早已瞧见楼下有馒头烧卖出卖，当由贾葛民下楼，又买了些上来，彼此饱餐一顿。点心吃过，彼此一面吃茶，一面闲讲。

姚老夫子便对他四个人说道："你们四个人，都是初到上海。夷场上的风景也不可不领略一二，我有一个章程，白天里看朋友、买书，有什么学堂、书院、印书局，每天走上一二处，也好长长见识。等到晚上，听回把书，看回把戏，吃顿把宵夜馆。等到礼拜，坐趟把马车，游游张园。什么大菜馆、聚丰园，不过名目好听，其实吃的菜还不是一样。至于另外还有什么玩的地方，不是你们年轻人可以去得的，我也不能带你们走动。"贾家三兄弟同他儿子听了，都觉得津津有味。正说话间，只见一个卖报的人，手里拿着一叠的报，嘴里喊着《申报》、《新闻报》、《沪报》，一路喊了过来。姚老夫子便向卖报的化了十二个钱，买了一张《新闻报》，指着报同徒弟说道："这就是上海当天出的新闻纸，我们在家里看的都是隔夜的，甚至过了三四天的还有。要看当天的，只有上海本地一处有。"卖报的人，见他说得在行，便把手里的报一检，检了十几张出来，说道："如要看全，也不过一百多钱，倘若租看，亦使得。"姚老夫子便问怎么租法? 卖报的人说道："我把这些报通统借给你看，随便你给我十几个钱，等到看过之后，仍旧把报还我就是了。"姚老夫子听他说得便宜，便叫他留下一分。

　　贾家兄弟近来智识大开，狠晓得看报的益处，听了卖报的话，竟是非常之喜。立时五个人鸦雀无声，都各拿着报看起来。不晓得看到那一张报，忽然贾子猷大喊一声，说了句："你们快看呀!"姚老夫子不晓得报上出了什么新鲜新闻，忙问什么事情? 同桌几个人，也都把身子凑近来看。谁知不是别事，乃是看见报后头刻的戏目，今夜天仙茶园准演新骈文武新戏《铁公鸡》。贾子猷在乡下时，他有个表叔从上海回家，曾赞过天仙戏园唱的《铁公鸡》如何好，如何好，所以他一直记在心上，如今看见，自然欢喜，连他兄弟老二、老三看了，亦都高兴，一定今天晚上吃了饭去看戏。姚老夫子说道："原来如此，世界上最能开通民智的事，唱戏本在其内，外洋各国，所以并不把唱戏的当作下等人看待。只可惜我们中国的人，一唱了戏，就有了戏子的习气。这出《铁公鸡》，听说所编的都是长毛时候的事情，看过一遍，也可以晓得晓得当日的情形。但我听说此戏并不止一本，总要唱上十几天才会唱完。"贾子猷道："如今难得凑巧，我们到这里，刚刚他们就唱这个戏。总之，有一天看一天，有一本看一本，等到看完了才走。"

　　师徒几人，正在谈得高兴，忽见隔壁桌上有一个女人，三个男人，同桌吃茶，还一同在那里指手划脚，高谈阔论。看那妇人年纪不过二十岁上下，头也不梳，脸也不洗，身上穿了一件蓝湖绉皮紧身，外罩一件天青缎黑缎子镶滚的皮背心，下穿元色裤子，脚下跶着一双绣花拖鞋，拿手拍着桌子说话。指头上红红绿绿，带着好几只嵌宝戒指，手腕上叮呤当啷，还有两付金镯。贾家兄弟瞧了，以为这女人一定是人家的内眷，所以才有如此打扮，及至看到脚上拖着一双拖鞋，又连连说道："不像不像! 人家女眷，断无跶着鞋皮就走出来上茶馆的!"既而一想，听说上海这两年有人兴了一个什么不缠足会，或者这女人就是这会里的人，也未可知。贾氏兄弟一面胡思乱想，一面又看那三个男人，一个是瘦长条子，身上也穿着湖绉袍子，把个腰扎的瘦挺绷硬，腰下垂了两幅白绸子的扎腰，上身穿一件三寸不到小袖管的长袖马褂，头上小帽，有一排短头发露在帽子外面，脚下挖花棉鞋，嘴里含着一根香烟，点着了火在那里吃。这男人同那女人坐的是对面，但是只有女人说的话，那男人却拿两眼睛看着鼻子，一声也不言语。再看那两个男人，却是一边一个，在上首坐的，穿一身黑，是黑袍子、黑马褂、黑扎腰、黑鞋、黑帽子，连个帽结子都是黑的。这个人一脸横生肉，没有胡须，眼望着女人说话，并不答腔。坐在下首的，是个短搭，虽然是正月天气，却不戴帽子，梳的净光的一条大辫子，四转短头发，足足有三寸多长，覆在头上，离着眉毛反不到一寸；身上也穿着蓝湖绉大皮棉袄，腿上黑绒裤子，黑袜，皮鞋，脸上却带了一付外国黑眼镜，这个人有时也替那女人帮腔两句。但是，一个个都朝着带黑帽结子的人说话，并不理那个瘦长条子。贾氏兄弟见此四人，不伦不类，各自心中纳闷。看了一回，便回过头去请教姚老夫子，问这三个人是做什么的？姚老夫子未及答言，旁边桌上有个人对他说道："有什么好事情？不过拆了姘，姘了拆，还有什么大不了的事。"姚老夫子看上海新报新书看的多了，晓得上海有一种轧姘头拆姘头的名目，颇合外国婚姻自由的道理，等到事情闹大了，连着公堂都会上的。姚老夫子此时只因三个高徒，一个儿子，都是未曾授室之人，只好装作不听见，不理他们。贾子猷连问两声不答，便晓其中必有原故，也不便过于追问，只好拉长着耳朵，听他们说些什么。岂知正要往下听，忽见女人同那个瘦长条子一言不合，早已扭作一团，带黑帽结子的人，立刻站起来吆喝，不准他二人动手。他二人不听，戴黑帽结子的人，便把二人竭力的拖到扶梯边，朝着楼下一招呼，早有一个中国巡捕，一个红头黑脸的外国巡捕守在门口。等到上头一对男女刚刚下楼，跨出了门，早被两个巡捕拖着朝北而去，后边还跟了一大群看热闹的。于是楼上吃茶的人，纷纷议论，就有人说："刚才这个女人，名字叫做广东阿二，十三四岁上曾在学堂里读过一年的外国书，不晓得怎么到了十七八岁上，竟其改变了脾气，专门轧姘头、吊膀子。那个瘦长条子，是在洋行里当跑楼的，不晓得怎么就被他吊上了。如今又弄得这么一个散场，真正令人难解。现在一同拖到大马路行里去，论不定明天还要解公堂哩。"又有人说："那个戴黑帽结子的人，就是包打听的伙计。他们拆姘头拆不好，所以请了包打听的伙计来，替他们判断这件公案。后来连着包打听的伙计都断不下来，所以才拖到行里去的。"说到这里，便有人问刚才那个穿短打的是个什么人？那人道："那个是马夫阿四，一向不做好事情，是专门替人家拉皮条的。这一男一女，就是他拉的皮条。如今到了拆姘头的时候，仍旧找着原经手。原经手劝不好，只怕明天还要陪着吃官司呢。"

　　姚老夫子见他们所说的都是一派污秽之言，不堪入耳，恐怕儿子、学生听了要学坏，正想喊堂倌付清茶钱，下楼回栈。刚正付钱的时候，忽又听得楼梯上咯咯咯一阵鞋响，赛如穿着木头鞋一样。定睛看时，只见上来一个人，高大身材，瘦黑面孔，穿了一身外国衣裳，远看像是黑呢的，近看变成染黑了麻线织的，头上还戴了一顶草编的外国帽子，脚上穿了一双红不红、黄不黄的皮鞋，手里拿着一根棍子。这人刚刚走到半楼梯，就听得旁边桌上有个人起身招呼他道："元帅，这里坐！元帅，这里坐！"那来的人，一见楼上有人招呼他，便举手把帽子一摘，擎在手里，朝那招呼他的人点了点头。谁知探掉帽子，露出头顶，却把头发挽了一个髻，同外国人的短头发倒底两样。他们师徒父子见了才恍然，这位洋装朋友原是中国人改变的。再看那个招呼他的人，却戴着一顶稀旧的小帽，头发足足有三寸多长，也不剃，一脸的黑油，太阳照着发亮；身上一件打补钉的竹布长衫，脚上穿着黑袜，�了一双破鞋。当下师徒五个人，因见这两个踪迹奇怪，或者是什么新学朋友不可当面错过，于是仍旧坐下，查看他们的行动。只见来的这个洋装朋友，朝着这人拱手道："黄国民兄，多天不见，来了几时了？"黄国民道："来了一点多钟了。"洋装朋友道："国民兄，我记得你还是去年十月里，我们同在城里斗蟋蟀的时候，我同你在邑庙湖心亭上吃茶，你剃的头。如今一转眼又三个月，你的头发已经长的这般长，也可以再剃一回了。"黄国民道："外国人说头发不宜常剃，新剃头之后，头发孔都是空的，容易进风，要伤脑气筋的，所以我总四五个月剃一回头。"一面闲谈，一面又问洋装朋友道："元帅，你吃点心没有？"洋装朋友道："我自从改了洋装，一切饮食起居，通统仿照外国人的法子，一天到晚，只吃两顿饭，每日正午一顿饭，黑天七点钟一顿饭，平时是不吃东西的。但是一件，外国人的事情样样可学，只有一件，是天天洗澡换新衣裳，我是学不来的。"黄国民道："外国人天天洗澡，不但可以去身上的龌龊，而且可以舒筋活血，怎么你不学？"洋装朋友道："我不洗澡，同你的不剃头一样，怕的是容易伤风，伤了风就要咳嗽，咳嗽起来就要吐痰，你几时见外国人吐过痰来？我们谈谈不要紧，倘是真正遇见了外国人，有了痰只好往肚里咽。记得去年十二月里，我初改洋装的时候，一心要学他们外国人，拿冷水洗澡，谁知洗了一次，实在冻的受不得，第二天就重伤风，一天咳嗽到夜。偏偏有个外国人来拜会，我同他讲了半天的话，我半天一口痰不敢吐，直截把我憋得要死。所以我从今以后，再不敢洗澡了。"黄国民道："还是你们洋装好，我明天也要学你改装了。"洋装朋友道:"改了装没有别样好处,一年裁缝钱可以省得不少,二来无冬无夏只此一身,也免到了时候,愁着没有衣服穿。"黄国民道:"夷场上朋友,海虎绒马褂可以穿三季,怎么你这件外国衣裳,倒可以穿四季呢?"洋装朋友道:"不瞒你说,你说我为什么改的洋装?只因中国衣裳实在穿不起,就是一身茧绸的,也得十几块钱。一年到头,皮的、棉的、单的、夹的,要换上好几套,就得百十块钱。如今只此一身,自顶至踵,通算也不过十几块,非但可以一年穿到头,而且剥下来送到当铺里去,当铺里也不要。这一年工夫,你想替我省下多少利钱?"黄国民听了,不觉点头称是,连说:"兄弟回去,一定要学你改良的了。"正说话间,只见洋装朋友,忽然把身子一扭,像是脖子上有东西咬他痒痒似的,举起手来一摸,谁知是一个白虱。洋装朋友难以为情,立刻往嘴里一送,幸亏未被黄国民看见。不料隔壁台上贾葛民眼睛尖,早已看得明明白白了,私底下告诉了大众。

姚老夫子也听出这两人说的话不过如此,随即立起身来,领了徒弟、儿子,一同下楼,仍由原路回栈。等到走至栈中,正值开饭,师徒四个商量,吃完了饭,同去买书。霎时间把饭吃完,姚老夫子便嘱咐儿子道:"你过几天就要到学堂去的,你还是在栈房里静坐坐,养养神,不要跟我们上街乱跑,把心弄野了,就不好进学堂了。"儿子无奈,只好在栈里看守行李。他们师徒四个,一同出门。贾家兄弟三人,更把个小厮带了出去,说是买了东西,好叫他拿着回来。当时五个人出得三马路,一直朝东,过望平街再朝东,到了一个地方,有一个大城门洞子似的。贾家三兄弟不晓得是个什么地方,要姚老夫子领他们进去逛逛。姚老夫子连连摇手道:"这是巡捕房,是管犯人的所在,好好的人是不好去的。"三兄弟只得罢手。跟着姚老夫子朝南,到了棋盘街,一看两旁洋货店、丸药店,都是簇新的铺面,玻璃窗门,甚是好看。再朝南走去,一带便是书坊,什么江左书林、鸿宝斋、文萃楼、点石斋,各家招牌,一时记不清楚。姚老夫子因历年大考、小考,赶考棚的书坊,大半认识,因同文萃楼的老板格外相熟,因此就踱到他店里去看书。谁知才进了店门,柜台外边齐巧也有一个人在那里买书。那人见了姚老夫子,端详了一回,忽地里把眼镜一探,深深一揖道:"啊呀!文通兄,你是几时来的?"姚老夫子听了,不禁吓了一跳,定睛一看,原来是一个极熟的熟人。你道是谁?且听下回分解。

姚文通率领徒弟、儿子初到上海,日间看朋友,买书;夜里看戏,听书,吃宵夜;礼拜游张园,而以外不及焉。凡初率子弟到上海游玩者,皆当以此为法。

贾子猷看报,见天仙《铁公鸡》戏目而喜,遂引出姚文通一篇议论来:演戏一道,最易化人。姚文通见得到此,尚非庸庸可比。

广东老二与洋行跑楼人轧姘头,系马夫阿四拉皮条,拆姘头则请包打听伙计为之劈拆。之四人者,不必问其为何等人,但看其妆饰,便已跃然纸上。

呼洋装朋友而曰元帅。既曰元帅,而上年十月,犹在邑庙斗蟋蟀,则此人平时之行为可想。不得已而改洋装,言外之意,耐人寻味。

黄国民不剃头,与洋装元帅不洗澡,各有见解。洋装元帅至啖白虱,则更龌龊不堪矣。

第十七回

老副贡论世发雄谈　洋学生著书夸秘本

却说姚文通姚老夫子率领贾家三兄弟，从春申福栈房里出来，一走走到棋盘街文萃书坊，刚刚跨进店门，正碰着一个人也在那里买书，见了姚文通，深深一揖，问他几时到得上海，住在那里。姚老夫子本是一个近视眼，见人朝他作揖，连忙探去眼镜，还礼不迭。谁知除了眼镜，两眼模糊，反辨不出那人的面目，仔细端详，不敢答话。那个朝他作揖的人，晓得他是近视眼，连忙唤道："文通兄，连我的口音都听不出了？请戴了眼镜谈天。"姚文通无奈，只得仍把眼镜戴上，然后看见对面朝他作揖的，不是别人，正是同年胡中立。

这胡中立乃是江西人氏，近年在上海制造局充当文案，因总办极为倚重，新近又兼了收支一席，馆况极佳，出门鲜衣怒马，甚是体面。从前未曾得意之时，曾在苏州处过馆，他的东家也住在宋仙洲巷，因此就与这姚文通结识起来。后来又同年中了举人，故而格外亲热。近已两三年不见了，所以姚文通探了眼镜，一时辨不出他的声音。等到戴上眼镜，看清是他，便喜欢的了不得。两个人拉着手问长问短，站着说了半天话。姚文通告诉他，此番来沪，乃是送小儿到学堂读书，顺便同了三个小徒，来此盘桓几日。今早到此，住的乃是春申福栈，等小儿进了学堂，把他安顿下来，就要走的。说着，又叫贾家三兄弟上来见礼。彼此作过揖，问过尊姓台甫，书坊里老板看见他到，早已赶出来招呼，让到店堂里请坐奉茶，少不得又寒暄了几句。

当下姚文通便问胡中立道："听说老同年近年设砚制造局内，这制造局乃是当年李合肥相国奏明创办的。李合肥的为人，兄弟是向来不佩服的，讲了几回和，把中国的土地银钱，白白都送到外国人手里，弄到今日国穷民困，贻害无穷，思想起来，实实令人可恨！"胡中立道："合肥相国，虽然也有不满人意之处，便是国家积弱，已非一日，朝廷一回回派他议和，都是捱到无可如何，方才请他出去。到了这时候，他若要替朝廷省钱，外国人不答应，若要外国人答应，又是非钱不行。老同年！倘若彼时朝廷派你做了全权大臣，叫你去同外国人打交道，你设身处地，只怕除掉银钱之外，也没有第二个退兵的妙策。"姚文通道："朝廷化了千万金钱，设立海军，甲午一役，未及交绥，遽尔一败涂地，推原祸始，不能不追咎合肥之负国太甚！"胡中立听他此言，无可批驳，便说道："自古至今，有几个完人？我们如今，也只好略迹原心，倘若求全责备起来，天底下那里有还有什么好人呢？"姚文通晓得他一向是守中立主义的，从前在苏州时候，彼此为了一事，时常断断辨论，如今久别相逢，难为情见面就抬杠，只得趁势打住话头，另谈别事。当下言来语去，又说了半天别的闲话，胡中立有事告辞先走。临上马车的时候，问老同年今晚有无应酬。姚文通回称没有，胡中立遂上马车而去。

　　姚文通眼看胡中立马车去了一段路，方才进来，同店主人扳谈，问他新近又出了些什么新书？店主人道："近来通行翻译书籍，所以小店里特地聘请了许多名宿，另立了一个译书所，专门替小店里译书。译出来的书，小店里都到上海道新衙门存过案，这部书的版权一直就归我们，别家是不准翻印的。"姚文通便问他译书所请的是些什么人？店主人道："你们的同乡居多，一位是长洲董和文董先生，一位是吴县辛名池辛先生，这两位是总管润色翻译的。其余还有好几位，不是你们贵同乡，料想是不认得的。"姚文通道："董和文却是兄弟的同案，他一向八股是好手。他在家乡的时候，从没听见他读过外国书，怎么到了上海，就有了这门大的本事，连外国书都会改呢？至于姓辛的，我连他的名字还不知道，也不晓得是那一案进的学。"店主人道："两位都是才从东洋回来的。贵处地方文风好，所以出来的人材个个不同。就以辛先生而论，他改翻译的本事，是第一等明公。单是那些外国书上的字眼，他肚子里就狠不少。他都分门别类的抄起来，等到用着的时候拿出来对付着用。但是他这本书，我们虽然知道，他却从来不肯给人看。这也难怪他，都是他一番辛苦集成的，怎么能够轻易叫别人家看了学乖呢？所以往往一本书被翻译翻了出来，白话不像白话，文理不成文理，只要经他的手，勾来勾去，不通的地方改的改，删的删，然后取出他那本秘本来，一个一个字的推敲。他尝说，翻译翻出来的东西，譬如一块未曾煮熟的生肉一般，等到经他手删改之后，赛如生肉已经煮熟了。然而不下油盐酱醋各式作料，仍旧是淡而无味。他说他那本书，就是做书的作料，其中油盐酱醋，色色俱有。"贾氏三兄弟当中，算贾葛民顶聪明，悟性极好，听了他话，便对姚老夫子道："先生，他那本书，我知道了，大约就同我们做文章用的《文料触机》不相上下。"店主人道："对了！从前八股盛行的时候，就以《文料触机》而论，小店里一年总要卖到五万本，后来人家见小店里生意好了，家家翻刻。彼时之间，幸亏有一位时量轩时老先生，同舍间沾点亲，时常替小店里选部把闱墨刻刻，小店里一年到头倒也沾他的光不少。当时我们就把这情形告诉了时老先生，时老先生替我们出主意，请了三位帮手，化了半年工夫，又编了一部《广文料触机》，倒也销掉了七八万部。后来人家又翻刻了，时老先生气不过，又替我们编了一部《文料大成》，可惜才销掉二万部，朝廷便已改章，添试时务策论，不准专重八股，有些报上还要瞎造谣言，说什么朝廷指日就要把八股全然废掉，又说什么专考策论。你想倘若应了报上的话，这部《文料大成》那里还有人买呢？闹了这两年，时文的销路，到底被他们闹掉不少。后来幸亏碰着了你这两位贵同乡，才在东洋游历回来，亦是天假之缘，有日到我们小店里买书，同兄弟扳谈起来，力劝小店改良。他说八股不久一定要废，翻译之学一定要昌明。彼时也是兄弟一时高兴，听了他二人的话，便说这翻译上海好找，那一爿洋行里没有几个会说外国话的，只要化上十几块钱，就好请一位专门来替我们翻译。后来他们又说不要西文要东文，这可难住我了。我只得又请教他们，这东文翻译，要到那里去请。他两位就保荐也是他们从东洋同来的，有一位本事很大，可以翻译东文，不过不大会说东洋话罢了，东洋书是看得下的，而且价钱亦狠便宜，一块洋钱翻一千字，有一个算一个。譬如翻了一千零三十字，零头还好抹掉不算。彼时有了翻译，我就问他们应得翻些什么书籍，可以供大小试场所用。他二人说，翻译之事，将来虽然一定可以盛行，但是目下还在萌芽时代，有学问的书翻了出来，恐怕人家不懂，反碍销路。现在所译的，乃是《男女交合大改良》、《传种新问题》两种，每种刷印三千部，出版之后，又买了两家新闻纸的告白，居然一月之间，便已销去大半。现在手里译着的，乃是《种子大成》。这三部书都是教人家养儿子的法子。文通先生，你有几位世兄，不妨带两部回去试验试验。"说着顺手在架子上取一本《男女交合大改良》，一本《传种新问题》，送给了姚文通。姚文通接在手中一看，全用外国装钉，甚是精美，于是再三相谢。

　　贾子猷听说辛名池有抄本外国书上的字眼，心想若是得了他这本书，将来做起文章来，倒可以借此熏人，实有无穷妙处，便问店主人道："辛先生既然集成功了这本书，你们为什么不问他要来刻出来卖呢？"店主人道："我何尝不是这种打算？

无奈辛先生不肯, 一定要我一千块钱, 才肯把底子卖给我。"贾平泉把舌头一伸道: "一本书能值这们大的价钱么?"店主人道: "辛先生说他费了好几年的心血才集了这们一本书, 倘若刻了出来, 人人都学了他的乖去, 他的本事就不值钱了。"贾子猷道: "他这书叫个什么名字?"店主人道: "有名字, 有名字, 是他自己起的, 先叫做什么《翻译津梁》, 后来自己嫌不好, 又改了个名字, 叫做什么《无师自通新语录》。"贾子猷道: "名字是后头一个雅。"店主人道: "然而不及头一个显豁。我们卖书的人专考究这个书名, 要是名字起得响亮, 将来这书一定风行, 倘若名字起的不好, 印了出来, 摆在架子上, 就没有人问信。"贾家兄弟听了, 才晓得印书卖书, 还有这许多讲究。当时因见店主人称扬董、辛二位, 心想这二人不知有多大能耐, 将来倒要当面领教才好。随把这意思告诉了店主人, 店主人满口答应道: "等三位空的时候, 到小店里, 由兄弟陪着到小店译书所看看, 他二位是一天到夜在那里的。"一面说话, 一面姚老夫子已选定了几部书, 贾家兄弟三个, 也买了许多书, 都交代小厮拿着。姚老夫子因为来的时候不少了, 心上惦记着儿子一个人在栈房里, 急于回去看看, 遂即起身告辞。店主人加二殷勤, 送至门外, 自回店中不表。

且说姚文通师徒四个一路出来, 东张张, 西望望, 由棋盘街一直向北, 走到四马路, 忘记转湾, 一直朝北走去, 走了一截, 一看不是来路, 师徒四人慌了。后来看见街当中有个戴红缨帽子的人, 姚老夫子晓得他是巡捕, 往常看报, 凡有迷失路途等事, 都是巡捕该管, 又听得人说, 随常人见了巡捕, 须得尊他为巡捕先生, 他才高兴。当下姚老夫子便和颜悦色的走到巡捕跟前, 尊了一声巡捕先生, 问他到三马路春申福栈应得走那一条路。巡捕随手指给他道: "向西, 一直去就是, 不要转湾。"原来他四人走到了抛球场, 因之迷失路途, 不晓得上海马路, 条条都走得通。当下师徒四人, 听了巡捕的话, 一直向西走去。果然不错, 走到西鼎新弄口, 看见春申福三个大字横匾, 于是方才各各把心放下。

回得栈来, 不料房门锁起, 姚老夫子的儿子不见了。姚老夫子这一惊非同小可, 忙问茶房, 茶房回称不晓得, 又问柜上, 柜上说钥匙在这里。姚老夫子问: "你见我们少爷那里去了?"柜上人道: "钥匙, 是个年轻人, 穿一件蓝呢袍子, 黑湖绉马褂, 是他交给我的, 不晓得他就是你们少爷不是?"姚老夫子道: "正是他, 正是他, 他往那里去的?"柜上人道: "恍惚有个朋友, 一块儿同出去的, 没有问他往那里去。"姚老夫子道: "这小孩子忒嫌荒唐, 倘或被马车挤坏了怎么好? 再不然, 出门闹点乱子, 被巡捕捉了去，明天刻在报上，传到苏州，真正要丢死人了。"说着便要自己上街去找。贾子猷忙劝道："世兄也有毛二十岁的人了，看来不至于乱走，闹出什么乱子来。既然柜上人说有人同了出去，或者是朋友同着出去吃碗茶也未可知。先生要自己上街去找，上海偌大一个地方，一时也未必找着，我看倒不如等他一会，少不得总要回来的。"姚老夫子听他说得有理，也只得作罢，一个人背着手在房里踱来踱去，好像热锅上蚂蚁一般，坐立不定。看看等到天黑，还不见回来，姚老夫子更急得要死。

这日师徒几个，原商量就的，回栈吃饭之后，同到天仙看《铁公鸡》新戏，如今姚世兄不见了，不但姚老夫子发急，连着贾家兄弟三个也觉着无趣。霎时茶房开上饭来，姚老夫子躺在床上不肯吃，贾家兄弟也不好动筷。后来被姚老夫子催了两遍，说："你们尽管吃，不要等我。"三人无奈，只得胡乱吃了一口。总算凑巧，三个人刚刚才吃得一半，姚世兄回来了。姚老夫子一见，止不住眼睛里冒火，赶着他骂道："大胆的畜生！叫你不出去，你不听我的话，要背着我出去胡走，害得我几乎为你急死。你这半天到那里去了？"骂了不算，又要叫儿子罚跪，又要找板子打儿子。贾家兄弟三个忙上前来分劝，又问："世兄究竟到那里去的？以后出门总得在柜上留个字，省得要先生操心。"姚世兄道："我的脚长在我的身上，我要到那里去，就得到那里去。天地生人，既然生了两只脚给我，原是叫我自由的，各人有各人的权限，他的压力虽大，怎么能够压得住我呢？"贾子猷听见他说出这些话来，怕姚老夫子听了添气，便捂住他的嘴，叫他不要再讲了。幸亏姚老夫子只顾在那里又着手乱骂，究竟他们说的什么，也未曾听见。贾子猷便请他父子吃饭。姚老夫子还要顶住儿子，问到底往那里去的？儿子被他逼的无法，才说有同栈房住的一位东洋回来的先生，他来同我扳谈，他说如今有爿学堂里，已经请了他做教习，将来彼此要常在一起的，他来约我出去，我怎好回他说不去？姚老夫子又问到了些什么地方？儿子说道："在一个三层洋楼上喝了一碗茶，后来又在街上兜了几个圈子，有个弄堂口站着多少女人，那个东洋回来的先生要我同进去玩玩，我不敢去，他才送我回来的，如今他想是一个人去了。"姚老夫子见儿子没有同那人去打野鸡，方才把气平下。起来吃了一口饭，洗过脸，正打算带领他四人一同到天仙看戏，忽见茶房递上一张请客票来。姚老夫子接过来一看，乃是胡中立请他到万年春番菜馆小酌的，遂吩咐他四个先到天仙等，我到万年春转一转再来。于是师徒五众，一同出门，出了弄堂门，各自分头而去。

要知端的，且听下回分解。

胡中立虽抱定中立主义，然所言自是持平之论。

辛名池润色翻译书有手抄秘本，今则无人不抱此为枕中鸿宝矣。

翻译新书，先从男女交合、传种、种子等书入手，可见若辈终日思想不外此事，近更有专在男女下体研究者，是真愈趋愈下矣。

第十八回

一灯呼吸竞说维新　半价招徕谬称克己

却说姚文通在春申福栈房里吃完了夜饭，正想同儿子、学生前往石路天仙茶园看《铁公鸡》新戏，忽然接到胡中立在万年春发来请客票头，请他前去吃大菜，他便嘱咐儿子、学生先往天仙等候，自己到万年春转一转就来。当下出得栈房，趱至三马路，各自东西。

话分两头。单说姚文通走出三马路，一直朝东，既不认得路径，又不肯出车钱，一路问了好几个人，才到得万年春。问柜上制造局胡老爷在那号房间请客？柜上人见他土头土脑，把他打量了两眼，便叫他自己上楼去找。姚文通几年前头，也曾到过上海一次，什么吃大菜，吃花酒，都有人请过他，不过是人家作东，他是个读书人，并不在这上头考究，所以有些规矩，大半忘记，只恍惚记得一点影子。如今见柜上人叫他自己上楼找胡中立，他便迈步登楼。幸亏楼梯口有个细崽，人尚和气，问他那一号，他才说得制造局三个字，那个细崽便说四号，把他一领领到四号房间门口，随喊了一声："四号客茶一钟。"

姚文通进得门来，劈面就见胡中立坐在下面做主人，见了他来，起身相让。其时席面上早已有了三个人，还有两个躺在炕上抽鸦片烟。姚文通向主人作过揖，又朝着同席的招呼，坐了下来，又一个个问贵姓台甫。当下同他一排坐的一位，姓康号伯图，胡中立便说："这位康伯图兄，是这里发财洋行里的华总办，酒量极雅。"姚文通又问对面的两位，一位姓谈号子英，一位姓周号四海。胡中立又指给他说："这位子英兄洋文极高，是美国律师公馆里的翻译。这位四海兄，是浦东丝厂里的总帐房，最爱朋友，为人极其四海。"姚文通又特地离位请教炕上吃烟的两位，只见一位浑身穿着黑呢袍、黑呢马褂，初春天气，十分严寒，他身上却是一点皮都没有，问了问，姓钟号养吾。那一位却是外国打扮，穿了一身毡衣、毡裤、草帽、皮鞋，此时帽子没戴，搁在一边，露出一头的短头发，髭髭可爱。姚文通问他贵姓，他正含着一枝烟枪，凑在灯上抽个不了。好容易等他把这袋烟抽完，又拿茶呷了一口，然后坐起来，朝着姚文通拱拱手，连说："对不住！放肆！"然后自己通报姓名，姓郭号之问。姚文通拿他仔细一瞧，只见脸色发青，满嘴烟气，看他这副尊容，每日至少总得吃上二两大土清膏，方能过瘾。姚文通一一请教过，别人亦一一的问过他，然后重新归坐。细崽呈上菜单，主人请他点菜，他肚子里一样菜都没有，仍旧托主人替他点了一汤四菜，又要了一样蛋炒饭。

一霎细崽端上菜来，姚文通吃了，并不觉得奇怪，后来吃到一样拿刀子割开来红利利的，姚文通不认得，胡中立便告诉他说："这是牛排，我们读书人吃了顶补心的。"姚文通道："兄弟自高高祖一直传到如今，已经好几代不吃牛肉了，这个免了罢。"胡中立哈哈大笑道："老同年！亏你是个讲新学的，连个牛肉都不吃，岂不惹维新朋友笑话你么？"姚文通还是不肯吃。康伯图道："上海的牛肉，不比内地。内地的牛，都是耕牛，为他替人出过力，再杀他吃他，自然有点不忍。至于上海外国人专门把他养肥了，宰了吃，所以又叫做菜牛，吃了是不作孽的。"周四海亦说道："伯翁所说的不错，文翁！这牛肉吃了，最能补益身体的。你是没有吃惯，你姑且尝尝。等到吃惯之后，你自然也要吃了。"几个人讲话的时候，烟炕上一对朋友，把这些话都听在肚里。后来听见胡中立又称姚文通为讲新学的，他二人便抬高眼睛，把姚文通打量了半天，趁势同他勾搭着说话。姚文通外面虽是乡气，肚里的文才却是狠深，凡他二人所问的话，竟没有对答不上的，因此他二人甚为佩服，便把他引为自己一路人。等他把咖啡吃过，那个打扮外国装的郭之问，便让姚文通上炕吃烟，姚文通回称不抽；郭之问又让他到炕上坐，自己躺在一边相陪，一面烧烟，一面说话；那个穿呢袍子的钟养吾，顺手拉过一张骨牌杌子，紧靠烟榻坐下，听他二人谈天。当下郭之问打好了一袋烟，一定要敬姚文通吃一口，让了半天，姚文通始终不肯吃，只得罢手。郭之问自己对准了火，呼呼的抽了进去，一口不够，又是一口，约摸抽了四五口，方才抽完起来，两手捧着水烟袋，慢慢的对姚文通道："论理呢，我们这新学家就抽不得这种烟，因为这烟原是害人的。起先兄弟也想戒掉，后来想到为人在世，总得有点自由之乐，我的吃烟就是我的自由权，虽父母亦不能干预。文翁！刚才康、周二公叫你吃牛肉，他那话狠有道理，凡人一饮一食，只要自己有利益，那里管得许多顾忌？你祖先不吃，怎么能够禁住你也不吃？你倘若不吃，便是你自己放弃你的自由权，新学家所最不取的。"

他们三个人围着烟灯谈天，席面上主宾四位，也在那里高谈阔论起来。钟养吾听了厌烦，便说道："我最犯恶这班说洋话，吃洋饭的人。不晓得是些什么出身，也和在大人先生里头摆他的臭架子。中立好好一个人，怎么要同这些人来往？"郭之问道："养吾！这话你说错了。中立肯同这些人来往，正是他的好处。人家都说中立守旧，其实他维新地方多着哩。就以这班人而论，无论他是什么出身，总在我们四万万同胞之内，我们今日中国最要紧的一件事，是要合群，结团体，所以无论他是什么人，我等皆当平等相看，把他引而进之，岂宜疏而远之？文翁！你想我这话可错不错？"姚文通只好说："是极！"郭之问还要说下去，只见席面上三个客都穿了马褂要走，他们三个也知不能久留，郭之问又急急的躺下，抽了三口烟，钟养吾等他起来，也急忙忙躺下抽了两口，方才起身穿马褂，谢过主人，一同兴辞。走到门口，郭之问又拉着姚文通的手，问明住址，说："明天下午七点钟，兄弟一定同了养吾来拜访。"姚文通道："还是等弟兄过来领教罢。"郭之问道："你要来也得上火之后，早来了我不起，怕得罪了你。"姚文通道："既然如此，我明天就在栈里恭候罢。"说完彼此一拱手而别。胡中立坐了马车自回制造局，不在话下。

姚文通急急奔到天仙，案目带着走进正厅，寻着了他世兄弟四个，戏台上《铁公鸡》新戏已经出场。姚文通四下一瞧，池子里看戏的人，一层一层的都塞的实实足足。其时台上正是名角小连生扮了张家祥，打着湖南白，在那里骂人。台底下看客，都一迭连声的喝彩，其中还夹着拍手的声音。姚氏师徒听了，都甚以为奇，急忙举头四望，原来后边桌上，有三个外国人，两个中国人，因为看到得意之处，故而在那里拍手。贾子猷再定睛看时，齐巧今日早上在大观楼隔桌吃茶的那个洋装元帅，并那个不剃头的朋友，都在其内。贾子猷回过头去望望他，他也抬起头来望望贾子猷，四目相射，不期而遇，打了一个照面，彼此都像认得似的。一霎台上戏完，看客四散，出去的人，犹如水涌一般。

姚氏师徒等到众人快散完了，然后跟了出去。他们在家乡的时候，一向睡得极早，再加以贾氏兄弟，昨日在小火轮上一夜未眠，便觉得甚是困乏。当下几个人并无心留恋街上的夜景，匆匆回到栈房，彼此闲谈了两句，便乃宽衣而睡。一宵易过，又是天明。姚老夫子头一个先起来，写了一封家信，然后他儿子起来。贾氏三兄弟直睡到十二点钟，栈房里要开饭了，小厮才把他三个唤起，漱洗之后，已是午饭。等到吃过，姚老夫子想带了儿子，先到说定的那爿学堂里看看章程，贾家三兄弟也要同去见识见识。姚老夫子应允，当下便留贾家小厮看门，师徒五众一块儿走了出去。刚刚走出大门，只见一个人戴了一顶外国草帽，着了一双皮靴，身上却穿着一件黑布棉袍，连腰带都没有扎，背后仍旧梳了一条辫子，一摇一摆的摇了过来。众人看见，都不在意，倒是姚世兄见了他，甚为恭敬，连忙走上两步，同他招呼。那人本想要同姚世兄谈两句话，一见这边人多，面上忽然露出一副羞惭之色，把头一别，急忙忙的走进栈中去了。姚老夫子便问儿子："他是什么人？你怎样认识他的？"姚世兄便把昨天的话说了一遍，大众方知昨天引诱姚世兄出门，后来又独自去打野鸡的，就是他了。姚老夫子学问虽深，无奈连日所遇，都是这些奇奇怪怪，出于意表之人，毕竟他外面阅历不深，虽然有意维新，尚分不出人头好歹。所以见了洋装的人，能说几句新话，他便将他当作天人看待。这是他所见不广，难以怪他。在他尚且如此，至于几位高徒，一个儿子，又不消说得了。

闲话休题。且说姚世兄所说定要进的那爿学堂，在虹口靶子路，离着四马路狠远。当下五个人出了三马路，又走了一截路，喊了五部东洋车，约摸走了头两刻工夫，沿途姚老夫子亲自下车，又问了好几个人，方才问到。及至到了学堂门前，举头一望，只见门上挂了一扇红漆底子黑字的牌，上写"奉宪设立培贤学堂"八个扁字，一边又有一块虎头牌，虎头牌上写的是"学堂重地，闲人免进"八个大字。另外还有两扇告示，气概好不威武！师徒五人都在门外下车，付过车钱，姚老夫子在前，世兄弟四个在后。进得学堂，姚老夫子恭恭敬敬的从怀里掏出一张片子，交代了茶房，叫他进去通报。这学堂里有位监督，姓孔，自己说是孔圣人一百二十四代裔孙。片子投进，等了一会，孔监督出来，茶房说了一声："请！"他们五个进去，见面之后，一一行礼。姚老夫子要叫儿子磕头。孔监督道："我们这敝学堂里，不开馆是不要磕头的。等到开馆的那一天，我们要请上海道委了委员，到我们这学堂里监察开馆，到那时候是要磕头的。"姚世兄听了，于是始作了一个揖。当时通统坐定。姚老夫子先开口道："敝处是苏州，兄弟一向在家乡，去年听了我们内兄说起，晓得贵学堂里章程规矩，一切都好，所以去年腊月里，就托舍亲替我们小儿报了名字，今年特地送小儿到贵学堂里读书。"孔监督听了，便问道："你们世兄今年多大了？"姚老夫子回称："新年十九岁。"孔监督又问叫什么名字？姚老夫子回称："姓姚，叫达泉，号小通。"孔监督顺手在案桌抽屉里翻了两翻，翻出一本洋式的簿子来，又拿簿子在手里尽着翻来覆去的查，查了半天，才查到姚小通的名字，是去年十二月里报的名，名字底下注明已收过洋五元。孔监督看完，把簿子撩在一旁，又在架子上取了一张章程，送给姚老夫子道："我们这敝学堂里的住膳章程，每半年是四十八块洋钱，如果是先付，只要四十五块。去年收过五块洋钱，你如今再找四十块来就够了。"姚老夫子未来的时候，常常听见人说，上海学堂束脩最廉，教法最好，所以慕了名，托他内兄找到这片学堂。他内兄又马马糊糊的替他付了五块洋钱，究竟要付多少，连他内兄还不晓得。姚老夫子来时只带了二十块钱，连做盘川、买东西，统通在内。以为学堂里的束脩，已经付足，可以不消再付的了。及至听了孔监督的话，不觉吃了一惊。又详细查对章程，果然不错。想要退回，一时又难于出口。幸亏孔监督有先付只要四十五块的一句话，便以为等到开学的那一天，先叫儿子进来，等自己回转苏州，然后按月寄款上来，遂将此意问过孔监督是否如此？孔监督道："凡是开学前头付的，都算是先付，等到开学之后，无论第二天第三天，统通要付足四十八块，倘若三天之内不把束脩膳费缴清，就要除名的。章程上载的明明白白，你们读书人看了，自然会晓得的。"

姚老夫子至此，不禁大为失望，一个人自言自语道："原来要这许多！"孔监督道："我们这个学堂并不为多，现在是学堂开的多了，所以敝学堂格外克己，以广招徕。如果是三年前头，统上海只有敝学堂一所，半年工夫，敝学堂一定要人家一百二十块洋钱。如今一半都不到了，怎么可以还好说多？"姚老夫子道："这样看起来，上海学堂倒狠可以开得。"孔监督听了此言，把眉头一皱道："现在上海地方，题到趁钱二字，总觉烦难。就以敝学堂而论，官利之外，三年前头每年总可余两三千块钱。这学堂是我们同乡三个人合开的，一年工夫，一个人总可分到千把洋钱。这两年买卖不好了，我那两个伙计，他们都不干了，归并给我一个人。照这个样子，只好弄得一个开销罢哉。若要趁钱，不在里头。总是我们的中国人心不齐，一个做的好点，大家都要学样，总得禀请上头准我们一家专利，不准别人再开才好。"姚老夫子道："学堂开的多，乃是最好之事，怎么好禁住人家不开呢？"孔监督道："人家再要多开，我们就没有饭吃了。"说到这里，姚老夫子见来的时候已久，便带了儿子、徒弟起身告辞。孔监督道："二十开馆，早一天世兄的行李就可以搬了进来，乐得省下栈房钱。我们这里多吃一两天，都是白送的，再要公道没有。我们敝学堂里的章程，一向是极好的。教习当中，不要说是不吃花酒，就是打野鸡的也没有。"姚老夫子憎嫌这里价钱贵，意思想要另外访访有无便宜的所在，只要有比这里便宜的，情愿把这里的五块钱丢掉。一头走，一头心里盘算，所以孔监督后来说的一番话，他未曾听见。

一时辞了出来，仍旧回到栈房。刚刚下车，跨进了西鼎新巷口，忽见贾家小厮站在栈房外面，见了他们，冲口说道："啊哟！回来了！可把我找死了！"众人一听此言，不禁齐吃一惊。

要知端的，且听下回分解。

以吃鸦片为自由，以吃牛肉为维新，所谓自由维新者，不过如此，大是奇谈。

开学堂而曰趁钱，而曰专利，可知其命意之所在。

第十九回

婚姻进化桑濮成风　女界改良须眉失色

　　却说姚文通姚老夫子，带了儿子、徒弟从学堂里回来，刚才跨进了西鼎新的弄口，忽见贾家的小厮，在那里探头探脑，露出一副惊疑不定的样子，及至瞥见他五人从外面回来，连忙凑前一步，说道："快请回栈，苏州来了信了，信面上写的狠急，画了若干的圈儿。"师徒父子五人听了此言，这一吓非同小可。姚文通登时三步并做两步，急急回栈，开了房门。只见苏州来的信，恰好摆在桌子上，伸手拿起，拆开一看，原来是他夫人生产，已经临盆，但是发动了三日，尚未生得下来，因此家里发急，特地写信追他回去。现在不知吉凶如何？急得他走头无路，恨不能立时插翅回去。等不及次日小火轮开行，连夜托了栈里朋友，化了六块大洋，雇了一只脚划船去的。临走的时候，又特地到书坊里买了几部新出的什么《传种改良新法》、《育儿与卫生》等书籍，带了回去，以作指南之助，免为庸医旧法所误。收拾行李，随即上船。又吩咐儿子几句话，说我此去，少则十天，多则半月，一定可以回来的，你好好的跟了世兄在上海，不可胡行乱走，惹人家笑话。至于前回说定的那个培贤学堂，也不必去了，等我回来，再作道理。儿子答应着。等送过他父亲去后，因见时候还早，在栈房里有点坐立不定，随向贾家三兄弟商量，意思想到外边去游玩一番。贾家三兄弟都是少年，性情喜动不喜静的，听了自然高兴。于是一同换了衣服，走到街上。

　　此时因无师长管束，便尔东张张，西望望，比前似乎松动了许多。四个人顺着脚走去，不知不觉，到了第一楼底下。此时四马路上，正是笙歌匝地，锣鼓喧天，妓女出局的轿子往来如织。他们初到上海，不晓得什么叫做出局，还当轿子里坐的，一个个是大家眷属，不免心上诧异，齐说："这些太太奶奶们，尽管坐着轿子在街上逛的什么?"后来看见轿子里面,一边靠着一支琵琶,方才有点明白。一向听说上海的婊子极多,大约这些就是出来陪酒的。但是这些女人,坐了敞轿,见了男人,毫不羞涩,倒像书上所说,受过文明教化的一样,正不知是个什么道理。站着呆看了一回,听得楼上人声嘈杂,热闹得狠,于是四人迈步登楼。此时第一楼正是野鸡上市,有些没主儿的,便一个个做出千奇百怪的样子,勾搭客人。他四人穿的都是古式衣服,一件马褂,足有二尺八寸长,一个袖管,也有七八寸阔,人家看出他们是外路打扮,便有心去勾搭他。头一个贾子猷,走在前面,一上扶梯,就被一个涂脂抹粉,脸上起皱的中年野鸡,伸手一把拿他拉住。贾子猷正在挣扎不脱,跟手他兄弟贾平泉、贾葛民,连着姚小通,都被这班女人拉住不放。此时他四个眼花撩乱,也分不出老的、少的,但觉心头毕拍毕拍跳个不止。毕竟他四个胆子还小,而且初到上海,脸皮还嫩,挣扎了半天,见这班女人只是不放。贾葛民忍耐不住,把脸一沉,骂了声:"不要脸的东西!你们再不放手,我就要喊了!"那班野鸡,见他寿头寿脑,晓得生意难成,就是成功,也不是什么用钱的主儿,于是把手一松,随嘴轻薄了两句,听他四人自便。他四人到此,赛如得了赦旨一般,往前横冲直撞而去。谁知一路走来,一连碰着了许多女人,都是一个样儿,四人方才深悔不该上楼。意思想要退下楼去,却又怕再被那班不要脸的女人拉住不放。

正在为难的时候,忽见前面沿窗一张桌子,有人举手招呼他们。举眼看时,吃茶的共有三位,那个招手的不是别人,原来就是头一天同着姚世兄出去玩耍的那位东洋回来的先生。四人只得上前,同他拱手为礼。那东洋回来的先生,见了贾家兄弟三个,因在栈房里都打过照面,似乎有点面善,便晓得是同姚世兄一起的,忙让他三人同坐。贾子猷举目看时,只见头一天在大观楼吃茶的那个洋装元帅,同着黄国民两个,却好同在这张桌上吃茶。当下七人坐定之后,彼此通过名姓。洋装元帅自称姓魏号榜贤,东洋回来的先生,自是姓刘号学深,黄国民是大家晓得的,用不着再说了。当下贾姚四人,亦一一酬应一番。起先彼此言来语去,还说了几句开学堂、翻译书的门面话。正谈得高兴,齐巧有个野鸡兜圈子过来,顺手把刘学深拍了一下,这一下直把他拍的骨软筋酥,神摇目眩,坐在那里不能自主。魏榜贤朝着他笑道:"学深兄,你这艳福真不知是几生修到的?"说完这句,便指着他同别人说道:"你们可晓得这位学深兄,他今年已经二十七岁了,一直没有娶过夫人。他的意思,一定要学外国的法子,总要婚姻自由才好。今年从东洋回来,非但学界上大有进步,就是所做的事,无不改良。他有一个议论，我今告诉你们诸公，料想诸公无不崇拜的。"众人都道："倒要请教。"

魏榜贤道："学深兄说，一切变法，都要先从家庭变起，天下断无家不变而能变国者。"贾子猷听了，连连点头道："确论，确论！"魏榜贤道："学深兄又说，治病者急则治标，乃是一定不易之法，治国同治病一样，到了危难的时候，应得如何，便当如何，断不可存一点拘泥；不存拘泥，方好讲到自由；等到一切自由之后，那时不言变法，而变法自在其中；天下断没有受人束缚，受人压制，而可以谈变法的。所以这学深兄的尊翁老伯大人，同他尊堂老伯母大人，屡次三番写信前来，叫他回去娶亲，他执定主意不去，一定要在上海自己挑选。他说中国四万万同胞，内中二万万女同胞，只有上海的女人，可以算得极文明，极有教化，为他深合乎平等自由的道理，见了人大大方方，并无一点羞涩的样子。所以学深兄一定要在这里挑选人材。"贾葛民道："好虽好，但是这些女人都是些妓女。"刘学深不等他说完，插嘴辩道："良家是人，妓女亦是人，托业虽卑，当初天地生人，却是一样。我们若小看她，便大背了平等的宗旨。所以他们虽是妓女，小弟总拿他当良家一般看待。只要被我挑选上了，两情相悦，我就同他做亲，有何不可？"贾平泉道："尊论极是，小弟佩服得狠！但小弟还有一事请教，这几年社会上狠把女人缠脚一事，当作大题目去做。我想天下应办的事情狠多，何以单单要在女人这双脚上着想呢？"魏榜贤抢着说道："这件事须得问我们贱内，目前就要进这不缠足会了。不瞒诸公说，兄弟自从十七岁到上海，彼时老人家还在世，生意亦还过得去。兄弟在这里无所事事，别的学问没有长进，于这嫖界上倒着实研究。总而言之一句话，嫖先生不如嫖大姐。"贾葛民听了"先生"二字诧异，忙问："先生怎么好嫖？"魏榜贤忙同他说："上海妓女，都是称先生的。"方才明白。魏榜贤又说："上海这些当老鸨的，凡是买来的人，一定要叫他缠脚、吃苦头、接客人，样样不能自由。如果是亲生女儿，就叫他做大姐，不要缠脚，不要吃苦头，中意的客人，要嫁就嫁，要贴就贴，随随便便，老鸨决不来管他的。我见做大姐的，有如此便宜，所以我当初玩的时候，就一直玩大姐。好汉不论出身低，实不相瞒，我这贱内，就是这里头出身。不要说别的，嫁我的时候，单单黄货，就值上三四千哩。现在又承他们诸公抬举，说贱内是天然大脚，目下创办了一个不缠足会，明日恰巧是第三期演说，他们诸公，一定要贱内前去演说，却不过诸公的雅爱，兄弟今天回去还得把演说的话句，统通交代了他，等他明天好去献丑。"贾子猷道："不错，我常常听人谈起上海有什么演说会，想来就是这个，但不知我们明天可否同去看看？"刘学深道："榜贤兄就是会里的头脑，叫他带你同去，有何不可？"黄国民道：
"诸公切莫看轻了这个不缠足会，保种强国，关系狠大。即以榜贤兄而论，自从他娶
了这位尊嫂，一连生了三个儿子，都是胖胖壮壮，一无毛病，这便是强种的证据。"

一席话正说得高兴，不提防又走过来一只野鸡，大家看出了神，不知不觉打断
话头。刘学深更忘其所以，拍着手说道："妙啊！脸蛋儿生得标致还在其次，单是他
那一双脚，只有一点点，怎么叫人瞧了不勾魂摄魄？榜贤兄！这人你可认得？晓得他
住在那里？"魏榜贤忽然想起刚才正说到不缠足会，如今忽然又夸奖那野鸡脚小，
未免宗旨不符，生怕贾、姚听了见笑，连忙朝着刘学深做眉眼，叫他不要再说了。偏
偏碰着刘学深没有瞧见，还在那里满嘴的说什么只有一点点大，什么不到三寸长，
也不晓得当初是怎样裹的。他一个哑嘴弄舌，众人只得又谈论别的。

贾家兄弟便问不缠足会是个什么规矩？魏榜贤又同他说："这个会是我们几位
同志的内眷私立的。凡是入会的人，统通都得放脚。倘或入会之后，家里查出再有
缠脚的人，罚一百两银子，驱逐出会。因为要革掉这个风俗，所以立的章程不得不
严。"贾葛民道："现在不问他章程严不严，我只问叫女人不缠足有什么好处？"魏榜
贤道："刚才所说的强种，不是头一样好处吗？而且女人不缠脚，脚下不受苦，便可
腾出工夫读书写字，帮助丈夫成家立业。外国的女人，都同男人一样有用，就是这个
原故。目下教导这般女人，先从不缠足入手，能够不缠足，然后可以讲到自由。人生
在世，能够自由自在，无拘无束，还有再比这个快活吗？"贾葛民听了，怦怦心动，心
想："我们弟兄三人，虽然都已定亲，幸亏都还没有过门，不晓得长得面貌如何。不
如趁此写封信回去，叫家里知会女家，勒令他们一齐放脚，若是不放，我们不娶。料
想内地风气不开，一定不肯听我们的说话，那时我们便借此为由，一定不娶。趁这两
年在上海，物色一个绝色佳人。好在放脚之后，婚姻可以自由，乃是世界上的公理，
料想没有人派我们不是的。"他一个人正在那里默默的呆想，不提防堂倌一声呼喊，
说是打烊。只见吃茶的人，男男女女，一哄而散。

他们七人也不能再坐，只得招呼堂倌前来算帐，堂倌屈指一算，须得一百五十二
文。谁知刘学深及魏榜贤两个人，身上摸了半天，只摸出二十多个铜钱，彼此面面相
觑，甚是为难。幸被贾家兄弟看见，立刻从袋里摸出十五个铜圆，代会了东，方才一
同下楼。他们吃茶原是七个人，此时查点人数，止剩得六人，少了黄国民一个。原来
他一见打烊，晓得要惠茶帐，早已溜之大吉，预先跑在楼下等候了。当时六个人下楼

之后，彼此会着，贾家兄弟又问他们住处，以便明日拜访。魏榜贤说在虹口吴淞路，黄国民说住新马路，刘学深是同他们同一栈房，不消问得。魏榜贤说明日不缠足会女会员演说，诸君如欲往听，打过十二点以后，可在栈房等候，兄弟来同诸公一同前去，众人俱道好极。说话间，不知不觉已到马路，彼此一拱手而别。魏、黄两个，一个向东，一个向西，却连东洋车都不雇，都是走回去的。

　　贾、姚四人，自从今日会着了刘学深，凭空又添了一个同伴，五个人说说笑笑，回到栈房。刘学深极力拉拢，亲到贾、姚房中闲谈，至三点钟方自归寝。一宵易过，又是天明。上海地方早晨是无所事事的，刘学深又跑了过来，指天说地。他四人听了，都是些闻所未闻的话，倒也借此狠开些知识。一会又领他四人上街吃了一回茶，又吃了几碗面，都是贾子猷惠的东。又在马路上兜了一回圈子，看看十二点已过，恐怕魏榜贤要来，急急赶回栈房吃饭等候。吃过饭又等了一点多钟，看看不错，已将近两点了，方见魏榜贤跑的满头是汗，一路喊了进来。会面之后，魏榜贤也不及坐下吃茶，便催诸位即刻同去。众人是等久的了，随即锁了房门，六个人一同踱出马路，雇了东洋车。当下魏榜贤当先，在路上转十几个湾，方走到一个弄堂。

　　下车进去，见一家大门上挂着一块黑底金字的招牌，上写着"保国强种不缠足会"八个大字。魏榜贤让诸位进门之后，特地赶上一步，附耳对贾子猷说道："此时女会员都已到齐，还没演说，你我只可在这旁边厢房里听讲，堂屋里都是女人，照例是不能进去的。"众人只得唯唯。原来这厢房乃是会中干事员、书记员的卧室，会中都是女人，只有这干事、书记二员是男子，当见魏榜贤同了五个人进来，立刻起身让坐。可怜屋里只有两张杌子，于是众人只得一齐坐在床上。六人之中，只有魏、刘两个最不安分，时时刻刻要站起来，从玻璃窗内偷看女人。一会刘学深又拉住魏榜贤，问一个穿湖色的是谁？一时又问那个穿宝蓝的是谁？魏榜贤一一告诉他。后来又问到一个浑身穿黑的，魏榜贤笑而不答。刘学深向众人招手说道："你们快来瞧榜贤兄的夫人。"众人正起立时，只见外面又走进一群女学生，大家齐说，这是虹口女学堂的学生，是专诚请来演说的。众人举目看时，只见一个个都是大脚皮鞋，上面前刘海，下面散腿裤，脸上都架着一副墨晶眼镜，二十多人，都是一色打扮，再要齐整没有。众人看了，俱各啧啧称羡不置。

　　要知后事如何，且听下回分解。

姚文通因夫人生产，特地买了几部新出的《传种改良新法》、《育儿与卫生》等书，虽是竭力慕新，终恐食新不化。

女人见了男人不知羞涩，便说是受过文明教育，何上海一际，受过文明教育者之多耶。

刘学深不肯娶夫人，乃欲在上海亲自挑选，以为如此，方合外洋婚姻自由之道，真是痰迷心窍之谈。

魏榜贤者，会帮闲也，不图新学界中，亦有斯人踪迹。

魏榜贤之言，并非一无可采，吾愿读者勿以人废言。

第二十回

演说坛忽生争竞　热闹场且赋归来

话说贾子猷兄弟三人，同姚小通，跟了魏榜贤、刘学深到不缠足会，听了一会女会员演说，说来说去，所说的无非是报纸上常有的话，并没有什么稀罕，然而堂上下拍掌之声，业已不绝于耳。当由会中书记员把他们的议论，另外用一张纸恭楷誊了出来，说是要送到一家报馆里去上报，特请刘学深看过。刘学深举起笔来，又再三的斟酌，替他们改了几个新名词在上头，说道："不如此，文章便无光采。"魏榜贤看了，又只是一个人尽着拍手，以表扬他佩服的意思。贾、姚诸人看见，心上虽然羡慕，又不免诧异道："像这样的议论，何以他俩要佩服到如此地步？真正令人不解。要像这样议论，只怕我们说出来，还有比他高些。"一面心上想，便有跃跃欲试之心。魏榜贤从旁说道："今天演说，全是女人。新近我们同志，从远处来的，算了算，足足有六七十位。兄弟的意思，打算过天借徐家花园地方，开一个同志大会。定了日子，就发传单，有愿演说的，一齐请去演说演说。过后我们也一齐送到报馆里去刻。别的不管，且教外国人看见，也晓得中国地方尚有我们结成团体，联络一心，就是要瓜分我们中国，一时也就不敢动手了。"大众听了，甚以为然。

当下刘学深同了贾、姚四位先回栈房，魏榜贤便去刻传单，上新闻纸，自去干他的不题。光阴如箭，转眼又是两天。这天贾子猷刚才起身，只见茶房送进四张传单来。子猷接过来看时，只见上面写的是：即日礼拜日下午两点钟至五点钟，借老闸徐园，特开同志演说大会，务希早降是荷。另外又一行，刻的是："凡入会者，每位各携带份资五角，交魏榜贤先生收。"贾子猷看过，便晓得是前天所说的那一局了。于是递与他两个兄弟及姚小通看过，又叫小厮去招呼刘老爷。小厮回说："刘老爷屋里锁着门，问过茶房，说是自从前儿晚上出去，到如今还没有回来，大约又在那一班野鸡堂子里过夜哩。"贾子猷听了，只得嘿然。于是催着兄弟，及姚小通起来梳洗。正想吃过饭前赴徐园，恰巧刘学深从外头回来，问他那里去的，笑而不言。让他吃饭，他就坐下来吃。贾家弟兄，因为栈房里的菜不堪下咽，都是自己添的菜，却被刘学深风卷残云吃了一个净光，吃完了不住舐嘴咂舌，贾家弟兄也只可无言而止。一霎诸事停当，看看表上已有一点钟了，刘学深便催着贾、姚四位，立刻换衣同去。贾子猷把四个人的份资一共是两块钱，统通交代了刘学深，预备到徐园托他代付。刘学深因为自己没有钱，特地问贾子猷借了一块钱，一共三块钱，攒在手里，出门上车，一直到老闸徐园而来。

行不多时，已经走到，一下车就见魏榜贤站在门口拦住进路，伸出了两只手在那里问人家讨钱。一见贾、姚四位，后头有刘学深跟着，进门的时候，彼此打过招呼，于是魏榜贤把手一摊，让他们五位进去。进园之后，转了两个湾，已经到了鸿印轩。只见人头簇簇，约摸上去，连逛园带着看热闹的，好像已经有了一百多位。此时贾、姚四人，无心观看园内的景致，一心只想听他们演说，走到人丛中，好容易找着一个坐位，大家一齐坐了听讲。其时已有两三个人上来演说，过不多一刻，魏榜贤亦已事完进来了。贾子猷静心听去，所讲的话，也没有什么深奥议论，同昨天女学生演说的差仿不多，于是心中大为失望。正踌躇间，只见上头一个人刚刚说完，没有人接着上去，魏榜贤急了，便走来走去喊叫了一回，说那位先生上来演说。喊叫了一回，仍旧没人答应，魏榜贤只好自己走上去，把帽子一掀，打了个招呼，底下一阵拍手响。大家齐说："没人演说，元帅只好自己出马了。"

只见魏榜贤打过招呼之后，便走至居中，拿两只手据着桌子，居中而立，拉长了锯木头的喉咙，说道："诸公，诸公！大祸就在眼前，诸公还不晓得吗？"大家听了，似乎一惊！魏榜贤又说道："现在中国，譬如我这一个人。天下十八省，就譬如我的脑袋及两手两脚。现在日本人据了我的头，德国人据了我的左膀子，法国人据了我的右膀子，俄罗斯人据了我的背，英国人据了我的肚皮，还有什么意大利骑了我的左腿，美利坚跨了我的右腿，哇呀呀，你看我一个人身上，现在被这些人分占了去还了得！你想我这个日子怎么过呢？"于是众人又一齐拍手。魏榜贤闭着眼睛，定了一回神，喘了两口气，又说道："诸公，诸公！到了这个时候，还不想结团体吗？团体一结，然后日本人也不敢据我的头了，德国人、法国人也不能夺我的膀子，美国人、意大利人也不能占我的腿了，俄国人也不敢挖我的背，英国人也不敢抠我的肚皮了。能结团体，就不瓜分；不结团体，立刻就要瓜分。诸公想想看，还是结团体的好，还是不结团体的好？"于是大众又一齐拍手，意思以为魏榜贤的话还没有说完，以后必定还有高议论。谁知魏榜贤忽然从身摸索了半天，又在地下找了半天，像是失落了一件什么东西似的。找了半天，找寻不到，把他急得了不得，连头上的汗珠子都淌了出来，那件东西还是找不着。他只是浑身乱抓，一言不发。众人等的不耐烦，不好明催他，只得一齐拍手。他见众人拍手，以为是笑他了，更急得面红筋胀，东西也不找了，两手扶着桌子，又咳嗽了两口，然后又迸出一句道："诸公，诸公！"说完这句，下头又没有了。于是又接着咳嗽一声，正愁着无话可说，忽一抬头，只见刘学深从外头走了进来。他于是顿生一计，说一声："今天刘学深先生本来要演说的，现在已到，请刘先生上来演说。"说完这句，把帽子一掀，把头一点，倒说就下来了。众人摸不着头脑，只得又一齐拍手。

此时刘学深被他一抬举，出于不意，无奈，只得迈步上去。幸亏他从东洋回来，见过什面，几句面子上的话，还可敷衍，没有出岔。一霎说完，接连又有两个后来的人跟着上去演说了。众人听了，除掉拍掌之外，亦无别话可以说得。魏榜贤见时候已有五点半钟，便吩咐停止演说，众人一齐散去。只留了贾、姚四位，跟着刘学深、魏榜贤未走。魏榜贤便检点所收份资，一共是日到了一百三十六位，应收小洋六百八十角，便私下问刘学深他们四位的份资带来没有？刘学深于是怀里摸出十六个角子给魏榜贤，魏榜贤道："他们四位，依理应该二十角，为何只有十六角？"刘学深道："这四位是我替你接来的，一个二八扣，我还不应该赚吗？"魏榜贤道："你一个人已经白叨光在里头，不问你要钱，怎么还好在这里头拿扣头呢？今日之事，乃是国民的公事，你也是国民一分子，还不应该帮个忙吗？"刘学深一听这话，生了气，撅着嘴说道："这个钱又不是归公的，横竖是你自己上腰，有福同享，有难同当，不要说只有这几个，就是再多些，我用了也不伤天理。"魏榜贤还要同他争论，倒是贾子猷瞧着，恐怕被人家听见不雅，劝他们不要闹了，他二人方才住嘴。一同出门，贾、姚、刘三个走回栈房。恰巧天色不好，有点小雨，贾子猷便叫开饭。刘学深匆匆把饭吃完，仍旧自去寻欢不题。

贾、姚四人便在栈房里议论今天演说之事，无非议论今天谁演说的好，谁演说的不好。贾平泉道："魏元帅起初演说的两段，狠有道理，不晓得怎样，后来就没有了。"贾葛民道："他初上去的时候，我见他从衣裳袋里抽出一张纸出来，同打的稿子一样。他翻来覆去看了好几遍，才说出来的。你们没见他说了一半，人家拍手的时候，他有半天不说。这个空档，他在那里偷看第二段。看过之后，又装着闭眼睛养神，闹了半天鬼，才说下去的。等到第三段；想是稿子找不着了，你看他好找，找来找去找不着，急的脸色都变了，我是看的明明白白的。"大家听了方才恍然。贾子猷又说："我交给姓刘的两块大洋钱，他又借我一块，一共是三块大洋钱，怎么到后来，见他拿出角子来给人家呢？"贾葛民道："他不换了角子，怎么能扣四角扣头呢？我们一进去的时候，我就见他抽个空出去了一回，后来不是魏元帅演说到一半他才回来的？"大家前后一想，情景正对。贾家兄弟，至此方悟刘学深、魏榜贤几个人的学问，原来不过如此。看来也不是什么有道理的人，以后倒要留心看他们两天，如果不对，还是远避他们为是，看来没有什么好收场的。四人之中，只有姚小通还看不出他们的破绽，觉着他们所做的事，甚是有趣。当晚说笑了一回，各自归寝。

次日亦未出门。不料中饭之后，贾子猷忽然接到姚老夫子来信，内附着自己家信一封。他弟兄三个自从出门，也有半个多月了，一直没有接过家信。拆出看时，无非是老太太教训他兄弟的话，说他们不别而行，叫我老人家急得要死，后来好容易才打听着是到苏州姚老夫子家里去的。访师问道，本是正事，有什么瞒我的？接信之后，即速买棹回家，以慰倚闾之望各等语。三人看过，于是又看姚老夫子的来信上说："自从回家，当于次日又举一子，不料拙荆竟因体虚，产后险症百出，舍间人手又少，现在延医量药，事事躬亲，接信之后，望嘱小儿星夜回苏，学堂肄业之事，随后再议。又附去令堂大人府报一封，三位贤弟此番出门，竟未禀告堂上，殊属非是，接信之后，亦望偕小儿一同回苏，然后买棹回府，以慰太夫人倚闾之望。至嘱，至要。"贾家兄弟看了，无可说得，只好吩咐小厮，把应买的东西赶紧买好，以便即日动身。

正忙乱间，忽见刘学深同了魏榜贤从外面一路说笑而来。两个人面上都狠高兴，像有什么得意之事似的。他二人走进了门，一见贾、姚四人在那里打铺盖，收拾考篮，忙问怎的？贾子猷便把接到家信，催他们回去的话说了。魏榜贤还好，刘学深不觉大为失望，连连跌脚，说道："偏偏你们要走了，我的事又无指望了。"众人忙问何事。又道："我们去了，可以再来的，你何用急的这个样子呢？"刘学深叹了一口气道："我自从东洋回来，所遇见的人，不是我当面说句奉承话，除了君家三位，余外的人，没有一个可以办事的。我正要借重三位，组织一桩事情，如今三位既要回府，这是大局应该如此，我们中国之不幸。事既无成，亦就不必题他了。"说罢，连连嗟叹不已。众人听了不解。

贾葛民毕竟小孩子脾气，便朝着他二人望了一望，说道："昨天我们见你二人为了四角钱翻脸，我心上甚是难过，心想大家都是好朋友，为了四角钱弄得彼此不理，叫朋友瞧着，算那一回事呢？如今好了，我也替你俩放心了。"魏榜贤道："我们自从今日起，还要天天在一块儿办事呢。四角钱我今天也不问他要了，横竖他有了钱，总得还我的。"贾子猷忙问："二位有了什么高就？"魏榜贤说："是这里一个有名的财东，独自开了一片学堂，请了一位翰林做教，现在要请几个人先去编起教课书来，就有人把我们两个都荐举在内，目下再过两三天，就要去动手。"刘学深听到这里，忽然又皱着眉头说道："可惜我的事情没有组织成功，倘若弄成，我自己便是总教，那里还有功夫去替人家编教课书呢？"魏榜贤道："你不要得福不知，有了这个馆地，我劝你忍耐些时，骑马寻马，你自己想想，无论如何，一个月总得几块钱的束脩，也好贴补贴补零用，而且房饭都是东家的，总比你现在东飘飘西荡荡的好。"刘学深见话被他说破，不觉面上一红。贾子猷亦劝他："权时忍耐，我们兄弟此番回家，不久亦就要出来的。学深兄如有别的组织，等将来兄弟们再到上海，一定竭力帮忙的。"于是，二人见他们行色匆匆，不便久坐，随各掀了掀帽子，说了声后会，一同辞去。这里贾、姚四人，亦各叫了挑夫，径往天后宫小轮船码头，搭船回家去了。

要知后事如何，且听下回分解。

　　刘学深举起笔来再三斟酌，所改者不过几个新名词，犹曰不如此文章便无光采，真正可丑。

　　魏榜贤说别的不管，且教外国人看见，也晓得中国地方，尚有我们云云。立志未尝不善，惜乎公等皆非办事之人。

　　刘学深风卷残云把贾家的添菜都吃完，想许久闻不见荤腥矣。活画（尽）。

　　魏榜贤在徐园门口伸了两只手，向人家讨钱。活画。

　　元帅自己出马，绝妙诙谐。

　　魏榜贤第一段演说，真正是大开门，第二段已乏味，幸而第三段稿子失落，倘再演说下去，亦必不堪寓耳。

　　刘学深于演说会，欲赚二八扣头，可见上海地方，固随在皆可赚钱，亦在人好自为之耳。

　　魏榜贤对刘学深说，今日之事，乃是国民的公事，你也是国民一分子，还不应该帮忙。刘学深乃答以有福同享，真正奇谈。

　　贾葛民看出魏榜贤破绽，精细。兄弟三人至此，方悟刘、魏学问不过如此，以后想远避他二人，见机尚早。

　　刘学深见贾家兄弟回家，大为失望，可见其蓄念已久，想要大大的骗他一注钱财，乃事竟无成，贾氏之幸，刘氏之不幸。

第二十一回

还遗财商业起家　办学堂仕途捷径①

话说上海有个财东，叫做花千万，这人原姓花名德怀，表字清抱，为他家资富有，其实不过几十万银子。因中国经商的人，没有大富翁，这花清抱做了洋商，连年发财，积累到五六百万的光景，大家妒他不得，学他不能，约摸着叫他花千万，是羡慕他的意思。不在话下。

你道这花千万怎样发财的呢？原来他也是穷出身，祖居浙江宁波府定海厅六豪村，务农为业。他十八岁的那年，觉得种田没有出息，要想出门逛逛。可巧有一班旧友，约他到上海去开开眼界。这些旧友是谁？一个骈飞马车行里的马夫，叫做王阿四，一个汉兴纺纱厂里的小工，叫做叶小山，一个斗智书局里的栈师，叫做李占五，四人聚在一个小酒店里，商量同伴的事。花清抱却一文的川资都没有，自己不肯说坍台的话，约定后日上宁波轮船，只消一夜，就到上海。那三人是来往惯的，这点路不在心上，花清抱却因川费难筹，担着心事，当下酒散回家，走到村头，听得牛鸣一声，登时触动机关，自忖道：何不如此如此。想定主意，就不回家了。先到邻家找着陆老钝，说道："老钝！我前天听说你要买牛，有这句话没有？"老钝道："有的！东村里余老五一匹黄牛，他要我三十吊钱，我嫌他太贵，还没有讲定哩。"清抱道："我有一匹耕牛，是二十吊钱买来的，老钝，咱俩的交情合弟兄一样，少卖你几文，算十八吊罢，你要也不要？"老钝道："看看货色，再还价便了。"清抱就同了陆老钝走到自己的牛圈里，指着一匹水牛道："你看这牛该值得三十（百）吊罢！"老钝连声赞好道："不瞒你说，我昨日粜麦子，恰好只存十五吊钱，你要肯卖，我便牵牛去，你

---

① "捷径"，原作"借径"，今从目录改。

去驼钱来! 好不好?"清抱沉吟一会道: "也罢, 你我的交情, 也不在三两吊钱上头, 就卖给你罢。"当夜两人做了交割, 清抱驼钱驼了两次才完。

次日一早, 王阿四合李占五来了, 叫他收拾行李同去。清抱那有什么行李? 将几件旧布衣服, 打了一个包, 十五吊钱扣成两捆, 找根扁担挑在肩头, 出来要走。阿四看了, 好笑道: "你这样出门, 被上海人见了, 要叫你做曲辫子的。那沉沉的一大捆钱, 合着一条粗竹扁担, 不是好跟你到上海去的! 满了十吊钱, 关上就要问你的。我劝你破费几文, 到城里换了洋钱罢。"说得清抱面红过耳, 没话讲得, 只得同到城里, 去些扣头兑洋十六元有零, 带在身边, 再要轻便没有。他自己也快活道: "果然外国人的东西好。"正说着, 恰好叶小山赶到, 四人同行上了轮船, 果然一夜路程, 已到上海。

王、李二人各自去了。清抱没有住处, 叶小山同他到杨树浦, 就叫他在自己的姘头小阿四家里搭张干铺住下, 每天花销两角洋钱。过了几日, 清抱觉得坐吃山空, 将来总有吃完的时候, 到那时候, 如何是好? 于是合叶小山商量, 拿十块洋钱, 买些时新果子、肥皂、香烟之类, 搭个划子船, 等轮船进口的时候, 做些小经纪, 倒也有些赢余, 日用嫌多。那天上十六铺贩果子去, 走了一半路, 天已向黑, 不留心地下有件东西, 绊了一交, 顺手抓着看时, 原来是个皮包。提起来觉得狠重, 清抱想着, 这一定是别人掉下的, 内中必有值钱之物, 被人拾去不妥, 莫如在此等候些时, 有人来找, 交还与他, 也是一件功德之事。想罢, 就将皮包藏在身后, 坐下静等。

不到一刻工夫, 有一个西洋人跑得满头是汗, 一路找寻。原来清抱质地聪明, 此时洋泾浜外国话已会说得几句, 问其所以, 知道是失物之人, 便将皮包双手奉上。那西洋人喜的眉开眼笑, 打开皮包, 取出一大把钞票送他。清抱不受, 起身要走。那西洋人如何肯放? 约他一块儿去。但见把手一招, 来了两部东洋车, 西洋人在前领路, 到了大马路一爿大洋行门口歇下。这洋行并没中国字的招牌, 里面金碧辉煌, 都是不曾见过的宝贝。西洋人留他住下, 请了个中国人来合他商量, 要用他做一名买办, 每月二百两的薪水。清抱有什么不愿意的? 自此就在洋行里做买办, 交游广了, 薪水又用不完, 只有积聚下来。积聚多了, 就做些私货买卖, 常常得利, 手中也有十来万银子的光景。

那知不上十年, 西洋人要回国去, 就将现银提出带回, 所有货物, 一并交与清抱, 算是酬谢他的。清抱袭了这分财产, 又认得了些外国人, 买卖做得圆通, 大家都愿照顾他；三五年间，分开了几爿洋行，已经有三四百万家业。在上海娶亲，生了三个儿子。又过了二十几年，清抱年已六十多岁，操心过重，时常有病，幸亏他用的伙计，都是乡里选来极朴实的人，信托得过，便将店务交给他们去办，自己捐了个二品衔的候选道台，结识几个文墨人，逍遥觞咏，倒也自乐其乐。

这班文墨人当中，有一位秀才，姓钱，单名一个麒字，表字木仙，合他最谈得来。清抱自恨不曾读过书，想要做些学务上的事业，以博士林赞诵他的功德，就合钱木仙商议。木仙道："现在世界维新，要想取些名誉，只有学堂可以开得。"清抱拍掌道："不错，不错！我们宁波人流寓上海，正苦没有个好先生教导子弟，据你所说甚是，莫如开个蒙学堂罢。我独捐十万银子，如何？但是学堂的事，只有你是内行，就请你做个总办罢。"木仙连连谦让道："这却晚生不敢当。观察有为难的事，尽能效劳，学务的事，实不敢应命。"原来木仙当过几年阔幕友，很认得几省的督抚，清抱合官场来往，尽是他从中做引线的。他于这文字上面，也只是一个充场好看，其实并不甚在行，所以不敢冒昧答应。当下清抱要他荐贤，他想了半天道："晚生认得的翰林进士却也不少，但是他们都在京里当差，想熬资格升官放缺，谁肯来做这个事情？"清抱听了没法，只索罢论。

岂知事有凑巧，是年北方乱党闹事，烧了几处教堂，闹得各国起兵进京，这番骚扰不打紧，却吓得些京官立足不稳，纷纷的挈眷南回。内中有个编修公，姓杨名之翔，表字子羽，世居苏州元和县，少有学问，粗知新理，木仙却听惯了他的议论，佩服到极地。这杨子羽不但学问好，而且应酬工夫又是绝顶，从前在京城读书，就合些大老们交好，大家看重他是个名士。后来中了进士，殿试名在低二甲，朝考的时候，可巧碰在一位老师是旗人手里，说他写的是颜字，取在一等五名前头，就蒙圣恩点了翰林。但是翰林虽然点了，依旧穷的了不得，考了五回差，只放了一回云南副主考，没得银子结交，轮不到学台。幸喜他知时识务，常合些开通的朋友来往，创议开办了几处学堂，从中出了些力，名望倒也有了。人家只道他深通西学，其实只有二三十年的墨卷工夫，高发之后，那里还有闲暇日子去研求西学呢？又亏得结交了一位学堂出身的张秀才，拾得些粗浅的格致旧说，晓得了几个新名词，才能不露马脚。交游广了，他有几个亲戚，一个个都替他荐了好馆，每年贴补他些银两，方度的日子。

那年正想得个京察，简放道府出来，偏偏遇着兵乱，就此偃旗息鼓的携眷出京。这时海道还通，搭上轮船，直至上海，住了泰安客栈。当下就去拜访钱木仙，叙了寒暄，谈起京中的事。这杨编修竟是怒发冲冠，痛骂那班大老们没见识，闹出这样乱子，如今死的死了，活的虽然还在，将来外国人要起罪魁来，恐怕一个也跑不掉。说到忘情的时候，这钱木仙虽然平时佩服他的，此时却不以为然，鼻子里嗤的笑了一声，连忙用别话掩盖过去。杨编修有些觉着，便也不谈时事了。木仙道："据我看来，大局是不妨的。但是北方乱到这步田地，老哥也不必再去当这穷京官。譬如在上海找个馆地处起来，一般可以想法子捐个道台到省，老哥愿不愿意？"杨编修正因冒失回南，有些后悔，听见这话大喜，就凑近木仙耳朵边说道："兄弟不瞒你，我此番出京，弄得分文没有，你肯荐我馆地，真正你是我的鲍叔，说不尽的感激了。"两人谈到亲密时候，木仙道："我有个认识的倌人，住在六马路，房间洁净，门无杂宾，我们同去吃顿便饭，总算替老哥接风。"杨编修称谢道："千万不可过费。"木仙道："不妨。"说罢进去更衣，停了好一会才走出来，却换了一身时髦的装束。杨编修啧啧称赞，说他轻了十年年纪。木仙也觉得意。

两人同到六马路一家门口，一看牌子题着"王翠娥"三个字，一直上楼，果然房间宽敞，清无纤尘。翠娥不在家里，大姐阿金过来招呼坐下，拧手巾，装水烟，忙个不了。木仙叫拿笔砚来，开了几样精致的菜，叫他到九华楼去叫。一面木仙又提馆地的事，忽然问杨编修道："花千万的名，老哥亮来是晓得的，他春天合我谈起，要开一爿学堂，只因没得在行人做总办，后来就不提起了。可巧老哥来到上海，这事有几分靠得住。一则你是个翰林，二则你又在京里办过学堂，说来也响。不过经费无多，馆况是不见得很佳的。你愿意谋事，我就替你去运动起来。"杨编修沉吟之间，却好王翠娥回寓了，不免一番堂子里的应酬。须臾摆上酒肴，两人入席，翠娥劝了他们几杯酒，自到后面歇息去了。杨编修方对木仙道："开学堂一事，却不是容易办的。花清翁要是信托我，却须各事听我做主，便好措手。至于束脩多寡，并不计较。"木仙道："那个自然，听你做主。你既答应，我明日便去说合起来，看是如何，再作道理。"当晚饭后各散。

次日木仙去拜花道台，偏偏花道台病重，所有他自己几爿洋行里的总管，都在那里请安。木仙本来一一熟识的，先问了花公病症，知道不起。木仙托他们问安，要想告辞，便有一位洋行总管姓金表字之斋的对他说道："你走不得。观察昨晚吩咐，正要请你来有桩未完的心事托你呢。我进去探探看，倘还能说话，请你到上房会会罢。"木仙只得坐下。之斋去了不多一会，出来请木仙同进去见。花清抱仰面躺着，喘的只有出的气，睁眼望着木仙，半天才说得了一句话道："学堂的事要拜托你了。"说完两眼一翻，晕了过去。木仙也觉伤心落泪。里面女眷们也顾不得有客，抢出来哭叫。木仙见机退到外厅，听得内里一片举哀之声，晓得花清抱已死。各洋行总管也都退出，问起木仙什么学堂的事，木仙一一说了，又说替他请了一位翰林公，在此等候开办。金总管听了道："观察的遗命，不可违拗，须由我们筹款，赶把房子造好，其他一切事务，都请木兄费心便了。"各总管答应着，这事方算定局。木仙辞回，找着杨编修，说明原委，又说等到房子造好，就请来开学。杨编修道："这却不妥。虽然房子一时起不好，他须破费几文，请些人来订订章程，编编教科书，不然，到得开时，拿什么来教人呢？"木仙点头称是。杨编修便与木仙约定，将家眷送回苏州，耽阁半月，就来替他请人办事。当下作别不表。

　　且说浙江嘉兴府里，有个秀才姓何名祖黄，表字自立，小时聪颖非常，十六岁便考取了第一名算学入泮。原来他的算学，只有加减乘除演得极熟，略略懂得些开平方的法子，因他是废八股后第一次的秀才，大家看得起他。他自己仗着本领非凡，又学了一年东文，粗浅的书可以翻译翻译。在府城里考书院总考不高，赌气往上海谋干，幸而认得开通书店里一个掌柜的，留他住下译书，每月十元薪水。其时何自立已二十多岁了，尚未娶妻，不免客居无聊，动了寻春之念。却好这书店靠近四马路，每到晚间，便独自一个上青莲阁、四海升平楼走走，看中了一只野鸡，便不时去打打茶围。店里掌柜的劝过他几次，不听，倒被他抢白道："我们是有国民资格的，是从来不受人压制。你要不请我便罢，却不得干涉我做的事。"那掌柜的被他说得顿口无言，两个因此不合式，自立屡欲辞馆，无奈又因没处安身，只得忍气住下。

　　一日，走进吴家宅野鸡堂子里，迎面碰着一位启秀学堂里的旧同学张秀才，就是杨编修的知己，表字庶生，自立大喜，拉他进去，叙谈些别后的事情。庶生就问自立何处就馆，自立叹口气道："我们最高的人格，学堂里尚没人敢压制，如今倒要受书贾的气了。"就把在开通书店里的情节一一说了。庶生道："老弟，你也不必动气，从前是当学生可以自由的，如今是就馆，说不得将就些。现在杨编修承办了个储英学堂，到处找我们这班人找不到，弄了一班什么刘学深、魏榜贤一帮人在那里编书。我想他们这种人都有了事情做，像你这样大才，倒会没有人请教，真正奇怪。明日我叫他来请你，束脩却不丰，每月也只有十几块洋钱的光景。"自立欢喜应允。

　　次日，果然庶生有信来约他去，自立就辞了书店，直到庶生那里。原来学堂尚未造好，就在大马路洋行里三间楼房上编书。当日见了杨编修，谈些编书的法子，杨编修着实佩服，开了二十元一月的束脩，又引见了刘学深、魏榜贤一帮人。自此这何自立便在储英学堂编起书来。好容易学堂之事各种妥贴，报名的倒有二三百人，酌量取了一半。真是光阴似箭，又入新年，学堂大致居然楚楚有条，取的尽是十三四岁的学生，开学之后，恂恂然服他规矩，杨编修名誉倒也很好。那晓得他时来运来，偶然买买发财票，居然着了一张二彩，得到了一万洋钱，他便官兴发作，其时捐官容易，价钱又便宜，立刻捐了一个道台，指省浙江，学堂事情不干了。花清抱的儿子及金之斋再三出来挽留，他决计不肯，人家见他功名大事，也只得随他。学堂之中，另请总办，不在话下。

且说他指省浙江，照例引见到省，可巧抚台是他中举座师，又晓得他办学堂得法，自然是另眼看待，便把本省一应学务，统通委托了他。过了半年，齐巧宁绍台道出缺，因这宁绍台道一年有好几万银子的进项，他就进去面求了抚台，又许了抚台些利益，抚台果然就委他去署理斯缺。

欲知后事如何，且听下回分解。

第二十二回

巧夤缘果离学界　齐着力丕振新图

　　却说杨道台系初到省的人员，骤然署了美缺，同寅中就有许多人不服。有说他是京里走了门路，拿某大军机的八行来的；有说他花了一万银子买的；只有银圆局的老总胡道台是抚院的红人，晓得细底，听了这些谣言，叫他们休得混猜。杨观察是当今名士，他京里头交好的亲王大员却也很多，这番署缺，其实是抚宪因他学堂章程定的好，拿这缺酬劳他的，于是大家才息了那番议论。胡道台却把外面浮言觑个便儿告知抚院，那抚院是胆小的人，诚恐风声大了，弄成一个无私有弊，便密查资格，恰好胡道应补缺，就奏请补他宁绍台道，等到部覆回来，也只有三五个月的光景，生生把杨道台一块肥肉割去了一半。

　　不言胡、杨交替的事。且说胡道台补缺的风声出去，就有几位候补道想顶他银圆局的差使，内中有位大学堂的总办周道台，他本是接杨道台的手，只因他办学堂办得不大顺手，尤注意这个差使。你道这周道台是什么出身？原来也是个名翰林截取出来的，名颐，号燕生，因他生得是个瘦长条子，学生背后都称他赛曹交。他接了这个差使，晓得难办，就有一种圆通办法，不但不肯得罪学生，还要拣几个恭维几句；学生要上天，只少替他搬梯子。大家见是这样，倒也不与他为难。只是有几个不习上的学生，正好借此到花街柳巷去走走。上了几次报，被他知道了，有些下不去，所以急欲脱身。这时正值抚院生日，传谕出来，一概礼物不收。周道台打听着了明的不收，暗中有贵重之物却是要的，送礼也要有诀窍，须经他门上邓升的手。周道台想出一个法子，叫银匠打了一尊金寿星，一尊金王母，约值一千银子的光景，真是玲珑剔透，光彩射人。自己不便合那邓门上交涉，叫家人王福去结交了他，说明是送院上寿礼，托他从中吹嘘，是必要赏收的。那邓门上听了王福的话，笑嘻嘻的道："怎么你们大人也送起寿礼来？莫非是送的书罢？再不然，是他老人家自己做的寿文。"王福道："都不是。我听得说是一个一个金寿星，一个金王母娘娘。"邓门上道："难为他想得到，敢是一两金子一个，也要费到一百块钱的谱儿。"王福道："你休要这般看轻他，只怕还不止哩。"邓门上道："你且把东西给我看看，好送的便替他送上去，不然，大人不收，不是两下没体面吗？"王福真个回到公馆，合主人说了，取出那两件礼物，送给邓门上看。邓门上一见雕镂精工，爱不释手，登一登分两，有二十来两重，便道："这分礼狠下得去，再配上两样，很可送得。但是我们照例的门包也要谈谈。王大哥！你是行家，不销多。"把五个指头伸了一伸道，"就是这样便了。"王福笑着道："真正你老算是克己的，我回去禀明主人再讲罢。"果然周道台又去配了几色值钱的礼物，送到院上，好容易把门包讲妥，方蒙抚台赏收。抚台既然收了他这分厚礼，邓门上又帮着说些好话，事过之后，自然另有下文，后文再叙。

且说这位抚台姓万，名岐，号尔稷，是个极讲究维新的，又是极顾惜外头的名声。到了过生日的那一天，预先传谕巡捕官，不准合属官员来辕叩祝。衙门里亦只备了两桌素酒，款待几位官亲幕友，在花厅上吃酒。酒过三巡，他老人家便衣踱了出来，大家起立。抚台把身子呵了一呵，让他们坐下。叫人搬张藤椅靠窗歪着，拿了一支长旱烟袋衔着，叫一声："来！"就有两三个家人过来，点火装烟。抚台吸了几口烟，叹道："论理，兄弟的生日，吃几条面都是不应该的。你想皇上家内忧外患，正臣子卧薪尝胆之秋，还好少图安逸吗？"席中有一位折奏老夫子，是吴大军机荐的，为人最爽直不过，听了这话，觉得他口是心非，便接口道："大帅太谦了。大帅是一省表率，就是做生日铺张点，倒也不甚要紧。世界上独有些人，面子上做得狠道学的了不得，然而暮夜包苴，在所不免，倒不如彰明较著，受人家面子上的恭维，反冠冕得许多哩。"几句话说得抚台脸上青一块、红一块，霎时间五色齐全，原来正说着他的毛病。又为这老夫子是大来历，不好得罪他，勉强陪笑道："老夫子教训得极是，兄弟偏见了。"说罢，觉得身子有些坐不住，搭讪着想要站起来。可巧门上送来一封电报，是北京打来的，拆开一看，都是密码，连忙辞别众人，请他们多喝几杯。

独自一个走到签押房，叫翻电报的亲信家人字字翻出。却是小军机陈主事打给他的，内言东事棘手，鄂抚调苏，阁下调鄂，梗电。抚台看了这个电报，把眉头皱了一皱，连忙插在袋里，吩咐家人，不准走漏消息，依旧踱到花厅。大家问起电报何事，他说没甚要紧，不过说些京里琐事，大家也不便深问了。那知鄂抚缺苦，又系督抚同城，事事掣肘，所以万帅不甚愿意。料想内里主意已定，不能挽回的了。当下藩台来见，同他商量委周道代理温处道，离了学堂，总算趁了他的心。次日，又打一个电报给胡道台，借银一万两，接回电答应五千，某庄划送，只得罢了。停了数日，果然奉到上谕，并着毋庸来京，藩台护院。交代清楚，带了全眷赴鄂，雇了五号大船，用两只小火轮拖到上海。各官员备酒接风，自不必说。又看了两处学堂，认得了几国领事，谈起中国的前途，锐然以革弊自任。在上海住了三四日，就定了招商局江裕轮船的大餐间，前赴湖北。

　　到的那日，恰好是五月中旬。向例官员五月里是不接印的，万帅却不讲究禁忌，当日便去拜见前任抚台，定了次日接印，又去拜两湖总督。轿子回到行辕，尚未进门，忽然有一个人外国打扮，把袖子一扬，鞳的一枪，把绿呢大轿上的玻璃穿了两层，弹子嵌在大门上。四个亲兵登时捉人，已不知去向了。四面搜寻，杳无踪迹。幸而抚台不曾受伤，却也吓得面皮焦黄。当下轿子进了行辕，万帅到签押房换了便衣坐定，一声儿不言语。四个亲兵急得了不得，跪求邓门上说情。正是乱攘攘的时候，听见里面一叠连声叫邓升，邓升屁滚尿流的跑了进去。万帅着实动气说："我遇着这样险事，几乎性命不保，你们倒没事人一般，来也不来。"邓升将帽子探下，跪在地上，碰了二十四个响头，连称："小的不敢，实因外面乱得慌，一时不敢进来。"万帅听得外头尚在那里乱，不觉惊皇失措，抖着身子问道："什么乱？"邓升缓缓的回道："不是乱，是闲人多。"万帅拍案骂道："该死的东西！不叫亲兵弹压么？"邓升回道："两个警察兵告假出去了。跟大人出去的四个亲兵，都跪在院子里。"万帅更是动气，喝道："谁要他们跪，快叫他们去弹压，以后留心，再有疏失，要他们的脑袋！"邓升捱了一顿骂，退了出去，把四个亲兵吆喝了一顿，叫他们在门口弹压，等到那些闲人散尽了，大家才得放心。

　　接着就是道、府、首县禀见，停会两司也到了。万帅吩咐两司，饬警察局密查放枪的人。跟手制台也来回拜，万帅把方才遇险一节，亦说了个大概。制台道："富有余党，虽经惩治，尚未痛断根株，这事只消警察局严查，不出三日，便有分晓，必须重办几个才好。"万帅道："倒底湖北民情强悍，要是江浙人，就有这番议论，也不敢有这番举动。从前李子梁在江苏任上，也遇着这种稀奇案件，是一个剃发匠出首的。据说有一班人偷着商议，结什么秘密社会，用什么暗杀主义，要学那小说上行刺的法子，将几位大员谋害了好举事的说话，亦曾约过这剃匠入伙，又说我们大事办成是要改装的，你也没有生意。那剃发匠只当是真了，着实害怕，所以告发的。后来查得严紧，一个个不知逃到那里去了。有人传说他们有的出洋，有的躲在上海，仗着洋人保护，还在那里开什么报馆骂人哩。"制台道："可不是吗？这都是报馆的妖言惑众，有些不安分的愚民，只道当真可以做得，想出那种歪念头来，弄到后来身命不保。兄弟晓得这个缘故，所以不准人挂洋人的招牌开报馆，现在汉口虽有报馆，却是要经我们过目才能出报的。"万帅着实佩服道："老前辈这个办法果然极好，要是上海也能如是，那有意外之变呢？"制台道："那却不能。上海虽说是租界，我们主权一些没有，竟算一个逋逃薮罢了，说他则甚？"

万帅听了这话，也只长叹了一声，没甚说得。当下送客回来，到上房歇息了一会子。谁知这个档口，外面邓门上，正在那里把首县办差家人竭力的发挥，又是门房里的铺垫不齐，又是上房的洋灯不够，保险灯少了几盏了，茶叶是莓气的了，立刻逼住办差的一项项换的换，添的添。他又做好人说："这些事是我替你们撺住，没教大人知道生气，叫你们老爷下次小心些。"首县里办差的家人，碰了这个钉子，一肚皮的闷气，走出去，嘴里叽哩咕噜，对他同伙道："稀罕他娘！总不过也是奴才罢哩！摆他的那种臭架子！只不过一两天的工夫，要怎样讲究？门房里分明两堂铺垫，只剩了一堂大呢的，那堂好些的早塞在他箱子里去了。茶叶是我们帐房师爷亲到汉口黄皮街大铺子里买的上好毛尖，倒说有莓气。洋灯四十盏，保险灯十三盏还不够，除非毛厕里也要挂盏保险灯才称他的心！你道这差是好办的吗？"他同伙道："你仔细些，被人家听见，我们的饭就吃不成了！常言道：大虫吃小虫。我道是大官吃小官。论理，我们老爷也是个翰林出身，同这抚台大人原是一样的，争奈各人的命运不同，一边是顶头上司，现任的抚台，他那昧良心刮削的百姓的钱，不叫他趁这时多花几文则甚？"二人一路闲谈，回到首县，便合主人说知。那首县本是个能员，那有不遵办的？连忙照样添了些，又送了邓门上重重的一分礼，才没有别的话说。

次日，万抚台接印，各官禀见，问了些地方上应办的事宜。第一桩是拿刺客，警察局吃紧，分头各处盘查，都说这刺客是外国的刺客，因为万抚台名望太高了，所以要刺死他，显自己的本领，现在人已回国去了，没法追究，只得罢手。从此督抚出来，添了十来个亲兵拥护。闲话休提。

过了三日，万帅便吩咐伺候，说是去看学堂。这番却不坐绿呢大轿了，坐的是马车，前后有警察局勇护着。到了学堂，学生摆队迎接，万帅非常得意。及至走入体操场，学生中有几个精壮有气力的，忽然将他抬了起来，万帅大惊失色，暗道：此番性命休矣！谁知倒也没事，仍旧把他放了下来。然后接见总办，那总办是个极开通的人，姓魏名调梅，表字岭先，本是郎中放的知府，因为办军装的事罣误了，制台为他学问好，请他做个书院的山长，后来改了学堂，便充总理之职。万帅是久闻大名的，当下见面，魏总办行了鞠躬礼，万帅说了些仰慕的话头。魏总办道："大帅受惊了！方才他们是照外国礼敬爱大帅的意思。"万帅却不肯认做外行，连说："那个自然，兄弟是知道的，也没甚可怪。"随即同着看了几种科学，万帅点点头道："造诣果然精深，这都是国家的人材，全亏制军的培植，吾兄的教育，才有这般济楚。"魏总办谦言："不敢！还要大帅随时指教。"万帅看见学生一色的窄袖对襟马褂，如兵船上兵士样式一般，甚为整齐，大加叹赏道："衣服定要这般，才叫人晓得是学堂中人，将来要替国家出力的。上海学堂体操用的是外国口号，我们这里不学他，究竟实在的多了，莫非都是制军之意？"魏总办道："这都是晚生合制军酌定的。"两下谈得投机，万帅就要在学堂吃饭。魏总办正待招呼备菜，万帅止住，说合学生一起吃。虽然这般说，魏总办倒底叫厨房另外添了几样菜。万帅走到饭厅，见一桌一桌的坐齐，都是三盘两碗，自己合魏总办坐了一桌，虽多了几样，仍没有一样可口的。勉强吃了半碗饭，却噎了几次。魏总办实在看不过，无奈深晓得这位抚台的意思，正显得他能吃苦，并非自己不愿供给他，今要迎合他的意思，只得如此。饭罢，有一位教员，又呈上一部新译外国历史，是恭楷誊好的，上面贴一张红纸签条，写的是："五品衔候选州判上海格致书院毕业学生担任教员某恭呈钧海。"万帅打开看时，可巧有梭伦为雅典立法时的一句，万帅皱一皱眉道："我记得这梭伦是讲民约的，这样书不刻也罢，免得伤风败俗，坏了人的心术。"那教员哑口无言，扫兴而去。始终这位教员，被魏总办辞退，这是后话，不表。

　　且说抚院回辕，依旧是魏总办率领学生站班恭送，万帅对魏总办谦谢一番，然后登车而去。次日，到各厂观看，却是坐的绿呢轿子。看过各厂之后，顺便去会制台。着实恭维一泡，说："湖北的开通，竟是我们中国第一处了。这都是老前辈的苦心经营。只是目今所重的是实业，晚生愚见，以为工艺也是要紧的，不知老前辈还肯提倡否？"制军道："兄弟何尝不想开办工艺学堂，只因这省经费支绌，从前创几个学堂，几个机厂，弄得筋疲力尽，甚至一万现款都筹不出来。全亏前任藩司设法，用了一种台票通行民间，倒也抵了许多正项用度，现在这法又不兴了，库款支绌，朝不谋夕，如何周转得来呢？兄弟意中，要办的事很多，吾兄可有什么妙策筹些款项？左右是替皇上家出力，同舟之谊，不分彼此的。"万帅道："那是应当尽力，但目下也只有厘金还好整顿，待合藩司计议，总有以报命便了。"正在谈得热闹，门上来回："铁路上的洋员有事要见大人。"制军踌躇道："铁路上没有什么交涉事件，他来找我则甚？"万帅起身要辞，制军留住道："恐有会商的事件，请吾兄一同会他谈谈何如？"便吩咐请那洋人进来。

　　不知端的如何，且听下回分解。

第二十三回

为游学枉道干时　阻翻舍正言劝友

却说制军请洋人到了一间西式屋里，同抚台去会他。原来那洋人是比国人，因中国要开铁路，凑不起钱，与比国人订了合同，由他承办的。向例铁路上有什么事合官场交接，都是中国总办出头，这回是因制台欢喜接见洋人，所以特地来的。当下由通事代达洋人之意，无非一路开工，要制军通饬州县照料供给的意思。制军一一答应。洋人去后，万帅回辕，见制军待洋人那般郑重，自己也就收拾一间西式屋子出来，又吩咐门上："遇有洋人来见，立时通报请会，不得迟延！"门上听了这般吩咐，那敢怠慢？说了奇怪，偏偏等了三五个月，不见一个洋人影儿。

一日，有个湖南效法学堂的卒业生，想谋出洋游学，听说这位抚台是新学界的泰斗，特特的挟了张卒业文凭，前来拜恳。这学生却是剪过头发，一身外国衣裤，头上一顶草边帽子；恰巧他这人鼻子又是高隆隆的，眼眶儿又是凹的，体段又魁梧，分明一个洋人。走到抚院的大堂上，可巧遇着那位听过吩咐的门上，那学生就对他说："要见你们大人！"这门上见他是外国人，自觉欢喜，只疑心他口音又像中国。一想这洋人定是在中国住的年代久了，会说了中国话也是有的，就也不疑。又见那学生把手在裤子袋里掏了一张小长方的白纸片儿出来，上面画了几个狭长条的圈儿，门上见是这样，也不管他是不是，冒冒失失进去回过。偏偏遇着这位大人在签押房的套间里过瘾，向例此时没人敢回事的，他进来找不着大人，急得满头是汗，连忙去找邓门上。原来这套间里，只有邓门上走得进，邓门上见他急得这样，问其所以，才知道原故，骂道："你这个糊涂虫，不好先请他到洋厅上去坐吗？那曾见过外国人叫他好在大堂上站着的？"那门上听了这话，忙将片子交给邓门上，自己出去招呼。邓门上又偷偷的走到洋厅边瞧过，果是洋人，然后敢上去回。这时大人的瘾已过足了，邓门上将洋人来拜的话回过，呈上那张名片。万帅也当是真外国人了，便赶紧踱到签押房里。脸水漱盂，早经齐备。万帅擦过脸，漱过口，急急忙忙披了件马褂，又戴上顶帽子，便走到西式花厅上来。谁知那学生却行的是中国礼，万帅见此光景，方知是中人西装，上了他的当了，不觉勃然大怒。正待发作，一想不好，现在制军尚且爱重学生，我这们样一闹，学堂中人一定要批评我，把我从前的名声，一齐付之东流了，岂不可惜？且看他对我说些什么，再作道理。想罢，便让他坐下。那学生踽踽不安，斜签着身子坐着。

万帅问他来意，他站起来打了一躬，说："要求大帅合湖北学堂里的卒业学生，一同资派出洋游学。"万帅又问："你是那个学堂里出来的？"那学生连忙将效法学堂的卒业文凭从怀中取出呈上。万帅看了一看，果然是卒业文凭。原来姓黎名定辉，后面还签了许多洋字。万帅问他学过那国文字，他道是学过英文。又问要到那一国去游学，他道想到美国去。万帅道："这里学堂开办不到三年，离着卒业尚早，一时没得学生派出洋去。听说京城里大学堂，却时常派学生出洋。除非保送你去考取了，三年五载学成，倒有出洋的指望。只是你这般打扮，京里是去不得的。"黎定辉道："大帅若肯栽培，情愿改了打扮，拜在门下，听凭保送入都。"万帅见他说要拜门，便正色道："这拜门原是官场的陋习，怎么你也说这话？"定辉道："学生是仰慕大帅的贤声，如同泰斗，出于心悦诚服的，不同世俗一般。"万帅受了他这种恭维，不觉转嗔为喜道："也罢！添此一重情谊，我们格外亲热些。其实我只是爱才的意思，但你所说要改回中国打扮，岂是容易的？我有些不信。别的自然容易，那头发是一时养不来的，如之奈何？"定辉道："剃头铺里现在出了一种假辫子，只要拿短头发编上一些儿，就看不出是假的了。带维新帽子的人，专靠他才敢剪辫子。"说得万帅大笑道："原来辫子也做得假，将来五官四体都可以做假的了。"定辉道："听说上海镶的假鼻子，假眼睛，假牙齿多着哩。"岂知万帅就是镶的一口假牙齿，听他这话，倒也没得驳回，只说："你急急的改装，总不应该！"定辉道："论理原不该的。只是志在求学，一意出洋，顾不得许多了。如今一时不出洋，自当改转来的。"他口里这般说，心里却寻思道："要是我不扮西装，你也未必见我。"万帅听他言语从容，议论平实，颇赏识他，就叫他改转了中国打扮，搬到衙门里住两天，同他第二个儿子一起进京。定辉站起，打了一躬谢了，跟手端茶送客。

定辉回寓，果然改还中国服色，备了受业帖子，拜万帅为老师，把行李搬了进去住着。起先万帅公余之暇，还时常邀他来问些学业，谈得甚为接洽，后因公事忙，也不常接见了。至他那位令郎，说要一同进京的，却又不见面。弄得黎定辉举目无亲，沉沉官署，没一个人可以谈得的，只得自己发箧陈书，温理他的西文。可巧那天万帅走过他住的书房，听他在里面呀唔，只道他读文章；一时高兴，进去看看，谁知他桌上摆了一厚本西文书，问他："是读西文么？"他说："是读的外国诗。"万帅见他这样讲究，便向他道："我第二个小儿，本来就想到京里去考仕学馆的，只因他从没有读过西文，要费你心指点指点，只须有点影儿，将来进去之后，念起了顺利些便好了。"定辉趁势道："这是极便当的事。但是门生来了这许多日，世兄还没有拜见过。"万帅便叫声："来！去请二少爷来！"家人去了半天，不见到来，万帅等得心焦，又叫人去催，方才摇摇摆摆的，拖了一挂红须头的辫线来了，背后跟了两个俊俏小管家。看来这位世兄，年纪只有十七八上下，生得面如敷粉，唇若涂朱，一种骄贵的模样，却画也画不出。然而见了人的礼信甚大，先替他父亲请了一个安，回转身来才替定辉请安，定辉还礼不迭。但是他自己的腿是僵的，请安下去，只有半个，那世兄虽不在意，只外面站着的两位管家，早已笑的眼睛没有缝了。定辉也觉着，羞的脸上红一阵，白一阵。忽听得万帅吩咐他的儿子说道："你在此终日闲荡，终究不是回事儿。我去年已替你捐了个郎中的前程，如今跟着这位黎先生同到京里去，要能考上了仕学馆，将来那郎中是大有用处的。不是内用，就是外放，就是派出洋做钦差的分儿，都抢得到。但是我听说要进仕学馆，也总要懂得西文，方进得去。这位黎先生是精通西文的，你赶紧跟他操练操练，免得将来摸不着头脑。每天限你三个钟头的功课，早半天一点半钟，下半天一点半钟，读到下月初十边也就要动身了。"万帅说一句，这世兄应一个："是！"万帅叫他明日为始，又着实嘱托定辉一番，才起身走出，世兄也跟了出去。

次日十点多钟，居然到书房里来，仍旧是两个小管家伺候。见面之后，才问起定辉的雅篆。定辉道："我名便是号。"定辉也问他，他说："单名一个朴字，号华甫。"又说："没有西文书怎好？"定辉道："不妨，我这里有的是。"于是拿出书来，先教了他字母；几次三番的教他写，总写不上来，教他读，声音是学得上的；拆开了用石笔抽写一两个字问他，又不认得。弄得定辉没法，一会儿就是吃饭去了。饭后到三点半钟再来，整整闹了三天，字母尚未读熟。定辉想出法子，叫他分作几次读，每次读四个字，读熟写熟，再加上去，自以为这样总可以成功的了。谁知明天又叫了个家人来告假，说："有病不来了。"幸而他父亲也不查究功课，只索罢手。

真是光阴似箭，日月如梭，转眼间行期已到。万华甫迫于严命，只得克期动身。

万帅派了一个有胡子的老管家叫柳升的送去。那跟少爷的两个小管家，一个叫董贵，一叫韩福，仍旧伺候了去。又派了两个亲兵，带了洋枪护送。只为要湾山东省城去看他母舅，那山东的路是著名难走的，所以特派两个亲兵护送。当下检点行李，只有少爷的行李顶多，什么铺盖、衣箱、书箱、吃食篮等类，足足堆了半间屋子，定辉行李却只有三件，一个铺盖，一个大皮包，一个外国皮箱，他无所有。当下万帅备了几样菜，算是替定辉饯行，再三把儿子嘱托，要他一路招呼，到上海不可多耽搁日子，招商局是已经有信去托他们照应的了；从青岛湾济南舍亲那里，多住几日不妨，招考日子还远哩；川费一切，交给柳升，贤弟不须另付。又叫人到帐房取二百银子，送到黎少爷书房里去，说这是送给贤弟的学费。定辉感激不尽，再三称谢。

　　次日用红船渡江，上了招商局的船。一路无话，到得上海，住了泰安客栈。定辉是到过一次的，很有几个同学熟人在学堂里，只有那位华甫世兄，虽说由上海到汉口走过两趟，却是跟着老人家，一步不敢离开，这繁华世界何曾梦见？起先不过同了定辉到江南春吃了一顿番菜，听了一次天仙的戏，后来定辉的同学三四个人，来要请他们吃花酒，定辉固辞不获，他们会见了万华甫，也就顺便请请，华甫一口应允。原来这时华甫虽不全是官场样子，然而见了人只晓得请安，于是定辉指教他些做学生的规矩，见同学的应酬，又同他讲些新理，开口闭口的几个新名词，华甫一一领略。他于场面上工夫，本甚聪明，一学便会，所以定辉的那班同学，也看不出他是个贵介，只当他是定辉的同志。到得晚上，有字条来催，请定辉约他同去，他便叫董贵伺候着跟去，董贵只好跟了就走。马车套好，二人上车，董贵合车夫并坐在前头，到了西荟芳停下了，进弄第一家便是。定辉的几位同学已经到齐了，齐声闹着要他们叫局；两人没有相好，那些同学就荐了几个。定辉倒也罢了，不过逢场作戏，华甫到了这金迷粉醉的世界，不觉神魂飘荡，听了那倌人的话，便要翻台。定辉皱眉头，那些同学却都眉飞色舞，竭力撺掇他去。当下已有十二点钟光景，定辉便欲辞别众人，回到栈中睡觉，那些同学如何答应，说他道学的很，太不文明了。定辉道："若是偶然戏耍，原不要紧，至于沉迷不返，岂是我们学生所当做的？人家尊重学生，原为他是晓得自治，将来有些事业全靠我辈，何等价值。像这样混闹起来，乃腐败到极点了，将来还担任得起那件义务呢？我劝诸君快快回头罢。"内中有几位耸然敬听，面带愧容；有两位吃到半醉，心里不服。一个道："我们又不是真正嫖婊子，不过叫几个局，摆台把酒，聚聚几个同志，这些小节，原可以不拘的。再者英雄儿女，本是化分不开的情肠，文明国何尝没有这样的事？不然那《茶花女》小说为什么做呢？老同学太古板了！"定辉道："不然，你上半节的话倒还不错，至于说是文明国也有顽要的事，虽然不错，只是我们那一样学问及得到人家？单单学他这样，还想合人家争什么强弱呢？"大家听了这话，不免一齐扫兴，又没得驳他，也就不肯去吃华甫翻台的酒了。华甫气得面皮失色，停了半晌道："小弟无端叨扰，应该覆东，世兄说出这些败兴话来，弄得大众离心，这不成了诸同志的公敌么！"定辉笑了一笑，也不则声。座上的倌人，一齐听的呆了，也不晓得他们说些什么，只知道万少大人的酒摆不成。那倌人背后站着一个大姐，便插嘴道："双台酒已经有人回去交代过哉，各位大少勿去末，万少大人阿要摊台！"华甫弄得踟蹰不安，只得拉了定辉去咬耳朵，务必代他邀三五个人去一坐以全场面。定辉始而不肯，继而看他的脸上实在难过，几乎要哭出来的光景，却不过情，只得答应，重复入座，把代请几位同学陪他去做个收梢的话合众人说知，内中本有几个人是极喜热闹的，碍于定辉那几句话不好意思同去，今听他如此说，便乐得顺水推船的答应了。于是叫拿稀饭吃了，大家分头，有回去的，有跟万华甫同走的。

　　定辉一人回到客栈，写了几封给湖南同学的信，等等华甫尚未回来，便先就寝，一时睡不着，添了无数的想头，暗道："看这万华甫合倌人那种亲热的样儿，恐怕贪恋着要下水哩。为他牵掣，恐一时动不得身，错了考期，如何是好？"又想道："我所以投奔他老人家，也是为的出洋权宜之计，其实这番举动，还是倚赖人的劣性，要算毕生之玷了。如今摆脱不开，倘所事无成，更觉乏味。"想到这里，不觉懊丧起来。听得隔壁钟鸣三点，方才睡着。次日直睡到九点钟起来，梳洗已毕，只见柳升进来问道："昨晚我们少爷同少爷出去，直到天明才回栈的。听得董贵说，是吃了两台花酒。少爷是有主意的人不要紧，我们少爷从来没经过，恐怕他迷了婊子，动不起身，怎好呢？倘有一差两误，将来回去，柳升当不起这个重担。"定辉听了他话，一脸的没光采，勉强对他道："昨日之局，本是有人请我，顺便请你们少爷的。我是没法儿应酬朋友，你们少爷偏偏又要翻台，我劝他不听，只得先回来了。如今怕他迷恋，只有趁早上船。明天晚上恰好有船开，莫如检点行李，上了船就好了。"柳升连答应了几个"是"，自行退出。又停了好半天，十一点钟敲过，万华甫才起来，走到定辉房里，邀他去吃馆子。定辉道："我吃过早饭了。"华甫定要拉他同去坐坐，定辉正想劝他早行，便也不辞。走到雅叙园，点了几样北菜，华甫一边饮酒，定辉一边劝说早走的话。华甫昨日听了他一番议论，把那住夜的念头早打退了许多，到底少年气盛，也想做个维新的人杰，就一口应允了。次日附轮北上。

　　要知后事如何，且听下回分解。

第二十四回

太史维新喜膺总教　中丞课吏妙选真才

却说定辉与华甫上了轮船，此番坐的却是大菜间，果然宽畅舒服。次日出口，风平浪静，两人凭阑看看海中景致，只见水连天，天连水，水天一色，四顾无边，几只沙鸥，回翔上下。定辉把些测量的方法，机器的作用，合华甫说了解闷，华甫全然不懂，便夹七夹八的问起来，弄得定辉没法儿回答。正在不耐烦的时候，却好里面请吃饭，然后打断话头。上的菜，第一样是牛肉，定辉吃着，甚觉香美，华甫不知，咬了一口，哇的一声，呕出许多秽物；伺候的人，大家掩鼻，连忙替他揩抹干净。定辉见此光景，心中暗笑，就吩咐："下餐开中国菜罢。"到了晚上，风略大些，华甫弄得躺在床上，呕吐不止。定辉忖道：贵家子弟，原来同废人一样，四万万人中又去了一小分了。捱到青岛上岸，华甫已是面黄肌瘦的了。好容易到得济南，说不尽一路风沙，举目有山河之异。一行人找到了华甫母舅的公馆里来，暂时住下不题。

且说他母舅也是长沙人氏，己丑科的翰林，姓王名文藻，表字宋卿，为人倜傥不羁。那年行新政的时候，他觑便上了个改服色的条陈，被礼部压下，未见施行。他郁郁不乐，正想别的法子，偏偏各样复旧的上谕下来，只索罢手。他的名望也就渐渐低下去，只好穿两件窄袖的衣裳，戴上副金丝边的眼镜，风流自赏，聊以解嘲而已。那知事不凑巧，过了两年，又有义和团的乱子出来，连他那金丝边眼镜都不敢戴了。其时义和团尚未到京，宋卿逢人便说这是乱党，该早些发兵剿灭。那日到他同年蔡襄生的寓里闲谈，又骂起义和团来。襄生道："老同年快休这样，都中耳目很近，现在上头意思，正想招接他们，抵当外国哩。"宋卿得了这个消息，吓了一大跳，心上着实怀着鬼胎。回到家里盘算了半夜，心上想着，现在要得意，除非如此如此。主意打定，半夜里起身，磨好了墨，立刻做了一个招抚拳匪的折子，把义和团说得有声有色。这个条陈上去，比前番毕竟不同，等到召见时候，宋卿又趁便讲了些招安方法，果然把那些乱党招到京中，做出一番惊天动地的事业。他后来看看风色不好，就携眷出都，靠着那条陈的虚名，倒也一路并无阻碍。及至外国人指索罪魁，他幸而声名不大，外国人不拿他放在心上，得以安然无事。只是事虽平静，京里却去不得，恐怕露了面，叫人家说出前事，有些未便。但是闲居乡里，又不甘心；家下纵还有点积蓄，是用得尽的。那时他姊丈万抚台正做着河南藩司，他就发一个禀去找他。姊丈见面后，着实怪他道："老弟！你也忒没耐性！你当翰林是第一等清贵之品，只消循资按格，内而侍郎尚书，外而司道督抚，怕没有你的分吗？为什么动不动上折子，弄到翰林都当不成了，这岂不可惜吗？"说得宋卿满面通红，半晌才说出话来道："小弟也是功名心太热些，论理揣摩风气，小弟也算是竭力的了，上头要行新政，就说新政的话，要招义和团，就说招义和团的话，还有什么想不到的去处吗？时运不济，那就没法了。如今千句话并一句说，只要姊丈替我出力，找个维新上的事业办办，过了几年，冷一冷场，仍旧去当我的翰林便了。"万藩台听他这般说，究竟至亲，他又是翰林，将来仍旧得法，也未可知，那有不看重他的道理？便〔道〕："有什么好些机关，一时还未必就动，我且写封切实信，问问山东抚台姬筱山同年，看维新上的机会，替你图图。"当下就留他署内住下，见了姊姊，自有一番话旧的情景，不须细表。

　　过了一月，山东回信来了，内言："令亲王太史，弟久闻其名，是个维新领袖，现在敝省创办学堂，正少一位通知时务的总教习，若惠然肯来，当虚左以待，每月束脩，愿奉秦关双数。"云云。万藩台看了此信，喜形于色，忙请宋卿来给他看，就催他动身。宋卿也是欢喜，便收拾行车上路。在路上晨餐晚宿，好不辛苦。但北道风沙，宋卿是领略过的，逢墙写句，遇店题诗，颇足解闷，也不觉得日子多了。到了济南，找到人和书屋熟店里住下，就雇了一辆轿车上院。姬抚台立时开中门请进，王翰林认他老前辈，自己分外谦恭。姬抚台道："宋翁新政条陈，都中早已传播，可惜没见举行。现在时势是不能再守旧的了，兄弟正想办个学堂，开开风气，可巧上谕下来，今得我公整顿一切，真是万分之幸。"宋卿谦让一番，说道："老前辈提倡学务，自然各色当行，不知办些什么仪器书籍，请了几位教员？"姬抚台道："却还未办，只等你宋翁来调度，教员有了十来人，只西文教员尚缺。"宋卿道："有个舍侄，是在上海学堂里卒业的学生，现时尚在上海，要想出洋，若请他做个算学教习，那是专门之学，必不辱命的。"姬抚台道："既然令侄在上海，便请他办些仪器书籍便了，不知需用若干款项，好叫藩司拨汇。"宋卿道："书倒还好，只仪器要向外洋购运，是不容易办的，粗备大概，也要二三万银子光景。"姬抚台就请他开个单子，好去照办。宋卿道："这些器具名目，晚生虽开得出，只是办得齐全办不齐全，却拿不定。舍侄在上海多年，又那化学、格致里的器具是看惯用惯的，那件有，那件没有，还是他在行些。要办，莫如但寄款去，听他作主，妥便些。"原来〔山〕东省虽办学堂，却是人人外教，正在无从着力，却好王太史说出这些方法，怎敢不依？当下姬抚台一一如命。因为请教这王太史的事多，足足谈了两个钟头，才端茶送客。宋卿又拜两司，未见。

　　次早，藩台亲到下关书，送到二万银子的汇票，又托他写信，请他令侄办好书器，便来学堂，延为算学教习。宋卿大喜，送了藩台出去，连忙到银号里将票子划为三张，寄一万五千银子到上海，叫他侄儿购办书器，余二千寄到长沙接他妻子出来，三千留下作为租公馆等用。布置已毕，择日搬进学堂。原来那学堂里人尚寥寥，学生亦未招足。教员到了三位，倒有两个是学堂里造就出来的；只有一位收支，是江苏人，姓吴；一位学监，是绍兴人，姓周，上海洋行里伙计出身，略识得几个西文的拼音，大约经书也读过两三本，曾在洋行里发财，捐个通判到省，因为大家都说他懂洋务，所以就得了这个差使。当下总教习到堂，周学监赶忙衣冠谒见，宋卿吩咐他道："学监是顶要紧的差使，学生饮食起居，一概都要老兄照料，万一学生荒功闹事，那就是老兄之责。"他站着答应了几个"是"，方才退出。吴收支又来见，宋卿看他样儿，也合自己从前一般窄袖皮靴，露出一种伶俐样子，进来就是一个安，问："大人的床铺安放那间屋里，一切应用物事，恐有想不到的，请开条照办。"王总教道："屋子不拘。兄弟除了随带应用之物，一概不消公中开支。老兄不见兄弟的亲笔条儿，不要吓化钱吗？"吴收支也答应几个"是"，出去了。只那三位教员，却大模大样的，停了半日，才有个名片来见。宋卿请他进来，每人作了一个揖，就一屁股坐在椅子上。宋卿见他们这样，只得敷衍他几句，心上却着实厌恶他们。这月里正还没事，大家吃饭睡觉。

　　过了十余日，抚台打发人来，请王总教衙门里去有事相商，宋卿忙打轿上院。抚台请在签押房里见面，谈起来是为课吏的事，请他拟几个时务题目。那知这位王太史的时务，是要本子上誊写下来的，凭空要他出题目，就着实为难。不好露出不济的马脚，拈了一枝笔，坐在抚台的公事桌上凝思，头上的汗有黄豆大，一颗一颗从颈脖子上挂到那硬胎海虎绒领里去了。好容易做成了两个题目，恭楷誊真，双手呈与抚台。姬公看了，莫测高深，只拢统赞了声"好"。又说："日后考毕，还要请费心评定甲乙，这是新章课吏，关系他们前程，务要秘密才好。"当下送客不提。

且说课吏的日期，定得忒匆促了些，有几位新到省的州县，直急得佛脚也无从抱起。单表内中有一位尽先补用直隶州金子香，是浙江绍兴府人。家里有十来万家私，只是胸中没得一点儿墨汁。此番听得姬抚台课吏极为认真，要有不通的人，前程大为可危，便整日抬着轿子，在各候补熟人中托代找枪手，那里找得到？足足瞎撞了一天，回到公馆里，大骂："娘东贼杀，捐班道府，为舍勿要考，早驼得挨拉开心，夹脱子官，倒也几千银子哕！"正在那里发牢骚，可巧学堂里的周学监是他同乡熟人，前来探望他。金子香满面愁容，周学监问其所以，原来为此，因献策道："听得我们总教习昨日上院，抚台请他出题目，我今晚回去，替你作个说客，但你须出个二三百银子，只说是仰慕他学问，情愿拜在门下。有了银子，我去说法，那怕他不收？只要明日见面求他，包管晓得些出处，便好下笔了。就使题目不是他出的，请他多拟几款条对，也可应应急。考官究竟比考童生宽，将就得过，也没事了。"子香听他说得有理，又系同乡，知他不给自己当上的，便进去取了三张银票，每张壹百两，双手奉上，又拜托了一番。周学监拿了他三张银票，回去见了王总教，先探口气，说他同乡某人，怎样仰慕，怎样孝敬，要拜投门下的意思。王总教那有不愿，自然一说便成。他便呈上两张银票，却干没了一张。

次日金直刺来拜，王总教着实抬举他，叫收支招呼厨房另外备了几样菜请他吃饭。说起课吏要请教的事，王总教道："这个容易，题目是我出的，外面却不好说出去，抚台大人极秘密的，待我把出处翻给你看便了。"立起来开了自己的那个书箱，左翻右翻，把两个题目找出，原来是格致书院课艺里的现成文章，倒有五六篇，只题目上有两三字不对。金子香字是认得的，看看题目不符，就要请教。王总教道："这几个字也差不多，是他刻错的，你照我的题目抄便了。好在卷子仍是我看，把你取在前头就是了。"子香大喜过望，连忙又请了个安道谢，方才别过。

次日便是考期，所有的候补同通州县齐集在院上，静候考试。抚台亲自监场，题目出来，问的是矿务，偏偏那个"矿"字照着周礼古写，大家不认得，只面面相觑，又不敢问。内中有几个人肚子里略略有些邱壑，尽其所有写上，都是牛头不对马面。只金子香官星透露，坐的位子也好，靠着墙壁，离着抚台很远，可以做得手脚，便把那课艺取出，对准题目，拣一篇极短的，一字一句学写，捺定性子不叫他错。从九点钟写起，直写到下午五点钟，才把这本卷子写完。出得场来，那学堂里的周学监，已在他公馆里久候了。这时见面，一番感激，是不消说。当晚就请周学监到北渚楼，又邀了几个同乡朋友，预请一顿喜酒。

再说抚台收齐卷子，大略一翻，通共七十一本，倒有三十多本白卷，其余的或几十字一篇，或百余字一篇，大约没得到二百字的，也不知他说些什么。又打开一本，却整整的六百字，就只书法不佳，一字偏东，一字偏西，像那"七巧图"的块儿，大小邪正不一。勉强看他文义，着实有意思，翻转卷面，写的是"尽先补用直隶州金颖"，心里暗忖，捐班里面，要算他是巨擘了，为何那几个字写得这般难看呢？随即差人请了王总教来，把卷子交给他，请他评定。这番王总教看卷子，不比那出题目的为难了，提起笔来，先把金子香的卷子连圈到底。说也奇怪，那歪邪不正的字儿，被他一圈，就个个精光饱湛起来。以下几本，随意批点，送呈抚帅。姬公见金颖取了第一，看他批语，是"应有尽有，应无尽无"八个字，便笑道："我公的眼力实在不错，兄弟就拟这本头一，八字批得真正确当。"又看底下有的批："两个黄鹂鸣翠柳，文境似之。"姬公看了，却不懂得，说："这本据兄弟看来，颇有些不通的去处，为什么倒批他好呢？"王总教道："晚生这个批语，原是说他不通，那两个黄鹂，在柳树阴中对谈，咱们正听不出他说的是些什么？"姬公也大笑道："我公真是倜傥诙谐。"王总教又道："看这金颖的文字，是极通达时务的人，倒好办两桩维新事件。"姬公点头称是。

次日，挂出名次牌来，那交白卷的停委三年，余下俱没有什么出进。金子香因自己果然取了个第一，忙去谢老师的栽培。王总教叹了口气道："我们中国的事总是这般，你看头上出来的条教雷厉风行，说得何等利害，及至办到要紧地方，原来也是稀松的。我想这回抚院课吏，要算得你们候补场中一重关了，抚宪自己监场，枪替也找不得，夹带要翻，也碍着耳目，他亲口对我说，要有不通的，关系前程。我只道那些不通的应该功名不保，谁知弄到临了，交白卷的也不过停委三年。七十一个人，除了三十多个交白卷，又除了老弟一位，其余几十本卷子，那本是通的？一般安安稳稳静等着委差署缺，不见什么高低。既然如此，何必考这一番呢？老弟文章好丑不打紧，你却全亏我在抚宪面前替你着实保举了几句，说你懂得时务，大约将来差使有得委哩。只是时务书，以后倒要买些看看，方能措施有本。"金子香听了王总教的这些名言，一句句打在心坎上，说不出的感激，随请教应该看些什么时务书。王总教见他请教，就开了几部半新不旧的时务书目录给他去了。

要知后事如何，且听下回分解。

国家行新政，则上改服色条陈，国家信团民，则上招抚拳匪的折子，如此因时制宜，揣摹迎合，而犹不得法，诿之于命，夫复何言。

抚台事事请教，不敢不依，是极写疆吏无能。教员大模大样，是明欺官场无人懂得学务，过犹不及，均非中庸之道。

王总教叹口气道："我们中国的事，说得何等利害，及至要紧地方，仍旧稀松。"数语，深切中国弊病。

第二十五回

学华文师生沉澄　听衍说中外纠缠

却说王总办送出金子香，回到卧室，检点来往信札，内有上海寄来他侄儿的信，说汇款已经收到，但仪器购办不易，总须再歇两三个月，方能带了前来，自己放宽了这条心。只长沙的汇款，不知何时可到，家眷如到济南，总要半年以后，正是客居无聊，闷闷不乐。按下不表。

且说他侄儿名公溥，表字济川。父亲名文澄，表字淹卿，合宋卿是嫡堂兄弟。长沙宗族的法则，向来讲究，虽然堂弟，犹如胞弟一般，所以他同宋卿往来，极其亲近。这淹卿从小飘流上海，做了大亨洋行买办，近几年间颇有几文积蓄，因娶了一房妻室，生下济川，到他十三岁上，送入外国学堂读洋文。济川天分极高，不上三年，学得纯熟。谁想他父亲一病死了，济川就想照外国办法，不守孝，不设灵，早早的择地埋葬；他母亲不肯，定要过了百日才准出材，因此耽阁许多洋文功课。及至出材的时候，他母亲又叫他请了许多和尚道士，在家讽诵经忏，济川虽不敢不依，然而满肚皮不愿意，躲在孝堂里，不肯出来合那和尚道士见面。好容易把他父亲骸骨安葬罢，又要谢孝，一切浮文，足足闹了四五个月，才得无事。其时已离学堂放年假不远，济川赶到学堂，原只打算降班，岂知学堂里的教习，本有些不愿意他，借此为名斥革了出去。济川这时弄得半途而废，对他母亲哭过几次，要想个法儿读洋文，他母亲劝道：“我儿！你也不须那样悲戚。你老子虽死了，他却薄薄的有些家产，横竖不在乎你赚钱吃饭，那劳什子的洋文读他做甚？据为娘的意见，不如请个先生家里来，教你读中国文，你叔叔也是翰林，你将来考中，合叔叔一样，何等体面？为什么要学洋文？学好了也不过合你老子一般，见了外国人连坐位都没有的，岂不可耻？”这济川原来孝顺的，又听他母亲说得痛切，再兼觉得自己中文实在有限，暗思："我且把中文念通了，然后去读洋文不迟，有了三年底子，也比别人容易些。"想定主意，连连称是。他母亲见他允了，就托了几处亲戚，访请一位名师，每年束脩一百二十两，自此济川就在家里读书。

那先生姓缪，是在江阴书院里肄业的人才，颇有几分本事。起先教他经书，不上一年，温故知新，五经均已读熟。先生就拿《东莱博议》讲给他听，传授他做文章的法儿，又叫他《左传》要读的熟。他向来未遇名师指教，今得了许多闻所未闻的新理，那有不服的道理？自然奉命唯谨了。叫他读《左传》，他就把一部《左传》翻来覆去的读起来。读到第六本宣公那一册，有什么"宣子骤谏，公患之，使钼麑贼之"一节，为他事迹离奇，留心细看，看出破绽来了，大启疑心。要想问问先生，可巧先生有事出去。等到天黑回来，他把这本书摊开，对着先生问道："书上的话，亮来决非谣言。"先生道："书乃圣经贤传，岂有造谣言的道理？"他道："既然如此，这节书学生有些不懂。那钼麑说的一番话谁听见的？如何会传到左氏耳朵里把他写上？"先生道："这作兴赵宣子的家人们听见的。"他道："赵家既有人听见，知道他要杀主人，为什么不把他捉住，倒随他从容自在的触槐而死呢？譬如我们家里有了刺客，是决不能不捉的，一人捉不住，喊了众人，也把他捉住了。先生常说《左传》文章好，据学生看来，也不过如此，这分明是个漏洞。"先生被他驳得没话说，发怒道："读书要观其通，谁见你这般死煞句下，处处要怎般考到实处，那就没一部书没扳驳的了。"他见先生发怒，也只得罢手。过了些时，抽了一部《欧罗巴通史》，找出几段问问先生。这先生虽系通人，没得那般八股习气，却阁不住他如此考问。可巧有别的事，就便辞却这馆，荐了一位浙江学堂里出来的教习，是他朋友瞿先生。

到次年正月里，瞿先生来开馆，一般也是拜孔夫子，请开学酒。这瞿先生却比缪先生开通了许多，打开书箱来，里面尽是新书，有些什么卢梭《民约论》，孟德斯鸠《万法精理》，《饮冰室自由书》等类。他所讲的，尽是一派如何叫做自由，如何叫做平等，说得天花乱坠。济川听了，犹如几年住在空山里面不见人的踪迹，忽然来了一位旧友密切谈心，那一种欢喜的心，直从肚底里发出来，暗忖道：这才好做我的先生了！谁知这位先生议论虽高，却不教他做什么功课，只借些新书给他看，平空衍说衍说。他忍不住要请教些实在的功课，先生没法，只得出去买了几张暗射地图，又是《地理问答》，打算教他初级地理。他道："这些么，从前学堂里通都学过。"先生不信，拣几个岛名试试他，果然记得，那真没法难他了。以此类推，可见浅近的物理学、生理学等类，他都晓得，归到根来，只有仍旧教他中文。于是又买了几部选本古文，想要传授心法。打开一看，乃是什么《战国策》，默诵一篇，连句子自己也有作不出的地方。就只有欧阳公的几篇记，三苏的几篇论，好拿来讲给他听。又叫他每逢礼拜六作文。幸而这先生是济川拜服的，有些错处，可以将就过去，也不来挑剔先生了。但事不凑巧，有这位极开通的儿子，就有那位极不开通的娘亲。

且说济川的母亲，因为丈夫死了，觉得自己是个未亡人，没得什么意兴，拿定了个修行念头，简直长斋绣佛，终日的"阿弥陀佛！南无观世音菩萨"倒还罢了，偏偏信奉鬼神，又是要烧雷祖香，又是要拜斗姆，七月半定要结鬼缘，三十日定要点地藏灯，济川劝了几次，说："天下那里有鬼神？就是有鬼神，他的性质总不同人一样，人去恭惟他，他那里得知？至于雷能打人，并非有什么神道主使，只因人不晓得避电的法儿，触了那电气，自然送命，烧烧雷祖香，也避不了电气。北斗是个星，天空有行星、有恒星两种，恒星就是日，行星就同我们地球一般，外国人看出来的，那有什么神道在里面？拜他何益！"他母亲道："你这孩子，越说越不像样了，连神道都要诬蔑起来。据你说来，祖宗也是假的，供他则甚？那不把香烟血食都绝了么？昨夜我做梦，你父亲问我要钱使用，我正要念些经，焚化些冥锭与他呢。你读你的书，休来管我闲事。"济川被他母亲抢白一顿，肚里还有许多道理，也不敢说了。出来走到书房，寻思母亲那般执迷不悟，总是没学问的原故。女学不开，中国人没得进化的指望了。因此，动了个开女学堂的念头。

一日，合瞿先生说起，瞿先生大喜道："看你不出，年纪虽轻，却有这般见识，怪不得人家要看重青年。这女学堂前两年有人办过，但是没有办好，如今我有几位同志，正商量这件事，大家凑钱，每人出洋五十元，现已凑成十分，有五百块的光景。想开个小小女学堂，但只也要三千块左右，那二千多竟没处设法。你可能筹画筹画，赞成此番义举？将来历史上也要算你一位英雄。"济川听了这话，尤其踊跃。只是家里有些积蓄，都放在庄上，那里几千，那里一万，自己虽然晓得，却轮不到作主。倘若同母亲说明，包管驳回，要先生替他想个妙计出来。瞿先生眉头一皱，想了半天，道："这事容易。我听说令堂欢喜吃斋念佛，料来功德是肯做的。待我假造一本缘簿，只说龙华寺里的和尚募化添造一座大殿，只少二千五百块洋钱，要是肯捐，功德无量。你拿进去给他看，就说是我的来头，包管有点边儿。"济川听了，拍手大笑道："先生妙策入神！中国人只晓得诸葛亮，先生就是个小诸葛了。"瞿先生被学生这样恭维，把金丝边眼镜里的眼睛一抬，也自扬扬得意。就在书架上找着写挽联用剩的旧黄纸，取来裁订了一本缘簿，写了无数功德话头，作为募启，后面写某道台捐几千，某总办捐几千，某太太捐几千，总之，没有几百的一款。变了几种字体，做得一毫看不出是假的。

　　次日，墨迹陈了，又摹仿了寺里一颗印印上，然后交给济川，捧了进去。他母亲见了，果然信以为真，念声："阿弥陀佛，原来先生也相信这个，你是个谤毁神佛的，为何也肯拿进来？"济川发急道："儿子只说神道没有，佛是有的，这个原应该信他的。"他母亲道："我在上海多年，早听说龙华是个大寺，烧香的人也很多，却没有去烧过香，几时也要去走一趟才是。"济川捏了一把汗，暗道：他这一去，那话儿就穿帮了，如何使得？便道："那龙华寺路远哩。平时山门都关起来的，只三月里才开呢。这缘簿，先生说，只要我们捐上二千五百块洋钱，就好买料修造大殿了。这功德有一无二，佛在西方，也要记下我们名字，算是第一件功劳。母亲定是寿高八百，儿孙们也后福无穷。"他母亲："我儿这话一些不错，如来佛一粒米，能普救天下的荒年，我们就靠着他吃饭哩。替他修修大殿，还不应该么？你快去把缘簿写上了，答应先生，我叫人去请钱店里的李先生来，叫他兑洋钱便了。"济川含笑捧了簿子出来，一一与先生说了。瞿先生笑道："果不出我之所料！"当下不禁大喜，就叫济川写在簿子上。济川道："学生的字不好，请先生代写罢。"瞿先生把脸呆了一呆道："那却使不得！不论好坏，总是你的亲笔。"济川只得自己写好。次日，果然二千五百块的洋票写来了。瞿先生道："此款且交与我收藏，此时房子还未看定哩。待一一布置妥帖，开学时再同你去看。"

　　原来这瞿先生在上海混得久了，颇沾染些滑头习气，他那里开什么女学堂？因为同几个书铺里伙计约定了翻刻一部书，原不过借济川这笔款子活动活动，赚出钱来，将来或是归本，或是捐入女学校里，由他怎样造言搪塞。济川不知，还当是真的。过了两月，才催问他道："先生！为什么还不开学？"瞿先生道："那有这般容易？房子还看不成。你想上海寸金地，稍为宽敞些的房子，人家不叫他空着，早赁去开店了。开学堂是贴本的事，万不可出重价租房子的，所以为难。"济川听得，十分焦灼。可巧有从前两位同学放假，同来看望他，约他到民权学社里去走走，济川欣然应允。这日先生有事出去，要耽阁几日才来，济川乐得偷闲，当下就合他同学到得民权学社。

　　这学社不比别处，济川进去，只见那些学生一色的西装，没一个有辫子的，见了他三人的打扮，都抿着嘴笑。济川看看他们，再看看自己，觉着背后拖了一条辫子，像猪尾巴似的，身上穿的那不伶不俐的长衫，正合着古人一句话，叫做"自惭形秽"！那两个旧同学领他到了一处楼上，找着熟人，谈起来都是说的中国那般那般的腐败。正在谈的高兴，外面闯进一个人来，一头是汗，把草边帽子掀起，拿来手中当扇子扇。大家立起道："宋学长请坐。"那人把头略点了点，拣张小方杌坐了，说道："诸君还在此闲谈得快活？外边的事不好了！"且说济川的旧同学，一姓方叫方立夫，一姓袁叫袁以智，他那熟人便是胡兆雄，来的那人就是宋公民。当下公民忽说出那句突兀的话来，大家惊问所以。他喘了口气道："说也令人可气！云南边界上的百姓，因为受了官府逼迫，结成一个党，想要抗拒官府；官府没法，想借外兵来剿灭他们。诸君试想，外国人是惹得的么？他们借此为名，杀我们同胞，还要夺了我们土地，岂不是反了？为此我们几位义务教员，印了传单，约些同志，在外国花园衍说，这时预先运动去了。诸君见过传单，务必要到的。"大家诺诺连声，义形于色，又痛骂一回云南官府，方才各散。

　　济川是不用说，热血发作起来，恨不能立时把云南的官府杀了才好。到得书房，何曾肯好好睡觉？靠定椅子，咬牙切齿，恨恨不休。家童见了，不知他为了何事，满面的怒气，暗道：我们少爷今天出去，一定吃了人家两个耳光没有回手，所以那般动怒，倒不好走开，吃他发起脾气来，少不了一顿拳脚。只得站在书房门口趔趄着，欲进不进。济川连问外面何人？他才大大方方的走了进来。济川看他那样儿，竟同百姓怕官府的样子一样，因叹一口气道："你也不犯着这般怕我。论理你也是个人，我也是个人，不过你生在小户人家，比我穷些，所以才做我的家童。我不过比你多两个钱，你同为一样的人，又不是父母生下来应该做奴才的，既做了奴才，那却说不得干些伺候主人家的勾当，永远智识不得开，要想超升从那里超升得起。我新近读了《汉书·卫青传》。卫青说：'人奴之生，得免笞辱足矣！'中国古来的大将军，也有奴隶出身，当他做奴隶的时候，所有的想头，不过求免笞辱，简直没有做大事业的志向，岂不可叹？我如今看你一般是个七尺之躯，未必就做一世的奴才，如来说：诸佛众生一切平等，我要与你讲那平等的道理，怕你不懂，只不要见了我拘定主人奴才的分儿就是了。"那家童听了他这番大议论，丝毫摸不着头脑，一会又说什么《汉书》，想来就是《两汉衍义》了，忖道：怪不得人家说我少爷才情好，原来《两汉衍义》那部书都记得这般熟。一会儿又说什么如来佛，更是骇怪道，好好的怎么念起经来了？什么奴隶平等，一概不懂。岂知济川是练就这一套儿，碰着题目对手，总要发挥发挥，吐吐胸中郁勃之气。

闲言少叙。到了次日，济川一早起来，梳洗已毕，便合他母亲禀过，说要回看朋友。他母亲叫他吃了早饭去，他那里等得及，回说不饿。走到书房，把旧时的操衣换了，拿辫子藏在帽子里，大踏步的出门而去。走到外国花园，却静悄悄地不见一人，寻思这些有义气的人儿，怎么也会失信？日已三竿，还不到来。回转一想道：噢！我却忘记问问他们约的是几点钟？真正上当哩！今儿只好在此候一天罢！等到午牌时分，肚里饿的耐不得，才看见有人把些衍说桌椅向正厅里搬了进来。

要知后事何如，且听下回分解。

第二十六回

入会党慈母心惊　议避祸书生胆怯

却说济川见人把桌椅搬入正厅，便跟上去，问他那班朋友，为什么还不见到？搬椅子的道："早哩！说的三点钟来。"济川无奈，只得在就近小面馆里，买碗面吃了。呆呆的等到三点钟，果然见两个西装的人来到墙边，贴了两张纸头，上面夹大夹小的写了许多字。近前看时，就是宋公民说的那几句话儿，添上些约同胞大众商议个办法的话。

又歇了多时，才见三五成群的一起一起来了。都是一二十来岁的人，中间夹着一两个有胡子的，又有几个中国装的。济川等他同学，总不见到。看看大众已拣定座儿坐下，只得也去夹在里面坐了。第一次上台的人，就是那一个有胡子的，说的话儿不甚着劲，吱吱咯咯的半吞半吐，末了又是什么呼万岁的祝词。大众听了，却也拍过一回掌。第二次是个广东人，说的是要想起义军的话，那拍掌之声，也就利害了些。恨的是到了后面，他却变了调儿，说些广东话，多半人不懂的，也有凑着热闹拍掌的。旁边有些女学生，不知那个学堂里出来的，年纪都是十八九岁上下，只听见克擦一声，呀呀一声，大众注目观看，并无别事，原来是一位女学生身体太胖了，椅子不结实，腿儿折了，几乎仰翻过去，就有人连忙替他换了一把椅子。这个当儿，可巧有两个流氓，带了姘头来看热闹，却好紧靠着济川的座儿。听他那姘头问道："这班人在这里做些什么事情？"那流氓答道："这都是教堂里吃教的，在这里讲经呢！"济川听了，不禁好笑。跟手就是一个黑大汉上台，脚才跨到台上，那拍掌之声，暴雷也似的响，只济川不知他是谁，无从附和。果然这人说法与众不同，他道自己到过云南，那里的官府如何残酷，如何杀百姓是不眨眼的，那百姓吃了这种压制，自然反动力要大起来了。又说他自己也是不得意的人，有什么事不肯做！说到此处，拍掌之声，更震的耳朵都要聋了。台下有几个人，脸都泛红，额上的筋根根暴了起来，济川也是鼻中出火。谁知他那话是一开一合，转过来说，还是和平办法，电告政府，阻住那云南官儿借外国兵的事，问大家愿意不愿意？要是愿意，就请签下字。殊不知这场热闹，来听新闻的人居其大半，除去民权学堂的学生，真正他们同志也就有限了。当下有许多拍掌的人，听见要签字，都偷偷的躲了出去。只济川是个老实人，不知利害，见大众签字，他也签上个字。当时签字已毕，不免彼此聚谈一番，哄然而散。

　　过了几日，济川只当他们真有些儿举动，便踱到民权学堂打听消息。谁知进去，只见几个粗人在那里看房子。问起众人，说又到那外国花园去了。问其缘故，无人得知。仗着自己能走，便奔到外国花园。到得那里，偏偏错了时刻，大众已散，济川只得折回。走过一爿茶馆，进去歇歇脚，见有卖报的，济川买了个全分，慢慢的看着消遣。忽然见一张报上，前日那外国花园的衍说，高高登在上头，自己的名字也在上面。这一喜非同小可，觉得他们也算我为同志，非常荣幸。正想再到民权学堂里去，合他们谈谈，不料天色渐渐的黑下来了，算计回家路远，怕有耽迟。原来济川家里母教极严，回去过晚了是不依的，只得付了茶钱下楼，一径回家。可巧瞿先生来了，问他到那里去这半天，济川正自己觉着得意，要想借此傲傲先生，就一五一十的说了出来。先生道："哎哟！你上了当了！他们这班人是任了自己的性乱闹的，又不是真正做什么事业，只借点名目，议论一回，上上报，做几回书，贪图生意好些，多销几分儿。明仗着在上海，一时没人奈何他，故敢如此。那云南好好的，有什么官府借外国兵杀百姓的事？都是捕风捉影之谈，亏你肯去信他，将来闹得风声大了，真个上头捉起人来，那时连你带上一笔，跟着他们去坐监，才不得了哩！"济川向来是佩服先生的，这时听他说话太觉不对，自己一团高兴，被他这么一说，犹如一盆冷水，兜头浇下，不觉气愤愤说道："先生这话错了！做了一个人，总要做些事业，看着大家受苦，一人在家里快活，那样的人，生他何用？他们要上报做书，话也多着哩，为什么拣这些犯忌讳的话放上去？我所以信他是真，就算打听不甚详细，总也有点因头。难得这番热心，想要运动起来，真不愧为志士。况且内中有人到过云南，晓得那里官府待百姓的暴虐，说得何等痛切！难道也是假的？这些话说说，也教官府听见，怕人家不服，不至依然草菅人命。先生倒劝叫他不要说，恐怕招祸，又叫学生不要去听，恐怕跟他们坐监。学生要做个英雄，死也不怕，不要说是坐监。我们热血的人，说话是莽撞的，先生休要动气。"瞿先生大怒，把手在桌子上一拍，那金丝边眼镜掉了下来，几乎跌破，骂道："你这孩子，越发不知进退了。我合你说的是好话，原是要保护你，恐怕你受累的意思。他们那里头的人，我虽不认得，也有几个晓得他们来历，那有什么热心，不过哄吓骗诈。即如那位广东人，是著名的大滑头，他配讲到那些话吗？只你没阅历去信他们，将来吃了苦头，才知后悔哩！你说官府怕人家议论，不至草菅人命，你那里见官府草菅过人命来？况且他那几个人的议论，也不会就惊动到官府。你说你是热血，难道我就是凉血不成？不要我把你的血也带凉了，你不守学规，我教不得你，另请高明罢！"说完，就叫家人捆铺盖要走。济川见他这样，倒着急了，只怕母亲不答应，只得回转脸来赔罪，再三挽留先生。这瞿先生得此美馆，也非容易，如何便肯舍之而去？那般做作，原因太下不去了，料想学生总要服罪的，今见他如此，便也乐得收篷，道："既然你自己晓得错处，我就不同你计较。自此以后，只许埋头用功，再不要出去招这些邪魔外道来便了。"济川诺诺的答应了，心里暗忖道：我这先生，向来是极维新的，讲的都是平权自由，怎么这外国花园一班人他会叫他不是，又劝我不必去附和他，这样看来，什么维新守旧都是假的。又且听先生一番议论，倒像卫护官场，莫非他近来得了什么保举，也要做官了，所以这般说法。以后合他说话，倒要留心，不要再被他发作起来，又要辞馆，弄得我再赔不是，那才没有意思呢。只是那女学堂究竟如何？待我来问问他看。

想定主意，便问道："先生这几日在外面运动，想是为女学堂的事，不知有些边儿没有？房子可曾租定？"瞿先生叹口气道："房子倒已租定了，只是我们中国倒底不开通，没得人来应考，新近有了两个人来报名，却又收不得。"济川惊异道："一般是来学的人，那有不好录取的呢？"瞿先生道："所以说你不曾阅历过，要好收我们还不收么？你道这报名的是何等样人？原来一个是兆贵里书寓里的女儿，一个是长裕里住家野鸡的女儿。"济川虽生长上海，那书寓是跟他父亲到过，不消说晓得的了；什么叫做住家野鸡却不知道。往常也听见人家说"野鸡"二字，只道是可以做得菜吃的野鸡，此番听见先生说了这种新名词，倒要请教请教。幸亏那瞿先生诲人不倦，当下就把那住家野鸡的始末根原，详详细细的衍说了半天，济川方才恍然大悟，忖道：这样看来，我又不但要开女学堂，先要逐娼妓了。就问先生道："这种下流社会的种子，官府倒不驱逐么？"瞿先生道："你这孩子又来说梦话了。你想你们外国花园衍说，说的都是合官场为难的事，尚且没人来驱逐，那住家野鸡，既然住在租界,他又不碍官场,为什么要驱逐他呢?"济川听了这话,也由不得要笑了。自此常在家里用功,不去管外面的事。

过了半月,先生又有事出去了,可巧那旧同学又来看他。济川责他道:"那天外国花园的会事,二位约明来的,为什么不到?这般没信?"方、袁二人道:"我们何尝不想来?只因外国学堂里的法律严,比不得中国学堂,可以随便的,要是我们那天来了,一定开除我们。想那些空议论,听他无益,倘若因此开除了,倒不值得,所以未来。"济川暗道:恁般说来,我们先生的话,也真不错了。方立夫道:"老同学!你只知道怪我们不来,不知这班衍说的人,如今都是不了!"济川大惊,亟问其所以。立夫道:"那衍说直闹了三次,每衍说一次,就上报一次,所说的又是有类于造反一般,既然如此,索性秘密些我倒也佩服他,那有清天白日宣言于众,说我们要造反的?老同学!你想,这不是个疯子吗?好笑那些官府,当作一桩正经事务,不知道他们是闹着玩的,也不知那个传到那官府耳朵里去。虽说是上过报,然而这种报官府轻易不看的,一定是有人传到他们的耳朵里去。你想他们把云南那些官府糟蹋到这步田地。常言道:官官相护,一般做官的人,那有肯容人骂官的?所以这里的官动了气,要捉他们这一班人,又捉不成。说来说去,总是中国不能自强,处处受外国人的压制。事到如今,连专制的本事都拿不出来,要想捉几个人都被外国人要了去。"济川听到这里,大喜拍掌。立夫道:"老同学!且慢高兴!你说官府捉不得人,是我们中国人的造化吗?他们那些衍说的人,依赖了外国人,就敢那般举动,似此性质,将来能不做外国人的奴隶吗?做中国人的奴隶固是可耻,做外国人的奴隶可耻更甚!不但可耻,要是大家如此,竟没得这个国度了,岂不可伤!"济川听了这番警动的话,由不得泪下交颐,这是少年人天真未凿,所以还有良心。当下方、袁二人安慰他一番,他又急问端的。立夫道:"官府捉人的事太鲁莽了,不曾合外国人商通,外国人不答应,所以将人要去,也只三五个人,其余均闻风远避,有的到外国去了。这几个人既被外国人要去,也不至放掉,不过审问起来,不能听官府作主,要他们会审,不消说那种吓人的刑具是不能用了。官府气不愤,想了法儿合外国公使说话,也是无益,仍旧没得个收梢,但余党恐要株连,弄成一个瓜蔓抄,这才不得了哩。我们幸而没到场,置身事外。老同学!你去可曾签名字没有?"济川道:"不瞒你二位说,我去听衍说,能不签名吗?原为这事被我们先生发挥了一顿,此时倒要服他老成先见,怎样设法避脱这场祸才好?索性轰轰烈烈的做一番倒也罢了。像这样没来由,暗暗的上了圈套，我也觉着不值得。老同学！有什么法儿想，替我想想看。只是那些官府，也真不知是何意见，似此同类相残，如何会得自强呢？"立夫道："你这问极有道理。譬如我们这班人，知道自治，自然不受人压制，官府虽暴，也无如之何。官府以法治人，自家也要守定法律，人家自然不议论他，这才是维新的要诀，文明国度也不过如此，如今还早哩。你签名一事，虽没甚要紧，然而也要想个法儿避避才好。要是一时大意，被人家带上一笔，那却不是顽的。"济川被他们说得心中忐忑不定，当下二人辞去了。

事有凑巧，偏偏他们说话的时节，济川家里的丫鬟细细听了去，就到里面合太太述了个大概。济川母亲听得，又是官府捉人，又是济川也有名字在内，后来又商量避祸的话，登时急得身子乱抖，忙叫济川进去。济川听见母亲呼唤，知道方才的话，被他老人家晓得了，倒着实为难，只得走了进去。他母亲骂道："你越读书越没出息，索性弄到灭门之祸了！那些造反的人可是好共的？"济川辩道："没这事儿，方才方立夫、袁以智二人，是外国学堂里的同学，他们来看我，讲论些人家的闲事，不干我的事。"他母亲道："你还要瞒我？我都听见了。"济川道："母亲定是听见丫鬟说的，他闹不清楚，知道我们说的什么，传话不实，倒叫母亲耽惊动气。"他母亲道："你要没事便好，要有事总须叫我知道，好早早商量。"济川答应了几个"是"，退了出来，心中着实忧虑。偏偏先生又不在家，没有知己的人讨个主意。

正在踌躇，忽见书童报道："外边有人送了一封信来，说要请少爷出去当面交的。"济川一惊，忖道："莫非有人来拿我吗？"慌忙躲入上房。停了好一会，不见动静，出来探望，迎面遇着书童道："少爷！为什么不出去，那人说是山东寄来的银信，要面交，等得不耐烦了。"济川骂道："你这个混帐东西，为什么不早说明？"书童呆了一呆，不知他少爷是何意见，朝外便走。济川随后走出，果然是汇兑庄上的伙计。当下问明了济川名号，与信面合符，然后交出。济川看了，知是他叔父的信，上面又写汇银一万五千两，倒觉有些纳罕。票庄伙计请他去兑银子，他把信看完，才知是办书籍仪器的，又有请他当教员的话，便忙忙的穿好衣服，跟着那伙计到得庄上，议定要用随时去取，打了一张银票回来。可巧路上遇着瞿先生，一同来到书房。瞿先生问他到那里去的？他把山东的事说了。正想问先生避祸之法，那知瞿先生一听他言，早已有心，道："你前次闹的乱子，如今要发了，果不出我所料。前天我看见你的名字高高在那报上，现在官府捉拿余党，你须想个法儿躲避才是。"济川正为此事耽心，忙问瞿先生躲避的法子。瞿先生道："我已替你想出一条路道，莫如逃到东洋，那里有我几个熟人，你去投奔他，自然安当的。你要代你叔父办什么书籍仪器，我替你代办了罢。事不宜迟，须早早动身。"济川道："先生的话那有不是？只是学生这事不曾告知家母，且待商议定了再处。"瞿先生道："你要不从速设法，祸到临头，那时就来不及了。"

　　要知后事如何，且听下回分解。

第二十七回

湖上风光足娱片晌　官场交际略见一班

却说王济川听了先生的话，分外着急，无奈把自己入会党的事，进内告诉母亲，又把想要东洋去避祸的话亦说了。他母亲骂了他一顿，说道："我只你这个儿子，如今不知死活，闹了事，又要到东洋去，忍心掉下我吗？"说到这里，呜咽起来，弄得济川没了主意。半晌又听他母亲说道："东洋是去不得的，你姨母住在嵊县，来去不算过远，你到那里去住几个月，等事情冷一冷，没人提起，我再带信给你回来便了。"济川不好违拗，答应了。又说起山东信来，他母亲道："你叔父信来叫你去，虽然是好，只我听见人家说，山东路不好走，你没出过门的人，我不放心你去，还是转荐你先生去罢。"济川听了，就去告诉了先生。瞿先生自然大喜过望，就替济川起了稿子，叫他誊好了，挟在身边，把银票也取了银子，自去置办书器，带往山东不提。

且说济川第一次出门，本有些怯生生的，幸他母亲请了自己钱铺里的伙计张先生送他前去，觉着不怕了。临行，他母亲又是垂泪，济川也觉难过。他母亲又交代他许多话，无非是挂念他姨母的套文，不须细表。济川同了张先生，带了书童，当晚上了小火轮，次日船顶万安轿歇下。张先生道："这杭州是出名的好山水，世兄何不在此顽两天呢？"济川道："好。"两人上岸，叫挑夫挑行李进城，讲明了一百二十钱一担。这张先生非常啬刻，却有一般好处，替人家省钱，就同替自己省钱一样。当下不但挑钱讲的便宜，还要把些零碎物件，自己提了向那轻的担子上加。挑夫急了，弄得直跳，口口声声的苦脑子。济川看此情形，又动了恻隐念头，添了一个担子才罢。张先生恨恨的叫声："世兄！你没有出过门，到处吃亏，又上了他们的当了！那挑夫脾气是犯贱的，不加上他点斤两，他也不觉得你的好处，倒要敲起竹杠来。"济川笑道："这些苦人儿，宽他们些有限的，大处节省，听你罢。"进了城，找着客店，每人一百二十文一天，饭吃他的，好菜自备。当日匆匆将物件行李安放停当，天光已黑，胡乱吃了些晚饭，打开铺来睡觉。济川才躺下去，颈脖子上就起了几个大疙瘩，痒得难熬，一夜到亮，没有好生睡。那张先生却是呼呼大睡，叫也叫不醒。次日饭开上来，一碗盐菜汤，就是白开水冲的，一碟韭菜，咸得不能入口。济川只得停箸不食。那张先生尽让他吃，他说："我不饿，你先请罢。"张先生就不客气，提起筷来，呼拉呼拉，几口就吃了一碗，直添到三碗才肯放手。济川看他如此，自己无奈，只得叫书童找店里伙计，端了两碗面来，主仆才饱餐一顿。饭后无事，合张先生商量了，加了厨房四角洋钱一天，另备几样精致的小菜，又把床铺换了，然后议到出游。

　　次日张先生同他到藩司前看池子里的癞头鼋，济川莫名其妙。那张先生大破悭囊，身边摸出六文钱，买了一个山东馒头，分了两半个投入池里。果然绿萍开处，一个癞头鼋浮出水面上来，那鼋身足有小圆桌面一般大小，将两半个馒头吞了去。济川看了，也没甚意思。张先生又领他到城隍山上，去看那钱塘江的江景。找到一只茶馆坐下。茶博士问吃什么茶？张先生叫了一碗本山，又叫他做两个酥油饼起马。却好这时正是八月里，那钱塘江的潮水是有名的，济川正与张先生闲谈，忽见大众凭栏观望。张先生道："潮来了！"济川也起身来靠着栏干。看时，果然远远的银丝一线飞漾而来，看看近了，便如雪山涌起，比江水高了几倍，犹如砌成的一层白玉阶沿，底下有多少小船，捺桨直往上驶。济川叫声："哎哟！"张先生问："什么事？"济川道："眼见那船就要翻了！"话未说完，那些船一只一只的浮在潮水面上，济川着实诧异。张先生道："这是他们弄惯的，世兄读书人，难道还不知！"济川想道："记得小时听见先生讲过，什么嫁与弄潮儿，莫非就是这些人了。"正在观望，不提防茶博士走来，将酥油饼在桌上一阁，道："饼来了。"济川吓了一跳。张先生让他吃饼，道："这也是杭州的名件，世兄须得尝尝。"济川分了小半个吃着，觉得有些生油味儿，不甚合意，放下不吃。两人坐了多时，看看天晚，想要回寓，就叫堂倌算帐。一算起来，整整三百文制钱。张先生拿几个铜钱在桌上一摆道："两人一百六，三十二加十钱小帐，二百零两个钱。"堂倌道："那酥油饼是一百二十钱一个。"张先生合他争道："我吃酥油饼也吃过千千万万，没有吃过一百二十钱的起马酥油饼。"堂倌道："客人不知，现在干面长价了。"二人争了半天，始终付了他一百钱一个饼，才得出去。那堂倌咕哝道："千千万万的酥油饼，够他一世吃哩，没有见过这样啬刻人，也来吃酥油饼。"张先生只作没听见，走出店门，觅路下山回去。

次日，张先生又领济川去游西湖。早起饱餐一顿，踱出涌金门，望西湖一面走来。那时天气尚早，游客寥寥，二人走到湖边，雇了一只瓜皮艇，随意荡桨，遇着好景致，便登岸流连，或远远瞻眺。果然天下第一名胜。况是八月天气，有些柳树摇风，桂香飘月的意思。到得靠晚，只见天上一片晴霞，映着湖水青一块、紫一块，天然画景，就是描写亦描写不出。而且孤山迤平，雷峰突兀，一时亦浏览不尽。但可惜那上、中、下三天竺，被和尚占去了。两人正在看得有趣，济川想道：那和尚不耕不织，坐食人间，偏享恁般清福，真是世上第一件不平之事。一边游，一边想，看见天色已渐渐的黑下来，方才回船拢岸。依着张先生的意思，要想回寓吃饭，济川道："肚子饿久了，前面藕香居摆着好些中碗，我们去尝尝看。"张先生道："那藕香居是吃得的吗？"济川道："除非他菜里头有毒药，便吃不得。"张先生道："世兄！不是这般说，他那菜又不好吃，价钱又贵。"济川道："尝尝看，要好，贵也无妨。"张先生被他缠得没法，只得同他到了藕香居。这是西湖上有名的茶馆，兼卖酒菜。张先生替济川要了一样醋溜鱼，一样摊黄菜，一样炒虾仁，半斤花雕，两人吃酒赏玩。济川见栏干外面环着池塘，密密的全是荷叶，只可惜荷花没有了，那五六月间不知怎样好看哩！虽然秋天，还有些余下的清香，一阵阵被风吹来，着实有点意思。须臾酒饭已罢，仍回寓处。

次日，商量起身，搭船过江，一路走去，那绍兴的山水，更是雄奇。到绍兴住下。次日，又去探过禹穴，见了岣嵝碑，一字不识。那山阴道上，应接不暇的说法，虽然不错，却总没有西湖那般清幽可喜。两人访明了到嵊县的路，一直进发。到得嵊县，原来小小一个城池，依着在上海打听的路儿走去，只见几家绅户，也有挂着"进士第"匾额的，也有挂着"大夫第"匾额的，末了一家更是不同，大门外贴了一张朱笺纸，写的是"奉宪委办秦晋赈捐一切虚衔封典贡监翎枝分局"，又挂了两面虎头牌，上写着"赈捐重地，闲人莫入"，四扇大门里面，又挂着四顶红黑帽，两条军棍，两根皮鞭。济川见这里气概不凡，倒要看他是何官职，却见门外还挂着一块红漆黑字牌儿，上写着"钦加四品衔候选清军府佘公馆"字样。济川喜道："这正是我姨母家里了。"

此时行李未到，他便同张先生上去敲门。那知门是开的，门房里抹牌的声音响亮，见有人进来，就有一个管家，穿着黑洋绉的单衫，油松大辫，满面烟气触鼻，问是那位，找谁的？幸而济川记得他母亲的话，晓得这姨母家是讲究排场的，所以带了一张名片放在身边，当下正用得着，就在怀里掏了出来，叫他上去替回。那管家走进大厅，打了一个转身出来，挡驾道："老爷不在家，捕厅衙门里赴席去了，二位老爷有什么话说，待家人替回罢。"济川道："老太太总在家的，你上去，回说我是上海来的外甥便了。"那管家见是老太太面上亲戚，才不敢怠慢，说了声"请花厅上坐，待家人进去回明白了再说"。济川叫他派一个人在门口招呼行李，自己合张先生随他走进厅上。原来小小三间厅，中间放了一张天然几，底下两张花梨木桌子，两旁八张太史椅，四张茶几，都是紫檀木雕花的。上首摆了一张炕床，下首的屏门是开着，通上房的。中间挂的对子，上款是"西卿仁弟之属"，下款是"郇亭汪鸣銮"。两旁壁上，杂七杂八，挂着些翰苑分书的单条。济川合张先生在那中间椅子上坐定，等了好一会，那管家出来说："请！"济川嘱咐张先生在花厅上少待，就跟了那管家走进去。原来花厅背面，一色也是三间，一间走穿，两间有四扇屏窗隔开，高挑软帘，料想里面是间书房。济川再走进去，原来一排五间房子，一边有两间厢房，一边走廊。由那走廊绕进，便是上房，却一色的大玻璃窗，红纱遮阳。中间屋里，上首摆了个观音香案，黄纱幔儿，檀栾之香，缭绕幔外，他姨母正跪在蒲团上念《高王经》哩。济川在家侍奉母亲惯了，晓得经不读完，是不好合人说话的，便也不敢上去叩见，呆呆的站在当地。只见他姨母一面念经，一面却把头朝着济川点了两点，是招呼他坐的意思。少停，房门里帘子一掀，一个老妈领了一个五六岁的孩子出来，向济川磕头，叫表叔。那老妈又问姨老太太好。此时济川的姨母经已念完，济川上去拜见，他姨母问了他母亲一番，非常亲热。叫人把他安置在外书房，就要自己出去料理。济川道："外甥会去招呼的，花厅上还有送外甥来的一位张先生哩。"他姨母叫丫鬟出去，传谕家人倒茶、打脸水、安置床铺，又骂他们说老爷不在家，就那般偷懒，客来了也不招呼，仔细老爷骂你们。济川要见表嫂，里内传说有病，不能出来相见。然后济川退到外面，有人领了他同张先生到外书房里去。

原来这外书房在花厅旁边，另外一重门，南北相对两间，里面还幽静。窗前两棵芭蕉，一棵桂树，可惜开的不盛，也有些香气扑来。书桌旁有一个书架，上面摆的红纸簿面的是旧缙绅，黄纸簿面的是旧朱卷。家人正在添设床铺，却好行李小厮已到，就拿来一一安放妥当。书童住了对面一间。济川歇息一回，正想到上房去合姨母说话，只听得外边一片声喧，家人报道："老爷回来了！"又听呀的一声，大门开了，有轿子放下的声音，有老爷叫"来"的声音，有家人答应"是、是"的声音。济川暗道：

我这表兄又不是现任做什么，为什么闹成这个派儿？我住在他家，看他这种恶毒样子，如何看得惯呢？既到此间，也叫无法，只索耐几天罢。他既到家，我应先去拜他。就约张先生同去。张先生一向在买卖场中混惯，没有见过官府排场的，有些拘束，不愿意去见。济川说："我们住在这里，能不合他见面吗？你虽然就要回去，也得住一半天儿。"张先生没法，只得同了济川，叫小厮先把片子去回。他家人进去了半晌出来道："老爷说，请在签押房里见。"于是领济川二人进去。

　　原来这签押房就是那花厅背后两间，掀帘进去，表兄迎了出来，满面笑容的招呼。济川正想作揖，看他表兄的腿势却想请安，济川无奈，只得也向他请安，那腿却是僵的，远不如表兄那个安请得圆熟。张先生更是不妥，一个安请下去，身子歪得太过了，全体扑下，把他表兄颈上挂的蜜蜡朝珠抓断了，散了满地。原来他表兄赴席回来，知有远亲来到，尚未卸去冠服，不料遇着张先生，给他个当面下不去，就骂家人道："狗才！还不快拣起来！"那张先生的脸儿红的同关公一般，觉得自己身子没处安放。他表兄又分外谦恭，请他们炕上坐。济川还想推辞，张先生却早已坐下了。他表兄又送茶，张先生忙着推辞，又险些儿把茶碗碰落。济川谦道："我们作客的人，衣帽不便，实在不恭之至，表兄也好宽衣了。"他道："表弟大客气了。愚兄在官场应酬，那衣帽是穿惯的。也罢，今儿天晚了，料想没得什么客来拜我了，换了便衣，我们好细谈。至亲在一处，不可客气。"济川正要回答，只听他叫了一声："来！"犹如青天里起了一个霹雳。张先生正端茶在手要想吃，不防这一吓，把手一震，茶碗一侧，把茶翻了一身，弄得一件银灰茧绸夹衫面前湿了一大块，忙把袖子去擦，那里擦得干？那位司马公却正看着家人们理花翎，不曾瞧见，回转头来，方见张先生衣服潮了一大块，就道："老兄衣服湿了，穿不得。来！拿我的湖绉接衫给张老爷穿！"家人领命去取了接衫来，张先生只得换上，殊嫌短小，弄成出把戏的猴子一般。司马公又道："官场应酬，总要从容些。记得那年有一位新到省的知县，去见抚台，只因天热，这知县把扇子尽扇。抚宪想出一个主意，请他升冠宽衣，他果然探了帽子，脱了衣服，仍然扇扇子。抚宪请他赤膊，他不肯。抚宪道：'这有什么，天热作兴的。'他倒也听话，果然脱光了。抚宪端茶，底下一片声喊'送客'。他慌了，一手拿着帽子，一手挟了衣服就走。不到三天，抚宪把他奏参革职。你道可怕不可怕？所以愚兄于这些礼节上头，着实留心。"司马公说这几句话不打紧，只把一个生意本色的张先生，羞得无地能容，什么作客，直头是受罪。济川脸上也狠觉得不好看。他表兄更是妙人，衣服换过，靴子仍套在腿上，一个呵欠，烟瘾发作。那些管家知道他应该过瘾的时候，早把烟盘捧出，搬去炕桌，两人只得让他躺下吃烟。他表兄道："我们一家人不客气，愚兄因病吸上了几口烟，时常想戒，恐其病发不当顽的，只得因循下来，表弟可喜欢顽两口吗？"济川生平最恨吸雅片。他道："中国人中了这个毒可以亡种的。"往时见人家吸烟，便要正言厉色的劝，今见他表兄也是如此，益发动气。又听他问到自己，就板着脸答道；"不吸，小弟是好好的，不病为什么吸烟呢？"他表兄觉着口气不对，有些难受，便亦嘿嘿无语。

要知后事如何，且听下回分解。

于俗不可耐之时，忽插入游西湖一段，想见作者闲情别致。

第二十八回

戕教士大令急辞官　惧洋兵乡绅偷进府

却说济川的表兄，听他说话有些讥讽，觉得难受，然而脸上却不肯露出来，歇了一歇答道："表弟高兴，偶然吸两口，也是不妨的。愚兄听见现在那些维新人常说起要卫生，这是卫生极好的东西。而且，现在凡做大官的人，没有一个不吃的。愚兄别的不肯趋时，只这吸烟，虽说因病，也要算是趋时的了。"济川听了这些言语，更不耐烦，只得告退，道："小弟还要去检点检点行李，等会儿再谈罢。"他表兄也不十分留他，便道："表弟在此，只管多住些时，不要客气。"济川道："说那里话，只是打搅不安。"是晚，他表兄备了几样菜，替他俩接风。次早，张先生回上海去了。自此济川就住在他表兄处。

你道济川的表兄是什么出身？原来他父亲也是洋行买办。他小时跟着父亲在上海，也曾进过学堂，读过一年西文，只因脑力不足，记不清那些拼音生字，只得半途而废。倒是中文还下得去，掉几个之乎者也，十成中只有一成欠通。因此想应应考，弄个秀才到手，荣耀祖先。可巧他本家叔父是扬州盐商，他就顶了个商籍的名字，果然中了秀才。应过一次乡试，知道自己有限，难得望中，他父亲就替他捐了个双月候选同知。未几，他父亲去世了，回到嵊县，三年服满，他以为自己是司马前程，专喜合官场来往。无奈人家都知道他的底细，虽然他手中颇有几文，尚还看他不起。他想道：我要撑这个场面，除非有个大阔人的靠山，人家方不能鄙薄我。忽然想起府城里有位大乡绅佘东卿先生，是做过户部侍郎的，虽然告老在家，他那门生故旧，到处都有，官府都不敢违拗他，去投奔他试试看。想定主意，便趁佘东卿先生生日，托人转湾，送了重重的一分礼，又亲去拜寿。见面叙起来，虽然是同姓不宗，推上去却总是一个祖宗传下来的。东卿先生因绍兴同族的人不多，也想查查谱系，要是有辈分的，来往来往，也显得热闹些。当下查了仔细，果然同谱，只因乱后家谱失修，又他们迁居外县，所以中断的。排出辈分，却是平辈。从此便与他认定本家，自然把他阔得了不得了。

这济川的表兄，本名荣，因东卿先生名直坡，他就托人到部里将照上改了名字，叫直庐，合那东卿排行，表字西卿，自此就印了好些佘直庐的名片拜客。人家见他名字合东卿先生排行，只道是他的胞弟，无不请见。西卿称起东卿来，总是"家兄"，自此就有人合他来往起来，认得的阔人也就多了。西卿到处托人替他弄保举，又加上个四品衔，赏戴花翎，不但顶戴荣身，便也充起绅士来了。一个小小的嵊县，没有什么大绅士，他有这个场面，谁敢不来趋奉他？事有凑巧，偏偏这一年山、陕两省闹荒，赤地千里，朝廷目下停捐，因此赈荒的款子没有着落。当时就有几位大老，提起开捐的话。朝廷有主意不肯叫人捐实官，只允了虚衔封典贡监翎枝几项。各省督抚奉到这个上谕，就纷纷委人办理捐务。西卿打听着这个消息，连忙出去拜客，逢路设法，果然弄到了一张委办捐务的札子。从此更阔绰起来，门口就有了那些排场。

再说新到任的这位县大老爷，是个科甲出身，山西人氏。据他自家说，还是路闰生先生的三传高弟，八股极讲究的，又是京里锡大军机的得意门生，只因散馆时闹了个笑话，把八韵诗单单写了七韵，锡大军机不好徇情，散了个老虎班知县，就得了这个缺。这位县大老爷姓龙名沛霖，表字在田。当下选了这嵊县缺出来，忙忙的张罗到省，又带了锡老师的八行书，藩司不能怠慢，按照旧例，随即饬赴新任。方才下车，次日就是佘乡绅来拜。龙大老爷是个寒士出身，晓得地方绅户把持官府，最是害百姓的，就叫家人挡驾不见。西卿因县里不见，大是没趣，回到家里，唉声叹气，就同那落第的秀才一般。后来打听得这位大老爷脾气不好，只得罢手。为着在家气闷，便想到府里去散散。有天他本家哥哥东卿先生请他陪客，可巧那客就是本县大老爷。

原来龙在田有事到府，打听得这佘东卿是锡老师的旧友，特去拜望。因此东卿先生请他吃饭，西卿作陪。当时见面，西卿说起有天拜谒的事，龙县令早已忘怀。西卿道："就是老父台下车的第二日。"龙县令深抱不安，再三谢过。西卿自然谦让一番，是日尽欢而散。西卿在府耽搁数日，回到嵊县，那龙大老爷亦已回衙多日了。西卿就备了一分厚礼送去，居然蒙龙大老爷赏收几样，而且次日就来登门拜望。起先西卿的左邻右舍，见西卿拜县里大老爷不见，就造了多少谣言，说他吃了访案，县里正要拿他，因为功名未曾详革，不便下手。这时县大老爷亲自来拜，那些人又换了一番议论，说西卿到省城用了银钱，上司交代下来，没事儿的了，县大老爷见他脚力硬，所以来呵奉他的。闲言少叙。

且说西卿请了县大老爷来家，着实攀谈，说了本城许多利弊，龙县令闻所未闻，悔不与他早早相见。自此西卿又合县里结成了个莫逆交，地方公事不免就要参预一二。有一回，他乡里的本家叔父，要买人家一注田，卖主要价太大了，以致口舌，他来求了西卿，讲明事成送西卿洋钱一百圆，西卿就从中替他设法，说那人欠他叔父一笔款子，说明以田作抵的，如今抵赖不还了。那人听得这风声不妥，赶紧贱价售与他叔父，才算没事。又一回，西门外一个图董包庇了几个佃户，不还人家租粮，那田主到县里告了，出票提人。图董发急，来求西卿，说定两百圆的谢仪。西卿向县里说了，诬那田主虐待佃户，收人家一倍半的租粮。县里听了一面之词，将田主着实训饬一顿，斥退不理，倒把那些佃户放了。西卿又发一注小财。自此西卿在本城管些闲事，倒也很过得去。不但把从前送人家礼物的本钱捞回来，还赢余了许多。

这时他表弟来了，还要摆他的阔架子，就备了一桌上好的鱼翅席，请了县里的几位老夫子、粮厅、捕厅，叫他表弟作陪客。谁知他这位表弟志气高傲，就不喜同官场人应酬，虽然不好不到，只是坐在席间，没精打彩，连菜都不大吃。西卿合他们是高谈阔论。正在高兴的时候，忽然县里一个家人来到，跑得满头是汗，慌慌张张的找着他们师爷，说："不好了！老爷说出了大乱子，快请师爷们回去商量！"大家一听，都吓呆了。还是西卿稳定些，就问那家人是什么乱子？那家人却说不出所以然的缘故。只说老爷急的要想告病哩。那几位老夫子自不用说，赶紧回去，粮、捕厅也告辞，当时散个精光，剩下了半席菜没吃完。西卿分付留下，预备次日再请客，就同济川拿鸭汤泡饭，各人吃了一碗，自去过瘾。躺在铺上寻思，县里不知出了甚事？但这位老父母是京里有人照应，脚路是好的，大约不至丢官，我倒不要势利，先去问候问候看。想定了主意，立刻传伺候，坐轿进县。家人递上名帖，等了好半天，里面传出话来，叫挡驾，老爷有公事不得空，过一天再会罢。西卿没法，只得回来。一路上听人传说道："一个教士被强盗宰了，又抢去东西不少，我们大老爷这场祸事不小，只怕参了官不算，捉不着人还要去坐外国天牢哩！"西卿才明白为的是教案。暗想：这回随你皇上的圣眷好也没法了，不要说一个军机大臣照应，不中用，就是皇上也顾不得你，只怕龙在田要变做个鳅在泥了。他不见我也好，我也没得工夫去应酬他。当下西卿回家睡觉不提。

　　过了一日，西卿的家人惊皇失措的进来，回道："不好了！前日所说的强盗杀了个教士，如今外国有一只兵船靠在海口，限龙大老爷十天之内要捉还凶手，要是捉不到，便要开炮洗城了。老爷快想法子避避罢！"西卿听了，急得什么似的，立刻请了济川来商量。济川道："杀了外国教士，照别处办法，也不过赔款。凶手捉不到，那有什么法儿？外国人最讲道理的，决不至于洗城。这话是讹传的，不要去理他。表兄不信，何不到衙门里去打听打听？"一语提醒了西卿，连轿子也等不及坐，忙跑到捕厅衙门。到得那里，只见大堂上摆了几只捆好的箱子，捕厅却在县里没有回来。原来捕厅也因为风声不好，先打发家眷进府，外面却瞒着不说起。西卿见此情形，连忙跑回家里。大声嚷道："快快收拾行李，赶雇长轿进府！"一口气跑到上房，告知他母亲。他母亲倒有点见识的，便道："什么事急到这般田地？那天主教是同如来佛一样的。我天天念佛，又念救苦救难的高王观世音经，我有佛菩萨保佑，他们决不至加害于我的，你们尽管放心罢了。"西卿道："母亲闹差了！来的不是教士，是洋兵，他那大炮，一放起来，没有眼睛的，不晓得那家念佛，那家吃素，是分不清楚的。"他母亲听说是洋兵，又有大炮，这才急了，连忙同他媳妇收拾起来。西卿自去招呼仆从，卷字画，藏骨董，只那笨重的木器不能带了走，其余的一件不留。又幸亏府里有他开的几个铺子，可以安身，嵊县虽有些田产，却没有银钱放在市面上，倒也无甚挂恋。济川在书房里，听得外面闹哄哄的，知道他表兄去打听了回来，要想逃难，心中只是暗笑，说不得出来探望探望。只见西卿那双靴子也不穿了，换了双薄底镶鞋，盘起辫子，合一个家人在那里装画箱呢。见他来了，说了声道："表弟，还不快去收拾吗？洋兵就要来了。"济川道："究竟如何？"西卿对他咬着耳朵，低低说道："捕厅里的箱子都捆好了，立时送家眷进府，我们还不快走，更待何时？"济川道："其实不会有什么事情，进府去住些时再回来也好。"西卿听他说得自在，便有些动气，说道："表弟，你是在上海见惯洋人的，那些都是做买卖的洋人，还讲情理，这洋兵是不讲情理的。那天听见东卿家兄说起，前年洋兵到了天津，把些人捉去当苦工，搬砖运木，修路造桥，要怠慢一点，就拿藤棍子乱打，打得那些人头破血淋，嗳唷都不敢叫一声儿，甚至大家妇女，都被他牵去作活。我们中国人是犯贱的，到了这时候，便也服服帖帖的顺从了，还有那北京城上放的几个大炮，把城外的村子轰掉了不少。表弟！这是当顽的吗？莫如早早避开为是，合他强不来的。"济川听了他一派胡言，也不同他分辩，自去收拾不提。

再说西卿整顿行装，足足忙了一日，次早挑夫轿夫都已到齐，就便动身。他夫人还带着病，一个三岁的女孩子，一路哭哭啼啼，这番辛苦，也尽够受的了。然而他老人家，那一天两顿瘾，还是定要过的。因此，又耽搁了许多路程。济川性喜遨游，这点路不在他心上，叫佘家家人坐了自己的轿子，他却把他的马来骑，一路驰去，偏觉甚乐。到得绍兴城里，西卿吩咐在自己的当铺里歇下，腾挪出几间房子，来安顿家小。当日安排一切，自然没得闲工夫。次日过了早瘾，便去拜望本家东卿先生。东卿正在书房里临帖哩。原来东卿隶书出名的，人家求笺求扇的甚多，只是不大肯写，遇着高兴，偶然应酬一两副，人家得了去，便如拱璧一般，骨董铺里得着他写的对子，要卖人家十两银子一副，人家还抢着买呢。西卿合他认了本家，也得过他一副对子，这回便衣来拜，家人见是本家老爷，并不阻当，一直领到书房，所以会看见他老人家写字。东卿见有人来，忙放下笔，立起身来招呼。西卿抢步上前，请了一个安，问大哥好，又问大嫂康健。东卿谢了声，也问问婶母的安。西卿指着桌上的字道："大哥倒有工夫写字？"东卿道："可不是，我因有人要我临一分孔庙碑去刻，日内无事，在此借他消闲。"因问西卿为什么事情到府？西卿道："大哥不要说起，那县里不会办事，弄了些强盗，把外国的教士杀了，如今外国人不答应，有一只兵船驶进海口，听说要洗城哩。家母听见这般谣言，不得不防，所以全家搬到府里，靠大哥的洪福，能没事才好。"东卿殊为诧异道；"怕没有这回事罢？果若这样，还了得！嵊县离府也不十分过远，那能不知道？况且府衙门里总有信的，昨儿太尊请我吃饭，也没提起此事。那太尊是极佩服我的，遇着要紧公事，没有不合我商量，那有这样大事，倒不提起的呢？我在部里多年，那闹教的事也不知遇着千千万万。起先国家强盛，洋人尚不十分为难，后来一次一次的打败仗，被他们看穿了，渐渐的争论起来。有几位督抚又见机，就随便拿几个人去搪塞。如今捉到了凶手不算，还要赔款。如今据你说来，这桩事并不是龙令的错处，杀是强盗杀的，不过为着闹教而起，说他保护不力，他已经担不起，怎么还好说他串通了强盗去杀教士？那有这种痴人。既然如此，他又何必要做官呢？我看龙今为人，虽然科甲出身，心地倒还明白，决不至此。"西卿听了这一番晓畅的议论，拜服到地，忖道：怪说那种见识做那种事业，你看我这大哥说的话何等漂亮，所以才能够做到侍郎。且慢，他处处替龙老父台开释，一定是为的我那句话说错了。因即改口道："大哥的话一些不错，做兄弟的原也疑心，那有本官串通强盗杀教士的道理，但是百姓纷纷传说，不由人不信。"东卿听了，点点头，就晓得西卿此来，也是被谣言所惑的了。

不知后事如何，且听下回分解。

　　西卿拜县里不见，邻舍便造谣言，说他吃了访案，后见县里来拜，又说是银钱化到了。穷乡僻壤之人，眼睛眶子浅小，描摹得极像，然亦可见西卿平日之为人。

　　西卿之母云："我有佛菩萨保佑，他们决不至加害于我的，你们尽管放心便了。"的是吃素念经人的口吻。

　　西卿咬着济川耳朵低低说道："捕厅里的箱子，都捆好了。"活画出胆小无识的样子。东卿一番说话，自是正论。

第二十九回

修法律钦使回京　裁书吏县官升座

　　却说佘东卿听了西卿的话，就知他是被谣言所惑，因道："嵊县的事，要是真的，龙在田总有信来合我商议办法，你既然全眷进府，不妨多住些时，听那边的信便了。"当日就留西卿在花园里吃中饭。西卿虽同他认了本家，还不曾到过花园。这番大开眼界，见里面假山假水，布置得十分幽雅。正厅前面两个金鱼缸，是军窑烧的，油粉里透出些红紫的颜色来，犹如江上晚霞一般，当时他就爱玩不置。东卿说是某方伯送的。摆出菜来，虽不十分丰富，倒也样样适口，把个西卿吃得鼻塌嘴歪，称羡不已。将晚瘾发，辞别回去，心上后悔不该来的，糜费了许多盘川。且又家内乏人照应，那些值钱的东西倘是遗失了，倒也可惜。起先替家里的人说得太矜张了，不好改口。又恐被那王家表弟所笑，却颇佩服这表弟的先见。

　　当下就请了他表弟来，强他在烟铺上躺着谈天解闷，不知不觉又提到嵊县的事。济川道："据我看来，杀教士是真的，兵船停在海口，也是有的，外国兵船到处停泊，那有什么稀罕？只这洗城的话，有些儿靠不住，表兄后来总要明白的。"西卿这番倒着实服他料得不错，只自己面子上不肯认错，就说："愚兄当时也晓得这个缘故，只是捕厅家眷既走，恐怕胆大住下，有些风吹草动，家里人怪起我来没得回答。况且老母在堂，尤应格外仔细才是。"济川道："那个自然。此来也不为无益，山、会好山水，小弟倒可借此游游。"西卿听他说话奚落，也就不响。

　　过了两日，东卿叫人请他去看信，西卿自然连忙整衣前去。见面之后，东卿呵呵大笑道："老弟，嵊县的事，果然不出愚兄所料。"说罢，把一封拆口的信在桌上一掷道："你看这信便知道了。"西卿抽信看时，原来里面说的，大略是某月某日，有某国教士从宁波走到嵊县界上，不幸为海盗劫财伤命，现在教堂里的主教不答应，勒令某缉获凶手，但这海盗出没无定，何从缉起？要是缉不着，那外国人一定不肯干休，自然省里京里的闹起来，某功名始终不保。要想乘此时补请病假三两个月，得离此处，不知上宪恩典如何。至于兵船来到的话，乃是谣言，还祈从中替府宪说明，免致惊疑云云。西卿看了，恍然大悟。东卿又道："我原猜着兵船的话不确，只是这龙在田也太胆小些，这样的事，只要办的得法，上司还说他是交涉好手，要是告病，前后任大家推诿起来，就能了事吗？况且这事是在他的任上出的，躲到那里去？这却是太老实了。外国人要凶手倒也不难，虽然缉不着正凶，总还有别的法儿想。想他是没有见过什么大仗，呆做起来，所以不得诀窍。我想写封信去招呼他，开条路给他，你道好不好？"西卿道："这龙某人原是书生本色，官场诀窍是不会懂的，大哥如此栽培他，那有不感激的理？"东卿甚喜，便写覆信寄去。

那龙县令接着佘侍郎的回信，照样办事。谁知送了个顶凶去，又被洋人考问出来，仍是不答应。主教知道龙令没本事捉强盗，就进府去同知府说。龙知县见事情不妥，只得也他进府。于是在府里议起这桩事来。到底人已杀了，强盗是捉不着的，府太尊也无可如何。那主教就要打电报到政府里去说话，幸亏太尊求他暂缓打电报，一面答应设法缉凶。

这个挡口，可巧绍兴一位大乡绅回来了。这位大乡绅非同小可，乃是曾做过出使英国钦差大臣，姓陆名朝菜，表字熙甫，本是英国学堂里的卒业学生，回到本国，历经大员奏保简派驻英钦使。这时适逢瓜代回国，到京覆命，请假修墓来的，一路地方官奉承他，自不必说。船在码头，山、会两县慌忙出城迎接，少停太尊也来了，陆钦差只略略应酬了几句。当日上岸，先拜了东卿先生，问问家乡的情形。东卿就把嵊县杀教士的事情，详详细细说了一遍。陆钦差道："这事没有什么难办，只消合他说得得法，就可了的。只是海疆盗贼横行，地方不得安静，倒是一桩可虑的事。"东卿也太息了一番。当下陆钦差因为初到，家里事忙，也就没有久坐，辞别回去了。

次日，太尊同龙知县前去见他，便把这回事情求他，陆钦差一口应允。当下三人就一同坐轿前去。主教久闻陆钦差的大名，那有不请见之理？一切脱帽拉手的虚文，不用细述。只见陆钦差合那主教咕唎咕噜的说了半天，不知说些什么。只见主教时而笑，时而怒，时而摇头，时而点首。末后主教立起来，又合陆钦差拉了拉手，满面欢喜的样子。陆钦差也就起身，率领着府县二人出门同回公馆。太尊忍不住，急问所以。陆钦差道："话已说妥，只消赔他十万银子，替他铸个铜像，也可将就了结了。"太尊听了还不打紧，不料龙知县登时面皮失色，不敢说什么，只得二人同退，自去办款不提。

　　且说陆钦差在家乡住了不到一月，即便进京面圣。朝廷晓得他是能办事的，又在外国多年，狠晓得些外国法律。这时正因合外国交涉，处处吃亏，外国人犯了中国的法办不得，中国人犯了外国的法，那是没有一线生机的，甚至波及无辜。为此有人上了条陈，要改法律，合外国法律一般，事情就好办了。朝廷准奏，只是中国法律倒还有人晓得，那外国法律无人得知。幸而陆钦差还朝，只有他是深知外情，朝廷就下一道旨意，命他专当这个差事。

　　陆钦差得了这个旨意，就要把法律修改起来。那时刑部堂倌，是个部曹出身，律例盘得极熟，大约部办也拿他不住，不能上下其手。偏偏惹怒了一位主事，是个守旧不变的。你道这主事是什么出身？原来是十五年前中的进士，河南籍贯，只因他八股做得好，不但声调铿锵，而且草木鸟兽，字面又对得极其工稳，所以主考赏识他，乡会试都取中了。无奈他书法不甚佳妙，未曾点得翰林，只点了个主事，签分刑部。这主事姓卢名守经，表字抱先，在刑部年分久了，已得了主稿。这回听说要改法律，很不自在，对人私议道："这法律是太祖太宗传下来的，列圣相承，有添无改。如今全个儿废掉，弄些什么不管君臣不知父子的法律来搀和着，像这般的闹起来，只怕安如磐石的中国，就有些儿不稳当了。"当时几位守旧的京官，听了极赞他的话为然。只那学堂里一派人听见了，却是没一个不笑他的。他就想运动堂官出来说话，岂知凡事总有反对，卢主事这般拘执，便有他同寅一个韩主事异常开通，却已在堂官面前先入为主，极力赞说这改法律之举是好的。堂官信了他的话，又且圣旨已下，何敢抗违？随他卢主事说得天花乱坠，也没法想了。

　　然而改法律不要紧，做官的生成是个官，不能无故把来革职，单单有一种人吃了大大的苦头。这种人是谁？就是各行省的书办。这书办的弊病，本来不消说得，在里头最好不过是吏部、户部，当了一辈子，至少也有几十万银子的出息。刑部虽差些，也还过得去。所以这改法律的命下，部里那些挡手的书办倒还罢了，为什么呢？就是朝廷把他世袭的产业铲掉了，他已经发过财，此后做做生意，捐个官儿，都有饭吃。只苦了外省府县里的书办，如今改法律的风声传遍天下，又且听说要把书吏裁掉，此辈自然老大吃惊。

　　内中单表河南杞县，是第一个肥缺，当地有个谣言，叫做金杞县银太康。原来杞县知县，每年出息有十来万银子，那书办靠山吃山，靠水吃水，自然也是弄得一手好钱了。但是粮房虽好，刑房却不如他，弄得好的年分，每年只有二三百吊，也总算苦乐不均了。且说其时有一个人家，姓申，从堂兄弟二人，都当的是刑房书吏，一叫申大头，一叫申二虎，两人素常和睦，赶办公事，从来没有什么推诿。只分起钱来，大头在内，年代多了，自然多分些，二虎新进来，情愿少分，也不过三五十吊上下。有一次，西乡里一个寡妇，抚孤守节，他手里略有几文，他族中有几个无赖，要想他法子，诬他偷汉，硬把个佃户当做奸夫，捉到县里来请办。幸而这寡妇的兄弟出来鸣冤，才把这事息掉。这场官司偏偏二虎经手，弄到几十吊钱。可巧山东沂水县来了几个挡子班，县里师爷们顽够了，轮到底下这班人，粮房的阔手笔，自然撒开来尽使。申二虎也想阔绰阔绰，来合大头商议，也想拼个分儿，唱天戏顽顽。大头道："你也真正自不量力，癞蛤蟆想吃天鹅肉了。这是有钱的人阔老官做的事，怎么你也想学耍起这个来呢？"二虎道："老大，你也过于小心了。他们粮房里天天唱戏吃酒，邀也不邀俺们一声，难道俺们不是一般的人，为什么不去阔他一阔？"大头道："老二，你在那里做梦哩！他们粮房里，到得两季的时节，至少总有几千进项，那雪白细丝偌大的元宝，一只一只的搬进家里去，也不见有拿出来的时候，随他在女人面上多花几文，也好消消灾。我们赚的正经钱，靠着他穿衣吃饭，怎么好浪费呢？老二，我晓得了，莫非西村里那桩官司，你瞒了我得些油水？银子多了，所以要阔起来，也想顽顽了。"几句话说得二虎大是没趣，脸都涨得通红，勉强答道："大哥！咱们哥儿两素来亲亲热热的，没有一事相欺，那敢瞒了大哥弄钱？"大头道："衙门里的事如何瞒得过我？不提起也罢，今天提起了，我也不能不说。西村里的事，你足足赚了五十吊，王铁匠的过手，你当我不知道吗？好好的拿出来四六均分，你费神多，得个六分罢。"二虎被他揭出弊病，这才着急，料想抵赖不过，只是听见他说要分肥，不由得气往上冲，登时突出了眼睛，说道："老大！你只知自己要钱，不管人家死活，衙门里那桩事不是我一个人吃苦的，到见了钱的时候，你眼珠儿都红了，恨不得独吞了去。承你的情，一百吊钱，也分给俺二三十吊，这是明的，暗的呢，俺也不好说了。俺没有耳报神，合你那般信息灵，你是在亮里头看俺，俺是两眼乌黑。幸亏善有善报，四村里的事，他偏偏合俺商议，略略沾光几文茶水钱，你还要三七哩，四六哩的闹起来，良心倒还不狠，亏你说得出这话儿。"大头道："老二！不要着急！俺也不过说说罢，真个要分你的钱吗？俺真是要分你的钱也容易，不怕你不拿出来。"二虎道："怎样呢？"大头道："这有什么难懂？俺只消当真的托李大爷做主，三下均分，你若不肯，他就告诉了大老爷，找你点错处，革掉了你，你能为小失大吗？"二虎道："哎！原来如此。这样办法，俺也学着个乖了。俺也会把你那几桩昧良心的事合大老爷讲讲，周家买田三十吊，卢家告忤逆五十吊，张家叔侄分家四十吊。还不止此，就这几桩，也很够了。俺把那得着的十吊、八吊拿出来送给大老爷，看你搁得住搁不住？"大头起先不过同他顽顽，没一定要合他拌嘴，此时见他啰啰苏苏，说了一大堆的话，句句说着自己毛病，无明火发，忍耐不住，抢上去挞的一掌。二虎见他动手，轻轻用手把他一推。大头体胖无力，又且吸了几口烟，如何当得起二虎的一推？早一头撞翻后脑壳子，撞在一张小方杌子的角上，皮破血流，连叫地方救命！二虎见此情形，掉转身子跑了出去。

次日，申大头约了几个人要去打申二虎。走到半路，遇着一个同伙，问起情由，劝他回去道："快别再动干戈，咱们的饭碗儿都没有了！"大头惊问所以，那人说："上头行下文书来道，所有的书办一概要裁，咱们的事要委些候补太爷们来当哩。这话是李大爷说出来的，不过三两天内，官儿就要出告示，还要咱们把案卷齐出来交进去，这真是意想不到呢！"大头听见这话，犹同青天里打下了一个顶心雷，也无心去找二虎打架了。把些跟人遣散了，忙同他跑到衙门，要想找李大爷问问端的。可巧李大爷被官儿叫了进去，商议什么公事。等到回到自己的那个刑房，谁知门已锁了，贴上一张正堂的封条，进去不得。弄得个申大头走头无路，只得蹲到北班房坐着，等候那位李大爷。足有两点钟工夫，李大爷才出来。申大头慌忙上去趋奉了一番，问起情由。李大爷道："不错，有这回事。明日大老爷下委，后天各位太爷亲自到各房检查案卷，从此没有你们的事了。你后儿一早进来，听候上头吩咐罢。"把一个申大头弄得目瞪口呆，合他同伙回到自己家里，叹口气道："俺只道上头的事不过说说罢了，那知道真是要做，弄得咱们一辈子的好饭碗没得了，怎么样呢？咱们要改行也嫌迟了，这不是活活的要饿死吗？从此一个愁帽子戴在头上，恐怕脱不下来哩。"他同伙道："不妨，咱们也不要自己折了志气，实在没处投奔，跑到汴梁城相国寺里去拆字也有饭吃。"一句话倒提醒了申大头。

次日到衙门里去看看，只见一班佐贰太爷扬扬得意，有的坐轿，有的步行，蹲了进去。申大头恨不能咬下他一块肉来，又想道：总是这般没廉耻的小老爷钻营出来的。又过了一天，轮到申大头上去陪着太爷们检查案卷，他一早就在衙门前伺候，等到十一点钟，本官坐堂，传齐了六房，向他们说道："告示亮你们是已经看见的了。这是上司发下来的公事，怨不得本县。回去好好安分做个良民，有田的种田，有生意做的做生意，要是犯到案下，本县一定照例办，决不为你们伺候过本县宽容的。听见没有？"大家磕头答应了个"是"。〔本〕官又吩咐道："今天各位太爷到房里盘查公事，你们好好伺候去，要一齐检出来，休得从中作弊隐瞒，一经查出，是要重办的！"大家喏喏连声而退。

要知后事如何，且听下回分解。

　　中国同外国交涉，处处吃亏，外国人犯了中国的法，办不得；中国人犯了外国的法，便没一线生机。寥寥数语，已将今日中国情势，包括无遗。

　　卢主事言，亦未可全非，所谓有治人，无治法也。总之，国家至极弱时，乃无一而可耳。

第三十回

求刑钱师门可靠 论新旧翰苑称雄

却说申大头跟了一位太爷，走到刑房，把锁开了，进去查点案卷，一宗一宗给这位太爷过目收藏。点完了旧的，少却十来宗，新的也不齐全。那太爷翻转面皮，逼着他补出。申大头觳觫惶恐，只是跪在地下磕头。那太爷见他来得可怜，心倒软了，说道："只要你补了出来，也就没事。"申大头战兢兢的说："是新的呢，稿案李大爷那里有底子，待书办去抄来；旧的是有一次伙计们煮饭，火星爆上来烧掉的。书办该死，不曾禀过大老爷，还求太爷积些功德，代书办隐瞒了过去罢。这几宗案卷，没甚要紧的，又且年代久了，用不着的。"太爷道："胡说！用不着的，留他则甚？你好好去想法，不然，我就要同你们下不去了。"说罢，锁门出去。原来这班书吏巧滑不过，看见这位太爷神气，已猜透八九分，知道为的是那话儿，出来齐集了伙计商议，说道："三年头里那桩事儿发作了。现在太爷动了气，要回大老爷重办我们，却被俺猜着了，为的咱们老例没送的缘故。硬挺呢，也不要紧，只是叮登出来，大家弄个没趣，将来难得做人了。俺的意思，不如大家凑个分子送他罢，免得淘气。"他伙计正愁着窠儿拆了，没得生活，如何还肯出钱？阁不住申大头说得利害，有些害怕，只得凑齐了二三十吊钱，交与申大头，申大头却一钱未出，只替他们兑了银子，合那太爷的家人说通了送上去，果蒙太爷笑纳。那旧卷一事，算是消弥了，只把新案补抄几宗给他，就算了结。

申大头见没得事做，暗自筹思说道：俺同伙说到相国寺拆字的话，那是干不出什么事业的，幸而咱的儿子，跟了抚台里的刑钱师爷，前天来信，还说师爷极宠用他，我何不去找他一找，求求那位师爷，荐个把钱粮稿案的门上当当，不强似在此地当书办吗？事不宜迟，趁这时有盘缠，就要动身才是。想定主意，合他老婆说了，次早就赶往汴梁。申大头是没进过省的，见了那南土街、北土街那般热闹，买卖也大，纳罕的了不得。好容易找到抚台衙门，去问这个申二爷，那里问得出？原来他儿子叫申福，是跟着刑钱师爷住在里头的，申大头如何找得到呢？事有凑巧，申大头因找不着儿子，便天天跑到抚台衙门前走两遍，恰巧这天申福奉了主人的命出去送礼，申大头亦刚刚走到仪门口，只见迎面来了两个人，抬着一具抬箱，吆呼着很觉吃力，后面跟的正是申福。当下父子相见，申大头一路跟着走，诉说自己苦处，要申福替他在主人面前设法。申福道："我们师爷荐个家人，丝毫不费力的，就是他荐在外府州县当师爷的也不少，不过现在听他说，要想辞馆进京，正是为裁书吏的事，有些先见之明，大约恐怕这个刑钱师爷，也离着裁掉不远了。求差使的事，说是可以说得，肯不肯也只好由他。"申大头道："你不要管，且求求他，看是如何？"申福答应着，约明有了回音，到客寓里来送信，各自分手不提。

且说这位刑钱师爷姓余，名豪，表字伯集，是绍兴府会稽县人。原来那绍兴府人，有一种世袭的产业，叫做作幕。什么叫做作幕？就是各省的那些衙门，无论大小，总有一位刑名老夫子，一位钱谷老夫子；只河南省的刑钱是一人合办的居多，所以只称为刑钱师爷。说也奇怪，那刑钱老夫子，没有一个不是绍兴人，因此他们结成个帮，要不是绍兴人，就站不住。这余伯集怎么会在河南抚台里当刑钱呢？说来又有原故。伯集本是个宦家子弟，读书聪俊，只因十五岁上父母双亡，家道渐渐中落。幸他有个姑母，嫁在汴梁，他姑丈就在开封府里当刑钱一席。伯集年纪到了弱冠之时，只愁不能自立，读书又没进境，知道取不得科名，成不了事业，只得去投奔他姑丈，找点子事体做。主意打定，便水陆趱程的赶到汴梁。姑丈、姑母的相待，倒也罢了，就带他在开封府里学幕。可巧抚台衙门里一位刑钱老夫子，要添个学生帮忙，姑丈便把他荐了进去。余伯集得了这条门路，就把那先生恭惟起来，叫他心上着实受用，只道这学生是真心向着自己的，就当他子侄一般看待，把那几种要紧的款式，办公事的诀窍，一齐传授与他。也是余伯集的时运到了，偏偏他先生一病不起，东家是最敬重这位老夫子的，为他不但公事熟悉，而且文才出众。临终之前，东家去看他，要他荐贤，他就指着余伯集，话却说不出来了。伯集见先生已死，哭个尽哀，东家见他有良心，又因他先生临终所荐，必系本事高强，就下了关书，请他抵先生一缺，却教他分一半儿束脩，抚恤先生的家眷。

原来那抚署刑钱一席，束脩倒也有限，每年不过千余金，全仗外府州县送节敬年敬，并拢来总有三四千银子的光景。伯集自此成家立业起来。谁知这席甚不易当，总要笔墨明白畅达才好。伯集读书未成，那里弄得来，只好剿袭些旧稿。亏他自已肯用心，四处考求，要是不甚懂的，便不敢写上，弄了几年，倒也未出乱子。东家后来调到别省，就把他荐与后任。这后任的东家是个旗人，有些颠顿，伯集既是老手，有几桩事办得不免霸道些，人家恨了他，都说他坏话，后来又换了一位抚台，便说他是劣幕，要想辞他，好容易走了门路，辨明了冤枉，馆地才得蝉联下去的。又当了两年，偏偏看见这改法律的上谕，接着就有裁书吏的明文。暗想这事不妥，将来法律改好，还用着我们刑钱老夫子吗？一定没得路走，合他们书吏一般。不如趁此时早些设法，捐个官儿做做，也就罢了。可巧朝廷为着南海的防务吃紧，准了督抚的奏，开了个花样捐。伯集前年因公得过保举，是个候选知府，因此筹了一笔正款上兑，约摸着一两年间，就可以选出来的，于是放宽了心。他共有两个儿子，大的八岁，小的六岁，特特为请了一位老夫子教读。这老夫子姓吴名宾，表字南美，是个极通达时务的。伯集公暇，时常合他谈谈，因此晓得了些行新政的决窍，有什么开学堂、设议院、兴工艺、讲农学种种的办法。至由轮船、电报、铁路、采矿那些花色，公事上都见过，是本来晓得的。伯集肚皮里有了这些见解，自然与众不同，便俨然以维新自命了。

明年正逢选缺之期，伯集轻车简从，只带了两个家人，北上进京，渡了黄河，搭上火车，不消几日，已到京城。果然皇家住的地方，比起河南又不同了。城围三套，山环两面，那壮丽是不用说的。伯集拣了个客店住下。且说他带来的两个家人，一个就是申福，他老子已经荐到许州当稿案去了。还有一个是带做厨子的，弄得一手好菜，伯集一路全靠这人烹调。伯集甫卸尘装，就赶着去拜望几位同乡京官，叫申福出去找到长班。递上住址单，才知道陆尚书住在东交民巷，黄詹事住在南横街，赵翰林住在棉花上六条胡同，冯中书住在绳匠胡同，还有几位外县同乡，一时也记不清楚。当下雇了一辆单套骡车，先进内城，到东交民巷。那陆尚书正在那里调查外国法律，再也没闲应酬同乡，故而未见。出城便到南横街，原来黄詹事合伯集虽彼此闻名，却从没有见面，叙起来还是表亲，一番亲密，自不必说。就留伯集吃便饭，伯集便不客气。谁知这黄詹事却向来是俭朴惯的，端出来四碗菜，一样是霉干菜炖豆腐，绍兴人顶喜欢吃的，一鱼、一肉、一白菜，伯集尝着倒也件件适口，不免饱餐一顿。饭后又到那两处拜访，都见着的。次日，就是同乡公请，伯集自然又要还请他们。席间提起陆尚书来，黄詹事第一个皱眉道："好好的个中国，被那班维新人闹得来不可收拾的了。你想八股取士，原是明太祖想出来的极好个法子。八股做得到家，这人总是纯谨之士。我们圣祖要想改变，尚且觉得改不来，依旧用了他，才能不出乱子。如今是废掉的了。幸而还有一场经义，那经义就合八股不差什么，今年有几位敝同年放差出去，取出来的卷子，倒还有点八股气息，这也是一线之延，然亦不可久恃的了。我只怪废掉了八股，果然出些什么大人材，就算是明效大验。谁知换了一班，依旧不见出个好来，只怕比八股还要坏些，这也何苦来呢？况且八股是代圣贤立言，离不了忠君、爱国、事亲、敬长一切话头，天天把这些人陶熔，所以不肯做背逆的事，说背逆的话，他们一定要废，真不知是何居心！"说罢，恨恨之声不绝于口。黄詹事的话尚未说完，忽然赵翰林驳起他来，原来二人一旧一新，时常水火的。当下赵翰林插口道："老前辈说的自然不错，只是晚生想起邓鄂、项煜那班人，也是八股好手，为什么就不忠不孝起来？"黄詹事发狠道："这话我不以为然。你只看本朝的陆清献、汤文正，八股何等好，人品何等好，便晓得了。"赵翰林还要与他辩论，他却一口气说下道："我不是为废八股说话，我为的是改法律那桩事。现在你们试想，中国的法律，不但几千年传到如今，并且经过本朝几位圣人考究过的，细密到极处，还有什么遗漏要改吗？朝廷听了陆尚书的话，偏偏要学外国，那外国是学不得的，动不动把皇帝刺杀了，你想好不好？大学堂里的提调对我说的，什么美国的总统看看戏，被人家放了一枪打死了，也没有办过凶手。俄国的皇帝怕人刺他，甚至传位别人，不愿意做皇帝。至于带兵官被人刺死的，更常常听见有人说。那般荒乱，都是法律不讲究的原故。我们学了他，还想过太平日子吗？包管造反的人格外多些。皇上住在宫里还好，官府不识窍，出门走走，恐怕难免意外之虞。所以我说别样改得，这法律是断乎改不得。你们不信我的话，试试看。"余伯集是个刑名老手，此道尚能谈谈，正想迎合上去，偏被那赵翰林抢着说道："老前辈这话固然甚是，但则我们中国，已被外洋看到一钱不值，所以他们犯了我们的法，不能办罪，我们百姓要伤了他个猫儿、狗儿，休想活命。所以朝廷想出这个法子，改了法律，合他一般，那时外国人也堵住嘴没得说了。至于大纲节目，只怕原要参用旧法，不至尽废了的。你那大学堂里那位朋友的话，原也靠不住，多半从外国野史上译下的。人家都极文明，何至如我们公羊家言弑君三十六呢？"黄詹事听了，由不得气往上撞，恨道："你们这般年轻人，总是拜服外国，动不动赞他好。既然如此，为什么不去做他的官，做他的百姓，还要食中国的毛，践中国的土，干什么呢？"赵翰林道："这算什么？前年的时候，不是有人门上插了外国的顺民旗子吗？"黄詹事听罢，气得浑身发抖，也只得唉了一声道："罢罢！你们这些人，太不晓得君亲了！"伯集本是请同乡，要想大家畅饮几杯，寻个欢乐的，那知赵翰林同黄詹事有此一番抵牾，弄得大家没趣，勉强席终而散。

次日，黄詹事来邀他去谈谈，伯集赶忙套车前去。黄詹事提起昨日席间话来，极口的说赵翰林不好，又道："他本来学问也有限，抄了先生的书院文章中进士的，只几个楷书还下得去。徼幸点了个翰林，就这样目无前辈。我晓得他现在常去恭维管学大臣，拾了些维新话头，有一没一的乱说，真是不顾廉耻的。自己也是八股出身，就不该说那些话。"伯集自然顺了他的口风帮上几句，又着实恭维黄詹事的话是天经地义，颠扑不破的。黄詹事心中甚喜，便道："究竟老表弟在官场阅历多年，说来的话总还好听。"当晚就留伯集在寓小饮，两下谈得甚是莫逆。黄詹事忘了情，把自己在京当穷翰林怎样为难，一五一十告知伯集。伯集也是个老滑头，听他说，总不肯迎上去。忽听见黄詹事带醉大声说道："老表弟！你在官场混了多年，虽说处馆，也要算见光识景。你晓得京官合外官的分别么？"伯集答道："不晓得！请表兄指教！"黄詹事道："我同你说着顽顽，你休要动气。外官是阔得不耐烦，却没有把镜子照照自己见了上司那种卑躬屈节的样子。有人说，如今做外官的人，连妓女都不如。妓女虽然奉承客人，然而有些相貌好的，无论客人多叫局，多吃酒，总还要拿点身分出来，见了生客冷冰冰的，合他动动手还要生气。只做外官的人，随你红到极处，见了上司，总是一般的低头服小。虽然上司请他升炕，也只敢坐半个屁股；要是上司说太阳是西头出，他再也不敢说是东头出的，也只好答应几个是。至于上司的太太、姨太太，或是生日、或是养儿子，他们还要巴结送礼。自己不能亲到，那四六信总是一派的臭恭惟。有的上司看也不看，丢在一旁。这些人只要等到署了个缺，得了个差使，就狐假虎威的发作起来了，动不动吓唬人，打一千哩，打八百哩，银子拿不够，休想他发慈悲饶了一个。所以人家又把他比做强盗。我这些话，原也说得太过，难道官场里，就没有好人，只是将外官比京官，究竟京官清高些。小小一个七品的翰林，到了外省，督抚都须开中门迎接。只我那年有事告假出京，路过苏州，其时藩台正护院，王副宪托我带封信给他，是我太至诚了，亲自送去，谁知他没有见识，只道我是寻常翰林打抽丰的，中门也不开，等了半天，才见家人拿了帖子来挡驾。我也不同他计较，把信交给他家人就动身了。以后不知怎样，他后来被人家参了革职，永不叙用，也有我这种忠厚人偏偏碰他这个顶子。我也常见那外省的督抚，到得京城，像是身子缩矮了一段，要在他本省，你想他那种架子还了得吗？定是看得别人如草芥一般。我们中国这样的习气，总要改改才好，改法律是没用的。"余伯集听了这一番话，又是好气，又是好笑，又有些惊疑；看他面色，又不是醉后失言的样子，不解所以然的缘故。

　　要知端的，且听下回分解。

第三十一回

名士清谈西城挟妓　幕僚筹策北海留宾

　　却说余伯集听了黄詹事的话，自忖道：他这番议论颇有意思，大约想我送他些别敬的缘故。当下应了个"是"，也没别话。席散回去，却好次日合黄詹事抬杠的周翰林来访，伯集连忙叫"请"。周翰林跨进门来，伯集一眼瞧见他左脚上乌黑的，认得是穿了一只靴子。原来前人有两句即事诗，是专咏京城里的风景的，叫做"无风三尺土，有雨一街泥"。那伯集住的客店，又在杨梅竹斜街，正是个沟多泥烂之所。这时下过大雨刚才晴了，那街上一层浮土，是被风刮上去的，底下尽是烂泥，就合那北方人所吃的芝麻酱一般。周翰林谁说不是坐车来的？偏偏车到街口挤住了，动也动不得。他性子躁，一跳跳了下来，想要找伯集住的那个店。不防脚尖儿一滑，可巧插在那浮土盖着的泥里，拔出来，三脚两步进了店，跨到伯集住的外间，口里直嚷道："今儿糟糕，穿了一只靴子！"伯集哈哈笑道："老哥为什么不坐车？"周翰林道："可不是坐车来的？只为到口儿上挤住了，跳下来走几步儿，不想踹了一脚泥。"伯集忙叫家人取鞋袜来给周大人换上。家人取到，周翰林试穿起来，倒也合自己的脚不差大小。两人入座闲谈。伯集想着周翰林说的话，比黄詹事新得多了，今番见面，又说做外官的人应该如何开学堂，如何办交涉，如何兴实业，如何探矿苗。伯集也就把肚子里采办来的货色尽情搬出。周翰林非常倾倒，连说："原来大哥有这样能耐，将来督抚也可以做得，不要说是知府了。那外省的督抚，要像大哥这般说法办去，还有不妥的事吗？"伯集把眉头一轩，似笑非笑的，又说道："昨儿黄老先生把我们外官说得那样不值钱！"周翰林不待他说完，急问道："他说什么？"伯集一一述了。周翰林叹道："我们中国人有一种本事，说到人家的错处，就同镜子一般，那眼皮上怎样一个疤，脸上怎样一个瘢，丝毫不得差，休想逃得过去。说到自己，便不肯把镜子回过来照照。殊不知道瘢儿、疤儿多着哩。那黄老前辈，不是我说他，碰着几个阔人，或是中堂、尚书、有权势的，一般低颜下膝的恭惟；碰着外官有钱的来京，赶着去认同年、认世谊，好哄吓的哄吓几文，不好哄吓的就合着那《论语》上'欲罢不能，既竭吾才'的两句，他还要拿嘴来说别人吗？"伯集道："说呢，也不相干，他是海概论的。我只觉得外官里面，也有品气高的，才情大的，不是一定要正途才能办事。不是兄弟夸口，那一省的事有什么难办？就同外国人打交道，也只要摸着他的脾气，好将就的将就些，不好将就的少不得驳回一两桩，但看看风头不对，快些掉转头就是了。总要从上头硬起，单靠地方官是没用的。"周翰林笑了一笑道："大哥办交涉的法子不错。我听见厦门的交涉，是办得太硬了，地方官登时革职。宁波的教案，办得太软了，官倒没事，只百姓吃了亏，要是能够顶上几句也好些。现在讲求新政的，有一位商务部里的冯主事，单名一个廉字，号叫直斋，今天我约他在西城口袋底儿，特来约大哥同去谈谈，可使得？"伯集生性好色，晓得这口袋底是个南班子住家所在，有什么不愿意去的？忙答应了声："使得。好好！咱们名士风流，正该洒脱些才是。"当下便叫套车。周翰林道："且慢！你看时候才有正午，咱们就近先到万福居吃了饭去。"伯集道："不必。不嫌简慢，我去叫菜，就在我这里吃罢。"周翰林也不推辞，当即叫了几样菜，两人吃毕，套车前去。

原来这口袋底在海岱门里，倒很有一节子路。那南班子的下处，是极清净的，可以竟日盘桓，不比什么石头胡同、王广福斜街闹烘烘的，一进门，喝了几杯水酒，便喊点灯笼送客的。闲话休提。

且说两人坐了一辆车到得那里，等了多时，冯主事还不见来。班子里有一个叫桂枝的，伯集尤其同他要好。他两个人见了面，也不顾别人，就鬼串了一回。一直等到天将近黑，冯主事才来了。伯集听了周翰林的话，知道他是个有才学的，不觉肃然起敬，连桂枝也发起楞来。那知冯主事倒不在意，已是灌饱了黄汤，满面绯红，少不得应酬一番，合周翰林拱手为礼，又向伯集见面。彼此通了姓名，伯集说了许多仰慕的话。冯主事略略谦逊两句，当即入席闲谈。一席之间，又只有冯主事合周翰林说的话，伯集偶然插几句嘴，冯主事并不回答。伯集受了一肚子的闷气，索性连口也不开，拉长了耳朵，恭听他们的议论。只听得周翰林说道："现在办洋务的，认定了一个模棱主义。不管便宜吃亏，只要没事便罢，从不肯讲求一点实在的。外国人碰着这般嫩手，只当他小孩子顽。明明一块糖，里头藏着砒霜，他也不知道。那办学堂的更是可笑，他也不晓得有什么叫做教育，只道中国没得人才，要想从这里头培植几个人材出来，这是上等的办学堂的宗旨了。其次，则为了上司重这个，他便认真些，有的将书院改个名目，略略置办些仪器书籍，把膏火改充学费，一举两得，上司也不能说他不是。还有一种，自己功名不得意，一样是进士翰林，放不到差，得不着缺，借这办学堂博取点名誉，弄几文薪水混过，也是有的。看得学生就同村里的蒙童一般，全仗他们指教。自己举动散漫无稽，倒要顶真人家的礼貌，所以往往闹事退学。我看照这样做下去，是决计不讨好的，总要大大的改良才是。"冯主事道："你话何尝不是？但说是借着办学堂博取些名誉，弄几文薪水混过，这句话不打紧，恐怕要加上多少办学堂的阻力。从来说三代以下惟恐不好名，能够好名，这人总算还有出息。我们只好善善从长，不要说出那般诛心的话来，叫人听着寒心。即如我，也想回去设个商务学堂，被你这一说，倒灰了心了。"周翰林道："直斋，你又多心了。你我至好朋友，说话那有许多避忌？我说的不过是那种一物不知，也以维新自命的，你要办商务学堂，这是当务之急，谁说你不是呢？"

两人刺刺不休。伯集听得不耐烦，早合那桂枝烧鸦片去了。最后，周翰林那句话耳朵边刮过，倒像有点刺着自己的心，暗道：他们瞧我不起，将来偏要做几桩事给他们看看！当晚谈谈讲讲，不知不觉，已是一更天气。冯主事要想出城，周翰林道："如今是出去不来的了，海岱门虽然关得迟，此时也总关了，不如倒赶城罢。"原来京城里面有"倒赶城"一宗巧法，只因城门关得早，开得也早，三更多天便开了，就好出进，叫做"倒赶城"。冯主事是晓得的，因道："我初意只打算到一到，告个罪，就要出城，那知谈起来，忘记了。明早商部里，还有许多公事。我昨儿已一夜未睡，加上这半夜，也有些支持不住。"周翰林劝他吸几口烟提提精神。冯主事道："那是我生平最恨的，宁可躺躺，再不吸他。"又停一会，冯主事更撑持不住，身边摸出几个药丸子把茶送下，就在伯集躺的烟铺上躺下，只听得他打呼声响，已自睡着了。周翰林也有些倦意。伯集精神独好，自合桂枝到里间屋内谈心，让周翰林炕上歇息。听听三更已转，三人各自回去不提。

再说余伯集原是候选来的，那知部费未曾花足，已是错过一个轮子，只好再待下次。北京久居不易，便商量动身。为着赴选未经得缺，同乡官面子上的应酬，也就减少了一半，该送一百的只送五十，大家倒也无甚说得。只是临动身的几天，要帐的挤满了屋子，参店、皮货铺、靴店、荷包铺、馆子、窑子，闹得发昏。伯集虽然算盘打得熟，但是每帐总要打些折扣，磋磨磋磨，如何一天半日开销得了？自己诧异道：我出京只有这个打算，还没定日子，如何他们都会晓得？便对那些伙计说道："我是还不出京哩，只好慢慢开发，马上问我要可不能。"那些伙计，本来收帐是怀着鬼胎来的，听他这一说，越觉心虚，有的支吾答应，像是要走又不肯出门似的，有的竟还要逼着现银子去。伯集愤极道："买的东西都在这里，你们要不肯卖给我，只管拿回去，要立逼着银子是没有的。你去外面打听打听，难道我哄骗着你们逃走不成？"那些伙计才不敢则声。问明日期，伯集叫他们分两天来算帐，只馆子、窑子是当天开销的。可巧对面客店里有一位河南顾举人，本来约着同伴出京的，忽然走来，伯集把方才要帐的情形合他说了。他道："原来太尊不知，京里风俗如此。但凡是候选的、会试的到来，他们便起了哄，有一没一的，把些东西乱塞，嘴里也会说，又是怎样好，怎样便宜，怎样有用处，还有不肯说价钱的，倒像奉送一般，硬把他的货物存在客人处。初进京的人看他这样殷勤，多少总要买他一件两件。及至客人想要出京，三五天前头，他们是已经打听着了，便蜂拥而至，探探候候，又是可气，又是可怜。你道他们是怎样打听着的？原来他们先花了本钱来的。店门口、会馆门口，都有使费，人家早替他们当心。所以一有打算出京的样子，他们早已得知，跑不了的。那使费有一种名目，叫做'门钱'，太尊带来的管家，都好向他讨的；其实，仍旧合在卖的价上，稍须多要一点，就有在里头了。但是一般也有漂帐，我晓得的敝同乡黄知县，久困都中，后来得缺出京，没钱开发，就把行李衣物私运别处，存下几只空箱子，有天晚上出店，一去不回。次日那些债主都知道了。赶出城去讨，因他走得路远，只得罢手。他们这种主顾，每年也要遇到几个，只消遇着几个冤大头，也就弥补过去了。"伯集道："原来如此。这样风气，外省倒少些，有货换钱，犯不着那般觅主儿。"

次日，伯集把帐一一的七折八扣算了，不管那些人叫苦连天，怨声载道，就同了顾举人出京。说也可气，那些同乡京官，只有周翰林还来送送，别的都差片送行，推说有病，或是上衙门去了。伯集很觉动气，暗想缺又选不到，河南又去不得，宾东本有意见，恐怕去了，馆地靠不住，岂不是白白的跑一趟？听说北洋大臣孔公钊竭意讲求新政，没得人去附和他，我何不上个条陈试试看？主意想定，就同顾举人一路斟酌。许他得意时请他做文案，顾举人本思觅馆，那有不愿意的？便尔一力赞成。伯集就连夜在客店里打开行箧，取出些时务书，依样葫芦，写了几条，托顾举人笔削，以为进身之具。

原来当初伯集在豫抚幕中，其时正值孔制台做河陕汝道，彼此倒也有点交情。等到条陈上了上去，立时请见，叙了一番旧，又痛赞他筹画周详，倒底是个公事老手，竭力留他在署中办事。伯集正中下怀，假说豫抚宾东已久，恐不便辞他。孔制台道："那不妨事。河南事简，北洋事繁，老兄有用之才，不当埋没在他那里，待兄弟写信给他便了。"伯集听了，忙说了些极承栽培的话，告辞出署。

当晚制台请吃晚饭。席间可巧又有冯主事。原来冯主事久有开办商务学堂的念头，他是山东潍县人，合孔制台是师生，这回告假回京，特特的迂道天津，前来叩见，要想老师捐助几文。当下见余伯集在坐，倒觉突兀，就合他非常亲热，不比在口袋底那天的情形了。孔制台见他两人很说得来，越发看重伯集。冯主事说起办学堂的事，制台皱眉道："我们山东办得来学堂？去年胡道台在兖州府办了一个学堂，招考三个月尚且不满十人。他们也说得好，说是洋学堂进去了，好便好，不好就跟着外国人学上，连父母都不管，父母也管他不来的。直斋要办学堂必有高见，不知是怎样办法？"冯主事道："论理，我们山东要算是开化极早的了。自从拳匪乱后，便也大家知道害怕，不敢得罪洋人，不然，德国人那样强横，竟也相安无事，这就是进化的凭据。晚生想办的学堂，并不是寻常读外国书的。只因门生现在商部里，见我们中国商人处处吃亏，货物销售出口，都被外国人抑勒，无可如何。人家商战胜我们，在他手里过日子，要是不想个法儿抵制抵制，将来民穷财尽，还有兴旺的时候吗？所以门生要办这个学堂，开开风气。明晓得乡里人是不懂得什么的，也只好随时劝导，看来东府里民情比兖州也还开通些，敝处商家也多，料他们必是情愿的。只是经费不够，还求老师提倡提倡，替门生想个法儿。"孔制台听他说东府比兖州开通些已不自在，又且要他筹款，更觉得冒失，只为碍着师生情面，不好发作，踌躇了一会道："开学堂呢，不过这会事罢了，并不是真有用处的。如今上上下下闹新政，实在闹不出个道理来，还只有开几个学堂做得像些，但是筹款也不是容易的事，我做官是你晓得的，那有余钱做这样有名无实的事业？你说贵处商家多，还是就近想点法儿罢。"原来冯主事知他这位老师本来不喜人家谈新的，现在因为有人传说他做几件事还新，所以特来试探试探，或者为名誉上起见，又是桑梓的情谊，多少帮助些，也未可知。谁想一说上去，就碰了顶子，深悔此番不该来的。当下一言不发，静待席终而散。幸而余伯集本是个官场应酬好手，便想些闲话出来谈谈，夹着恭惟制台几句，然后把这一局敷衍过去。制台送客时候，独约伯集明日搬进衙门里来，同冯主事但只一拱而别。伯集回寓，便托顾举人带信河南，把眷属搬来天津，就近荐了他一个书启兼阅卷的馆地，顾举人自然欢喜。

次早送了顾举人，正要搬进衙门，恰好冯主事来拜，只得请见。冯主事大发牢骚说："我们这位老师，做官做得忒精明了，听他那几句话儿，分明说新政不是，又道学堂无益，总而言之，怕出钱是真的。我们潍县还有他两爿当铺，倒说做官清正。封疆大员尚且如此，还有什么指望呢？"伯集诺诺答应，不敢合他多说话。冯主事觉得无味，也就去了。

要知后事如何，且听下回分解。

第三十二回

请客捐资刁商后到　趁风纵火恶棍逞凶

却说冯主事别了余伯集，便到督署辞行，制台送他程仪五十两。冯主事意欲退还，觉得师生面上过不去，只得受下。登程之后，一路思量道：这学堂虽有杨道台捐助三千金，其余零碎凑集的不及二千，就是节省办法，也要一万多银子，还不能照东洋的规模，买齐那些考验的材料，应用的器具。只好暂请几位中国好手，编些商业教科书，译几部东洋书籍，敷衍着办起来便了，其他只得从缓改良。但是目下总得再筹二三千金，才能开办这个局面。左思右想，忽然想出一个主意来，自言自语道：呀，有了！那孔老师虽然不肯出钱，他那句话倒是开我一条道路，就是商捐一节，却还有些道理。我想我们潍县，富商也还不少，他们历年往城隍庙里捐钱赛会，一年何止千金？那庙里如何用得到这许多，定是几个庙董侵吞了去的，我去找这几个人，并且请齐了众商家，把这事理论个明白。以前的纵然清不出来，只要把以后的归并学堂里，作为长年经费，不是一举两得么？主意定了，自己倒甚欢喜，因此不到省里去了。那创办学堂的禀帖，是上头已经批准的，没什么顾虑，就一直回到潍县，找着几位绅士商量。

潍县的大绅士只一位姓刘的，是甲戌科进士，做过监察御史，告老回家的。年纪又尊，品器也好，人家都尊重他。只是这位刘公有些怕事，轻易不肯替人家的担肩。其余的几位绅士，不过是举人、廪生，都在冯主事之下。只因他们家里田多有钱，人人看得起，故而能够干预些地方上的公事。冯主事这回办学堂，都已捐过他们，就是打在那杂凑项下算的。当下冯主事先到刘家去，不一定想捐他，原要合他商量那庙捐一节，不料刘御史劈面就给他个没趣，道："我们虽则知己，这桩事我却很不佩服你，我生平最恨人家办学堂，好好的子弟，把来送入学堂里去，书也读不成了，字也写不来了，身上着件外国衣，头上戴顶外国帽子，脚下蹬一双皮鞋，满嘴里说的鬼话，欺负人家不懂。我前月进省，才看见那种新鲜模样儿，回来气得要死。好笑我们省里这位中丞，拿办学堂当做正经，口口声声的劝人家开办。仿佛听见即墨县进省见他，因为办学堂不认真，大受申饬。如今即墨县的学堂，一个月内已经办好，请了一位监督，每月四十银子薪水。幸而我们这位老父台为人很好，不肯效尤，只作不知，也不进省去见他，合了我的脾胃。老弟，你想想，我们是八股场中出来的人，岂可一朝忘本？饮水尚要思源，依我愚见，还指望你将来上个折子，恢复八股，以补愚兄未竟之志。你如何倒附和起新党来，索性要开学堂了。你前次给我的信，我也没覆你，原晓得你就要回来，可以面谈的。你要我捐钱，做些别的善举，都可以使得，只这学堂，误人家的子弟，是大大的罪过，不敢奉命。若是真要办学堂，须依了我的主意，请几位好好的举人、秀才，教他们读《四书》、《五经》，多买几部《朱子》、《小学》、《近思录》等类的书，合学生讲讲，将来长大了，也好晓得些崇正黜邪的道理。老弟你休要执迷不悟。"

　　一席话说完，把个冯主事就如浇了一背的冷水，肚皮也几乎气破，登时脸上发青。要待翻腔，却因平日合他交情尚好，又因他是个老辈先生，这回办事虽不要借重他，也怕他从中为难，只得忍住了。停了一会，叹道："老先生，你只知其一，不知其二。如今时势，是守旧不来的了。外国人在我们中国那样横行，要拿些《四书》、《五经》、宋儒的理学，合他打交道，如何使得？小弟所以要办学堂者，原是要造就几个人才，抵当外国人的意思，并不是要他们顺从外国人。并且办的是商务学堂，有实在的事业好做，不是单读几部外国书，教他们学两句外国话就完的，你老不要闹错了。"刘御史道："老弟，你这话更是不合。外国人到我们山东来横行，那是朝廷不肯合他打仗的原故，他们强横到极处，朝廷也不能守着那柔远人的老话，自然要赶他们出去的。至于我们读书人，好好读书，自有发达的日子，为什么要教他商务呢？既说是商务，那有开学堂教的道理？你那里见过学堂里走出来的学生会做买卖的？那做买卖的人，各有各的地方，钱铺里、当铺里、南货铺里、布店里、绸缎店里、皮货店里，还有些小本经纪，那个掌柜的不是学出来的？只不在学堂里学罢了。我说句放肆话，你们这几位外行人，如何会教给学生做生意？劝你早些打退了这个主意罢，潍县人不是好惹的。"冯主事暗想道：这人全然不懂，真个顽固到极处，只好随他去罢。

当下没得话说，辞别了出去。走到别的几位绅士家里，探探口气还好，还有些合自己一路，捐的款子，也有当时面交的，也有答应着随后补交的，冯主事略略放心，约定他们后日议事。

当天回家发了几副请帖，请几位大商家合那庙董，在商务公所会议。到了这日，各商家、各绅士都到，只刘御史合庙董未来。冯主事预先备了几桌酒，请他们依次坐定，好谈这事。

且说那庙董里面有个头脑，本是个贩买黄豆的，这人刁钻古怪，年纪约摸有四十多岁，吃上几口大烟，瘦长条子，满脸的麻点儿，削脸尖腮，姓陶名起，同伙送他个外号，叫做淘气，原是音同字不同的。只因他在商务里面极有本领，赚得钱多，虽说是昧了良心弄得来的，然而手里有了银钱，人家自然也拿他推尊起来了。凑巧其时正值秦晋开捐，他凑了几个钱去上兑，捐了个候选同知花翎四品衔，居然以乡绅自命了。无奈他有个脾气不好，一生吃亏，只在这"鄙吝"二字上头，无冬无夏，身上只着件搭连布的袍子，口里衔支粗竹烟袋，家常吃的，总不过是高粱、窝窝、小米、尖饼之类。当下因冯主事请他，他知道必有事情，初意想不来的，后来一想不好，才慢慢的蹀到商务公所，合众人见了面。冯主事把庙捐一层题起，先说道："兄弟只因要开这个商务学堂，须得大众帮忙，能捐呢多捐些，要是不能，那庙里一笔捐款，每年有一千多两银子，我晓得春秋两次赛会，至多不过用掉一二百银子，可好把这注款子拨到学堂，充为常年经费，诸公以为何如？"不料几句话说得淘气真个动起气来了，说道："冯大人，你这个主意错了。那庙捐一款么，为的菩萨面上，保佑地方太平的。你老只知道两季赛会，不晓得庙屋要修，还有琉璃灯的油、烧的盘香、四时祭品、唱戏、添置旗锣伞扇袍服等类，都出在这里头的，衙门口还有些使费。只不够用是真的，如何会有赢余呢？冯大人再想别的法子罢，这是动也动不得的。"冯主事听他说得决绝，又用旁敲的法子说道："如此说来，庙捐既不好动，你替我合众位商家说法说法，照这庙捐的样子再捐一分便了。"这原是恹气的话，那知淘气将机就计，拉了几位体面商人，背后去咕哝一回，无非说冯主事多事，要拿我们心疼的钱去办那不要紧的事体，众商都是愚夫，听了他的话，咬定牙根不肯答应。及至入席，冯主事还想再申前议，无奈大众口气不放松一些儿，冯主事孤掌难鸣。看看天色已晚，只得送客各散，捐事毫无眉目。冯主事寻思没法，要是不办罢，这事已声张开了，坍不下这个台。要是办呢，实在办不出什么。就只有杨道台三千银子，是已经收到的，余下

三十、五十、一百、八十凑起来，不到七千银子。房子要租的，器具要买的，教习要请的，编书、译书、印书都要资本的。那些半旧不新的学生，如果请他来是来的，要他出脩膳费是不来的，这事恐怕要散场哩。

回家合他哥子商议。原来冯主事的哥子，为人高尚，虽然也是一榜出身，从不预闻外事，这回听了兄弟的话，便道："这事有什么难办？那些商家所怕的是官，但是我们这位老父台顽固到极处，替他说开学堂，万万不兴。我有个法子，你到省里去见抚台，他是极喜欢办学堂的。你将此情形细细的告诉他，请他下个札子到县里，等县里出头，派他们捐多少，谁敢不依？不依就同他蛮来！"冯主事听了，欢喜非常，佩服乃兄高见。当即收拾行李，次日进省。

谁知这话被家人听见，露了个风声出去，陶起这一干人晓得了，更是气愤愤的，想了个一不做二不休的恶主意。谁说那些商人是胆小没用的？他们却又约了些小铺子里的掌柜伙计，在东关外马家店聚会，等得众人到齐了，陶起就说冯主事家怎样的平时刻薄我们，这回怎样要受他的害，先激怒了众人，又道："不是俺造谣言，他此次到省里去，定是算计咱们，叫上头压派下来，我们大小铺子多则几千，少则几十，总是要出的。列位有什么法子想没有？"众人听了，面面相觑，没得话说。陶起又道："咱们地方上有了这个人，大家休想安稳过日子，不如收歇了铺子罢。"大众听了，仍是不语。内里有个杂货铺里伙计，本是不安本分的，单他接口道："陶掌柜的话实是不错，咱们辛辛苦苦弄几个钱，官府来剥削些倒也罢了，那里经得起绅士帮着来剥削，俺就不服气，将来官府要派咱们出钱，俺第一个罢市。"众人听了，都以为然。内中有几个不安分的，更是一鼓作气，相约同去打那冯主事的家，闹他个落花流水，出出闷气。众人听了，更为高兴。

当下一哄而去，直到得冯主事家，从头门打进。冯主事的哥哥正在那里看书，听得外面一片人声喧嚷，知道事情不妥，忙叫仆妇丫环拥护了内眷，从后门逃走，他把几件要紧的地契联单揣在怀中，也从后门逃生。一直出城，到乡里躲难去了。

且说众人一直打到上房，见没得一人，方才罢手。正想回去，忽然又见拥了好些人进来。你道这些人是谁？原来是地方上一班光棍，倪二麻子领头。那天倪二麻子真有兴头，在县衙门前合人赌博，赢了一大堆钱，大家诈他的东道吃。这倪二麻子本来手头极其开阔的，就到一个回回馆里，一问没甚吃得，只有墙上挂的一腔新宰的鲜羊，大家不由分说，你要炒羊丝，我要爆羊肚，又有人要烤羊肉，一只羊被他们闹得剩了半个。又打了几斤烧刀，开怀畅饮。酒罢，每人要了一斤多面。店小二背后咕哝着，说道："今天白送了咱的一个羊！"倪二麻子有点醉意，听了喝道："你嘴里胡说些什么？"店小二颤着声道："没什么，俺说昨儿天阴，今天看见了太阳。"倪二麻子道："瞎说，昨儿明明是有太阳的，怎么说是天阴？"店小二道："呀，该死，俺记错了，俺记的是前月十六。"倪二麻子笑道："你今儿吃了饭，还要记错了是昨儿吃的呢。"店小二顺口道："吃饭记错了好不——"说到此处，咽住了，他意思是要说"好不会帐呢"。倪二麻子听他说了半句，倒发起楞来道："好不什么？"店小二道："好不自在。又好吃第二顿哩。"倪二麻子拿不着他错处，也只索罢了。会起帐来，三吊五百二十五文，小帐在外。倪二麻子道："记在我的帐上。"掌柜的道："不必客气了，算是俺请倪二官人的罢。"倪二麻子眼皮一翻道："你那见俺倪二官人吃饭不会帐来？俺也犯不着要你请！"掌柜的吓得把头一缩，不敢则声。那班跟他的朋友道："这样背时的掌柜的，理他则甚！二哥，咱们到王桂凤家抽两口去！"于是，倪二麻子拎了一口袋钱，领众人慢慢踱出店门。那店小二又在背后咕哝道："真是俺前世里的祖宗！"倪二麻子回转手来，劈拍一个巴掌，喝道："你说谁是你的祖宗？"店小二陪着笑脸道："二官人听错了，俺说真是俺盐罐子里有蛆虫，出空的好，也是想起昨儿的事。"倪二麻子怒道："你这个刁蛋，倒会说，不打你也不认得你爷爷！"抢前一步，就要动手。那店小二已是躺在地上，叫地方救命。倪二麻子被众人拖着走了，总算开交。只那小二还是不住口的乱骂。幸亏倪二麻子走的远了，没听见。街坊见是这几位太岁闹事，那敢出来探望，紧闭着门不管。

　　再说倪二麻子正同着他朋友去抽烟，走过冯家门口，只见宅门大开，里面好些人在那里拆桌子的腿，撞窗子上的玻璃哩，又听得哗啷一声，是一盏保险灯打下来了。倪二麻子说声："咦，有趣！这些人倒也会顽把戏！"内中有个尹歪头道："俺晓得了，这是冯举人的亲家抢亲，抢不到手，弄成一个不打不成相识。"倪二麻子道："歪头休得胡说！咱们潍县城里没有抢亲的事。正经话，咱去凑个热闹，添些赌本，倒是天赐的财项。"大家拍手称妙道："倒底是倪二哥有算计，怪不得人家比你做智多星吴用呢。"当下七八个人，把辫子打了个鬏儿，一拥而进，遇着值钱的东西就抢，拿不了的，脱下衣服来兜。陶起见他们来势凶猛，只当是冯府的救兵，对面认清，才知是倪二麻子一党，便叫道："老二！怎么你也来了？"倪二麻子欢喜道："哟！原来是陶掌柜的，俺说没得第二个人敢做这样的事的，俺来替你当后队。"陶起道：

"承情多谢，只是但许毁他的物件，不准拿了走，回来俺另有酬劳。"倪二麻子那班人听了这话，如何肯依？只不理他，一直闯进房里，打开箱笼，任意拣取，除去衣服不要，金银首饰，取了精光。陶起一班人早已兴尽而散。倪二麻子跨出房门，不见他们，知是已去，便合众人商议道："咱们发财是发财，吃官司是不免的，依俺主意，还是放一把火烧他娘的精光，也就没处查究了。"大家又拍手称好，这班恶煞，就擦根自来火，在柴堆上点着了。

不知后事如何，且听下回分解。

刘绅士对冯主事排斥学堂一番话，令人可气。

陶起对众商人挑衅一番话，令人可惧。

店小二对倪二麻子掩饰一番话，令人可笑。

第三十三回

查闲亭委员讹索　助赈款新令通融

却说冯主事家里柴堆上，被倪二麻子点着了火，哔剥哔剥的着起来，登时烟焰冲天，火光四射。邻居见冯家火起，鸣锣告警，水龙齐集，官府也慢慢的赶来。大家竭力救护，无奈火势已大，一时扑灭不了，延烧了好几家，方才火熄。倪二麻子这班人，躲得没有影儿，早已满载而归。

且说县里的大老爷，这日收了一张呈子，就是众商家控告冯主事压捐肥己的话，正待查究，接着冯主事家火起，便传齐了地保邻居，问这火起的原由。都说是他自不小心起的火，县大老爷也不深究，并且把各商家的呈子也搁过一边不理。陶起这干人见县里不理他们的呈子，又因冯家房子被火烧的精光，晓得这事不妥，一不做，二不休，趁大众齐心之时，商量定了罢市，那家开门做买卖，便去抢他的货物，硬派着关门。那些做生意的，那个敢拗他？只得把招牌探了下来，排门上得紧紧的。

这一日，城里街上走的人，都少了一大半。停了一日，那既导书院又被人拆毁了好些房屋、器具，亦不知是那个去拆毁的。县大老爷正躺在炕上吃鸦片，门口签稿大爷，在外边听得人说，晓得事情闹得太大了，只得上去回明。县大老爷不问别的，只问自己有处分没有？签稿道："怎么没有？只怕就要撤任的。"县大老爷听说要撤任，急得把烟枪摔下，哗啷一声，打破了个胶州灯的罩子，一骨碌跳下炕来，发话骂人道："这样大事，你为什么不早些来报信？我的前程，生生的被你们这班混帐王八蛋送掉了！我是要同你们拼命的！"签稿由他发脾气，一声儿不言语。停了一会，等老爷的虎威发作完了，然后才慢慢的回道："这桩事原来闹得不大不小，那天众商家的呈子进来，小的连忙送上来，没有敢消停片刻，原晓得这事是很紧要的，那里知道老爷并不追问，师爷也只当没这会事。跟手就是冯家起火，还听说是有人放的火呢！那天又问不出个来由，只索罢了。他们商家，还道大老爷不管这事。将来一笔糊涂帐，上司查问下来，怕不把冯家放火的罪名也坐在他们身上，因此罢市，做出一种压捐激变的样子来，倒像老爷也合冯家一气来压派他们了。这事其实没什么难办，只消把姓冯的申饬一顿，出出大众的气，所有姓冯的要捐钱开办学堂的话，一概不准，众商家也就没得话说，照常开市了。怎奈冯家又大大的有点势力，况且冯主事已进省去了，怕不到抚院大人那里去说些什么。这事须得两面顾全才好。看来老爷还得合师爷商量商量，上个通禀才是。"一席话倒提醒了县大老爷，望了他一眼道："看你不出，有这许多见识，讲得倒也不错，是我错怪你了，下次有什么事，总要早些来合我讲，不要等到出了乱子再来献计。"签稿诺诺连声，退了下去。

县大老爷方叫人换过烟灯，仍复躺下。细思此事，总要合老夫子商量，起个禀稿上达层台，若是颟顸过去，只怕真个要撤任的。一面想，一面抽烟，十口瘾已过足，这才抬起身来，叫一声："来！"伺候签押房的人，知道要手巾，早已预备好了，一大盆热水，五六条手巾，拧成一大把，送到签押房，一块一块的送上。老爷擦过脸，又有一个家人递上一杯浓茶，一口一口的喝完了，不觉精神陡长，说话的声音也宏亮了。叫人去看看师爷睡觉没有？其时已是夜里一下钟，家人去了半天，来回道："师爷还没睡觉，方才吃过稀饭，正要过瘾哩。"

县大老爷便慢慢的踱到刑名老夫子书房里来。这位刑名老夫子，年纪五十多岁，一嘴蟹箝黄的胡子，戴一副老光眼镜。从炕上站了起来，恭恭敬敬让坐，两下谈起商家罢市的事来。老夫子道："这事晚生昨天就知道了。据晚生的愚见，不如把罪名一起卸在冯某人身上，乐得大家没事，东翁以为何如？"县大老爷道："可不是？兄弟也是这个主意。就请老夫子起个禀稿便了。事不宜迟，明天就把这桩公事发出去罢。"老夫子点点头道："后天发出去也好。"县大老爷觉得放心，也不久坐，自回上房而去。

次日，老夫子的禀稿起好，送到签押房，县大老爷看了一遍，甚是妥当，盖过公事图章，发给书禀誊清，由申封递到省城。这时姬抚台正在整顿学务，行文催促各属考试出洋游学生。忽然接到潍县的禀帖，大大的吃了一惊，踌躇半天，踱到文案上商量道："胡令也实在荒唐！这样大事，怎不早来禀我？况且这禀帖上又说得糊涂得很，所说拆毁了堂里的房屋器具，是什么堂呢？莫非是教堂。果然如此，这还了得! 兄弟晓得潍县南关是有个教堂的。"原来潍县知县所请的那位刑名老夫子, 本来笔下欠通, 把事情叙说不能明白, 晓得姬抚台喜办学堂, 因此把既导书院改为既导学堂, 又只说个"堂里", 难怪姬抚台疑心到教堂上去。当下文案上有一位候补大老爷, 有意攻讦这潍县县官, 趁势回道:"该令有了年纪, 虽然是个老手, 可惜不大管事, 这样的小事情, 若是早早解散, 何至商民聚众罢市呢? 据卑职等看来, 他所说的'堂里', 亮来是什么学堂, 上面还有'既导'二字, 卑职到过潍县, 知道那里有个既导书院, 莫非如今改为学堂, 也未可知。"姬抚台道:"话虽如此, 也须委员去查查, 再做道理。吾兄到过潍县甚好, 等兄弟下个札子, 就烦吾兄去走一趟罢。"

这位文案大老爷, 却是通班领袖, 姓刁号愚生的便是。听见抚台要委他去查, 心中甚喜, 就请了一个安谢委。次日束装起行, 真是轻车简从, 只带了两个家人。车子是历城县代雇的, 到得潍县, 先在城外骡车店里住下。洗了脸, 吃过茶, 连忙先到南关去看教堂。列位看官, 须知这位刁大老爷, 潍县是熟游之地, 不用人领道的。到得南关, 只见教堂好好的, 有些教民在那里听讲耶稣圣道, 于是放下了一条心。顺便找几个左近的人, 问他们罢市的原故, 可巧遇着一个老者, 便道:"这罢市的原故, 原不干我们大老爷的事, 总因冯主事硬派着人家捐钱, 还要提那庙里的钱, 得罪了城隍老爷, 受了天火烧的报应, 也就不必怪他了。如今我们大老爷要肯出来作主, 许人家各事免究, 把捐钱的话概不提起, 自然照常开市。听说大老爷怕的是冯主事, 不敢出头, 所以城里的铺子, 一直还是关着门没开, 城外铺子, 是不在一起的。况且罢市已久, 要真个一家不开门, 不是反了吗? 因此, 他们一党的人, 也就不来吵闹了。"刁大老爷听他说话明白, 很奖励了他几句, 别了老者, 回到店中。县官已差人拿帖子来拜过, 说请刁大老爷搬到衙门里去住。刁委员一想, 他这是稳住我的意思, 虽然如此, 我也乐得借此合他亲近些, 好有个商量。主意定了, 整备衣冠, 坐了轿子进去。

县官盛筵相待, 说了无数的恭维话, 一心要来笼络他。那知这刁委员, 是个官场中第一把能手, 只淡淡的回敬了两句, 而且语带讥诮, 只说得那县官喜又不是, 怒又不是, 一张方方的脸皮, 一阵阵的红上来, 登时觉得局促不安, 话也说不响亮了。刁委员不叫他下不来台, 随又想些闲话敷衍他道:"贵治有个既导书院, 如今改做了学堂, 甚好甚好。抚宪还合兄弟谈起, 说贵治的学务, 整顿得甚好。"岂知这句话, 更把个县官说得呆了, 以为他是有意来挖苦我了。原来既导书院并未曾改作学堂, 连挂名的匾也不曾换一块, 不过公事上面贪图说得好看, 被这刁委员一问, 只当他已经查访着了，装做不知来试探的，想到其间，不禁毛骨悚然。然而他倒底还是个老州县，决不坍台的，想了一想，顺口应道："可不是呢？兄弟自己捐廉，催他们绅士改办学堂，那知他们顽固得很，起初决计不肯办，后来经兄弟苦口劝导，把抚宪的意思再三开导，绅士这才答应了，又允许那些肄业生仍旧在里面做教习，大家觉得兄弟办事公道，所以才一齐没得话说。前月底刚刚议定，偏偏出了冯家的事，只得搁下缓议，兄弟是体贴抚宪整顿学务的盛意，故把学堂名目先上了禀帖，也叫上头好瞧着放心。至于书院的规模，却还未及改换。其实这也是表面的事，只要内里好便了。"在他的意思，以为这一个谎，总要算得八面圆到了，不料却被刁委员早已窥破，暗暗笑道："你何必在我面前撒谎？我是不说破你便罢了。做官的人，那个不是这样瞒上不瞒下。你要我在抚宪面前替你说好话，等到有了那个交情再说，如今光说些空话是没用的。这叫做，'班门弄斧'。但他既说到这步田地，不好不应酬他。"因随便恭维了几句，席罢各散。

自此，刁委员便住在潍县衙内。过了五日，抚宪有电报来，催他回省，这才亟亟整理行装，对县官略露口风，要借钱捐花样，县官听得他说捐花样，知道他愿望不小，暗暗吃了一惊，说道："这潍县本是上中的缺分，无奈被前任做坏了，兄弟到任两年，年年亏空，不够开销，但是我们交情不比寻常，老哥有这等紧要用款，兄弟怎能不量力佽助呢？"说罢，便吩咐管家，向帐房师爷说，请帐房师爷把本月送刑钱两位的束脩暂时挪用，各五十两，合成一百银子，送给刁大老爷。家人答应声"是"，飞奔去了。弄得刁委员倒难开口，歇了半晌，说道："贵署既然这般窘急，兄弟此时还有法想，不劳费心了。"县官又合他婉转商量，求他在抚宪前吹嘘，情愿托人外面借款，另送二百两，连前共是三百两。刁委员却情不过，只得收了，匆匆赶回省去。

谁知潍县商人打听着省里有委员来查办这事，越发着急，就硬派城外各铺子，也不准开门，要做买卖时，便把他的货物堆在街心，一齐烧毁。这风声传了出去，吓得那些铺子，家家闭歇，处处关门，弄得城里各街上，三三五五都是议论这桩事。衙门里的厨子，要想买些鱼肉菜蔬，都没买处，只得上来回明，把些年下腌的鱼肉来做菜吃。幸喜柴米还够，一面派人邻县去置办，以免日后缺乏。县大老爷急的搓手顿足，叫了签稿，请了刑名师爷，大家斟酌，想不出个法子，自己又不敢出去，恐怕被百姓殴辱。

正在焦急的时候，抚宪又有电报来了。县大老爷抽出看时，尽是码子，赶紧寻出电报新编，一一翻过。县大老爷看那电报，写的是："潍县商民罢市，足见该令不善办理，着速行劝谕商民开市，若再畏葸巧避，定即严参！抚院印筱。"县大老爷看完，只吓得面如土色。此时功名要紧，说不得传齐伺候，带了二十名练勇，一直奔到商务公所，请了若干商人来，善言抚慰一番。果然大众都还听话，当天就一律开市。县官见把这事办妥了，又请师爷做了禀帖，上覆抚宪，以为自此前程可保的了。那知过了半月，省里委人下来署事，依然免不了撤任，不得已只得交卸回省。

且说这后任姓钱，是一位精明强干之员，到任后就查究这为首滋事的人，想要重办一两个。陶起这班人，早已闻风逃走一空，只捉了几个不相干的人，解到省里了事。抚宪又行文下来，派各商家替冯主事盖造房子，赔修书院，买还毁坏器具，才把这事敷衍过去。钱大老爷迎合抚宪的意思，至此方把既导书院当真改做学堂，那冯主事办的商务学堂，也幸亏钱大老爷替他出力，拨给几注地方罚款，才能开办。冯主事不好出头，另外托了一位姚举人出来经理，请了几位教习，索性用西文教授。开考那天，众商人纷纷的送儿子来考，姚举人心中暗笑道："要他们捐钱是要翻脸的，送儿子来考就和颜悦色了。"内中有一位粮食店里掌柜的，姚举人亲眼见他在既导书院里打破了几盏洋灯，此次也因送儿子来考，向姚举人作了一个揖。姚举人问他姓名，才知道他姓董名趋时，因姚举人合他攀谈，非常荣耀，本就有心结交学堂里管事的人，因想我此番不可错过，便一屁股在椅子上坐下，夸说这学堂怎样的好，办事怎样公道，杂七杂八，乱恭维了一泡。姚举人听了，觉得肉麻难过，想了一想，便说道："这学堂办是办得总算不错，只可惜多了几盏保险灯，将来倘被人家打毁了，又要地方出款赔补。"几句话把一个董趋时说得满面羞惭，没趣去了。姚举人略点点头，也不送他，却见他儿子还好，就取在里面读书，因此董趋时也没得话说了。

不知后事如何，且听下回分解。

> 潍县县官听说要撤任，方才一骨碌爬起骂门上王八蛋，此辈昏官，天变不足恤，人言不足畏，所怕者只此耳。叙来可笑。
>
> 签稿叫县大老爷申斥姓冯的一顿，以平众人之气，好叫他们开市，办法亦是不错，刑名老夫子所商之办法，竟不能出签稿大爷之范围，可见当奴才者，亦未始无人才也。
>
> 刁委员所遇老者，谓冯主事因要提庙里的钱，得罪了城隍老爷，受了天火

烧的报应，的是顽固乡愚口吻。

刁委员借钱说要捐花样，县大老爷说潍县本是上中缺分，无奈被前任做坏了。两边均可谓措辞得体，然而我闻之熟矣。

姚举人亲见董趋时在既导书院打破过几盏洋灯，后来又送儿子进学堂读书，姚举人始而讥诮之，终且优容之。出尔反尔，小人常情，本不值与较也。

第三十四回

下乡场腐儒矜秘本　开学堂志士表同心

　　却说潍县因一番罢市，倒开成了两个学堂。这信息传到省中，姬抚台大喜，同幕府诸公闲谈，核算通山东省已有了四十八个学堂。姬抚台立志要开满了一百个学堂才罢。这话传扬出去，就有好几家做书铺买卖的人，想因此发财，不惜重价购买教科书稿本，印行销售，于中取利。无奈山东一隅，虽近海岸，开化较迟，那些读书人还不甚知道编教科书的法子。恰好有十几个人从南方来当教习的，都是江浙一带的人，见过世面，懂得编书的法子，就有些蒙小学的课本编出，每编成一种，至少也要卖他们几十两银子。刻出板来，总是销售个罄尽，因此编书的人声价更高了，如没得重价给他，他断断不肯轻易把稿出售。济南府里有些从前大书院里出来的人，觉得自家学问甚深，通知时务，见了这些课本浅俗非凡，却大家倒要花大价钱买去读，心中气愤不过。就有几位泺源书院的高等生，几位尚志堂的高等生，因为书院改掉了，没有膏火钱应用，想步他们维新的后尘，觅些蝇头微利度日，说不得花了本钱，也把那新出的教科书购办几种，拿出做八股时套袭成文的法子，改头换面，做成若干种，也想去卖钱。只是字句做得太文雅了，各书铺里收稿的总校看不懂，不敢买他这种稿子，这班人气极，白费工夫不算，又倒贴了本钱，万分懊恼，更合那些维新人结了不解之仇。

　　却好那年山东乡试，还有废不尽的几成科举要考，这个当儿，四远的书贾都来赶考。内中有一家开通书店，向来出卖的都是文明器具图书。开翁姓王，是一位大维新的豪杰，单名一个嵩字，表字毓生。他虽是八股出身，做过几年名秀才，只因常常出外游学，见多识广，智识也渐渐开通。后来学问成功，居然是位维新的领袖了。

他生长的地方，正在济宁州运河岸上，南北冲衢，进省也便。再说毓生在济宁州开了这个书铺，总觉生意清淡，幸逢大比之年，心中想做这注买卖，也好顺便进场。合他几位伙计商议，大家倒都赞成的，说："我们听说抚院大人维新得极，开了无数的学堂，我们要生意好，总要进省去做。如今可先运些书籍去卖，将来连器具图画等件一总运去，就在那里开张起来，定然胜在这里十倍。"毓生听了这话，甚合己意，点头称是。当下忙着收拾，跟手雇了一只大船，从运河里开去。离省城四十里水路不通，又换骡车，载书上去。早有店伙在贡院前赁定房子，毓生到那里看时，三间房子，极其宽敞，又且裱糊精致，心上大喜。赶着叫伙计把书籍摆设起来，招牌是白竹布写的，一笔北碑郑文恭字，笔力瘦硬的了不得，只微微有些儿秃。毓生看看这铺子很觉整齐，由不得自己赞道："文明得极！文明得极！"他伙计笑道："不管他文明不文明，只问他赚钱不赚钱。"说得毓生也不觉失笑。毓生又叫把带来的几种东洋图画挂了出来，配上两盏保险灯，晚上照得烁亮，更觉五彩鲜明，料来这等气象，是不会没钱赚。此时离场期还远，毓生在店里静坐三天，抱抱佛脚，那知没一个人上门买书，心中纳闷。

到第四日上，有一个秀才，穿件天青粗布的马褂，二蓝粗布的大衫，满面皱纹，躬身曲背的踱进店来，问道："有些什么时务书，拣几种给我看看？"伙计取出些《时务通考》、《政艺丛书》等类，他都说不好，又道："总赶不上《广治平略》、《十三经策案》、《甘四史策要》来得简括好查。"伙计知他外行，又拿几部《世界通史》、《泰西通鉴》等类，哄他道："这是外国来的好书。如今场里问到外国的事，都有在上面。"那秀才摇摇头道："不能，不能！场里也不至于问到外国的事。我只要现在的时务书，分门别类的便好。"伙计道："那个，小店却是没有，只有一种《史论三万选》，你要不要？"秀才听了"三万选"三字，却合了从前《大题三万选》的名目，心中甚喜，就叫他拿来。细看目录，都是历代史鉴上的事，大半不曾见过，只有《左传》上的《郑庄公论》等类，是晓得的。问问价钱，那伙计见他沉吟，不敢多讨，只要三两银子一部。秀才把书一数，共计三十本，还是石印小板，合来一钱银子一本，觉得太贵，只肯出一两五钱。伙计取书包起，收在架上，说道："没得这般大的虚价，我们再谈罢。"那秀才去了，又转来道："再加五分，如何？"伙计笑道："咱们大来大往，也不在这三分五分上头计较。先生要买这书时，至少二两八钱银子。"秀才道："你再给我看看。"伙计没法，只得把书又取给他。看了半天，只看目录，还没看到里面选些什么，觉他那神气很爱这部书，却舍不得出银子。添来添去，添到一两八钱银子。毓生坐在旁边，看得他可怜，又且第一注买卖，合算起来，已赚了一半不止，叫伙计卖给他罢，就对他道："这是我们初次交易，格外便宜些，拉个长主顾罢了。"秀才欣然身边摸出一小块银子，是皮纸包着的，伙计取来一秤，只一两七钱五分，还短五分银子，合五十五个大钱。秀才那里肯找，说我这银子，是东家秤好的一注束脩，没差一分，你的秤一准是老广广，不然，没得这般大的。伙计道："我这秤实是漕平，是你们本地买来的，没得欺骗（偏），你不信，上面还有字儿，请进来看便了。"秀才果然走到柜台里，一看却是济南省某铺里制就的漕平，那银子果然只一两七钱五分，没得话说，尽摸袋里，摸出来三十五个大钱，道："我实在没得钱了，耽一耽，下次带来还你罢。"伙计笑道："也罢，我们将来的交易日子长哩，你取书去便了。"毓生看他去后，骂道："这样的人也要来下场，真是造孽！"谁知以后来买书的，通是合这秀才一般，见了西史上的路德，就说他是山西路闰生先生，说道："原来他也在上面。"见了毕士马克，又问："这是什么马？"诸如此类的笑话，不一而足。毓生忍俊不禁，把来一一记下，著了一部《济南卖书记》，诽笑这班买书人的。这是后话慢表。

　　再说进场那天，王毓生把几部有用的书籍带进场去，那知一部也用不着，倒是那秀才赏识的《史论三万选》有些用处，这才佩服他们守旧的人，倒底揣摩纯熟。头场出来，很不得意。二场照例进去，却有一个策题，出在《波兰衰亡战史》上面，这回毓生带着这书，颇为得意，淋漓痛快的写了一大篇，以为举人是捏稳在荷包里了。场事已过，别的赶考书铺，一齐收摊回去，毓生算算帐，自从到省城，到如今，才只做了几十两银子的买卖，盘缠、水脚、房饭开销合起来，要折一百多银子，觉得有些不服气，暗道："目今济南府的学堂林立，我不得志于考场，必得志于学堂，再住两个月再说。"就合房东讲定，减了房租一半，各种开销也酌减了好些，预备长住。果然渐渐的有人问津。后来声名一天大似一天，买新书的都要到开通书店。不上一月，赚足了一千银子。其时榜已发出，毓生仍落孙山，妙在财气甚好，也不在乎中举。后来领出落卷，大主考批的是："局紧机圆，功深养到，惟第二道策，语多伤时，不录。"原来他的第二道策，正是论的波兰衰亡，自己最得意的，那前后头末两场，自己觉得不好处，偏偏主考圈了许多，方才知道下场的秘诀。

正在懊恼，恰好前次买《三万选》的秀才又来了，问有《近科状元策》没有，毓生猜他定是中了举，顺道来省的，试问问他，果然不错，中的第十五名，这番是填亲供来的。毓生回他道："我们不卖《状元策》，这是要南纸铺里去卖的。"那人去了，毓生查出新科闱墨十五名来看，原来是齐河县人，姓黄名安澜，那十三艺里的笑语，更比《买书记》上多了。只他第二场的第二道策，是一段"波"，一段"兰"分按的。毓生看到此处，失声一笑，把个下颏笑得脱了骨节，要掉下来了，弄到攒眉蹙鼻的，只说不出话来。幸亏他一个伙计晓得法子，替他慢慢的托了上去。毓生这才能言，叫声："啊唷！这个痛苦，竟是被那新贵害的！果然他的福命非凡，我笑他一笑，便受这般的罪。"

那伙计笑道："王先生，你把手托住了下颏，不要又掉下来，我再说个笑话你听听。"毓生果然把下颏托住。那伙计道："你道我怎么会医这个下颏，也是自己尝过滋味的。我们沂水乡下有一位秀才先生，姓时，大家都说他方正。他自己也说，什么席不正不坐，又说，什么士的走路要跄跄，不好急走，那怕遇着雨，没得伞，也要徐徐而行，要走直路，不好贪图近便，走那小路。因此，人家举他做了孝廉方正。一天正逢下雨，我撑了把伞，打从镇上回家。可巧前面就是时先生，手里没撑伞，雨点在他颈脖子上直淋下去。他急了。要绕一条沟，多走半里路，他左右一看没人，提起长衫，奋身一跃而过。后面有两个孩子不懂窍，大声叫道：'时先生跳沟哩！'他不防后面有人看见，心里一惊，脚下一跐，就跌在泥坑里，弄得浑身臭泥。我因此一笑，把个下颏笑掉了，尽力拿手一托，才托上〔去〕。①因此知道这个法子。"毓生听他说得有趣，不由的又要笑，却不敢大笑，因道："我们且不管人家中举不中举，这济南城里的买卖倒还好做，我想回去把所有的书籍一起装来，我们那副印书机器也还用得着，一并运他来，在这里做交易罢。济宁州的地方小，也没有多余利息，你们看是如何？"众伙计齐声道："是。"

次日，毓生一早起身回济宁州去，不多几日，全店搬来，果然买卖一天好似一天。毓生又会想法，把人家译就的西文书籍，东抄西袭，作为自己译的东文稿子，印出来，人家看得佩服，就有几位维新朋友，慕名来访他。那天毓生起得稍迟，正在

---

① "上"字之下，原空一字，据文义补"去"字。（见《绣像小说》第30期第173页第6行。）

柜台里洗脸擦牙，猛然见来了三位客，一位是西装，穿一件外国呢袍子，脚蹬皮靴，帽子捏在手里，满头是汗的走来。两位是中国装束，一色竹布长衫，夹呢马褂，开口问道："毓生君在家么？"毓生放下牙刷，赶忙披上夹呢袍子，走出柜台招呼，便问尊姓大号，在下便是王毓生。原来那三人口音微有不同，都是上海来的，怀里取出小白纸的名片，上面尽是洋文。毓生一字也不认得，红了脸不好问。那西装的，仿佛知道他不懂，便说："我姓李名湟，号悔生。"指着那两人道："他们是兄弟二位，姓郑，这位号研新，是兄，那位号究新，是弟。我是从日本回来，烟台上岸的。因贵省风气大开，要来看看学堂，上几条学务条陈给姬中丞，要他把学堂改良。"毓生不由的肃然起敬道："悔兄真是有志的豪杰，这样实心教育。"那悔生道："可不是呢？我们生在这一群人的中间，总要盼望同胞发达才好。我到了贵省，同志寥寥，幸而找着研新兄弟，是浙江大学堂里的旧同学，在贵省当过三年教员的。蒙他二位留住，才知道还是我们几个同志有点儿热血，只可惜他二位得了保送出洋的奏派，不日就要动身。我想住在这里没意思，也就要回南边去运动运动，或者有机会去美州游学几年，再作道理。"毓生听了，都是大来历，不由得满口恭维道："既承悔兄看得起我，好容易光降，何不就在小店宽住几日，也好看看学堂，做两件有益学界的事，小弟又好叼教些外国书籍。就是饮食起居，欠文明些，不嫌亵渎方好。"悔生道："说那里话，我合毓兄一见，就觉得是至亲兄弟一般。四万万同胞，都像毓兄这样，我们中国那里还怕人家瓜分？既如此，我倒不忍弃毓兄而去。也是贵省的学界应该放大光明了。"回头向二郑说道："我说，见毓兄的译稿，就知道是北方豪杰，眼力如何？"二郑齐声道"是"，又附和着恭惟毓生几句，把一个书贾王毓生抬到天上去了。不由得心痒难熬，柜台里取出十两银票，请他们到北渚楼吃饭。李悔生道："怎好叼扰？还是我请毓兄吃番菜去。"毓生道："不错，新开的江南村番菜馆，兄弟还没有去过哩，今天正要试试他的手段如何？"悔生大喜，四人趸到江南村，拣了第二号的房间坐下。可惜时间还早，各样的菜不齐备，四人只吃了蛤蜊汤、牛排、五香鸽子、板鱼、西米补丁、咖喱鸡饭。悔生格外要了一分牛腿，呷了两杯香槟酒。算下帐来，只须三两多银子。悔生抢着会帐，谁知毓生银子已交在柜上，只得道谢。毓生又约悔生把行李搬来，悔生答应着分手而去。

　　隔了两日，果然一辆东洋车，悔生带着行李来了。原来甚是简便，一个外国皮包很大，一具铺盖很小。毓生替他安放在印书机器房的隔壁里，说道："小店房子很窄，不嫌简慢，请将就住下罢。"悔生道："说那里话，我是起得甚早，不怕吵闹的。"自此李悔生就在开通书店住下，也合毓生出去看过几处学堂，他都说是办得不合法。毓生请教他办学堂的法子，他便在皮包里取出一大札章程来，都是南边学堂里的。他道："这些章程有好有不好，我想拣择一遍，汇拢起来，做个简明章程。"毓生称是。一天，毓生在朋友处得着一部必达缦的《商业历史》，恰好是英文，要请他翻译，他看了半天道："这部书没有什么道理，上海已经有人译过了，不久就要出书的，劝你不必做这买卖。"毓生道："这是部什么书，我还不晓得名目，请悔兄指教。"悔生又把那书簿面看了半天，说了几句洋话，道就是这书的名字，照这文译出来。毓生道："可是《商业历史》？"悔生道："不错，不错，这是英国人著的。"毓生只道他晓得是英人必达缦所著，也就不往下追究了。既然上海已译，也自不肯徒费资本。过了些时，悔生合毓生商量，想要开个小学堂，请几位西文教习在内教课，预备收人家十两银子一月，供给饭食。两人私下算计，只须收到一百二十位学生，已有很大一笔出息。毓生觉得有利可沾，满口应允。

　　不知后事如何，且听下回分解。

第三十五回

谒抚院书生受气　遇贵人会党行凶

却说李悔生要开学堂, 毓生也觉得这注生意好做, 悔生请他付六百银子, 寄到东洋去置办仪器, 毓(悔)生不肯, 道: "我们且收齐了学生, 这个可以慢慢置备的。"悔生见他银钱上看得重, 未免语含讥讽, 自此两人就意见不合起来。可巧那天店中伙计约会了出去吃馆子, 只剩了王、李二人在店中。毓生急急的要去出恭, 托悔生暂时照应店面。忽然文会堂送到一注书帐, 是三百两头一张票子, 悔生连忙收下, 代为收条, 付与来人去了。他见毓生尚未出完恭, 袖了这张票子便走。毓生出来不见了悔生, 只道他近处走走, 那知左等也不来, 右等也不来。天色将晚, 店伙全回, 还不见悔生到来, 很觉有些疑心。查点各物, 不曾少了一件。开柜把银钱点点, 也没少了一分。心中诧异, 开出他的皮包, 却没有多余的衣物, 只几件单洋布衣衫, 被褥虽然华丽, 也不过是洋缎的。总觉放心不下, 又想不出个缘故。及至节下算帐, 才晓得文会堂一注书帐, 被他拐骗了去, 后悔不迭。自此毓生也不大敢合维新人来往了, 见了面都是淡淡的敷衍。自己却还有志想创办那个学堂, 关上门做了一天的禀帖, 好容易做完了, 说得很为恳切, 径自投入抚院, 颇蒙姬抚台赏识, 请他去见。毓生本是个岁贡, 有候选训导之职, 当下顶冠束带着扮起来, 雇了一乘小轿, 抬到仪门口下轿, 没得一人招接。毓生拿了个手本, 一直闯进去, 却被把门人挡住道: "你是什么人, 敢望里面直闯!" 毓生道: "我叫王材, 是你们大人请我来的。" 把门人大模大样的说道: "你为什么不在官厅上候传? 这时大人会着藩台大人哩, 那有工夫见你?" 毓生不答应, 硬要望里走, 把门人那里敢放他进去。二人正在争论, 被里面的执帖大爷听见了, 出来吆喝, 毓生说明来的原故, 把手本交他去回。执帖大爷眼睛望着天说道:"大人今日有公事,不见客,你请明早来罢。"毓生受了这种闷气,不免有些动怒,只得回到店中。路上听得那来往的人议论道:"他不过是个书店掌柜的,有多大身分,就想去见抚台大人,果然见不到回来了。"毓生更加气愤。到了店里,开发轿钱,那轿夫定要双倍。毓生骂了他们几句,他们就回嘴道:"你老爷是合抚台大人有来往的,用不着在俺们小人头上算计这一点点。"说得毓生满面羞惭,只得如数给他,却回到屋里,拍桌大骂道:"中国的官这般没信实,还不如外国的道辩哩。"一个伙计嘴快,抢着说道:"掌柜的,这话错了,难道你认得外国的道辩么?"毓生也觉好笑,不由的心头火发,长篇阔论,写上一封信,托人刻在报上,方才平了气。

隔了几日,禀帖批下来,准其借崇福寺的房子开办学堂。原来这崇福寺是从前先皇爷南巡驻跸的所在,统共有整百间房子,那里面的大和尚手面极阔,很认得些京里的王爷贝子爷,就是在济南城里,也就横行得极,没有人敢在太岁头上动土的。王毓生不知就里,找到了这个好主儿,捏了姬抚台批的这张凭据,就去与崇福寺的大和尚商量。在客堂里坐了半天,大和尚才慢慢的踱出来,在下面太史椅上坐下。侍者送上手巾,接连擦了几把,然后开言,问施主贵姓,来到敝刹,莫非有什么忏事要做么?王毓生通过姓名,回称并非为忏事而来,只因我们同志要开一个学堂,抚台大人批准了,叫借宝寺后面一席空房子,作为学舍,万望大和尚允了,便好开学。那大和尚嘻开大嘴,就如弥勒佛一般,挺着肚皮说道:"这却万万不能的。敝刹经过从前老佛爷巡幸,一向不准闲人借住。况且清净地方,如何容得俗人前来糟蹋?断难从命。就是抚台大人亲自来说,也不能答应他的。你不看见大殿上有万岁爷的龙牌吗?"毓生道:"大和尚放通融些,如今世界维新,贵教用不着,你不如把房子趁早借给我们,有个学堂名目,还好挡一挡。要不然,一道旨意下来,叫把寺院废掉,改为学堂,那时你这寺如何保得住?岂不是悔之已迟?"几句话倒把大和尚说动了气,咬定牙根不允。毓生没法,只得回店。次早有个和尚来谢他,一问就是崇福寺来的,袖子里拿出一张二百两银子的银票,说道:"俺寺里圆通师父多多致意王施主,说寺后房子是决计不能借的,这注银子算本寺捐送贵学堂作为赁屋使费,还求施主另想别法罢。倘然抚台定要我们寺里的房子,他只好进京去见各位王爷想法的了。"这时毓生已经打听着寺里的脚力很硬,只索罢手,乐得把银票收下。打发来人去后,就在济南城里到处找房子,那里找得着?只得把这事暂且搁下。

有天毓生同了几位朋友,踱到江南村想吃番菜,才到门口,只见一位做官的人从里面走出来，街上突然来了一个西装的少年，举起手枪，对准他便放，却被这做官的抢上一步，一手挡住，那少年正待转身，不防做官的后面随从人，早过来把这少年捉住。不言街上看的人觉得突兀，且说这少年的来历。原来这少年也是山东人，姓聂名慕政。向在武备学堂做学生，学到三年上就闹了乱子出来。因他家道殷富，父母钟爱，把他纵容得志气极高，向父母要了些银子，到上海游学，不三不四合上了好些朋友，发了些海阔天空的议论，什么民权、公德，闹的烟雾腾天，人家都不敢亲近他。上海地面是中国官府做不得主的，由他们乱闹，不去理他，他们因此格外有兴头。这聂慕政年纪望上去不过十八九岁，练习得一身好武艺，合了他的朋友彭仲翔、施效全等几位豪杰，专心讲求武事，结了个秘密社会。内中要算彭仲翔足智多谋，大家商议要想做几桩惊天动地的事业，好待后人铸个铜像，崇拜他们。正在密谈的时节，却好外面送来一封信，仲翔接了看时，原来是云南同学张志同寄来的。上面只说云南土人造反，官兵屡征不服，要想借外国的兵来平这难。仲翔看完了信心中大怒道："我们汉种的人为何要异种人来蹂躏？"因此大家商议着，发了一张传单，惊动了各处学生，闹得落花流水，方才散局。这彭仲翔却在背后袖手旁观，置身事外，幸而官府也没十分追究，总算没事。

彭、施二人在上海混得腻烦了，虽然翻译些东文书，生意不好，也不够使用。仲翔合效全私下定计道："我们三人中要算慕政同学很有几文，他为人倒也豪爽，我们何不叫他筹画些资本，再招罗几位青年同志到东洋去游学呢？"效全大喜道："此计甚妙。"仲翔道："虽然如此，也要很费一番唇舌，说得他动心才好。"二人约会定了，只待慕政回来，故意谈些东洋的好处来运动他。慕政毕竟年纪轻，血气未定，听了他们的话，不觉怦怦心动。一日饭后，有些困倦，因想操练操练身体，从新马路走出，打从黄浦江边上走了五六转，回到昌寿里寓中，只三点钟时候。刚跨上楼梯，只听得彭、施二人房里拍手的声音很觉热闹，不由的踱了进去。二人见他进来，连忙起身让坐道："慕兄来得很好，我们正要找你哩。方才我们有个同学打东洋回来，说起那里文明得极，人人有自由的权利，我们商量着要去走走，你意下如何？况且那里留学生也多，有公会处，我们多结识些同志，做点大事业出来，像俄罗斯的大彼得，不是全靠游学学成本事勃兴的么？你意下如何？"慕政听了，连连的拍手道："好极，好极！小弟也正有这个意思，只愁没有同伴。二兄既有这般豪举，小弟是一准奉陪。"仲翔皱了皱眉道："去是一准要去的，只是我们两手空空，那里来的学费呢？"

慕政道："不妨，这事全在小弟身上。昨天我家里汇来二千银子，原预备出洋用的，我置备了几件衣服，只用去五十几两，二兄要用多少，尽管借用便了。"仲翔道："我打听明白，东京用度比西洋是省得许多。虽然如此，每人一年学费，至少也得五百金。我们二人预备三年学费，也要三千银子。聂兄是阔惯的，比我们加倍，一年至少一千。要是尊府每年能寄二千银子，我们一准动身便了。"慕政道："待我寄信去，再寄千金来，目前已经可以暂且敷衍起来。"二人大喜，又拿他臭恭维了一泡，尽欢而散。

当晚慕政便寄信到山东，不上一月，银子汇到，彭仲翔又运动了几位学生，都是有钱的，大家自备资斧，搭了公司船出口。一路山水极好，又值风平浪静，大家在船沿上看看海景，不觉动了豪情。有上海带来的白兰地酒，慕政取出两瓶开了，大家席地而坐，一气饮尽。那同来的三位学生，一叫邹宜保，一叫侯子鳌，一叫陈公是，都不上二十岁年纪。陈公是尤其激烈，喝了几杯酒，先说道："我们从今脱了羁束，都是彭兄所赐，只不知能长远有这幸福不能？"仲翔道："陈兄要说是小弟所赐，这却不敢掠美，还是聂兄作成的，要没有他肯饮助我的盘费，也不能至此。我只可怜好些同学，在我国学堂里面，受那总办教习的气也够了，做起文课来，一句公理话也不敢说。什么叫做官办学堂？须要知道，触犯了忌讳，小则没分数，大则开除，这是言论不得自由。学习西文、算学，更是为难，一天顶一天，总要不脱空才好，譬如告了一天假，就赶不上别人，不足五十分，又要开除，这是学业不得自由。还有学生或是要衍说，或是要结个会，又有人来禁阻他，这是一切举动不得自由。种种不得自由之处，一时也说不尽，亏他们能忍耐得住。我们到了外洋，这些野蛮的禁令，亮该少些。"公是道："彭兄说的话何尝不是？只据小弟愚见，那野蛮的自由，小弟倒也不肯沾染，法律自治是要的，但那言论如何禁阻得？我只不背公理便了。结会等事，乃是合群的基础，东西国度里面，动不动就是会，动不动就是衍说，也没得人去禁阻他，为什么我们中国这般怕人家结会衍说？"仲翔道："这是专制国的不二法门，现在俄国何尝不是如此？只要弄得百姓四分五裂，各不相顾，便好发出苛刻的号令来，没一个敢反对他。殊不知人心散了，国家有点儿兵事也没人替他出力，偌大的俄国，打不过一个日本国，前天我见报上，不是日本国又在辽东打了胜仗吗？"公是道："正是。我想我们既做了中国人，人家为争我们地方上的利益打仗，我们只当没事，倒去游学，也觉没脸对人，不如当兵去罢。"仲翔道："陈兄，你这话却迂了。现在俄日打仗的事，我们守定中立,那里容得你插手?只好学成了,有军国民的资格,再图事业罢。"公是道:"我只觉一腔热血没处洒哩。"慕政道:"陈兄的话一些不错,我可以表同情的。只待一朝有了机会,轰轰烈烈的做他一番,替中国人吐气,至于大局也不能顾得。总之,我们拼着一死,做后来人的榜样罢了。"

这话说罢,五人一齐拍手跳舞,吆喝了一声。不料声音太响,惊动了船主,跑来看了一看,没得话说。随后一个中国人走来,对他们道:"你们吵的什么?这是文明国的船上,不好这般撒野!"慕政听他说得可恶,不由的动怒道:"你见我们怎样撒野?我们不过在此衍说拍手。"那人道:"衍说拍手,自有地方,这是船上,不是列位的衍说场。"六人没得回答。那人又道:"列位还要到东京哩,那地方更文明,还是小心呢!"仲翔唯唯道:"我们如今知道了,方才吃多了酒,说得高兴,倒惊动了诸君,以后留心便了。"那人方才无言而去。仲翔才同他们回到房舱里。慕政只是不服道:"好好的中国人,为什么帮着外国人说话,倒来派我们的不是?"仲翔道:"聂兄莫怪他,他话并没说错,这船上本不是衍说地方,这人还算懂得些道理的,你没有看见那次洋关上的签子手吗?戴着奴隶帽子,穿着奴隶衣服,对着自己同类,气昂昂的打开他行李,看了不够,还要把他捆好的箱子开,搜出一段川绸,当是私货,吆喝着问这是什么?那人道:'这是我朋友托带的。'他那里管他朋友不朋友,拿了就走,那神气才难看哩。说起这关,原是中国的关,不过请外国人经手管管,他们仗着外国人的势力,就这样欺压自己人,比这人厉害得多着哩。"慕政听了,也不言语。

六人在船上过了一天半,已到长崎,有日本医生上船验看各人有无疾病。六人被他验过,均称无恙。那天船却泊下不开。六人上岸闲游,山水佳丽,街道洁净,觉得胜中国十倍,大家叹赏不绝。幸未远行,到船后已将近开轮了。及至到了横滨,仲翔猛然想起一事道:"哎哟!我几乎忘了!东京是不用墨西哥洋钱的。"效全道:"这便如何是好?"仲翔道:"不妨。我们在这里兑了日本洋钱去。"当下六人起坡,觅个旅人宿住了。慕政开出箱子里的洋钱来,每人拿些,同上街去兑换。邹、侯、陈三人也取出些来,托他们代为兑换。仲翔踱出门时,却值一个人合他撞了个满怀,那人惶恐谢过。仲翔看他装束虽然是西人衣服,那神气却像中国人,当下就用中国话问他何来?那人果然也答中国话,说是天津人,因到美洲游学,路过此间,上岸闲耍,到得岸边,轮船开了,只得望洋而叹。现在资斧告乏,正想找个本国人借些川费。诸君既是同志,亮能饮助些。如今美洲是去不成的了,只要助我五十金,便可以回中国去。

仲翔楞了一楞，一句话也答应不出，还是政慕来得爽快，说道："既然如此，我就帮助你，五十金不能，五十圆罢，只是足下尊姓大名？"那人道："我姓邱名琼。难得吾兄慷慨解囊，亦要请教请教。我们找个馆子一叙罢。"三人就同他到得一个番菜馆里，彼此细叙来踪去迹，慕政才把洋钱交给他。那人感谢了几句，会钞分手而去。仲翔埋怨慕政道："我们盘川还怕不够，你如何合人一见面就送他这许多洋钱？"慕政道："他也是我们同胞，流落可怜，应该伙助的。"仲翔道："这样骗子多着哩，慕兄休得上当。"慕政也不理他，次日便搭东京火车望东京进驶。

不知后事如何，且听下回分解。

第三十六回

适异国有心响学　谒公使无故遭殃

　　却说彭仲翔到了东京，住不多日，就去访着了中国留学生的公会处，商量进学校的话。内中遇着一位广东人，姓张名安中，表字定甫，这人极肯替同志出死力的，当下合仲翔筹画了半天，说道："诸君要入学校，莫如入陆军学校，学成了倒还有个出身，只是咨送的文书办来没有？"仲翔愕然道："怎么定要咨送的？这咨文却未办来？"定甫道："这便如何是好？进日本学校要咨送，原系新章，现在的监督很不好说话，动不动挑剔我们，总说是无父无君的，要是咨送来的学生，不能不收，自费的是定准不收，这便如何是好？"说得六人没了主意。仲翔呆了半天，又恳求他道："定兄可好替我们想个法子。"定甫道："实在没法子想，我们只好去软求他的了。"仲翔道："全仗定兄一力扶持，须看同胞分上，我们如今是进退两难的。"定甫道："我有一言奉告，诸君去见监督时，千万和颜下气，磕头请安的礼节是废不得的。只要合中国求馆的秀才一样，保管就可以成功了。"

　　这句话才说完，只把个一腔侠烈的聂慕政气得暴跳如雷道："像定兄这般说法，不是来求学问，竟是来当奴隶了。我不能！我不能！我还要问问，难道定兄你们在此，也是要合监督请安磕头的么？"定甫道："慕兄休要动气。我们是大学堂咨送，合他一同来的，他倒以礼相待，不敢怎样，其余学生，却不免受他的气，都是我亲眼目睹的。慕兄要肯为学问上折这口气，便同去求求他，要不肯时也别无法，作算来东洋游历一趟，也是长些见识，我们又结了同志，好不好呢？"慕政叹口气道："定兄莫怪。小弟是生来这个脾气，做奴隶的奴隶，实在耐不得。奈同伴这般响学，定兄又如此热心，小弟只得忍辱一遭。就烦定兄领去走走，我只跟着大众，磕头就磕，只请安改做了作揖罢。别的我都不开口,装做哑子何如?"定甫听得好笑。当下六人说定。定甫又把他们姓名拿小字写在红单帖上,大家同到监督那里。

再说这监督原是个进士出身,由部曹捐了个山东候补道,上司很器重他,署过一任济东泰武临道,手里很有几文。新近又得了这个差使,期满回去,可望补缺。他到了东洋,同日本人倒很谈得来,只学生不免吃他些苦头,总说他们不好,当面极客气,暗地里却事事掣肘。闲言少叙。此时定甫合彭、施诸人,走到他公馆门口,自有家人出来招呼,把帖子递进去。歇了好一会,才出来回覆道:"大人今天身上有些不大爽快,不能会客,请老爷们宽住几天,得空再谈罢。"定甫没法,只得同他们回去。仲翔满面愁容道:"如此看来,这事定然不得成功。我想他们既有这种新章,便是监督也无如之何。"定甫道:"正是。我原想他代为函恳我们山东官场,补寄个咨文来,这事便好说法了。他不见面,如何是好?"说着,低头想了半天,道:"有了。我们国里新派了一位胡郎中来考察学生,我们莫如去求求他罢。"仲翔这干人只得依他。当下定甫恐怕人多惊动胡郎中,只约仲翔两个人去。走有二三里路,才到得胡郎中的寓处。

原来这位胡郎中名惟诚,表字纬卿,年纪六十多岁,在中国是很有文名的。只因他虽然是个老先生,倒也通达事理,晓得世界维新,不免常找几个译界中的豪杰做朋友,因此有些大老官都看得起他,就得了这个维新差使。他却有种好处,颇喜接待少年,听说有学生拜他,随即请见。仲翔见胡纬卿生的一表非俗,瘦长条子,一口黑胡须挂到胸前,浓眉秀目,戴一付玳瑁边的小眼镜,两人合他作揖。他满面笑容,回了个揖,问了姓名来历,仲翔从实说出拜求他的意思,纬卿道:"难得几位这般有志,老夫着实敬重。只是这里的学堂,必须由官咨送,否则一定有人保送,才得进去。"定甫道:"可不是?学生也因为他们没有咨送的文书,去求监督,监督不见,只得来求先生,还仗先生大力作成他们则个。"纬卿道:"我是就要回国的,保送不来,还是去求钦差为是。只是诸位既然远来游学,为什么不备好咨文再来?岂不省了许多周折。"仲翔本是忘记了的,此时乐得说响话道:"我们中国官场实在不容易请教,差不多的就不见。还有他的门口的人勒索门包,学生们免得受辱,所以一经到这里的。先生是来文明国度办事的大员,一定也是文明的,所以才敢前来叩见。"纬卿听他的话很觉刺耳,心中有些不乐,便搭趄着说道:"那也未必。既是如此,等我替诸位在钦差那里说起来看。只是钦差的为人,我素来鄙薄他,为了诸位,只得去碰个钉子再说。"定甫、仲翔听这口气，还不甚靠得住，然而没法，只得谢了一声，起身告辞，纬卿非常谦恭，一直送到门外。两人雇了人力车，各回寓所。

　　过了两日，纬卿有信来，说是钦差已经答应了，静待几天，便有回信。又过了数日，纬卿又有信来，附了一封日本参谋部覆钦差的信，内里写道："向例进学都要贵大臣保送的，仍旧请贵大臣保送，以符向例。"仲翔看了，半天想不出所以然的原故，猜道："钦差既然咨送，为什么那参谋部又叫他保送呢？哎！我晓得了！这分明是推死人过界的意思。其实他们并不诚心送我们进学堂，借这参谋部一驳的原由回覆我们，好叫我们不骂他。"慕政听了，不胜其愤道："来到外国做钦差，连几个学生都不肯保送，这样不顾同类的人，我们也不用理他了。"仲翔笑道："慕兄，你这话说得太糊涂了。我们既到这里，总想进学，但要进学，不求他们还求那个呢？据小弟的愚见，只好大家忍耐，受些屈辱，也顾不得。所说是大丈夫能屈能伸，依我主意，还是拿言语来求他，抵抗他发怒却使不得的。"大家点头称是。仲翔没法，只得去找定甫，又找不着，又去找几位留学公会里的熟人，把参谋部的信给他们看，也猜不出所以然的原故，按下不表。

　　且说这位钦差，原是中国最早的维新人，少年科第，做过一任道台，姓臧名凤藻，表字仲文。只因官阶既然高了，说不得也要守起旧来，要合那政府各大臣的宗旨一般才是。没到东洋的时节，心中就犯恶那班学生，骂他们都是叛逆，及至做了钦差，拿定主意，不大肯见留学生的面，并且怪各省督抚时常咨送学生前来，助他们的羽翼。此次接着胡纬卿的信，托他咨送学生，心里很不自在。争奈胡纬卿的名望太高，不好得罪他，只得允了下来，合他的文案商量个妙法，写一封信到参谋部去，晓得定然要驳回的，等到驳回，便好回绝胡纬卿，又不得罪学生。正自得计，殊不知仲翔这班人是招惹不得的，既然有了参谋部那封覆信叫钦差保送，他们还肯干休吗？当下仲翔找着熟人，都解不出信中的道理来，只得仍回寓处，合施、聂诸人商量道："我们进学的事，看来已成画饼，只是参谋部既有这封覆信，可以做得凭据，不免运动一番，我想去见胡纬卿，问个端的再说。"众从都说愿意同去，仲翔没法止住他们，只得同到胡纬卿那里。

　　纬卿见他们又来了，很觉为难，只得说道："你们的事，我总算尽力的了，钦差不肯保送，我也没法。"仲翔听他回得决绝，暗道：此时说不得只有去求钦差的了。打听着钦差那里管学生事的，都是一位文案，这文案姓郑表字云周。打听明白，就领了五人走到钦差衙门。仲翔知道，骤然要见钦差，定准不见，只好先找文案，托他介绍。

当下问明文案处，闯了进去。文案不知所以，见他们打扮，就猜着是新来的学生，勉强起身让坐，通过姓名，问明来意。仲翔一一说去，就求他去回钦差，说要面见的意思。云周踌躇了半天道："钦差事忙，只怕没得工夫见诸位呢。"仲翔再三要求云周，这才允了，亲自去说。等了许久，云周出来道："诸位要进学的事，钦差为了你们到处设法，总不成功，后来又碰了参谋部的钉子，难道诸位没见覆信么？如今要想钦差再去求他，万万不能，慢慢的设法便了。"仲翔觉得这话很靠不住，定准要面见钦差，就站起来，合郑云周作了三个揖，求他再去回一声。云周被他缠得没法，又因同是中国人，倒底读了几句书，不肯忘本，只得又进去回。那知这番进去，犹如风筝断了线的一般，左等不来，右等不来，慕政火性旺，就要喝问他的管家，仲翔赶紧止住道："我们这时正是紧要关头，要一闹，定然决裂的。"慕政忍气吞声，只一件事忍耐不住，是从早晨起到现在已是下午，还没有吃一口饭，饥火中焚，更无法想。那文案房原来就是书房，只听得钦差的儿子在那里念《中庸》小注，什么"命犹令也，性即理也"，读两句歇半天，那声音也低得很，像是没有睡醒的光景，众人不禁暗笑。又停一会，外面一个洋式号衣的人走来，是个黑大胖子，突出两眼，就同上海马路上站的印捕一般，一口东洋话，在那里走来走去，自言自语的。六人看这光景，觉得有些蹊跷，也不理他。那人走了一回，只得去了。又停了好一会，无奈郑云周兀是不来。原来臧钦差因为这些学生已经到了他随员的宅中，定准要见，倒弄得没有法子驱遣他们。晓得学生的脾气是各样离奇的事都做得出来的，不见他不好，见他又怕受辱，始而合郑文案商量，没得法子。钦差恨道："这都是胡纬卿不好！"叫家人拿片子去请胡大人来。

不多一会，纬卿来到，钦差把学生硬要见他不肯走的话说了。纬卿道："这不要紧，就见他们一见亦何妨！我见过他们两次了，很文气的。他们再不敢得罪钦差大人的。"钦差见他话不投机，没得说了，呆了半天不则声。纬卿辞别要走。钦差道："纬卿先生走不得。今天这桩事恐怕闹得大哩！须等他们去后再走。"纬卿冷笑一声，只得坐下。钦差仍同郑文案商议。郑文案道："晚生有个法子。我们中国人在上海住久的，别的都不怕，只怕外国巡捕。一个钦差衙门，他们既然敢来闯事，总有些心虚胆怯。我见大人这里有一个看门的，姓羊，这人长得很威武，不如叫他穿件号衣，说两句东洋话，吓唬吓唬他们，或者他们肯走，也未可知。"钦差听了大喜道："老夫子的主意甚好，来，来！叫羊升。"不一会，羊升来了。钦差见他模样，果然像个外国人，问道："你会说东洋话吗？"羊升回道："小的在东洋年代久了，勉强会说几句。"钦差就如此如此的吩咐他一番，羊升领命而去。不多一会，羊升回来回道："小的照着老爷吩咐的法子，走到郑老爷的书房门口，对了那班人说：'你们要再不走，我们大人交代的，要送你们到警察衙门里去了。'说了几遍，他们端然坐着，只是不睬。小的因为大人没有吩咐过赶他们出去，不敢动手。"钦差听了不自在，说道："你这个不中用的东西！"羊升诺诺连声，回道："小的再去赶他！——小的再去赶他！"钦差怒喝道："滚出去！不准去惹事！"羊升摸不着头脑，只得趔趄着出去。

正在没法时候，可巧一个东洋人同一个西洋人来访，钦差当下接见。那东洋人据说亦是一个官，名字叫做稻田雅六郎，西洋人叫做喀勒木。钦差同他们寒暄一番，就提起学生的事来，恳他们二位设法。六郎道："这有什么要紧的，他们要不肯去，公使就见见他也无妨。要警察部派人来也不难。"钦差道："很好很好，就请先生费心，招呼一声警部。"六郎答应着，签了一封洋文信，叫人送去。

三人谈了多时，警部的人已来了，六郎叫他去拨十来个人来，却不要乱动手，须听公使的号令。说罢辞别欲去，喀勒木也要同行。钦差留他帮助自己，喀勒木素性是欢喜替人家做事的，便一口应允。六郎自去不提。钦差又请胡纬卿、郑云周合喀勒木见面，彼此寒暄一番。喀勒木道："这时候天已不早，钦差要见他们，就请见罢。待我去看看他们，要能说动他们走了更妙，省得多事。"钦差道："全仗！全仗！"喀勒木问明路径自去。这时彭仲翔那班人，正等得没耐烦，忽然见个西洋人走来，知道又有奇文。那知他倒很有礼节，又且一口北京话，六人喜出望外。仲翔暗想郑文案既然不来，还是托这人倒靠得住些。就把各人要进学的话，从头至尾，一一说给他听。又把参谋部的覆信给他看过。喀勒木道："不得你国钦差保送，这事不会成功的。我还有你们湖南监督交给我一张名单在这里。"言下把张名单从身边掏出给众人过目，果然是湖南派来的五位学生。喀勒木又道："参谋部作不得主，须待福泽少将回来，我到那时再约了你们吴先生一齐保送进学便了。"仲翔等很觉感激，转念一想，这事不甚妥帖，放着现在的钦差不吃住他做，倒听这西洋人的说话，他回来不睬我们，还有什么法子想呢？因此一定要见钦差，再三恳告喀勒本转求。喀勒木没法，叫他们拿名单出来。仲翔早已预备好了，随即取出。喀勒木捏了他这个名单，去了半天，又来说道："要去见时，只好一二人去。"众人不肯，定要同去。喀勒木往返几次，尚未答应。众人跟着他走，到得钦差住宅旁边一棵大树底下站着。喀勒木见他们这般情景，老大不喜欢，道："你们怎样固执，我也没法，只得告辞了。"匆匆坐了人力车就走。六人白瞪着眼，无可如何。还是仲翔胆子大，领着众人走到客堂门外。

又等得许久，天色将晚，才见胡纬卿踱了出来道："你们等了一天，也不吃饭，这是何意？钦差不肯见，能够逼着他见么？不要发呆，跟着我去吃饭罢。"仲翔又是好气，又是好笑，也不答应。慕政睁着两眼，很想发作，因受了仲翔的嘱咐，只得权时忍耐。胡纬卿见他们不理，正没法想，一会喀勒木又转来说道："你们怎么还不回去？在此何益？听了我的话，早有眉目，横竖你们这六位，钦差是一定送的，不在乎见不见，就是要见，有一二个人去也够了。"众人只是不肯。

不知后事如何，且听下回分解。

第三十七回

出警署满腔热血　入洋教一线生机

却说喀勒木叫彭仲翔诸人不必一齐进见，原是怕他们啰唆的意思，却被仲翔猜着，忙说道："我们再不敢得罪钦差的，要有无礼处，请办罪就是了。"正说到此，那警部的人忽然走来，把他们人数点了一点，身边取出铅笔记上帐簿去了。仲翔这班人觉得自己没有错处，倒也不惧。纬卿情知他们不见也不得干休，只得领他到客厅上坐了。纬卿又拿出那骗小孩子的本事来，进去走了一转，出来说道："钦差找不到，不知那里去了。"还是喀勒木老实些，说道："钦差是在屋里。就只不肯见你们，为的是怕你们啰唆。"仲翔立下重誓。喀勒木又进去半天，只见玻璃窗外，有许多人簇拥着看，那警部的人在门外站着。一会儿钦差出来，还没跨进门，就大声说道："你们要见我，有什么话说赶快说！你们又不是山东咨送来的，我替你们再三设法，也算对得起你们了。无奈参谋部不答应，怪得我吗？"仲翔尚未开言，聂慕政抢着说道："不论官送、自费，都是一般的学生，都要来学成本事替国家出力的，钦差就该一体看待。"仲翔接着说道："参谋部的意思，只要钦差肯保送，没有不收的。"钦差道："这是什么话？我何曾保送过学生？只咨送是有过的。"仲翔道："据学生的愚见，钦差既然要争那保送咨送的体制，就该合参谋部说明才是。参谋部不允学生进学的事，钦差也当力争。如果没得法想，就当告退才是个道理。"钦差道："好，好！你倒派出我的不是来！我原也不是恋栈的；只因天恩高厚，没得法子罢了。"仲翔道："这话学生不以为然。"

钦差大发雷霆，板了脸厉声骂道："你们这班小孩子懂得什么？跑来胡闹！我晓得现在我们中国不幸，出了这些少年，开口就要讲革命，什么自由，什么民权，拿个卢梭当做祖师看待，我有什么不知道的？那法国我也到过，合他们士大夫谈论起这话来，都派卢梭的不是。你们以为外国就没有君父的么？少年人不晓得天有多高，地有多厚，说出来的话，都是谋反叛逆一般。像这样学生，学成了本事，那里能够指望他替朝廷出力？不过替国家多闹点乱子出来罢了！前年湖北不是杀了多少学生么？你们正在青年，须要晓得安身立命的道理。一般是父母养下来的，吃皇上家的饭长到一二十岁，受了皇上家的培植，好容易读得几部书，连个五伦都不懂得，任着性子胡闹。你可晓得你家里的父母，还在那里等你们显亲扬名哩，为甚只顾走到死路上去？我们做官的虽然没甚本事，然而君父大义，是很知道的，如今你们倒要编排我的不是来，这个理倒要请教请教。"言罢怒气直喷，嘴上的胡子根根都竖了起来。

仲翔听他的说话，见他的模样，不由得好笑。慕政更是双睛怒突，却都听了仲翔吩咐，不敢造次。仲翔陪笑说道："钦差的话那有不是的道理？但学生等也不是那样人，钦差看差了，所以不敢保送。至于君父，大家都是一样的，就算钦差格外受些恩典，就当格外出点力才是。可晓得我们这般学生，都是皇上家的百姓，譬如家里有子弟，要好，肯读书，父母没有个不喜欢的，不指望的。我们肯到外国来读书，料想皇上听着也喜欢，也指望。皇上都那般喜欢，那般指望，钦差倒不肯格外出力，这也算得尽忠么？学生们也晓得中国官场的脾气，说起话来都是高品，自己并不恋栈，恨不得马上挂冠，享那林泉的清福。只是一声交卸，银钱也没得来了，威势也不能发了，恭惟的人也少了，只好合乡里的几位老前辈来往来往，还有些穷亲友牵缠牵缠，总只有花费几文，没得多余好处。所以做到官，就当这个官是自己的产业，除死方休，这叫做忠则尽命。要肯拣几句不关紧要的事情，上个折子，说两句直话，碰着于国家有益，于自己无损的事，做他一两桩，百姓已是伸着脖子望他，众口赞道好官了。学生小时候倒还听见人说，那个官好，那个官好，如今是许久不听见的了。"一番议论，把一个臧钦差的肚子几乎气破，登时面皮铁青，嘴唇雪白，想要发作，又发作不出。

仲翔见他不理，只得又说道："钦差要怕学生不安分，还是多送几个到学堂里去，等他们学问高了，自然不至于胡闹。我们中国人的性质，只要自己有好处，那里有工夫管世界上的事呢？学生里学西文的学好了，好做翻译，做参赞。学武备的学好了，好当常备军、预备军。一般各有职业，那有工夫造反？要不然，弄得万众咨嗟，个人叹息。古时所说的，辍耕陇上，倚啸东门，从前还从下流社会做起，科举一废，学堂没路，那聪明才智的人，如何会得安分呢？这些事用得着学吗？所说卢梭《民约》

等书，都是他们的阴符秘策。钦差既有约束学生之责，就当拣那荒功好顽的学生，留意些，犯不着对几个明白道理的学生，生出疑忌的意思才是。"一席话说得钦差更是动气，只当没有听见。

纬卿走来道："好了，你们的话也说够了，一句不到本题。我请问你，还是要同钦差辩论来的呢？还是要求钦差送你们进学校来的？"仲翔："胡先生的话是极，我们是求钦差送进陆军学校来的。现在要求钦差三事：第一件，求钦差送我们到陆军学校。"纬卿道："第二件呢？"仲翔道："第二件，是参谋部不肯收，要求钦差力争。第三件，是力争不来，要请钦差辞官。"这时钦差的脸上，红一块，白一块。喀勒木听了，也不服气道："诸君不过是来游学的，如何要逼着钦差辞官呢？"仲翔道："辞官须出自钦差的本意，这样替学生出力，才算是真，不比那贪恋爵位，不识羞耻的人。"钦差大怒道："我怎么贪恋爵位，不识羞耻？你倒骂得刻毒！"说罢，恨恨而出。纬卿、喀勒木也跟着出去了。仲翔诸人只得静坐等候，邹宜保竟朦胧睡去。

歇了一会，忽然听得外面吆喝了一声，灯笼火把，照耀如同白日，好些军装打扮的人，手里拿着军器，蜂拥而入。大家见此情形，知道不妥，要想站起来，仲翔吩咐他们不要动，因而端坐没动。那警察军队里有一位官员，对着仲翔打话，仲翔一句也听不出来。他叫两个警军，把仲翔扶起，挟着便走。施效全诸人，见仲翔被拿，一齐同走。到得警察衙门口，却只带了仲翔进去，五人被他们关在门外。不多一会，大门开处，忽又走出几个警军，把他们五人也拉了进去。警察官问起来，说他有害治安，须得押送回国。仲翔到了此时，也就没法，只得听其自然。

次早动身，搭神户火车到得海边上。只聂慕政一肚子的闷气，没有能发泄得出。他自来不曾受过这般大辱的，一时拙见，奋身望海里便跳。那知力量小些，只到得一半，离开海面还有半丈多，身子陷在烂泥中间。仲翔见他这样，甚觉可惨，忙招呼一只小船，拼命将他救起，换了衣服，拉他上了轮船，再三劝道："受辱是我们六人在一起的，你千万不可自寻短见。留得身子在，总有个雪恨的日子！"慕政道："我自出娘胎，从没有受过这般羞辱，大丈夫宁可玉碎，不做瓦全。"仲翔道："各事只问情理的曲直，假如我们做错了事，受了这般屈辱，自然可耻。如今我们做事一些不错，无故的受这番挫折，回国后对人说起来，也是光明的，怕什么？那中国的官，情愿做外国人的奴隶，不顾什么辱国体，我们还有什么法子想呢？虽然如此，那留学生公会上岂肯干休？自然有人出来说话。我们回去听信息罢。再者，此番的事，回去也好上上报，叫大家知道，只有他倒可耻,我们那有什么可耻? 一般想个法子, 纠成一个学堂, 用上几年西文工夫, 游学西洋便了。"慕政听得有这许多道路, 也就打断了投海的念头。

　　船到上海, 六人仍复落了客栈, 就把这段事体, 做了一大篇文章, 找着了自由报馆, 登了几天, 方才登完, 六个人才算出了口气。但是东洋游学不成, 总觉心上没有意思。有天仲翔对大众说道:"我们六个人, 现在团聚在一处, 总要学些学问, 做两桩惊人的事业, 才能洗刷那回的羞辱! "五人称是。就在寓里立起课程表来, 买了几部西文书合那《华英字典》, 找着了英文夜课馆, 大家去上学, 用起功来。学了三年, 英国话居然也能够说几句, 将就的文法, 也懂得些。正想谋干出洋, 可巧慕政接到家信, 说他父亲病重, 叫他连夜赶回去。那慕政虽说是维新党, 倒也天性独厚, 当下接着这封信, 急得两眼垂泪。原也久客思旧, 就合彭、施二人商议, 暂缓出洋, 且回山东, 等他父亲病好再讲。本来彭、施二人, 家道贫寒, 原想到上海谋个馆地混日子的, 东洋回来, 倒弄得出了名, 没人敢请教了。衣食用度, 幸亏靠着慕政有些帮衬, 今见他要回去, 觉得绝了出洋的指望, 便就发愿合他一同到山东去, 慕政大喜。那邹宜保等三人有家可归, 不消说得, 各自去了。

　　三人同日上了青岛轮船, 不到三日, 已到济南, 各转家门。慕政到了自己家里, 他父亲病已垂危, 眼睛一睁, 叫了一声"我儿", 一口气接不上, 就呜呼了。慕政大哭一场, 他母亲也自哭得死去活来。慕政料理丧事, 自不消说。从此就在家里守孝, 三年服满, 正想约了仲翔、效全仍到上海, 设法出洋。三人在百花洲饭馆聚谈, 正是酒酣耳热的时候, 仲翔又在窘乡, 便发出无限牢骚, 无非是骂官场的话。三人谈了多时, 可巧上来一位朋友, 姓梁号敩甫, 也是个维新朋友, 打听仲翔在这里, 特地找他说话。慕政也合他认识, 拉来同坐。敩甫闲谈, 说起云南总督陆夏夫, 现已罢官在家, 政府为他从前同那一国很要好, 又因他近来上条陈, 说什么借外兵以平内乱, 颇有起用的意思, 叫他进京, 就要在此经过。慕政听了, 谨记在心。酒散无话。

　　次早, 慕政去找仲翔, 说要用暗杀主意的话, 仲翔听说, 吓了一跳, 知道此番是劝他不来, 只得顺着他的口气, 答应合他同去。两人就天天在外面打听陆制军那天好到。也是合当有事, 偏偏陆制军坐着轿子去拜姬抚台被他们看见了, 从此就在他住的行台左右伺候。无奈护卫的人多, 急切不得下手。那天将晚的时候, 有人请陆制军吃番菜, 仍旧坐轿而来, 这回被慕政候着了, 跟着就走。到得江南春门口, 手起一枪, 以为总可打着的了, 那知枪的机关不灵, 还未放出, 已经被他拿住。当时送到历城县里暂行收监。陆制军便合姬抚台说明，次日亲到历城县，提出慕政审问。慕政直言不讳，责备他："为什么要借外兵来杀中国人，气愤不过，所以要放枪打死了你。"陆制军道："我何尝借过外国兵，那几个土匪，若要平他，不费吹灰之力，原是不忍残杀他们，要想招安他们，所以至今尚未平静。你们这些人，误听谣言，就要做出这种背逆的事来，该当何罪？待我回京奏明，请旨从重治罪便了。"吩咐知县，拿他钉镣收监。此时慕政弄得没法，求生不得，求死不能。彭仲翔是他一起的人，见慕政捉了去，赶到他家报信。慕政的母亲听了，就如青天里起了个霹雳，顾不得嫌疑，就同仲翔商议，情愿多出银钱，只要保全儿子的性命。仲翔满口答应，取了三千银子，先到历城县里安排好了，叫慕政不至吃苦。仲翔又认得一个什么国的教士，名叫黎巫来的，当下便去找他，把原委说明，求他保出人来，情愿进他的教。教士大喜，随即去见陆制军。

　　这时陆制军的行李已经捆扎好了，预备次早动身。忽听报称有教士黎大人拜会，制军不好不见，只得请进客厅，寒暄一番。教士道："听说前天大帅受惊了！这人是我们堂里的学生，只因他有些疯病，在外混闹，那手枪是空的，没有子弹，并不是真要干犯大帅。如今人在那里？还望大帅交还，待我领他回去，替他医治好了再讲。"陆制军道："这人设心不良，竟要拿枪打中兄弟，幸亏兄弟还有点本事，一手拿住了他的枪，没有吃亏。照贵国的法律，也应该监禁几年，如今在历城县监里。我们国家自有处置他的法子，这不干兄弟的事，贵教士还是合历城县去说便了。"黎教士道："呔！既然如此，我就奉了大帅的命，去见县尊便了。"陆制军呆了一呆，只得送他出去，赶即写一封信，叫人飞奔的送与历城县，叮嘱他千万不可把聂犯放走。

　　此时做历城县的，本是个一榜出身，姓钱名大勋，表字小箦，为人最是圆通，不肯担当一点事情的。这回被陆制军送了一个刺客来，正不知如何办法，耽了一腔心事。那天上院回来，略略吃些早点，正要打轿到陆制军那里送行，可巧教士已到。钱县尊听说教士来拜，就猜到为着聂犯而来，叫先请他花厅坐了，自己踌躇应付他的法子。想了半晌，没得主意，家人又来回道："那洋大人等得不耐烦了，要一直进来，被小的们拦住，老爷要是会他，就请去罢。"县尊没法，只得戴上大帽子，踱了过去。两人见面，倒也很亲热的。原来这黎教士不时的到县署里来，钱县尊也请他吃过几次土做番菜，总算结识个外国知己，所以此番不能不见。倘若不见，他竟可以一直闯进签押房里来的。

　　不知后事如何，且听下回分解。

臧钦差骂学生"不晓得天有多高，地有多厚，说出来的话，都是谋反叛逆一般"，虽然是顽固人口吻，然亦是一般粗心浮气之少年授之话柄。

彭仲翔说："我们中国人的性质，只要自己有好处，那有工夫再管世界上的事。"颇为确当。

做了一篇大文章登了报，方算出了口气，可见报馆是专门替人家泄愤的。

聂慕政虽是维新，天性独厚，大异于家庭谈革命，父子讲平权一流。

彭、施二人因为在东洋弄得出了名，没人敢请教，可为少年负气者戒。

教士听人要进他教，自然大喜，立刻亲到县里保人。

"土做番菜"，名目新鲜。

第三十八回

脱罪名只凭片语　办交涉还仗多财

　　却说钱县尊见了黎教士，问他来意。黎教士把对陆制军说的话述了一遍，又道：
"陆制军的意思，已允免究，就烦贵县把人放出，交我带去罢。"钱县尊呆了一呆道：
"这人虽说是陆制军送来的，究竟他是犯罪的人，陆制军作不得主，放与不放，须得
禀明抚宪，再作道理，卑职不敢擅专，还望黎大人原谅。"你道钱县尊为什么对他也
称起大人、卑职来？原来黎教士曾经蒙恩赏过二品顶戴的。当下黎教士听他这般说
得奸滑，心中很觉动气，说："这样些须小事，贵县很可以作得主，就不是陆制台分
付，贵县看我面上，也应该就放的。我晓得你们中国官场，你推我推，办不成一桩事，
只想敷衍过去，不干自己就完了。但此次碰着了我，可不能如此便宜。今天要在贵县
身上，放出这个人来。抚台问起，只说我来把他领去的就是了。他要不答应，我合你
们政府里说话，横竖没得你的事情。我为的合你平日交情还好，所以来同你商量，要
是别人，我不好就去对你们抚台讲吗？"钱县尊听了他话，直吓得战战兢兢的，立起
来打了一恭道："大人息怒！这是卑职不会说话，冒犯了大人。但则这些件事要马上
放人，卑职实是不敢，等卑职立刻上院，把大人的话，回明了抚宪，等抚宪答应了，
随即请大人把人领去就是了。"黎教士道："这还像句话，料想你们抚台也不敢不
依我的，你这时就去，我在这里等你。"钱县尊被他逼得没法，只得请了帐房出来陪
他，吩咐备下一席番菜，自己正待起身，恰好陆制台的信已送到。钱县尊看了，只是
皱眉，当下打轿上院。

　　此时姬抚台已到行台替陆制台送行去了，钱县尊也就赶到行台，仓皇失措的把
教士的话禀了上去。姬帅大惊，对陆制台道："这人不好得罪他的。如今外国人在山

东横行的还了得，动不动排齐队伍就要开仗。兄弟办交涉办久了，看得多了，总是平心静气敷衍他们的。实在因为我们国家的势力弱到这步田地，还能够同人家挑衅吗？这桩事老同年还是看开些的好，好在于老同年分毫无损。"陆制台怒气勃勃的哼了一声，半晌方说道："那不是便宜了这逆犯，我们还想做官管人吗？"姬帅嘻的一笑道："老同年将来出京，最好多豫备些护卫，兄弟这里亲兵也不少，很可以多拨几名过来。至如这个逆犯，要是不放，那黎教士自会通知外务部，始终要放他的，不如我们做个人情罢。况且黎教士明说是老同年当面允许他放的，如今不放，显见得兄弟的主意。他们外国人合兄弟为起难来，就是兄弟罢官不做，后任也办不来这宗交涉，地方上定然吃亏。兄弟是为百姓请命的意思，还望老同年大发慈悲，就是兄弟也感之不尽了。"陆制台见姬帅说得这般恳切，再加他的话也不错，就是目前不放，将来一定要放的，只可恨隔了省分，自己一些作不来主，想了半天，毫无法想，只得应道："这聂犯虽然合兄弟为难，究竟自有国法，听凭老同年做主便了。"姬帅道："如此，我就把他交给黎教士了，这是出于无奈的。"当下便吩咐历城县道："老兄赶快回去，款待黎教士，他若要将聂犯带去时，你便随他带去，不必违拗。"钱县令巴不得有这一句话，省得他为难，有什么不遵谕的？却故意说道："只是对不住陆大人。"陆制台叹口气道："中国失了主权，办一个小小犯人，都要听外国人做主，兄弟是没得话说，老同年还要提防刺客才是。"姬帅默然。

钱县尊告退回衙，黎教士兀是未去，番菜已吃过了。他见县尊回来，就问："聂君的事究竟何如？"钱县尊道："抚宪原不肯放的，是卑职再四求情，说看黎大人分上，这才允的。"黎教士道："倒难为贵县了。我说贵省抚台是个极有见识的，区区小事，没有个商量不通。贵县快把聂君请来罢。"钱县尊应了几个"是"，忙忙的走到外面，吩咐家人："把聂犯去了镣铐，请到签押房里，梳洗干净，再同他到客厅上来。"安排妥当，自己仍旧进了客厅，伺候黎教士。家人领命，叫禁卒从死囚牢里，提出那个聂慕政来。谁知慕政早已受过彭仲翔的教导，晓得黎教士在那里替他设法，这回提他，定然是个好消息。所有镣铐，因他进牢后用的使费很多，是以免掉不带，这时出去，倒要做做场面，只得把来带上，一路踉跄，到了二堂上面。但见一个家人走来问道："这就是姓聂的么？"差役齐应道："是！"那家人道："大老爷吩咐，把他镣铐去了，跟我到客厅上去问话。"差役齐声答应，就来动手。谁知聂慕政倒动起气来道："我本没犯罪，你们把我提来，这般屈辱。如今要除下我手脚上的这个劳什子，除非你们大老爷亲自来除,那能由你们这班奴才一句话,就轻轻的除下来吗?这么着,不是我连你们这些奴才都不如,由着你们摆弄吗?"那家人听他"奴才、奴才"的骂,不由的气往上撞道:"你是个死囚,大老爷要开脱你,也全亏我在旁边说几句好话,我便是你的重生爷娘一般。不承望你报答,倒开口奴才、闭口奴才的糟蹋我。随你去,我也不管了!"说罢,扬长去了。差役们住了手,不敢替他除去。慕政蹲在地下吁气。家人回到客厅,冒冒失失的上去禀道:"那犯人不肯除去镣铐,要等大老爷亲手去替他除哩。"钱县尊大怒,骂道:"狗才!叫你好好合他说话,谁叫你去得罪他?"黎教士已知就里,忙道:"你们中国衙门里的事情我都晓得的,不必遮遮掩掩,我合贵县同去看来。"

钱县尊满面羞惭,连声应了几个"是",就同教士走到二堂上,只见那聂慕政镣锁郎当的蹲做一团,两个差役看好了。黎教士说声:"可怜好好的人,把他捉来当禽兽看待,这还对得住上帝吗?"钱县尊发急,抢上几步,到聂慕政身边说道:"你不要动气,请除了下来罢,这须不干我事,是陆制台交代的。"慕政道:"老父台,你也算得一方之主,为什么要听那陆贼的指挥?不是甘心做他的奴隶吗?"钱县尊不肯合他多说话,叫差役赶紧替他除去了镣铐,拉着他的手,同黎教士到客厅上来。黎教士假装着是认识他的,说道:"你前回要回家,我就说你疯病总要发作的,如今果然闯了事。幸亏我得了信来救你,不然,还要多吃些苦呢。不必多讲了,我们同回去罢。"回头又对钱县尊道:"你去打一顶小轿来,我合他一起回堂。"钱县尊有意恭维黎教士,忙传命把自己的大轿抬来,送黎教士合慕政上了轿。路上的人纷纷议论道:"犯罪也要犯得好,你不看见那姓聂的,一会儿套上铁索,一会儿坐着大轿。列位如若要犯罪,先把靠山弄好了才好。"

不言众人议论,且说钱县尊送出教士,顿觉得卸下千斤重担,身上轻松了许多。立即上院,把放聂犯的情形禀知抚宪,抚宪亦很是喜欢,极赞他办事能干。正在互相庆幸的时节,忽然外面传报进来道:"诸城县知县武强禀见,有紧要公事特地进省面禀。"抚宪登时把他传进。钱令告辞要行,抚宪止住,叫他且待会过武令再走。

一会儿,武令进来,请了安,姬抚宪让他坐下,问他什么事情上省。武令道:"卑职为了一件交涉的事,特地上来禀见大帅的。卑职自从接了印,就到外国总督处禀见,未蒙赏见,只得罢了。谁知不上三个月,就有他们的统兵官,带了五百个步兵,在北门外扎下,担土筑营,不多几日,把兵房造得齐齐整整。卑职好容易浼了通事,问他来意,他说是暂时驻扎，说要走的。卑职也以为他是路过，暂歇几天，不是什么要紧的事，所以没有禀报上来。"说至此，抚宪道："且住！外国兵已扎在你的城外，老兄还说不要紧，除非失掉城地，那时候才要紧吗？"只一句话，把个诸城县武大令吓得做声不得，当时就露出跼天蹐地的样子来。抚宪道："老兄快说罢，兄弟耐不得了。"武令只得又禀道："卑职实在该死，只求大帅栽培。那外国的兵，既然驻扎在北门外，倒也罢了，偏偏他又不能约束他的兵丁，天天在左近吃醉了酒乱闹，弄得人家日夜不安，所以百姓鼎沸起来。前番有许多父老，跪香拜求卑职替他们想法子，卑职没法，只得浼了通事，合那统兵官说情，求他把营头移扎县城西北角高家集去。不承望他应允，倒被他大说一顿道：我们本国的兵，扎到那里，算到那里，横竖你们中国的地方是大家公共的，现在山东地方就是我们本国势力圈所到的去处，那个敢阻挡我们？不要说你这个小小知县，就是你们山东的抚台，哼哼——他说的就是大帅——也不敢不依他。还有悖逆的话，卑职也不敢回了。"抚宪道："你也不必遮遮掩掩，快说下去罢。"武令只得又接下去说道："他说不但你们山东抚台不敢不依，就是你们中国皇帝——他的话更是背逆了，他连皇上的御讳也直呼起来——说是也不敢不依。卑职听了他这一片狂妄的话，也犯不着合他斗气，只得含糊着答应了几个'是'。日夜筹思，没有别的法子，只好自己约束百姓。谁知百姓被他糟蹋得太利害了，聚会了几千人，要合他为难。卑职得了这个风声，晓得自己弹压不来，只得拜求他们地方上绅士，务必设法解散，千万不可滋事，反叫他们有所借口。现在幸亏还没闹事，所以卑职抽个空到省里来，求求大帅预先想个法子，或是发些兵去弹压弹压才好。"

抚宪听了这一番话，十分疑惧，脸上却不露出张皇的神气，半晌方说道："老兄既管了一县的事，自己也应该有点主意。外国人呢，固然得罪不得，实在下不去的地方，也该据理力争。百姓一面总要剀切晓谕，等到他们聚了众，设或大小闹点事情出来，那还了得吗？兵是不好就发的，那外国统兵官见有兵去，就要疑心合他开仗的。倘或冒冒失失动起手来，你我还要命吗？这缺老兄是做不下去的了，等兄弟另委人罢。"回头对首县钱令道："如今要借重吾兄了。到底你办的交涉多些，情形也熟。"小笿此时一喜一惊，喜的诸城好缺，每年至少好剩二万多吊钱，惊的是这样难办的交涉，生恐闹出事来前程不保。然而银钱是真公事，说不得辛苦一遭，想定主意，回道："卑职虽然于交涉上头略知一二，只怕这件事原底子上闹得太大了，一时难以平服。蒙大帅栽培，也不敢辞，凡事总还求大帅教训几句话。"说得抚宪甚是欢喜，忙道："到底钱兄明白，兄弟就知会藩司挂牌，你赶紧动身前去。"小笕连忙谢委。只苦了一个武县令，没精打彩的跟着一同退了下来。

钱县令虽然一团高兴，却也虑到交涉为难。回衙后，吩咐家人检点行装，把家眷另外赁民房居住。当日已有委员前来代理篆务，交卸之后，他就合帐房商议，要找一位懂得六国洋文的人做个帮手。当下帐房献计，叫他到学堂里去找。一语提醒了他，赶忙去拜王总教。这王总教就是前回所说的王宋卿了。二人见面寒暄一番，小笕提起要请翻译的话，王总教荐了一位学生，姓钮名不齐，号逢之的，同了他去。每月五十两薪水。小笕见了钮逢之生得一表非俗，而且声音洪亮，谈吐大方，心中甚喜。

二人同到诸城，一路上商量些办交涉的法子。逢之道："倘然依着公法驳起他来，不但不该扰害我们的地方，就是驻兵也应该商量在先，没有全不管我们主权，随他到处乱驻的道理。这不是成了他们的领土了么？只要东翁口气不放松，我可以合他争得过来的。"小笕连连摇头道："这个使不得，这个使不得！我们中国的积弱，你是知道的。况且咱们抚台，惟恐得罪了外国人，致开兵衅，你说的固然不错，万一他不答应，登时翻过脸来，那个管你公法不公法？如今中国的地土，名为我们中国的，其实外国要拿去算他的，也很容易。能够敷衍着，不就做他们的领土，已是万分之幸了，还好合他们讲理吗？我的主意，是不必叫他移营，情愿每月贴他些军饷，求他约束兵丁不要骚扰就是了。全仗你代我分忧。"钮逢之听他这一派畏葸话头，肚里很觉好笑。幸亏逢之为人很有阅历，不像那初出学堂的学生，一味蛮缠的，晓得意见不合，连忙转过话风道："东翁的话诚然不错，要合外国人争辩起来，好便好，不好就动干戈。东翁肯替他出军饷，他那有不依的道理？自然这交涉容易办了。只是外国的军饷，不比中国，一个兵丁，至少也得十来吊一月交给他，东翁出得起吗？"小笕道："这就全仗你会说了，名为军饷，原只好每月送他统兵官百来吊钱，使费多是不能够的。"逢之道："作算百来吊钱讲得下来，东翁也犯不着贴这一注出款。"小笕道："论理呢，我们做官的，钱弄得多，也不在此小算盘上打算，譬如孝敬了上司，可是能少的吗？只是你知道的，我做了半年首县，办上司的差办够了，赔到三万开外银子，不承望调个好缺调济调济，又遇着这个疙瘩地方，叫我也无从想法。或者同他们绅士商量商量，他们要地方上平安无事，过太平日子，叫他们富户摊派摊派，也不为过。你道何如？"逢之寻思道：怪道人家说老州县滑，果然利害，只得答道："东翁的主意不错，就是这么办便了。"两人定计后，不消几日，已到诸城，新旧交替，自有一番忙碌。

那诸城的百姓，虽然聚众，原也不敢得罪到外国人，只是虚张声势罢了。听见新官到任，而且为着这件事来的，内中就推出几个耆老来见新官。钱大老爷一一接见，好言抚慰一番，约他们次日议事。次日，众人到齐，钱大老爷亲自出来相陪。寒暄过几句，就题到外国兵骚扰的事来，问他们有什么法子没有？大家面面相觑，半晌有个耆老插口道："还仗老父台设法，请他们移营到高家集去，实为上算。"钱大老爷道："这事本县办不到，现在外国人在山东的势力，众位是晓得的，那个敢合他争执？本县倒有个暂顾目前的算计，不知道众位肯帮忙不肯？"大家应道："老父台有什么算计？但请说出来。我们做得到的，那敢不依？"钱大老爷道："本县指望众位的，也没有什么难办，只难为众位破费几文便是。"众人听得又呆起来了。

不知后事如何，且听下回分解。

第三十九回

捐绅富聊充贪吏囊　论婚姻竟拂慈闱意

却说钱县尊要想捐众绅富的钱，去助外国兵丁军饷，大家呆了一会。钱大老爷道："现在的外国人，总没有合我们不讲理，要不给他些好处，以后的事，本县是办不来的。众位要想过太平日子，除非听了本县的话，每人一月出几百吊钱，本县拿去，替你们竭力说法，或者没事，也未可知。"众绅富踌躇了多时，也知道没得别法，只得应道："但凭老父台做主就是了。"钱大老爷甚是得意，叫人把笔砚取过来，每人认捐多少，写成一张单子，交给内中一位季仲心收了，照单出钱。又想出个按亩摊捐法子，叫众绅士去试办。霎时席散无话。

钱大老爷这才请了钮翻译来，两乘轿子，同去拜外国统兵官。到他营前，却是纪律严明，两旁的兵丁一齐举枪致敬，倒把个钱大老爷吓了一跳，连忙倒退几步。钮翻译道："东翁不要紧，这是他们的礼信，应该如此的。"钱大老爷这才敢走上前去。只听得钮翻译合他咕噜了几句话，就有人进去通报。不多一刻，把他二人请进，见面之后，彼此寒暄一番，都是钮翻译通话。钱大老爷心中诧异道：如何外国兵官这般讲礼，倒合我们中国读书人一样，没有那武营里的习气。想到此，也就胆子大了几分，便把他兵丁醉后闹事的话提起。岂知这句话说翻了那兵官，圆睁二目，尽着和钮翻译说，一句话也听不出，只觉得他神气不好，十分疑惧，不免露出觳觫的样子来。那兵官把话说完，钮翻译约略述了一遍，原来他说的是他们外国兵的规矩，决没有骚扰百姓的。只礼拜这日，照例准他们吃酒，若要禁止他们，是万万不能的。钱大老爷把格外送他的饷款，求他劝谕兵丁，不要醉后横行的话，说了上去，他倒十分客气，不肯领情，止许为劝诫兵丁。钱、钮二人没得话说，只好告辞回衙。

次日，钱大老爷又豫备了土做的番菜，请那兵官吃饭。蒙他赏脸，居然到的。钱大老爷打起精神，恭维得他十分惬意。自此，那些兵丁果然听了兵官的话，也不出来骚扰了。钱大老爷好财运，把绅富的一笔捐款，平空吞吃，谢了钮翻译三百两银子，把按亩摊捐的事停办，也因为恐怕百姓不服，免得滋事的意思。从此诸城百姓照常过日子，倒也安稳得许多。钱大老爷把自己办交涉的好处通禀上去，抚台大喜，就把他补了诸城县实缺。这是后话。

再说钮逢之在诸城县里充当翻译，原也终年没事的，他别的都好，只生来有两件事，那两件呢？一件是财，一件是色。说到财，他得了东家的三百银子，又是每月五十两的薪水，算得宽余了。只是他爱穿华丽的衣服，诸城一个小小县城，那里有得讲究衣料？不免专差到济南府去置办些来。他的头发，虽然已剪去十分中八分，却有一条假辫子可以罩上，叫人家看不出来的，在这内地，说不得要用华装，添做了些摹本宁绸四季衣服。看看三百两银子，已经用完了。幸亏他合外国营里的几个兵官结交的很亲密，借此在外面很有些声势，吓诈几文，拿来当作嫖资。可惜诸城土娼，模样儿没有一个长得好的。一天，走过一家门口，见里面一个女人，却还看得过，鹅蛋脸儿，一汪秋水的眼睛，虽然底下是一双大脚，维新人却不讲究这个，因此不觉把个钮逢之看呆了。常言道："色胆包天"，这回钮逢之竟要把天来包一包，禁不住上去问道："我是衙门里的师爷，今天出城到外国营里去的，实在走乏了，可好借大嫂的府上歇歇脚儿再走？"那女人听了，不但不怒，而且笑脸相迎道："原来是位师爷，怪道气派不同，师爷就请进来坐坐罢。"逢之居然跨进她的大门，里面小小的三间房子，两明一暗。原来这女人的男人，就是衙门里的书办姓潘的。当下那女人也问了逢之的姓氏，知道是翻译师爷，合外国兵官都认得的，分外敬重，特地后面去泡了一壶茶来与他解渴。逢之坐了一回，亦就搭讪着走了。自此常去走动，有无他事，不得而知。但是闹得左邻右舍都说了话了。潘书办也些微有点风闻，只因碍着自己的饭碗，不好发作。却好有个富户告状，逢之趁此机会，又诈了人家一千银子，答应替他想法包打赢官司。那知这富户上堂，很受了钱大老爷一番训斥，不多几日，潘书办因为误了公事，又被革退还家。逢之不知就里，自投罗网。有天扬扬得意的又踱到他家里去，被潘书办骗到后房里捆打了一顿，写下伏辩，然后放他走的。后来这潘书办又合那受屈的富户到府上控，府里晓得钮翻译是替钱县令办过交涉的有功之人，不好得罪他，写封信给钱县令，叫他赶紧辞了这个劣幕，另换妥人。

钱大老爷看了自然生气，请了钮师爷来给他信看。逢之哑口无言，半晌方说道："诸城的百姓也实在刁的很，这样事都会平空捏造诬告得人么？我也没工夫去合他质证真假。我本来就要出洋的，只请东翁借给我一千银子的学费，我明天就动身。"钱大老爷气得面皮失色道："我才到任不上一年，那有这些银子借给你呢？我这个缺分是苦缺，你是知道的，怎么又讹起我来？"逢之道："东翁缺分好坏我也不知，只在那注捐款里提出一两成来，也够我出洋的费用了。这是大家讲交情的话，不说越礼的话。"钱大老爷听得他说到这个地位，倒吃了一惊，晓得这人不是好缠的，只得说道："逢翁且自宽心，住几天再讲，兄弟自然有个商量。"逢之是拿稳他不敢不答应的，忙道："既然如此，我静候东翁分付便了。"当晚就有帐房合逢之再四磋商，允许送银五百两，才把他敷衍过去。

次日，逢之收拾行李，一早起身，向县里要了两个练勇护送。原来他本是江宁府上元县人氏，只因探亲来到山东，就近在学堂里肄业的。此番闹了这个笑话，只得仍回江宁。好在从诸城到清江浦，一直是旱路，不消几日，已经走到，搭上小火轮，到了镇江，又搭大火轮直到家里。

他的家里只得一位母亲，靠着祖上有些田产过活。自从逢之出门，三年不见回家，盼望得眼都穿了。这日早起，那喜鹊儿尽在屋檐上叫个不住，他母亲叫吴妈到门口去望望看，只怕大少爷回来了。说也奇怪，可巧逢之正在那里敲门。那吴妈开门看见，不禁大喜道："果然大少爷回来了，不知道太太怎样预先晓得的？"后面三个挑夫把行李挑了进来，甚是沉重，咿哑的声音不绝。逢之进内，拜见了母亲。他母亲道："哎哟！你一去这多年，连信也不给我一封，叫我好生记挂。有时做梦，你淹在江里死了。又有一晚做梦，你带了许多物事，遇着强盗，把你劈了一刀，物事抢去，我哭醒了，好叫我心中难过。昨天我房里的灯花结了又结，今天一早起来喜鹊尽叫，我猜着是你要回来。果然回来了，谢天谢地。"逢之听他母亲说得这般恳切，倒也感动流泪道："儿子何尝不要早回？只因进了学堂，急急想学成本事。"话未说完，外面挑夫吵起来道："快快付挑钱，我们还要去赶生意哩。"逢之只得出去，开发了挑钱，车夫只是争多论少，说："你的箱子这般沉沉的，内中银子不少，我们的气力都使尽了，要多赏几个才是。"逢之无奈，每人给他三角洋钱，方才去了。然后回到上房，他母亲问道："你学了些什么本事？"逢之应道："儿子出去之后，文章上面倒也学得有限，只外国文倒学成功了，合西洋人讲得来话。"他母亲道；"这样说来，便是你一生的饭碗有着落了。我见隔壁的魏六官，学成了什么西文，现在得了大学堂的馆地，一年有五百来两银子的出息，人家都奉承他，称呼他老爷，你既有了这样本事，能合外国人说话，怕不比他好吗？将来处起馆来，只怕还不止一百两一月哩。也是我朝朝念佛，夜夜烧香，求菩萨求来的好处。"逢之道："母亲休得愁穷，我在山东就了大半年的馆，倒还有些银子带了回来。"他母亲道："你就的什么馆？"逢之道："我就的是诸城县大老爷的馆，每月五十两银子的薪水，替他做翻译，就是合外国人说话。"他母亲听说有许多钱一月，大是可惜道："你既然有这许多钱一月，就不应该回来，还好再去吗？"逢之道："不再去了。我因挂记着娘，所以辞了他，特诚回来的。我除薪水之外，还有钱大老爷送我的盘川，合起来有一千几百两银子哩。"他母亲道："阿弥陀佛，我多时不见银子的面了，还是你老子定我的时候，一支金如意，一个十两头的银元宝，我那时就觉着银子可爱。如今你既有这许多银子，快些给我瞧瞧。"逢之听得他母亲这般看重银子，心中十分畅快，赶忙找钥匙，把箱子里的银子拿出来。只见一封封的元丝大锭，他母亲不禁眉开眼笑，拿了两只〔元〕宝放在枕头边摩弄。

一会儿，逢之想要吃饭，他母亲道："哎哟！今天一些菜都没有，只一碗菠菜烧豆腐。吴妈，去买三十钱的鸭子来，给大少爷下饭罢。"逢之道："不必，待我自己去买。"原来逢之从小在街上跑惯的，那些买熟菜的地方是知道的，当下便去买了一角洋钱的板鸭，一角洋钱的火腿，又叫吴妈去打了半斤陈绍回来吃饭。他母亲是一口净素，荤腥不尝。吃饭中间，逢之问起田产如何？进项够用不够用？他母亲道："不要说起。你出门后，不到半年，钟山前的佃户一个也不来交租。家里所靠那两处市房，十吊大钱一月的，那钱粮倒去了一大半。王家大叔又忙，没得工夫去合我们收租。如今柴荒米贵，我这日子度得苦极的了。"逢之道："阿呀！这几个佃户如此可恶，待我明天去问他讨就是了。"

消停几日，逢之果然亲自下乡，找着他的佃户要他还租。那佃户见大少爷回来了，自然不敢放刁。只是求情，说以后总依时送到，不叫大少爷动气，逢之只得罢了。其时已是冬初，他母亲身上还是着件川绸薄棉袄，逢之拿出钱来替他母亲做了好些棉皮衣服。这时逢之的亲戚舅母、姑母，晓得逢之回来，发了大财，大家都来探望他母亲。他姑母道："大嫂子，你好福气呀！我从前就很疼这侄儿的，因为他天分也好，相貌也好，晓得他将来一定要发达的，如今果然。"他舅母道："不错，常言道，皇天不负苦心人，大姑娘这般吃苦，应该有这样的好儿子，享点老福，我们再也不如他的。"逢之母亲谦逊一番，说道："姑娘合嫂嫂，休得这般说客话，将来侄儿、外甥长大了，怕不入学中举？不比我们逢儿，学些外国话，只能赚人家几个钱罢了，也没甚出息的。"他姑母道："哎哟！大嫂！休得怎样看轻他，如今的时世，是外国人当权了，只要讨得外国人的好，那怕没有官做，比入学中举强得多哩。但则逢儿年纪也不小了，应该早早替他定下一房亲事，大嫂也有个媳妇侍奉。他们赶事业的人，总不免出门出路，大嫂有了媳妇，也不怕寂寞了。"这几句话倒打入逢之母亲心坎里去，不由得殷勤问道："不错，我也正有此意。但不知姑娘意中，有没有好闺女，替他做个媒人。"他姑娘道："怎么没有？只要大嫂中意，我有个堂房侄女，今年十八岁，做得一手好针线，还会做菜，那模样儿是不必说，大约合侄儿是一对的玉人儿。大嫂可记得，前年我们在毗卢寺念普佛那天，不是他也在那里的么？大嫂还赞他鞋绣得好，这就是他自己绣的。"逢之母亲想了一想，恍然大悟，暗道：不错，果然有这样一个闺女，皮色呢倒也很白净，只是招牙露齿的，相貌其实平常，配不上我这逢儿。然而不可扫他的兴，只得答应道："哦！我想起来了！果然极好。难为姑娘替我请个八字来占占。要是合呢，就定下便了。"他姑娘满面笑容道："大嫂放心，一定占合，这是天缘凑上的。"

　　正说到此，逢之自外回来，他母亲叫他拜见了两位尊长，他姑母不免絮絮叨叨，说了好些老话。逢之听得不耐烦，避到书房里去了。当日逢之的母亲，不免破费几文，留他们吃点心，至晚方散。逢之等得客去了，方到他母亲房里闲谈。他母亲把他姑母的话述给他听，又道："我儿婚姻大事，我也要拣个门当户对。你姑母虽然这般说，依我的意思，还要访访看哩。"逢之道："母亲所见极是。孩儿想，外国人的法子总要自由结婚，因为这夫妻是天天要在一块儿的，总要性情合式，才德一般，方才可以婚娶。不瞒母亲说，那守旧的女子，朝梳头，夜裹足，单做男人的玩意儿，我可不要娶这种女人。这两年我们南京倒也很开化的了，外面的女学堂也不少，孩儿想在学堂里挑选个称心的，将来好侍奉母亲，帮着成家立业。不要说姑母做媒，孩儿不愿娶，就有天仙般的相貌，但是没得一些学问，也觉徒然。"他母亲听他说话有些古怪，便道："我儿，这番说话倒奇了。人家娶媳妇，总不过指望他能干，模样儿长得好，你另有一番见识。话虽如此，但是那学堂里的女孩子，放大了脚，天天在街上乱跑，心是野的，那能帮你成家立业，侍奉得我来？我倒不明白这个理。"逢之道："不然，学堂里的女学生，他虽然天天在外，然而规矩是有的。他既然读书，晓得了道理，自己可以自立，那个敢欺负他？再者，世故熟悉，做得成事业，讲得来平权，再没有悍妒等类的性情。孩儿所以情愿娶这种女人，并不争在相貌上面。至于脚小，更没有好处，袅袅婷婷的一步路也走不来。譬如世界不好，有点变乱的事，说句不吉利的话，连逃难都逃不来的。"他母亲本来也是个小脚，听他这般菲薄，不免有些动气。

　　不知后事如何，且听下回分解。

　　钱大老爷到外国营盘，事事仰仗翻译传话，而一副忽喜忽惧之情形，不觉跃然纸上。

　　钮逢之问东家借钱，讹诈口吻，描来如画。

　　儿子有了好处，倒说是念佛烧香求菩萨得来的，老妪之愚，可发一笑。

　　钮逢之论婚姻一段，其母闻之，自然逆耳。

第四十回

河畔寻芳盈盈一水　塘边遇美脉脉两情

却说逢之的母亲听他诽谤中国的女子，很有些动气，便说道："我是不要那样放荡的媳妇。婚姻大事，人家都由父母作主，你父亲不在了，就该听我的话才是，怎么自己做起主来？真正岂有此理！"逢之见他母亲动怒，只得婉告道："母亲天天在家里，没有晓得外面的时事，如今外国人在那里要中国的地方，想出各种的法子来欺负中国，怕的是百姓不服，一时不敢动手，不好不从种族上自强起来。他们说的好，我们中国虽然有四万万人，倒有二万万不中用，就是指那裹脚的女人说了。母亲可听见说，现在各处开了天足会，有几位外国人承头，入会的人各处都有。孩儿想起来，人家尚且替我们那般发急，我们自己倒明知故犯，也觉对不起人家了。所以孩儿立志，要娶个天足的媳妇，万望母亲这桩事依了儿子罢。"他母亲听他这般软求，气也平了，只得叹道："咳！我已是这们大年纪的人了，你们终身的事，我也管不得许多，随你搅去便了。"

次日，他姑母叫人把他侄女的八字开好送来，逢之的母亲，央一位合婚的先生占了一占，批的是女八字极好，也没有桃花星、扫帚星诸般恶煞，而且还有二十年的帮夫好运；男八字是更不用说，一身衣食有余，功名虽是异途，却有四品黄堂之分；但是两下合起来，冲犯了白虎星，父母不利，有点儿刑克。逢之母亲听了那先生一番话，原也不想占合的，当下付他二百铜钱。那先生去了，随叫吴妈把批单送与他姑母去看，又交代一番话说："你见姑太太，只说我们太太极愿意结这头亲事的，为的是亲上加亲，如今算命先生说有什么冲犯，大少爷不肯，也是他一点孝心，太太只得依他，请姑太太费心，诸多拜上，谢谢。"吴妈依言去述了一番，他姑母也只得罢了。逢之打听着这头亲事不成功，倒放宽了一条心。饭后无事，去找他的朋友蒋子由谈心。走进门时，只听得里面喧笑的声音，大约聚了熟人不少，三脚两步，跨进书房门。只见余大魁、许筱年、陆天民、牛葆宗、翟心如都在一处，还有一位西装的朋友，不曾会过面的。众人见他进来，都起身招呼他，却不见子由。逢之同旁人招呼过了，因合那西装朋友拉了拉手，问及尊姓大名，大魁代答道："这位是徐筱山兄，新近从日本回来的。他是东京成城学校里的卒业生。"又对那徐筱山道："这位是钮逢之兄，他是山东大学堂里卒业生，懂得德文，办过外国兵官的交涉，也回来得不久，二位所以还没见面。"两人彼此各道了许多仰慕话。逢之又问他些日本风景，谈得热刺刺的。

一会儿，子由自内出来，大家嚷道："子由兄，怎么进去了这半天，莫非嫂夫人嫌我们在这里吵闹，责罚你罢？"子由似笑非笑的答道："说那里话？未免太把内人轻看了。内人虽没文明的程度，然而也受过开化女学校三年的教育，素闻诸君大名，佩服的很。只愁诸君不肯光降，岂有多嫌之理？"逢之趁势道："正是，我还没有拜见老嫂，望代致意。那开化女学校里面，现今有多少学生，内容怎样，老同胞必然深知其详，还望指示一二。"子由道："那里面一共是四十位女学生，两位教习，一是田道台的太太，一是王布衣的夫人，课程倒很文明。用的课本，都从上海办来的，仪器也有好些，什么算学、生理、博物，都是有的。至缝工各科，更不必说得了。"逢之叹道："女子果然能够学成这样，也是我们中国前途的幸福，将来强种还有些希望。"子由道："可不是呢！只他们走出来，身子都是挺直，没有羞羞缩缩的样子，我就觉着他们比守旧的女子大方得多。"天民道："逢兄还没有嫂夫人呢，为什么不替他选一位夫人？就请老嫂作媒，岂不甚好？"子由道："天民，你又来说野蛮话了。结婚是要两下愿意的，这才叫做自由。他自己不去合那文明的女学生结交，我如何替他选呢？"说得陆天民很觉惭愧，脸都红了。子由又道："明天两下钟，开化学堂衍说，今早有传单到这里来，内人是一定要去的，诸位同胞要高兴去听时，小弟一定奉陪。"众人都说愿去。天民道："有这般幸福，那个不愿？我只羡子由娶了这位老嫂，女界里面已经占得许多光彩。我们为礼俗所拘，就有教育热心，也苦于无从发现。"说罢，连连叹息。逢之更是适中下怀，大家约定一句钟在子由家里聚会同去。谈了一会，各人告辞。

逢之合陆天民、徐筱山同路而归，走过秦淮河的下岸，正是夕阳欲下，和风扇人，一带垂杨，阴阴水次，衬着红霞碧浪，顿豁心胸。那河里更是画舫笙歌，悠扬入耳。对面河房，尽是人家的眷属，绮窗半开，珠帘尽卷，有的妆台倚镜，有的翠袖凭栏，说不尽燕瘦环肥，一一都收在眼睛里去。三人遇此良辰，睹兹佳丽，那有不流连的道理？一路闲眺，已觉忘情，不免评骘妍媸起来。天民说那个梳头的好，筱山说那个身材俏俐，只逢之瞥见西角上一座小小水阁，四扇长窗齐启，内中一位女子，鬒发垂鬖，脸边粉痕浅淡，只嘴唇上一点腥红，煞是可爱，手里溺一本书，也不知是小唱呢，还是曲本，在那里凝眸细瞧。瞧了一会，忽然瓜子脸上含着微笑，一种憨痴的神情，连画工也画他不出。转眼间，见他把书在桌子上一撩，站起身来，走几步路，像是风摆荷叶一般，叫人捉摸不定，可见他那双脚儿小得可怜的了。钮逢之虽是个维新人，讲究天足的，到此也不禁看呆了，钉着脚儿不动。陆、徐二人，一边闲谈，一边走路，眼儿又注在河房里，倒没留心把个逢之掉在后面。其中只有筱山开过眼界，看得淡些。走了半条街时，忽然回头，不见了逢之，叫声"哎哟！逢兄那里去了？"天民也回头看时，果然不见。他二人本来不曾尽兴，好在还家尚早，就约筱山转步去寻逢之。走不多时，只见逢之在前面桥旁，朝着对面水阁出神。天民拉了筱山一把，叫他不要则声，自己偷偷的到逢之背后。望对面看时，原来是个人家水阁，定睛望去，里面并没什么，就只一张床，两顶衣橱，一张方桌，一张梳妆半桌。天民已猜着他是看人家内眷，所以看得痴呆了，就在他背后拿手向他肩上一拍。逢之吓了一跳，醒了过来，叫声"哎哟"，回头一看，见是天民，自觉羞惭满面，说道："我怎么在这里，你为什么拍我一下？"天民道："逢兄，你莫非遇见了什么邪魔？不然为什么一个人在这里发呆？我们已经走了一里多路，回头看不见你，所以回来找你的，那知道你还站着在这里。"逢之道："我因贪看这水面上的景致，不知不觉落在后面。我想这水也实在奇怪得很，他那几道光儿，说远就远，说近就近，对着他只觉得水面上一道似的，走几步那光便跟着人移动，这是什么缘故？二位倒合我讲讲。"筱山、天民虽然懂得些普通西学，这光学的道理，还不曾实验，如何对得出？只得谢道："弟等学问浅陋，实在不晓得这个道理。逢兄，天已不早了，我们回去罢。"逢之也自无言，大家说说笑笑，一路同归。一宿无话。

次日逢之注意要到开化学堂结个百年佳偶，早早的催饭吃了，急急忙忙赶到子由家里。他那看门的，是个驼背又且耳聋，逢之问他道："大少爷在家么？"看门的笑道："我们少爷真是癞虾蟆想吃天鹅肉，好好的一鞍一马也就罢了，虽然脚大些，依我看来，一个脸雪白粉嫩很下得去，他偏偏又要想讨什么小老婆。今儿早上，有个

媒婆送来一个姑娘，名字叫做什么大保，我们少爷看见了这个大保，魂灵儿就飞上了天了。鬼鬼祟祟的把他弄到书房里，不知说了些什么？钮少爷，你是出门在外的人，又没有娶过少奶奶，不晓得这里头的诀窍。我告诉你说，我们这位少奶奶，原是学堂里出身，本来是大方的，穿双外国皮靴，套件外国呢的对襟褂子，一条油松辫子拖在背上，男不男，女不女的，满街上跑了去，还怕什么书房不书房。我想起来，大约是少爷合那大保说话的声音太高了，被他听见，所以他赶了出来，想拿大少爷的岔儿。偏偏不争气，少奶奶走进书房，我们少爷正在那里合大保亲嘴，被我们少奶奶看见了，一个巴掌打上去，我们少爷左脸上登时就红了起来。当时少奶奶马上吩咐人，把大保赶了出去，一把拖着少爷望里就走。少爷嘴里还说，'我又没有同他怎样，就是亲亲嘴，也是外国人通行的礼信，亦算不得我的错呀！'少奶奶听了这话，又是一下嘴巴子，三脚两步，拖了进去，如今还没出来哩。"逢之听他一片混缠的话，晓得他是个聋子，也不与他多言，一直走到书房，果然子由不在书房里面，却不听见里面有甚吵嚷的声音，便大胆到他内宅门口，叫了一声"子由"。里面一个白发老妈出来接应道："少爷有事，一会儿就出来，请在书房里等一等罢。"逢之无奈，只得坐在书房里静等。直到一点多钟，余大魁诸人都陆续的来了，又一会听得外面皮靴声响，大约是蒋少奶奶出门，这才子由出来。

逢之也不便问他，忙忙的同到开化学校。这学校里面办事的，有两位男子，一是何仁说，一是胡竹村，当下见众人进来，便让到帐房里坐。原来那帐房正对着讲堂，一带玻璃窗，正好在那里看个饱。一会儿学生毕集，也有胖的，也有瘦的，两个中年妇人在前面领着，料想是田道台的太太，与那王布衣的娘子了。逢之留心细看，没有一个出色的女子，很为扫兴。他们上了讲堂，就请子由诸人去听衍说，只不请二位帐房。逢之没法，只得跟了众人上去。他合那班女朋友，没一个认得的，徐、许诸人，却都有熟人在内。彼此招呼之后，田道台的夫人第一个登衍说台，说的是伸女权，不受丈夫压制的一番话，大家拍手。王布衣的夫人说的是破三从四德的谬论，女子也同男子一般，生在地球上，就该创立事业，不好放弃义务，总要想法子生利，自己养活自己，不好存倚赖人的念头，自然没人来压制你了。这番议论，比田太太说得尤为恳切，大家拍手的声音震天价响。两位女教习说完，就有四个班长，挨次上去。无非是自由平等的套话，那照例拍掌，也不须细表。

说完之后，众学生方请子由等诸人，一般也衍说一次。子由等听得他们那般高论，已经拜服到地，如何还敢班门弄斧？只徐筱山是东洋回来的，有些习熟的科学，乐得借此显显本领，便也毫不推辞，居然上台衍说起来。躬一躬腰，开口先说生理学，说到了身体上的那话儿，连忙缩住了嘴。一位极大的学生，仿佛有二十一二岁光景，站起来说道："先生尽管说下去，为什么顿住了？这有什么要紧？佛家说的，无我相，无人相，像先生这般，就是有我相、人相了。"众人拍手大笑，弄得徐筱山下不来台，要再说下去，知道没有人理他的了，幸亏他见亮，弯一弯腰，走下台去。他吃了这个闷亏，男子队里，那个还敢上台？只得告辞而出。逢之吐吐舌头道："果然利害！筱山兄这样深的学问都顽不过一个女孩子，我想中国女子的脑筋，只怕比男子还灵？可惜几千年压制下来，又失于教育，以致无用到极处，可惜，可惜！"筱山道："逢兄这话固然不错，但那个女学生，他虽驳我，他并不懂得生理学，可见这些人还不虚心，自己不曾涉猎过的学问，就不愿意听。"子由合陆、翟二人，只顾品评那学生的优劣，没工夫听徐、钮的话，大家说说笑笑，一路回到子由家里。

天色将晚，各人回去吃晚饭是来不及了。子由家里，又没有预备菜蔬供给他们，逢之要请众人去吃馆子，子由不好意思道："我们还是撇兰罢。"于是子由找了一张纸，把兰花画起。葆宗赞道："好法绘，我要请你画把扇子。"子由道："我从前在北洋学堂里，合一位朋友学过铅笔画，因此略懂得些画中的道理，但是还不能出场。"当下计算，共八个人，多的四角，少的两角，大家攒凑起来，也有三块钱的光景，然后同到问柳的馆子里，要菜吃酒。堂倌见他们杂七杂八，穿的衣服不中不西，就认定是学堂里出来的书呆子。八人吃了六样菜，三斤酒，十六碗饭，开上帐来，足足四块钱，不折不扣。子由拿着那片帐要他细算，说我们吃这点儿东西，也不至于这样贵。堂倌道："小店开在这里二三十年了，从不会欺人的，先生们不信，尽可打听。那虾子豆腐是五钱，那青鱼是八钱。"子由道："胡说！豆腐要卖人家五钱，鱼卖人家八钱，那里有这个价钱？你叫开店的来算！"堂倌道："我们开店的没得工夫，况且他也不在这里。先生看着不对，自己到柜上去算便了。"子由无奈，只得同众人出去，付他三块钱，他那里肯依？几乎说翻了，要挥拳。逢之见这光景，恐怕闹出事来，大家不好看，只得在身边摸出一块洋钱，向柜上一掼。大家走出，还听得那管帐的咕叨呢，说什么没得钱也要来吃馆子。逢之只作没听见，催着众人走了。不料逢之经此一番阅历，还没有把娶维新老婆的念头打断。

恰巧一天，逢之独自一个出外闲逛，沿着鸭子塘走去，只见前面一带垂杨，几间小屋里面有读书的声音，异常清脆，像是女子读的。走近前去一看，门上挂着一块红漆木牌，上面五个黑字，是"兴华女学塾"。逢之在这学堂门口徘徊多时，看看日已衔山，里面的书声也住了。一个十七八岁的女学生，从内里走了出来，彼此打了一个照面。逢之不觉陡吃一惊，连连倒退了几步，一人自想道：不料此地学塾里面，却有这等整齐的人，但不知他是谁家的小姐？若得此人为妻，也总算偿得夙愿了。那女学生见逢之在门前探头探脑，便也停住脚步，望了他几眼，更把他弄得魄散魂飞。回家之后，第二天便托人四处打听，后来打听着，才晓得这小姐乃是一家机户的女儿，但是过于自由，自己选过几个女婿，招了回来，多是半途而废的。逢之的母亲执定不要，逢之也就无可如何了。

不知后事如何，且听下回分解。

第四十一回

北阙承恩一官还我　西河抱痛多士从公

却说钮逢之自从山东回来，一转眼也有好几个月了，终日同了一班朋友闲逛度日。他自己到了山东一趟，看钱来得容易，把眼眶子放大了，尽性的浪费。几个月下来，便也所余无几了。他母亲看了这个样子，心上着急，空的时候，便同他说："我儿回来也空了好几个月了，总要弄点事情做做。一来有了事做，身体便有了管束，二则也可赚些银钱贴补家用。否则，你山东带回来的银子越用越少，将来设或用完了，那却怎样好呢？"逢之道："你老人家说的话，我知道原也不错，儿子此番回来，也决无坐吃山空的道理。不过相当的事，一时不容易到手，目下正在这里想法子，总要就在家乡不出门的才好，就是银钱赚得少些，也是情愿的。"他母亲道："我儿知道着急就好，你不晓得我的心上比你还着急十倍，一天总得转好几回念头哩。"自是逢之果然到处托人，或是官场上当翻译，或是学堂里做教习，总想在南京本乡本土，弄个事情做做。有几个要好朋友，都答应他替他留心，又当面恭维他，说他："说得外国话，懂得外国文，这是真才实学，苦于官场上不晓得，倘若晓得了，一定就要来请你的。"逢之听了，自己却也自负。岂知一等等了一个多月，仍然杳无消息。荐的人虽不少，但是总不见有人来请。他心上急了，便出去向朋友打听。

后来好容易才打听着，原来此时做两江总督的，乃是一位湖南人姓白名笏绾，本是军功出身，因为江南地方，自从太平之后，武营当中大半是湖南人，倘若做总督的镇压得住，他们都听差遣，设或威望差点，他们这伙人就串通了哥老会到处打劫，所以这两江总督，赛如卖给他们湖南人的一样。因为湖南人做了总督，彼此同乡照应同乡，就是要闹乱子，也就不闹了。白笏绾白制军既做了两江总督，他除掉吃大烟、玩姨太太之外，其他百事不管。说也稀奇，自从他到任之后，手下的那些湖南老，果然甚是平静，因此朝廷倒也拿他倚重得很，一做做了五六年，亦没有拿他调动。这两年朝廷锐意求新，百废俱举，尤其注重在于开办学堂一事。白笏缩既是一向百事不管，又加以抽大烟，日头向西方才起身，就是要管，也没有这闲工夫了。然而又不能不开办几处学堂，以为搪塞朝廷之计。自己管不来，就把这事全盘委托了江宁府知府，他自己一问不问，乐得逍遥自在。

你道这江宁府知府是谁？说来来历却也不小。此人姓康名彝芳，表字志庐，广西临桂县人氏。十七岁上就中了进士，钦点主事，二十岁上留部，第二年考御史，就得了御史。那时节正是少年气盛，不晓得什么世路高低。有位军机大臣，本是多年的老人，上头正在响用的时候，他偏偏同他作对，今天一个折子说他不好，明天一个折子说他不好。起先上头因为要广开言路，不肯将他如何，虽然所奏不实，只将原折留中，付之不问。岂知他油蒙了心，一而再，再而三，直把上头弄得恼了，就说他"谤毁大臣，语多不实"，轻轻的一道上谕，将他革职。当初他上折子的时候，还自以为倘若拿某人扳倒，一旦直声震天下，从此被朝廷重用起来，海里海外那些想望丰采的，谁不恭维我是一代名臣。如今好处没有想到，反而连根拔掉，虽说无官一身轻，究竟年纪还小，罢官之后，反觉无事可为。北京地面，又是个最势利不过的地方，坏了官的人，谁还高兴来睬你？又是穷，又是气，莫怪人家嫌他语言无味，就是他自己也觉着面目可憎了。少不得借着佯狂避世，放浪形骸，以为遮饰地步。

第二年，年方二十一岁，居然把上下胡子都留了起来。此后南北奔走，曾经到过几省，有些督抚见了他这个样子，一齐不敢请教。后来走到四川，凑巧他中举人的座师做了四川总督，其时已是十一月底天气，康志庐还穿着一件又破又旧的薄棉袍子。他座师看他可怜，又问问他的近况，便留他在幕中襄办书启。一连过了几年，被他参的那位军机大臣也过世了，朝内没了他的对头，他座师便替他想了法子，走了门路，谋干了赏了一个原衔。恰巧朝廷叫各直省督抚保荐人材，他座师又把他保了上去。朝廷准奏，传旨将他咨送来京，交吏部带领引见。他罢官已久，北京一点线路都没有，座师又替他写了好几封信，无非是托朝内大老照应他的意思。等到引见下来，第二天又蒙召见，等到上去之后，碰头起来，上头看他一脸的连鬓大胡子，龙心大为不悦，说他样子很像个汉奸似的，幸亏奏对尚还称旨，才赏了个知府，记名简放。又亏座师替他托了里头，不到半年，居然放了江苏扬州府知府。他未曾做知府的前头，虽然是革职都老爷，见了督抚，一向是只作一个揖的，如今做了知府，少不得要委屈他也要请安了。也该他官星透露，等到朝廷拿他重新起用，他的人也就圆和起来，见了人一样你兄我弟，见了上司一样是大人卑职，不像从前的恃才傲物了。

在扬州只做了一年多，上头又拿他调了江宁府首府。其时已在白笏缟白制军手里，白制军因他是科甲出身，一向又有文名，所以特把这开办学堂之事，一齐交托于他。起初遇事，这康太守还上去请示，后来制台烦了，便道："这办学堂一事，兄弟已全盘交付吾兄，吾兄看着怎么好就怎么办，兄弟是决不掣你肘的。"康太守见制宪如此将他倚重，自然是感激涕零，下来之后，却也着实费了一番心，拟了多少章程，一切盖造房子、聘请教习之事，无不竭尽心力，也忙了一年有余，方渐渐有点头绪。每逢开办一个学堂，他必有一个章程，随着禀帖一同上来，制台看了，总是批饬照办，从来没有驳过。就是外府州县有什么学堂章程，或是请拨款项，制台亦是一定批给首府详核，首府说准就准，说驳就驳，制台亦从来不赞一辞。因此这江南一省的学堂权柄，统通在这康太守一人手里。后来制台又为他特地上了一个折子，拿他奏派了全省学务总办一席，从此他的权柄更大，凡是外府州县要请教习，都得写信同他商量，他说这人可用，人家方敢聘请，他说不好，决没人敢来请教的。所以钮逢之虽然自以为西语精通，西文透澈，以为这学堂教习一事唾手可得，那知回家数月，到处求人，只因未曾走这康太守的门路，所以一直未就。至于官场上所用翻译，什么制台衙门、洋务局，各处有各处熟手，轻易不换生人，自然比学堂教习更觉为难了。当时康太守这条门路，既被钮逢之寻到，便千方百计托人，先引见了康太守的一位亲戚，是一位候补道台，做了引线。那候补道台应允了，就同他说："你快写一张官衔条子来，以便代为呈递。"逢之回称自己身上并没有捐什么功名。那道台道："功名虽没有，监生总该有一个，就是写个假监生亦不要紧。好在你谋的是西文教习，虽是监生可以当得，不比中文教习，一定要进士举人的。"逢之听了，只得拿红纸条子，写了监生钮某人五个小字，递给了那位道台。那道台道："这就算完了么？我听说你老兄从前在山东官场上也着实历练过，怎样连这点规矩还不晓得？你既然谋他事情，怎么名字底下连个叩求宪恩，赏派学堂西文教习差使几个字，都懒得写么？快快添上。我倘若拿你的原条子递给了他，包你一辈子不会成功的。"逢之听了他这番教训，不禁脸上一红，心上着实生气。无奈为糊口之计，只得权时忍耐，便依了那道台的话，在名字底下，又填了一十六字。写到"宪恩"二字，那道台又指点他，叫他比名字抬高两格，逢之一一遵办。那道台甚是欢喜。

次日便把条子递给了首府康太守。此时康太守正是气焰熏天，寻常的候补道都不在他眼里，这位因为是亲戚，所以还时时见面。当下把名条收下。第二天，那道台又叫人带信给逢之，叫他去禀见首府。逢之遵命去了一趟，未曾见着。第三天只得又去，里头已传出话来，叫他到高材学堂当差，过天到学堂里再见罢。逢之见事已成，满心欢喜，回家禀知母亲，便搬了行李，到学堂里去住。康太守所管学堂，大大小小不下十一二处，每个学堂一个月只能到得一两次。逢之进堂之后，幸喜本堂监督早奉了太守之命，派他暂充西文教习，遵照学章逐日上课。直待过了七八天，康太守到堂查考，逢之方才同了别位教习，站班见了一面，并没有什么吩咐。后首歇了半个多月，又来过一次，以后却有许久未来。

一日，正当学生上课的时候，逢之照例要到讲堂同那学生讲说，他所教的一班学生原本有二十个，此时恰恰有一半未到，逢之忙问别的学生，问他们都到那里去了？别位学生说："先生，你还不知道吗？江宁府康大人的少爷病了，这里今天早上得的信，我们当学生的都得轮流去看病，我们这里二十个人，分做两班，等他们回来之后，我们再去。不但我们要去，就是监督、提调，以及办事情的大小委员、中文教习、东文教习、算学教习，他们亦一齐要去的。这个学堂是他创办，没有他，我们那里有这安心适意的地方肄业呢？"钮逢之一听了，楞了一回，心想果然如此，连我也是要去的。于是又问问别位教习，有的已去，有的将去，大家都约定了今天不上课，专至府署探病。逢之到堂未久，所以不知这个规矩，如今既然晓得了，少不得吩咐学生一律停课，自己亦只得换了衣裳，跟着大众同到府署。又见大众拿的都是手本，自己却是一张小字名片。同事当中，就有人关照他说："太尊最讲究这些礼节的，还是换个手本的好。"逢之无奈，只得买了一个手本，写好同去。到得府署，先找着执帖的，执帖的说大人有过吩咐，教习以上，都请到上房看病，所有学生，一概挂号。众教习把手本投了进去，又停了一会，里头吩咐叫"请"，众教习鱼贯而入，走进上房，康太尊已从里间房里迎出，大家先上去一躬，然后让到房间里坐。一看，床上正睡的是少爷，三四个老妈围着。康太尊含着两包眼泪，对众教习说道："兄弟自罢官之后，一身落拓，万里飘零，以前之事，一言难尽。及至中年，在成都敝老师幕中，方续娶得这位内人，接连生了两个儿子，大的名唤尽忠，今年十一岁，这个小的，名唤报国，年方九岁。因他二人自幼喜欢耍枪弄棒，很有点尚武精神，所以兄弟一齐送他们到武备学堂肄业。满望他二人将来技艺学成，能执干戈以卫社稷，上为朝廷之用，下为门第之光，所以才题了这'尽忠''报国'两个名字。不料昨天下午，正在堂里体操，这个小的，不知如何，忽然把头在石头上碰了一下，当时就皮破血流，不省人事。抬回衙门，赶紧请了中国伤科、外国伤科，看了都不中用。据外国大夫还说，恐怕囟门碰破，伤及脑筋。我想我们一个人脑子是顶要紧的，一切思想都从脑筋中出来，如果碰坏，岂不终身成了个废人？因此兄弟更为着急，赶紧到药房里买了些什么补脑汁给他吃。谁知那补脑汁却同清水一样，吃下之后，一点效验都没有。如今是刚刚外国伤科上了药去，所以略为睡得安稳些。可怜我这老头子，已经是两天一夜未曾合眼，但不知这条小性命可能救得回来不能？"众教习有两个长于词令的，便道："大人吉人天相，忠孝传家，看来少大人所受的，乃是肌肤之伤，静养两天就会好的。"康太尊又谦逊了几句，接着又有别的学堂里教习来见，众人只得辞了出来，各自回去，预备明日一早再来探视。岂知到得次日，天未大亮，府衙门里报丧的已经来过了，众教习少不得又去送锭、送祭、探丧、送入殓，以及上手本慰唁康太尊，应有尽有，不在话下。

且说康太尊一见小儿子过世，自然是哭泣尽哀，那个教体操的武备学堂教习，当天出事之后，康太尊已拿他挂牌痛斥，说他不善教导，先记大过三次。等到少爷归天，康太尊恨极，直要抓他来跪在灵前，叫他披麻带孝才好。后来好容易被别位大人劝下，只拿他撤去教习，驱逐出堂，并通饬各属，以后不得将他聘请，方才了事。这位康二少爷，死的年纪虽然只有九岁，康太尊因为他是由学练体操而死，无异于为国捐躯，况且他七岁那年，秦晋赈捐案内，已替他捐有花翎候选知府，知府是从四品，加五级请封，便是资政大夫。既受了朝廷的实官封典，自不得以未成丁之人相待。因此，康太尊特特为到院上，请了二十一天的反服期服假，以便早晚在灵前照料一切。他是制台信用之人，自然有些官员都来巴结，就是司道大员，也都另眼相待。听说他死了儿子，一齐前来亲自慰唁，官小的都到灵前磕头，官大的却也早被康太尊拉住。人家知道他于这个小儿子钟爱特甚，见了面都着实代为扼腕，康太尊便一把鼻涕，一包眼泪的朝着人说道："不瞒诸公讲，我这个小犬，原来是武曲星下凡，当初下世的时候，我贱内就得过一梦，只见云端里面一个金甲神，抱了一个小孩，后来忽然一道金光一闪，忽喇喇一声响，金光里头闪出武曲两个大字，当时把贱内惊醒，就生的是他。所以兄弟自生此子之后，心上甚是爱他，以为他将来一定可以为国宣劳，立威雪耻，那知一朝死于非命。这个非但是寒门福薄，并且是国家之不幸。"说着，又叫人把自己替儿子做的墓志铭拿了出来，请众位过目。众人看了，上头写的，无非同他所说的一派妄言，都是一样，少不得胡乱臭恭维了几句，相率辞出。等到开吊那天，到者上自官场，下至学堂，一齐都来吊奠，连着制台，还送了一付挽联，传说是文案上老爷们代做的。次日出殡，一切仪仗，更是按照资政大夫二品仪制办事，自然另有一番热闹。康太尊心上盘算，我现在执掌一省学务，总要把各处学生调来送殡，方足以壮观瞻。预先透风给各学堂监督，传谕他们教习率领学生，一齐穿着体操衣服，手执花圈，前来送殡。各监督尤其要好，一律素褂摘缨。康太尊看了，甚为合意。事毕之后，大赞各学堂教习学生懂得道理。又问他们自从七中上祭以及出殡、路奠等等，总共化了多少钱，一律要发还他们。众人齐称："少大人之丧，情愿报效，实实不敢领还。"康太尊见他们出于至诚，便也作罢。后来借着考察学堂，只说他们教习训迪有方，学生技艺日进，教习一律优加薪水，学生都另外加给奖赏，以酬答他们从前一番雅意。自康太尊有此一番作为，所有学界中人，愈加晓得他的宗旨所在了。

要知后事如何，且听下回分解。

总督名白笏绾，顾名思义，自应百事勿管。

湖南人做了两江总督，彼此同乡照应同乡，哥老会一帮人，就肯不闹乱子，可见若辈乡谊很重。

康太守借着佯狂避世，放浪形骸，以为遮饰地步，遮饰二字下得恶极。

连鬓大胡子，样子便像汉奸，一班好留大胡子人听者。

不做知府便作揖，做了知府便屈膝，茫茫宦海，不为五斗米折腰者，有几人哉！

谋充西文教习，也要呈递衔条，叩求宪恩，该道台真老作家。至站班谒见，手本通名，皆应有之义务矣。

总办少爷生病，学堂监督、教习、学生，都要分班轮流进内看病。少爷出殡，都要排班送殡。吾初不知朝廷岁糜巨帑，开设学堂，原来为此。

中国营兵，除接差送差与送殡外，其他一无所能，现在又多一班学堂学生送殡，可谓文武兼全。

述康太守称颂儿子，有誉儿癖者，确有此等口吻，并非作者刻薄。

第四十二回

阻新学警察闹书坊　惩异服书生下牢狱

话说康太尊见自己在江南省城,于教育界上颇能令出惟行,人皆畏惧,他心上甚为欢喜。暗暗的自己估量着说道:一班维新党,天天讲平等,讲自由,前两年直闹得各处学堂,东也散学,西也退学,目下这个风潮虽然好些,然而我看见上海报上,还刻着许多的新书名目,无非是劝人家自由平等的一派话头,我想这种书,倘若是被少年人瞧见了,把他们的性质引诱坏了,还了得!而且我现在办的这些学堂,全靠着压制手段部勒他们,倘若他们一个个都讲起平等来,不听我的节制,这差使还能当吗?现在正本清源之法,第一先要禁掉这些书。书店里不准卖,学堂里不准看,庶几人心或者有个挽回。但是这些书一齐出在上海,总得请制宪下个公事给上海道,叫他帮着清理清理才好。至于省城里这些书坊,只须由我发个谕单给他们,凡是此等书一概不准贩来销售,倘有不遵,店则封禁,人则重办。一面传齐各书铺主人,先具一结,存案备查;一面再饬令警察局明查暗访,等到拿到了,惩办一二个,也好儆戒儆戒别人。

主意打定,第二天上院,就把这话禀明了制台。白制军本是个好好先生,他说怎么办便怎么办,立刻下一角公事给上海道,叫他查禁。其实有些大书店都在租界,有些书还是外洋来的。一时查禁亦查禁不了,不过一纸告示,谕禁他们,叫他们不要出卖而已。至于省城里这些书店,从前专靠卖时文、卖试帖发财的,自从改了科举,一齐做了呆货,无人问信的了。少不得到上海贩几部新书、新报,运回本店带着卖卖,以为撑持门面之计,这也非止一日。又有些专靠着卖新书过日子的,他店里的书,自然是花色全备,要那样有那样,并且在粉白墙上写着大字招帖,写明专备学堂之用,于是引得那些学堂里的学生，你也去买，我也去买，真正是应接不暇，利市三倍。不料正在高兴头上，蓦地跑进来多少包着头穿着号子的人，把买书的主顾一齐赶掉，在架子上尽着乱搜，看见有些不顺眼的书，一齐拿了就走。单把书拿了去还不算，又把店里的老板，或是管账的，也一把拖了就走，而且把账簿也拿了去。一拖拖到江宁府衙门，府衙门不收，吩咐发交上元县看管。到了县里，查了查，一共是大小十三爿书坊，拿去的人共总有二三十个。依康太尊的意思，原想就此惩治他们一番，制台也答应了，倒是藩台知大体，说新书误人，诚然，本来极应该禁止他们出卖，但是我们并没有预先出告示晓谕他们，他们怎么晓得呢？且待示谕他们之后，如果不遵，再行重办，也叫人家心上甘服，似此不教而诛，断乎不可。康太尊还强着说："这些书都是大逆不道的，他们胆敢出卖这些大逆不道的书，这等书店就该重办。"藩台听他一定要办，也不免生了气，愤愤的说道："志翁一定要办，就请你办，但是兄弟总觉不以为然。"康太尊虽然是制台的红人，究竟藩台是嫡亲上司，说的话也不好不听，今见藩台生了气，少不得软了下来，吩咐上宁县勒令众书店主人，再具一张"永远不敢贩卖此等逆书，违甘重办"的切结，然后准其取保回去。所有搜出来的各书，一律放在江宁府大堂底下，由康太尊亲自看着，付之一炬，通统销毁。然后又把各书名揭示通衢，永远禁止贩卖。康太尊还恐怕各学堂学生，有些少年，或不免偷看此等书籍，于是又普下一纸谕单，叫各监督、各教习晓谕学生，如有误买于前，准其自首，将书呈毁，免其置议。如不自首，将来倘被查出，不但革逐出堂，还要从重治罪。当时这些学生，都在他压力之下，再加以监督、教习从旁恫吓，只得一一交出销毁，就是本不愿意，监督、教习要洗清自己身子，也早替他们搬了出来，销毁的了。

这件事虽算敷衍过去，但是康太尊因为未曾办得各书坊，心上总是一件缺陷。此时江宁省城正办警察，齐巧是他一个同年，姓黄，也是府班，当这警察局的提调。康太尊便请了他来，托他帮忙，总想办掉几家书坊以光面子。黄知府这个提调，本是康太尊替他在制台面前求得来的，如今老同年托他此事，岂有不出力之理？而且自己也好借着这个露脸。回去之后，便不时派了人到各书坊里去搜寻。内地商人，不比租界，任你如何大脚力，也不敢同地方官抗的，况且这悖逆罪名，尤其担当不起。于是有些书坊，竟吓得连新书都不敢卖，有些虽卖新书，但是稍些碍眼的，也不敢公然出面。在人家瞧着，这康太尊也总算是令出惟行了。从来说得好，叫做"无巧不成书"，偏偏康太尊办得凶，偏偏就有人投在他罗网之中。

　　且说这几年，各省都派了学生到东洋游学，分别什么政治、法律、普通、专门，也有三年卒业的，也有六年卒业的，都说是学成功了，将来回来，国家一定重用的。于是各省都派了学生出去，由官派的，叫做官费生，还有些自备资斧出去的，叫做自费生；官费生出去的时候，都派了监督督率着，凡事自有照应，自费生全靠自己同志几个人，组织一个团体，然后有起事来，彼此互相照应，前两年风气已开，到东洋游学的已经着实不少。但是人数多了，自难免鱼龙混杂，贤愚不分。尽有中文一窍不通，借着游学到海外玩耍的，亦有借着游学为名，哄骗父母，指望把家里钱财运了出来，以供他挥霍的。这两等人所在难免，因此很有些少年子弟，血气未定，见样学样，不做革命军的义勇队，便做将来中国的主人翁，忽高忽下，忽升忽降，自己的品格，连他自己还拿不定，反说什么这才是自由，这才是平等，真正可笑之极了。如今我要说的这个人，正害在坐了这个毛病，所以才会生出这一场是非来。闲话少叙。

　　且说这人姓刘名齐礼，亦是南京人氏，十七岁那年，他《五经》只读过两经，就有人说要带他到东洋游学，他父母望他成名心切，也就答应了，谁知这孩子到了东洋，英国话既未学过，日本话亦是茫然，少不得先请了人，一句句的先教起来。东洋用度虽省于西洋，然而一年总得好几百块钱交结他。偏偏凑巧，这刘齐礼的天分又不好，学了一年零六个月，连几句面子上的东洋话亦没有学全，一直等到第三年春天，方才进了一爿极小的学堂，家里的父母却早已一千多块钱交结他了。后来他父亲肉痛这钱，又倚闾望切，想寄信叫他回来，齐巧他自己在东洋住的也觉得腻烦了，正想回来走走，便于这年放暑假的时候附轮内渡。先到上海，又到南京，赶回家中，拜见父母。学问虽未学成，样子却早已改变了，穿了一身外国衣裳，头上草帽，脚下皮靴，见了父母探去帽子拉手，却行的是外国礼信。父母初见面也不及责备他这些，只是抬起头来一看，只见他头上的头发，只有半寸来往长短，从前出门的时候，原有一条又粗又大的辫子，如今已不知那里去了。父母看了伤心，问他为什么要铰掉辫子？他回称割掉辫子，将来革命容易些。后来有他的朋友从东洋回来说起，说他的这条辫子，还是有天睡着了觉，被旁人拿剪刀铰了去的。当时他父母听了他这副攀谈，又见了他这个样子，心上也懊悔，好好一个儿子，坏在外洋，但是事已如此，说也无益，只得隐忍不言。谁知这刘齐礼在外国住了两足年，回得家来，竟其一样看不上眼，不说房子太小，没有空气，就说吃的东西有碍卫生，不及外国大菜馆里做的大菜好。起先父母听他如此说，还不在意，后来听得多了，他父亲便说道："我家里只有这个样子，你住得不惯，你就回到外国去，我是中国人，本不敢要你这外国人做儿子。"谁知一句话倒把他说恼了，回到自己住的屋里，把自己的随身行李，连着个大皮包，略为收拾了收拾，背了就走。一头走，一头还自言自语的说道："我才晓得家庭之间，却有如此利害的压力，可知我是不怕的，如今要革命，应该先从家庭革起。"一头说，早已走出大门了。他父亲问他那里去？也不答应。他父亲忙派了一个做饭的跟着了，看他到那里去。后来见他出了大门，就坐了部东洋车，叫车夫一直替他拉到状元境新学书店。做饭的回来说了，他父亲晓得这家书店是他常常去的，内中很有他几个朋友，然后把心放下。

且说刘齐礼到了新学书店，告诉他们说，家里住的不爽快，借他们这里住几天，彼此都是熟人，自然无可无不可。一连住了三四天，也不回家。他在店里坐得气闷了，便同了朋友到夫子庙前空场上走走，或是雇只小船，在秦淮河里摇两转，看看女人，以为消遣。合当有事，齐巧这天那警察局的提调黄知府雇了一只大船，邀了几个朋友，在船上打麻雀，却又叫了三四个婊子陪着看打牌。书店里朋友眼尖，一眼望过去，说这位就是黄太尊，是常常带着兵到我们店里搜查的，如今弄得什么书都不敢卖。还有个朋友，亦常在钓鱼巷走走的，认得黄太尊叫的那个婊子，名字叫小喜子，亦就说了出来。刘齐礼忽然意气勃发，便朝着这些朋友说："你们当他个人怕他，我只拿他当个民贼看待！"刘齐礼说这话时，齐巧小船正摇到大船窗户旁边，彼时正是七月天气，船窗四启，赛如对面一般。黄太尊一面打麻雀，耳朵里却早已听得清清楚楚。盘查奸宄，本是他警察局的义务，况加以异言异服，更当留心。这边小船刚才摇了过去，那边大船上早已派了亲兵，跟着搜寻他们的踪迹。后来回报黄太尊，说是"一班人都是住在状元境新学书店里的"。黄太尊听了，点点头，不动声色，仍旧打他的牌。打完了牌，开席吃酒。席散之后，原想就去行事的，正为时候还早，于是先到小喜子家打个转身。说也凑巧，不料刘齐礼一班人也闯了进来。

原来刘齐礼一帮人，回店之后，吃过晚饭，因为天热，睡不着觉，忽然动了寻芳之兴，从新穿好衣服出来。因为那个朋友亦带过小喜子的局，所以竟奔这小喜子家而来。当因房间内有客，于是让他们在隔壁房间坐的。刘齐礼初入花丛，手舞足蹈，也不知如何是好，海阔天空，信口乱说，又朝小喜子说："你是黄大人的相好，别人怕他，我却不怕他，我偏要来剪他的边。"这边只管说得高兴，那晓得黄太尊坐好在隔壁房间，早又听了一字不遗。起身在门帘缝里张了一张，正是日间在小船上看见了那几个。不由怒从心上起，恶向胆边生，一半儿为公，一半儿为私，立刻穿上长褂，走了出来，坐上轿子，不回公馆，直到局中，传齐兵丁，各拿器械，齐往状元境而发。到得那里，找到了新学书店，其时已经半夜，刘齐礼等亦已回来。黄太尊不由分说，叫人把书店前后门守住，自己领人打门进去，见一个，捉一个，见两个，捉一双，又亲自到店里细细的搜了一遍，虽没有什么违背书籍，惟在刘齐礼皮包之内，搜出两本《自由新报》。黄太尊看了看，便道："做这报的人是个大反叛，他的书是奉过旨不准看的，如今有了这个，便是他私通反叛的凭据了。"说着，便将店门封起，捉到的人一齐捆了，带回局中。

次日上院，先会见康太尊，告诉了一番。康太守已拿定主意要严办，说："这些反叛，非正法一两个不可！"后来见了制台，黄太守无非是自己居功，禀诉了一番。康太尊帮着他说了许多好话，又拿话恫吓制台，要求制台立刻请令。制台不肯，只吩咐交发审局审问。发审局的人，又大半是康太守的私人，早已请过示的了。等到提上来问，刘齐礼先还站着不跪，问他为什么不跪？他说他是外国学堂的学生，进了外国学堂，就得依学堂里的规矩，外国是不作兴跪的。后来发审官说："这是中国法堂，你又是中国人，怎么好说不跪？不跪就要打！"刘齐礼怕打，也只得跪下了。又问为什么改装，他说："学堂里学生一律如此，我不能不依着他。"又问为什么同那做《自由新报》的反叛勾通，他说："我只看看报，不能说我同他私通。"发审官又把书店里的人一齐叫上来问，无非东家伙计，遂命一律暂时看管。第二天，又回了制台。制台又要顾全康太尊的面子，说："刘某人以华人而改西装，又私藏违禁书报，看来决非安分之徒，虽然从宽贷其一死，总得管押他几年，收收他的野性才好。"康太守争着要监禁十年，制台只肯押他改过局六年，后首说来说去，才定了一个监禁六年的罪。书店容留匪人，立即发封。至书店东家，亦定了一个看管一年的罪，其余伙计，取保开释。等到把刘齐礼解到江宁县收监，江宁县拿出上头公事给他看，要拿他钉镣铐，他到此才哭着求着要见他爹一面。江宁县答应，叫人找了他爹来。

可怜他爹自从儿子同他呕了气出去，一连好几天没有回家，老头子急的什么似的，就是他们闹乱子，书店发封，儿子被拿，他一直未曾晓得。这天正想出门，到书店里去看看儿子，忽见地保同了县里的差人，说你儿子在县里，等着见你一面，就要下监，快去快去。老头子初听了还不懂，问及所以，来差一五一十说了一遍，这才把老头子吓死了。一时又急又痛，连跌带爬，跟到县里，父子相见，不禁大哭一场。老头子看看儿子手上、脚上，家伙都已上好了，好好的一个洋装儿子，如今变做囚犯一样，看来怎不伤心？此时要埋怨也无可埋怨，要教训也不及教训，只说得一句："这都是你自己天天闹革命，闹的如今几乎把你自己的命先革掉，真正不该叫你到东洋去，如今倒害了你一辈子了！"说罢又哭。看守他儿子的人，早已等得不耐烦，忙喝开了老头子，一直牵了他儿子，铁索郎当的送到监里去了。老头子免不得又望着牢门哭了一阵，回来又凑了银钱送去，替儿子打点一切，省得儿子在牢里吃苦。然而无论如何多花钱，儿子在监牢里，只能与别的囚犯平等，再不能听他自由的了。

　　欲知后事如何，且听下回分解。

第四十三回

夸华族中丞开学校　建酒馆革牧创公司

却说康太尊自从办了刘齐礼之后，看看七月中旬已过，又到了学堂开学之期，当由总办康太尊示期，省城大小学堂，一律定于七月二十一日开学。各学生重到学堂，少不得仍旧按照康总办定的章程上课。江南学界，已归他一人势力圈所有，自然没人敢违他毫分。如今按下江南之事慢表。

且说安徽省安庆省城，这两年因为朝廷锐意维新，历任巡抚想粉饰自己的门面，于是大大小小学堂，倒也开得不少。是年放过暑假之后，循例亦在七月下旬，检了二十五这一天，重行开馆。此时做安徽巡抚的姓黄，名昇，既不是世家子弟，也不是进士翰林。从前跟着那两位督抚，跟了几十年，居然由幕而官，一直做到封疆大吏，也总算得破天荒了。又有人说，这黄昇黄抚台，他的单名本是个升官的"升"字，后来做了官才改的，这也不用细考。但是他的为人，性气极傲；自己做了一省的巡抚，这一省之内，自然是惟彼独尊。他自己也因此狂妄的了不得，藩司以下的官，竟然没有一个在他眼里，再小的更不用说了。幸亏一样，胆子还小。头一样最怕的是外国人，说现在的外国人，连朝廷尚要让他三分，不要说是我们了。第二样是怕维新党，只因时常听见人家说起，说维新党同哥老会是串通一气的，长江之内，遍地都是哥老会，如果得罪了维新党，设或他们串出点事情来，包管这巡抚就做不成功。所以外面上，少不得敷衍他们，做两桩维新的事情给他们瞧瞧，显见得我并不是那顽固守旧之辈，他们或者不来与我为难，能够保得我的任上不出乱子，已是微天之幸了。却不料几个月头里，山东出了一个刺客，几乎刺死陆制军，他听见了已经吓的了不得，足足有头两个月没有出门。这事才过去，忽然南京省城又听说捉住什么维新党了。安庆到南京，轮船不过一天，也不晓得那里来的谣言，一回说，两江制台某天某天杀了十八个维新党，在城门洞子里石板底下又搜出许多炸药，现在南京已经闭了城了。又有人说，江宁府康某人，因为捉维新党捉得太凶，已经被刺客刺死了。如此谣言，也不知出自官场，也不知出自民间。黄抚台听了，总觉信以为真，马上吩咐各营统领，警察总办，严密稽查，毋许稍懈。自己吓的一直躲在衙门里，连着七月十五，预先牌示要到城隍庙里拈香，并且太太还要同去还愿、上匾、上祭，到了这天一齐没有敢去。抚台委了首府代拈香，太太还愿是叫老妈子替去的。好好一个安庆城，本来是没事的，被他这一闹，却闹得人心皇皇，民不安枕了。如此一连又过了五六天，一天有南京人来，问了问，并没有什么事。什么制台杀维新党，刺客刺杀江宁府都是假的。黄抚台道："事虽没有，但是防备总要防备的。"

第二天司道上院，见面之下，彼此互相庆慰，商量着出示安民，叫他们千万不可误听谣言，纷纷迁徙。两司又商量着请中丞到二十五这一天，亲临各处学堂察视一周。安庆学务向来是推藩台做督办的，当由藩台向黄抚台把此意陈明，又说："自从各处学堂开办之后，大帅去得不多几遭，如今特地亲自去一趟，一来叫学生瞧着大帅如此郑重学务，定然格外感激，奋发要好；二来现在谣言虽定，人心不免狐疑，大帅去走一趟，也可以镇定镇定人心。"黄抚台道："是啊！前两天外头风声不好的时候，我这衙门里，我还添派了亲兵小队，昼夜巡查，虽然现今没有事情，然而我们总是防备的好。自古道：'有备无患'。兄弟的胆子一向是小的，现在既然徼天之幸，兄弟就准定二十五出门就是了。"臬台又说："等到二十五这一天，司里预先叫警察局里多派些人，沿途伺候。"黄抚台道："如此，越发好了。"于是藩、臬方才下来。

且说到了二十五这一天，藩台早已得信，晓得抚台今天十点钟，头一处先到通省大学堂，便先赶到那里伺候。谁知等到十点半还无消息。赶紧派人到院上打听，原来抚台胆小，生怕护卫的人少，路上被维新党打劫了去，除自己亲兵小队之外，特地又调齐三大营，凡是经过之处，各街头上都派了护勇站街。

是日，制台坐了轿子出门，轿子前后左右几十匹马，骑马的都是武官，一个个手里拿着六响的洋枪，或是雪亮的钢刀，赛如马上就同人家开仗似的。如此一番调度，所以一直闹到十二点钟，方才到得大学堂里。凡在学堂里执事的官员，一齐穿了衣帽恭迎，教习同学生统通在大门以外站班。抚台下轿，一路进来，看了这副整齐样子，甚是欢喜。到得里面，稍些歇息一回，藩台要请他出去演说，口称："大帅今天难得到此，一班学生总想大帅交代他们一番话，好叫他们巴结向上。"黄抚台听了，呆了一呆，想了想，说道："有你教导他们，也一样的了，还要我演说什么呢？况且这个，我也没有预备。"原来黄抚台虽然是作幕出身，这学堂里演说一事，他还懂得一二。只因有年有位外国教士开的学堂，年终解馆，那教士写了信来，说明请大帅演说，他起初不懂得什么叫做演说，问了翻译，方才晓得的。当时就由文案上委员替他拟了一篇的底子，誊了真字，又教导他一番。到了那里，人家因为他是抚台，头一个就请他，他就取出那张纸来，看着念了一遍，总算敷衍了事。虽然念错了几个白字，幸亏洋人不大懂得华文，倒未露出破绽来。此番藩台请他演说，他实实在在隔夜没有预备，所以决计回绝不去。偏偏碰着个不懂窍的藩台，一定要求大帅赏个脸。后首说来说去，抚台一定不答应，藩台没法，只得请他委员恭代。黄抚台听说可以委人替代的，便即欣然应允，又说："兄弟今天会客会多了，多说了话就要气喘的，还是等我派个人去的好。"

于是便派了同来的一位总文案，是个翰林出身，新到省的道台，姓胡号鸾叔的，由藩台陪着一同出去。但是这胡鸾叔的为人，八股文章做得甚是高明，什么新政新学，肚子里却是一些儿没有。今番跟了抚台到此，也是头一遭开眼界。抚台派他演说，心上实在不懂，当面又不敢驳回，跟了藩台出来，只得一路上细细请教。藩台道："这有什么难的？到那里，不过像做先生的教训学生一样，或是教他们几句为人的道理，或是勉励他们巴结向学，将来学成之后，可以报效朝廷，总不过是这几句话，譬解给他们听就是了。"胡鸾叔道："原来如此，容易得很。"于是一走走到演说处，只见教习、学生，已黑压压挤了一屋子。

藩台先说道："今天大帅本来是要自己出来演说的，因为多说了话怕发喘病，所以特委了这胡道台做代表。"众人听说他是抚台的代表，一齐朝他打了三躬，分站两旁，肃静无哗，听他演说。谁知胡道台见了这许多人，早把他吓呆了，楞了半天，一声不响。藩台又做眼色给他，又私下偷偷的拉了他一把袖子，直把他急得面红耳赤，吱吱了半天，又咳嗽了两声，吐了一口浓痰，众人俱各好笑，幸而未曾笑出。胡道台进了半天，知道进不过，一时发急头上，把藩台教导他的话早已忘了，又吱吱了半天，才说得一声道："你瞧你们这些人，现在住的这房子又高又大，多舒服啊！"众人至此，有几个禁不住格格的一笑。藩台恐怕拆散场子，大家难为情，忙喝一声道："不准笑！"胡道台一见有藩台助威，胆子亦登时大了，接着往下说道："你们家里那里有这大房子？而且这里还不要房钱，不要说你们，就像本道从前小时候，亦没有这种好房子住。你们如今住了这好房子，再不好生用功，还对得住大帅吗？第一样，八股总要用功。"说到这里，众人又不禁扑嗤的一笑。藩台连忙驳他道："这是学堂，不考八股的。"胡道台亦马上改口道："不考八股，就考古学。古学做好了，将来留馆之后，倒用得着。"藩台知他又说了外行话，不便再驳他，只得替他接下去说道："胡道台的意思，不过是望你们好生用功，你们不可误会了他的用意。胡大人亦辛苦了，我们散罢。"说罢，众人又打一躬退出，退到院子里，止不住笑声大作，齐说："这是那里来的瘟神？一些时务不懂，还出来充他妈的什么！"他们这些话，胡道台虽然听见，只得装作不知，就到抚台跟前禀知销差。

当下藩台又陪了黄抚台到处看了一遍，走到藏书楼上，一看四壁都是插架的书，抚台忽然想起一桩事来，特地叫了藩台一声某翁，说："兄弟有句话同你讲。"藩台不由肃然起敬，说："请大帅吩咐。"黄抚台道："我看见这些书，我想起我的两个小孙子来了。他俩自小就肯读书，十三岁上开笔，第二年就完了篇，当时大家都说这两个小孩子是神童。别的呢，我也没有考过他们，不过他俩看的书却实在不少，只怕这架子上的书，他俩一齐看过，都论不定。我的意思，很想叫他们再进来学学西文，将来外国话都会说了，外国信也会写了，叫人家说起来，学贯中西，岂不更好？"藩台道："只怕孙少大人学问程度太高，他们教习够不上。"黄抚台道："但教西文，不怕什么够不上。不过这地方人太多，人头太杂，总有点不便。"藩台道："倘若孙少大人要到这里来，司里叫他们赶紧把后面二进楼上收拾出来，等孙少大人住在洋楼上，天天叫西文教习到洋楼上去教一两点钟，平时不准闲人上去，如此办法，大帅看着可好？"黄抚台仍旧摇了摇头道："好虽好，但是我们的子弟，还不至于要到这里头来，同他们在一块儿。我今儿想起一件事来，还是那年我在湖北臬司任上，有两个东洋人同我说起，说他们东洋那边，另外有个华族学校，在里头肄业的，全是阔人家的子弟。我想我们很可以仿办一个，将来办成之后，我的小孙子，你老哥的世兄，还有本城里几位阔绅衿家的子弟，但凡可以考得官生，赏得荫生的，有了这个分，才准进这个学堂，庶几乎同他们那些学生，稍为有点分别。你说好不好？"藩台只得答应说"好"。黄抚台道："你是明白人，自然亦以此举为是。我们约定了，尽今年我们总要办起来。"藩台又答应一声"是"。黄抚台因为在这里耽搁的时候久了，别的学堂不及亲去，一齐委了胡道台等几个人，替他去的。他自己下楼，又同藩台谈了一回，然后坐了轿子，自回衙门。执事委员以及教习学生，照例站班恭送，不必细述。

　　黄抚台出了通省大学堂，在轿子里一路留心观看，看有什么空房子可以创办华族学堂，或是有什么空地基可以盖得房子的。不料一出门，学堂东面就有一座新起的大房子，有些装修统通还是洋式，看上去油漆才完工，其中尚无人住。黄抚台心里盘算道："拿这所房子来办华族学堂，又冠冕，又整齐，离着大学堂又近，教习可以天天跑过来，省得又去聘请教习，再添费用，但不知是谁家的房子，肯出租不肯出租？"意思想下轿进去望望，又怕路上埋伏了维新党同他为难，只得回到衙门，等问明白了再打主意。按下慢表。

　　且说这个在学堂旁边盖造洋房的，你道是谁？原来这人本在安徽候补，是个直隶州知州班子，姓张名宝瓒，从前这通省大学堂就是委他监工盖造的。上头发了五万银子的工费，他同匠人串通了，只化了一万五千银子盖了这个学堂，其余三万五，一齐上了腰包。匠人晓得老爷如此，也乐得任意减工偷料，实实在在到房子上，不过八千多两银子。木料既细，所有的墙，大半是泥土砌的，连着砖头都不肯用。恰值那年春天大雨，一场两场还好，等到下久了，山墙也坍了，屋梁也倒了，学生的行李书籍都潮了，还有两个被屋梁压下来打破了头的。顿时一齐鼓噪起来，一直闹到抚台院上，抚台委藩台查办，房子造的不坚固，自然要找到监工承办委员，于是把张宝瓒传了上去。藩台拿他大骂一顿，详了抚台，一面拿他出参，一面勒限赔修。此时张宝瓒已经挂牌，委署泗州，登时藩台拿牌撤去，另委别人。张宝瓒一场没趣，除赔修之外，少不得又拿出钱来，上而各衙门，下而各工匠，一齐打点，要上头不要挑眼，亦要下头不至于替他揭穿，总共又化了万把银子，一半在房子上，一半在人头上。自古道，钱可通神，他虽然又化了万把银子，倒底还有二万多没有拿出来。依他的意思，还想抚台替他开复，抚台因为此事是大干众怒的，一直因循未肯。他到此虽然绝了指望，然而心还不死，随合了几个朋友，先在本地做点买卖。当时有的说要开洋货店，有的说要开钱庄，他都不愿意，他的意思，总想开一爿店。一来能够常常同几个阔人见面，二来这个行业又要安庆城里从来没人做过。不知怎样，被他想到要学上海的样子，开一爿大菜馆。他说安庆从来没有这个，等到开出之后，他们那些阔人，以及各当道请客，少不得总要常常到我这里来的。我能够同他们常常见面，将来总有个机会可图，将来升官发财，都在里面。这个大菜馆，不过借他做个引子，失本赚钱，都不计较。主意打定，便同众人说了，众人因他是大股分，只得依他。于是就看定地基，在大学堂旁边，盖了这座番菜馆，起个名字，叫做悦来公司，称了公司，免得人家疑心是他独开的。本定的是八月初一日开张，所以二十五这一天，抚台在跟前走过，还是冷清清的，其实屋里的器具早已铺设齐备的了。

话分两头。再说黄抚台回到院上，心上惦记着那房子，便差巡捕出来打听。齐巧差出来的巡捕，又是同张宝瓒一党的，偷偷的把抚台的原意通知于他，把他急的了不得，再三托这巡捕替他遮瞒，只说这里头外国人也有股分，自然抚宪不追究了。巡捕回去，如法炮制，果然抚台绝了念头，只催藩台另外找地，不来想这房子了。张宝瓒安排既定，然后向各衙门、各商家统通发了帖子，请他们初一来吃，等到初一这一天，凡是阔人，都是张宝瓒所请，次等没有势力的，方才收钱。张宝瓒又怕吃客不高兴，特地把几个土窑子的女人，一齐找了来，碰着欢喜玩的朋友，便叫他们陪酒作乐。开市不到五天，已经做了好几千块钱的生意，真正是车马盈门，生涯茂盛，安庆城里的酒馆，再没有盖过他的了。

欲知后事如何，且听下回分解。

世界上做官的人，由幕而官，一直做到封疆大吏，所在皆有，并不为奇，乃竟算是破天荒，是他自己算是破天荒，并非别人算他是破天荒也，读者不可不知。

黄中丞怕维新党，故意做两桩维新的事情给他们瞧瞧，以显他自己并非顽固守旧之辈，希图他们不来同我为难，保得我的任上不出乱子，便是徼天之幸，用心可谓苦极。

巡抚拈香，太太还愿，在上如此，在下可知。

不说自己轻信谣言，而美其名曰有备无患，真是巧于文过。

看了底子演说，还要念错几个白字，活画黄中丞一窍不通。

胡道台之演说，直是一派胡言乱道。

黄中丞想叫孙子进华族学校，以示与寻常学生稍有区别，正为上文破天荒下一注脚。

借番菜馆为做官捷径，可谓异想天开。

只要有钱上下打点，学堂房子即使漏穿，委员作弊决计不会揭穿。

只说房子外国人也有股分，自然抚宪不来追究，我亦云然。

第四十四回

办官报聊筹抵制方　聘洋员隐寓羁縻意

却说张宝瓒在安庆大学堂旁边开了一座番菜馆，镇日价招得些上中下三等人物，前去饮酒作乐，真正是笙歌彻夜，灯火通宵，虽然不及上海四马路，比那南京、镇江，却也不复相让。张宝瓒借此认识了几位当道，又结交了几家富贾豪商，自以为终南捷径，即在此小小酒馆之中，因此十分高兴。那知隔壁就是大学堂，苦了一班学生，被他吵得夜里不能安睡，日里不能用功，更有些年纪小的学生，一听弹唱之声，便一齐哄出学堂，在这番菜馆面前探望。后来被那些学生的父兄晓得了，一齐写了信来，请学堂里设法禁止，如果听其自然，置之不顾，各家只好把学生领回，不准再到堂中肄业，免得学业不成，反致流荡。堂里监督得了信，不敢隐瞒，只得禀知藩台。藩台派人查访明白，晓得是张革牧所为，马上叫首府传他前来，面加申饬，叫他即日停止交易，勒令迁移，倘若不遵，立行封禁。张宝瓒急了，向首府磕了无数的头，情愿回去交代帐房，禁止弹唱，驱逐流娼，只求免其迁移，感恩非浅。首府见他情景可怜，答应替他转圜，但是以后非但不准弹唱，并且不准搳拳叫闹，如果不听，定不容情。张宝瓒只得诺诺连声，又向首府磕了一个头，方才出来。果然自此以后，安静了许多，但是生意远逊从前，张宝瓒少不得另作打算。按下不表。

且说此时省城风气逐渐开通。蒙小学堂，除官办不计外，就是民办的亦复不少。并且还有人设立了一处藏书楼，几处阅报会。以为交换智识，输进文明起见，又有人从上海办了许多铅字机器，开了一爿印书局。又有人亦办了些铅字机器，在芜湖出了一张小小日报，取名叫做《芜湖日报》，总馆在芜湖，头一个分馆就设在安庆。这个开报馆的，曾经在上海多年，晓得这开报馆一事，很非容易，一向是为中国官场所忌的。况且内地更非上海租界可比，一定有许多掣肘地方，想来想去，没得法子，只得又拼了一个洋人的股本，同做东家，一月另外给他若干钱，以为出面之费。诸事办妥，方才开张起来。

　　这馆里请的主笔，有两个热诚志士，开报的头一个月，做了几篇论说，很有些讥刺官场的话头，这报传到省里，官场上甚觉不便。本来这安徽省城，上自巡抚，下至士庶，是不大晓得看报的。后来官场见报上有骂他的话头，少不得大家鼓动起来，自从抚台起，到府县各官，没有一个不看报，不但看芜湖的报，并且连上海的报也看了。先是官场上看见芜湖报上，有指骂黄抚台的话头，黄抚台生了气，一定要查办。一面行文给芜湖道，叫他查明《芜湖日报》馆东家是谁，主笔是谁？限日禀覆。一面又叫首县提这里分馆的人，问他东家是谁，访事是谁？分馆里人说，我们只管卖报，别事一概不知，报馆是洋人开的，你们问他就是。首县骂他依靠洋势，目无官长，然而又不敢将他奈何。但是未奉抚台之命，却又不敢拿他开释，只得一面将他看管，一面上院请示。等到见了黄抚台，黄抚台已经接到领事的电报，责他不应将芜湖报分馆的人擅行拘押，将来报纸滞销，生意弄坏，都要官场赔他的。抚台看了这个电报，早已吓昏了，也不及同首县谈什么，只吩咐赶快把人放掉再讲。首县回去查访，何以领事电报来得如此之快？原来这边才去拿人，他馆里的访事，早已到电报局打了个电报给东家，东家禀了领事，所以赶着来的。后来芜湖道查明白了，惟恐电报泄漏消息，特特为为上了一个密禀给黄抚台，把这爿报馆的东家主笔姓甚名谁，一一查考得清清楚楚。黄抚台看了，因为是洋人开的，叹了一口气，把电报搁在一边。

　　第二天司道上院，议及此事，黄抚台除掉叹气之外，一无别话。当下便有一位洋务局的总办，也是一位道台，先开口上条陈道："职道倒有一个法子，不知大帅意下以为如何？"黄抚台忙问什么法子？洋务局总办道："外国人会开报馆骂我们，我们纵然不犯着同他对骂，我们何妨也开一个报馆，碰着不平的事，我们自己洗刷洗刷也好。况且省城里现现成成有一家印书局，我们租了来印报亦可。就是化上几万银子，到上海办些机器铅字，自己印刷亦可。横竖候补州县当中，科甲出身，笔底下好的很不少。只要挑选几位，叫他们做论、改新闻。印出报来，外府州县一律札派下去，叫他们认销，大缺二十分，中缺十五分，小缺十分。报费就在他们各人养廉银子里，归藩司扣除。如此报也销了，经费也充足了，总比他们民办的来得容易。"黄抚台道："好虽好，我们报上刻些什么呢？"洋务局总办道："刻的东西尽多着哩。上谕叫电报局里天天抄送，宫门抄、谕折汇存，是由京报房里寄来，大帅及各衙门出的告示，以及可以宣布的公文，样样可刻，一切消息只有比他们民办的还要灵些。大帅如果要办，职道下去就拟个章程上来。"黄抚台笑道："照此看来，你老哥倒是个报馆老手。前两年有过上谕，骂报馆的人都是斯文败类，难为你那儿学来的这套本事？"洋务局总办把脸一红道："职道所说的是官报，与商报决计不同。"黄抚台见他发了急，连忙分辩道："我们说说笑话，你不要多心。但是，你的办法虽好，依我兄弟的意思，洋人开报馆，我们也开报馆，显而易见，不是同他夺生意，就是同他斗意见。现在好容易一波已平，不要因此又生什么嫌隙。我们还是斟酌斟酌再办的好。"洋务局总办只好答应着退了下来。

岂知一连几天，芜湖报上把个黄抚台骂得更凶，直把他骂急了，写信给芜湖道，托他想法子。亏得芜湖道广有才情，声色不动，先把《芜湖日报》馆的洋东找了来，叫人同他说："如今我芜湖道要买他这爿报馆，叫他不用开了。问他要多少钱。"洋人说："我们有好几个东家，须得问了众人，方能奉复。"芜湖道道："我晓得的，东家虽有几个，一切事情现在都归你出面，只要你答应了就算了。你若是肯作主，答应拿报馆转卖给我，一切股本生财，统通由我照算之外，我另外再送你二万，未知你意下如何？"洋人一想，报馆初开化费大，我们的股本不差也将完了。如今正议筹添股本，也是没法之事，我何如就此答应了他。一来失去的股本，我都可以收回，二来我又有另外二万的进项，三则他说股本生财，一概由他承认，他既然要，我们乐得多开些，大家多沾光他两个，也不无小益。想来想去，有利无害，便即一口应允。芜湖道问他几时交割，我这里好派人来接收，洋东约他三天。芜湖道喜之不尽，立刻要他签字为凭，那洋人自然签了。

洋人回去，找到了主笔、经理，告诉他们说："你们做了三天，不用做了，这爿报馆，我已经卖了。"众人听了，大惊失色，忙问他卖给那个？他说芜湖道。众人道："这爿报馆，我们是拼股分开的，你要卖也得问问我们众人愿意不愿意，你一个人岂可以硬作主的？"洋人发急道："我卖已卖了，你们既叫我出面，就得由我作主，不然，你们把失掉的本钱一齐还我，我东你西，彼此不管。"这两天馆里正因股本尽着失下去，大家亦有点不高兴做，听了他说，回心一想，亦都活动了许多。忙问洋人是怎么卖给芜湖道的？拿他多少钱？洋人见他们有点肯的意思了，便将芜湖道的说话全盘托出，不过把另外送他二万的话瞒住不题。众人听说，非但失去的股本可以全数收回，而且还可沾光不少，也就一齐情愿，无甚说得了。只有请来的主笔，听见这番说话，很发了一回脾气，说他们不能合群，办事情也没有定力，像这样虎头蛇尾，将来决计不能成功大事业的。后来几个股东答应替他开花帐，他的薪水本来是四十块钱一月，如今特地开为一百块钱一月，横竖芜湖道肯认，也乐得叫这主笔多赚几文。主笔至此，方才不说什么了。馆里几位股东督率帐房，足足忙了三天三夜，把帐誊好，恰巧芜湖道那边派来接收的人也到了。

这爿报馆，他们开了不到两个月，总共化了不多几千银子，生财一切在内，芜湖道买他的，恰足足化了五万六千两。化了这许多钱，还自以为得意，说道："若不是我先同洋人说好了，那里来得如此容易？所谓擒贼擒王，这就是办事的诀窍。"芜湖道接收之后，因为是日报，是一天不可以停的，因为一时请不着主笔，便在原先几位主笔当中，捡了一位性情和顺的，仍旧请他一面先做起主笔来，一百块钱一月的薪水，那个主笔也乐得联下去做。但是报上宗旨须得改变，非但一句犯上话不敢说，就是稍须刺眼的字也得斟酌斟酌了。在人檐下走，怎敢不低头？到了此时，也说不得了。芜湖道见事办妥，方才详详细细禀告了黄抚台，黄抚台着实夸奖他能办事。又说本部院久存此想，今该道竟能先意承志，殊属可嘉。一面拿这话批在禀帖后头，一面又叫文案上替他拟了十二条章程，随着批禀发了下去。批明该报主笔不得踰此十二条范围。又把《芜湖日报》名字，改为《安徽官报》，又叫把机器铅字移在省城里开办。后来芜湖道又禀，因为日报不可一日停派，所有移到省城办理之举，请俟至年终举行。黄抚台看了，只得罢休。

凡是上海各报有说黄抚台坏话的，黄抚台一定叫文案上替他做了论说，或是做了新闻，无非说他如何勤政，如何爱民，稿子拟好，就送到安徽官报馆里去登，以为洗刷抵制地步。齐巧这两天，上海有一家报上，追叙他上回听了南京谣言，吓得不敢出门，以及后来勉强出门，弄了许多兵勇护着，才敢到得学堂里。又说他每天总要睡到下午才起来，有俾昼作夜，公事废弛各等语。被他瞧见了，气的了不得。忙叫文案替他洗刷了一大篇，用官封递到芜湖，叫官报馆替他即日登出，以示剖白之意。

又过了些时，他见各国洋人，一齐请了护照到安徽省来，不是游历传教，便是察勘矿苗。又有些洋人借着兜揽生意为名，不是劝他安庆城里装自来水，便是劝他衙门里装电气灯。他本是以巴结外国人为目的的，无论你什么人，但是外国人来了，他总是一样看待，一样请他吃饭，一样叫洋务局里替他招呼。起先洋人还同他客气，后来摸着他的脾气了，便同他用强硬手段，很有些要求之事，他答应又不好，不答应又不好，闹了几回，把他闹急了，有天向司道说道："人家都说这安徽是小地方，洋人不大起念头的，为什么到了我手里，他们竟其约齐了来找我，这是什么缘故呢？"司道一齐回称："这是大帅柔远有方，所以远人闻风而至。"黄抚台皱着眉头说道："不见得罢。但是你们说是什么柔远，这个柔字兄弟着实有点见解。现在国家弱到这步田地，再不同人家柔软些，请教你从那里硬出来？总而言之一句话，外国人到底欢喜那样，我们又不是他肚里的蛔虫，怎么会晓得？既不晓得，自然磕来碰去，赛如同瞎子一样，怎么会讨好呢？现在要不做瞎子，除非有一个搀瞎子的人，这个搀瞎子的，请教我们中国人那一位有这种本事，能当得来？不瞒诸公说，兄弟昨儿已叫文案上替兄弟拟好一个折稿，奏明上头，看那一国来的人多，我们就在那一国的人里头挑选一个同我们要好的，聘他做个顾问官，以后办起交涉来，都一概同他商量，他摸熟外国人的脾气，那桩好答应，那桩不好答应，等他出口，自然那些外国人没得批评了。照我这个法子去办，通天底下一十八省，个个抚台能够如此，一省请一位，大省分外国人来得多的请两位，以后还怕有什么难办的交涉吗？"司道听了，一齐说："大帅议论极是，真是弭乱的良方，外交的上策。但不知这顾问官一年要给他多少薪水？恐怕亦不会少罢？"黄抚台道："这个自然。依我的意思，有了他，洋务局都可以裁的，省了洋务局的糜费，给他一个人做薪水，无论如何总够的了。"内中有一个候补道插口道："大帅的议论，诚然寓意深远，但是各式事情，一齐惟顾问官之言是听，恐怕大权旁落，大帅自己一点主权没有，亦非国家之福。"这位候补道，一向没有得过什么大差使，本是满肚皮的牢骚，今番听了黄抚台之言，忽然激发天良，急愤愤的说了这们两句话。原是预备碰顶子的，岂知黄抚台听了，并没有怪他，但是形色甚是张皇，拖长了喉咙，低低的说道："我们中国如今还有什么主权好讲？现在那个地方，不是他们外国人的？我这个抚台做得成做不成，只凭他们一句话，他要我走，我就不敢不走，我就是赖着不走，他同里头说了，也总要赶我走的。所以我如今聘请他们做顾问官，他们肯做我的顾问官，还是他拿我当个人，给我面子，倘或你去请教他，他不理你，他也不通知你，竟自己做主干了，你奈何他，你奈何他？千句话并一句话说，我们做一天和尚撞一天钟，只要不像从前那位老中堂，摆在面上被人家骂什么卖国贼，我就得了。"

黄抚台还待说下去，忽然洋务局总办想起一桩事回道："昨儿西门外到了几个外国游历的武官，请请大帅的示，怎么招待他们？"黄抚台道："怎么不早说？他既是个官，先拿我的帖子去接他一接，约他进城来住，看他怎么说？你们这些人太拿事看得轻了，昨儿的事昨儿不来说，到了今天才来说，知道他是个什么官？不要得罪了人家，招人家的怪。"藩台道："想来出外游历的官，位分也不见什么大的。如果是外国亲王或是大臣，别省亦早已有信来知会了。大约官总不大。"黄抚台道："无论大不大，总是客气的，我看还是我自己先去拜他一趟好。"藩台道："无论他的官有多么大，也只有行客拜坐客，大帅不犯着自己亵尊先去拜他。"黄抚台道："我办交涉办了这许多年，难道这点还不晓得？为的是外国人啊，我们得罪了他，就不是玩的啊！"说着，气的连胡子都跷了起来。藩台不敢再往下说，抚台也就端茶送客。

欲知后事如何，且听下回分解。

第四十五回

柔色怡声接待游历客　卑礼厚币聘请顾问官

　　却说黄抚台听见来了外国游历武官，要去拜他，被藩台拦了一拦，把他气得胡子根根跷起，一面端茶送客，一面便叫轿马伺候。戈什哈上来回道："今天恐怕时候晚了罢。"黄抚台骂声："混帐！你当外国人是同咱们中国人一样的么？不要说现在还不过午牌时分，就是到了三更半夜，有人去找他们，他们无有不起来的，你不记十二姨太太前番得了喉痧急症，那天晚上已经是三点多钟了，打发人去请外国大夫，听说裤子还没有穿好，他就跑了来了。"戈什哈又回道："外国大夫要救人的性命，所以要早就早，要晚就晚。现在是外国官，外国官是有架子的人，有架子的人，总得舒服舒服睡睡中觉。大帅这时候去，倘然他正在那里睡中觉，大帅还是进去好，不进去好呢？"黄抚台急连骂："糊涂蛋！你也帮着人家来怄我吗？"戈什哈不敢响，只得退在一旁。黄抚台当下回进上房，用过午饭，便叫预备轿马。轿马齐了，刚刚要动身，黄抚台又问："你们知道这两个武官住在城外什么地方啊？"一句话提醒了众人，大家都楞着，回说："不知道。"黄抚台跺着脚道："你们这些东西，连外国武官的住处，都不打听打听明白，就来回我吗？"一个家人伶俐，上前禀道："大帅出去，正走洋务局过，待小的进去问一声就是了。"黄抚台方才点点头，上了轿，出了衙门。那个家人早赶到洋务局问明白了，说外国武官住在城外大街中和店。黄抚台便吩咐打道中和店。

　　及至到得中和店，洋务局总办带着翻译，也赶了来了。当下执帖的传进帖去。那两个外国武官，是俄罗斯人，正在那里斗牌消遣呢。看见帖子，便问通事什么事？通事告诉他，本城抚台来拜，他便叫请。黄抚台落了轿，自然头一个走，洋务局总办第二个走，后面还跟着个衣冠齐整的英法两国翻译。到了店门口，三个俄罗斯武官，都是戎装佩刀，站在那里迎接。黄抚台紧了一步，一手便和有胡子的一个俄罗斯武官拉手，转身又和两个年轻的俄罗斯武官拉手。洋务局总办和翻译也都见过了。俄罗斯武官便望店中让，一大群人进了店。

到了客堂里，有胡子的武官先开口说道："煞基！"黄抚台不懂，眼睁睁只把翻译望着。谁知翻译只懂英法两国话，俄罗斯话是不懂的，急的满头是汗，一句都回答不出。黄抚台十分诧异，洋务局总办亦不得劲儿。后来还亏俄罗斯武官带来的通事赶将出来，说他说的那句话，是请大人们坐下，黄抚台这才明白。翻译打着英国话问道："豁特由乎乃姆？"是问他的名姓。俄罗斯武官也瞪着眼，通事却懂得，指着那有胡子的说道："他叫奥斯哥。"又指着那两个年轻的说道："上首这个叫曼侨，下首这个叫斯堵西。"一边说，黄抚台早已谦谦虚虚的坐下了。洋务局总办拖过一张椅子，远远的在下首坐下。翻译也坐在背后。通事叫店里的伙计送上茶来。奥斯哥又说了句"古斯"，通事抢着说："请大人用茶。"黄抚台把手摇了摇，心里想：这么刚刚道过名姓，他就要端茶送客了，意思想站起来了。通事连忙说："他们俄罗斯人是不懂中国规矩的，大人别当作送客。"黄抚台这才把心捺下。当下通事又细细的说道："他们三位，都是俄罗斯海军少将，职分像中国千总这么大小，于今到省里来，是来游历的，顺便要看省里的制造局。"黄抚台对通事说道："原来如此。但是我兄弟款待不周，以后有什么事情，须要他们见谅。"通事翻给奥斯哥等三人听了，三人连连点首。黄抚台见无可说得，便站起身来道："回来请三位进城来，兄弟在衙门里，备了一个下马饭，务请三位赏光。"通事道："大人赏饭，什么时候？"黄抚台屈指一算，嘴里又咕咕唧唧的，说"来不及，来不及"，低头一想道："晚上八点钟罢。"通事又翻给奥斯哥等三人听了，三人齐声说道："黑基斯。"通事道："他们说那个时候要睡了。好在他们还有几天耽搁，大人不必急急，竟是改日领情罢。"黄抚台无奈，只得怅然而出。他们三人连通事，照例送出大门。黄抚台先上轿，洋务局总办带着翻译跟在后面。

黄抚台在轿中传话，请洋务局总办张大人不必回去，就到衙门里罢，大人有话商量。洋务局总办张显明，只得跟着他进了衙门，先落官厅，等候传见。黄抚台进去换了便服，便叫巡捕官请张大人到签押房里谈天。张显明到得签押房，黄抚台早坐在那里了。张显明见过了，黄抚台先称赞俄罗斯武官形容如何魁伟，气象如何威猛，我们从前的年大将军年羹尧，大约也不过如此。张显明只得唯唯称是，不敢驳回。落后提到翻译身上，黄抚台皱着眉头道："不行啊，他平时夸奖自己能耐如何了得，怎么今日在那里成了锯了嘴的葫芦了呢？老兄你想想，他坐在家里，一个月整整二百两银子的薪水，这样的养着他，是贪图着什么来？明儿通个信给他，叫他自己辞了去罢。"张显明大惊失色，连忙回道："沈翻译只懂英、法两国话，俄罗斯话实在不懂。别说他了，就是现在外务部里几位翻译，只怕懂俄罗斯话的也少呢。"黄抚台驳他："照你这样说来，北京俄罗斯公使有什么事找到外务部，难道做手式么？"张显明道："回大帅的话，他们外国，无论放公使的人，放领事的人，总得懂咱们中国话，所以北京俄罗斯公使，是会说官话的。不但是他，就是英国、法国、德国、美国、日本国、意大利国、葡萄牙国、瑙威国、瑞典国，以及那些小国，做到公使的，没有一个不会说中国官话的。于今这三个俄罗斯武官，他们是新从旅顺口来，所以不懂中国话，好得他们海军里头的人也用不着懂中国话的。"黄抚台才默然无语，一回又发狠道："无论如何，这沈翻译我是一定要打发他的了。"张显明站起来走近一步，低低的说道："大人！难道忘了这沈某是方宫保荐过来的吗？"黄抚台这才恍然大悟，说道："不错，不错，这沈翻译是方宫保亲家荐来的，我如何忘了？真真老糊涂！幸而还好，这句话没有说出口，要不然，方亲家知道了，岂有不招怪的么？于今我仰使方亲家的地处正多哩。"一面说，一面又谢张显明道："幸亏你老兄提醒了我，否则糟了。"说罢哈哈大笑。黄抚台又说："到明儿如何请俄罗斯武官？还是在衙门里，还是在洋务局？"张显明道："大帅且不必忙，等他们来回拜之后，预备两桌满汉酒席，送到他们店里，也就过了场。不必到衙门里，也不必到洋务局里，操大帅的心了。"黄抚台沉吟半晌，方才说道："就是这么罢。"张显明见话已说完，便站了起来，说："大帅没有什么吩咐了罢。"黄抚台道："没有什么事了，没有什么事了。"家人便喊"送客"。张显明退出，黄抚台送了两步，忽又停住说："正是我竟忘了，前儿说的聘请顾问官这件事，虽然没有头绪，老兄可放在心上，随时留神罢。"张显明又答应了几声是，才下台阶。出了宅门，到得大堂底下，轿子早预备了。上轿回去，更无别话。

　　且说刚才黄抚台亲家长、亲家短那位方宫保，现任两江总督，是极有声望的。黄抚台仗着拉扯，才把自己第三位小姐许了他第二位少爷，虽未过门，却已馈遗不绝。这沈翻译从前是两江陆师学堂里学生出身，方宫保有天到学堂里考验功课，见他生得漂亮，应对详明，心上便欢喜他。监督仰承意旨，常常把他考在高等，等到卒了业，便有人撺掇他，何不去拜方宫保的门。后来费了无限心机，走了若干门路，方才拜在方宫保的门下。方宫保便留他在衙门，帮着翻译处弄弄公事，每月开支三十两薪水，不想这位沈翻译忘其所以，在南京逛钓鱼巷，游秦淮河，闹得不亦乐乎。方宫保有些风闻了，一想是自己特拔之士，不可因此小节，便夺了他的馆地，叫人家听见了，说我喜恶无常。后来想定主意，写了一封荐信，荐到黄抚台这里。黄抚台看亲家情面，把他委了洋务局翻译优差。平日丰衣足食，无所事事，一个月难得上两趟洋务局，总算舒服的了。今天跟着抚台去拜俄罗斯武官，不懂话，当面坍了一个台，大为扫兴。第二天，见了总办的面，还是趑趄的。张显明把昨天那些话隐过，并不泄漏半字，只说："现在中丞打算聘请个顾问官，你洋务里朋友，有自揣材力能充此任的，不妨举荐个把，等我开单呈上去，一则完了他这桩心事，二则显显你的朋友当中，有这么一个人材。"沈翻译道："等翻译细细的去想，想着了，再来回覆大人罢。"张显明道："使得，使得。"他回家想了半夜，突然想起一个同窗来了。姓劳，名字叫做航芥，原籍是湖南长沙府善化县人，随宦江南，就在南京落了籍。十二岁上，就到陆师学堂里做学生，后来看看这学堂不对劲，便自备资斧，留学日本。先进小学校，后来又进早稻田大学校，学的是法律科。过了两年，嫌日本学堂的程度浅了，又特特到美国纽约克，进了卜利技大学校，学的仍旧是法律。卒业之后，便到香港，现在充当律师。中国人在香港充当律师的，要算他是破天荒了。沈翻译在陆师学堂里的时候，两人顶说得来，等到劳航芥到了日本，到了美国纽约克，到了香港，还时时通信给他。这回想到此人，便道像他这样，大约可充顾问官了，后来便中告诉了张显明张总办。张总办又回了黄抚台，黄抚台大喜，说像他这们一个顾问官，才能够和外国打交道，吩咐张显明道："既然如此，何不叫沈翻译打个电报给他，问他肯来不肯来？他若是不肯来，只好作为罢论；他若是肯来，我们再斟酌薪水的数目。"张显明得了话，自去关照沈翻译，沈翻译拟了一个电报底稿，请张显明看过，然后交到电报局里去。一枝笔难写两处，于今且把安庆事情搁下。

单说劳航芥。原来劳航芥自到了香港，在港督那里挂了号，管理词讼等事，俗语就叫作律师，住在中环，挂了牌子，倒也有些生意。但是香港费用既大，律师又多，人家多请教外国人律师的多，请教中国人律师的少，渐渐有些支持不住。本来想到上海来挂牌子做律师，蓦地接了同窗沈某的一个电报，安徽抚台请他去当顾问官，他有什么不愿意的？一面回电答应了。黄抚台便和张显明斟酌了好几天，认定八百银子一月的薪水，二百银子的夫马费。他先还扳价，禁不住沈翻译从中磋商，覆电说是尽一个月内动身回华。黄抚台盼望，不必细言。

再说劳航芥有个知己朋友，叫做安绍山，这安绍山是广东南海县人氏，中过一名举人，又中过一名进士，钦用主事。会试的时节，刚刚中国和一个什么国开衅，他上了一道万言书，人家都佩服他的经济学问，尊为安志士。后来在京城里闹得不像样了，立了一个维新会，起先并不告诉人这会里如何的宗旨，单单请人家到某某会馆集议。人家到了，他有些不认识的，一一请教尊姓大名。人家同他讲了，他拿了枝笔，讲一个，记一个，人家并不在意。等到第二日，把那些人的名字，一个个写将出来，送到《宣南日报》馆里，刻在报上，说是维新会会员题的名，人家同他争也争不过来了。他的党〔羽〕一日多一日，他的风声也一日大一日。有两位古方都老爷，联名参了他一本，说他结党营私，邪说惑世。上头批出来了，安绍山着革职，发交刑部审问，取有实在口供后，再行治以应得之罪。他有个同年，是军机处汉章京达拉密，悄悄送了他一个信，这下子把他吓呆了。他想三十六着，走为上着，连铺盖箱笼都不要了，带了几十两碎银子，连夜出京，搭火车到天津。到了天津，搭轮船到上海，到了上海，搭公司船到日本，正是累累若丧家之犬，芒芒如漏网之鱼。北京步军统领衙门奉了旨，火速赶到他的寓所，只扑了个空。覆旨之后，着各省一体查拿而已。

安绍山既到日本，在东京住了些时，后来又到了香港住下。有些中国做买卖的，都读过他的方言书，提起来，无有一个不知道他名字的。这回做了国事犯，出亡在外，更有些无知无识的人，恭维他是胆识俱优之人。他也落得借此标榜，以为敛钱愚人地步，这是后话。

这天劳航芥得了沈翻译的电报，忽然想到了他，就去拜望他。刚才叩门，有一个广东人圆睁着眼，跋着鞋走将出来。开了门，便问什么人？其势汹汹，管牢的印度巡捕，也不过像他这般严厉罢了。劳航芥便说出一个记号来。

欲知后事如何，且听下回分解。

沈翻译不懂俄罗斯话，急的满头是汗，黄抚台只睁着眼看他，当时情景可笑。

张显明对黄抚台一番说话颇有见地，惜乎黄抚台不会驳他道："外国公使固然要懂中国话，然而他们的照会上也是写中国字的么？"如此一驳，则张显明无词可对矣，而黄抚台则见不及此也。

沈翻译是方宫保荐的，所以不能辞退，谚有之曰："打狗要看主人面。"黄抚台殆得此诀者欤？

安绍山在会馆请人议事，已而请教名姓，随请教随笔记，明日送往报馆登出，而指为会员所签之名，此皆实事。

安绍山管门广东人写得鹘突，是何命意？闻者试掩卷猜之。

第四十六回

谒志士如入黑狱　送行人齐展白巾

却说劳航芥到了安绍山的门口，一个广东人雄纠纠气昂昂的出来，叉腰站着，劳航芥便说了三个字的暗号，是"难末土"。这"难末土"三字，文义是第二。安绍山排行第二，他常常把孔圣人比方自己的。他说孔圣人是老二，他也是老二。孔圣人的哥子叫做孟皮，是大家知道的，安绍山的哥子却靠不住。有一个本家，提起来倒大大的有名，名字叫做小安子，同治初年是大大有点名气的。安绍山先前听见有人说过，洋洋得意，后来会试到了京城里，才知道这个典故，把他气得要死。话休絮烦。

再说那个守门的听明白了劳航芥的暗号，引着他从一条弄堂走进去，伸手不见五指，约摸走了二三十步才见天光，原来是座大院子。进了院子，是座敞厅，厅上空无所有，正中摆了一张椅子，真如北京人的俗语，叫做"外屋里的灶君爷，闹了个独座儿"，旁边摆两把眉公椅，像雁翅般排开着。守门的把劳航芥引进敞厅，伸手便把电气铃一按，里面断断续续，声响不绝。一个披发齐眉的童子，出来问什么事？劳航芥便把外国字的名片递给了他。那童子去不多时，安绍山挂着杖、跋着鞋出来了。劳航芥上前握了一握他的手，原来安绍山是一手长指甲，蟠得弯弯曲曲，像鹰爪一般，把劳航芥的手触的生痛，连忙放了。安绍山便请劳航芥坐了，打着广东京话道："航公，忙的很啊！今天还是第一次上我这儿来哩！"劳航芥道："我要来过好几次了，偏偏礼拜六、礼拜都有事，脱不了身。又知道你这里轻易不能进来，刚才我说了暗号，那人方肯领我，否则恐怕要闭门不纳了。"安绍山道："劳公，你不知道这当中的缘故么？我自上书触怒权贵，他们一个个欲得而甘心焉。我虽遁迹此间，他们还放不过，时时遣了刺客来刺我。我死固不足惜，但是上系朝廷，下关社会，我死了以后，那个能够担得起我这责任呢? 这样一想, 我就不得不慎重其事, 特特为为到顺德县去聘了一个有名拳教师, 替我守门, 就是领你进来那人了。你不知道, 那人真了得! " 劳航芥道: "你这两扇大门里面漆黑的, 叫人路都看不见走, 是什么道理呢? " 安绍山道: "咳! 你可知道, 法国的秘密社会, 那怕同进两扇门, 知道路径的, 便登堂入室, 不知道路径, 就是摸一辈子都摸不到。我所以学他的法子, 便大门里面一条弄堂, 用砖砌没了, 另开了五六扇门, 预备警察搜查起来, 不能知道真实所在。" 劳航芥道: "原来如此。" 说着, 随把电报拿在手中道: "有桩事要请教绍山先生, 千祈指示。" 安绍山道: "什么事? 难道那腐败政府, 又有什么特别举动么? " 劳航芥道: "正是。" 便把安徽黄抚台要聘他去做顾问官的话, 子午卯酉诉了一遍。安绍山低下头沉吟道: "腐败政府, 提起了令人痛恨! 然而那班小儿, 近来受外界风潮之激刺, 也渐渐有一两个明白了。此举虽然是句空话, 差强人意, 况且劳公抱经世之学, 有用之材, 到了那边, 因势利导, 将来或有一线之望, 也未可知。倒是我这个海外孤臣, 萍飘梗泛, 祖宗丘墓, 置诸度外, 今番听见航公这番话说, 不禁感触。真是曹子建说的, 君门万里, 闻鼓吹而伤心了。" 说到这句, 便盈盈欲泣了。劳航芥素来听见人说安绍山忠肝义胆, 足与两曜争辉, 今天看见他那付涕泗横流的样子, 不胜佩服。当下又谈了些别的话, 劳航芥便告辞而去。临出门时, 安绍山还把手一拱, 说道: "前途努力, 为国自爱! " 说完这句, 掩面而入。

劳航芥又不胜太息。回到中环寓所, 伺候的人捧进一个盘来, 盘里有许多外国名片, 有折角的, 有不折角的。这是外国规矩, 折角的是本人亲到的, 不折角的仿佛飞帖一样。劳航芥一一看过了, 在这许多名片里面, 检出一张, 上写着颜轶回, 下面注着寓下环二百四十九号大同旅馆。劳航芥伸手在衣襟内摸出日记簿子, 用铅笔把他记了出来, 预备明日去答拜, 其余都付诸一炬。诸公可知这颜轶回是什么人物? 原来他是安绍山的高足弟子, 说是福建人, 从前取过一名拔贡, 颇有才学, 笔墨一道, 横厉无前。他既得了安(康)绍山的衣钵真传, 自然做出来的事, 和安绍山不谋而合。但是一种, 安绍山虽然明白世务, 有些地方还迂拙不过。这位颜轶回, 却是手段活泼, 心地玲珑, 于弄钱一道, 尤其得法。他从前在京城里朝考的时候, 见了人总说科举无用, 将来开了学堂, 国家才可以收得人之效。有人驳他道: "你既道科举无用, 为什么来朝考呢? " 他强辩道: "你当我是弋取功名来的么? 我实实在在要来调查北京的风土人情, 回去好报告我们会长, 将来可以预备预备。" 人家问他预备什么? 他可不往下说了。有一天更是可笑, 有个朋友上福州会馆去, 约他出来吃馆子, 到了他的房门口, 看见门上横着一把大铜锁, 明明是出去的了, 怅然欲出。等到往那边抄出去, 有个后窗户, 下着窗帘, 无意中望玻璃里面一觑, 见一个人端端正正坐在那里, 捏着笔写白折子上的小楷哩。定睛一看, 不是颜轶回却是甚人? 当下便扣着窗户, 轻轻的叫道: "颜轶翁好用功呀!" 他听见了, 连忙放下笔, 望床上一钻, 把帐子下了, 鼾声如雷的起来了, 也不知真睡, 也不知假睡。那个朋友气极了, 以后就不和他来往了。据以上两桩事, 这颜轶回的大概, 也就可想而知了。

　　劳航芥和他是在美国认识的。颜轶回到过美国, 住在纽约克, 和中国在美国学堂里面学的留学生, 没有一个不认识。他前回去, 原想去运动他们的, 送了他们许多书, 有些都是颜轶回自己的著作, 有些是抄了别人家的著作, 算是他的著作, 合刻一部丛书, 面子上写的是《新颜子》。据说《新颜子》里面, 有一篇什么东西, 颜轶回一字不易, 抄了人家, 后来被那人知道了, 要去登新闻纸, 颜轶回异常着急, 央了朋友再四求情, 又送了五百两银子, 这才罢手。颜轶回的著作, 有些地方千篇一律, 什么"咄咄咄! 咄咄咄!" 还有人形容他, 学他的笔墨说: "猫四足者也, 狗四足者也, 故猫即狗也; 莲子圆者也, 而非匾者也, 莲子甜者也, 而非咸者也, 莲子人吃者也, 而非吃人者也; 香蕉万岁, 梨子万岁, 香蕉梨子皆万岁!" 笑话百出。做书的人, 也写不尽这许多。劳航芥和他的交情, 也不过如此。但是劳航芥平日佩服他中学淹深, 他也佩服劳航芥西文渊博, 二人因此大家有些仰仗地方, 所以见了面甚为投契。其实背后, 劳航芥说颜轶回的歹话, 颜轶回也说劳航齐的歹话, 这是他们维新党的普通派, 并不稀奇。这天饭后, 劳航芥换了衣帽, 拿了棒, 雇了一部街车, 径到下环大同旅馆。投刺进去, 颜轶回刚刚在家。两人见了面, 畅谈之下, 劳航芥把中国安徽巡抚聘他做顾问官的话说了, 他却不像安绍山要发牢骚, 登时满面笑容, 说: "真巧! 真巧! 我们有个同志, 刚刚被两江总督请了去当教习, 于今劳兄又到安徽去充顾问官, 这们一来, 我在海外扬子江上下流的机关, 可以不求而自得了。"一面说, 一面叫人配自己的船车, 说: "劳兄荣行在即, 小弟今日无事, 拟邀劳兄同往酒楼一酌, 以壮行色, 不知劳兄许可否?" 劳航芥也欣然道: "我们分袂在即, 正要与轶公畅谈, 领教一切机宜, 以免临时竭蹶。" 颜轶回道: "领教两字, 太言重了, 如不以小弟为不肖, 小弟倒有几句话要告诉劳兄。" 劳航芥道: "好极了! 好极了!" 两人携手而出。

　　劳航芥摸出两块钱, 开销了雇的街车, 坐上颜轶回的船车, 车声隆隆, 过了几条大街，到得衣箱街，走进一爿番菜馆，外国字写着香港阿斯忒好乎斯的。二人进去了，拣了一个小小的房间，在三层楼上，推窗一望，九龙咫尺，隐隐约约有些风帆沙鸟，颇畅襟怀。二人坐下，侍者送上本日的菜单，各人拣喜吃的要了几样。颜轶回又叫侍者拿了许多酒，什么威士格、勃蓝地、三边、万满、谑脱露斯、壳忒推儿，摆了一台。两人用过汤，颜轶回便开言道："劳兄! 你晓得现在中国的大局是不可收拾了的么?"劳航芥随口答道："我怎么不知道?"颜轶回又叹了口气道："现在各国瓜分之意已决，不久就要举行了。"劳航芥道："我在西报上，看见这种议论，也不止一次了，耳朵里闹闹吵吵，也有了两三年了，光景是徒托空言罢。"颜轶回道："劳兄那里知道，他们现在举行的，是无形的瓜分，不是有形的瓜分。从前英国水师提督贝斯弗做过一篇中国将裂，是说得实实在在的。他们现在却不照这中国将裂的法子做去，专在经济上着力。直要使中国四万万百姓，一个个都贫无立锥之地，然后服服帖帖的做他们的牛马，做他们的奴隶，这就是无形瓜分了。"劳航芥道："原来如此。"颜轶回又道："现在中国，和外国的交涉日多一日，办理异常棘手，何以? 他们是横着良心跟他们闹的，这里头并没有什么公理，也没有什么公法，叫做得寸即寸，得尺即尺。你不信，到了中国，把条约找出来看，从道光二十二年起，到现在为止，一年一年去比较，起先是他们来俯就我，后来是我们去俯就他，只怕再过两年，连我们去俯就他，他都不要了。劳兄你既受中国之聘，充当顾问官，这条约是一桩至要至紧之事，不可忽略。顶好把他一张一张的念熟了，然后参以公法公理，务使适得其平，将来回国，有什么交涉，就可以据理而争，虽然不中用，也落一个强项之名，不同那些随人俯仰的。这是小弟属望吾兄的愚见，吾兄必以为然。"劳航芥听了，不觉改容致谢。颜轶回又道："譬如那年北京拳匪闹事，围攻使馆，中国如有懂事的人，预先去关照他们，限他们二十四点钟内出京，如果过了二十四点钟，中国不能保护，这他们就没有话说了。至于他们拥兵自卫，那是公法上所没有的。公法上既没有，就可以敌人相待，不能再以公使相待。可怜偌大一个中国，那里有人知道? 当时劳兄若在中国，或是外务部，或是总理衙门，必不致于如此。"劳航芥道："轶公太看高我了。其实我虽学了律法，也不过那些浮面，替人家打官司争财产则有余，替国家办交涉争权利则不足。像你轶公才是大才哩。"二人又谈了一回，看看天色不早，方才各自东西。

劳航芥第二日收拾收拾行李，又到平时亲友处及主顾地方辞过了，也有人馈送程仪的，也有人馈送东西的，不必细述。等到轮船要开的前半日，把行李发了上去，叫人铺设好了，自己站在甲板上，和那些送行的朋友闲谈，东一簇，西一簇，十分热闹。少时，看见有一黑矮而胖的外国装朋友，襟上簪了鲜花，手中拿了镶金的士的——这士的就是棍——脚上穿着极漂亮的皮鞋，跑上船来，便问密司忒劳。船上的仆欧把他领到劳航芥的面前，众人定睛一看，是颜轶回。只见颜轶回把劳航芥拉到一间房间里去，密密切切的谈了五十分钟，汽筒放了两遍了，他才别了劳航芥匆匆登岸。这里送行的，也匆匆登岸。少时和罗一声，船已离岸，颜轶回和那些送行的，都拿手绢子在岸招展。劳航芥脱下帽子，露出秃鹙般一个头，向他们行了一个礼，自回房去。

劳航芥定的是上等舱，每饭总是和船主一块儿吃的，他既会西语，又兼在香港做了几年律师，有点名气，船主颇为敬重，就是同座的外国士女，也都和他说得来。有一天，轮船正在海里走着，忽然一个大风暴，天上乌云如墨，海中白浪如山，船主急命抛锚，等风暴过了再走。劳航芥在房里被风浪颠播的十分难过，想要出去散散，刚刚跨出房门，听见隔壁一间舱里，有男女两人念佛的声音，还听见嘣嘣嘣的几响。劳航芥望门缝里仔细一觑，见一个中国人，年纪约有五十余岁，一部浓须，好个相貌，那旁一个娇滴滴女子，看上去想是他的家眷了。因为起了风浪，两人都跪在舱里，求天保佑，合掌朗诵高王观世音经，这才恍然大悟，刚才嘣嘣嘣几响，想是磕头了。劳航芥不觉大笑。又仔细一看，恍惚记得这人天天在大餐间里一块吃饭，曾请教过名姓，是位出洋游历回来的道台，劳航芥仰天太息。少时风暴过了，天色渐渐晴明，跪在地下念高王观世音经的道台，想来也爬起来了。过了几日，轮船已到上海，各人纷纷登岸。劳航芥久听得人说，上海一个礼查客店是可以住的，便叫了部马车，把行李一切装在里面，径奔礼查客店而来。

欲知后事如何，且听下回分解。

写安绍山处入木三分，"忠肝义胆，足与两曜争辉"，此语调侃不少。

安绍山举动秘密，想见藏头露尾情形。

颜轶回在福州会馆锁了门，一人躲在屋子里写白折小楷，热中功名之人，而又不欲人知，其用心殊苦矣。

摹仿颜轶回笔墨处，绘火绘色，绘水绘声，恐近日泰西摄影器具，尚不能及其烛照靡遗。

"替人家打官司争财产则有余，替国家办交涉争权利则不足"，与阳虎曰："为仁则不富矣，为富则不仁矣。"二语，同一爽快。

中国出洋游历回来的道台，遇见了风浪，便在房舱里和姨太太跪在地下，合掌高声朗诵高王观世音经，默祈天佑。劳航芥留心及此，目光如镜矣。然中国此种道台，为数正不少也。

第四十七回

黄金易尽故主寒心　华发重添美人回意

话说劳航芥因为接到安徽巡抚黄中丞的电聘，由香港坐了公司轮船到得上海。因他从前在香港时，很有些上等外国人同他来往，故而自己也不得不高抬身价，一到上海，就搬到礼查客店，住了一间每天五块钱的房间，为的是场面阔绰些，好叫人看不出他的底蕴。他自己又想：我是在香港住久的人了，香港乃是英国属地，诸事文明，断非中国腐败可比，因此又不得不自己看高自己，把中国那些旧同胞竟当做土芥一般。每逢见了人，倘是白种，你看他那副胁肩谄笑的样子，真是描也描他不出；倘是黄种，除日本人同欧洲人一样接待外，如是中国人，无论你是谁，只要是拖辫子的，你瞧他那副倨傲样子，此谁还大。闲话休絮。

且说他此番在香港接到安徽电报，原是叮嘱他一到上海，随手过船，径赴安庆。谁知他到得上海，定要盘桓几天，不肯就去。他说：中国地方，只有上海经过外国人一番陶育，还有点文明气象，过此以往，一入内地，便是野蛮所居，这种好世界是没了。然而一个人住在客店里头，亦寂寞得很，满肚皮思想，侨寓上海的亲友虽多，无奈都是些做生意的，有点瞧他们不起，便懒怠去拜他们。心上崇拜的人，想来想去，只有住在虹口的一位黎惟忠黎观察，一位卢慕韩卢京卿。这二人均以商业起家，从前在香港贸易的时候，劳航芥做律师，很蒙他二位照顾。后来他二人都发了财，香港的本店，自然有人经理，黎观察刻因本省绅商公举他办理本省铁路，卢京卿想在上海替中国开创一爿银行，因此他二位都有事来在上海。劳航芥虽然瞧不起中国人，独他二位，一来到过外洋，二来都是有钱的主儿，三则又正办着有权有势的事情，因此到上海的第二天，就坐了马车，亲自登门拜见。黎观察门上人说，主人往北京去了，没有见着，只会到卢京卿一位。

见面之下，卢京卿已晓得他是安徽抚台请的顾问官，连称"恭喜"，又道："吾兄可以大展抱负了！"其实这做顾问官一事，劳航芥心上是很高兴的，但他见了人，面子上还要做出一副高尚样子，以示非其所愿。当下听了卢京卿一派恭维，只见他似笑非笑，忽又把眉头皱了一皱，说道："不瞒慕韩先生说，现在中国的事情，还可以办得吗？兄弟到安徽，黄中丞若能把一切用人行政之权，都委之兄弟，他自己绝不过问，听兄弟一人作主，那事还可做得。然而兄弟还嫌安徽省分太小，所谓地小不足以回旋。倘不其然，兄弟宁可掉头不顾而去。还是慕韩先生开办银行，倒是一件实业，而且可以持久，兄弟是很情愿效力的。"卢京卿心上想道：你这宝货，那年在香港为了同人家买地皮打官司，送了你三千银子，事情没有弄好，后来又要诈我二千银子的谢仪，我不给你，你又几乎同我涉讼，始终送你一千银子，方才了事。如今亏你还想与我同事，我是决计不敢请教的了。安徽抚台瞎了眼，请你这种东西去做顾问官，算他晦气。你还是去同他混罢。心上如此想，嘴里却连忙答道："银行算得什么？还是老兄到安徽帮着抚台，替国家做些事业，将来是名传不朽的。"当下又说了些别的闲话，卢京卿一看他还是外国打扮，探掉帽子，一头的短头发，而且见了人只是拉手，是从不磕头作揖的，便道："吾兄现在被安徽抚台请了去，以后就是中国官了。据兄弟看起来，似乎还是改中国装的好。目下吾兄曾否捐官？倘若捐个知府，将来一保就是道员，乃是很容易的。"劳航芥道："腐败政府的官，还有什么做头？兄弟决计不来化这项的冤钱。况且兄弟就是不捐官，这顾问官的体制，兄弟早已打听过了，是照司道一样的。现在江南地方，就有两个顾问官，除掉见督抚，其余都可以随随便便的。况且是他来求教我，不是我求教他的。至于改装，我自从得到了电报，却也转过这个念头，但是改得太快了，反被人家瞧不起，且待到了安徽，事情顺手，果然可以做点事业，彼时再改，也不为迟。"卢京卿道："改装不过改换衣服，是很容易的，只是头发太短了，要这条辫子，一时却有点烦难。"劳航芥又把眉头一皱道："我们中国生生就坏在这条辫子上，如果没有这条辫子，早已强盛起来，同人家一样了。"卢京卿见他言大而夸，便也不肯多讲，淡淡的敷衍了几句。劳航芥自己亦有点坐不住了，然后起身告辞。卢京卿送出大门，彼此一点首而别。

劳航芥回到礼查客店，又住了一天，心上觉得烦闷，晓得卢京卿是做大事业的人，不肯前来同他亲近，于是不得已而思其次，重新回来，去找那几个做生意的朋友。这些人不比卢京卿了，眼眶子是浅的，听说他是安徽巡抚聘请的人，一定来头不小，也不问顾问官是个什么东西，都尊之为劳大人。其中就有一个做得法洋行军装买办的，姓白号趋贤，是广东香山人氏，叙起来不但同乡，而且还沾点亲。白趋贤依草附木，更把他兴头的了不得，意思想托劳航芥到安徽之后，替他包揽一切买卖，军装之外，以及铁路上用的铁，铜元局用的铜，他的洋行里都可以包办。除照例扣头之外，一定还要同洋东说了，另外尽情。此时劳航芥受了他的恭维，乐得满口答应。白趋贤更是欢喜，今天请番菜，明天请花酒。晓得劳航芥上海没有相好，又把他小姨子荐给了他。这白趋贤的小姨子，怎么会落在堂子里呢？只因他这小姨子，原是姊妹二人，姊姊叫张宝宝，妹妹叫张媛媛，一齐住在东荟芳当窑姐的。白趋贤先同张宝宝要好，后来就娶他为妾，所以张媛媛见了白趋贤，赶着叫姊夫，白趋贤亦就认他做小姨子。如今拿他小姨子荐给了劳航芥，无非是照应亲戚的意思，也不为奇。

　　且说这张媛媛年纪也不小了，据他自己说十八岁，其实也有二十开外了。劳航芥未到上海，就听见有人讲起，上海有些红倌人，很愿意同洋装朋友来往，一来洋装朋友衣服来得干净，又是天天洗澡的，身上没有那股龌龊的气味，二则这家堂子里有个外国人出出进进，人家见了害怕，都不敢来欺负他，这都是洋装朋友沾光之处。劳航芥听在耳朵里，记在肚皮里，如今抢到自己身上来了，心想改了洋装，就有如许便宜，乐得自己竭力摆弄。头戴一顶外国草帽，是高高的，当中又是凹凹的，领子浆得硬绷绷的，扣子同表练，又是黄澄澄的，穿了一身白衫、白裤、白袜、白鞋，浑身上下，再要洁净没有，嘴里蜜腊雪茄烟嘴，脸上金丝镜，手上金钢钻，澄光烁亮，耀得人家眼睛发晕，自以为这副打扮，那女人一定是爱上我了。先是白趋贤在久安里请他吃酒，替他荐了这个张媛媛的局。媛媛到台面上一问，是假外国人叫的局，把脸一板，离着还有二尺多远，老远的就坐下了，照例唱过一支曲子，挤挤眼，关照娘姨装烟，借着转局为由，说声对不住，已经走了。其时劳航芥以为他初次相交，或者他果真有转局，所以不能多坐，因此并不在意。吃完了酒，白趋贤照应小姨子，想叫劳航芥摆酒请他，便约他同到东荟芳去打茶围。进门上楼之后，张媛媛照例敬过瓜子，只坐在她姊夫身旁，一声不响。劳航芥想搭赸着同她说话，无奈张媛媛连正眼亦不瞅他。后来还是白趋贤看不过了，忙对张媛媛说道："劳大人欢喜你，你还是到他身旁多坐一回，同他攀谈两句，他明天还要在这里摆酒哩。"说话时，白劳二人正躺在烟榻上，一边一个，张媛媛便一把拿白趋贤从烟榻上拉起，同他咬耳朵，说道："那个外国人，我不要他到我这里来，被人家看见，说我同外国人来往，说出去很难为情的。好姊夫，你明天不要叫他来了，我今天出的一个局，他算也好，不算也好。总而言之，他明天再来叫局，我是谢谢的了。"白趋贤听说，呆了一呆，便亦测测的同他说道："劳大人是有钱的，而且又是个官，簇崭新的，安徽抚台打了电报来，请他去的。他若是欢喜了你，论不定还要娶你回去，你一出轿就做太太，有什么不好？怎么你好得罪他，不出他的局，不要他到这里来？你自己去回他，这句话我是说不出口的。"张媛媛道："无论他再有钱，再做多们大的官，但他是外国人，我总不肯嫁他。就是他拿十万银子、八抬轿来抬我，我只是不去，他能拿我怎么样？"白趋贤道："他不同你讲话，他同你娘讲话，你娘答应了，不怕你不嫁给他。"张媛媛冷笑道："那还有一死哩！况且姊夫你也不要来骗我，只有中国人做中国的官，那有外国人做中国官的道理，这话我不相信。"白趋贤道："你这话可说错了。你说外国人不做中国的官，我先给你个凭据。不要说别的，就是这里黄浦滩新关上那个管关的，名字叫做税务司，他就是外国人做的中国官，你们堂子里懂得什么？"张媛媛听了，楞了一回说道："那个新关？"白趋贤道："就是有大自鸣钟的那个地方，就是新关。上海新关，有上海的税务司，北京还有个总税务司。还是那年同这里斜桥盛公馆的盛杏荪同天赏的太子少保，亦是戴的红顶子。你们晓得什么，也在这里乱说。"张媛媛不等他说完，依旧把头摇了两摇，说道："无论他戴红顶子也好，戴白顶子也好，我亦不管他什么叫做十三太保，十四太保，但是外国人一定不嫁。"白趋贤先还有心呕他，如今见他斩钉截铁，只得以实相告，便把嗓子提高，拿劳航芥一指道："你看他是中国人是外国人？"张媛媛至此，方把劳航芥仔仔细细端详了一回，心上要说他是外国人，觉得他比起弄口站街的红头似乎漂亮得许多，而且皮肤也白，身材也还俊俏。又想说他是假外国人，何以鼻子又是高的，眼睛又是抠的，心上总有点疑心，一时说不出口。劳航芥见他二人咕咕唧唧，早已怀着鬼胎，后见白趋贤指着自己问张媛媛是中国人，是外国人，他心上已经明白媛媛不欢喜外国人。中国女子智识未开，却难怪有此拘迂之见。当下因见张媛媛楞住不语，便从榻上亦一骨碌爬起，拿手把自己的头发捕了两捕，说道："你要晓得我是中国人，外国人，你只看我的头发便了。"张媛媛果然举目抬头，看了一看，见他头发果是乌黑的，随又端详他的鼻子眼睛。白趋贤方才告诉他说："劳大人本是我们中国人，因为在外国住久了，所以改的外国装。如今安徽抚台当真请他去做官，等到做了官，自然要改装的。况且我常常见你们堂子里都欢喜外国人,你何以不爱外国人?这真正不可解了。"张媛媛道:"我生性不欢喜外国人,被人家说出去很难听的。劳大人果然肯照应,如果照着这个样子打扮,明天请不必过来。"白趋贤道:"这真正笑话了。天底下那有做倌人的挑剔客人的道理,不要劳大人一生气,明天倒不来了。"张媛媛尚未开言,谁知劳航芥反一心看上了媛媛,一定要做他,忙说:"我本是中国人,中国衣服虽然没有在这里,叫个裁缝做起来很容易的,再不然,买一两套也不妨,至于鞋袜,更不消说得。现在顶烦难的,是这条辫子,只好同剃头司务商量,叫他替我编假的,又怕我自己的头发短了些,接不上,那却如何是好?"张媛媛道:"若要假头发,我这里多得很,你要用时,尽管到我这里来拿,但是怎么想个法子套上去,还得同剃头的商量。"白趋贤见他二人说话渐渐投机,便道:"这事容易。我前天看见一张什么报上,有一个告白,专替人家装假辫子的,不过头两块钱一条,等我今天回去查查看,查着了,我们就去装一条来。"大家说说笑笑,张媛媛听见劳航芥肯改装,又加姊夫说他有钱,又是个官,便也不像从前那样的拒绝了。当晚并留他二人吃了一顿稀饭,约摸打过两点钟,白、劳二人方才别去。

劳航芥仍回礼查客店,一心想要讨张媛媛的欢喜,次日上街,先找到一个裁缝,叫他量好身材,做两套时新衣服,裁缝说至少三天一身,劳航芥嫌太慢,没法,只得又到估衣铺内,检对身的买了两身。估衣铺的人见他一个外国人,来买中国衣服,还要时派,都为诧异。但是买卖上门,断无挥出大门之理,不过笑在肚里罢了。等到衣履一概办齐,白趋贤早回去查明《申报》上的告白,出了两只大洋,替他办了一条辫子,底下是个网子,上面仍拿头发盖好,一样刷得光滑滑的,一点破绽看不出来。劳航芥见了,甚是欢喜。一齐拿了回去,先在屋里把房门关上,从头至脚改扮起来,一个人踱来踱去,在穿衣镜里看自己的影子,着实俏僻。意思就想穿了这身衣服,到东荟芳给张媛媛瞧去。后来一想,怕礼查客店的外国人见了要诧异,无奈仍旧脱了下来。当夜踌躇了一夜,次日一早,算清房钱,辞别主人,另把行李搬出,搬到三洋泾桥一爿大客栈里去住。以为自此以后,任穿什么衣服出门,决无人来管我的了。

要知后事如何,且听下回分解。

劳航芥久住香港,改扮西装,便把拖辫子的人看得一钱不值,以及对卢京卿说:"我们中国,生生就坏在这条辫子上。"均是反逼下文,为张媛媛要他自己改装张本。

观卢京卿心上一番忖度，便知劳航芥在香港原是个不安本分的人，安徽黄中丞谬采虚声，真正误事。

张媛媛以一妓女而憎嫌外国打扮的人，凡好作洋装者，其价值可知矣。

写白趋贤趋奉劳航芥，活现。

第四十八回

改华装巧语饰行藏　论围法救时抒抱负

却说劳航芥搬到了三洋泾桥栈房里，中国栈房出进的人多，是没有人管他的，他便马上改扮起来。先是自己瞧着，很有点不好意思。又恐怕惹人家笑话，先在穿衣镜里照了一番，又踱来踱去看了两遍，自己觉得甚是俏俐。急忙唤了马车，意思想就到东荟芳张媛媛家去，又恐怕媛媛家里的人见了诧异，于是唤住马夫，不到东荟芳，先到一品香去吃大菜。等把媛媛叫了来，彼此说明白了，然后再吩咐他们预备一台酒，翻过去吃。主意打定，于是径往一品香而来。其时已在上灯时分，房间都被人家占了去了，好容易等了一会，才弄到一个小房间。劳航芥无奈，只得权时坐下，又写请客票，去请白趋贤。幸亏白趋贤是有地方的，居然一请便到。当下白趋贤一见，连忙拿他上下仔细估量了一回，满脸堆着笑容，赞他好品貌，又道："照你这副打扮，人人见了都爱，不要说是一个张媛媛了。"劳航芥当下笑而不答，忙着开菜单，写局票，又同白趋贤把要翻台请酒的意思说明。白趋贤无非是一力赞成，又说倘若嫌客少，兄弟有的是朋友，尽可以代邀几位。劳航芥道："朋友没有见面，怎好请他吃酒呢？"白趋贤道："上海的朋友不比别处，只要会拉拢，一天就可以结交无数新朋友，十天八天下来，只要天天在外头应酬，面子上的人，大约也可认得七八成了。"劳航芥听此一番议论，方晓得上海面子上的朋友，原是专门在四马路上应酬的。白趋贤又道："你请朋友吃酒，是要你承朋友情的。"劳航芥更为茫然不解。白趋贤道："譬如你今天在张媛媛家请酒，你应酬的张媛媛，张媛媛是你自己的相好，反要朋友化了本钱叫了局来陪你，怎么不要你承朋友的情呢？"劳航芥道："据此说来，我请酒是我照应我自己的相好，他们叫局，亦是他们各人自己照应各人的相好，我又没有一定要他们叫局，怎么我要承他们的情呢？"白趋贤道："到底你们当律师的情理多，我说你不过，佩服你就是了。天不早了，我们还要翻台，催细崽快上菜。"等到菜刚上得一半，两个人的局都已来了。大家见了劳航芥，都嘲笑他那根假辫子。劳航芥反觉洋洋得意，当下把吃酒的话告诉了张媛媛，叫他派人回去预备。白趋贤就借一品香的纸笔，写了五张请客票，亦交代了张媛媛的跟局，叫他带回去先去请客。一霎大菜上完，细崽送上咖啡，又送上菜单。劳航芥伸手取出皮夹子要付钱，白趋贤不肯，一定要他签字。劳航芥拗他不过，只得等他签了字去，然后拱手致谢，一同下楼。

此时他俩的局都早已回去的了。劳航芥便约白趋贤到东荟芳去，进门登楼，不消细述。原来张媛媛住的是楼上北面房间，是从楼梯上由后门进来，同客堂是隔断的。南面下首房间连着客堂，又是一个倌人，这倌人名字叫做花好好。这天花好好的生意甚好，客堂房间里一台才吃完，接着客人碰和，正房间里两台酒，刚刚入席。劳航芥从这边窗内望过去，正对这面窗户坐着的，不是别人，正是卢慕韩卢京卿，其余的人，虽不晓得是些什么人，看来气派很是不同。房间里人，一齐某大人某大人叫的震天价响，一面又叫某大人当差的，一面又问某大人马车来了没有，但是双台酒坐了十几个人，主人缩在里面不曾看得清楚。当下劳航芥一眼瞧见卢京卿在对面，不觉心上毕拍一跳，登时脸上呆了起来，生怕被卢慕韩看破他改装，又怕卢慕韩笑他吃花酒。呆了一会，便叫娘姨把窗户关上。无奈其时正是初秋天气，忽然躁热起来，他一个人无可说法，白趋贤虽有些受不住，因系主人吩咐的，不肯怎样。等了一会，白趋贤代请的什么律师翻译赖生义，领事公馆里文案詹扬时，吓毕洋行里买办赵用全，湖南军装委员候补知州栾吐章，福建办铜委员候选道魏撰荣，络续都来，没有一个不到。劳航芥、白趋贤接着自然欢喜。同劳航芥彼此通过名姓，各道了一句久仰的话。白趋贤又替劳航芥吹了一番，众人愈觉钦敬。于是白趋贤传令摆席，又替在坐的人一一叫局，自己格外凑兴，叫了两个。一时酒席摆好，众人入坐，大家齐嚷："天热得很，怎么不开窗户？"劳航芥不便将自己心事言明，幸亏自己坐的地方，对面望不见，也就不说别的，跟着众人叫把窗户推开。这边吃酒搳拳，局到唱曲子，不用细说。

且道对面房间请酒的主人，原是江南一位候补道台姓金的。这金道台精于理财，熟悉商务，此次奉差来在上海租界地方，本非中国法律所能管辖，所以有些官场，到了上海，吃花酒、叫局，亦就小德出入，公然行之而无忌了。闲话休讲。

目今单说这金道台，因为卢慕韩要开银行，所以来了，不时亲近他，考访他一切章程。卢慕韩亦因为金道台精于理财，所以也甚愿亲近他，同他商量一切。这天是金道台作主人，卢慕韩作客人。劳航芥在对面窗内瞧见了他，自己心虚，命把窗门掩上，其实卢慕韩眼睛里并没有见他。一来是灯光之下，人影模糊，究竟相隔一丈多地，卢慕韩年老眼花，自然看不清楚。再则劳航芥这种人物，卢慕韩还未必摆在心上，再加以他已改装，与前天初见形状大不相同，就是当面碰见，亦不留心，何况隔着如许之远？所以一直等到将次吃完，张媛媛房内之事，南首房间里一概未曾晓得。后来还是花好好台面上主人金道台闹着叫二排局，齐巧卢慕韩曾带过张媛媛的，便叫本堂张媛媛，直等到张媛媛过去，这边席面方吃得一半。卢慕韩问起张媛媛，说他屋里有酒，是个什么人吃的？张媛媛便据实而陈，说是一个姓劳的，新从外国回来，就要到安徽去做官的。卢慕韩不听则已，听了之时，心上忽有所触，因为前天劳航芥刚拜过他，还没有回拜。据张媛媛说，又是从外洋回来，又是就要到安徽去，不是他更是那个？因说这人我认得，他可是外国打扮？张媛媛听了，笑着说道："初来的头一天，原是外国打扮的，今儿是改了妆了。"卢慕韩听说，先是外国装，便认定确为劳航芥无疑。但他当面对我说很憎嫌中国人这条辫子，为什么他自己又改了装呢？因向张媛媛道："你这位姓劳的客人，他是没有辫子的，要改装怎么改得来呢？"张媛媛笑道："辫子是在大马路买的，两块洋钱一条，戴上去，不细看是看不出的。"卢慕韩听了，着实诧异，便道："等到台面散了，我倒要会会他。"张媛媛道："我先替你通知他一声。"卢慕韩道："不必，停刻我自来。"说话间，满席的二排局都已到齐，唱的唱，吵的吵，闹了一阵子，各自散了。众客人便闹着要饭吃，饭罢之后，众人一哄而散。卢慕韩亦着好长衫，辞别主人，不随众人下楼，却到这边，由后门进来。朝着前面，停脚望了一回，正值劳航芥回头，同娘姨说话。卢慕韩看清楚了，果然是他，便喊了一声："航芥兄！"又接说一句道："为什么请客不请我？"劳航芥听见后面有人唤他，甚为诧异，仔细一瞧，原来就是卢慕韩，正是刚才关窗户怕见的人。如今被他寻上门来，低头一看自己身上如此打扮，不由得心上一阵热，登时脸上红过耳朵。幸亏他学过律师的人，善于辩驳，随机应变的本领自然比人高得一层。想了一想，不等卢京卿说别的，他先走出席来让坐。卢慕韩回称已经吃饱，劳航芥如何肯依？卢慕韩只得宽衣坐下吃酒。谢过主人，又与众人问过姓名。劳航芥先抢着说道："兄弟因为你老先生再三劝兄弟改装，兄弟虽不喜这个，只因难拂你老先生一片为好的意思，所以赶着换的。正想明天穿着这个过来请安，今日倒先不期而遇。只是已经残肴，亵渎得很，只好明天再补请罢。"说罢，举杯让酒，举箸让菜。卢慕韩因他自己先已说破，不便再说什么，只得说道："吾兄到了安徽，一路飞黄腾达，扶摇直上，自然改装的便。"劳航芥道："正是为此。"当下彼此一番酬酢，直至席散。卢慕韩因为明天要回请金道台，顺便邀了劳航芥一声，劳航芥满口应允，一定奉陪。卢慕韩先坐马车回去，众人亦都告辞。

房中只留劳航芥、白趋贤两个。白趋贤有心趋奉，忙找了张媛媛的娘来，便是他的小丈母，两个人鬼鬼祟祟，说了半天，无非说劳大人如何有钱有势，叫他们媛媛另眼看待之意。当夜之事，作书人不暇细表。

且说到次日，劳航芥一早起身，回到栈房，卢慕韩请吃酒的信已经来了。原来请在久安里花宝玉家，准六点钟入座。一天无事，打过六点钟，劳航芥赶到那里，原来只有主人一位，彼此扳谈了一回，络续客来，随后特客金道台亦来了。主人数了数宾主，一共有了七人，便写局票摆席。自然金道台首坐，二坐三坐亦是两位道台，劳航芥坐了第四坐，主人奉过酒，众人谢过。金道台在席面上极其客气，因为听说劳航芥是在外洋做过律师回来的，又是安徽抚宪聘请的顾问官，一定是学问渊深，洞悉时务，便同他问长问短，着实殷勤。幸亏劳航芥机警过人，便检自己晓得的事情一一对答，谈了半日，尚不致露出马脚。后来同卢慕韩讲到开银行一事，劳航芥先开口道："银行为理财之源，不善于理财，一样事都不能做，不开银行，这财更从那里来呢？"金道台道："兄弟有几句狂瞽之论，说了出来，航翁先生不要见怪，还要求航翁先生指教。"劳航芥道："岂敢！"金道台道："航翁先生说，各式事情，没有钱都不能做，这话固然不错，因此也甚以慕翁京卿开银行一事，为理财之要着。然以兄弟观之，还是不揣其本，而齐其末的议论。"大众俱为愕然。金道台又道："书上说的：'百姓足，君孰与不足？'又道是：'民无信不立。'外国有事，何尝不募债于民，百姓自然相信他，就肯拿出钱来供给他用，何以到了我们中国，一听到劝捐二字，百姓就一个个疾首蹙额，避之惟恐不遑？此中缘故，就在有信、无信两个分别。中国那年办理昭信股票，法子并非不好，集款亦甚容易，无奈经办的人，一再失信于民，遂令全国民心涣散，以后再要筹款，人人有前车之鉴，不得不视为畏途。如今要把已去之人心慢慢收回，此事谈何容易？所以现在中国，不患无筹款之方，而患无以坚民之信。大凡我们要办一事，败坏甚易，恢复甚难。如今要把失信于民的过失恢复回来，断非仓猝所能办到。"金道台一面说着话，一面脸上很露着为难的情形。卢慕韩道："据此说来，中国竟不可以补救么？到底银行还开得不可开得？"金道台道："法子是有，慢慢的来，现在的事，不可责之于下，先当责之于上。即以各省银圆一项而论，北洋制的，江南不用，浙闽制的，广东不用，其中只有江南、湖北两省制的，尚可通融，然而送到钱庄上兑换起钱来，依旧要比外国洋钱减去一二分成色，自己本国的国宝，反不及别国来的利用，真正叫人气死。如今我的意思，凡是银圆，勒令各省停铸，统归户部一处制造，颁行天下，成色一律，自然各省可以通行。凡遇征收钱粮，厘金关税，以及捐官上兑，一律只收本国银圆，别国银圆不准收用。久而久之，自然外国洋钱不绝自绝，奸商无从高下其手，百姓自然利用。推及金圆、铜圆，都要照此办法。更以铸的越多越好，这是什么缘故呢？譬如用银子一两，只抵一两之用，改铸银圆，名为一两，或是七钱二分，何尝真有一两及七钱二呢？每一块银圆，所赚虽只毫厘，积少成多，一年统计，却也不在少处。中国民穷，能藏金子的人还少，且从缓议。至于当十铜圆，或是当二十铜圆，他的本钱，每个不过二三文上下。化二三文的本钱，便可抵作十个、二十个钱的用头，这笔沾光，更不能算了。至于钞票，除掉制造钞票成本，一张纸能值几文？而可以抵作一圆、五圆、十圆、五十圆、一百圆之用，这个利益更大了。诸公试想，外国银行开在我们中国上海、天津的，那一家不用钞票？就以我们内地钱庄而论，一千文、五百文的钱票，亦到处皆有。原以票子出去，可以抵作钱用，他那笔正本钱又可拿来做别样的生息，这不是一倍有两倍利么？只要人家相信你，票子出的越多，利钱赚的越厚，原是一定的道理。至于制造钞票，只好买了机器来，归我们自己造，要是托了人，像前年通商银行假票的事，亦不可不防。现在挽回之法，须要步步脚踏实地，不作虚空之事。如果要用钞票，我们中国现在有九千万的进款，照外国的办法，可出二万万多两的钞票。我们如今实事求是，只出九千万的钞票，百姓晓得我们有一个抵一个，不杂一点虚伪，还有什么不相信呢？等到这几桩事情办好，总银行的基础已立。然后推之各省会，各口岸，各外国要埠，内地的钱票，不难一网打尽，远近的汇兑，到处可以流通。而且还有一样，各国银行的钞票，上海的只能用在上海，天津的只能用在天津，独有我们总银行自造的，可以流行十八行省，各国要埠，叫人人称便。如此办法，不但圈住我们自己的利源，还可以杜绝他们的来路。到这时候，国家还愁没有钱办事吗？"卢慕韩道："这番议论，一点不错，钦佩之至！"金道台道："这不过皮毛上的议论，至于如何办法，断非我们台面上数语所能了结。兄弟有一本《富国末议》，过天再送过来请教罢。"卢慕韩及在席诸人，俱称极想拜读。劳航芥初同金道台一干人见面，很觉自负，眼睛里没有他人。如今见卢慕韩如此佩服他，又见他议论的实在不错，自己实在不及他，气焰亦登时矮了半截。心上想道：原来中国尚有能够办事的人，只可惜不得权柄，不能施展。我到安徽之后，倒要处处留心才是。说话间，台面已散。自此劳航芥又在上海盘桓了几日，只有张媛媛割不断的要好，意思还要住下去。只因安徽迭次电报来催，看看盘川又将完了，只得忍心割爱，洒泪而别。不过言明日后得意，再来娶他罢了。

　　欲知后事如何，且听下回分解。

第四十九回

该晦气无端赔贵物　显才能乘醉读西函

　　却说劳航芥离别上海，搭了轮船，不到三日，到了安徽省里。先打听洋务局总办的公馆，打听着了，暂且在城里大街上一家客店住下。劳航芥是一向舒服惯的，到了那家客店，一进门，便觉得湫隘不堪。打杂的都褴褛不堪，上身穿件短衫，下身穿条裤子，头上挽个鬏儿，就算是冠冕的了。比起上海礼查饭店里的仆欧来，身上穿着本色长衫，领头上绣着红字，纽扣上挂着铜牌，那种漂亮干净的样子，真是天上地下了。然而劳航芥到了这个地位，也更无法想，只得将就着把行李安放，要了水洗过脸，便叫一个用人拿了名片，跟在后头，直奔洋务局而来。

　　不说劳航芥出门，再说安徽省虽是个中等省分，然而风气未开，诸事因陋就简，还照着从前的那个老样子。现在忽然看见这样打扮的一个人住在店里，大家当作新闻。起先当他是外国人，还不甚诧异，后来听说是中国人扮的外国人，大家都诧异起来。一传十，十传百，所以劳航芥出门的时候，有许多人围着他，撑着眼睛，东一簇，西一簇的纷纷议论。等他出了店门之后，便有人哄进店里来，走到他的房门口，看房门已是锁了，便都巴着窗户眼望里面觑，看见皮鞄藤篮之类，鼓鼓囊囊的装着许多东西，大家都猜论道："这里面不是红绿宝石，一定是金钢钻。"后来还是店里掌柜的，生怕他们人多手杂，拿了点什么东西去，这干系都在自己身上，便吆喝着把闲人轰散了。

　　这边再说劳航芥到了洋务局，找着门口，投了名片进去，良久良久，方见有人传出话来道："总办大人住在西门里万安桥下，可以到公馆里去找他，此地并不是常来的。"劳航芥只得依了他的话，找到西门内万安桥，看见贴的公馆条子，什么"二品顶戴安徽即补道总办洋务局"那些衔头，心知是了，照旧投进片子去。管家问明来意，进去回了。不多半晌，管家把中门呀的一声开了，说声"请"，劳航芥急走了进去。远远看见那位洋务局老总，四十多岁年纪，三绺乌须，身上穿着湖色熟罗的夹衫，上面套着枣红铁线纱夹马褂，底下登着缎靴，满面春风的迎将出来，连说："久仰！久仰！"劳航芥是不懂官场规矩的，新近才听见有人说过，见了官场，是要请安作揖的，他一时不得劲，便把帽子除了，身子弯了一弯。二人进了客厅，让坐已毕，送过了茶，攀谈了几句。劳航芥也打着广东官话，勉强回答了几句。这位洋老总，又问他住的所在，劳航芥随手在袋里拿出一本小簿子，就取铅笔歪歪斜斜的写了一个住址，便把那张纸撕了下来，递在他手里。洋老总略略的看了一看，伸手在靴统里摸出一个绣花的靴页子，夹在里面，一面便说："等兄弟明日上院回了中丞，再请到洋务局里去住罢。"劳航芥称谢了，一时无话可说，起身告辞。洋老总直送出大门才进去。这是以顾问官体制相待，所以格外殷勤，别人料想不能够的。

劳航芥主仆出得洋老总会馆，仍回店内。开门进去，刚刚坐定，听见院子里一个差官模样的，问那间是劳老爷的屋子。店小二连忙接应，说："这里就是。"那差官一掀帘子，走了进来，见了劳航芥，请了一个安，说："大人说，给老爷请安。这里备有一个下马饭，请老爷赏收。"说完，掏出一张片子，望茶几上一搁，一面朝着窗外说道："你们招呼着抬进来呀！"劳航芥连说："不敢当！怎么好叫你们大人破费？"站起来道："就搭在中间屋里罢。"又打开皮袋，拿出一块洋钱给那差官，另外一张回片，说："回去替我道谢。"那差官又请了一个安，谢过了，退了出去，招呼着同来的扛抬夫，把空担挑回去。这里劳航芥到中间看了一看，见是一桌极丰盛的酒肴，满满的盛着海参鱼翅，叫店小二拿到厨房里蒸在蒸笼上，回来把他做饭菜。安排过了，重复坐下，摸出一枝雪茄烟吸着，心里转念头道：此番到得安徽省里，是当顾问官的，顾问官在翻译之上，总得有些顾问官的体制。一面想：洋务局地方虽好，究竟不便，不如另外找一所公馆，养活几个轿班，跟着家人小子们，总得阔绰一阔绰，否则要叫人瞧不起的。一会儿胡思乱想，早已掌上灯来。店小二看见洋务局总办大人送了酒席来，又兼差官吩咐过好好服侍，要是得罪了一点，是要捉到衙门里去打板子的，因此穿梭价伺候，不敢怠慢。等到菜好了送上去。劳航芥一看见满满的海参鱼翅，上面都罩着一层油，还有些什么恃强拒捕的肘子，寿终正寝的鱼，臣心如水的汤，便皱着眉头，把筷放下，叫带来的家人小子，把上海买来的罐头食物，什么咸牛肉、什么冷鲍鱼,什么禾花雀之类,勉勉强强就着他饱餐一顿。又叫家人小子,把咖啡壶取出来,冲上一壶咖啡,在灯下还看了几页《全球总图书集成》,方才叫人服侍安寝。一宿无话。

次日清早七点多钟,劳航芥就抽身起来了。盥漱已毕,伸手在衣袋中想把表摸出来看看时辰,忽然摸了空,不觉大惊失色道:"我常听见人家说,中国内地多贼,怎么才住得一晚,就丢了个表?"越想越气,登时把店主人喊了来,店主人战战兢兢的不知为了什么事。劳航芥睁着眼睛道:"好好好!你们这里竟是贼窝!我才住得一夜,一个表已丢了。照此下去,不要把我的铺盖行李都偷去么?好好好!我知你们是通同一气的,快把这人交给我,万事全休,如若不然,哼哼哼,你可知我的利害!"店主人跪在地下,磕头如捣蒜道:"我的天王菩萨,可坑死人了!不要说是你洋老爷、洋大人的物件,就是寻常客人的物件,都不敢擅动丝毫。如今你洋老爷、洋大人要我交出贼来,叫我到那里去找这个贼?"劳航芥愈加发怒,说:"好好的向你说,你决不肯承认。"一面说,一面举起手来,就是几拳,提起脚来,就是几脚,痛得店家在地下乱滚。那些家人小子,还在一旁呐喊助威,有的说拿绳子来把他吊起来,有的说拿锁来把他锁起来。店主人愈加发急,只得苦苦哀求,说:"情愿照赔,只求不要送官究办。"劳航芥道:"我的表是在美国带来的,要值到五百块洋钱。"店家又吓得吐出舌头伸不进去。后来还是家人小子们做好做歹,叫他赔二百块洋钱。可怜一个店主人,虽说开了一座大客栈,有些资本,每日房钱伙食,要垫出去的,只得向住店客人再四商量,每人先借几块钱,将来在房饭钱上扣算。有答应的,有不答应的,一共弄了七八十块钱。店主人无法,又把自己的衣服,老婆的首饰,并在一处当了,凑满了二百块钱,送了上去,方才完事。

这么一闹,已闹到下午时候。劳航芥正在和家人小子们说这种人是贼骨头,不这个样子,他那里肯赔这二百块钱。道言未了,店小二蹑着脚在窗边低低的回了声:"洋务局总办大人来拜。"劳航芥随即立起身来。那洋老总三脚两步跨进了房门,彼此见过了礼,劳航芥请他坐下,叫小子开荷兰水,开香槟酒,拿雪茄烟,拿纸烟。洋老总虽然当了几年洋务差使,常常有洋人见面,预备的烟酒,都是专人到上海去买的,今番见劳航芥的酒,劳航芥的烟,比自己的全然不同,又是称赞,又是羡慕,寒暄了两句,便开口道:"今天兄弟上院,回过中丞,中丞十分欢喜,打算要过来拜,所以叫兄弟来先容的。"劳航芥忙道:"这个不敢,他究竟是一省之主,理应兄弟先去见他。"洋老总点头道:"先生谦抑得很,然而敝省中丞礼贤下士,也是从来罕见的。先生如要先去,兄弟引道罢。"一面说,一面喊了一声"来"!走进一个戴红缨帽子的跟班,洋老总便吩咐道:"快到公馆里去,把我那座绿呢四轿抬来,请劳老爷坐,一同上院。"跟班答应了一声"是",自然退出去交代。不多一会,轿子来了,跟班上来回过,劳航芥催他道:"我们走罢,再迟他要来了。"洋老总连说:"是极,是极!"劳航芥理理头发,整整衣服,又把写现成的一个红纸名帖,交给了一个懂得规矩的家人,这才同走出店。洋老总让劳航芥先上轿,劳航芥起先还不肯,后来洋老总说之再三,劳航芥只得从命。谁知劳航芥坐马车却是个老手,坐轿子乃是外行,他不晓得坐轿子是要倒退进去的,轿子放平在地,他却鞠躬如也的爬将进去。轿夫一声吆喝,抬上肩头,他嚷起来了,说:"且慢且慢,这么,我的脸冲着轿背后呢!"轿夫重新把轿子放平在地,等他缩了出来,再坐进去,然后抬起来飞跑。这个挡口,有些人都暗暗地好笑。

不多一会,到得院上,轿子抬到大堂底下,放平了,请他出来。这里巡捕是洋老总预先关照好的,随请他在花厅上少坐,拿了名帖进去回。黄抚台一见是劳航芥来了,赶紧出来相见。这里劳航芥见了抚台的面,蹲不像蹲,跪不像跪的弯了半截腰,黄抚台把手一伸,让他上炕。劳航芥再三不肯,黄抚台说:"老兄第一次到这里,就拘这个形迹,将来我们有事,就难请教了。"劳航芥这才坐下。黄抚台先开口:"老兄久居香港,于中外交涉一切,熟悉得很,兄弟佩服之至。前回听见张道说起,兄弟所以过来奉请,果蒙不弃,到了敝省,将来各事都要仰仗。但是兄弟这边局面小,恐怕棘枳之中,非鸾凤所栖。"说罢,哈哈大笑。劳航芥也期期艾艾的回答了一遍。黄抚台又问巡捕:"张大人呢?"巡捕回称:"刚才来了,为着洋务局里有洋人来拜会,所以又赶着回去了。"黄抚台听了无语。少停又对劳航芥道:"兄弟这边的意思,一起都对张道说了,张道少不得要和老兄讲的。"说完端起茶碗,旁边喊了一声:"送客!"劳航芥不曾预备他有这们一着,吃了一惊,连茶碗也不曾端,便站了起来。他看抚台在前头走,他想既然送客,他就该在后头送,为什么在前头送呢?心里疑疑惑惑的出了花厅,到得宅门口,抚台早已站定了,朝着他呵了一呵腰,就进去了。劳航芥仍旧坐上绿呢四轿,回到店中。

不多一刻,外面传呼抚台来谢步,照例挡驾,这个过节,劳航芥却还懂得。过了一会,洋老总来,本城的首县来,知府来,道台来,闹得劳航芥喘气不停。头上的汗珠子如黄豆这么大小滚下来。直到傍晚，方才清静。正在藤椅子上睡着，眼面前觉得有样物件在床底下放出光来，白铄铄的，仔细一望，原来是他早辰闹了一气，要店主人赔的那个表。大约是早晨起来心慌意乱的着衣服，掉在那里的，心里想可冤屈了这店主人了。转念一想不好，此事设或被人知道，岂不是我讹他么？便悄悄的走到床边，把他拾起来，拿钥匙开了皮鞄，藏在一个秘密的所在，方才定心。

过了两天，找到离洋务局不多远一条阔巷子里一所大房屋，搬了进去，门口挂起两扇虎头牌，是"洋务重地，禁止喧哗"八个字。劳航芥又喜欢架弄，一切都讲究，不要说是饮食起居了。原来安徽一省，并不是通商口岸，洋人来的也少，交涉事件更是寥寥，劳航芥乐得逍遥自在。有天，洋老总忽然拿片子请他去，说有公事商量。劳航芥半瓶白兰地刚刚下肚，喝得有些糊里糊涂的，到了洋务局，一直跑进去。洋老总在大厅上候着呢。他见了洋老总，也斜着两眼问道："有什么事？"洋老总子午卯酉告诉他一遍。劳航芥道："何不去找翻译？"洋老总道："这事太大，所以来找先生。"说罢便在身上掏出一封信来。劳航芥接过来仔细一看，见上面写的是：

To. H. E. The Governor of Anhui,

　　Your Excellency,

　　I have the honour to inform you that our Syndicate desires to obtain the sole right of working all kinds of mines in the whole province of Anhui, and we shall consider it a great favour if you will grant the said Concession to us. Hoping to receive a favourable reply,

　　　　I beg to remain

　　　　　　Your obedient servant,

　　　　　　　F. F. Falsename.

劳航芥见了，一声儿不言语。洋老总迎着问，劳航芥叠着指头，说出了一番话来。欲知后事如何，且听下回分解。

　　劳航芥初到安徽住在店内，以一表之故，痛殴店主而勒令赔偿，如此野蛮举动，殆其渐染者深欤。

　　写劳航芥谒安徽巡抚黄中丞，处处不如式，令人欲笑。临行，黄抚台在前头送，劳航芥大为疑惑，尤为形容尽致。

劳航芥中国人也，不过出洋十余年耳，而沾染习气至如此之深，今之留学外洋如劳航芥者，正复不少。

劳航芥才入官场，便知官场之苦，独怪彼沉溺于此者。日复一日，年复一年，而略不厌弃，何哉？外国人谓中国人有奴隶性质，此殆所谓官性质欤。

劳航芥喝了半瓶白兰地到洋务局，乜斜两眼望着洋老总问："有事为什么不问翻译？"吾意其醒时决不至于如此也。

英文系一外人名福尔斯乃姆要索安徽全省矿务，须待下回书方能表出，附著于此，以免诸君纳闷。

第五十回

用专门两回碰钉子　打戏馆千里整归装

话说劳航芥看完那封信，随手一摞道："原来是个英国人叫做福而斯的，想来包开安徽全省的矿务，这种小事也值得来惊动我？"洋老总是极有涵养的，只得陪着笑脸，说："请先生就复他一复罢。"劳航芥道："说不得，吃人一碗，听他使唤。"叫人拿过墨水笔跟着一张纸来，飕飕的写道：

Anching, 15th day 8th moon.

Governor's Yamên.

SIR,

In reply to your letter of the Ist day of the 6th moon, re Minesi in this my province of Anhui, I have the honour to inform you that, although I have done everything in my power in trying to obtain for your Syndicate the privileges desirde by you, an Imperial Rescript has been received refusing sanction thereanent. Under the circumstances, therefore, nothing can be done for you in the matter.

I have the honour,

to be, Sir,

Your obedient Servant,

HUANG SHÊNG.

Governor.

To

MR.FALSENAME,

etc, etc.

写完了，自己又咕哩咕噜的念了一遍，然后送给洋老总过目。洋老总请他解说，劳航芥因点头晃脑的道："我说接到了你封信，信上的事情我全知道了。你说要包办安徽全省的矿务，这事却有许多为难，也曾打电报去问过我们政府，我们政府回说不行。我看现在也不是办这种事的时候，请你断了念头罢。底下写的日子，跟着抚台名字。"洋老总听完这番言语，连说："高才，佩服得很。"劳航芥愈加得意，在花厅上绕着张外国大餐桌子画圈儿。洋老总又请他写信封，及写好封好了，叫人给福而斯送去，又和劳航芥寒暄了几句。劳航芥见事情已毕，意思想要走，洋老总忙说："请便。"劳航芥一路走，一路酒兴发了，嘴里唱着："来了，来了，逢的了！来了，来了，逢的了！"信着脚扬长去了。

又过了几日，劳航芥上黄抚台那里去，正在外签押房里谈天，巡捕传进一个洋式片子来，上面写着虫书鸟篆，说有位洋老爷拜会大人。黄中丞瞧了瞧那片子，同着无字天书一样，回头叫劳航芥看。劳航芥仔细一看，说这是德文，我不认识。原来黄抚台是媚外一路，生平尤喜德国人，说是从前在某省做藩台，为了一桩事，几乎参官，幸亏一个德国官助了他一臂之力，这才风平浪静。至于德国官如何助他一臂之力，年深日久，做书的也记不起了。闲话不表。且说黄抚台看见是德国人的片子，连忙叫请。少时，履声橐橐，进来一个洋人，见了黄抚台，点了点头。黄抚台是和德国人处惯的，晓得他们规矩，便伸出手来，德国人凑上来和他拉了一拉。一面又和劳航芥点了点头，口里说了三个字，是"式米脱"，黄抚台知道这德国人叫式米脱。劳航芥正想打着英国话问他的名字，见他已经说出名字来了，便把这句话在喉咙里咽住。原来德国规矩，生人见了面，总得自己道名姓，不待人请教，然后说出来，也不作兴人家问他的名姓，可怜劳航芥如何懂得呢？黄抚台一面让他坐下，式米脱先开口说道："我现在打山东来，有一个人短了我五千银子，我问他要他不给，请你大人帮我一帮忙。"式米脱说的话，原没有什么深文奥义，但是劳航芥没有学过德国话，如何懂得呢？只得睁大了眼睛对他望着。式米脱又说了一遍，到底黄抚台和德国打交道打得多了，德国话虽不懂，然而数目字却是懂的，晓得是"五千两"三个字，扭转头来对劳航芥道："他说五千两，莫不是赔款吗？"劳航芥一句也回答不出，只好说"是是是"。黄抚台满心不愿意，式米脱看见黄抚台跟旁边坐着的外国打扮的都不懂德国话，料想是弄不明白了，明儿找着了翻译再来罢。随和黄抚台、劳航芥点了一点头，嘴里又说了一句什么,扬长走了。

到了第二天,果然同了一个翻译来,说明了原委,黄抚台少不得传首县上来,替他办这桩事。这是后话。再说黄抚台为着劳航芥不能尽通各国语言文字,单单只会英文,心上就有些瞧他不起,一想要是单懂英文的,只要到上海去找一找,定然车载斗量,又何必化了重价,到香港请这么一个顾问官来呢?因此劳航芥在安徽省里宪眷就渐渐的衰了,洋老总也不是从前那样恭维了,劳航芥心中便有些懊悔。自来福无双至,祸不单行。过了些时,已是隆冬天气了,忽然有一个法国副领事到安徽省里来游历。黄抚台要尽地主之谊,就请他在洋务局吃大餐,在坐者无非是藩臬两司,跟着几个主教的,劳航芥在坐,自不必说。法国副领事吃了一瓶香槟酒,有些醉意,便和劳航芥攀谈起来。起先说的英国话,劳航芥自然对答如流,说到中间,法国副领事打起法国话来,劳航芥不懂,法国副领事便改作英国话问他,劳航芥才明白他的意思,是问他这里有好玩的地方没有。便据实回答了他。心里恐怕黄抚台听见,又说他不行,冷眼一瞧,黄抚台一手拿着刀,正在那里割牛排割不动,全股劲儿都使在刀上,这才放心。偏偏法副领事不懂眼色,又打着法国话问了他几句,劳航芥又睁大了两眼看着他,黄抚台嘴里正嚼着牛排,侧着耳朵听他们俩说话,看见劳航芥又回答不出,心里更是不高兴,冷笑了一声。后来还是法国副领事改了英国话,劳航芥知道是问他你几时同我一块儿去顽顽,劳航芥便告诉了黄抚台。黄抚台道:"我虽上了年纪,游山玩水,倒还欢喜,不过这样大冷天气,在家里躲着几多暖和,跑出去检直是受罪了。还有一说,陪他去不要紧,倒是没有人跟他翻法国话。像我们安徽省里这些翻译,一听法国话,全成了锯了嘴的葫芦,到那时候,我还是和他比手式,还是不理他呢?"这两句话,说得劳航芥满面通红,坐又不是,不坐又不是。法国副领事看他像个碰钉子的样子,知道他心里难受,便不和他说什么。少时席散,黄抚台送过法国副领事,跟着各处主教自回衙门去了,这里藩臬两司也打道回去。

劳航芥刚刚的到了公馆里,脱衣坐定,叹了口气道:"我上了当了!我本打算不来的,都是他们撺掇,什么顾问官,是有体面的,人家求之不得,你反推辞,心中动了念,所以把香港的现成行业丢了,来到这里,偏偏又是什么德国人、法国人,把我闹得摸不着头路。现在上头的意思也不是这样了,将来恐怕还有变故,不如趁早辞了他,仍回香港干我的老营生去罢。"又转念道:不可,不可!自古道,大丈夫能屈能伸,我虽碰了两回钉子,然而是从前没有学过德、法两国话,叫我也无可如何,并不是我本事不济。倘然辞了他，跑到香港，一定被人耻笑，不如将就将就罢。胡思乱想，连晚饭都不曾去吃。一宿无话。

第二日一早，抽身起来，也不用轿子了，穿上衣帽，拿着棍子，一个人出了门，心想到那里去散散闷呢。信步走过大街，看见一座牌楼，牌楼里面挂着密密层层的红纸招牌，一打听说是戏馆。劳航芥便在人丛内钻将进去，有人领着进了大门，一领领他一间敞厅上，有二三百个坐头。此时光景还没有开锣，坐头上只坐了两排人，其余还空着。劳航芥等的心灰意懒，才看见坐头上的人渐渐多起了，台上打动锣鼓，预备开场。霎时跳过加官，接着一出余伯牙操琴。劳航芥在香港广东戏也看过几次，京班徽班却没有看过，这番倒要细细的领略。只见台上那老生连哭带嚷了大半天，台底下也有打磕睡的，也有吃水烟的，也有闲谈的，并没一个人去理会台上这出戏。劳航芥心里想：为着什么来呢？这个样子，何不在家里坐着，还自在些儿呢！霎时台上换了一出法场换子，那个小生唱不多几句，底下便哄然叫起好来。劳航芥虽是不懂，却要随声附和，把巴掌拍得一片声响。他旁边有两个人，看戏看出了神，被他一拍巴掌，不觉吓了一跳。扭转头来一看，见是一个洋人，后来又上上下下瞧了几遍，见他眼睛不红，头发不黄，明明是个中国人改扮了的，嘴里便打着他们安徽的土语，说："这个杂种，不知是那里来的？好好一个中国人，倒要去学外国狗。"劳航芥在安徽混了大半年了，有些土语他都懂得，一听此话，不觉怒从心上起，恶向胆边生。站起身来，伸手过去，就在那骂他的人身上打了一拳，底下一伸腿又是一脚。那人不知道他的来历，见他动手，如何答应？嘴里嚷道："反了，反了！天下有无缘无故就打人的么？"一面说，一面便把劳航芥当胸一把扭住。劳航芥是学过体操的，手脚灵动，把身子望后一让，那人摸了空，劳航芥趁势把他一把辫子揪住，按在地下，拳头只望他背心上落，如擂鼓一般。一时间人声如沸，有些无赖，远远看见外国人打了中国人，都赶上前来打抱不平。这一着，劳航芥却不曾防备，一松手，地下按的那个人爬起来了，对着劳航芥一头撞过来，劳航芥刚刚闪过，背后有个打拳的，看准了劳航芥的腰眼里，当的一拳。劳航芥登时头昏耳响，一些气力都没有了。余外那些人看见有人动了手，众人都跃跃欲试。劳航芥一想，好汉不吃眼前亏，趁势一个翻身，望外一溜，其时棍子也丢了，帽子也被人踏扁了，衣裳也撕破了，劳航芥一概顾不得了，急急如丧家之犬，茫茫如漏网之鱼，一口气跑回公馆。刚刚跨进门槛，走到大厅上，看见两个家人，正坐在那里高谈阔论，一见劳航芥，齐齐站起。劳航芥正在愤无可泄，便骂道："好混帐！这厅上也配你们坐么？"两个家人见不是什么好兆头，都远远的躲开了。

　　劳航芥再把镜子照照自己，额上起了一个块，原来是走得慌了，在墙上撞出来的。劳航芥气愤头上，也不顾前顾后，换了衣帽，急匆匆跑到洋老总公馆里，一问说在花厅上，劳航芥冲了进去，洋老总却与三个候补道，在那里打二百块钱一底二四架的麻雀。见了劳航芥，少不得招呼请坐，洋老总一瞧他神气不对，知道必有事情，忙唤"来啊"，外头一个家人进来答应。洋老总道："你去请帐房王师爷来代打几付，我和劳老爷有几句话说。"家人去了，不多一会，王师爷狗颠着屁股似的跑进来，站在洋老总旁边。洋老总便站起身来，让他替打，一面和劳航芥到炕上坐下。劳航芥便把刚才到戏馆里看戏，被人打了一顿的话，全个儿告诉了。洋老总一面听劳航芥的话，一面心还在牌上。王师爷的上家，一位候补道和了一副三翻牌，只听他嚷道："二百八十八和，我是庄，你们每人要输九十六块，再加四块洋钱，一道泡子，三四一十二，共是一百零八块一家。"洋老总不觉大声道："糟了！糟了！"劳航芥只当洋老总说他糟了，如何想得到他记挂那副三翻牌呢？当下骨都着嘴，说："这事总得请你替我出出气。"洋老总沉吟了半响，方才勉强答应道："可以，可以！"一面又唤"来啊"，说："你拿我的片子到县里，告诉他们说：劳老爷给人家揍了一顿，地方上百姓这样强悍，连抚台大人那边的顾问官都要凌辱起来，这还了得！叫他们快派几个差到那里去，把为首的人给我抓来，重重的办他一办！"家人答应着去了。洋老总又对劳航芥道："先生请回去养息养息罢。如果受了伤，还得好好的吃伤药呢！那滋事的人，兄弟已经叫县里派差去抓了，抓了来，先生要怎么办，就怎么办。那时再听先生的信罢。"说完，站起身来送客。劳航芥只得别了他回去不提。

　　第二天，洋老总把这话回了抚台，请抚台的示，如何办理。黄抚台道："这是他自取其辱，好好的在戏馆里看戏，怎么会和人打起架来呢？看来也不是个安分之徒！现在既是我请得来的顾问官，要不把滋事的人办一办，连我面子也不好看。"洋老总连连称是。后来县里仰承宪意，把滋事的人打了八百板，枷了三个月，总算完事。劳航芥，抚台嫌他不懂德法两国话，心里本有些不自在，又因他有戏馆里打架不顾体统，透了一个信给洋老总，叫他自己辞了罢。劳航芥也只得拿了他千把银子的程仪，跟几个月薪水，回香港干他的老营生去了。这才是乘兴而来，败兴而返呢。

　　要知后事如何，且听下回分解。

　　劳航芥碰着一个德国人，又碰着一个法国人，这两人却是断送他饭碗的。时运不齐，命途多舛，哀哉。

　　劳航芥唱着："来了，来了，逢的了！来了，来了，逢的了！"一直走了出去，活画一沾染外洋习气之人。

　　前回劳航芥打店家，见者皆为痛恨，此回劳航芥被人家打，见者必为称快，此所谓天道好还。

　　洋老总一面和劳航芥说话，一面记挂着麻雀牌，人家和了一副二百八十八和，要输一百多洋钱，大声曰："糟了，糟了！"此一段声情毕肖。

第五十一回

公司船菜单冒行家　跳舞会花翎惊贵女

　　做书的老例，叫做话分两头，事归一面。于今缩回来，再提到劳航芥从香港到上海的时候，公司船上碰着一位出洋游历的道台。这道台姓饶名遇顺，号鸿生。他家里很有几文，不到二十岁上，就报捐了个候选道，引见之后，分发两江。两江是个大地方，群道如毛，有些资格深的，都不能得差使，何况他是个新到省的？饶鸿生想尽方法，走了藩台的门路，知道藩台和制台是把兄弟，托他在制台面前竭力吹嘘，制台却不过情，委了他个保甲差使，每月一百银子薪水。饶鸿生原是有钱的，百把银子薪水那里在他心上？不过要占个面子罢了。今番得了差使，十分兴头，上辕谢委之后，又赶着到藩台那里道谢了一声。到差之后，清闲无事，无非打麻雀、吸鸦片而已。差满交卸，却贴了若干银子，都是饶鸿生应酬掉的。

　　后来制台知道饶鸿生是个富家子，又兼年纪轻，肯贴钱又肯做事。此时南京立了个工艺局，开办之后，制造出来的货物，总还是土样，不能改良，因此制台想派一个人到外国去调查调查，有什么新法子，回来教给这些工匠等，他们好弃短用长，顺便定几副紧要机器，以代人力。这个风声传了出去，便有许多人来钻谋这个差使。制台明知这趟差使，要赔本的，道班里穷鬼居多，想来想去，还是饶某人罢，就下札子委了他。饶鸿生自是欢喜。后来一打听，制台只肯在善后局拨三千银子以为盘费及定机器的定钱，在他人必然大失所望，饶鸿生却毫不介意。赶着写信到家里汇出二万银子，以备路上不时之需。上辕谢委的那日，制台和他谈起，叫他到东洋调查调查就罢了，他回道："东洋的工艺，全是效法英美，职道这趟，打算先到东洋，到了东洋，渡太平洋到美国，到了美国，再到英国一转，然后回国。一来可以扩扩眼界，长长见识。

二来也可以把这工艺一项，探本穷源。"制台见他自己告奋勇，也不十分拦阻，就说："既如此，好极了。"

饶鸿生退了下去，拣定了日子，带了一个翻译，两个厨子，四五个家人，十几个打杂的，一大群人，趁了长江轮船，先到上海。到了上海，在堂子里看上了一个大姐，用五百块洋钱娶了过来，作为姨太太，把他带着上外国。过了两日，打听得日本邮船会社开船的日子，定了一间房舱，家人、厨子、打杂们全是下舱。不多几天，到了长崎，换火车到大阪，又从大阪到东京。那时正值暮春天气，各人身上穿着单袷，好不松快。

在东京找了一家帝国大客店，搬进去住了，每天一人是五块洋钱的房饭钱，连着马车上上下下，一天总是百十块。楼上自来火、电气灯，什么都有，每顿也吃大餐，不像那些旅人宿，两条猫鱼，一碟生菜的口味了。可惜带到日本的那位翻译，只懂英国话，日本话虽会几句，却是耳食之学，残缺不全，到了街上，连雇部车子都雇不了。饶鸿生大受其累，只得托人千方百计，弄了一位同乡留学生来，替他传话。那留学生要定十块钱一天的薪水。饶鸿生只得答应着。于是一连逛了好几天，什么浅草公园、吉野公园，饶鸿生也都领略一二。最妙的是东京城外的樱花，樱花的树，顶高有十几丈，大至十多围，和中国邓尉的梅花差不多。到了开的时候，半天都红了，到得近处，真如锦山绣海一般。士女游观，络绎于道，也有提壶的，也有挈榼的，十分热闹。饶鸿生那里经见过这种境界？直喜得他抓耳搔腮。又到各处工匠厂游览了一番，问明白了各种机器的形式，什么价钱，一一都记在手折上。又在红叶馆吃过一顿饭，却作了个大冤，三四碟豆芽菜叶，五六瓶麦酒，招了几个歌妓，跳舞了半点钟，却花到百十块洋钱。饶鸿生有的是钱，也不甚措意。

在日本耽搁了十来日，心里有点厌倦了，打听得雪梨公司船是开到美国去的，便定了一间二十号的房间，买了一张二等舱票，请翻译去住。买了几张亚洲舱的散票，让底下人等去住。那日清晨时分，就上了公司船，船上历乱异常，摸不着头路。后来幸亏翻译和管事的说明白了，给了他个钥匙，把二十号房间开了，所有铺程行李，一件件搬进去。一看都用不着，原来公司船上的房舱，窗上挂着丝绒的帘子，地下铺着织花的毯子，铁床上绝好的铺垫，温软无比，以外面汤台、盥漱的器具，无一不精，就是痰盂也都是细磁的。饶鸿生心里暗想：怪不得他要收千把块钱的水脚，原来这样讲究，也算值得的了。翻译见他布置妥当了，更无别事，便叫仆欧领着到自己二等舱里，去拾掇去了。这里上等舱每房都有一个伺候的仆欧，茶水饮食都是他来关照，又叮嘱饶鸿生，船上的通例，是不准吸鸦片烟的，要是看见了吸烟的器具，要望海里丢的。又说到了大餐间里吃饭，千万不可搔头皮、剔指甲，及种种犯人厌恶之事。饶鸿生一一领会。

到了中上，饶鸿生听见当的一响，接着当当两响。饶鸿生受过翻译的教，便站起身来，和他姨太太走到饭厅门口，看见许多外国人履声橐橐的一连串来了。直等到当当当的三响，大家鱼贯而入，各人认明白各人的坐位。饶鸿生幸亏仆欧指引他坐在横头第四位，和他姨太太一并排，另外也有男的，也有女的，船主坐了主席。少时端上汤来，大家吃过，第二道照例是鱼，只见仆欧捧上一个大银盆，盆里盛了一条大鱼。船主用刀叉将他分开了，一分分的送与在台诸客。再下去，那些外国人都拿起菜单子来看，拣喜欢吃的要了几样，余下也就罢了。这菜单后来到了饶鸿生手里，那鸿生虽不识外国字，外国号码却是认识的，看台上连汤吃过了两道菜了，便用手指着"三"字。值席的仆欧摇摇头，去了不多一会，捧上个果盘来，原来那个三样是果盘里的青橄榄。饶鸿生涨得满面通红，仆欧因低低的对他说道："你不用充内行了，我拣可吃的给你拿来就是了。"饶鸿生听了甚为感激，却不晓得是仆欧奚落他。少时什么羊肉、鸡鹅肉饭点心，通通上齐了，仆欧照例献上咖啡。饶鸿生用羹匙调着喝完了，把羹匙仍旧放在杯内，许多外国人多对他好笑。后来仆欧告诉他，羹匙是要放在杯子外面碟子里的。咖啡上过，跟着水果。饶鸿生的姨太太，看见盘子里无花果红润可爱，便伸手抓了一把，塞在口袋里，许多外国人看着，又是哈哈大笑。饶鸿生只得把眼瞪着他。

出席之后，别人都到甲板上去运动，饶鸿生把他姨太太送回房间之后，便趿了双拖鞋，拿着枝水烟筒，来到甲板上，站在铁栏杆内，凭眺一切。他的翻译也拿着个板烟筒来了，和他站在一处，彼此闲谈。忽然一个外国人走到饶鸿生面前，脱了帽子，恭恭敬敬行了一个礼。饶鸿生摸不着头脑，又听他问了一声，翻译说："诺，诺，却哀尼斯！"那外国人便哑然失色的走到前面，和一个光着脑袋的外国人叽哩咕噜了半天，同下舱去。饶鸿生却不理会，翻译侧着耳朵听了半日，方才明白。原来那问信的外国人，朝着饶鸿生说："尊驾可是归日本统属的人？"翻译说："不是，是中国人。"原来他俩赌东道，一个说是虾夷，一个说不是虾夷。列公可晓得这虾夷么？是在日本海中群岛的土人，披着头发，样子污糟极了。饶鸿生这一天在船上受了点风浪，呕吐狼藉，身上衣服没有更换，着实肮脏。船上什么人都有，单是没有中国剃头的，饶鸿生每天扭着姨太太替他梳个辫子。他姨太太出身虽是大姐，梳辫子却不在行，连自己的头都是叫老妈子梳的，所以替老爷梳出来的辫子，七曲八曲，两边的短头发都披了下来，看上去真正有点像虾夷，无怪外国人看见了他要赌东道。翻译心里虽然明白，却不敢和饶鸿生说，怕他着恼。谈了一回，各自散去。自此无话。每到一埠，公司船必停泊几点钟，以便上下货物，饶鸿生有时带了翻译上岸去望望，顺便买些零碎东西。

这公司船直走了二十多天，到了纽约海口，船上的人纷纷上岸。饶鸿生带了家眷人口等，雇了马车，上华得夫客店。这华得夫客店，是纽约第一个著名客店，一排都是五层楼，比起日本的帝国大客店来，有天渊之别了。饶鸿生把房间收拾妥当，行李布置齐整，把马车雇好了，带了翻译，到街上游历了一回。翻译说起，此地有个美国故总统克兰德的坟墓，十分幽雅。饶鸿生便叫翻译和马夫说了，马夫加上一鞭，湾湾曲曲，行了一二十里，到了克兰德的坟墓。当中一条甬道，四面林木苍然，树着一块碑，除掉外国字之外，还有两行中国字，是"美故总统克兰德之墓，大清国李鸿章题"。饶鸿生看了，甚为诧异。后来问了翻译，才知道李鸿章和克兰德甚是要好，所以克兰德死了，李鸿章替他题墓碑。二人徘徊了半天，天色渐渐阴暗，饶鸿生便和翻译跳上了车，吩咐马夫径回华得夫客店。马夫答应了，不多一会，早到了华得夫客店，给了马车钱，上楼。

刚到自己房间门口，只见一个仆欧模样的在那里指手划脚的吵，旁边站着许多家人小子，彼此言语不通，如泥塑木雕一般，呆呆望着。翻译上前问明原故，原来饶鸿生的姨太太本是大脚，因为要做太太，只得把他缠小了，好穿红裙。这回上了岸，落了店，老爷出去游玩了，他闲着无事，便叫老妈，就着自来水洗换下的脚带，洗好了没处晒，又特特为为叫一个家人到楼底下找着了一根自来火管子当他竹竿用，把脚带一条一条的搭在上面，把自来火管子伸出窗外去，好让他干。偏偏被仆欧跑来看见了，说他拿这种污秽物件，晒在当街，实实在在不成规矩。当下翻译劝了那仆欧几句，叫老妈把脚带收了进去，仆欧这才无言退出。

自此饶鸿生戒谨恐惧的到处留心，连路都不敢多走一步，话都不敢多说一句。看看住了十几天，也曾去拜过中国驻美公使，并公使馆里参赞、随员、翻译、学生那些人，人家少不得要请请他，他也还过几回东，一回就是金圆一二百块。原来美国金圆，每一圆要合到中国二圆二角九分，把钱花得和水淌一般，饶鸿生也不可惜。

　　有天起身之后，接着一封华字信，是三个著名大商人在家里开茶会，请他去赴会。饶鸿生要借此开开眼界，便答应了。到了时候，衣冠齐整，坐上马车，到了那个商人家里。一进门，便是十几架一间的敞厅，厅上陈设的如珠宫贝阙一般，处处都夺睛耀目。厅上下电气灯点的雪亮，望到地下去，纤悉无遗。那批霞诺的声韵，断续不绝。此时来赴会的人，中国、外国、男的、女的、老的、少的，已经来了不少了。饶鸿生抢上前，和主人握手相见过了。主人让他坐下，开上香槟酒，拿上雪茄烟来。饶鸿生身上穿的博带宽衣，十分不便，一只手擎了满满的一杯香槟酒，一只手拿了一枝雪茄烟，旁边仆欧划着了自来火望前凑。饶鸿生见许多人在此，恐怕失仪，越怕失仪，越是慌得手足无措，几乎把香槟酒打翻了，雪茄烟掷掉了。主人见他如此，笑了笑走开去了。少时，一人昂然而入，也穿着中国衣冠，原来是驻美公使馆里的黄参赞。饶鸿生和黄参赞会过多次，彼此熟识，今番见他到来，真如神童诗上所说的"他乡遇故知"了，满面堆笑，站起身来。黄参赞看见了他，也走过来和他见礼，二人并排坐下，饶鸿生这才有了话了，不似刚才锯嘴葫芦的模样了。二人正谈得高兴，背后有个贵家女子，坐在那里小憩，忽然觉得头颈里有样东西，毛茸茸的拂了他一下，吓了一大跳。仔细一想，这东西是很软的，触到皮肤上痒不可耐。正在思索，那东西又来了。定睛一看，却是饶鸿生头上戴的那支大批肩翎子，方始恍然大悟，连忙走开了。这里饶鸿生坐了半天，看了一回跳舞，喝了一瓶酒，吸了两支烟，看钟上已指到十点钟了，然后谢过主人，别了黄参赞，坐马车回店。一宿无话。

　　到了第二日，黄参赞来约他去逛唐人街，唐人就是中国人，那条街上开张店铺的，通通是中国人，也有茶坊，也有酒馆，还有京徽各式的零拆碗菜。据说酒馆里，有什么李鸿章面、李鸿章杂碎那些名目。饶鸿生听了，暗暗赞叹道："此之谓遗爱在人。"逛过唐人街，随便吃了一顿饭，黄参赞道："饶兄，我带你到一个妙处去。"饶鸿生欣然举步，穿了几条小巷，到了一个所在。两扇黑漆大门，门上一块牌子，写着金字，全是英文。饶鸿生问这是什么所在？牌上写的什么字？黄参赞道："这就叫妙处。那牌子上写的是此系华人住宅，外国人不准入内。"饶鸿生十分惊讶，黄参赞拖了他便去敲门。

　　欲知后事如何，且听下回分解。

　　饶鸿生肯赔钱出洋考察工艺，自是官场中不可多得之员，谁谓制台无知人之明哉?

写公司船上一切规模,井井有条,自非耳食得来者。

华人不识英文,每至大餐馆往往冒充行家,随手混指,公司船上仆欧一番言语,可当若辈清夜之钟。

写饶鸿生游克兰德墓,所谓摅怀旧之蓄念,发思古之幽情者,不得以寻常风尘俗吏目之。

饶鸿生姨太太在客店所闹笑话,中国堂堂使馆,曾有此事,何况饶鸿生所娶大姐出身之姨太太哉。

饶鸿生所戴花翎触西女之颈,数语描摹尽致,令人忍俊不禁。

黄参赞引饶鸿生至妙处,遂生出下文无数风波。人情险恶,全球皆如此也。

第五十二回

闻禁约半途破胆　　出捐款五字惊心

却说黄参赞把饶鸿生带到一家人家的门口，却是一座的小小楼房，石阶上摆着几盆花卉，开得芬芳烂漫。门上钉着一块黑漆金字的英文小横额。饶鸿生便问这几个是什么字？黄参赞道："这几个字，照中国解释，是此系华人住宅，一概西人不准入内。"饶鸿生听了，更是狐疑。黄参赞一面说话，一面去按那叫人钟。里面琅琅琅的一阵响，两扇门早呀然而辟。一个广东梳佣似的人，问明他俩的来意，让他俩进去。黄参赞在前走，饶鸿生跟在后头，上了石阶，推进门去。里面的房间如蜂窝一样，却都掩上了门，门上有小牌子。饶鸿生这回却认识了，原来是一、二、三、四的英文码子。黄参赞拣一间第七号的，在门上轻轻叩了一下，门开了，他俩走进去。见正中陈设着一张铁床，地当中放了一张大餐台，两旁几把大餐椅子，收拾得十分干净。饶鸿生低低的问黄参赞道："这是什么地方？"黄参赞瞅了他一眼道；"顽笑地方，你还看不出形状么？"饶鸿生方才恍然大悟。二人坐下，又是一个广东梳佣模样的，捧了烟茶二事出来。

不多一会，一掀帘子进来一个广东妓女，真真像袁随园所说："青唇吹火拖鞋出，难近都如鬼手馨"似的。饶鸿生早已打了两个寒噤，半句话都说不出来。黄参赞却是嘻皮笑脸的和那广东妓女，穷形尽相的戏耍了一回。广东梳佣又拿上酒来，一个年轻侍者，拿了过山龙进来开酒。那广东妓女，先斟一满杯给饶鸿生，饶鸿生尝了一尝，知道是香槟，不过气味苦些，大约是受了霉了。侍者开完了酒，又进去拿出一盘糕饼之类，另外一碟牛油土斯。黄参赞一面饮啖，一面说笑，十分高兴。饶鸿生到了这个地步，就和木偶一般。那广东妓女看他是个怯场的样子，索性走过去，拿起香槟杯子，用手揪住饶鸿生的耳朵，把一杯酒直灌下去。饶鸿生被他这一把耳朵，痛彻骨髓，香槟酒骨都都灌下去，又是呛，又是咳，喷得满衣襟上都是香槟酒。黄参赞在一旁鼓掌大笑。饶鸿生心里想，这不是来寻乐了，是来寻苦了。当下便催黄参赞回去。黄参赞置之不理，禁不得饶鸿生催了几遍，黄参赞只得起身，身上摸出一把金圆，给那广东妓女。饶鸿生一眼觑上去，像是十个美国金圆的模样。黄参赞整理衣服，那广东妓女还替他扣扣子，又伸手把盘内碟内的糕饼、牛油、土斯之类，拿了望饶鸿生衣襟里塞。饶鸿生再四推辞，黄参赞说，这是要领情的。饶鸿生无奈，只得让他塞得鼓鼓囊囊的。那广东妓女又狂笑了一阵，然后放他俩出门。

出门之后，饶鸿生问："刚刚给他多少银子？"黄参赞说："不过十个美国金圆罢了。"饶鸿生一算，十个金圆，差不多要二十二圆八角，便伸伸舌头道："好贵的茶围！"黄参赞鼻孔里嗤的冷笑了一声，似乎有嫌他鄙吝的意思。饶鸿生觉得，随口捏造了一句，说是要去拜某人某人，辞了黄参赞，径回华得夫客店。回到店里，他姨太太迎着问他，衣裳上那里来的这块油渍？饶鸿生低头一看，一件白春纱大褂，被牛油土斯的油映出来，油了一大块，嘴里说"糟了糟了"，赶忙脱下来收拾，把怀里藏的糕饼掉了满地。大家见了，不禁大笑。

又过了一日，饶鸿生算清了店帐，带了全眷，上温哥华海口去搭火车，买了两张头等票，买了一张中等票，又买了几张下等票，把行李一一发齐了，直到黄昏时候，那火车波的一响，电掣风驰而去。那一天便走了四千四百里。火车上，头等客位，多是些体面外国人，有在那里斯斯文文谈天的，有在那里吸雪茄烟的，多是精神抖擞，没有一个有倦容的。饶鸿生却支持不住，只是伏在椅子上打盹，有些外国人多在那里指指点点的说笑他，饶鸿生也顾不得这许多。到得后来，忽然喉咙里作响，要吐痰了，满到四处，找不到痰盂。暗想日本火车上都是有痰盂的，为什么这里火车上就没有了呢？亏得他听见翻译预先说过，说美国的禁例，凡是在马路上吐一口痰的，到了警察署裁判所，要罚五百块美国金圆，为着怕这人身上有疫气，疫气包在痰里，吐在马路上，干在沙泥里，被车轮一碾，再被风一吹，散播四方，这疫气就传染开了。话休烦絮。饶鸿生到此地位，只得在袖子内掏出一块手巾，把这痰吐在手巾上，方才完事。火车到得晚上，里面都是电气灯，照得通明雪亮，除掉沿路打尖之外，晚上一样有床帐被褥，十分舒服。第二日，走了四千一百多里，第三日走了四千八百多里，第四日走了一千多里，更无话说。到下午三点多钟光景，火车到了温哥华了，找了一个客店，暂时安歇。

　　那温哥华虽不及纽约克那样繁华富丽，也觉得人烟稠密，车马喧阗。客店里服侍的人，都是黄色面皮，黑色头发，说起话来，总带揸衣乌河的口音。问了问翻译，说这些人都是日本人，饶鸿生方才明白。饶鸿生因为路上劳乏了，匆匆用过晚膳，倒头就睡。到了第二日，忽然翻译对他说道："现在美国新立了华工禁约，凡是中国人，一概不准入口。就是留学生，游历官长，不在禁约之内，然而搜查甚严。翻译既然打听到了这个消息，不得不来通知大人，请大人如何斟酌一下子罢。"原来饶鸿生在两江制台面前告奋勇的时候，不过是一鼓作气，他说要游历英、法、日、美四国，不免言大而夸。奉札之后，不禁懊悔，如今看看家乡汇出来的二万银子，只剩三四千了，火车上既受了踢蹬的苦，轮船上又受了摇播的苦，他的姨太太天天同他聒噪，说他不应该充这样的没头军，心里正自十五个吊桶打水，七上八下。这天又听了翻译告诉他的美国华工禁约的话，不觉凉了大半截。正在搔头摸耳，肚里寻思的时候，管家又来说："昨儿姨太太吃晚饭的时候，多要一客铁排鸡，今天客店里开帐，要多收十块美国金圆，姨太太不依，和他闹着，他现在请出管事，要和大人理论。"道言未了，一个美国人穿着一身白，耳朵旁边夹着一支铅笔，把眼睛睁得大大的，胡子跷得高高的，一见了饶鸿生面，手也不拉，气愤愤说了一大套话。饶鸿生茫然不解。翻译在旁边告诉饶鸿生道："他说他店里的酒菜，都是有一定价钱的，不像你们中国人七折八扣，可以随便算帐。你是个中国有体面的人物，如此小器，真真玷辱你自己了。况且你既然要省俭，为什么不住在叫化客店里去。我看你，我们这里你也不配住。"翻译说完了，饶鸿生气得昏天黑地，一面叫人照着他的帐给，一面叫人搬行李上别处客店里去，不犯着在这里受他的排揎。管家答应着，退出去收拾行李。饶鸿生寻思了半晌，打定主意，转过头来问翻译道："今天有什么船开没有？"翻译说："今天早上看过报，有一条英公司的皇后轮船，是回日本的，要到法国，明天才有船开。"饶鸿生道："我正是要搭日本船，这皇后船很好，请你快替我去写票子，定房间。"翻译惊道："大人为何不上法国，要回日本？"饶鸿生道："不瞒你说，这回制台原派我到日本查察工艺的，是我自己告奋勇到英、法、美三国，现在辛苦也受够了，气也灌满了，钱也用完了，不回去怎么样？"翻译道："大人回去怎样销差呢？"饶鸿生道："你刚才不说是美国定了华工禁约么？我就可借此推头了。"翻译默然无语，退出照办。饶鸿生又到里边安慰姨太太，说管事的被我训斥了一顿，如何如何，他姨太太听了，把气才平下去。到了下午，翻译回来了，说定了第二号房间，以及客舱下舱等等，今晚就要开船的。饶鸿生听了点点头。到得中饭后，饶鸿生和他姨太太，同坐了一部马车，另外翻译同着管家等跟在后面，管家为着行李太多了，叫了部为格乃，这为格乃是外国装货的车子，把行李堆放好了，一个个都爬上去，翻译也只得跟着爬了上去，那管家特特为为让出中间一块地方，请师爷坐。两部车，辚辚萧萧的望英国公司皇后轮船而去。

　　这皇后轮船，在太平洋里走了十一日，起初还平稳，后来起了风浪，便摇播不定了。有一晚，天气稍些热了，饶鸿生在房间里闷得慌，想把百叶窗开了，透透空气。当下自己动手拔去销子，把两扇百叶窗望两边墙里推过去。说时迟，那时快，一个浪头直打进房间里来，就如造了一条水桥似的。饶鸿生着了急，窗来不及关了，那浪头一个一个打进来，接连不断。饶鸿生大喊救命，仆欧听见，从门外钻将进来，很命一关，才把窗关住。再看地下，水已有四五寸了。饶鸿生身上跟他姨太太身上，不必说自然是淋漓尽致。那仆欧也溅了一头一脸的水，撩起长衫，细细的揩抹，嘴里说："先生! 你为何这样卤莽? 船上的窗，岂可轻易去开的? 亏的窗外面有铁丝网，要不然，连你的人都卷了去了!"饶鸿生自知不合，只得涨红了脸，听他埋怨，一面又央着他，把房间里地下的水收拾干净，许另外谢他钱，仆欧答应。又叫起管家们，七手八脚的，拿房间里水，用器具舀完，仆欧自去。管家们来看被褥，见是精潮的了，先把他卷出去，然后请大人和姨太太换衣裳，闹了一宵，次日阖船传为笑话。又有一夜，饶鸿生正睡得熟，忽然天崩地塌的一声响亮，把饶鸿生吓得直跳跳起来，说："不好了! 怕是船触了暗礁了!"他姨太太也从梦里惊醒，听见说船触了暗礁，这是大家性命都不保了，不觉啼哭起来。后来侧耳一听，外面无甚动静，方才把心放下。一会儿乒乒乓乓的声响一时并起，估量大约是些玻璃的碗盏器具碎了。饶鸿生便不敢睡，和他姨太太坐起来，把值钱的珠宝之类捆在身上。饶鸿生暗想，日里船旁边挂的那些救命圈，可惜不曾拿他一个进来，以备不虞。好容易熬到天明，船上人都起来了，饶鸿生差人到外边去打听，原来昨夜风浪太大，一个浪头冲过船面，把张铁梯子打断了，这力量也就可想而知了。饶鸿生自经两次惊吓，这"乘长风破万里浪"的思想，早丢入爪哇国里去了，一心只盼几时回国。

　　直到十二这天，船到了日本横滨，饶鸿生兴致复豪，住店、拜客、游园，那些事都不必细说。有天到大街上，找着一个象牙雕刻铺，雕刻的十分精巧，里面也有图章之类,饶鸿生见景生情,便走上去买了一块图章,要他镌"曾经沧海"四个字。日本象牙铺里的人,中国话虽不会说,中国字却是个个人认得的,当下看他写了这四个字,便将他上上下下估量了一回,笑着和自己的伙计咕噜了一会,伙计也笑笑。饶鸿生还不知道为什么,又在纸上写明白了明天要,象牙铺掌柜的点了点头。饶鸿生走出了象牙店的门,又去买了许多零碎东西,什么蝉翼绉、蝉翼葛之类,方才回寓。

自古道:"福无双至,祸不单行。"有一天黄昏时候,有两三个都是学生打扮的中国人,辫子早剪去了,为头一个,拿了本簿子,见了饶鸿生的面,便问你姓饶么?饶鸿生怔了一怔,学生说:"大约是了,很好很好。"又说:"我是淬志会的会长。"又指着那两个学生道:"他们是淬志会的会员。现在我们会里缺了经费,所以来找你,要你捐个一千八百。"饶鸿生道:"足下,这个会在什么区,什么町,还是官立的,还是民立?我兄弟一时尚摸不着头脑,叫人家如何肯捐钱呢?"那学生不禁动火,骂道:"你们这班牛马奴隶,真真不识好歹,难道我们还来谎骗你不成?我们的会,也不是官立的,也不是民立的,是几个同志的赞成的,你连这个不晓得,还出来游历吗?"饶鸿生被他骂得无言可对,只得摩肚子。那些学生有做红面的,有做白面的,无非要饶鸿生捐钱。饶鸿生说:"他骂了我了,我还捐钱给他们用,我不是拿钱买他们骂么?"执意不肯。翻译知道了,赶进来,拿饶鸿生拉到一间秘密房间里说:"大人不如破费几个罢,他们不好惹的。"饶鸿生道:"我怕他怎的?"翻译说:"大人要是不肯破费,到了夜里,他们差人来把大人的辫子剪了,看大人怎样回国?所以有些游历官长,碰着他们来捐钱,总得应酬他,这个名堂,叫作辫子保险费。"饶鸿生无法,只得拿出一百块钱来,那学生还是不依,翻译横劝竖劝,算把学生劝走了。饶鸿生到此,更觉意兴阑珊。

欲知后事如何,且听下回分解。

饶鸿生跟着黄参赞逛窑子,而饶鸿生全不在行,致为粤妓所愚弄,黄参赞在旁鼓掌狂笑,可叹!

此回中补出美国禁例,蛇灰草线,无迹可寻。

饶鸿生姨太太以一铁排鸡加索美金十圆之故,与个异族负气而争,虽是小器,足征巨胆。

饶鸿生若由日而美,由美而法,由法而英,则真是一部乘槎笔记矣。妙在以华工禁约之故，半途折回，此即排直作曲之法。

中途两次遇险，老在航海者皆能免之，而惜乎饶鸿生之未曾谙练也，然不可以是少之。

淬志会留学生捐募经费，其势汹汹，此条实情，非故作形容之语也。谓予不信，请叩诸曾经游历之官长。

"辫子保险费"五字，绝妙名词。

第五十三回

风光在眼著书记游　利欲薰心当筵受骗

话说饶鸿生在日本东京，被淬志会学生捐掉一百块洋钱，又受了许多气恼，心中闷闷不乐。翻译劝了他几句，也就走开了。饶鸿生前回在日本，为着急于要赴美洲，耽搁得五六天就动身的，不过到了浅草公园、上野公园等处，略略游览而已。今番闲着无事，镇日坐着马车，一处一处的细逛。有天到了不忍池。这不忍池旁边，列着许多矮屋，据说就是妓馆。从前妓馆是在新桥、柳桥等处的，现在改了地方了。紧靠着不忍池有座著名酒楼，叫做精养轩，这精养轩就和中国上海的礼查外国饭店差不多。饶鸿生初次开眼，到了精养轩，拣了一间房间坐下，侍者送上菜单。饶鸿生便说："近日大餐吃腻了，还是吃日本菜罢。"侍者答应，自去豫备。不多时，用盘子托了上来，是五六个干鲜果品碟子和点心之类，另外一付锅炉。侍者把炉子架好了，安上锅子，生起火来，烧得水滚，在锅子里倒下一个生鸡蛋，又进去搬出一大盆生鸡片。翻译便和饶鸿生用木筷夹着生鸡片，在锅子里烫着吃，倒也别有风味。侍者打量饶鸿生是有钱的主顾，能够化几文的，暗地里叫了串座的几个歌妓，趄进那间房来。饶鸿生正喝了几玻璃杯麦酒，有些醉醺醺，看这些歌妓，都是红颜绿鬓，不知不觉的把兴致鼓舞起来，叫他们弹唱。一个歌妓，抱了一个弦子似的乐器，据翻译说，叫做三味线，弹得玦玦玲玲的。还有一个歌妓，拿着两块板，在那里一上一下的拍，以应音节。那两个歌妓唱将起来，饶鸿生听了听，虽不懂他们唱的是什么，倒也沨沨移人。弹唱完了，一个歌妓拿出盘子讨赏，饶鸿生低低的问翻译，要给他们多少钱，翻译说："至少要三十圆日币。"饶鸿生也不介意，伸手在衣袋里摸出三张钞票，每张十圆日币，歌妓得了赏，携了乐器，咭咭咯咯的又到别个房间里去了。饶鸿生吃了一会，侍者拿上饭来，是个小木盒子，打看一看，上面一块鳗鱼，底下盛着雪白的饭。饶鸿生和翻译略略吃了些。撤去残肴，泡上一小壶茶来。茶壶是匾圆式的，茶杯和中国广东人吃乌龙茶用的差不多，茶的颜色却是碧绿的。饮过了，侍者送上帐单。饶鸿生给过了钱，出得精养轩，径奔后乐园。

园里头松桧参天，浓阴如盖，有许多假山石，堆的玲珑剔透。翻译告诉他道："这园是水部藩源光造的，替他打图样的，是中国明朝人，叫做朱舜水。朱舜水是浙江余姚人，明末清初到得日本，就住在这园里，足不出户，造了座得上堂，墙上刻着伯夷、叔齐的像，日本都很敬重他。"饶鸿生听了，点头叹息，二人就拣一块太湖石上坐下歇脚，看那男男女女的游人。坐了好些时，方才回去。饶鸿生在精养轩虽化了几十块冤钱，在后乐园倒明白了一桩古典，不能说得不偿失了。

回到寓里，看表上还不过四点多钟，天已经黑了。饶鸿生心上诧异说："这种时候，我们中国总要七点多钟才天黑，这么他这里四点多钟就天黑了呢？"实在想不出缘故来。等到夜里，睡了不多时就天亮，再看表，只得两点多钟。后来问起翻译，方知道是日轮旋转的缘故。翻译并说："要是到俄罗斯圣彼得堡去过冬天，每天两点钟后就天黑了，夜里一点钟前就天亮了。为着俄罗斯在北极底下，冬天日轮在黄道出来，是一直的，所以天黑得早，天亮得快，不比夏天日轮要从赤道慢慢地绕过来。"饶鸿生听了，十分佩服，心里想：我回了国，总要做一部出洋笔记，就是自己不能动笔，也得请人帮忙，把翻译这些话载在上面，人家看了，一定当是我见解出来的，不怕那些文人学士不恭维我。心里想完了，面有得色。

过了一日，带了翻译去逛日光山，在上野搭了早班火车，不到三个时辰，到了日光山。日光山下，就是德川将军家庙。庙里金碧辉煌，耀人耳目，庙后就是德川将军的坟墓，走上去有三百多层。二人鼓勇前进，到得下来，已经筋疲力尽了。当夜就住在金谷客寓里。这金谷客寓，纯是外洋式子，背后一条港，清澈见底，面前就是那座日光山，凭栏瞻眺，心神俱爽。等到睡在枕上，山上泉水的声响，犹如千军万马一般，良久良久方才入梦。第二日一清早，出得金谷客寓，要想雇车子，却只有小车，是用人拉的，就是目下上海的东洋车子。一人坐了一辆，沿着日光山的山涧缓缓而行。山涧里的水飞花滚雪，十分好看。走了约有半里，接着一条大桥，桥对过有石头刻成的十几尊佛像，笑容可掬，像活的一样，二人又细细的赏鉴了一回。又走了一里多路，是一座乡镇了，田里种着菜，篱笆里栽着花，大有"鸡犬桑麻"光景。又走了两三里，到了山里了。抬头一看，千岩万壑，上蟊云霄，两旁边古木丛生，阴阴夹道，老远就听见瀑布声响。再进去，路就滑浥了。路旁还有块名胜地方，叫做马返，有亭台，有楼阁，一个小池子。池子里的水，清得什么似的，苹蘩蕴藻，交相映掩。两旁碗口大的黄菊，开得芬芳灿烂。过了马返，路更来得曲折了。车夫低着头，拱着背和蚂蚁一样的在地下爬，爬了多时，方才到得顶上。有叫做剑峰的，有叫做华岩的。华岩上更有一桩奇景，就是瀑布，有二十丈多宽，七十丈多长，望上去烟云缭绕，底下汹腾澎湃，有若雷鸣。另外有块大石碑，碑上刻了是华岩瀑布歌，是一个日本人做的，字有拳头大小。看过了瀑布，转到中禅寺，壮严洁净，迥异寻常。又上望湖楼，四面多是铁栏杆，十分精巧。看官，你们想，山上怎么会有湖呢？不是大漏洞么？原来这湖本来是个山凹，瀑布流下去，经年不断，久而久之，就成了一条大湖，前后有十八里路长，有些人都撑了小划子在湖里钓鱼，也是天然图画。二人随便买了点吃食，聊以充饥。饶鸿生想着了《儒林外史》马二先生，见了西湖，说出"载华岳而不重，振河海而不泄，万物载焉"三句四书来，不禁叹古人措词之妙。徘徊半晌，竟有流连不忍去的光景。翻译催了几遍，方才寻着原路下山，回来做成了一首七绝诗，珍重藏好，说将来可以刻在出洋笔记的后面，人家看见了，少不得称赞他雅人深致。

于今闲话休提。再说饶鸿生在日本约摸有半月光景，有些倦游了，拣定日子起程回国。搭的那条船，住的舱，与安徽巡抚请去做顾问官的劳航芥紧靠着隔壁。一路无话，到得登州左近，陡起风浪。饶鸿生是吓怕了的，慌得一团糟，他姨太太更是胆小，无可奈何，拉着他跪在舱里，求神佛保佑，偏偏被劳航芥看见了，这叫做败露无形。

等劳航芥到上海起岸，他已换了江船，径往南京，第二天就上制台衙门，禀明半路折回之故。制台也接着外洋的电报，晓得有禁制华工一事，事关大局，自然不能说什么，少不得要慰劳几句，这是官场通套，无庸细谈。

于今再说南京城里有个乡绅，姓秦，单名一个诗字，别号凤梧。他老子由科甲出身，是翰林院侍读学士，放过一任浙江主考，后来就不在了。他自己身上，本来是个花翎同知，那年捐例大开，化上数千金，捐了个候选道，居然是一位观察公了。这秦凤梧虽是观察公，捐官的时候未曾指省，没处可以候补，不过顶戴荣身罢了。他却兴头的了不得，出来拜客，一定是绿呢四人轿，一顶红伞，一匹顶马，一匹跟马，回来还要兜过钓鱼巷，好吓那些钓鱼巷里的乌龟。自有那班无耻下流去趋奉他，秦大人长、秦大人短，秦凤梧居然受之无愧。南京城里，正经官场都不同他来往，有些有腿无裤子的穷候补，知道他拿得出几文钱，常常和他亲近亲近，预备节下年下，借个十两二十两。这凤梧的功名如此，志向如此，交游如此，其余亦可想而知的了。一天到晚，吃喝嫖赌。一打麻雀，总是二百块钱一底。有常和他通问的几个朋友，一个是江宁候补知县，名字叫做沙得龙，是位公子哥儿，大家替他起了个混号，叫做傻瓜。一个铜圆局的幕友，名字叫做王禄，大家都叫他做王八老爷。还有两个候补佐杂，都姓边，人家叫他俩做大边、小边。这四个人是天天在一块儿的。秦凤梧生来是阔脾气，高了兴，大捧银子拿出来给人家用，人家得了他的甜头，自然把他捧凤凰一般捧到东，捧到西。不上两年，秦凤梧的家私，渐渐的有些销磨了。

有一个江浦县的乡董，叫做王明耀的，为人刁诈，地方上百姓怕得他如狼似虎，王明耀却最工心计，什么钱都会弄，然而却是汤里来，水里去，白忙了半世，一些不能积蓄。这却是什么缘故呢？原来他于别的事上，无一件不明白，无一件不精明，只要一入嫖赌两门，便有些拿不定主意。他每月总要南京来几趟，大概在秦淮河钓鱼巷时候居多。无意中认识了秦凤梧，彼此十分投契。有天在一个妓女玉仙家里大排筵宴，自然少不了秦凤梧。席间谈起时事，什么造铁路、开矿、办学堂、游历东西洋那些事，王明耀心中一动，便拉秦凤梧在一间套房里和他附耳密谈，说："现在有桩事是可以发大财的，借重你出个面，将来有了好处，咱们平分秋色何如？"秦凤梧忙问："什么事？"王明耀道："我们县里，有一座聚宝山，山上的产业，大一半是我的。前两个月有个人挽了我们亲戚同我来说，说上海什么洋行里，有个买办，场面也阔，手头也宽裕，他认识一个洋人，是个著名的矿师。这矿师，不多几时到内地来游历过一次，带便到各处察看察看矿苗。路过聚宝山，他失惊打怪的：'可惜！可惜！'通事问他什么事情可惜？他说：'这聚宝山上的矿苗浮现，开出来是绝好一个大煤矿，不输于开平、漠河两处。'他回去之后，便打主意，要想叫那买办出面，到南京来禀请开采。那买办为着南京地方情形不熟，怕有什么窒碍地方，说必得和地方绅董合办，方能有就。所以东托人，西托人，竟托到我这里来了。你想江浦县是我的家乡，我又是那里的乡董，除掉我，他还能够找什么人盖过我去？自然要尽我一声。我想与其叫他们办，不如咱们自己办，咱们只要找个阔点的人出面，以地方上的绅士，办地方上的煤矿，上头还有什么不准的么？我的朋友虽多，然而都靠不住，左思右想，就想起你老兄来了。你老兄是书香世族，自己又是个道台，官场也熟悉，四面的声气也通，如今只要你老兄到制台那里递个禀帖，说明原委，制台答应了，以下一切事情都现成。"秦凤梧沉吟道："制台答应这桩事，托了人谅没有做不到的，'底下一切事情现成'这句话靠得住靠不住呢？"王明耀把脸一板道："你又来了。咱们弟兄相好，也非一日，我要是安心把木梢给你捐，我还成个人么？我说底下一切事情现成，是制台答应了，再到县里请张告示，有这两桩实在的凭据，人家有不相信的么？人家一相信，又听见煤矿里有绝大的利益可沾，叫他们入些股，他们自然愿意。况且这山上又大半是我的产业，你是知道的，也不用给什么地价，只要到外洋办一副机器，就可以开办起来。如果怕没有把握，何妨到上海去先会会那位矿师，和他打张合同，请他到山照料，将来见了煤，赚了钱，怎么拆给他花红，怎么谢给他酬劳，他答应了，连机器也可以托他办，岂不更简捷么？"秦凤梧听了王明耀这番花言巧语，不觉笑将起来，说："你老哥主意真好，兄弟佩服得很！于今一言为定，咱们就是这样办。"王明耀道："这也不是一天半天的事，咱们还得打张合同，然后拟章程，拟禀稿，也得好几天工夫呢。如今且去吃酒。"说罢，便把秦凤梧拉了出来，等请的那班朋友到了，依次入座。秦凤梧今天分外高兴，叫了无数的局，把他围绕在中间，豁拳行令，闹得不亦乐乎。一直顶到二更天，方才散席。谢过王明耀，自坐轿子回去。王明耀第二天就下乡去了。

秦凤梧一等了好几日，王明耀那里竟是音信全无，心里不觉焦躁起来。过了十来天，王明耀方才上省，到他家里。王明耀一见面，就说这事情苦了我了，然而还算妥当。秦凤梧忙问怎么样了？王明耀道；"乡下已经弄停当了，专等你省里的事了。"秦凤梧道："这里容易，你去的第二天，我就把禀稿弄出来了。"说罢，叫管家到太太房里，把一卷白纸外面套着红封套的东西拿出来。管家答应一声是，不多时取到了。秦凤梧一面叫人泡茶装烟，一面把禀稿递到王明耀手中。王明耀接过禀稿，在身上掏出一副老花镜来戴上，才把禀稿打开，息容屏气的往下瞧。

欲知后事如何，且听下回分解。

上半回写饶鸿生游历日本，详细无遗，华岩观瀑一段，尤觉有声有色，其摹绘一路风景处尤佳。

饶鸿生打算刻一部出洋笔记，好叫人家知道他是出过洋里的，与前一回刻"曾经沧海"印章同一命意，真是形容绝倒。

下半回写秦凤梧为人，跃跃纸上，不啻颊上添毫。

王明耀是老奸巨猾一派，所谈办矿一层，有底有面，入情入理，故能娓娓动听，宜秦凤梧之受其绐也。

傻瓜、王八老爷、大边、小边，此回书中略一点睛，下回书中方出现，盖皆办理煤矿人也。

第五十四回

改禀帖佐杂虚心　购机器观察快意

话说王明耀接过了秦凤梧请开江浦县煤矿的禀稿，出神细看。看完了一遍，不住摇头晃脑的道好，说："到底是你老兄的大才，要是兄弟，一句都弄不出来。"秦凤梧道："别骂人罢。"王明耀道："你这禀稿，请教别人斟酌过没有？"秦凤梧道："没有。"王明耀道："前儿同席的那位边老大，他官场已多年了，情形熟悉得很，笔下也来得，你何不找他来斟酌斟酌呢？"一句话提醒了秦凤梧，忙叫管家到石坝街边大老爷公馆里去，请边大老爷就过来，说江浦的王老爷在这儿等他说话。管家答应去了。秦凤梧又把管家叫回来，说："是边大老爷，不是边二老爷，你别弄错了。"管家说："小的知道。"

去了不多时刻，大边来了，穿着天青对襟方马褂，足下套着靴子，不过没有戴大帽子罢了。见了面，请了一个安，又和王明耀作了一个揖。秦凤梧请他坐了，送过了茶，大边就说道："听得老宪台传唤卑职，不知有什么吩咐？"秦凤梧指着王明耀道："我们这位王大哥，要和兄弟合办一桩事情，现在胡乱拟了个禀稿，想请人斟酌斟酌。王大哥提起你老兄一切都熟，所以奉屈过舍，替兄弟删润删润。将来事成之后，还要借重大才。"大边道："不敢，不敢，卑职实在荒疏极了，那里配改宪台的鸿著？既承宪台不弃，将禀稿赏给卑职瞻仰瞻仰，借此开开茅塞。"王明耀见他们如此客气，在旁插嘴道："算了啵，老边不用啰唆了，咱们现在都是自家人了。"于是随手把禀稿递给他，他站起身来，恭恭敬敬的捧过一旁，摊在下面桌子上，一字一板的念了一遍，连连称赞说："宪台见识究竟不同。"秦凤梧忙问："有什么可以删改的地方没有？"大边说："实在没有。"秦凤梧知道他客气，叫管家送过笔砚说："还是不要客气的好。"大边那里肯动笔。秦凤梧说之至再，王明耀也在旁边帮着说，大边这才把笔提在手里，仔仔细细的望下看。刚巧有一个"蹈"字，秦凤梧写错了，写了个"跌"字，大边在旁边恭楷注上一个"蹈"字，把秦凤梧写的那个"跌"字四周围点了一圈点子，就把笔放下，送了过来。秦凤梧当是真个无可更改，心中十分得意。王明耀说："边老大的楷书写得好，你何不就请他誊正呢？"秦凤梧说："是极。"拿过白折套好格纸，又让大边脱马褂。大边到此，知道文案一席，赛如下了定钱了，便把马褂脱去，研得墨浓，蘸得笔饱，息心静气的写起来。秦凤梧叫管家好好的伺候边大老爷，要茶要水，不可怠慢，一面同王明耀说道："我们到里间去说话罢，不要在这里搅他。"王明耀道："是极，是极。"一面二人同到里间。

原来是个套房，收拾得很清雅，还有一张烟炕，陈设着一付精致烟盘。王明耀道："你也弄上了这个了吗？"秦凤梧道："不，我原是给朋友预备的。"王明耀点点头，就在炕上坐将下来。管家点上烟灯，王明耀歪下去烧着顽。秦凤梧在一旁和他说话，外间大边足足写了两点多钟，方才写好，却累得他浑身是汗。管家打上手巾把子，大边擦过脸，方才拿着誊清禀帖进来，卑躬屈节的站在地当中，说请宪台过目。秦凤梧又让他坐下，接过禀帖来看了一看说："老兄的书法匀整得很，的是翰苑之才，为什么就了外官？可惜了！"大边说："宪台休得见笑。"秦凤梧看过收好，吩咐厨房里端整晚饭，留王明耀、大边小酌。

三人谈谈说说，到了掌灯时候，厨房里送出菜来，虽是小酌，却也十分丰盛。王明耀是老奸巨猾一路，谈谈说说，席上生风；大边却一递一声的"老宪台"，叫得个个人肉麻。秦凤梧让了他好几遍说："我兄弟现在一不在官，二不在缺，候补尚无省分，与老兄无关统属，这样客气，太见外了。以后咱们还要在一块儿办事，总不能用这样的称呼。"王明耀在旁边道："是呀！咱们这个矿，要是办成了，得立个公司，公司里最要紧的，是和洋人打交道的翻译，翻译下来就要算到文案了。现在虽无眉目，说声公事批准，就要把局面撑起来的。边老大才情很好，一切又都在行，咱们将来公司里的文案一席，何不就请了他呢？"秦凤梧道："好是好，只怕这位老兄不肯小就罢。"大边听了，连忙站起说道："这是卑职求之不得的，宪台如肯见委，将来无论什么事，无有不竭力的。"秦凤梧道："刚刚我们说不兴叫宪台，你又犯了规了。"大边凑趣道："既如此说，就称观察罢，刚才的确是晚生犯了规，就罚晚生。"说罢，端起一大杯酒，咕都都一饮而尽。王明耀拍手道："爽快，爽快，我也来陪一杯。"王明耀陪了一杯，秦凤梧做主人的少不得也要喝一杯。一时酒罢，王、边二人叫赏饭。大家用毕，盥洗过了，王明耀要走。秦凤梧道："何不住在这里呢？"王明耀道："不，我还要到一个地方去。"秦凤梧道："我知道了，一定是到钓鱼巷找你的老相好去。"王明耀道："也论不定。"说走就走。秦凤梧道："慢着，慢着，叫人点灯笼送你去。"王明耀道："南京城里，大街小巷我那条不认得，还要你们送？你们送我倒不便了。"说着，嘻嘻哈哈，已经出了门槛了。秦凤梧赶忙相送。送过了王明耀，大边也要回去，秦凤梧叫管家点灯笼，管家道："边大老爷的管家，早拿了灯笼，在门房里候了半天了。"秦凤梧又把大边送出，回到里边安寝。

　　到了明日，秦凤梧寻着了一个制台衙门里的当权幕友，托他从中为力，禀帖进去之后，如蒙批准，将来一定重酬。打点好了，方才上禀帖。禀帖进去了后，约有半个多月，杳无音信。秦凤梧又去拜张良，求韩信，抄出批来，是仰江浦县查勘属实，再将股本呈验，然后给示开办各等语。秦凤梧不胜之喜。这个时候，南京城里已经传遍了。

　　秦凤梧一面招股，一面请王明耀打电报到上海洋行里去，聘请那位矿师到来。矿师叫做倍立，据说在外国学堂里得过头等卒业文凭的，自接着了王明耀和秦凤梧的电报，复覆了一个电报，问他还是独办，还是合办，王明耀又覆了个电报，说是俟到宁再议。倍立就有些不耐烦，说："中国人办事，向来虎头蛇尾，我倘然到了那里，他们要是不成功，我岂不白费盘缠？"就叫通事切切实实写了一封信说："这趟到了南京，要是矿事不成功，非但来往盘缠要他们认，而且要照上海洋行里大班的薪水，有一天算一天。如能应允，就搭某日长江轮船上水，如不能应允，只请给一回音。"这封信去后，不到一礼拜，回信来了，说"准其如此"。倍立当时带了通事张露竹，径赴南京。到了下关，轮船下了碇，早有秦凤梧派来的人跳上轮船，问帐房可有个上海来的洋人叫倍立的。帐房回说："那倒不知道。"刚刚被张露竹走过听见了，便迎上去，说明一切。那人连忙陪笑说道："原来是翻译老夫子。"张露竹最乖觉，就问足下和秦观察是什么称呼？那人说："在下姓边，家兄是秦观察那里的文案，兄弟不过在那里帮帮忙就是了。如今奉秦观察的吩咐，特特为为来接二位的。"张露竹道："好说，好说。"小边就叫"来啊"，一声"是"，来了两个管家。小边说："挑子来了没有？"管家说："来了。"小边说："张老夫子，请先引兄弟去见见贵洋东。"张露竹在前，小边在后，见了倍立的面。张露竹翻着外国话，说明来历，倍立和他拉了一拉手，小边问一共有几件行李，交给兄弟就是了。张露竹于是一件一件点给小边看。小边在身上掏出铅笔，记明在袖珍日记簿子上，又说：＂敝东备有轿子，请二位上轿罢。＂倍立和张露竹谢了一句，下了轮船，坐上轿子，进城去了。这里小边把行李发齐了，自己押着，随着一路进城。倍立和张露竹到了秦凤梧家里，秦凤梧早已收拾出三间洁净屋子，略略置备了些大餐桌椅，又在金陵春番菜馆里借了一个厨子来做大菜，供给倍立。

此刻秦凤梧家里，什么大边、小边、王八老爷，都在那里，热闹非常。秦凤梧、王明耀和倍立见面，都是由张露竹一人传话。秦凤梧取出批禀给倍立看，倍立久居中国，晓得官场上的情形，看过批禀上印着制台的关防，知道不错。因和秦、王二人商量办法。商量了许久，商量出个合办的道理来。股分由倍立认去一半，其余一半，归秦、王二人，将来见了煤，利益平分，谁也不能欺瞒谁。现在用项，由秦、王二人暂垫，等倍立银子到了，再行摊派。当下五六个人磋磨了一两日，才把合同底稿打好。大边写中文，张露竹写西文，彼此盖过图书，签过字，倍立收了自己一分，又到驻宁本国领事那里去说明了。大家见秦凤梧上头的公事又批准了，洋人又来了，入股的渐渐的多起来了。原定是二十万银子下本，倍立认去十万，秦、王二人只要弄十万就是了。不到半月，居然也弄到四万银子。秦凤梧把自己的积蓄凑了两万，又把些产业押掉了，押了两方，约摸也差不多了。王明耀把山作抵，抵了两万银子。其余的，说是几时要，几时有。秦凤梧看这事有些眉目了，方才放心。一面就在自己门口，挂上一块宝兴煤矿公司的牌子，刻了几千分章程、股票、签字簿之类，也化了若干钱。倍立和秦、王、张这些人，又定出了大家的薪水。倍立是总矿师，每月五百两，张露竹一百两，秦凤梧正总办，王明耀副总办，每人三百两，大边文案，六十两，小边、王八老爷当杂差，每人三十两，从下月一号起薪水，大家都欢欣鼓舞起来。倍立接连拜了几天客，又上了几天山，不但是江浦县，连南京一省都看过了。回来写出一篇外国字，张露竹替他翻出中文，说是：

> 江宁上元县城东三十里栖霞山煤矿。苗不旺，矿床在粘板岩中，厚不过六尺，质不佳。运道近，离水口约三里。下等。

> 上元县东南三十里铜夹山铜矿。矿苗旺，床露头甚大，质系粘土，察似佳矿。开掘试验，方有把握。运道，附近宁沪铁路。上等。

> 上元县城东附郭钟山。全山皆石灰岩，可资建筑之料，玉石亦多，并无矿产。

> 上元县西北二十五里十二洞朱砂矿。粘板岩，中含紫褐质，似朱砂矿。须开掘化验，方知确实。下等。

　　上元县兴安山、宝华山、排头山、湖山、墓头、把辉山。煤矿。苗均不旺，质亦不佳。下等。

　　上元县城东二十五里青龙山。煤矿。脉旺。前署江宁藩司开掘，旧坑约深五百尺，现有积水，庠干方知煤质良否。中等。

　　六合县城东十五里灵岩山。宝石。系美石属被溪流磨刷光滑，又受酸化铁之染色，误为宝石。下等。

　　六合县城东二十五里西阳山。煤矿。系寻常岩石，中夹有植物之炭，非煤也。石质颇佳，堪供制造。下等。

　　六合县城北四十五里冶山。银矿。苗旺质佳，内含金银，并杂铜铁，质多少，须化分方明。运道离水约三里。上等。

　　江浦县城北五十余里杨家村。铁矿。苗旺，脉长十二里许，质佳。惟须开挖化验，方有把握。运道便。上等。

　　江浦县城北五十里蕲龙桥。煤矿。系黑色粘土，非煤。下等。

临了，提起他们想开掘的那座山上的煤矿，说是苗旺质佳，山道便，上等。秦、王二人看了，喜之不尽。倍立考察过了，便要回上海，和洋行里定机器，又说："现在南京无事，二位何不一同到上海，大家彼此在一块看图样，定机器，岂不更有个商量么？"二人听了，连说是极，各各收拾。张露竹和大边是一定要跟了去的。小边和王八老爷斟酌说："现在我们无事，何不同他们一起去？听说上海好顽得很，我们借此也开开眼界。"于是二人异口同声，对秦、王二人说了。秦、王二人自然答应。到了动身那日，秦、王先托南京一个有名的钱庄上，把银子先汇一半到上海，预备零用，及付机器的定钱。安排妥了，一个外国人，六个中国人，外国人带的侍者、厨子，中国人带的管家、打杂的，一起共有二三十人，轮船下水，是极快当的，过了一夜，就到了上海。倍立自和张露竹回行去，秦、王二人及大边、小边、王八老爷都上岸，住的是泰安栈，连管家打杂的，足足占了六个大房间，每天房饭钱就要八九块，大家也不计较这个。便瞧亲戚的瞧亲戚，看朋友的看朋友，你来我往，异常热闹。起先秦、王二人为着机器没有定妥，住在栈房里守信，及至合倍立到什么洋行里定妥了机器，打好了合同，秦、王二人都说公事完了，我们应该乐一乐了，于是天翻地覆，胡闹起来。

　　欲知后事如何，且听下回分解。

大边卑躬屈节，口口声声宪台卑职，以及恭楷写一蹈字，把跌字四周点了无数密点，谨小慎微之处，可谓描写尽情。

王明耀把山抵了二万银子股分，其余说几时要几时有，老奸巨猾，足见一斑。

察勘南京全省各矿报告，系采诸近日新闻纸者，与其虚而无据，不如实而有征。

此回看似平铺直叙，实则隐藏下文无数故事，春秋言张本伏线，如此类是也。

第五十五回

险世界联党觅锱铢　恶社会无心落圈套

　　话说秦凤梧、王明耀二人，带了大小边、王八老爷那些人到上海来定机器，住在秦安栈。等到把机器定妥，付了若干定银，彼此各执合同为凭。倍立除了礼拜六、礼拜两日，常常到栈里来问问一切情形，平常也轻易不能出来。只剩了张露竹，每天打过四点钟之后，逍遥无事了，便约几位洋行里的同事，什么杜华宴、萧楚涛，一天天到栈房里，合着秦、王二人出去，却不约大小边、王八老爷那些人，那些人看得眼热，起先还要等秦、王二人出去了，方敢溜出栈房，后来竟是明目张胆了。吃了一顿中饭之后，各人穿各人的长衫，和秦、王二人分道扬镳。有什么亲戚朋友去瞧他们，总是锁着房门，问问茶房，也不晓得他们的踪迹，只索罢了。

　　再说秦凤梧本来是个大冤桶，化钱摆阔，什么人都不如他。这会有银子在手里，更是心粗胆壮，大菜馆吃大菜，戏馆里听戏，坐马车，逛张、愚两园，每天要化好几十块。王明耀是一毛不拔的，也混在里面，白吃白喝。众人虽不喜欢他，也不讨嫌他。这是什么缘故呢？原来王明耀人极圆通，又会凑趣，人家没得说的，他偏有说。人家没得笑的，他偏有笑。因此合了秦凤梧的脾胃，所以言听计从。

　　话休絮烦。且说秦凤梧跟了张露竹洋行里那班人，天天闹在一起，吃喝顽笑。大家知道他是个有钱的财主，恭维他观察长，观察短，秦凤梧也居之不疑。秦凤梧有天在席面上，看见人家手上都戴着钻石戒指，胸前佩着金打簧表，不觉羡慕起来，露了一露口风。那萧楚涛是何等脚色，就把这话记在心里了。第二天，行里刚完事，坐了包车到四马路升平楼门口歇下，上了楼，进了烟堂，堂倌阿虎迎着说："萧先生，许久时候不来了。"楚涛问："庄先生可在此地？"阿虎用手指着道："哪，哪，哪！"

楚涛踅过去，庄云绅正吸得烟腾腾地。见了楚涛，丢下烟枪，招呼让坐。楚涛附着他耳朵，低低的说道："有桩买卖作成你。"云绅听了这句，更凑近一步。楚涛道："有个寿头模子，要买一只钻石戒指，一只金打簧表，你可有些路道？"云绅皱了一皱眉头道："他一起肯出多少价钱呢？"楚涛道："戒指要大，要光头好，一两千不算什么事，金打簧表只要八成头的就是了。"云绅道："有有有，今天晚上在迎春坊花如意家等我。"楚涛拱手道："费心，费心。"站起身来想走。云绅打着洋泾话说了三个字，是"康密兴"，楚涛不等他说完，接着说了"也斯"两字，头也不回的去了。

到了晚上，楚涛如期而往，云绅已经在那里了。在身上掏出一个小小盒子，打开一看，原来是一只光华灿烂的钻石戒指。楚涛接过来问道："什么价钱？"云绅道："足足九个克利，二百块钱一个克利，是上海的通行价钱，既然是你的朋友，就让掉些罢，算是一千五百块钱，不能再减丝毫了。"楚涛又问打簧表，云绅在钮扣上解下一个来，说是"八开头金子，不过一百上下，随你斟酌罢"。楚涛当下把二物藏好，别了云绅，走出花如意家，肚里寻思，必须如此如此，方能沾些油水。主意打定，一径出西安坊，到了平安里，找着高湘兰的牌子，登登登直上楼头，问秦大人可曾来？娘姨答应不曾来。又问湘兰可在家？娘姨答应出局去了，约摸要回来了，请等一等。楚涛进得大餐间里，娘姨把电气灯旋亮，照例敬茶敬烟。不多时，湘兰回来了，楚涛把刚才的主意，一五一十告诉他。湘兰何等乖觉，满口答应。楚涛自然欢喜，把话说完了，就回去了。

第二天，是秦凤梧在湘兰家大排筵席，在座的自然是王明耀、张露竹、杜华寀、萧楚涛那一班人，楚涛更是全副精神，帮着秦凤梧招呼一切。及至入了席，上了几道菜，湘兰方才从外面从从容容的回来。斟过了酒，在秦凤梧背后坐下，唱了一支京调，大家喝采。少时，别人叫的局也陆续来了。吃过稀饭，已是酒阑灯炧的时候，众人都称谢走了。独有楚涛躺在炕上抽烟，秦凤梧在房里打圈儿。湘兰卸过妆，走了进来，坐在炕旁边一张杌子上，忽然问楚涛道："萧老，耐只戒指出色哈，几时买格介。"楚涛慢洋洋的答道："是一个朋友押勒我处，押三千块洋钱，耐看阿值？"说着把戒指除了下来，湘兰接在手中，做出爱不忍释的样子，说："实头出色，只怕上海寻勿出第二只格哉。"二人问答的时候，秦凤梧眼光已注在戒指上了。及听这番说话，不由得不走过来。湘兰递在秦凤梧手中说："秦大人，耐阿要看看？"秦凤梧接过，套在自己指头上，刚刚合式，便说："我正要买这个，不知道楚兄可肯让给兄弟？"楚涛一听，上了钩了，故意的说道："凤翁要呢，兄弟原无不可。但是这个戒指，并非兄弟自己的，是一个朋友押在兄弟那里的，那朋友不过因一笔款子筹画不过来，所以才在兄弟那边暂时押了三千块洋钱，不久就要来赎的。凤翁如果赏识，等兄弟问过那位朋友，方敢作主，现在却不能答应。"秦凤梧沉吟道："三千块钱似乎贵了些。"楚涛笑道："兄弟那朋友买来的时候，足足三千五百块钱。凤翁说是不值，请问湘兰就知道了。还有一说，现在那朋友并不要卖，凤翁可以无须议论价钱。"秦凤梧面上一红，湘兰早接科道："勿是倪海外，金钢钻戒指，勒倪手里出进呒不一百只，也有八十只哉。秦大人耐要说该只戒指，勿值实梗星铜钱，秦大人耐勒勦动气，耐还勿懂勒海勒。"秦凤梧被他二人一番奚落，不觉大难为情，心里想转过面子来，勉强说道："兄弟生平酷好珠宝玉器，家里什么都有，有什么不懂吗？刚才说的，乃是笑话。岂有这样大、这样光头足的戒指，连三千块钱都不值吗？如今简直请楚兄去和令友说，兄弟愿出原价，叫他无论如何让给兄弟就是了。"楚涛点头道："可以，可以，明日再来回覆罢。"湘兰在旁边嚷道："萧老，耐好格，耐倒答应仔秦大人哉，耐阿晓得倪心里实头中意勿过，要想买哩呀。"楚涛道："秦大人是要好朋友，不得不先尽他。如果秦大人明天不要，我对那朋友说，让给你可好？"湘兰无语，仍把戒指送还楚涛。楚涛又抽了一两筒烟，说："天不早了，我要回去了。"一边说，一边在身上摸出一个金打簧表来，只一揿，听见当的一下。秦凤梧又要借看，看了一会说："可好！再费楚兄的心，照这样子，明天也替兄弟找一个。"楚涛道："凤翁如果欢喜这个，兄弟明天就奉送。"秦凤梧道："那是不敢当的。"楚涛道："自家朋友，何消客气！"说完，又道了谢，才别过秦、高二人回去。

　　明日午后，秦凤梧起身过迟，匆匆忙忙吃完了饭，就坐马车到后马路钱庄上，划一张三千五百块钱的即期票子，收好在靴页子里。到了晚上，在湘兰家里便饭，等萧楚涛。等到十点多钟，楚涛来了，吞吞吐吐的说道："起先那朋友一定不肯，说我现在尚不至于卖东西过日子，等我穷到那步田地，你再和我想法子罢，无缘无故碰了这个大钉子，冤枉不冤枉？"秦凤梧忙接着问道："后来怎么样？"楚涛道："他既然将钉子给我碰，我少不得要顶他，说：'既然如此，你把这东西赎了去罢，我这一笔款子，现在有要用，费你的心罢。'他说：'期还没有满，你怎样好逼我？'我说：'我为着期不曾满，所以和你来商量，要是满了期，你的东西变了我的了，我还来请问你么？'后来说来说去，他总算应允了。凤翁见委这桩事，幸不辱命。"说罢，仍旧把盒子取了出来，送在秦凤梧手中。秦凤梧连连称谢，摸出靴页子，拿出票子，交给楚涛。楚涛又摸出打簧表说："昨天晚上说过奉送，务请凤翁赏收。"秦凤梧推之至再，终究有些不好意思收他的。还是湘兰说："只把打簧表，也有限得势格，既然萧老送拨耐末，耐老老实实罢。耐将来有舍物事，也可以送哩格。"楚涛道："到底湘兰先生说得是，凤翁，你不必客气了。"秦凤梧道："既如此，只得权领了。"这事交割清爽之后，二人又谈了些别的天，直到打过十二点钟，用过稀饭方散。楚涛无意中得了二千块钱大利息，喜欢得一夜不曾睡觉，明天掉了现的，找着了庄云绅，付了一千五百块洋钱，余多二千块洋钱，不知与高湘兰如何拆法，那也不晓得了。

再说秦凤梧自得了这两件东西之后，洋洋得意，到了栈房里，拿给众人看，众人都异口同声的称赞，秦凤梧更是兴头。又过了两天，秦凤梧上高湘兰家去，其时已是九月初了。秦凤梧尚穿着银鼠袍子，湘兰说："秦大人格件袍子，勿时路格哉！"秦凤梧皱着眉头道："我的衣裳，都是从家里带了来的，我打算一半个月就要回去的。于今一等等了三个多月了，已经叫家人回去取衣裳，家人还不见来。要是在上海买，恐怕买不出好的来，这真正为难呢。"湘兰说："勿要紧，倪格裁缝蛮好格。"秦凤梧道："那就托你罢。"不到三日，又上湘兰那里去，湘兰笑嘻嘻的，叫娘姨把秦大人的衣裳拿出来。秦凤梧一看，是件簇斩全新的湖色外国缎子的灰鼠袍子，元色外国缎的灰鼠马褂，枣红外国缎的灰鼠一字襟坎肩儿，又清爽，又俏丽。秦凤梧连忙换上，走到着衣镜前一照，觉得自己丰度翩翩，竟是个羊车中人物了。忙问湘兰一共是多少料钱，多少工钱。湘兰说："倪格裁缝帐是到节浪算格，现在要约是约勿出格。"秦凤梧无奈，只好让他去。事有凑巧，当天晚上同了湘兰到戏馆里去看戏，在包厢里蓦然碰见了几个熟人。一个是南京候补道，现在当下关厘局的余养和余观察，一个是制台幕友候选道陈小全陈观察，二人和秦凤梧的老子都有年谊，秦凤梧只得站起来招呼老年伯，余观察揸了揸眼镜，重复戴上，朝他细细的瞧了一遍，口里说："凤梧世兄好乐呀！"又啧啧的道："好漂亮，好漂亮！"陈观察也跟在里头附和了一阵。秦凤梧觉得有些坐不住，看到一半，悄悄的溜了。

这余、陈两观察是制台委他们来密查一桩事的，不过一两天就查明白了，赶紧要回省销差的。到了南京，少不得逢人遍告，说秦某人如何荒唐法子，带了窑姐儿，彰明较著的在戏馆里看戏，身上打扮的和戏子一样。那些话头，一传十，十传百，传到宝兴公司股东耳朵里去了，大家都有些不愿意。有两个大股东，会了那些小股东，写了封公信，问他事情如何样了。一面止住南京庄上，不要汇银子下去。秦凤梧接到了这封信还不着急，后来为着存在上海钱庄上的头两万银子，除了付机器定银去了六七千之外，以及同事薪水、栈房、伙食、零用开销，差不多一万了，秦凤梧自己买这样，买那样，应酬朋友，吃酒碰和，毛毛的也有一万了。因为南京庄上还有头两万银子，便有恃无恐，打个电报下去，催他们汇银子。一连两三个电报，毫无影响，这才慌了。再去问了倍立，倍立说只要机器一到，他的银子现成。秦凤梧无法，又和张露竹暂挪了千把两银子。够得什么？不到几天，早已光了。南京那些股东的信，更是雪片一样的下来。看看制台衙门里验费的限期快到了，机器尚无消息，倍立那面的股分，是要跟着机器一起来的，心里十二分不自在。

高湘兰已经开口和他借三千块钱，这一下子，把他弄得走头无路了，只好不去。湘兰屡次打发人到泰安栈里去看，总看不见，湘兰也发了急了。天天打发人在各马路上候着，候了两天半，候着了。秦凤梧盼咐马夫加鞭快走，马夫不敢不依，一转眼间，又风驰电掣的去了。湘兰恨极，打听得秦凤梧那天在一家人家里吃饭，湘兰坐了自己的马车，候在那家人家的门口。秦凤梧下午方才出来，见了湘兰，疾忙跳上马车，湘兰紧紧跟着，跟着他在大马路一带绕了一个圈子，秦凤梧这时最好有个地洞钻了下去。一直跟到后马路上一爿钱庄上，秦凤梧进去了，央告钱庄上的掌柜，劝湘兰回去，明天必有下文。湘兰发话道："哩耐今朝盘拢，明朝盘拢，倪也寻得苦格哉。请耐进去搭哩说一声，要是明朝吭不下文，夒怪倪马路浪碰着子，倪要拨勿好看拨哩看。"说完，叫马夫阿桂驱车径往。钱庄上掌柜进去，回覆了秦凤梧，秦凤梧正惊得呆了，听了钱庄上掌柜的话，心上踌躇了半晌，一想只好去寻萧楚涛了。于是派人把萧楚涛寻着了。子午卯酉告诉了他一遍。楚涛笑道："凤翁，不是我兄弟来埋怨你，这却是你凤翁不是。你想，他要是不想敲你凤翁的竹杠，他那里肯化那些本钱？"秦凤梧这才恍然，又央告楚涛去说。楚涛去了，拿了一篇帐来，说连酒局帐、裁缝帐一共是一千多块钱。秦凤梧吓得吐出了舌头，央告楚涛去说，求他减掉些。后首讲来讲去，总算是八百块钱，限三天过付。秦凤梧东拼西凑，把这事了结了。看看在上海蹲不住了，趁了船一溜烟直回南京。

欲知后事如何，且听下回分解。

写秦凤梧与萧楚涛买钻石戒指一节，险诈百出，不可思议，人心巨测，一至于此，良可叹息。

　　秦凤梧之偾事也，虽始于余、陈二观察，然而南京股东，非绝无闻见者，不过余、陈二观察发其凡耳。

　　高湘兰对待秦凤梧之政策，始以羁縻之术尝试之，继以强硬手段压制之，真是槃槃大才。

　　此回实写社会上之恶现状，非曾经沧海者不能道其只字，吾见如秦凤梧者多矣，安能一一唤醒之哉！

　　萧楚涛者，小错刀也。然以小错刀向秦凤梧诓至二千多金，如是则非小错刀，盖大劈斧矣。

第五十六回

阅大操耀武天津卫　读绝句订交莫愁湖

话说秦凤梧自从溜回南京之后，到各股东处再三说法，各股东都摇头不答应。大家逼着他退银子，要是不退银子，大家要打了公禀，告他借矿骗银。秦凤梧人虽荒唐，究竟是书香出身，有些亲戚故旧，出来替他打圆场，一概七折还银，掣回股票，各股东答应了。少不得折卖田产，了结此事。谁想上海倍立得了消息，叫张露竹写信催他赶速另招新股，机器一到，就要开工的。如果不遵合同，私自作罢，要赴本国领事衙门控告，由本国领事电达两江总督提讯议罚。秦凤梧得了这个消息，犹如打了一个闷雷，只得收拾收拾，逃到北京去了。倍立这面，也只得罢休。只苦了在宝兴公司里办事的那些人，什么大小边、王八老爷，住在上海栈里，吃尽当光，还写信叫家里寄钱来赎身子。其中只便宜了王明耀，一个钱没有化，跟着吃喝了一阵子。秦凤梧动身的第二日，他也悄悄的溜了。一桩天大的事，弄的瓦解冰销。中国人做事，大概都是如此的。

如今且把这事搁起，再说余观察。余观察是武备学堂里的总办，从前跟着出使日本大臣崔钦使到过日本，崔钦使是个糊涂蛋，什么都不懂。余观察其时还是双月选的知府，在崔钦使那边当参赞，什么事都得问他，因此他很揽权。崔钦使任满回国，便把他保过了班，成了个分省补用的道台了。后来又指了省分，分发两江候补。制台本来和他有些世谊，又知道出过洋，心里很器重他。候补不到半年，就委了武备学堂总办。他为人极圆转，又会巴结学生，所以学生都欢喜他，没有一个和他反对的。他于外交一道，尤为得法。在日本的时候，天天在宴会场中，同那些贵族、华族常常见面。回国之后，凡是到南京来游历的上等日本人，没有一个不去找他的，他也竭诚优待。因此人家同他起了一个外号，叫做余日本。后来叫惯了，当面都有人叫他余日本，他也没奈何。这年秋天，北洋举行大操，请各省督抚派人去看操，余日本是武备学堂总办，又是制台跟前顶红的，这差使自然派他了。预先两月，委札下来，余日本辞过行之后，带了几个教习，几个学生，搭轮船到天津，到了天津。暂时住在客栈里，第二日上直隶总督行辕禀安禀见。随班见了直隶总督方制台，照例寒暄了几句，举茶送客。顺便又拜了各当道：有见的，有不见的，不必细表。

再说这回行军大操，是特别大操，与寻常不同。方制台高兴得很，请各国公使、领事，以及各国兵船上的将弁，另外派了接待员。就是中西各报馆访事的，也都一律接待，也算很文明的了。预先三日，发下手谕，派第几营驻扎何处，第几营驻扎何处，衣服旗帜，分出记号。大操那日，天刚刚亮，方制台骑着马，带着卫队，到了主营。各营队官、队长，按礼参了堂，外面军乐部，奏起军乐，掌着喇叭，打着鼓，应弦合节。方制台换过衣服，穿了马褂，袖子上一条一条的金线，共有十三条，腰里佩着指挥刀，骑着马，出得主营，拣了一块高原，望得见四面的，立起三军司命的大旗子，底下什么营，什么营，分为两排，都有严阵以待的光景。两面奏起军乐，洋教习一马当先，喊着德国操的口令。但听见那洋教习控着马，高声喊道："安特利特！"这"安特利特"是站队，两边一齐排了开来。洋教习又喊"阿格令斯"。"阿格令斯"是望左看，两边队伍，一齐转身向左。洋教习又喊"阿格来斯"。"阿格来斯"是望右看，两边队伍又一边转身向右。洋教习又喊"阿格克道斯"。"阿格克道斯"是望前看，两边队伍又一齐向前。行列十分整肃，步伐十分齐整。方制台看了，只是拈髯微笑。洋教习又喊"勿六阿夫"。"勿六阿夫"是把枪搁在肩上。两边队伍一齐把枪搁在肩上。洋教习又喊"勿六阿泼"。"勿六阿泼"是把枪立在地下。两边队伍一齐把枪立在地下。洋教习又喊"勿六挨赫笃白兰山西有"。"勿六挨赫笃白兰山西有"是用两手抱枪。两边军队，一齐两手抱着枪。洋教习演习过口令，便退至阵后。这时阅操的各国公使署代表人，各国领事馆代表人，跟着参赞书记，以及中国各省督抚派来的道府，余日本也在内，身上都钉着红十字的记号，东面一簇，西面一围。说时迟，那时快，两边行军队伍，已分为甲乙二垒，大家占着一块地面，作遥遥相对之势。忽然甲营里有一骑侦探来报，说是乙营已遣马兵来袭，甲营预备迎敌，分道埋伏，一个个都蹲在树林里，草堆里，寂静无声。等到乙营马兵扑过来，甲营埋伏尽起，枪声如连珠一般，当中夹着大炮轰天振响。乙营看看不敌，传令退出，甲营趁势追赶，追赶不到两三节路，谁知被乙营的接应包抄上来，困在垓心。甲营左冲右突，竟无出路，两面枪炮声，上震云霄，四面都是火药气。有两位年纪大点的道府，一个个都打恶心。甲营正在支持不住，忽然天崩地塌一响，黑烟成团结块，眯得人眼睛睁不开。大家以为甲营一定全军覆没了，虽是假的，看的人也觉得寒心。谁知这一响是甲营地雷的暗号，一响过了，黑烟渐完，乙营已不晓得什么时候被甲营占了去了。乙营见自己主营有失，把围登时解了，分作两队，作前后应敌之势，一队向外边打，自行断后，一队向里边打，回救主营。甲营刚刚据了乙营，正打算遣马兵守住路口，及至看见乙营已经回来了，一时措手不及，只得把兵分为两队，守住路口。乙营主将看见甲营没有什么预备，就摇旗呐喊，扑将过来。甲营两队兵，觉得自己太单弱了，各向自己军队奔去，合做一大股，竭力抵御。乙营再三猛扑，甲营毫不动摇。甲营又在一大股里分出两小股，作为接应，将要得手，忽被乙营马兵冲散，顷刻之间，化为两截，首尾各不相顾。甲营主将指挥自己军队，退守高原；乙营仰攻不及，反为甲营所击，大败而回。方制台传令收兵，一片锣声，甲乙两营，俱各撤队。这时也有下午四点多钟了。方制台依旧骑着马，下了高原，前呼后拥的回转衙门。这里各省道府，有两位带干粮的，尚勉强得过，有两位没有带干粮，以及发了烟瘾的，都一个个面无人色，由家人们架上轿子，飞也似的抬了回去。许多外国人，都提着照相器具，排着脚步，谈笑而归。余日本刚刚看昏了，什么都忘记了，少时方觉得有点腰酸腿软，便也跟着他们回栈房。一连看了十来天，不过阵法变动而已，并没有什么出奇制胜的道理。等到操毕了，各督抚派来的阅操道府，纷纷回去，余日本仍旧趁轮船回到南京，上院销差。种种细情，不必再表。

　　光阴似箭，日月如梭，不觉又是一年。余日本在官场，上获制台之宠，下得学生之欢，倒也风平浪静。到了第二年六月里，余日本有个儿子，叫做余小琴，是在外国留学的，自然日本东京了。到了六月里，学堂里照例要放署假，余小琴已是两年不曾回国了，这回告了暑假，先打电报给余日本，说他要回中国一趟。余日本自是欢喜，便打覆电，催他快来。余小琴就搭了长崎公司船，不多几天，已到上海，再由上海搭长江轮船到南京。栈房里替他写了招商局的票子，余小琴一定要换别家的，人家道："招商局的船又宽大，又舒服，船上都是熟识的，为什么要换别家呢？"余小琴道："我所以不搭招商局轮船之故，为着并无爱国之心。"栈房里拗不过他，只得换了别家的票子，方才罢了。

　　到了南京之后，见过他的父亲，余日本不觉吃了一惊。你道为何？原来余小琴已经改了洋装，铰了辫子，留了八字胡须。余日本一想剪辫子一事，是官场中最痛恶的，于今我的儿子刚刚犯了这桩忌讳，叫制台晓得了，岂不是要多心么？就力劝小琴暂时不必出去，等养了辫子，改了服饰，再去拜客。余小琴是何等脾气，听了这番话，如何忍耐得？他便指着他老子脸，啐了一口道："你近来如何越弄越顽固，越学越野蛮了。这是文明气象，你都不知道么？"余日本气得手脚冰冷，连说："反了！反了！你拿这种样子对付我，不是你做我的儿子，是我做你的儿子了。"余小琴冷笑道："论起名分来，我和你是父子；论起权限来，我和你是平等。你知道英国的风俗么？人家儿子，只要过了二十一岁，父母就得听他自己作主了。我现在已经二十四岁了，你还能够把强硬手段压制我吗？"余日本更是生气，太太们上来，把余小琴劝了出去。余小琴临走的时候，还跺着脚，咬牙切齿的说道："家庭之间，总要实行革命主义才好。"自此以后，余日本把他儿子气出肚皮外，诸事都不管他了。余小琴乐得自由。

其时制台有个儿子，也打日本留学回来，性质和余小琴差不多，同校的朋友，把他起了个外号，叫做冲天炮。回国的时候，有人问他回国有什么事，他却侃侃而谈的道："我打算运动老头子。"人家又问："运动你们老头子到什么地位，你才达其目的呢？"他答道："我想叫他做唐高祖，等我去做唐太宗。"人家听了，都吐舌头。他到了南京，在制台衙门里住了几天，心上实实在在不耐烦，对人长叹道："虚此行矣！"问他这话怎讲？他说："老头子事情实在多的了不得，没有一点儿空。如有一点儿空，我就要和他讲民族主义了。那里知道他一天到晚，不是忙这样，就是忙那样，我总插不下嘴去，奈何，奈何！"

他有一天带了两三个家人小子，在莫愁湖上闲逛。这莫愁湖是个南京名胜所在，到了夏天，满湖都是荷花。红衣翠盖，十分绚烂。湖上有高楼一座，名曰胜棋楼，楼上供着明朝中山王徐达的影像。粤匪之乱，官兵克复南京，都是曾文正一人之力，百姓思念他的勋绩，故在中山王小像的半边，供了曾文正一座神主，上面有块横额，写的是"曾徐千古"。这日，冲天炮轻骑简从，人家也看他不出是现在制台的少爷。在湖边上流览了一回，热得他汗流满面，家人们忙叫看楼的在楼底下沿湖栏杆里面搬了两张椅子，一个茶几，请他坐了乘凉。冲天炮把头上草帽除下，拿在手里当扇子扇着，口中朗诵梁启超《溽暑入温带火车中口占》绝句：

> 黄沙莽莽赤乌虐，炎风炙脑脑为洞。

> 乃知长住水精盘，三百万年无此乐。

乱了一会，只见柳阴中远远有一骑马慢慢的走过来。定睛细看，那马上的人，也是西装。手里拿着根棍子，在那里很很打他那马。他越打，那马走得越慢。又走了几十步，把他气急了，一跳跳下马来，拣棵大树系好了马，履声橐橐的过了九曲桥，走进胜棋楼，和冲天炮打了个照面。冲天炮十分面熟，想不起在那里会过的。正在出神，他也瞧了冲天炮一眼，绕着胜棋楼转了几个圈子，像是吟诗的光景。一会儿在身上掏出一支短铅笔，拣一块干净墙头上，飕飕飕飕的写下几行。冲天炮还当写的是西文，仔细一看，却不是的，原来是首中国字的七绝诗。冲天炮暗暗惊异，定睛细看，只见上面写的是：

静对湖天有所思，荷花簇簇柳丝丝。

休言与国同休戚，如此江山恐未知！

冲天炮不觉跳了起来，说："好诗，好诗！非具有民族思想者，不能道其只字。"那人谦逊道："见笑，见笑。"冲天炮不由分说，把他拉过来，叫家人端把椅子，和他对面坐下，动问名姓，原来就是余小琴。

当下冲天炮掏了一张西文片子给他，他也掏张西文片子给冲天炮，二人高谈阔论，讲了些时务。又细细一问，才知道在东京红叶馆会过面的。二人越谈越对劲，却不外乎自由平等话头。冲天炮的家人过来说："天快晚了，请回去罢。"冲天炮一看表，已是五点多钟了，就约余小琴上金陵春吃大餐去，余小琴一口气答应了。二人上了马，沿堤缓缓而行，进了城，穿过几条街巷，到了金陵春门口。二人进去，马匹自有家人照管。二人到得一间房里，侍者泡上茶来，送上菜单纸。二人各拣平日喜欢吃的写了几样，侍者拿了菜单下去。少时又跑上来，对着二人笑嘻嘻的道："有样菜没有，请换了罢。"二人问是什么菜，侍者指着"牛排"二字，二人同声道："奇了，别的没有，我还相信，怎么牛排会没有起来？"侍者道："本来是有的，因为这两天上海没有得到。"冲天炮不禁大怒，伸手一个巴掌，说："放你娘的屁！"侍者不知他们二人来历，便争嚷起来。冲天炮的家人听见了，赶了上楼，吆喝了侍者几句，侍者方才晓得他的根底，吓的磕头如捣蒜。冲天炮说："你不用装出这个奴隶样子来，饶了你罢。"侍者方才屁滚尿流的下楼。二人又要了两种酒对喝着，喝到黄昏时候，执手告别，各自归家。

欲知后事如何，且听下回分解。

写余日本在天津阅操时光景，真是如火如荼，至其布置行军，尤为井井有条，非外行所能言也。

洋教习喝德国操口令，栩栩如生。

余日本被他儿子顶撞得无言可答，妙绝。

余小琴之言曰："论名分我和你是父子，论权限我和你是平等。"此种口吻，可谓闻所未闻。

冲天炮在莫愁湖邂逅余小琴，皆因题壁一诗而起，足见冲天炮受过文明教育，非寻常纨袴可比也。

第五十七回

声东击西傻哥甘上当　树援结党贱仆巧谋差

却说冲天炮虽是维新到极处，却也守旧到极处。这是什么缘故呢？冲天炮维新的是表面，守旧的是内容。他老人家是一位现任制台，一人之下，万人之上。他又是一位的的真真的少大人，平日自然居移气，养移体。虽说他在外洋留学，人家留学的，有官费的，有自费的，官费的还好，自费的却是苦不胜言。冲天炮到外洋留学，不在二者之列，又当别论。先是他老人家写了信，重托驻扎该国公使时常照拂，等到出门的时候，少不得带个几万银子，就是在半路花完了，也只消打个电报，那边便源源接济。所以冲天炮在外洋，无所不为，上馆子，逛窑子，犹其小焉者也。古人说的好，人类不齐。留学生里面既有好的，便有歹的。那些同门的人，见他是个阔老官，便撮哄他，什么会里捐他若干银子，什么党里捐他若干银子。冲天炮年纪又小，脾气又大，只要人家奉承他几句，什么"学界巨子"，"中国少年"，他便欢喜得什么似的。有些同门的摸着了这条路道，先意承旨，做了篇什么文，写上他的名字，刊刻起来，或是译了部什么书，写上他的名字，印刷起来，便有串通好的人拿给他瞧。他起先还存了个不敢掠美之心，久而久之，便居之不疑了。那些同门的，今天借五十，明天借一百，冲天炮好不应酬他们吗？所以他在外洋虽赶不上辞尊居卑的大彼得，却可以算乐善好施的小孟尝。这番回国，有些同门的恋恋不舍，无奈冲天炮和他们混得有些厌烦了，就借省亲为名，搭了轮船，废然而返。及至到了南京之后，看着老人家的食前方丈侍妾数百人的行径，不禁羡慕，暗想：我当初错了主意，为什么放着福不享，倒去作社会的奴隶，为国家的牺牲呢？住的日久了，一班老奸巨猾的幕府，阴险很毒的家丁，看出了他的本心，渐渐把声色货利去引诱他。冲天炮本是可与为善，可与为恶之人, 那有不落他们圈套之理?

这时他的密切朋友, 就是在莫愁湖上遇见的余小琴。自从在金陵春一谈之后, 成了知己, 每天不是余小琴来找冲天炮, 就是冲天炮去找余小琴。一对孩子, 正是半斤八两。文明的事做够了, 自然要想到野蛮的事了, 维新的事做够了, 自然要想到守旧的事了。若论心地, 冲天炮是傻子, 余小琴是乖子。余小琴一想: 他是制台的少爷, 有财有势, 我的老人家虽说也是个监司职分, 然而比起来, 已天差地远了。于今我和他混, 我就是不沾他什么光, 想他什么好处, 人家也得疑心我, 何如索性走这条路, 等他花几个, 我乐得夹在里头快乐逍遥。主意打定, 便做起蔑片来。冲天炮本来拿他当知己的, 今番见他如此卑躬折节, 更加满意。游山玩水, 是不必说了, 就是秦淮河、钓鱼巷, 也有他们的踪迹。冲天炮维新到极处, 独于女人的小脚, 却考究到至精至微的地步。那时秦淮河有两个名妓, 一个叫做银芍药, 一个叫做金牡丹, 二人裙下莲钩, 都是纤不盈握的。这一桩先对了冲天炮的胃口, 余小琴是无可无不可的, 也自然随声附和, 今天八大八, 明天六大六, 花的钱和水淌的一般, 他也不知爱惜; 余小琴吃了残盘剩碗, 已十分得意了。那家老鸨, 打听得冲天炮是现任制台心头之肉, 掌上之珠, 那种恭维, 真是形容不出。又晓得余小琴是冲天炮的知己, 悄悄叫金牡丹、银芍药暗地里和他要好, 要等他在冲天炮面上敲敲边鼓。余小琴既得了这宗利益, 那有不尽心竭力的?

偏偏这些时制台病了, 是痰喘症候, 冲天炮嚷着要请外国大夫瞧, 有些人劝道: "从前俞曲园挽曾惠敏公的对子上说是: '始知西药不宜中', 少大人还须留意。"冲天炮道: "好个顽固的东西!" 马上打电报到上海, 请来一个外国大夫, 叫做特楞瓦, 三天到了南京, 翻译陪着进了衙门; 冲天炮接着寒暄了几句, 陪到上房瞧病。特楞瓦告诉冲天炮道: "这病利害, 要用药针。" 冲天炮也糊里糊涂的答应了。幸亏旁边姨太太上来拦阻, 说: "大人上了年纪, 这几天喘得上气不接下气, 那里还禁得起药针呢? " 特楞瓦听了, 便用一副小机器, 里面同煤炉一样, 烧着火酒, 上面有只玻璃杯子, 杯里倒了满满的一杯药水, 下面烧着了, 药水在杯子里翻翻滚滚; 另外有条小皮管子, 一头叫制台含着, 受他的蒸出来的汽水, 不多片刻, 果然痰平了许多。冲天炮十分佩服, 因请特楞瓦住在外书房里, 每天进来瞧病。看看过了一个礼拜, 制台也能见客了, 冲天炮才能够脱身出外。

这个挡口, 余小琴和金牡丹、银芍药正打得火一般热。老鸨, 乌龟通同一气, 单把冲天炮瞒在鼓当中,可怜冲天炮那里会知道? 这天闲了,踱到钓鱼巷,进了门,乌龟一齐站起,说:"少大人来了。"冲天炮大模大样,一直到金牡丹的房里,却是空空的。冲天炮甚为诧异,侧着耳朵一听,银芍药房里好像有好几个人说笑的声音,冲天炮蹑手蹑脚的一步步掩进去,却被一个娘姨看见,说道:"啊呀! 少大人! 你要吓谁呀?"银芍药房里,说笑之声顿时寂静,揭开门帘一看,两人都坐在床沿上,并无第三个人。冲天炮疑心顿释。二人看见冲天炮,连忙迎着说;"少大人多天不来了,想坏了我们两人了。"冲天炮便把在衙门里服伺老大人病体的话说了一遍。正在热闹之际,门帘一揭,余小琴钻进来了,说:"好呀! 我正到你那里去找你,谁知你已经鸦雀无声的跑了来了。"冲天炮连忙让坐,这时已是九月天气,余小琴虽是西装,却把头发留到四寸多长了,披在背后,就同夜叉一般。金牡丹、银芍药看着好笑。余小琴忽然在身上掏出一块钱,五个角子,对他们道:"叫伙计去买点水果,挑点鸦片烟来。"冲天炮一手抢过去,说:"算了罢!"一面说,一面去摸裤子袋。余小琴道:"你这又何苦呢? 难道不是一样的钱?"原来南京钓鱼巷的规矩,无论买水果,买点心,都是要客人挖腰包的。即如到什么大餐间、酒馆里去应条子,临去的时节,还要问客人讨两角洋钱的船钱哩。话休絮烦。再说余小琴见冲天炮执意的不肯要他挖腰包买水果、挑烟,只索罢了。不多时刻,装上一盘子梨来,又是一盒清膏。余小琴移过一盏烟灯,烧起烟来。冲天炮道:"怎么你也会这个了?"余小琴道:"不过顽顽罢了,谁有什么瘾头呢?"冲天炮道;"不然。我们那里有位书启师爷,姓黄叫黄贵敏,他的烟最讲究,是京城里带出来的,叫做'陆作图',前两天我因为服伺老头子,闹了个人仰马翻,身子有些支持不住了,黄贵敏就劝我,吸两筒烟,我起初正言厉色的对他说道:'这是亡国的材料,弱种的器械,足下不可以自误者误人!'黄贵敏只是嘻嘻的笑,说:'少大人,不妨事的。这样物件,在外国原是药品,把他医伤风咳嗽的,不过到了中国,人家把他来代水旱两烟,久而久之,遂成了一样害人物件。现在看你疲乏了,所以劝你吸两筒烟。你既然执定了这个渴不饮盗泉,饥不食漏脯的宗旨,我也不敢进辞了。'我听了他这两句说话,心里忐忑了半响,又想敷衍他的面子,说:'老夫子别动气,我是说着顽儿的。既如此,我就试试看。'黄贵敏这才欢喜,连忙上好了一口,递将过来。我躺下去抽得一两口,觉得异香蓬勃,到后来竟是精神百倍,毫无倦容,你想这件东西奇怪不奇怪?"余小琴道:"可是你于今也相信。"说着,冲天炮在他对面躺下,金牡丹、金芍药分坐两边。冲天炮对余小琴道:"我有一两礼拜不出来了。天天在衙门里闷不过,今天好了,赛过皇恩大赦了。看看天也不早了,我们不必上馆子了,就叫他备个便饭罢。"余小琴道:"好。"金牡丹、银芍药听了,便喊伙计,叫他吩咐厨房里预备一桌便饭,说是戴帽子的,外加两块钱鸭子。原来南京钓鱼巷的规矩,除了满汉席没有一定的价钱,一百二百随人赏,其余八大八的是二十八块钱,六大六的是二十四块钱,常酒是十一块钱,便饭五块钱,加两块钱就有鱼翅,叫做"例菜戴帽子",再加两块就有鸭子。于今冲天炮喊下去的那桌便饭,加鱼翅,加鸭子,共是九块钱。等到掌灯,伙计上来调排杯箸,冲天炮也不请客,就和余小琴对面坐下,金牡丹、银芍药二人打横。饮酒中间,冲天炮谈起老人家病后精神不振,不能办公事,尽着他们幕府胡弄局,实在不成事体。余小琴低头不语,像有心事的一般。冲天炮是个粗人,并不理会。吃过了,伙计把残肴撤去,送上茶来。二人谈谈说说,更有金牡丹、银芍药姊妹陪着,颇不寂寞,就在烟榻上鬼混了一夜。

　　到了次日,二人睡醒,已是午牌时分了。盥漱过,吃过饭,金牡丹、银芍药把头梳好,便要二人请他坐马车去逛下关,二人却不过情,只得答应。当下收拾收拾,冲天炮早已叫家人把马车配好,便两人一部,风驰电掣,径往下关而来。原来南京的下关无甚可逛,不过有几座洋货铺子,跟着一家茶酒铺子,叫做第一楼。当下马车到了第一楼门口,冲天炮挽着金牡丹、余小琴挽着银芍药,在马路上徘徊瞻眺。金、银两姊妹看见一座洋货铺,陈设得光怪陆离,便跨步进去。余小琴极坏,嘴里说:"你们在这里等我,我到前面去小解就来的。"说完扬长而去。冲天炮不知底细,领着金、银两姊妹进了洋货铺子,金、银两姊妹你要买这个,他要买那个,闹了个乌烟瘴气。掌柜的知道冲天炮是制台衙门里贵公子,有心搬出许多耳目不经见的,金、银两姊妹越发要买,拣选了半日,拣选定了,掌柜的叫伙计一样一样的包扎起来,开了细帐,递在冲天炮手中。冲天炮一看,是二百九十六元三角,冲天炮更无别说,要了纸笔,写了条子,打上花押,叫店里明天到制台衙门里小帐房去收货价。这里金、银两姊妹嘻嘻哈哈的叫跟去的伙计,把东西拿到马车上,坐在上边看好了。冲天炮又领着到第一楼来,刚上楼梯,觉得背后格嗒格嗒的皮鞋声响,回头一看,却是余小琴。冲天炮说:"你这半天到那里去了?"余小琴道:"我在前面小解完了,想要回到洋货铺子里去找你们,不料碰着了一个熟人,站在马路上谈了半天,等我再回去找你们,你们已不知去向。我心里一算计，你们必到此地来，一进门就看见你的背后影。本来想吓你一下的，于今可给你看见了。"说罢哈哈大笑。冲天炮点头不语。上得楼去，拣了一个座头，跑堂的泡上参片汤来，四人喝着，又要了点心吃过。马夫来催了几遍，冲天炮惠过了钞，相率下楼，上了马车，一路滔滔滚滚，不多时刻已进了城。马车停了，伙计们驮着金、银两姊妹自回钓鱼巷。这里冲天炮因为一夜没回去，心上有点不好意思，匆匆的和余小琴作别了，自回衙门。余小琴知道冲天炮今夜不会再到钓鱼巷了，在街上教门馆子里吃过一顿晚饭，然后干他的营生去了。不必细表。

　　再说冲天炮这人，极其粗卤，外面的利害，一些儿不懂。他虽在衙门里，却是不管别事的，便有些幕府，串通了他的底下人，拿了他的牌子，到外头去混钱，这也是大小衙门普通的弊病，不过南京制台衙门尤甚罢了。余小琴虽说是学界中的志士，然而钻营奔竞，无所不能，他合冲天炮处久了，知道他的脾气，冲天炮又把他当自己弟兄看待，余小琴有了这个路子，自然招摇撞骗起来。

　　此时南京的候补道，差不多有二三百个，有些穷的，苦不胜言，至于那几个差缺，是有专门主顾的。其中有个姓施的，叫做施凤光，本是有家，家里开着好几个当铺，捐道台的时候，手中还有十余万，不想连遭颠沛，几个当铺不是蚀了本，便是被了灾，年不如年，直弄得一贫如洗。幸亏当初捐得个官在，便向那些有钱的亲戚，凑了一注银子，办了个分发，到省之后，屈指已是三年了。这位制台素讲黄老之学，是以清净无为为宗旨的，平时没有紧要公事，不轻容易见人，而况病了这一场，更是深居简出。施凤光既无当道的信札，又无心腹的吹嘘，如何能够得意呢？这施凤光本是纨袴，自从家道中落之后，经过磨折，知道世界上尚有这等的境界，一心一意，想把已去的恢复过来。到了南京，就住在一条僻巷里，起初也还和同寅来往往来，后来看见那些同寅都瞧他不起，他也不犯着赔饭贴工夫了。弄到后来，声气不通，除掉在官厅上数椽子之外，惟有闭门静坐而已。他有个老家人，名叫李贵[①]，和余小琴的父亲余日本一个家人叫做周升[②]的，却是拜把子好友。李贵[③]因为主人每日愁叹，他心里也不兴头。只为听见周升[④]说，他们少爷和制台的大少爷是个一人之交，李贵[⑤]听了，心中一动。又套问了周升[⑥]几句，忙忙跑到家中，对施凤光说出一番话来。

　　欲知后事如何，且听下回分解。

---

　　①③⑤　此处原作"傅祥"，但据下文，应为"李贵"。
　　②④⑥　此处原作"王善"，但据下文，应为"周升"。

　　此书上回专写冲天炮平日为人，如顾长康写生，颊上添毫，栩栩欲活。

　　余小琴所作所为，自是儇薄一流，冲天炮与之相处，有不上当者几希矣！
是以君子贵择交焉。

　　冲天炮论烟一节尤为痛快，黄贵敏数言，简洁不支，自是老幕口吻。

　　余小琴处处占便宜，冲天炮处处吃亏，相形之下，令人失笑。

　　写幕府串通家人作弊，自是实情，然在今日，视为普通之事，并不足异。
可叹哉，可叹哉！

第五十八回

善钻营深信老奴言　假按摩巧献美人计

　　却说李贵回到家中，对施道台道："小的看老爷这个样子，小的心里也忧愁不过。知道老爷家累重，又候补了这许多年，差不多老本都贴光了。"施道台皱着眉头道："何尝不是？"李贵又凑前一步，低低说道："现在小的打听得一条道路，要和老爷商量。"施道台忙道："是什么道路？"李贵道："现在这位制台大人，是诸事不管的，所有委差委缺，都是那班师老爷从中作主。老爷同寅余大人，就是一把大胡子，人家叫他做余日本的，他的少爷，和制台的大少爷非常要好，竟其说一是一，说二是二。小的想制台那边师老爷尚且作得主，何况少爷，老爷何不借此同余大人的少爷联络联络，托他在制台少爷面前吹嘘一两句，或者有个指望，也未可知。"施道台道："你说余大人的少爷，莫非就是那个铰了辫子的么？听说他是在日本留学回来的，人很开通，这钻营的事，他未必肯同人家出力罢。"李贵道："老爷是明白不过的，现在的人，无论他维新也罢，守旧也罢，这钱的一个字总逃不过去的。小的打听得余少爷天天和制台的少爷在一起混，也混掉了许多钱，现在手里光景是很干的了，老爷如果许他一千八百，怕他不和老爷通同一气么？"施道台听了，沉吟半晌道："也罢，等我明天先去拜他一拜。"李贵退下。

　　这里施道台踌躇了半夜，次日一大早，便坐了轿子，问明了余日本的公馆，到得门首，把帖子投进去。余家看门的出来回道："大人出差到徐州去了，挡驾。"施道台在轿子里吩咐道："大人既然出差去了，说我有要事面谈，就会一会少爷罢。"看门的道："少爷一早上制台衙门去了，总得天黑才回，大人有什么事商量，明天再说罢。"施道台无奈，只得闷闷的回到家里，叫人明天到金陵春去叫两客的大餐，连烟酒之类，一面又写了帖子，是"明天午刻番酌候光，席设本寓"的几个字，差人连夜去发了。等到余小琴回到家里，看门的一五一十告诉了他。余小琴沉吟道："这人素昧生平，今天来拜，必有所事。"停回帖子也下来了，余小琴更是诧异，心里想不去，转念道：明儿冲天炮在家陪客，总得傍晚出来，我横竖闲着无事，扰了他也不打紧。

一宵无话，到了明日辰牌时分，余小琴起来盥漱过了，看门的回："施大人已经来催请过两遍了。"余小琴慢慢的穿好衣服，也不坐轿，径奔中正街施道台寓所而来。施道台一见片子，连忙叫"请"。二人见面，寒暄了几句，余小琴先开口道："昨承枉顾，家严出差去了，失于迎接，实在抱歉得很。今日又承招饮，不知有何见教？"施道台道："且慢，我们席间再谈。"当时便喊："来啊！"一个家人上来答应着。施道台问："金陵春的厨子来了没有？"家人道："来了多时了。"施道台道："就叫他摆席罢。"余小琴问："还有别位没有？"施道台道："并无别人。"余小琴心中暗道：看他必有所求，我到得那里再说那里的话。管家搭开一张方桌，弄了一张被单不似被单的，蒙在台子上，又是两付刀叉，两个空盘，一个五星架。余小琴见是大菜，便道："怎么这样费心？"施道台道："见笑见笑，不过借此谈谈罢了。"二人分宾主坐下，一个侍者穿件稀破稀烂的竹布大褂，托了面包出来，刚要伸手去拈面包，余小琴看他双手脏不过，连忙自己用叉叉了两块，放在自己面前那只空盘子里。第一道照例是汤，却舀了两杯牛茶。余小琴暗道："他把早餐当了中餐。"牛茶之后，侍者便开啤酒，拿上一个玻璃杯子。余小琴还怕不干净，在袖子里掏出手绢，擦了一擦，然后让他倒啤酒。牛茶吃过了良久，还不见鱼来。施道台连催道："以下的菜，怎么像风筝断了线了？"一个管家上来，低低的回道："刚才两块鱼已炸好了，谁想厨子出去解小手，被隔壁陈老爷家的猫从半墙上跳过来衔着跑了。"施道台十分动气，便骂道："你们多是死人么？"管家回道："他是四条腿，小的们是两条腿，如何追赶得上？"施道台更是生气，当着余小琴的面，又不便十二分发作，便道："既如此，拿别的上来罢。"管家答应下去，才端了牛肉上来。施道台却是不吃，换了一样猪肉。菜换两道，酒过三巡，施道台开口道："不瞒小翁说，兄弟本来祖上还有几文钱，并不是为贫而仕，只因连年颠沛，弄得家产尽绝，所以才走了这做官一途。谁想到省几年，连红点子都没见过，家累又如此之重，真是雪上加霜。要想走条把门路，递张把条子，人家都拒之于千里之外。一则为兄弟平日和他们没有来往，二则平日和他们没有应酬。看看吃尽当光，要沿门求乞快了。于今晓得你小翁先生是个大豪杰，所以不揣冒昧，请小翁在制军的公子面上吹嘘一二，兄弟就受惠于无穷了。"说罢连连作揖。余小琴还礼不迭，装出沉吟的样子道："我虽和制军公子有旧，然而我们无论谈什么，从不及于私，如今骤然把差缺这两桩事去干求他，他虽不致当面驳回，然而他背后总不无议论。还有一说，这位制军公子，平素于用人行政，是从不与闻的，就是求他，也恐怕无益。"施道台蹙着眉头道："兄弟现在已经是山穷水尽了，苟有一线生路，怎敢冒渎小翁，于今无论如何，总求小翁鼎力一说。所有一切，兄弟已和贵管家周二爷说过了，小翁回到公馆，贵管家自然上来禀知一切。这事无论如何，总得仰仗小翁的了。"说罢，又作了一个揖。余小琴当下默然无语。少时菜陆续上完了，侍者开过香槟酒，又送上咖啡，又用盘子托上两支硬似铁黑似漆的雪茄烟来。小琴吸着，道过"奉扰"，回家去了。这里侍者收拾盘碟不提。

再说余小琴回到家中，坐在书房里，叫人去喊那个周升上来。周升上来了，站在一旁，余小琴道："施大人和你说过什么来？"周升低低的回道："想请少爷递张条子的话。施大人说过，无论委了点什么——"又把指头一伸道："孝敬这个数目。"余小琴正在窘迫的时候，听见许他一千银子，有什么不愿意的？嘴里却说："我那里要他的钱，分明你这奴才借了我的声名在外招摇撞骗，这还了得！"周升吓慌了，请了一个安道："小的该死，小的糊涂，小的有个把兄弟，就是施大人家人李贵，朝着小的说起，施大人穷的有腿没裤子，差不多要盖锅快了。也是小的一时不忍，和他出了这条主意，来求少爷，如今只求少爷可怜他罢。"余小琴道："这还是句话。你下去，叫他碰运气罢，事不成可别怨我。"周升又连连请安道："少爷一抬手，施大人全家就活了命了。"余小琴方才进去。周升又去通知施道台，叫他打一张银票，写远一点的限期，如若不成，退回银票，各无翻悔。施道台自是答应。果然过不多几日，制台衙门里发出一道札子，是施凤光才识干练，熟悉外情，洋务局会办一差，堪以酌委各等语。札子到了施道台公馆里，施道台自然欢喜，又亲自衣冠上辕叩谢。余小琴的一千两固然到手，就是周升也得了个五百两，这样一看，余小琴真不愧为大运动家了。

话分两头，言归正传。再说制台为着年老多病，常常要发痰疾，而且常常骨头痛，碰到衙期，总是止辕。这其间有位候补知府叫做黄世昌的，为人极其狡狯，打听得制台有这个毛病，又打听得制台还有一个下贱脾气。有天上院，制台说起："我兄弟年老了，不中用了，碰着一点操心事，就觉着摆脱不开。而且骨头痛有了三十多年，时时要发。"旁边一位候补道插嘴道："老帅上系社稷，下系民生，总应该调养调养身子，好替国家办事。"制台道："说是调养，我兄弟也不知请过若干医生了，争奈这骨头痛非药石可疗，这便如何是好？"黄世昌抢着说道："药石是不相干的，最好用古人按摩的法子，或者见效，亦未可知。"制台连连点头道："你这话说得是，但是一时那里去找这个按摩的人呢？"黄世昌又回道："卑府的妻子就会，大人不信，可叫他来试试。"制台愕然道："老兄不过三十上下，令正的年纪也不会大到那里去，耳目众多，声名攸碍，这是如何使得呢？"黄世昌又忙回道："老帅德高望重，又兼总理封圻，卑府在老帅跟前当差，犹如老帅子侄一样，老帅犹如卑府的父母一样，难道说父母有了病，媳妇就不能上去伺奉么？"制台道："话虽如此，究竟有些不便。"黄世昌道："老帅这样的年纪，得了这样的毛病，又是刚才某道说的：'上系社稷，下系民生。'况且卑府受老帅的厚恩，就是碎骨粉身，也不能报答老帅的好处。卑府的妻子进来和老帅按摩按摩，老帅倘然好了，这就是如天之福了，老帅还有什么顾忌呢？"制台点头道："好。"黄世昌当下又站起来道："卑府下去，就传谕卑府的妻子，叫他进来就是了。"制台道："不拘什么时候都可以，不必限定一日半日。"黄世昌答应了几声"是"。一面制台端茶送客，黄世昌和那位候补道下了院，各回公馆。

黄世昌吩咐轿班，加紧跑路，有要紧事要回公馆去，轿夫答应，健步如飞，不多一刻到了。黄世昌下了轿，他的太太接着，黄世昌便一五一十告诉了他的太太，他的太太今年年纪不大，不过二十七八，倒也是个老惯家，就居之不疑，一口答应了。黄世昌大喜，又出来到院上，找着了内巡捕，说明原委，托他照应照应，又许他银子。内巡捕乐得做个顺水人情，便说："黄大人请放心，一切都有我呢。"黄世昌回去，忙忙碌碌吃了顿饭，一面催太太妆扮起来，把箱子里的衣裳拣一套上好的穿好，外面仍旧要用红裙、披风、朝珠、补褂，太太依了他的话，果然打开镜子，细匀铅黄。差不多天快黑了，雇了一乘小轿，抬着太太，自己坐着轿子在前头走。到得院上，轿子歇下。黄世昌叮嘱太太耐心等着，自己又去找着内巡捕，说："贱内已经来了，请上去回一声罢。"内巡捕道："既然和我们大人说好了，可不必回了，待卑职领了太太上去罢。"黄世昌道："更好、更好。"旋转身来，走到太太的轿子旁边，说了无数若干的话，太太一一点头应允。少时内巡捕过来，黄世昌忙叫太太出轿相见，太太大方的很，福了一福，内巡捕还了礼，便道："太太随我上去就是了。"黄世昌又把刚才托他照应的话重述了一遍。内巡捕道："这个自然。"黄世昌的太太，便随着内巡捕，袅袅婷婷的走进去了。黄世昌站在宅门外面，呆呆的等候，一直等了三四个钟头，已是黄昏时候了，辕门上放炮封门，黄世昌只得无精打采的回去，孤孤凄凄的睡了。

一宵易过，又到天明，赶到院上去，不特毫无消息，而且连内巡捕也不照面了。黄世昌心里十分着急，如热锅上蚂蚁一般。看看一日过了，又是一日，黄世昌茶不思，饭不想，就和失落了什么东西一样，一个人独坐在家里淌眼泪，心里想道："早知如此，何必如此？真是俗语说的，哑子吃黄连，说不出来的苦。"这日有些头痛发热，躺在床上，不能起身。家人们看见老爷病了，太太又不曾回来过，更是六神无主。一个贴身管家叫做王荣的，忙着替老爷上院请感冒假，又忙着替老爷请医生，打了药来，煎好了，送给老爷服下，又劝老爷静心保养。黄世昌昏昏沉沉的也不知病了一日是两日，忽然觉得有人揭开帐子，问他怎么样了？黄世昌一惊而醒，睁开眼睛一看，他的太太如花似玉的正坐在床沿上哩。黄世昌一见太太的面，不觉哑着喉咙，把眼泪直滚出来。太太笑道："何必如此？我不过贪顽多住了两天，就把你急病了，你也太不中用了。"说罢，在袖子里掏出一方绢子，在黄世昌脸上来回擦那眼泪，一只手望怀里摸了半日，摸出一件东西来，递在黄世昌手中。黄世昌一见，是紫花印的马封，心里不住的突突乱跳，连忙拆开来一看，原来是制台委他办铜圆局提调的札子，朱笔标的年月日还没有干。黄世昌在床上一骨碌爬将起来，也不及说什么，就和太太磕了一个头，太太连忙拉他起来，说："仔细，给老妈子看了笑话！"黄世昌自从看见了这个札子，他的病立刻全愈，一面披长衣服，一面叫老妈子打洗脸水。正在盥漱的时候，只听见隔着门帘王荣的声音道："高妈回一声罢，江宁、上元两县王、朱两位大老爷，跟着江宁府邹大人都来了，说是要面见老爷道喜呢。"黄世昌连忙道："不敢当，挡驾。"王荣又回道："都进来在厅上呢。"黄世昌忙喊拿衣帽，横七竖八的穿上，三脚两步跨出去了。少时，把江宁、上元两县和江宁府送去了，又喊轿班伺候上院谢委。正是：

　　人逢喜事精神爽，闷到头来瞌睡多。

欲知后事如何，且听下回分解。

　　余小琴对周升之言曰："我那里要他的钱，分明你这奴才，借了我的声名，在外头招摇撞骗，这还了得！"旋曰："这还是句话，你下去叫他碰运气，事如不成，可别怨我。"寥寥数语，如见肺肝矣。
　　黄世昌之言曰："卑府犹如老帅的子侄一样，老帅犹如卑府的父母一样，难道说父母有了病，媳妇就不能上去伺奉么？"此种话头，真是匪夷所思。

下半回，全从侧面写，读者试掩卷思之。

写黄世昌历历如绘曰："自从看见了这个札子，他的病立刻全愈。"调侃不少。王荣在门帘外回话，亦极得神。

甫下札而江宁、上元两县，江宁府，俱来道喜，人情势利，莫若官场。读此，如管中窥豹，特见一斑。

第五十九回

论革命幕府纵清谈　救月食官衙遁旧例

　　却说黄世昌穿了衣帽，坐了轿子，到得制台衙门下轿，刚下轿，就看见替他太太引路的那个巡捕。巡捕对他说了一声："恭喜！"黄世昌道："一切都仰仗大力，兄弟感激万分，改天还要到公馆里来叩谢。"巡捕道："岂敢，岂敢。"一面说，一面问黄世昌道："手本呢？等我替你上去上罢。"黄世昌道："如此，益发费老哥的心了。"巡捕早伸手在他跟班的手里要过手本，登登登的一直上去了。黄世昌仍旧到官厅上去老等。有些同寅见了他，一个个掇臀捧屁的道喜，黄世昌一一回礼。有些素日和黄世昌不对的，却在一旁咕哝道："靠着老婆的本事，求到了差事，也算不得什么能耐！"黄世昌只得付诸不理。一回儿，巡捕匆匆走出来，说："请黄大人。老帅传话，给众位大人道乏。"这是官场一句门面话，骨子里叫做不见。大家没有指望，便一哄散了。黄世昌跟着巡捕直到里面，见过制台，磕了头起来，照例说了几句感激涕零的话，制台也照例勉励他几句，叫他以后勤慎办公。说完了。制台心上还想有别的说话，一看底下站着五六个人，又有巡捕，又有跟班，忽然一个不好意思，亦就不说下去了。只点了两点头，以示彼此心照，然后端茶送客。黄世昌下来了。至于到差视事那些门面话，也无庸细说了。

　　再说冲天炮自从和余小琴鬼混在一起，冲天炮是直爽的人，余小琴是阴险的人，他们的口头禅是"维新"两个字，因此引为同志，谁想性情却大不相同的。余小琴借着冲天炮和他密切，常常有关说的事件，冲天炮原无不可，那知那班幕府，却看得透亮，暗想：我们里面打得铁桶似的，上下相连，于今横里钻进来一个余小琴，来坏我们的道路，很不自在。先以为冲天炮是制台的爱子，他在里面，要是搬动几句，大家都有些站不住。后来看见制台为着冲天炮在外胡闹，略略有些风闻，加以冲天炮在外面倡言革命，又有人把他说的什么唐太宗、唐高祖的话告诉了制台，制台不免生气，着实把儿子训斥了几顿，冲天炮不服，反和老子顶撞，因此制台也有些厌恶他了。幕府里得着了这个消息，凡是冲天炮有什么事，或是应承了余小琴的请托，叫幕府里拟批拟稿，幕府里面子上虽含糊答应，暗地里却给他个按兵不动，冲天炮也无可如何。余小琴起初还怪冲天炮，后来知道他有不能专擅之苦，便大失所望。

冲天炮因怕余小琴絮聒，也和他疏远了。这时候倒同着一个新进来的幕府，叫做邹绍衍，很说得来。这邹绍衍是浙江人，是个主事，新学旧学，都有心得，冲天炮十分敬服他。邹绍衍却是个热心人，见冲天炮维新习气过深，时时想要劝化他，常于闲谈的时候乘机规劝。无奈冲天炮窒而不化，邹绍衍用尽方法，冲天炮才有些醒悟过来。有天吃过了午饭，邹绍衍正在那里看《拳匪纪略》，冲天炮闯了进来，瞧见这部书，便追溯庚子年的事，说到激烈之处，不觉发指眥裂。邹绍衍笑道："世兄是文明不过的，开口革命，闭口革命。可晓京里有句俗语，叫做'北拳南革'，原来拳匪和革命党是相提并论的。"冲天炮不禁错愕。邹绍衍慢慢地说道："现在我姑且就粗浅的说去，这'拳'譬如人的拳头，一拳打去，行就行，不行就罢了，没甚要紧。然而一拳打得巧时，也会送了人的性命。倘能躲过去，就不妨事了。庚子那年的北拳，几乎送了国家的性命，实在可怕。若说那'革'呢？革是个皮，即如马革、牛革，从头至尾无处不包着的。莫说是浑身溃烂起来，就是点皮毛小病，也会致命的。只是发作的慢，若是留心医治，也无大害。我且把《易经》上卦象，作一个引证。《易经》上有个泽火革，先讲这泽字，山泽通气，泽就是河，河里不是水吗？管子说：泽下尺，升上尺。常言说的好，恩泽下于民，这泽字不是明明是个好字眼吗？为什么泽火革便是个凶卦？偏有个水火既济的吉卦，放在那里，岂不令人纳闷？要知这两卦的分别，就在阴阳二字。上坎水是阳水，所以就成个水火既济的吉卦。兑水是阴水，所以成了个泽火革的凶卦。坎水阳德，从悲天悯人上起的，所以成了个既济之象。兑水阴德，从愤懑嫉妒上起的，所以成了个革象。你看象辞上说的是泽火革二女同居，其志不相得。你想人家有了一妻一妾，互相嫉妒，这人家会兴旺不会兴旺呢？起初总想独据一个丈夫，及至不行，破败主义就出来了，因爱丈夫而争，既争之后，虽明知道有损伤丈夫的地方，也就顾不得了；再争则破丈夫之家，也顾不得了；再争则断送自己的性命，也顾不得了。这就叫做妒妇性质。圣人只用二女同居，其志不相得两句，把这些革命党的小像，直画出来，比那照相照的还要清楚些。那些革命党的首领，起初是官商两种，并且都是聪明出众的人。因为所秉的是妒妇性质，只知有己，不知有人，所以在世界上，就不甚行得开，由愤懑生嫉妒，由嫉妒生破坏，这破坏岂是一人做得到的事呢？于是声应气求，水流湿，火就燥，渐渐的越聚越多，钩连些人家的桀骜不驯的子弟，愈推愈广，其已得举人、进士、翰林、部曹等官的，就谈朝廷革命。其读书不成，学击剑又不成的，就学两句爱皮西提，或是挨衣乌窝，便谈家庭革命。一谈革命，就可以不受天理国法人情的拘束，岂不大大的痛快吗？可知太痛快了，不是好事。吃得痛快了，伤食；饮得痛快了，病酒。不管天理，不畏国法，不近人情，任着性儿去做，这种痛快，不有人祸，必有天刑，能够长久吗？"冲天炮先听邹绍衍讲《易经》，便觉有些烦厌，心里暗想道，如此支离穿凿，尚还成句话么？听到后来，觉得有些道理，口头仍自不肯输，说："邹老叔，你说革命党既是破败天理、国法、人情，何以还有人去信服他呢？"邹绍衍故意戏弄他道："你当天理、国法、人情，到了革命党手里才破败的吗？于今我再同你说《西游记》。"冲天炮皱眉道："顽固，顽固。索性以鬼神之说来耸动人了。"邹绍衍也不理他，仍旧从从容容的说道："《西游记》是部寓言，他说那乌鸡国王，现坐着的是个假王，真王却在八角琉璃井内。现在的天理、国法、人情，就是坐在乌鸡国金銮殿上的那个假王，所以要借着革命的力量，把个假王去掉了，然后慢慢的在八角琉璃井内把真王请出来，那时天下就相安无事了。"冲天炮问道："这真假是如何分别呢？"邹绍衍又戏弄他道："《西游记》上原本说着，叫太子问母后便知道了。母后说道：'三年之前温又暖，三年之后冷如冰。'这冷暖二字，便是真假的凭据。讲公利的人，全是一片爱人之心发出来的，是口暖气；讲私利的，全是一片恨人之心发出来的，是口冷气。还有一个秘诀，我尽情告诉你罢。北拳以有鬼神为作用，南革以无鬼神为作用。说有鬼神，就可以装妖作怪，骇俗惊愚，其志不过如此。若说无鬼神，他的作用就很多了。第一条说是无鬼，就可以不敬祖宗，为他家庭革命的基础；说无神，一切径背天理的事，都可以做得，又可以鼓舞桀骜不驯子弟的兴头。他却必须住在租界或是外国，以骋他反背国法的手段，必须痛诋人家说鬼神的，以骋他反背天理的手段，必须说叛臣逆子是豪杰，忠臣良吏是有奴隶性质，以骋他反背人情的手段。大都皆有辩才，以文其过，就如那妒妇破坏人家，他却也有一番堂堂正正的道理说出来。革命党的议论，也有惊才绝艳之处，可知道世道被他搅坏了。总之这种革命党，在上海、日本的容易辨别，在北京及通都大邑的难以辨别。像世兄这样,还不至于如此。然而《四书》有句说话,叫做'虽不中不远矣'。"说完哈哈一笑。冲天炮听他诈痴诈癫说这一套,一时也无可驳回他。

正在转念头哩,只听房外头有人说话的声,问:"邹老爷在里头么?"管家回道:"在里头和少大人说着话呢。"耳中又听见忽剌一声,把帘子一掀,走进两个人来,原来是幕府里的施辉山、汪若虚。招呼过了冲天炮,一齐对邹绍衍道:"昨儿打麻雀,赢了我们两底码子去,今儿就想赖着不来么?快去,快去!三缺一,等着你呢!"邹绍衍站起身来伸了伸懒腰,说道:"不怕输,只管来。但是我却之不恭,受之有愧。"施、汪二人齐说:"你少嘴头刻薄,这回输断你的脊梁筋。"说罢,便拉邹绍衍脚不点地的走了。冲天炮也只得走出文案处,到外边去鬼混。

鬼混了半日,没精打采的回来,却看见衙门里大堂上有许多和尚、道士,还有炮手,还有礼生,心中不禁诧异。后来看见了黑纸白字的牌子,才知道今天护月。冲天炮是读过天文教课书的,懂得此中道理,又是好气,又是好笑。再踅到文案处,邹绍衍打牌还没有回来,问管家说:"邹老爷在那里打牌?"管家说:"在折奏朱大人那里。"冲天炮暗暗想道:今天横竖没有事,倒不如去看他们打牌罢,刚刚绕过二堂暖阁,听见笛声嘹亮,原来有两三个小子,闲着无事,在那里唱昆曲调,唱的是《楼会》,正在呜呜咽咽唱那:"蓝桥何处问元霜,轻轻试叩铜环响。"冲天炮心里道:他们倒会作乐。因此不去惊动他们,悄悄的走过了。穿过左廊,绕到折奏朱锡康的院子,听见一阵牌声,和着喧笑之声。原来邹绍衍被对家敲了一付庄去,和的是二百四十和。冲天炮刚上台阶,伺候的小子早打开帘子,向里面道:"少大人过来。"朱锡康慢慢地站起身来,三人也跟着站起来,招呼过了。朱锡康先问:"世兄今儿为什么不到外头乐去,倒找到这里来?"冲天炮道:"外头逛的厌烦了,所以来看看老世叔。"原来朱锡康和制台,是从前拜把子兄弟,现在制台请他在幕府里办折奏,所以要称呼"老世叔"。朱锡康接着说道:"原来如此,但是牌已剩了两付了。等我们打完了再谈天罢。世兄请坐。我今天赢了底把码子,他们三人要敲我竹杠,我已叫厨房里端整了几样菜请他们,回来就在此地便饭罢。"冲天炮说:"很好,很好。"于是四人重复坐下,不到片刻,果然打完了。邹绍衍伸了一个懒腰,说道:"怪累得慌的!"施、朱二人齐说:"我们输了钱,又受了累,这才冤枉哩。"邹绍衍道:"谁叫你们的牌打得这样铲头?"施、朱二人道:"你也没有赢,别说嘴了。"邹绍衍道:"我虽没有赢，我却没有输，还值得。"一面说，一面大家站起来。伺候的小子，送上手巾，各人擦了脸，一个小子便来收拾桌上的牌。朱锡康道："桌子别搭好了，回来就在这里吃饭罢。"伺候的小子答应着。少时掌上灯来，朱锡康问："菜好了么？"伺候的小子说："厨房里去催过了，说鸭子没有烂，还得等一等。"朱锡康说："既如此，先拿碟子来喝酒罢。"伺候的小子答应一声"是"，便登登登的跑了去。

霎时端上碟子，一个老管家又来安放杯筷。五人坐下喝了两杯酒，大家闲谈着。冲天炮便提起护月那件事来。朱锡康抢着说道："这也不过照例罢了。庚子那年日食，天津制台还给没有撤退的联军一个照会，说是'赤日行天，光照万古，今查得有一物，形如蛤蚍，欲将赤日吞下，使世界变为黑暗，是以本督不忍坐视，饬令各营鸣炮放枪救护。诚恐贵总统不知底细，因此致讶，今亟照会，伏乞查照'那些话头。"话没有说完，在座一齐笑起来，邹绍衍和冲天炮更是笑得前仰后合。冲天炮等众人笑过了，因问邹绍衍道："绍翁以为何如？"邹绍衍道："这有什么不明白呢？月蚀是月为太阳光所掩，日蚀是日为月光所掩，世兄熟读天文等书的，想早早了然胸中了。"施、朱二人不解，齐声问道："怎么月亮会为太阳所掩，太阳又为月亮所掩呢？"邹绍衍道："试问日球在天，是动的呢，是不动的呢？月球绕地，是人人晓得的了。既知他绕地，即不能不动，即不能不转，是很明显的道理了。月球既转，何以有太阳的时候显不出他来呢？原来这个月不及太阳的光，所以日里不能见月，绕来绕去，转来转去，就和太阳相遇了。一相遇，太阳的光，为月光所掩，就是日蚀。月蚀也是一样的道理。"施、朱二人听了，俱各点头。正说着，鸭子上来了，大家尝着，多说很好。朱锡康说："好虽好，还嫌口沉了点儿。"冲天炮说："老世叔自己请客，断无夸奖自己菜的道理，所以要故意挑剔这一下。"朱锡康说："世兄真是个玻璃心肝，水晶肚皮的人。"说完，又复大笑。一时饭罢，施、朱两位是抽烟的，便先告辞去了。邹绍衍也说："我要歇歇了。"冲天炮见他们都散，也只得跟着一起走。朱锡康照例相送。自有管家掌着明角灯，送他们各自回房。冲天炮也回上房安歇。正是：

　　　得君一夕话，胜读十年书。

　　欲知后事如何，且听下回分解。

　　上回畅陈革命党的利弊，而杂以游戏之言，盖不欲以庄语法言，厌人闻听也。读者当悟其用心之苦，及设想之精。

　　冲天炮一听《西游记》，便说顽固顽固，此是近日维新党口头禅。维新党自习此口头，已将圣经贤传，抹倒不少矣、遑论虚无缥缈之《西游记》哉。可叹，可叹。

　　邹绍衍当是主文谲谏一流人物，聆其口吻可知。

　　中间杂以打牌一段，所谓横风吹断，乃小说家惯技也。但视其着痕迹，与不着痕迹耳。

　　论日蚀事亦是粗浅之言，但施、朱二人，胸中恐未必有此。

　　此回畅发议论，亦书中应有之义。

第六十回

一分礼节动骨董名家　半席谈结束文明小史

　　话说北京政府，近日百度维新，差不多的事都举办了。有些心地明白的督抚，一个个都上条陈，目下有桩至要至紧之事，是什么呢？就是"立宪"。"立宪"这两个字，要在十年前把他说出来，人家还当他是外国人的名字呢。于今却好了，士大夫也肯浏览新书，新书里面讲政治的，开宗明义，必说是某国是专制政体，某国是共和政体，某国是立宪政体。自从这"立宪"二字发见了，就有人从西书上译出一部《宪法新论》，讲的源源本本，有条有理，有些士大夫看了，尚还明白"立宪"二字的解说。这时两湖总督蒋铎上了个吁请立宪的折子，上头看了很为动容，就发下来，叫军机处各大臣议奏。可怜军机处各大臣，都是耳聋目花的了，要想看看新书，明白点时事，也来不及了。仍旧收买骨董，跟着红绿货吸鼻烟。此番上头发下这个折子来，叫他们议奏，正如青天霹雳，平地风波，这却怎么好呢？少不得请教那些明白时事的维新党。于是乎就有外洋留学回国考中翰林进士的那班朋友，做了手折，请他们酌夺，以副殷殷下问之意。这些手折上的话，大半用的日本名词，那些军机大臣连报都不看的，见了"目的"、"方针"那种通用字眼，比三代以上的文字都还难解，只得含含糊糊奏覆了，无非说立宪是桩好事就是了。外边得了信息，便天天有人嚷着"立宪，立宪"；其实叫军机处议奏的，也只晓得"立宪，立宪"；军机处各大臣虽经洋翰林、洋进士一番陶熔鼓铸，也只晓得"立宪，立宪"；评论朝事的士大夫，也只晓得"立宪，立宪"。"立宪，立宪"之下，就没有文章了。又过了差不多一年了，军机处几个老朽告退的告退了，撤换的撤换了，另换一班新脚色。一回立了外务部，一回立了警察衙门，一回立了财政处，一回立了学部，这立宪的事也就不可须臾缓了。上头究竟圣明不过，晓得立宪这桩事不能凭着纸上空谈的，必须要有人曾经考察过的，知道其中利弊，将来实行之际，才不致碍手绊脚。所以下了一道谕旨，派某某出洋考察政治，是为将来立宪伏下一条根。

这钦派出洋考察政治大臣里面，都是些精明强干之人，所有见识，不同凡近。单说里面有一位是个满洲人，姓平名正，出身部曹，心地明白，志趣高远，兼之酷嗜风雅，金石书画，尤所擅长，在汉人当中已是难得了，在满人当中，更是难得。后来由部曹内转，熬来熬去，居然禹门三汲浪，平地一声雷，外放了。放了陕西按察使，由按察使升了藩台，由藩台护理抚台，不久真除了。这一下子，可出了头了。陕西地方瘠苦，却也安静无事，这位平中丞，正中下怀。他的幕府里，有一位姓冯的，叫做冯存善，还有一位叫做周之杰，都是极讲究书画金石的。平中丞本是阀阅之家，祖父很留下几文钱，虽算不得敌国之富，在京城里也数得着。当初当这个清闲寂寞部曹的时节，除了上衙门之外，便是上琉璃厂搜寻冷摊，什么三本半的《西岳华山碑》他也有一本，《唐经幢》石拓，他也有三四百通，还不住的旁搜博采，十年之后，差不多要汗牛充栋了。及至放了外任，这些东西，满满装装的装了三只大船，好容易弄到陕西。升了抚台之后，特特为为在衙门里盖了九间大楼，自己算是清秘阁。自公退食，便和冯、周二人摩挲把玩。

有天，平中丞生日，预先告诉巡捕，就是送寿屏寿幛的都一概不收，别样更不用说了。各州县都知道这位大中丞一清如水，而况预先有话，谁敢上去碰这个顶子呢？却说那时的长安县，姓苏名又简，是个榜下即用，为人却甚狡猾，专门承风希旨。既知这平中丞爱骨董的脾气，趁他生日，特特为为打发家人送一分礼。这礼却只有两色。看官，你道是什么呢？原来一个唐六如的《地狱变相图》的手卷，的确真迹，装潢的也十分华美，是宋五彩蜀锦的手卷面子，上面贴着旧宣州玉版的衬纸，澄心堂粉画冷金笺的签条，题签的人是太仓王揆。一件是原拓《董美人碑》，连着张叔未的题跋，据说那碑出土未久，是从前出过土又入土，入了土又出土的，甚为难得。又做了两只楠木小匣，把两件东西盛好了，请巡捕送上去。巡捕别的不敢拿上去，书画碑版是中丞大人心爱之物，似不至于碰顶子，因此就拿了进去。这时平中丞正和冯、周二位在那里审辨一本宋板书，是《苏长公全集》。平中丞戴着玳瑁边近光眼镜，含着小烟袋，坐在签押房里一张斑竹榻上，正翻着一叶和冯存善道："你来看这两个小印，一个是'尧圃过眼'，一个是'留藏汪阆源家'，既然是尧翁的藏本，为什么又有汪氏图印呢?"冯存善道:"听说,菱翁遗物,身后全归汪氏,汪氏中落,又流落出来,于是经史归了常熟瞿氏,子集及杂书归了聊城杨氏,这书或者又从杨氏流落出来的,也未可知。"平中丞听了,点头无语。巡捕在签押房外,影影绰绰的不敢进去,平中丞回转头来,却看见了,便问是谁。巡捕走了进去,捧了两个楠木匣回道:"这是长安县苏令孝敬上来的。"平中丞道:"哼哼,他倒敢以身试法么?"周之杰望了一望说:"这里头是什么?且打开来看看再说。"巡捕连忙把匣盖开了,周之杰先去打开手卷,见这个手卷画着许多乞丐,也有弄蛇的,也有牵猴子的,约略数去,约有三十几个,用笔真是出神入化,平中丞连连赞好。又打开那部帖,看了后面的图印,冯存善头一个说道:"这件东西倒难得,和中丞旧藏的《张黑女志》可称双璧了。"平中丞此时喜得心花怒放,连说:"难为他了,难为他了。"巡捕尚呆呆的站着一旁请示,平中丞说:"这样寿礼,清而不俗,就收了他,也是不伤廉的。"巡捕得了平中丞吩咐,退了出去,告诉苏又简的家人说:"寿礼大人收了,并且喜欢的很呢。"苏又简的家人,自然扬扬得意而去。

这里平中丞和冯、周两人细细品评说:"看不出这苏令倒很风雅,看来也是咱们同道。"冯存善道:"中丞的画箱里宋元画最多,明画就少,得此足备一格。"平中丞道:"何尝不是?前我在琉璃厂文翰斋看见一本唐六如的'竹深留客处,荷净纳凉时'的横幅,索价六百两,后来给张莲叔抢去了,我至今还懊悔。如今有了这个,几时回到京里,可以把他来傲张莲叔了。"冯存善道:"那张莲叔莫非就是国子监察酒张秉彝么?他的收藏甚富,却没有四王吴恽,他说四王吴恽是人人皆有之物,他所以别开蹊径,专收宋元,和中丞的见解差不多。可惜那年在京里时候还不曾相识,没有看过他的东西,想是眼福浅的缘故。"平中丞道:"他最著名的徐熙《百鸟图》、赵昌《明月梨花图》、管夫人的写竹,柳如是的画兰。而且管夫人的写竹,有赵松雪的题咏,柳如是的画兰,有钱蒙叟的题咏,多是夫妇合璧,这就很不容易呢。"周之杰道:"中丞的黄鹤山樵《长夏江村图》、赵松雪的《江山春晓图》、董恩翁的《九龙听瀑图》,都不输于他处。"平中丞道:"他还有几部好碑版呢!《刘猛龙碑》、《郑文恭碑》、《茅山碑》,种种都是精华。这些尚不算稀罕,并有董香光的手书《史记》,赵松雪的手书《妙法莲花经》,可算是件宝贝。现在这种世界,人人维新,大家涉猎新书还来不及,那有工夫向故纸堆中讨生活,我看讲究这门的,渐渐要变作绝学快了。"说罢欷歔不置。三人赏鉴了半日,平中丞有些倦了,冯、周二人方各退出。

　　明日，苏又简上院，就蒙传见，很夸奖了几句，说："现在抱残守阙的寥寥无人，老兄具这样的法眼，钦佩得很，将来倒要时常请教请教。"苏又简听了平中丞这几句，如被九锡，下来的时候，面孔上另有一番气色了。再说陕西自从被苏又简开了这个风气，以及各府各州县，纷纷馈送书画碑版，把一座抚台衙门，变做旧货店了。然而平中丞却不以此为轻重，委差委缺，仍旧是一秉至公。大家到后来看看没有什么想头，便也废然而返了。

　　平中丞在陕西抚台上过了三四个年头，又值朝廷变法之际，知道平中丞明白晓畅，便在陕西抚台任上调他回京。平中丞等后任接印，交代清楚，便由旱路渡黄河进京。请安时候，上头很拿他鼓励一番，不久就补了户部侍郎。事情虽烦了点，然而他还是陶情诗酒，专搜罗书画碑版，以此自娱。在陕西抚台任上，又得了许多东西，除掉几件铜器之外，还有些原石，有一块大唐贵妃杨氏之墓的墓碣，已经打断了，平中丞花了四百金买的，做了个红木架子把他安上。那块墓碣是麻石的，又粗又笨，又打断了半截，只剩得"大唐贵妃杨氏"六个字，"之墓"两个字已经没有了。平中丞视为至宝，特特为为放在自己盖的百宋千元斋里，有什么知己朋友，和懂得此道的，才引他进去看一看，其余那些人，轻易不得一见。所以有些人叫这百宋千元斋叫坟堂屋，说既然不是坟堂屋，为什么树着墓碣呢？这番立宪，派了他做考察政治大臣，请训之后，便有许多人替他钱行的，不是在陶然亭，就是在龙爪槐那些名胜地方。还有人荐随员的，想谋出洋的机会，这是官场故态，也不必絮聒了。等到将要动身的前几日，一班同派出洋考察政治的，天天过来商量起程的事情，以及调随员等等，直忙得不可开交。看看同派出洋考察政治的那几位，诸事业已就绪了，自己除掉常在身边的，如冯存善、周之杰那些人之外，就是几个翻译，几个学生，寥寥无几。

　　那天下半天，刚刚闲了点，走到书房里，打开抽屉，把人家荐给当随员的名条理了一理，竟有一百多个，看那些名字时，平中丞也有知道的，也有不知道的，便吩咐门上，知照他们，所有由各处荐来愿当出洋随员的，尽两日内来见。第一日，便来了五十多个，也有宽衣博带的，也有草帽皮靴的，也有年轻的，也有龙钟的，无奇不有。平中丞人最精细，逐个问他们几句。这一天便把他累慌了，心里想明白还有一日，索性拼着精神，细细的甄别，其中或有奇材异能，亦未可知。到了第二日，又来了五六十个，客厅上都坐满了，平中丞照昨日一样，逐一问了几句话，不觉哈哈大笑说："你们诸位，各有专门，或是当过教习，或是当过翻译，或是游历过的，或是保送过的，或是办过学务的，或是办过矿务的，或是充过幕友的，或是做过亲民之官的，人材济济，美不胜收。诸公具此聪明，具此才力，现在都想趁这个出洋机会，图个进身之阶，这也是诸君的苦心孤诣，兄弟何敢辜负。但是兄弟有个愚论，书上说的好，立德、立功、立言，这三项都可以并垂不朽，倒不是以富贵穷达论的。诸君的平日行事，一个个都被《文明小史》上搜罗了进去，做了六十回的资料，比泰西的照相还要照得清楚些，比油画还要画得透露些。诸君得此，也可以少慰抑塞磊落了。将来读《文明小史》的，或者有取法诸公之处，薪火不绝，衣钵相传，怕不供诸君的长生禄位么？至于兄弟，才识浅陋，学问平常，此番蒙上头的恩典，派出洋去考察政治，顺便阅历阅历，学习学习，预备将来回国，有所条陈，兴利的地方兴利，除弊的地方除弊，上补朝廷之失，下救社会之偏，兄弟担着这个责任，时时捏着一把汗。诸君流芳遗臭，各有千秋，何必在这里头混呢？况且兄弟这里，已经人浮于事了，实在无法位置诸君，诸君须谅兄弟的苦衷。回去平心静气，把兄弟的话想一想，自然恍然大悟了。"平中丞说完这番话，那些人绝了妄想，一个个垂头丧气而归，做书人左铅右椠，舌敝唇焦，已经把《文明小史》做到六十回了，可以借此暂停笔墨。正是：

九州禹鼎无遗相，三叠阳关有尾声。

朝廷曰："立宪，立宪。"士大夫曰："立宪，立宪。"立宪，立宪之下，却没有文章了。此数语如养由基之射，言言中的。

平中丞酷嗜骨董，自高出于食肉者鄙一流，长安县献古画、古碑一段，正是托讽于微，读者可以静思而得。

是回为六十回结束，殿以平中丞一席话，酣嬉淋漓，而结束处，却又无丝毫斧凿痕，自是运斤成风之枝。

书中各事皆备，独缺金石、书画一门，故此一回少加点缀，以备一格，夫然后《文明小史》乃无遗漏矣。

平中丞自是可人持论，忽庄忽谐，如嘲如讽，而又恰合分际，《文明小史》得此人为之殿，足张一军。

（本书以《绣像小说》上连载的本子
为底本进行校点。校点者：王珊）